LE CHANT DE L'ASSASSIN

R. J. Ellory est né en 1965 en Angleterre. Après l'orphelinat et la prison, il devient guitariste dans un groupe de *rhythm & blues*, puis se tourne vers la photographie et l'écriture. En France, le succès est immédiat avec son roman *Seul le silence*, prix *Nouvel Obs/BibliObs* du roman noir 2009, qui conquiert plus de 500 000 lecteurs.

Paru au Livre de Poche :

LES ANGES DE NEW YORK
LES ANONYMES
LES ASSASSINS
LES FANTÔMES DE MANHATTAN
MAUVAISE ÉTOILE
LES NEUF CERCLES
PAPILLON DE NUIT
SEUL LE SILENCE
UN CŒUR SOMBRE
VENDETTA

R. J. ELLORY

Le Chant de l'assassin

TRADUIT DE L'ANGLAIS PAR CLAUDE ET JEAN DEMANUELLI

SONATINE ÉDITIONS

Titre original :
MOCKINGBIRD SONGS
Paru chez Orion Books, Londres

ISBN : 978-2-253-26013-4 – 1re publication LGF

À mes brillants éditeurs, Jemima Forrester et Jon Wood ; à mon infatigable agent, Euan Thorneycroft ; à mon ami Whiskey Poet, Martin Smith, ainsi qu'à son épouse, Sue, en reconnaissance de sa patience infinie et de son indéfectible hospitalité lors de l'enregistrement de notre premier album.

Heureux l'homme qui a de tels amis.

Comme toujours, à ma merveilleuse épouse, Vicky, et à mon fils, Ryan, pour tout ce que nous avons vécu ensemble et tout ce qui reste encore à venir.

1

« Une bonne conscience, c'est rien d'autre qu'une mauvaise mémoire. »

Pour ce que valait l'adage, c'était là la dernière perle de sagesse d'une eau douteuse offerte par Evan Riggs à Henry Quinn le jour où celui-ci sortit du centre pénitentiaire agricole du comté de Reeves.

On était en juillet 1972, et Henry Quinn venait de purger exactement trois ans, trois semaines et quatre jours – sans compter une poignée d'heures qui, au vu du reste, relevait du détail négligeable. Sauf lors de sa dernière nuit. Cette nuit-là, le matelas sembla plus dur que jamais, la cellule plus propice à la claustrophobie, et les bruits des hommes enfermés plus terrifiants que tout ce qu'il avait pu connaître depuis son arrivée. Sur la couchette du haut, Evan Riggs, lui, dormit comme un loir. Il avait déjà purgé plus de vingt ans. Si quelque chose venait encore parfois troubler le sommeil de son codétenu, Henry Quinn aurait été bien en peine d'en révéler la nature.

Quinn était conscient du fait que l'ado qu'il avait été – celui qui avait traîné les pieds, chevilles entravées, le long de la passerelle pour intégrer sa nouvelle demeure, sans rien d'autre qu'un short, un crâne rasé et une honte violente, cuisante – était à présent si éloigné de l'homme qu'il était devenu que… eh bien, c'était un peu comme si on lui avait volé son âme pour la remplacer par une autre.

Il avait purgé sa peine, avait écouté, peut-être appris. Il avait été roué de coups, démoli, abîmé, presque brisé, mais s'était débrouillé pour survivre. Sa survie, il la devait en grande partie à Evan Riggs, à qui il serait éternellement redevable. S'il devait jamais l'oublier un jour, il n'aurait qu'à regarder dans la glace la cicatrice qui lui barrait la poitrine depuis l'aisselle droite jusqu'en bas des côtes à gauche. Cette nuit-là avait été terrible, et, seul, il n'aurait jamais survécu.

Quand – enfin – les dernières heures de Henry à Reeves atteignirent leur terme, Evan Riggs resta à ses côtés et ils parlèrent de tout sauf d'adieux.

« Le succès ne vient pas à bout des démons, lui dit Riggs. N'oublie pas ça, gamin. J'ai essayé de les noyer dans l'alcool, mais ils ont rien voulu savoir. C'est là que tu t'fais avoir. Cette passion qui te ravage, ce désir dévorant de te dépasser… ma foi, c'est ça qui t'pousse à agir comme tu sens que tu dois le faire, mais ça te lâche jamais, tu vois. La faim qui habite les créatifs, c'est ce qui finit par avoir raison d'eux.

— C'est sans doute pour ça qu'y en a tant qui tombent dans la drogue.

— Possible… J'sais pas. Moi, j'ai jamais pris cette voie. Enfin merde, si, à ma façon, mais ce que je cherchais au fond d'une bouteille c'était plutôt l'apaisement. Et j'ai cherché dur, bon Dieu, sans jamais rien trouver. L'alcool te pousse pas à mal agir, il te fait juste croire que tes actes sont sans conséquence. La vérité c'est que, quand t'as bu, plus rien n'a de sens ou tout en a, c'est comme tu veux. Tu pourrais aussi bien en rire qu'en pleurer. Les solutions aux problèmes de la vie deviennent claires comme de l'eau de roche une fois ta bouteille descendue, mais quand le jour se lève, tu te rends compte que t'es toujours aussi con. Tous les matins au réveil, je croyais que les choses allaient s'arranger. Et tous les matins, je me gourais. »

Evan Riggs, ex-gratteur de guitare, ex-chanteur, ex-vedette de radio au West Texas[1], meurtrier en son temps, regarda attentivement le jeune homme assis sur le bord de la couchette, puis il sourit.

« Et maintenant, fini le bla-bla-bla, Henry Quinn », dit-il, peut-être en manière de plaisanterie à ses dépens, car Riggs était du genre taiseux. Un homme discret pour l'essentiel, qui se contentait d'observer et qui, à voir son expression, savait que ce qu'il avait vraiment envie d'entendre ne serait jamais dit. « Oui, les parlottes c'est fini, ça sert à rien. T'as plus qu'à aller vivre ta vie du mieux que tu pourras. »

Riggs était un homme dur, doté d'une histoire turbulente, à peine cinquante berges et déjà plus de vingt ans de taule. Encore quelques années, et il aurait passé la moitié de sa vie derrière les barreaux. Henry Quinn allait partir, un autre prendrait sa place, qui à son tour retrouverait la liberté avant Riggs. Combien de compagnons de cellule ce dernier avait-il connus, il n'en

1. *West Texas* désigne une région de terres semi-arides dans l'ouest de l'État. Si l'appellation n'est pas officielle, elle renvoie bel et bien à une entité géographique connue des Texans. (*Toutes les notes sont des traducteurs.*)

avait jamais rien dit. Ses idées, ses sentiments, il n'en laissait pratiquement rien paraître. C'était peut-être le West Texas qui voulait ça, à moins que ce ne fût la nature même de cet homme. À maintes reprises, Quinn s'était demandé ce qui pouvait bien pousser Riggs à endurer ses bavardages. Il y avait des milliers de façons de mourir ; la solitude étant sans doute la pire. Peut-être ne fallait-il pas aller chercher plus loin : une voix – peu importait laquelle – valait mieux que le silence. Pour Quinn, le silence était devenu insupportable au bout d'une semaine d'incarcération, car son esprit profitait de l'absence de bruit pour le tirailler, le harceler, à la recherche d'une explication à sa situation actuelle. Il n'y en avait aucune. Rien d'autre à en conclure. Il arrivait que la vie, le hasard, Dieu – peu importe – vous mettent dans les mains des cartes qui vous laissaient perplexe, incapable de choisir entre la peste et le choléra.

« Ça, c'est le gardien qui vient te chercher », dit Riggs.

Quinn entendit alors le bruit des pas sur la passerelle, puis dans l'escalier, sur le palier, ce cliquetis familier des talons sur le métal, pareil, le premier soir, à une sorte de glas surréaliste, le dernier, à une cloche de la liberté convoquant tous les morts-vivants terrés dans leur trou. La bataille avait été livrée. La guerre était finie.

« Evan…, commença Henry, aussitôt interrompu par la main levée de son compagnon.

— Non, pas de cérémonie des adieux, merde, s'il te plaît, Henry. Je t'ai écouté bavasser pendant trois ans, je pourrai pas entendre un mot de plus. Je t'avoue que j'ai besoin d'un peu de paix, d'un peu de calme.

— Je voulais juste te dire merci…

— Contente-toi de retrouver ma fille et de lui donner cette lettre, gamin. Tu fais ça pour moi, et ma dette envers toi sera toujours plus grande que la tienne à mon égard.

— Je t'ai donné ma parole, Evan. T'inquiète, je la trouverai et je lui remettrai ta lettre.

— Je sais que tu le feras, petit. Je le sais. »

Henry se retourna quand un surveillant fit son apparition de l'autre côté des barreaux de la cellule.

« Alors, les pédés, on a fini les mamours ? »

Evan fit un clin d'œil au maton et lui adressa un sourire désabusé. « Bof, il en reste plein pour vous, chef. Vous cassez pas la tête, m'sieur Delaney, elle est bien trop jolie.

— T'es vraiment qu'un enculé, Riggs. J'sais pas ce qui m'retient d'entrer là-dedans et de… »

Henry Quinn s'interposa pour bloquer la vue et empêcher Delaney de voir Riggs.

« Prêt, patron, dit-il.

— Merde, comment t'as pu passer tout ce temps à causer à ce pauvre cinglé… ça m'dépasse, dit Delaney. Enfin, toi t'en as fini, maintenant, et tu te tires. J'ai idée qu'on tardera pas trop à te revoir quand même. J'imagine que d'ici là Riggs se s'ra trouvé une autre jolie chochotte.

— Mais qu'est-ce que vous croyez, bon Dieu ! s'exclama Riggs. J'me réserve pour vous, m'sieur Delaney, rien que pour vous. »

Delaney ignora le commentaire, se tourna vers la gauche et aboya : « La dix-sept ! Une sortie ! »

Une vague de sifflets, de cris et de hurlements divers parcourut le bloc. Des rouleaux de papier hygiénique déferlèrent des passerelles et des paliers comme une pluie de serpentins un jour d'investiture présidentielle. Les prisonniers cognaient leurs tasses à café en fer-blanc contre les barreaux.

Henry Quinn sentit une main ferme lui agripper l'épaule, et, sans se retourner, il plaça la sienne sur celle de Riggs et la retint une seconde.

« Oublie pas ce que je t'ai dit, gamin. Garde les yeux et les oreilles ouverts, mais ferme ta gueule. Y en a pas un, là-dehors, qui va pas chercher à t'baiser. Et quand t'arriveras en enfer, regarde bien autour de toi. Je serai déjà dans les parages à t'attendre, une bouteille à la main. »

Quinn se contenta d'un hochement de tête, incapable de se retourner et de lui faire face. Il n'avait pas envie que Riggs voie les larmes qui lui gonflaient les yeux.

Certains – quelques rares êtres exceptionnels – vous marquent à jamais de leur empreinte.

Le protocole de sortie prit des heures. Beaucoup d'attente et de coups d'œil à la pendule, mais Quinn avait l'habitude. Assis sur une chaise en plastique dur, dans un couloir aseptisé qui fleurait encore les regrets, Henry eut tout le loisir d'examiner ses mains. Là où, à une époque, il y avait eu des cals dus à la pratique de la guitare, il y en avait d'autres à présent, causés par le maniement de la pioche, de la pelle et de la masse au cours d'interminables journées passées à casser des cailloux, transporter des cailloux, entasser des cailloux. Il lui faudrait un bout de temps pour pouvoir rejouer comme avant.

Il fallait qu'il aille voir sa mère à San Angelo. L'idée le rebutait au plus haut point. La dernière fois qu'elle était venue le voir au parloir, il lui avait demandé de ne pas revenir. La visite datait de plus d'un an. Elle disait n'importe quoi, du genre : *On n'a pas changé, quand même ? Il m'arrive de penser que mon cerveau est si petit que j'en suis prisonnière... Et à d'autres moments, il est si gros que je pourrais le parcourir pendant des années sans arriver à en faire le tour.* Ce n'était pas tant ce qu'elle disait que sa manière de le dire. Comme si elle s'adressait à plusieurs personnes alors que seul Henry lui faisait face. Quand un des gardiens lui avait demandé si elle n'était pas un peu dérangée, il avait répondu qu'elle allait bien, fatiguée à cause du voyage sans doute, légèrement stressée peut-être. Il savait qu'elle buvait. Guidée non par la soif, mais bien par un besoin thérapeutique, sauf que le remède apportait avec lui une cohorte de maux, qui, malheureusement, ne se soignaient qu'avec une dose accrue d'alcool.

Henry pensait donc à sa mère, et, assez vite, en conclut qu'il ne savait pas trop quoi penser ; il s'efforça par suite de songer à autre chose.

Et puis il écarta les doigts et regarda entre les espaces le carrelage noir et blanc sous ses pieds, ce damier qu'il avait nettoyé si souvent qu'il le connaissait par cœur.

Il fallait qu'il récupère sa guitare, son attirail, son pick-up, avant de prendre la direction du sud-ouest et de la frontière mexicaine, pour dénicher une ville du nom de Calvary. Où le frère d'Evan, Carson, avec lequel il était brouillé, était shérif, et qui – pour autant qu'Evan le sache – avait été désigné après son incarcération comme tuteur légal de sa fille. Quand Quinn aurait retrouvé celle-ci, qu'il aurait tenu sa promesse en lui remettant la fameuse lettre, alors il n'aurait plus qu'à s'occuper de lui. Cette promesse comptait énormément pour lui, autant que toutes celles qu'il avait jamais pu faire, et Quinn savait que, coûte que coûte et vaille que vaille, il la tiendrait.

Evan Riggs – cet homme à qui Henry avait parlé pendant des heures et des heures, qui avait patiemment écouté tout ce qu'il avait à lui dire, qui était devenu une sorte de puits apparemment sans fond où déverser sa logorrhée – demeurait à ce jour une énigme pour lui.

Riggs mourrait là, dans la prison du comté de Reeves. La seule autre éventualité, c'était un transfert, ce qui revenait à mourir dans un autre endroit ressemblant à s'y méprendre au premier.

La perpétuité. Aucun espoir de libération conditionnelle. Condamner à vie, c'était condamner à vivre. Et tout ça pour rien.

Je leur ai dit que je me souvenais de rien, et c'était vrai. Mais c'est pas ce qu'ils veulent entendre. Un homme qui se souvient pas de ce qu'il a fait a forcément quelque chose à cacher. Comme je le répète souvent, une bonne conscience, c'est rien d'autre qu'une mauvaise mémoire. Ça m'empêche pas de savoir dans mes tripes que je l'ai tué, ce type. Mais pour quelle raison ?

D'aucuns prétendaient qu'Evan Riggs n'avait pas fini sur la chaise électrique parce que c'était un chanteur de country avec un 33 tours à son actif. D'autres, que c'était parce qu'il avait fait la guerre, de 1943 à 1945, exactement comme le gouverneur Robert Allan Shivers, natif du comté d'Angelina, diplômé de l'université d'Austin. En bon démocrate conservateur qu'il était, ce dernier appréciait la voix et les instruments typiques de cette musique traditionnelle. Entre militaires, on se soutient – il n'en avait pas fallu davantage pour que Riggs reste en vie.

Il y en avait aussi pour assurer que si Evan Riggs n'avait pas fini dans le couloir de la mort, c'était parce qu'il subsistait encore un doute dans beaucoup d'esprits : avait-il vraiment battu ce type à mort dans un motel miteux d'Austin, en juillet 1950 ?

Quoi qu'il en fût de ces hypothèses, le gouverneur Shivers avait signé les papiers, et Riggs s'était retrouvé au pénitencier du comté de Reeves, condamné à vie, sans possibilité aucune de libération. On s'empressa d'oublier sa victime, un petit malin du nom de Forrest Wetherby.

Riggs avait été tiré à demi conscient de sa chambre de motel, empestant le tord-boyaux à plein nez. À l'entendre, il ne se souvenait de rien – pas plus de celui qu'il était censé avoir tué que de l'esclandre ou de la bagarre. Il était incapable d'expliquer le sang sur ses jointures ou les accrocs à ses vêtements. Il savait en revanche qu'il était un ivrogne invétéré et qu'il ne tenait pas l'alcool, qu'il pouvait tuer son homme et qu'il était suffisamment armé pour le faire. Il avait été dans l'armée. Avait connu la guerre en Europe. Quand on entraîne un individu à tuer, il ne lui faut pas longtemps pour passer à l'acte.

Il ne contesta pas l'accusation, accepta le premier avocat commis d'office qu'on lui fournit, se soumit docilement aux décrets des Parques, ces trois divinités romaines qui dévidaient le fil reliant les événements de la vie des humains du début à la fin. Si les trois sœurs fatales ne furent guère clémentes à son égard, elles auraient pu se montrer beaucoup plus cruelles. Grâce à l'intervention du gouverneur Shivers, Riggs n'eut pas à faire des claquettes pendant que l'État lui faisait frire la cervelle.

Ceux qui connaissaient bien Evan Riggs s'étonnèrent de son peu de résistance. Il devait avoir lu la Bible et savoir, prétendirent certains, qu'il aurait de toute façon à payer un jour pour les crimes dont il se serait rendu coupable en ce monde. Alors autant subir le châtiment maintenant, boucler l'affaire pendant qu'il était encore en vie, plutôt que d'être damné pour l'éternité dans l'au-delà. Il s'en trouva aussi pour affirmer qu'on peut vouloir expier autre chose que des crimes avérés, que Dieu trouve toujours un moyen pour amener un pécheur devant Sa justice, et il est vrai que les preuves abondaient de la vie dissolue de Riggs, ivrogne patenté et homme à femmes. Après tout, les morceaux figurant sur le 33 tours qu'il avait enregistré ne tournaient-ils pas tous autour d'un seul et même thème ? Enfin, quoi… le titre même du disque – *The Whiskey Poet* – en disait assez long sur la source d'inspiration de l'auteur. On trouvait là des titres comme « Lord, I Done So Wrong », « This Cheating Heart », « I'll Try and Be a Better Man ». Enlevez les jolies mélodies, et l'album aurait pu s'appeler *Confession*.

Les gens inclinent toujours à penser ce qui leur plaît, et ce qu'ils pensent n'a le plus souvent aucun rapport avec la réalité.

Bref, telle était la vie d'Evan Riggs, et quelle qu'ait été la fréquence de ses tentatives pour la remettre à la bonne heure, elle refusait obstinément de se laisser faire. La mise en perspective était ce qui permettait le mieux d'envisager une existence nouvelle, mais elle n'était finalement que l'illusion, vide de toute promesse de renouvellement, de ce qui aurait pu être.

Henry Quinn et Evan Riggs avaient été poussés l'un vers l'autre, semblait-il… par calcul, par défaut, par le destin, allez savoir. Leurs chemins s'étaient croisés, comme ceux de chiens errants en quête d'un abri qui n'existait pas et n'existerait jamais. La dynamique des circonstances qui avaient déterminé leur rencontre était la même pour les deux, ne serait-ce que parce qu'il y avait eu, pour l'un comme pour l'autre, l'alcool, et, au bout d'une longue nuit, une peine de prison.

Henry avait senti en Riggs l'homme capable de tuer, capable, en tout cas, de se battre comme une bête aux abois. Si on lui avait demandé son opinion, il aurait dit que Riggs avait effectivement tué ce type à Austin, et l'autre avait beau affirmer qu'il ne gardait aucun souvenir de cet homicide, Henry, lui, avait vu la chose gravée dans son cœur. Les vérités de l'âme sont celles que l'on ne peut jamais complètement enfouir.

Si la vie d'Evan Riggs avait été changée par une bagarre, celle de Henry l'avait été par une balle. Celle-là même qui avait presque été fatale à Sally O'Brien. L'ironie du sort voulait que ce calibre .38 ne lui était pas du tout destiné. Pour tout dire, il n'était destiné à personne en particulier.

C'était juste le genre de chose qui arrive. Un accident, une coïncidence, une fois encore l'œuvre de ces maudites fileuses. Au bout du compte, la volonté de Dieu, et là, mieux valait ne pas chercher à comprendre.

Voici comment Henry Quinn s'était finalement retrouvé à la prison de Reeves :

Le mari de Sally O'Brien, Danny, était déjà parti au travail. Les deux aînés, Laura et Max, avaient couru jusqu'à l'arrêt de l'autobus scolaire à peine vingt minutes plus tôt, et Sally, vêtue d'un des tee-shirts de son mari et d'un peignoir, était seule avec la petite dernière, Carly. Une journée banale, en apparence normale, comme celle d'hier, ou du jour d'avant, sauf que les apparences sont parfois trompeuses : une minute ne se serait pas écoulée que la vie de Sally aurait basculé dans la tragédie sans qu'elle ait jamais rien pu soupçonner.

La balle qui traversa la fenêtre à 9 h 18, en ce matin du lundi 3 février 1969, fit en percutant la vitre le bruit d'une ampoule électrique qui claque. Un petit bruit sec que Sally entendit à peine et dont elle n'eut pas le temps d'identifier la source. La balle parcourut les deux derniers mètres qui la séparaient encore d'elle, occupée à présent à remuer des œufs sur la cuisinière, avant de pénétrer dans son cou selon un angle que l'on aurait dit calculé pour provoquer un maximum de dégâts, sans toutefois lui déchirer la trachée ni atteindre la colonne vertébrale.

On passait à la radio une chanson des Light Crust Doughboys, pas dans sa formation originale, mais avec le groupe monté plus tard par Smokey Montgomery. Sally était fan de ce genre de musique et pouvait l'écouter des journées et des nuits entières, fan de gens comme Tommy Duncan, Bob Wills ou Knocky Parker. Son mari, lui, disait que c'était ringard, mais il disait tant de choses, son mari, auxquelles elle ne prêtait aucune attention. Sous l'effet d'une réaction instinctive, Sally agrippa la cuillère dont elle se servait pour remuer ses œufs et resta un instant figée sur place, les yeux écarquillés ; puis elle s'effondra sur le côté avant de s'étaler sur le lino. La cuillère heurta le bord de la poêle, et des œufs brouillés fumants se répandirent par terre.

Carly, du haut de ses seize mois, se mit à rire. Elle ne comprenait pas le jeu qu'avait inventé maman, mais elle trouvait ça drôle. Elle continua à rire pendant une trentaine de secondes, après quoi le spectacle lui parut finalement moins amusant.

Encore trente secondes, et Carly pleurait. Elle ne cesserait de le faire pendant les vingt minutes qui suivirent, jusqu'au moment où le facteur, un compagnon de beuverie occasionnel de Danny O'Brien du nom de Ronnie Vaughan, fit son apparition avec un paquet nécessitant une signature.

Vaughan frappa sur le cadre de la porte intérieure, puis il sonna. Il entendait pleurer le bébé, mais personne ne répondait. La porte était fermée à clé, et il fit le tour de la maison pour l'aborder par l'arrière. À travers une fenêtre de la cuisine, il aperçut une partie de la pièce. Il ne remarqua pas le petit trou bien net dans la fenêtre voisine, pas plus qu'il ne vit Sally O'Brien gisant sur le linoléum dans une mare de sang et d'œufs brouillés. En revanche, il n'eut aucun mal à repérer l'enfant, dont les cris ne dérangeaient manifestement personne mais l'alarmèrent suffisamment pour qu'il appelle la police.

Elle arriva sur place à 9 h 43. Les deux agents, James Kincade et son adjoint, Steve French, frais émoulu de l'école de police, commencèrent par examiner les lieux. Kincade sonna à la porte, frappa à plusieurs reprises, avant de se procurer le numéro de téléphone des O'Brien, que le standard, à sa demande, appela à trois reprises, laissant sonner un nombre incalculable de fois. À 9 h 51, Ronnie Vaughan, James Kincade et Steve French conclurent d'un commun accord qu'il se passait quelque chose pour le moins d'anormal. Kincade et French entrèrent par la porte de derrière, et il n'avait pas fait trois pas à l'intérieur que Kincade pataugeait non seulement dans le petit déjeuner de Sally O'Brien mais aussi dans son sang. Le policier, crédité plus tard d'un geste sauveur, boucha d'un doigt le trou pratiqué par la balle, stoppant ainsi l'hémorragie. Il n'avait toujours pas retiré son doigt quand la blessée fut placée sur une civière, ni quand on la transporta à l'hôpital du comté de San Angelo à une quinzaine de kilomètres de là.

Si James Kincade n'avait pas à ce moment-là imité le petit Hollandais de la légende, qui avait sauvé sa ville en bouchant du doigt le trou dans la digue, Sally O'Brien se serait vidée de son sang. Ce qui n'arriva pas, puisque, bien au contraire, elle survécut. Il y avait certes de grandes chances pour qu'elle ne puisse plus jamais recouvrer l'usage de la parole, mais au moins gardait-elle la vie.

Puis ce fut l'enquête. Qui aurait pu vouloir tuer une femme comme Sally O'Brien d'une balle dans la gorge pendant qu'elle préparait son petit déjeuner ? Qui aurait pu vouloir la tuer tout court, et pour quelle raison ?

Il fallut vingt-cinq bonnes minutes à l'officier de police James Kincade pour repérer le trou dans la clôture adjacente à la propriété des O'Brien. Alors qu'il cherchait à déterminer à l'aide d'une longueur de corde la trajectoire du projectile depuis l'autre côté de la barrière, il tomba sur une marque laissée sur un tonneau à eau par le ricochet d'une balle. Il examina attentivement les alentours, et, secondé en cela par sa solide connaissance des armes à feu, en vint rapidement à la conclusion que la balle n'avait pu être tirée que d'un seul point tout en gardant assez de puissance pour traverser la clôture, ricocher sur le tonneau et aller transpercer la gorge de la voisine. Le jardin dont l'arrière longeait le terrain des O'Brien accapara alors toute son attention. Il faisait partie d'une propriété actuellement louée, et occupée par une femme du nom de Nancy Quinn et par son fils, Henry. N'ayant trouvé personne à la maison, Kincade escalada la clôture du jardin et découvrit des canettes de bière vides et des enveloppes de cartouche, qu'il se garda bien de toucher.

Deux heures et demie plus tard, il revenait avec un mandat, accompagné de French et d'un inspecteur, Oscar Gibson, natif de l'Oklahoma et Texan par défaut. Brave homme et policier intègre, il était dans les services de police de San Angelo depuis huit ans. Il attendit patiemment que Kincade et French aient fini de marteler la porte, de sonner à plusieurs reprises avant de conclure de manière somme toute prévisible que la maison devait être vide.

Ayant sauté par-dessus la clôture des O'Brien et examiné les lieux d'un œil averti et objectif, Gibson fit la même déduction que Kincade, tout infondée et hypothétique qu'elle ait pu être. Une personne, ou plusieurs, avaient bu des bières et tiré au revolver dans le jardin des Quinn. Une des balles avait traversé la clôture, ricoché sur le tonneau à eau, troué la vitre de la fenêtre et pénétré dans la gorge de la dénommée O'Brien. Elle avait accompli sa funeste besogne aux alentours de 9 heures, le bruit des détonations passant vraisemblablement inaperçu pour une raison bien compréhensible : on était en semaine, et la plupart des gens travaillaient. Mais impossible de savoir si la consommation de bière avait été concomitante de l'usage du revolver ou si les buveurs étaient aussi ceux qui avaient appuyé sur la gâchette. Henry Quinn était leur seul suspect… à moins que sa mère, Nancy, fût une sorte d'Annie Oakley des temps modernes qui s'ignorait, dotée d'un goût prononcé pour les viseurs Buckhorn.

À peine deux heures plus tard, l'ado était appréhendé. Un flagrant délit, ou peu s'en fallait. Il fut arrêté sur-le-champ après avoir répondu par l'affirmative à deux ou trois questions : *Est-ce que tu étais à la maison ce matin et est-ce que tu buvais des bières dans le jardin ? Est-ce que tu as tiré au revolver ?* On s'en alla quérir Nancy Quinn à son travail, et, à la fin de la journée, elle se retrouvait avec un fils accusé de possession illégale d'arme à feu et de coups et blessures.

Ils passèrent sur le délit de consommation d'alcool chez un mineur. Gibson affirma à cette occasion être un homme plein de clémence et d'indulgence. Le gamin s'était fourré dans un pétrin épouvantable ; personne n'avait besoin, Henry moins que tout autre, de l'enfoncer davantage.

C'est ainsi que Henry Quinn, à deux jours de son dix-huitième anniversaire, fut inculpé en tant qu'adulte, mis en accusation et placé en détention provisoire à la prison municipale de San Angelo. L'audience préliminaire se réduirait à une simple formalité. L'inculpé n'avait aucune défense à faire valoir. Il était ivre au moment des faits, il avait tiré avec un pistolet, et Sally s'était reçu une balle dans la gorge. Il fut prouvé que la balle et le pistolet concordaient. Si la victime était morte des suites de ses blessures, il y aurait eu homicide involontaire. L'avocat commis d'office dit à Nancy Quinn que s'il tombait sur un jury un tant soit peu compatissant, son fils en prendrait pour trois à cinq ans, à purger vraisemblablement à la prison du comté de Reeves. Il prit soin de lui préciser également que Sally O'Brien ne s'en tirerait sans doute pas aussi bien. Selon les médecins, ses chances de recouvrer l'usage de la parole étaient minces. Et il ajouta que Henry Quinn serait bien avisé à sa sortie de prison de se méfier de Danny O'Brien.

Le procès se déroula comme prévu. Henry bénéficia d'un jury compatissant. L'avocat de la défense, commis d'office ou non, se montra beaucoup plus malin et plus déterminé que celui qui avait été assigné à Evan Riggs en août 1950. Henry Quinn écopa du trois à cinq ans, et fut envoyé à Reeves après avoir été condamné le lundi 16 juin 1969. Jimi Hendrix venait de se faire arrêter en possession d'héroïne. *Apollo 10* s'était approchée à quinze kilomètres de la surface de la Lune. Le nombre des soldats américains morts au Vietnam dépassait désormais celui des GI tués pendant la guerre de Corée. Les Beatles occupaient la première place du hit-parade avec « Get Back ».

Voilà comment les choses s'étaient passées.

Dire que la vie en prison fut un choc pour Henry Quinn serait un euphémisme. Et même davantage qu'un euphémisme. Tout ce qui s'était produit entre le jour de son arrestation et son arrivée à la prison de Reeves avait un air fantasmagorique, une étrange transparence. Rien n'était réel ; en conséquence rien n'avait d'importance. Il n'allait pas tarder à se réveiller, c'était certain, convaincu qu'il s'agissait d'un effet du miroir déformant de son imagination jouant à lui donner l'image d'une réalité pire que ses craintes les plus inavouées. Mais on n'était pas là dans le réel. On était dans le monde des rêves. Inutile donc de s'inquiéter.

Il n'y avait jamais eu de Sally O'Brien. Jamais eu de séance de tir en état d'ébriété. Ni balle perdue, ni ricochet, ni Carly O'Brien secouée de sanglots tandis que sa mère se vidait de son sang sur le sol de la cuisine. Jamais eu non plus d'avocat commis d'office, d'inculpation, de détention provisoire, d'audience préliminaire. Ni de procès, ni de condamnation. Quant au jour du verdict, il n'avait fait qu'annoncer le moment de son réveil tant attendu.

Un moment qui n'arriva jamais.

La réalité de ce qu'il était vraiment, de l'endroit où il se trouvait à présent, le tournant quasi surréaliste que venait soudain de connaître sa vie, seul le bruit sourd d'une lourde porte se refermant brutalement derrière lui à l'instant où il pénétrait dans sa cellule en ce soir de juin 1969 lui en fit prendre conscience.

Rien ne saurait être comparé à ce bruit. On croirait presque que sa nature même est inscrite dans la trame spirituelle de l'existence humaine. Nous l'avons tous entendu. Et tous nous savons ce qu'il suppose. Il ne perd jamais de son intensité ni de son pouvoir. Un bruit si ancien pour de si jeunes oreilles.

Tu n'es plus un homme libre, Henry Quinn.

Tu mangeras quand on te le dira. Tu pisseras quand on te le dira. Tu fumeras, marcheras, parleras, iras travailler et chier quand on te le dira. Et puis, mon gars, tu ne verras ni filles, ni guitares ni repas décents pendant une petite éternité. C'est comme ça, tu vois. Alors il faudra t'y faire, à moins que tu choisisses de te pendre dans les latrines à l'aide de deux ou trois longueurs de draps noués les uns aux autres, tout en priant pour que personne ne te trouve avant que tes yeux se révulsent et que tu esquintes ta belle tenue.

Affaire classée.

Henry Quinn ne dormit pas lors de sa première nuit en prison. Il était sous surveillance suicide, comme tous les bleus. D'abord sept nuits passées seul ; sept longues nuits dans une cellule sans rien que des barreaux. Le gardien changeait toutes les quatre heures, si bien qu'il n'y avait guère moyen de s'endormir à la tâche. Les hommes criaient, pleuraient, priaient. Le gardien, lui, restait muet ; c'étaient les autres détenus qui hurlaient pour qu'ils cessent leur foutu vacarme.

Arrête de gémir comme une fillette, petite merde, ou j'te lacère le visage.

Henry ne cria pas, ne pleura pas, ni ne pria. Il resta allongé en silence, à souhaiter que la nuit se termine. Ses souhaits furent si l'on peut dire exaucés puisque chaque nuit lui parut moins longue que la précédente, et au bout de trois jours l'épuisement eut raison de lui, l'emportant dans un sommeil agité mais par bonheur sans rêves.

Le matin du huitième jour, il fut incorporé. Une fois douché et épouillé, il reçut une nouvelle tenue en jean, une paire de chaussures à semelles caoutchoutées, mais pas de chaussettes. Ce dernier article vestimentaire ne faisait plus partie de l'uniforme standard à Reeves depuis l'émeute de 1959, qui avait vu les hommes rapporter des champs des pierres de la grosseur d'un poing, les glisser dans des chaussettes avant de tomber sur plusieurs gardiens et d'en tuer un. L'endroit avait été paralysé pendant deux jours pleins. On avait appelé la garde nationale à la rescousse, et pas moins d'une centaine de prétendus militaires avaient finalement rétabli l'ordre à coups de lances à incendie, de matraques, et de la force que confère le nombre. C'était là tout ce qu'ils verraient jamais de la guerre, ceux-là, mais les détenus leur en avaient donné pour leur argent.

Le directeur de l'époque avait été « démissionné » et un ancien combattant expérimenté du nom de Frank Colby, appelé pour lui succéder, avec pour mission de redonner un peu de lustre au pénitencier. Tâche dont il s'acquitta avec succès. La pratique consistant à louer les prisonniers à des exploitations ou des entreprises privées fut rétablie – détachements programmés pour l'extérieur, forçats enchaînés –, et les frustrations et la colère rentrée qui couvaient parmi la population du centre pénitentiaire agricole de Reeves furent canalisées et mises au service d'entreprises constructives et progressistes. UNE FORCE NATURELLE QUI ŒUVRE POUR LE BIEN COMMUN. COLBY NETTOIE LES COULOIRS. REEVES : UN CHEMIN VERS LA RÉHABILITATION.

De la poudre aux yeux, des conneries, tout ça. Colby cherchait juste à se faire du fric et gardait toujours un œil sur de possibles pots-de-vin, qu'il acceptait sans aucun scrupule quand l'occasion se présentait. C'était toutefois un homme généreux, et nombre de fonctionnaires un peu partout dans le comté de Reeves, voire au-delà, profitaient de ses largesses. La rumeur fit bientôt du centre pénitentiaire une corne d'abondance, avec pour résultat que les gens avaient tendance à ignorer les passages à tabac, les peines d'isolement excessivement sévères, les bagarres entre les détenus et les morts dites accidentelles.

C'est dans cet établissement pénitentiaire réformé et amélioré que se trouva incorporé Henry Quinn. Il ne lui fallut que quelques jours pour comprendre que son avenir dépendrait entièrement de ce qui se passerait dans cet endroit.

2

Peu importe le bout par lequel on prenne cette histoire, Henry Quinn était un accident.

Grandir avec cette idée présente à l'esprit laisse forcément des traces chez un gamin.

Nancy Quinn, tout juste vingt-deux ans, n'avait jamais eu l'intention de tomber enceinte, pas plus que Jack Alford d'être l'homme responsable de cet état.

Mais c'est ce qu'il fut, tout en sueur, en chaleur, à moitié dévêtu sur la banquette arrière d'une berline quatre portes Buick Super, au cours d'un moment fort alcoolisé, surtout remarquable par l'incident qui vit Nancy Quinn se cogner violemment le coude sur le volant blanc en taenite, et par la crise de fou rire de trois bonnes minutes qu'il déclencha. La baise, elle, n'avait rien eu de remarquable. En se réveillant seule dans son lit, et tout habillée, le lendemain matin, Nancy prit conscience de deux choses : son coude lui faisait toujours mal et ses sous-vêtements avaient disparu. Elle pria le ciel pour ne pas se retrouver en cloque. Mais sa prière, comme tant d'autres, ne fut pas entendue, et, au bout de huit jours, elle savait à quoi s'en tenir. Elle le savait, point. Le cataclysme tant mental que psychologique auquel elle parvint à survivre au cours des semaines suivantes était d'une ampleur proprement biblique. Pour autant elle n'en dit rien à ses parents. Elle se confia à sa sœur, qui lui conseilla la seule solution envisageable : passer la frontière pour aller à Ciudad Acuña ou Piedras Negras et se faire avorter. À sa connaissance, tous les problèmes matériels de Nancy pouvaient être résolus grâce à un bout de tuyau, un litre de lessive de soude et environ soixante-quinze dollars.

Que la cause en ait été les horribles histoires d'avortements clandestins entendues ici et là, la culpabilité, une compassion innée ou encore le sentiment que des choses de ce genre arrivaient sans qu'on en comprenne jamais la raison, elle prit une décision. Laquelle lui vint à l'esprit alors qu'elle se trouvait dans une salle de cinéma de San Angelo. Le film – *La Marche à l'enfer*, avec Dana Andrews et Farley Granger – ne la captivait guère. C'est pourtant au cours de la séance qu'elle fut submergée par une émotion qu'elle qualifierait par la suite de *paisible*, et qui lui apporta la certitude de mener sa grossesse à terme. Mieux encore : de tout avouer à ses parents.

Les choses se passèrent assez mal. Sa mère n'eut pas grand-chose à dire. Son père la traita de traînée et lui donna deux cents dollars : c'était là tout ce qu'elle était en droit d'attendre de lui en matière de responsabilité parentale et financière. Elle avait vingt-deux ans, un boulot (elle travaillait comme secrétaire au département des bibliothèques du comté de San Angelo) et payait elle-même son loyer. Qu'elle garde l'enfant ou pas relevait de sa décision personnelle. Il n'avait quant à lui aucun doute sur celle qu'il aurait prise à sa place, mais à sa place il n'y était pas, et ce n'était donc pas son problème.

Surprise tout de même par la réaction de son père, Nancy quitta le domicile familial, convaincue qu'elle n'y remettrait jamais les pieds. Même sa mère, qui essayait encore de la consoler sur le pas de la porte avec des « T'inquiète pas, ma chérie… il reviendra à de meilleurs sentiments », ne fit rien pour dissiper ses craintes. Peu importaient les tenants et les aboutissants de l'affaire, celle-ci était effrayante, et Nancy resta persuadée que ce n'était pas bien de la part de ses parents de l'abandonner ainsi à son sort. Le sentiment d'abandon ne tarda pas à prendre la forme d'un sentiment d'injustice, qui lui-même céda bientôt le pas à une indignation complaisante. Le temps qu'elle atteigne son quatrième mois de grossesse, elle savait que, si son père venait la supplier à genoux de lui pardonner – éventualité qui, à vrai dire, n'avait aucune chance de se produire –, elle refuserait catégoriquement de l'écouter, histoire de lui faire comprendre la nature de ses sentiments à son égard.

Son père ne vint jamais, l'indignation complaisante perdit de sa virulence, s'apaisa, et quand elle accoucha le 5 février 1951, Nancy Quinn était une autre femme. Elle appela le garçon Henry. Simplement Henry. Pas de deuxième prénom, pas de référence à une quelconque ascendance, rien d'autre que la certitude de ces deux syllabes nues qui semblaient parfaitement convenir à ce petit être au regard franc qui lui faisait chaud au cœur. Eût-il jamais subsisté le moindre doute dans son esprit quant au bien-fondé de sa décision qu'il aurait été exorcisé et vaincu en un seul battement de ce même cœur attendri.

La suite lui donna raison et la conforta dans le choix qu'elle avait fait : Henry Quinn était indiscutablement un enfant hors norme.

Dire qu'il était brillant aurait été peu dire. L'enfant était tout bonnement éblouissant. Non qu'il posât des questions à n'en plus finir – c'est là un phénomène courant chez les jeunes enfants. Mais c'était la nature même de ces questions qui laissait Nancy perplexe, et souvent sans voix. Sans compter qu'il arrivait au petit d'affirmer des choses comme s'il s'agissait de faits avérés. Chaque fois, sa mère en restait sidérée.

« Comment t'expliques, m'man, que certains jours passent si vite et d'autres si lentement, alors qu'ils ont tous le même nombre d'heures ? »

« Mets la musique plus fort, m'man. Elle me donne l'impression qu'il pourra jamais rien arriver de mal à personne. »

Et cela venant d'un enfant qui parlait depuis à peine un an.

Jusqu'au soir où, alors qu'elle le tenait dans ses bras, il leva les yeux vers elle et lui dit : « Mon cœur bat deux fois plus vite que le tien. Tu crois que c'est parce que je t'aime deux fois plus fort que n'importe qui d'autre ? »

Pareilles remarques donnaient à penser à Nancy Quinn que son garçon était différent des autres. De telles joies, de tels émerveillements, son père ne les connaîtrait jamais. Il mourut en effet avant que son petit-fils ait atteint ses trois ans, et Nancy ne regretta pas un seul instant d'avoir nourri toute cette rancune à son égard. Elle était peut-être incapable de retenir un homme, mais, la rancune, en revanche, elle savait s'y accrocher.

Nancy emmena Henry à l'enterrement, lui disant qu'il allait rencontrer sa grand-mère pour la première fois. Le bambin prit la chose sans se démonter, charmant tout un chacun, hommes et femmes confondus. Et quand Grandma Quinn le souleva pour le serrer dans ses bras, elle versa deux fois plus de larmes que pour le deuil de son mari.

Ce jour-là marqua la fin de tout conflit, de toute mésentente, entre la mère et la fille. Marion Quinn paya ce qu'il fallait pour permettre à Nancy et Henry de quitter l'appartement exigu qu'ils avaient toujours occupé et d'emménager dans la maison en location où ils allaient demeurer jusqu'à cette matinée fatidique qui verrait la bière couler, un revolver fumer, et un tonneau de récupération d'eau renvoyer une balle dans la gorge de la pauvre Sally O'Brien.

Les années qui s'écoulèrent entre l'enterrement de Walter Quinn et l'arrestation du petit-fils qu'il n'avait jamais connu furent modérément mouvementées. Henry Quinn fréquenta une école de la ville, sauta une classe à deux reprises, obtint son diplôme de fin d'études, entra à la faculté, et bien que personne ne mît en doute ses aptitudes ou ses résultats, on était en droit de se poser des questions sur ses motivations. S'instruire entre quatre murs ne l'intéressait guère. C'était en tout cas l'impression qu'il donnait. Il lisait des bouquins par dizaines, parfois deux ou trois en même temps ; il épuisait sa carte de bibliothèque aussi vite qu'il usait ses chaussures au cours de ses allers-retours incessants entre la bibliothèque et son domicile. Nancy, qui avait toujours son emploi aux affaires du comté de San Angelo, et qui était elle-même remarquablement cultivée, lui dressait des listes interminables. Henry non seulement lisait les ouvrages qu'elle lui conseillait mais n'hésitait pas à s'en écarter pour aller flâner dans d'étranges promenades littéraires qui l'emmenaient vers des genres obscurs et des sentiers peu battus. Tout, depuis les classiques de la littérature anglaise jusqu'à la poésie américaine contemporaine, lui passait entre les mains, dans la tête, et, par voie de conséquence, dans le psychisme. Aussi à l'aise quand il citait *La Nuit des rois*, Lovecraft ou une strophe du *Margaretta's Rime* de Helen Adam, Henry déconcertait son entourage. L'idée que l'on se faisait de lui et ce qu'il était en réalité étaient deux choses bien différentes. Il semblait prendre un malin plaisir à tromper les attentes des autres. Peut-être se disait-on que quelqu'un d'aussi doué ne pouvait que faire montre de supériorité, voire de condescendance. Pourtant on n'aurait pu rêver plus modeste que lui. Il ne pratiquait pas l'autodérision, ni ne se laissait envahir par le doute, mais il manifestait une nonchalance insouciante qui d'une certaine façon rendait l'atmosphère plus respirable autour de lui. Son esprit avait beau être d'une extrême vivacité, ses mouvements étaient lents, son discours mesuré, comme si tout ce qui sortait de sa bouche était planifié, réfléchi, alors même que c'était tout l'inverse.

La vérité – en admettant qu'il y en eût une –, c'est que notre Henry pensait à tout en termes musicaux. Il vivait sa vie comme une bande sonore. Depuis qu'il avait découvert T-Bone Walker et Freddie King, il faisait avec les disques ce qu'il avait fait avec les livres. Il se baladait à l'envi entre des dizaines de genres et de sous-genres, écoutant aussi bien Red Garland, Charlie Christian, Harry Choates, que Chostakovitch et Rachmaninov, avant d'aller faire un tour du côté d'Ernest Tubb et de Sippie Wallace, le Rossignol du Texas.

Pour son neuvième anniversaire, Nancy lui avait acheté une guitare électrique d'occasion, une Teisco EP-7. L'instrument avait déjà quatre ou cinq ans, et donnait l'impression d'avoir servi de rame pour sortir une barque d'un marécage, mais, une fois bien astiquée, elle ressemblait suffisamment à celle de Freddie King pour que Nancy se doute qu'elle comblerait Henry de bonheur.

De fait, quand Henry la vit, il fondit en larmes.

Par la suite, le même scénario devait se répéter jour après jour : Henry rentrait de l'école, faisait ses devoirs et les diverses tâches qui lui incombaient, avant de prendre la direction de sa chambre. Rares étaient les soirs où Nancy ne le trouvait pas endormi, tout habillé, les doigts encore agrippés à sa guitare, des morceaux de papier jonchant le sol, couverts de hiéroglyphes, de paroles de chansons, d'annotations musicales d'un genre ou d'un autre. Il lui arrivait parfois de s'attarder dans le couloir pour écouter Henry se repasser inlassablement sur son tourne-disque Symphonic 556 une phrase musicale d'un disque en Bakélite rayé, et s'efforcer ensuite de la reproduire sur son instrument. Elle s'émerveillait de la patience et de la détermination du garçon, et quand elle commença à sortir avec un prof de musique du lycée de San Angelo, un certain Larry Troutman, elle regarda, fascinée, Henry littéralement saigner le malheureux à blanc dans son appétit de connaissance et de perfectionnement.

« Le gamin est plus affamé qu'un boxeur cubain, lui confia Larry. J'ai jamais vu un truc pareil. Ce foutu gosse a une éponge à la place du cerveau… Plus je lui en dis, et plus il en demande. »

La relation entre Nancy Quinn et Larry Troutman ne dura qu'un temps. La passion de Henry, elle, en revanche, ne fit que croître et embellir.

Les chansons qu'il commença à écrire avaient l'air vieillotes. C'est du moins l'impression qu'en avait Nancy. Des paroles comme *Everytime I die, someone steals my shoes*[1] dans la bouche d'un ado de quinze ans sonnaient à la fois terriblement faux et terriblement juste. Surprenant un jour celles-ci : *He understands whiskey, women, and God, and everything in between*[2], alors qu'elle traversait le couloir pour se rendre à la salle de bains, elle s'attarda un moment, s'interrogeant sur les origines de Henry. Peut-être avait-on échangé les bébés à la maternité. Ce gamin avait tout d'un bohémien. Elle savait avec certitude qu'il n'en était rien, ce qui ne l'empêchait pas de se poser moult questions à propos de cette perspective gauchie et de l'étrange sagesse qu'elle semblait engendrer. Peut-être cela venait-il de Jack Alford, amant d'un soir et géniteur de hasard. Elle ne le savait pas, et ne le saurait jamais, car,

1. Chaque fois que je meurs, quelqu'un me vole mes chaussures.

2. Il entend le whisky, les femmes, Dieu et tout ce qu'il y a entre.

à l'époque, elle ne connaissait pas ce Jack Alford, et doutait fort de le revoir jamais et d'avoir suffisamment de temps à lui consacrer pour découvrir sa vraie nature.

Quelques mois après le seizième anniversaire de Henry, un concours de chant radiophonique fut organisé à la fête du comté. Henry monta sur un podium de fortune et, équipé de sa Teisco EP-7 et d'un amplificateur Lafayette LA-75, interpréta un morceau de sa composition intitulé « Easier than Breathing to Love You ». D'où il avait bien pu tirer les paroles, Nancy l'ignorait. Elle n'était certes pas au courant de toutes les activités de son fils, mais elle était prête à parier qu'il n'avait pas encore trouvé de petite amie et qu'il était toujours puceau. Et pourtant, cette chanson avait été écrite par un homme dont le cœur s'était brisé plus souvent qu'à son tour. C'était du moins l'impression qu'elle donnait. Impression manifestement partagée par Herman Russell, chasseur de talents pour le compte d'une petite maison de disques d'Abilene. Russell était aussi large que haut, avait l'air de rouler sur lui-même quand il venait vers vous. Un visage plein d'entrain, aux lèvres un sourire en coin qui laissait entendre que le monde était peuplé de crapules, mais trahissait aussi sa certitude d'être encore plus crapule que la plupart de ses congénères. Il avait pour habitude de porter un complet-veston, avec montre de gousset et pochette assortie à sa cravate. Un dandy du Sud avec un penchant pour les chaussures bicolores et les cheveux gominés.

« J'en ai vu des centaines, de ces concours de jeunes talents », confia-t-il à Nancy Quinn.

Henry était là, guitare à la main, obsédé par le fait qu'il avait oublié une mesure dans le pont, s'était payé une demi-douzaine de fausses notes et avait joué un demi-ton en dessous dans le dernier refrain. Pour ce qui le concernait, son interprétation de « Easier than Breathing to Love You » avait dû être cacophonique – il en était sûr.

« Le garçon a une bonne voix, et se débrouille bien avec son instrument, déclara Herman Russell, avant de se tourner vers Henry et de lui demander qui était le compositeur de la chanson.

— C'est moi, m'sieur, répondit Henry.

— Sérieux ? J'y crois pas », dit Herman, en repoussant son chapeau en arrière d'une chiquenaude. Il plissa les yeux dans la lumière et regarda Henry d'un air dubitatif. « J'y crois pas, répéta-t-il, comme s'il avait quelque part au fond de lui une grande caisse de résonance. Et t'en as d'autres du même genre ?

— Il en a des tas, intervint Nancy. Tout ce qu'il fait, en dehors de ses devoirs et de quelques tâches domestiques, c'est jouer de la guitare et écrire des chansons, Mr. Russell.

— Faites-moi plaisir et appelez-moi Herman. Je suis Mister Russell pour personne… en dehors des flics et du fisc. »

Herman examina les chaussures de Henry, les revers effrangés de son jean et son visage juvénile. Juvénile il l'était, à n'en pas douter, mais si ce gamin efflanqué était capable d'écrire une chanson pareille, alors il était tombé sur une mine.

Il se trouvait, cependant, que Herman était de ces hommes qui vont à l'église plus souvent que pour Pâques et Noël et estiment juste de faire confiance à quelqu'un jusqu'à ce que celui-ci vous fournisse une bonne raison de vous méfier de lui. Rien ne le poussait donc à douter que Henry fût l'auteur de ladite chanson, par ailleurs excellente, le genre dont on peut faire un 45 tours en espérant le vendre à une bonne centaine de disquaires du West Texas sous le label Crooked Cow. Car tel était le label pour lequel travaillait Herman Russell, lui-même un vrai natif d'Abilene, qui avait autant de paires de chaussures et de complets que la semaine comptait de jours, avec cravates et pochettes assorties, et qui se flattait de toujours récompenser correctement un travail correct. Or, s'il se fiait à ce qu'il venait de voir et d'entendre, le garçon méritait davantage qu'une récompense correcte ; Henry était une aubaine comme il s'en présentait peu, même en écumant toutes les foires de comtés réunies.

Herman Russell leur proposa une visite au studio de Crooked Cow à Abilene, et Nancy – estimant que cela ne pouvait pas faire de mal, ni à court ni à long terme – fit le voyage en car avec son fils, voyage défrayé par Herman Russell grâce à un chèque déposé à la gare routière l'après-midi même de la foire. Une semaine plus tard, un jeudi, ils montaient dans le car, le jour où les Beatles sortaient *Sgt. Pepper's Lonely Hearts Club Band*, et Henry se retrouvait peu après dans une petite antichambre donnant accès à un grand studio d'enregistrement, en train de contempler la photo d'un chanteur de country du nom d'Evan Riggs. Il connaissait déjà l'homme et son album, *The Whiskey Poet*, mais ignorait tout de ce qu'il était devenu, ne savait pas qu'il avait déjà purgé dix-sept ans d'un emprisonnement à vie au pénitencier de Reeves pour le meurtre de Forrest Wetherby dans un couloir d'hôtel à Austin en 1950. Et si Henry avait su alors qu'il serait amené un jour à partager sa cellule avec celui dont il regardait la photo en ce moment même, il aurait eu son sourire breveté Henry Quinn et aurait dit : « Tu sais quoi ? T'es complètement dingue... »

Henry enregistra dans l'après-midi une bande d'essai de « Easier than Breathing to Love You ». Il était moins tendu, il n'y avait personne pour le regarder, du moins personne qu'il pût voir, et l'homme qui lui parlait dans le casque semblait décontracté et prenait tout son temps. Il fit trois prises de la chanson (« Juste pour régler la balance, fiston... ») et dit à Henry qu'ils en avaient terminé.

Quand il apparut, l'autre était tout en genoux et en coudes, d'une minceur d'adolescent, mais avec, sur le visage, un sourire aussi contagieux qu'un rhume des foins.

« Les types se lâchent quand ils croient qu'ils ne sont pas enregistrés pour de bon, expliqua-t-il. C'est un de nos trucs, mais ça marche qu'une fois. Tu t'es bien débrouillé, mon gars, t'as une bonne chanson et une belle voix. Encore quelques années, et tu seras aussi bon que tous ceux que j'ai enregistrés jusqu'ici. »

Henry accepta le compliment. Il n'attendait rien. S'il était venu à Abilene, c'était plus par esprit d'aventure qu'autre chose.

Herman Russell prit la bande et dit à Henry et à sa mère d'aller faire un tour jusqu'au bar au coin de la rue, d'y prendre un milk-shake ou un truc du même genre et de revenir au studio un peu plus tard.

Ils allèrent donc faire un tour jusqu'au bar, prirent un truc et revinrent un peu plus tard. Herman les attendait.

« J'ai parlé au boss et je lui ai fait écouter ta chanson. Il a été très impressionné, mais il veut pas te prendre dans l'écurie tout de suite. Il préfère attendre un an ou deux, laisser ta voix mûrir encore un peu. Il se demande si ça t'intéresserait de signer un contrat d'exclusivité quand même ?

— Un contrat d'exclusivité ? demanda Nancy. C'est quoi ?

— Rien qui vous lie véritablement, expliqua Herman. Ça signifie simplement que vous nous donnez la préférence, si par hasard une autre maison s'intéressait à Henry d'un point de vue professionnel. On vous donne cinq cents dollars tout de suite, et on a un droit de préemption sur votre production au cas où d'autres voudraient l'enregistrer et la distribuer. Et puis, une fois majeur, Henry revient nous voir, on fait encore quelques essais, et on avise.

— Et les cinq cents dollars, qu'est-ce qui se passe si on décide d'aller voir une autre maison de disques ? s'enquit Nancy.

— C'est simple, ils nous rachètent Henry pour le même montant. Comme je vous l'ai dit, c'est pas contraignant. Davantage une sorte d'entente à l'amiable qu'un véritable contrat qui va vous lier juridiquement. Personne ne va aller voir un notaire pour cinq cents malheureux dollars, Mrs. Quinn. »

Henry signa le papier. Que Nancy contresigna en tant que tutrice, tout en se disant que cinq cents dollars, c'était presque une petite fortune. Herman apposa sa signature à son tour, avec un paraphe digne d'un rédacteur d'une nouvelle version de la Constitution. Il donna l'argent à Henry séance tenante et, dans un magasin de musique à deux blocs de là, ce dernier acheta pour deux cent soixante-cinq dollars une Gibson Les Paul Custom de 1968.

Henry ne l'avait pas sitôt vue qu'il la lui avait fallu à tout prix. Comme s'il retrouvait un ami de longue date.

« Les guitares, c'est pareil que les armes, tu vois », lui dit le vendeur. L'homme s'appelait Norman, à en croire le nom brodé sur la poche de poitrine de sa chemise en chambray. « Il y a une arme pour chaque homme. Dès qu'il s'en saisit, il sait que c'est la bonne. Il a l'impression de serrer la main à quelqu'un de confiance. Avec les guitares, c'est la même chose. Là, tu fais une sacrée affaire. Elle est comme neuve, elle devrait faire dans les trois cent vingt-cinq, normalement, mais le poids plume à qui on l'a vendue y a six mois de ça nous l'a rapportée sous prétexte qu'elle était trop lourde. Pas une marque, pas une éraflure. On aurait pu la revendre comme neuve, mais ça serait malhonnête, et c'est pas le genre de la maison. »

Nancy se tenait un peu à l'écart. Sans rien dire. Avec l'impression d'écouter des gens qui parlaient une autre langue. Une conversation entre extraterrestres. Des bouseux de l'Alabama, peut-être.

« T'as un ampli, fiston ?

— Ouais, un Lafayette. »

Norman sourit d'un air apitoyé. « Mais ça reviendrait à mettre de l'huile de cuisine dans une Cadillac. C'qu'il te faut, c'est un Fender. Tu devrais t'offrir un de ces Princeton Reverb que j'ai là. »

Norman entraîna Henry à l'arrière du magasin. Nancy resta seule un moment, en proie au sentiment que Henry aimait à présent un objet autant qu'il l'avait aimée, elle, un jour. Elle savait que la musique était comme un virus qui l'aurait infecté. Impossible de l'en débarrasser, et le seul moyen de traiter et d'atténuer les symptômes, c'était de jouer et de chanter, de se retrouver au centre de l'attention et de cette vie que son fils s'était manifestement choisie. À moins que ce ne fût l'inverse et que la vie l'ait choisi, lui – elle n'en savait trop rien.

Henry ressortit du magasin Au Paradis du Musicien avec son nouvel attirail, et juste de quoi couvrir les frais d'un bon repas. Ils se rendirent dans un *diner* non loin d'Arthur Sears Park, où ils parlèrent un peu du passé, beaucoup de l'avenir, et Nancy ne tarda pas à comprendre que son fils allait bientôt l'abandonner pour un monde inconnu dont il n'avait pas la moindre expérience.

Le sort voulut que, à moins de quatre mois de ce retour programmé à Abilene, qui aurait fort bien pu voir Henry Quinn enregistrer des disques pour le compte de Herman Russell et de Crooked Cow, ce même Henry se soûlât à la bière et fît l'idiot avec un calibre .38 chargé.

Le temps qu'il soit libéré, en juillet 1972, bon nombre d'événements auraient secoué le pays. Les États-Unis auraient apparemment envoyé un homme sur la Lune, même si Quinn serait parmi les premiers à en douter ; Mary Jo Kopechne se serait noyée à Chappaquiddick ; les hippies auraient trouvé paix et amour, et Charles Manson perdu la tête ; même la séparation des Beatles n'aurait pu déloger le Vietnam des gros titres ; des membres de la garde nationale à la gâchette facile, du genre de ceux qui avaient réprimé la rébellion au pénitencier de Reeves en 1959, auraient abattu quatre étudiants à Kent State ; Arthur Bremer aurait tenté d'assassiner George Wallace, et les hallucinations et autres délires paranoïaques de J. Edgar Hoover auraient finalement provoqué chez lui une attaque suffisamment massive pour le tuer.

Celui qui prit un billet pour Calvary à la gare routière de San Angelo était un autre homme dans un autre monde.

Il transportait un sac à dos, cette même guitare Gibson qu'il avait achetée à Abilene cinq ans plus tôt, et il était porteur d'une lettre adressée à une fille nommée Sarah par un père qu'elle n'avait jamais connu.

Henry Quinn croyait fermement que seule l'amitié d'Evan Riggs lui avait permis de préserver sa santé mentale à Reeves. Il avait dit à cet homme qu'il se rendrait à Calvary pour parler à son frère. Lui avait dit qu'il retrouverait sa fille et lui remettrait la lettre.

Aux yeux de Henry, il n'y avait pas réellement de différence entre une parole donnée et une parole tenue. C'était dans sa nature, un point c'est tout.

3

Autrefois appelée Calgary, selon certains, la ville était devenue Calvary. Exactement comme dans la Bible. Le lieu des crânes. L'endroit où l'on avait mis en croix le roi des Juifs.

« Pour sûr qu'y z-ont fait ça bien avant qu'les Texans débarquent ici, remarqua un jour quelqu'un. Les Texans dans l'coin y sont bien trop portés sur la bouteille et bien trop paresseux pour faire un truc aussi recherché. Eux, y se seraient contentés de lui trouer la peau à c'pauvre imbécile au lieu d'aller monter c't engin bizarre pour épater la galerie. Z-auraient abattu le jeunot et te l'auraient j'té dans un ravin. Pour qu'les coyotes lui fassent sa fête. »

Autrefois, avant que commencent les guerres de frontière et les conflits de toute sorte, le Texas ne faisait pas bonne figure dans les concours de popularité. Trop loin des autres colonies, trop de raids indiens, et quelque chose dans ces espaces de poussière et de néant à perte de vue propre à décourager les meilleures volontés.

Calgary, à supposer que la ville ait jamais porté ce nom en des temps plus anciens, était advenue par accident.

L'élection de Lincoln en 1860 avait vu la Caroline du Sud faire sécession, imitée en cela par cinq autres États de l'extrême Sud, dont le Texas. Puis ce fut la guerre de Sécession, la capitulation de l'armée de Virginie du Nord, le début de la reconstruction. En 1870, le Congrès accueillait à nouveau le Texas dans l'Union, mais il apparut que l'État avait toujours cet air de cousin éloigné turbulent, hargneux, enclin à des colères d'ivrogne, au mieux d'humeur changeante. L'invitation était le fruit d'une obligation pleine de ressentiment, comme celle faite à l'oncle rustre et sans-gêne d'assister à une réception chez les aristos du Sud. Pendant que tout le monde buvait du jus de pastèque et parlait politique, l'oncle Tex, lui, descendait une demi-bouteille de bourbon et essayait de forniquer avec la domestique. Le Texas semblait n'avoir rien d'autre à offrir que la dépression agricole, des revendications totalement surréalistes, un paysage sculpté par le vent et une interminable caravane de roues de chariots et de sabots de cheval.

Jusqu'au pétrole. Jusqu'à ce que l'or noir jaillisse du sol au sud de Beaumont en janvier 1901, et que le champ pétrolifère de Spindletop devienne le symbole du nouveau Texas. Tout retour en arrière parut bientôt impossible. Le Texas détenait maintenant une monnaie que tout le monde s'arrachait et que tout le monde pouvait dépenser. Mais cela ne contribua en rien à rendre l'État plus accueillant, et l'or noir ne put empêcher les tragédies du Dust Bowl ni la Grande Dépression. Ce n'est qu'avec la Seconde Guerre mondiale, et l'afflux massif d'argent fédéral dans la construction de bases militaires, d'usines d'armement et d'hôpitaux que le Texas vit sa nature se transformer radicalement. Plus de sept cent mille hommes quittèrent l'État pour aller se battre, et ceux qui revinrent des combats ne retrouvèrent pas un pays aux horizons plats et à la terre inhospitalière.

Parmi les Texans rentrés indemnes de la guerre on comptait Evan Riggs, tout juste âgé de vingt et un ans. La ferme familiale qui l'accueillit à son retour n'était peut-être pas le meilleur exemple de cette apparente tendance au progrès qui caractérisait tant d'autres villes et bourgades du reste de l'État.

« Un de ces endroits que Dieu a oubliés, ou a carrément jugés irrécupérables », voilà comment le définissait le père d'Evan, William, ce qui ne l'avait pas empêché de commencer à cultiver quelque cent cinquante hectares de céréales, suffisamment têtu pour enfoncer ses éperons le plus loin possible dans les flancs du West Texas.

Né à Marathon, juste de l'autre côté du Stockton Plateau, à la fin de l'été 1896, William Riggs était un Texan de l'Ouest jusqu'à la moelle. Il avait acheté une parcelle que, au fil du temps, il avait agrandie et exploitée à sa manière méthodique et obstinée. Il avait vingt ans quand il était arrivé, mais le West Texas avait une façon bien à lui d'accélérer le passage du temps même chez le jeune homme le plus naïf et le moins aguerri. Si bien qu'au bout d'une dizaine d'années, William était aussi capable et sûr de lui qu'il aurait jamais à l'être pour survivre au pays.

Par une claire journée d'octobre 1918, William Riggs épousa une jeune fille de dix-sept ans du nom de Grace Margaret Buckner. Il la connaissait depuis à peine six mois, mais il l'aimait avec une ferveur de missionnaire que seuls connurent les premiers colons espagnols de la seconde moitié du XVIIe siècle.

Il est possible que Grace ait vu dans le mariage une porte de sortie. Son père avait un œil toujours aux aguets, comme s'il était attentif à des choses que les autres étaient incapables de voir. Chiens perdus, enfants égarés à la recherche de parents négligents. Fantômes, même. Quand ils disaient qu'il était bizarre, les gens avaient en tête quelque chose de beaucoup plus sérieux. Le bruit courait qu'il « embêtait » ses enfants, et pas seulement les filles. William Riggs vit tout de suite que l'homme était un vrai malappris. Incapable de manger autrement qu'avec les doigts et, qui plus est, directement dans la casserole, et quand arriva le jour du mariage, Lester Buckner arborait un visage défiguré par le mécontentement et la rancune.

Buckner eut malgré tout suffisamment de bon sens pour laisser partir sa fille. Le marché fut conclu, et Grace devint donc une Riggs. À tout juste dix-sept ans, elle partit pour Calvary avec son nouvel époux, et même si elle n'éprouvait pas pour lui de véritable amour, elle ne pouvait pas ne pas sentir que la vie qui l'attendait serait meilleure que celle qu'elle quittait. Pour son bonheur, ce fut effectivement le cas. Meilleure, certes, mais pas moins rude pour autant. William Riggs était un brave homme. Droit et honnête, dur à la tâche, bon paroissien, bon mari, ami fidèle. Il ne voulait pas d'enfant, du moins pas dans l'immédiat, pas tant qu'ils ne seraient pas bien installés dans leur nouvelle vie, chose qu'elle était à même de comprendre et d'apprécier. Tant qu'à mettre un enfant au monde, autant lui rendre ce monde aussi vivable que possible.

Ce n'est donc pas sans angoisse ni nervosité que Grace, en avril 1919, annonça à son époux qu'elle était enceinte.

William resta un moment sans voix, pétrifié, avec sur le visage une expression indéchiffrable, que Grace ne lui avait jamais vue.

Il ouvrit la bouche pour parler, parut vouloir peser les mots qu'il retenait encore, puis déclara simplement : « S'il y a un coupable, c'est moi. »

Sur quoi, il quitta la maison et ne revint pas avant la tombée de la nuit.

Grace lui demanda alors comment il se sentait. « J'étais parti pour me mettre en colère sur cette affaire, mais bon, j'en ai plus tellement envie », répliqua-t-il.

L'homme n'était plus le même. On aurait dit que quelque chose s'était brisé en lui, de façon irréparable.

« Tout ira bien », lui assura Grace, sans trop y croire, comme en témoignait le ton de sa voix.

La période de la grossesse ne fut pas facile, loin de là. William passait dans les champs toutes les heures que lui accordait le bon Dieu. Il engagea des ouvriers, des gens de couleur et des Mexicains, qu'il faisait travailler dur et qu'il payait bien, par comparaison avec ses voisins. Il finit par gagner la réputation d'un homme juste et pragmatique, qui savait se montrer compréhensif à ses heures. Mais pour sa femme, il devint le lointain souvenir de ce qui aurait pu être mais n'adviendrait plus. Certes, il n'était jamais grossier ni violent, mais une certaine cruauté se fit jour en lui, une certaine froideur aussi. Quelque tendresse qu'il ait pu avoir, elle parut se tarir et se racornir, comme s'il lui attribuait la plus grosse part des torts. Peut-être pensait-il que son autorité avait été sapée. Il avait dit : non, pas d'enfant, du moins dans l'immédiat, et voilà qu'il y en avait un en route, pareil à une lettre dont on ne pourrait pas empêcher la distribution. Peut-être, comme l'auraient fait certains hommes, voyait-il là la preuve qu'il n'était pas vraiment maître chez lui, que d'autres forces à l'œuvre pouvaient contrecarrer ses désirs, faire avorter ses plans. Quelles qu'aient pu en être les raisons, il avait décidé que la venue de cet enfant n'était pas une bonne chose.

Le petit arriva en janvier 1920. Le jour même où le gouvernement fédéral jugeait bon de prohiber l'alcool.

William Riggs prit son premier-né dans ses bras, et quand son fils ouvrit les yeux et le regarda, autant dire que le père resta de marbre. Riggs avait à la fois suffisamment de bon sens et d'humanité pour percevoir que cette absence de sentiment n'était pas normale, mais il ne pouvait pas se forcer à éprouver une émotion qu'il ne ressentait pas. Que la mère aimât l'enfant, tout dans ses mots et dans ses gestes le prouvait à l'envi, mais le père, lui, ne parvint pas à s'y attacher. Ils le nommèrent Carson ; c'était un garçon solide, un battant. Jamais malade, il dormait bien, mangeait pour deux et poussait comme un arbre. Mais Riggs regardait ce bambin comme s'il n'en était pas le géniteur. Or, il avait beau savoir que la chose était impossible, l'idée lui empoisonnait l'esprit. Elle le taraudait, lui laissant dans la bouche cette amertume que dépose le lait aigre sur le palais. Il aurait donné n'importe quoi pour aimer cet enfant, mais il en était incapable. Grace le sentait déchiré, et son désarroi la peinait. L'atmosphère était à la mélancolie, comme lors d'une veillée mortuaire, sauf que Grace n'arrivait pas à comprendre ce que William pensait avoir perdu.

Quand elle lui apprit qu'elle était à nouveau enceinte dans la deuxième quinzaine du mois de juin 1923, William resta debout dans la cuisine à la regarder, un verre à la main, une moustache de lait au-dessus de la lèvre supérieure, avant de déclarer : « On dirait bien qu'on est partis pour avoir une grande famille », ce qui ne reflétait pas sa pensée, mais quelque chose de très vaguement approchant.

La venue au monde de leur deuxième enfant en mars 1924, à nouveau un fils, se fit dans des circonstances nettement moins dramatiques.

Le profond malaise lié à la naissance de Carson se dissipa comme par miracle dès le moment où William tint Evan dans ses bras. Le nouveau-né gazouillait et battait des paupières, ses mains minuscules tendues vers son père, et la pierre obstinée qui, un temps, avait tenu lieu de cœur à Riggs abandonna la partie sans coup férir. L'homme fondit en larmes. Il serait mort plutôt que de le reconnaître, mais il pleura bel et bien. Il emporta l'enfant sur la véranda et le berça en silence tandis que sa femme épuisée se reposait. Carson, à présent âgé de quatre ans, était ailleurs, profitant peut-être de l'occasion pour bourrer furtivement ses poches de diverses denrées comestibles, comme s'il était constamment poursuivi par la peur de manquer. Les poches de ses salopettes étaient pleines de miettes et de croûtes, ses doigts constamment plongés dans des bocaux Weck et Mason et son visage barbouillé de chocolat ou de confiture. L'enfant avait quelque chose de fruste, voire de primitif, jugeait William, comme si son but dans la vie ne consisterait jamais qu'à prendre tout ce qui passerait, sans jamais rien donner ou presque.

Dès les premières heures, Evan apparut différent aux yeux de William. Pourtant peu doué pour la poésie ou les belles phrases, son père fut suffisamment inspiré pour trouver des mots tels que « légèreté » et « présence ». Même dans ses tout premiers jours, l'enfant se révéla être une addition positive à la famille. Carson, semblait-il, ne savait que prendre ; Evan, lui, savait donner. C'était là pour William la meilleure façon de formuler leur dissemblance. Et même si son amour pour Carson n'égalerait jamais celui qu'il éprouvait pour Evan, il sentait néanmoins que la venue de ce dernier avait restauré chez lui un trésor d'émotions perdu. C'est Evan qui montra à son père ce qu'il y avait à aimer chez son aîné, car, au cours des premières semaines de sa vie, le nouveau-né montra une affection et des affinités avec son frère qui ne pouvaient échapper à ses parents.

Grace n'aurait su être plus heureuse, car elle retrouvait en son mari l'homme qu'elle avait épousé, et non l'homme qu'elle le croyait devenu.

William et Grace fréquentaient la petite église de Calvary ; elle faisait des confitures et des biscuits pour la vente de charité de l'école ; lui fabriquait un vin puissant à base d'airelles ou autres fruits rouges, et une fois par mois il se joignait à une demi-douzaine de fermiers des environs pour jouer aux cartes, fumer un cigare et échanger des plaisanteries grivoises. Les Riggs étaient une famille appréciée et respectée, et c'est dans cet environnement que les deux garçons grandirent côte à côte, Carson, plus lent, toujours attentif à son cadet, plus vif, deux êtres en tous points opposés, et cependant liés par une indubitable affection mutuelle.

La vie semblait donc devoir continuer sous les meilleurs auspices, leur réservant un bonheur tranquille, et, de fait, pendant les quelques années qui précédèrent la Grande Dépression, Grace et William n'auraient pu souhaiter un sort meilleur.

Pourtant, il apparut bientôt que Calvary était devenu la proie du diable. Coiffé d'un chapeau et habillé d'un grand manteau, un sourire torve au visage, apporté par quelque méchant vent soufflant d'au-delà du Stockton Plateau et du Pecos, il envahit de sa sombre présence l'existence de William et Grace Riggs.

Pour maintes raisons parfaitement inexplicables, leur vie ne serait jamais plus la même. Tout commença le jour du cinquième anniversaire d'Evan, en mars 1929.

4

Sur le trottoir, devant une station d'essence à Eldorado, un chien à trois pattes était assis sur son arrière-train, comme statufié, et regardait Henry Quinn se rouler une cigarette avant d'en approcher une allumette. Ce dernier s'interrogea sur le sort de la quatrième patte : comment l'animal l'avait perdue, où elle avait bien pu passer, ce qu'un chien tel que celui-ci pouvait penser d'une pareille aventure. Avant de s'interroger sur la capacité d'un chien à penser tout court.

Un car s'était arrêté pour se ravitailler en carburant, déversant ses passagers, leur donnant le temps d'aller aux toilettes, de se dégourdir les jambes, d'acheter des bouteilles de soda glacées et des paquets de chips avant de poursuivre leur voyage. Lui-même venait de couvrir environ quatre-vingts kilomètres sur la 277 en direction du sud. Il virerait bientôt vers l'est à la sortie d'Eldorado, effectuerait peut-être un autre bref arrêt à Ozona, avant les derniers kilomètres jusqu'à Calvary.

Les passagers se rassemblèrent devant la station, attendant que le chauffeur finisse le plein et aille chercher du café, et Henry se surprit à écouter les bribes de conversation qui parvenaient à s'immiscer entre le bruit des roues sur le bitume et celui des moteurs.

Comment je vais ? Eh ben, je dépense l'argent que je n'ai pas, je bois tant et plus que je vais me retrouver au cimetière avant l'heure. La routine, quoi.

… trois grosses de coudes cuivre Nibco 633…

… je vais te dire, les idées, c'est comme les trous du cul. Tout le monde en a une, et en règle générale elle est merdique…

Henry avait l'impression que ces gens venaient d'une autre planète. Dans sa tête, il était encore prisonnier de sa cellule. Il lui faudrait un bout de temps pour en sortir. Evan avait mentionné ce phénomène.

« Y a tout à parier qu'en arrivant quelque part tu demandes la plus petite chambre disponible. On aime pas avoir trop d'espace, tu comprends ? On a un peu peur de ce qu'on connaît pas, et quand t'es resté bouclé des années durant dans une cellule d'à peine trois sur trois, tu te sens pas à l'aise tant que t'as pas quatre murs que tu peux toucher en étendant les bras et une porte que tu peux fermer à double tour. Ça finit par passer, mais ça prend du temps. Remarque, y en a qui s'en remettent jamais, et ceux-là se débrouillent pour se faire ramener au trou tôt ou tard. Tu les entends même pousser un soupir de soulagement quand on verrouille la porte de leur cellule. »

Henry savait de quoi parlait Evan. L'enfermement avait un côté confortable, celui de l'habitude. Il était rassurant de ne rien avoir à penser en dehors du livre qu'on était en train de lire ou de la conversation dans laquelle on était engagé. En prison, on n'avait pas besoin de trouver l'argent du loyer. En prison, on ne laissait jamais passer un repas. Bien sûr, beaucoup de choses vous manquaient, qui pourtant semblaient perdre de leur réalité au fil du temps. En un sens, la prison vous ramenait à l'époque de votre enfance. On mangeait quand on vous le disait ; on dormait de même. Et si vous vous avisiez de sortir du rang, il y avait toujours quelqu'un pour vous y faire rentrer et vous enjoindre de rester à votre place.

Mais c'était fini à présent. Henry était sorti et était désormais un homme libre. Même s'il n'avait pas le droit de franchir les limites de l'État pendant l'année à venir sans en avertir les autorités, il était son propre maître.

En dehors de cette promesse qu'il avait faite à Evan et des relations problématiques avec sa mère, il pouvait faire à peu près ce qu'il voulait.

Les retrouvailles ne s'étaient pas bien passées. Sa mère occupait toujours la maison où tout était arrivé. Les O'Brien, eux, Henry fut soulagé de le constater, avaient déménagé. Sally O'Brien n'avait pas perdu l'usage de la parole. Une bénédiction, à n'en pas douter. Henry devait-il surveiller ses arrières et se méfier de Danny O'Brien ? Peut-être. Peut-être pas. Ne le connaissant ni d'Ève ni d'Adam, il ne savait pas à quel genre d'homme il avait affaire, ni s'il était mû par quelque esprit de vengeance. Henry pensait que les gens se répartissaient en deux catégories : ceux qui en voulaient à la terre entière de ce qui leur arrivait et ceux qui n'en voulaient qu'à eux-mêmes. Il faudrait être capable de beaucoup de distance pour admettre que les accidents de la vie et les coïncidences sont de votre fait, mais s'il avait eu à choisir entre l'acceptation et le refus, Henry aurait penché du côté de la première. Même si ce genre de choses était le fruit du hasard et non de quelque décision ou action de votre part, le simple fait d'en endosser la responsabilité vous incitait à agir pour y remédier au lieu de pester et d'enrager.

Bref, toutes considérations philosophiques mises à part, sa mère restait sa mère, et elle était en train de dérailler, de perdre prise. L'alcool n'arrangeait rien. Henry en savait quelque chose. Il ne faisait qu'exacerber des tendances déjà présentes en vous. Au même titre que l'argent. Ou le pouvoir. Donnez l'un ou l'autre à un homme, et vous ne ferez qu'embraser sa nature profonde et la révéler au grand jour.

Un véhicule du service des transports du pénitencier avait emmené Henry jusqu'à Odessa. Le chauffeur n'ouvrit pratiquement pas la bouche, sauf pour dire qu'il voulait s'arrêter dans un *diner* de bord de route pour prendre un café et un croissant. Henry l'attendit dans le fourgon. L'autre ne lui demanda pas s'il voulait quelque chose et ne lui rapporta rien. Il se contenta de s'asseoir, de manger son croissant, de boire son café et d'allumer une cigarette. Puis ils repartirent.

Quand ils arrivèrent à destination, il faisait nuit. Henry dormit dans un motel miteux, une chambre qui sentait les pieds et le moisi. Ne prit même pas la peine de se déshabiller, jugeant que les draps n'avaient pas dû être changés depuis un mois. Jusqu'à l'eau dans la salle de bains qui semblait dépourvue de pouvoir décapant. Se laver les mains avec supposait qu'il ne faudrait pas tarder à se les relaver ailleurs. En guise de bienvenue dans le monde de la liberté, on faisait mieux.

Henry alla faire un tour dans Odessa le matin du 12. Des détails attirèrent son attention. Les couleurs semblaient plus vives, les cheveux plus longs, les voitures plus bruyantes que dans son souvenir. À quoi s'était-il attendu : à ce que le temps s'arrête pendant ses trois ans, trois semaines, quatre jours d'emprisonnement, que plus rien ne bouge ni ne change ? Que tout se passerait comme dans un rêve – un jour l'équivalent d'une seconde, une semaine celui d'une heure –, pour constater que, au réveil, tout est pareil ? Non, tout avait changé. Il le sentait. Le pressentait. Et il n'aimait pas ça, car c'était lui rappeler encore et encore que le temps passé à Reeves était perdu à jamais. Le seul point positif avait été Evan Riggs, sa conviction que la musique était vitale, la conscience d'avoir partagé avec lui quelques fragments de sagesse et des paroles qui lui seraient utiles sur la route qu'il finirait par emprunter. Où le mènerait-elle, cette route, Henry le découvrirait en temps voulu. Comme l'a dit Hemingway : *Il est bon d'avoir un but vers lequel voyager, même si, en fin de compte, voyager importe moins que le voyage.*

Pendant sa promenade, il réfléchit à ce qu'il pourrait dire à sa mère sans causer trop de dégâts, car il allait falloir lui expliquer qu'il ne resterait pas à San Angelo, qu'il avait une route à tracer, et que celle-ci commençait par Calvary. Une fois cette mission accomplie, cette parole honorée, où irait-il ? Il l'ignorait, et n'avait pas vraiment besoin de savoir. Au bout de plus d'un millier de jours de règles et de contraintes, il estimait pouvoir s'en passer pendant un moment. Sa mère comprendrait-elle ? Aucun moyen de le savoir tant qu'il ne l'aurait pas vue.

Ce fut moche. Mais pas autant qu'il aurait pu le craindre.

Il y avait un homme à la maison. C'est ce qu'il en déduisit en découvrant le nécessaire à raser dans la salle de bains et les chaussures sur la véranda. Qui il était et en quelle qualité il se trouvait là, sa mère ne le précisa pas, et Henry ne posa pas de questions.

« Alors, tu pars ? dit-elle. Je ne t'ai pas vu depuis un an, et tu t'en vas ? »

Une question qu'il avait anticipée avant même son départ de Reeves.

« Eh oui, lui dit-il.

— Mais pourquoi ? » Elle était sur le seuil de la cuisine, la main sur la hanche, avec quelque chose dans son langage corporel qui disait assez qu'il n'irait nulle part tant qu'il n'aurait pas fourni une réponse satisfaisante. Son apparence ne confirmait que trop le passage des années. Ses cheveux grisonnaient, son regard démissionnait devant la perspective d'un avenir peu engageant. Elle n'avait pas l'air bien du tout.

« J'ai à m'occuper d'une affaire, m'man.

— Mais tu dois d'abord rester un peu ici, rester avec moi, te fixer, trouver un boulot. Il faut que tu trouves du boulot, Henry. Ça devrait être ta priorité.

— Il se trouve que non, m'man. Je ne compte pas que tu comprennes, mais il y a une chose à laquelle je suis tenu. J'ai fait une promesse, et je dois la tenir.

— Et ta promesse envers moi, alors ?

— De quelle promesse tu parles ? »

Elle changea de sujet, s'empara de la bouteille de bourbon, en but une lampée qui aurait mis Henry sur le flanc après ses trois ans d'abstinence. Elle s'égara dans une anecdote dont Henry ne comprit ni le but ni la teneur, si tant est qu'il en ait eu envie. En fait, elle semblait essayer de rassembler son courage en vue d'un affrontement direct, et c'était bien là ce que Henry voulait à tout prix éviter.

« Écoute, m'man, finit-il par dire, l'interrompant en plein milieu d'une histoire abracadabrante sur un raton laveur de la taille d'un chien trouvé dans les ordures, j'ai quelque chose d'urgent à faire. Je serai absent un moment, quelques jours, une semaine, un mois peut-être. Pour ce qui est de la suite à donner à ma vie, il faudra que je m'en occupe, c'est certain, mais, pour l'instant, ce n'est pas ma priorité.

« Je ne suis pas heureuse, tu sais, Henry.

— Mais qui l'est ? »

Nancy Quinn dévisagea son fils, soudain devenu un étranger.

Henry lui sourit comme si elle était la seule mère au monde.

Henry accepta un compromis : passer la nuit chez sa mère. L'ami débarqua pour le dîner. Il s'appelait Howard Ulysses Morgan.

« Il y a une sacrée histoire derrière cet Ulysses, si ça t'intéresse de l'entendre. » Henry ne manifesta aucun intérêt, mais l'autre ne se laissa pas démonter pour autant.

L'histoire en question n'avait rien de rare, mais la courtoisie l'emporta, et Henry se fendit d'un sourire.

« Et voilà comment, jeune homme, j'ai fini par m'appeler Howard *Ulysses* », conclut ledit Howard, content de lui peut-être à l'idée que le second prénom compensait chez lui une absence manifeste de charme et de personnalité.

Quel que fût l'angle d'approche, il était clair que Howard était un ivrogne. Le bourbon lui appartenait, et il n'avait aucune honte à le réserver à son seul usage. Il n'en proposa qu'une fois à Henry, qui déclina l'offre. Nancy, de son côté, en avala une seconde lampée qu'un homme n'eût pas désavouée, puis retourna à son propre poison, et tous deux glissèrent bientôt dans un état semi-comateux, apparemment oublieux du fait que Henry, tout juste sorti de prison, aurait peut-être apprécié un peu de compagnie.

Au bout d'une heure, il les laissa à leurs occupations. Il sortit derrière la maison pour vérifier l'état de son pick-up, un Studebaker Champ Apache Red de 1962. Un bijou, qui semblait avoir plutôt bien vécu sa longue période d'inaction. Le pneu avant côté conducteur avait besoin d'être regonflé, la rouille s'était attaquée aux garde-boue mais rien d'irréversible. Le véhicule était resté bâché tout ce temps, ce qui l'avait au moins préservé des animaux et des insectes, ainsi que des ravages du soleil. Il démarra du premier coup.

« Tu pa-pars t'faire une p'tite ba-balade, bégaya Howard dans sa direction depuis le seuil de la porte de derrière.

— Non, non. Ça sera pour demain. Là, je vérifie juste qu'il est en état de marche. »

Howard regarda Henry comme s'il avait déjà oublié la question qu'il venait de lui poser ; puis il leva son verre, sourit d'un air béat et rentra à l'intérieur.

Henry l'entendit rire avec sa mère. Puis ce fut le silence.

Peut-être que les types du genre de Howard n'arrivaient à la fin de la journée qu'en se persuadant que c'était toujours Noël, le Nouvel An ou un jour de fête quelconque.

Une demi-heure plus tard, Henry était dans sa chambre. La lettre d'Evan Riggs était là, sur la table de nuit. Sur l'enveloppe, un seul mot en lettres soignées. *Sarah.* Son étui à guitare était par terre à ses pieds. Il avait passé tout ce temps sous le lit. L'amplificateur Princeton fonctionnait toujours. Il n'y avait pas de raison pour qu'il en fût autrement, mais quand il le brancha et que le transformateur se mit en marche, il en fut presque surpris.

Pourquoi ce sentiment d'appréhension quand il se pencha pour ouvrir l'étui ? Il n'aurait su le dire. Mais il était là, bien présent. Impossible de le nier.

Avant la prison, la musique avait été toute sa vie, sa raison d'être. En regardant le mur et les rayonnages croulant sous les rangées de vinyles – Lead Belly et Sonny Terry aussi bien que Gene Vincent et Johnny Burnette, les disques importés de Grande-Bretagne comme *Five Life Yardbirds* et *The Piper at the Gates of Dawn*, le style West Coast de *Surrealistic Pillow* et le *Easter Everywhere* d'ici même à Austin, Texas –, Henry se revoyait assis là plus de trois ans auparavant.

Un instant. Il n'en avait pas fallu davantage. Un instant d'incroyable stupidité.

Il était ivre. Cinq, six canettes de bière, il ne se rappelait même plus. Il avait un cafard terrible. Le grand chien noir de la dépression. Il y avait un air qu'il n'arrivait pas à apprendre, et il était dans une rage folle. Rien d'aussi bête ni d'aussi banal qu'une peine d'amour ; plutôt une peine de l'âme. Un truc sans doute que seul un musicien pouvait comprendre, quand il arrive parfois au corps de défier l'esprit. Peut-être les athlètes connaissent-ils le même dilemme, quand ils savent pouvoir réaliser une performance, alors même qu'ils n'en ont pas les moyens. Sans raison valable ni logique, Henry, pris d'un soudain accès de déprime, avait descendu l'essentiel d'un pack de six, s'était ensuite emparé du calibre .38 avant de sortir dans la cour et de s'amuser à tirer quelques cartouches. Un degré plus haut ou plus bas, un degré plus à droite ou plus à gauche, et cette balle n'aurait jamais ricoché comme elle l'avait fait, n'aurait jamais traversé la cour ni transpercé la clôture pour finalement aller se ficher dans la gorge de Sally O'Brien.

Et lui ne serait pas là, trois ans plus tard, avec un grand vide dans la tête.

Il fut surpris du poids de la guitare. Quatre kilos et demi, plus ou moins. Pourtant, elle lui sembla bien plus lourde. Il retrouva la forme et la sensation sous ses doigts, et les accords étaient toujours là, même si en changer ne se faisait pas sans lenteur ni maladresse. Mais cela lui reviendrait, en un rien de temps. C'étaient les riffs qui posaient problème : de la mémoire du corps qui autrefois lui faisait poser les doigts exactement où ils devaient se poser, il ne restait plus grand-chose.

Henry joua pendant quelques minutes, puis remit l'instrument dans son étui et le contempla un moment. Pour finir, il referma le couvercle du bout de sa chaussure.

Il se pencha en avant, les coudes sur les genoux, la tête dans les mains, comme un homme qui vient d'apprendre une nouvelle accablante.

5

« Les ides de mars, dit Grace Riggs à son mari, le matin du cinquième anniversaire de leur cadet.

— Et alors ?

— C'est une date importante.

— Comment ça ?

— Tu as bien entendu parler de Jules César, mon chéri ?

— Je crois pas, non, dit William. Il est dans le bétail ou les céréales ?

— Allez, tu me fais marcher. Tu sais pertinemment qui est Jules César. »

Ils étaient tous les deux dans la cuisine, William en train de nouer ses lacets, Grace s'activant devant le fourneau. Six heures du matin, les enfants encore couchés, la routine d'un début de journée qui voyait Grace nourrir et abreuver son mari avant qu'il parte au travail. Ce jour-là était différent des autres, pourtant. William réveillerait les garçons dans une demi-heure, partagerait le petit déjeuner avec eux, souhaiterait un bon anniversaire à Evan avant de filer aux champs.

« Bien sûr que oui, ma chérie, répondit William. C'est ce type qui a percuté un bœuf avec son tracteur sur…

— Quel ignare tu fais ! s'exclama Grace en le souffletant d'un coup de torchon.

— On fait trop de cas de l'instruction, rétorqua William. On a pas de temps à perdre, nous autres, à lire des tas de bouquins qui servent à rien, tu crois pas ?

— Je ne plaisante pas, Will. C'est une date importante. Qui compte dans l'histoire. Beaucoup d'événements se sont produits un 15 mars. Le retour de Christophe Colomb en Espagne, la campagne de la Red River, l'abdication du tsar Nicolas…

— Je pense que si tu cherches bien, ma mie, tu découvriras que nous sommes sur cette terre depuis suffisamment longtemps pour avoir vu se produire bon nombre d'événements historiques tous les jours que le bon Dieu fait. Et puis, je crois pas que ce soit une bonne idée de farcir la petite tête d'Evan de ce genre de chose. Je sais bien qu'il est doué, mais si on lui accorde toute cette attention, Carson va finir par se sentir exclu. On en a déjà causé, tu te rappelles ? »

Grace garda le silence un moment, comme prête à réfuter les propos de son interlocuteur, mais rien ne vint. Elle savait que son époux avait raison, une certitude qui lui venait non pas d'un besoin de se plier à sa volonté, car Grace Riggs savait se montrer aussi butée et indignée que n'importe quelle femme censée réagir conformément à sa condition inférieure, mais simplement du fait qu'elle était d'accord avec lui.

« Oui, dit-elle, tu as raison, mon ami. N'en parlons plus. »

William tendit la main. Elle s'approcha et il lui passa le bras autour de la taille. La serrant contre lui, il appuya la joue contre son ventre.

« À chacun sa nature, on peut pas se permettre de les traiter différemment, dit-il. Ça peut que causer des ennuis dont ils ont pas besoin. »

Grace resta debout à côté de son époux, une main sur son épaule, l'autre posée sur sa joue, tout en regardant par la fenêtre les premiers rayons du soleil allumer les champs. Était-il bien nécessaire de lui rappeler à quel point il s'était montré distant avec Carson quand celui-ci était né ? Elle avait aujourd'hui vingt-sept ans, et les années passées avec William Riggs n'avaient fait que renforcer son amour et son respect pour cet homme. Elle n'était pas du genre à prêter l'oreille aux rumeurs et aux commérages, mais elle savait ce qui se disait à la sortie de l'église quand les femmes jacassaient hors de portée de voix du révérend. Les maris organisaient en secret des soirées consacrées à boire et à jouer aux cartes, non sans ironie les jours où le sermon avait porté sur la tempérance et l'abstinence, tandis que, de leur côté, les femmes clabaudaient sur le compte de leur époux, d'une manière que Grace n'aurait jamais cautionnée.

J'ai bien vu comme il la reluquait, l'autre… avec ses pommettes remontées et ses lèvres qu'on dirait qu'elle s'est fait piquer par une guêpe…

Oh, moi, pas b'soin d'y regarder à deux fois pour savoir qu'y m'raconte des conneries… c'est écrit sur sa figure…

Y tenait plus sur ses jambes quand il est rentré à la maison, y puait l'alcool. Va dormir dans la grange, que j'lui ai dit, et t'avise pas de m'approcher avec ton truc dégoûtant…

C'était avec d'autres mots que Grace parlait de William, des mots tels que « loyauté » et « sérieux »,

« honnêteté » et « constance ». Il ne regardait pas les autres femmes, sauf quand elles entraient dans son champ de vision, et ne les suivait pas du regard quand elles passaient. Il ne buvait pas exagérément, et, même si en quelques occasions il avait été passablement éméché, il était toujours resté jovial, sans emportements ni violences excessives. Une fois, il avait même exécuté une gigue pour elle, comme un lutin irlandais à moitié fêlé, et elle avait failli s'étouffer de rire.

Les autres femmes semblaient être tombées sur un genre de mari bien différent. May-Elizabeth Crook avait un jour arboré un œil au beurre noir qui n'avait rien à envier à ceux dont Jack Dempsey décorait les visages d'un Gene Tunney ou d'un Georges Carpentier.

« Charlatan de nom, charlatan de nature, c'est tout mon mari, ça », avait dit un jour May-Elizabeth à Grace, oubliant complaisamment qu'elle-même, par simple voie de conséquence, était une Crook[1].

Le bruit courait que Yale Killebrew partageait son lit avec la nouvelle femme de Montie Jennings, et les commères ne se gênaient pas pour la traiter de *coureuse* et de *dévergondée.* Grace se disait que les gens feraient bien de balayer devant leur porte avant de s'attarder sur les ordures qui déparaient celle de leurs voisins.

Grace écoutait donc son époux, non par devoir, mais par consentement et entendement mutuels, convaincue que la vie qu'ils partageaient se construisait à deux. Ils étaient soudés dans leur combat contre le monde, ne comptant que sur eux-mêmes pour assurer leur survie

1. *Crook* signifie précisément « charlatan ».

tant mentale qu'affective. Le lit dans lequel ils se couchaient était celui qu'ils avaient fait, et il en allait de même pour leurs enfants.

C'était le cinquième anniversaire d'Evan, et point n'était besoin d'un autre événement pour justifier l'importance de cette date, les ides de mars.

Pour le moment, du moins, car le futur était encore à venir et restait donc impossible à déchiffrer, tout comme la logique en vigueur parmi la gent féminine de Calvary.

À cinq ans, on était assez grand pour avoir un cheval, et ce fut le cadeau que reçut Evan. Avec selle, étriers, rênes et mors, ce pie à la croupe étroite était une vraie beauté. Le père et la mère étaient différents, bai et blanc pour l'un, alezan clair et blanc pour l'autre, et le poulain avait hérité d'une belle couleur noisette, avec juste une tache blanche éclaboussant le genou jusqu'au sabot sur les pattes de devant. Grady Fromme, deux fermes plus loin en allant vers l'est, avait fait un bon prix à William Riggs pour une belle bête, idéale pour un p'tit gars, et pendant les trois jours où William et Grace l'avaient cachée dans la grange, elle n'avait donné aucun signe d'éventuelle imperfection. Tant par la nature que par le tempérament, le poulain était doux, on le voyait à sa façon de frotter son museau affectueusement contre l'épaule de William. Celui-ci s'y connaissait davantage en bovins qu'en équidés, mais il vivait au contact des chevaux depuis son plus jeune âge, il était donc à même de les jauger. Plus intelligent que le bœuf, c'était une évidence, le cheval avait une capacité de dévouement que seul le chien pouvait prétendre égaler. Capable de vous transporter à des vitesses incroyables, jusqu'à se faire éclater le cœur. C'était là un fait avéré. Lui-même avait été témoin du phénomène, et l'avait souvent entendu attester. Aller aussi loin dans le dévouement dépassait William, sauf peut-être quand le sort d'un proche était en jeu.

Une fois apaisé le tourbillon du petit déjeuner, avec ses piles de crêpes et ses verres de jus de fruits renversés, Grace et William sortirent sur la véranda avec les deux garçons. Carson, âgé de neuf ans maintenant, avait lui aussi eu son cheval pour ses cinq ans, mais ne s'y était jamais intéressé. Au bout de deux ans, William l'avait revendu et avait acheté un vélo au gamin. Qui n'avait pas manifesté davantage d'intérêt. Chacun son truc, même si Carson cachait bien son jeu en la matière.

Grace resta sur la véranda avec les garçons, tandis que William allait chercher le pie dans la grange. Quand il lui fit traverser la cour et qu'Evan le vit, un hurlement de joie retentit, tel qu'aucun de ses parents n'en avait encore jamais entendu.

Grace sentit aussitôt la jalousie monter autour de Carson. À la manière d'un virus, elle imprégnait l'atmosphère comme une odeur désagréable, un bruit inquiétant venu d'on ne sait où.

« Allez, va. » Grace avait à peine fini sa phrase qu'Evan dévalait les marches de la véranda et se précipitait dans la cour pour aller rejoindre son père.

L'animal ne parut pas le moins du monde perturbé par le tourbillon de bras, de jambes et de cris qui fondit sur lui, et quand William hissa le garçon sur la selle et glissa ses chaussures dans les étriers, quand il prit le petit cheval par la bride et le conduisit le long de l'allée, puis jusqu'au pâturage, Grace n'en revint pas du bonheur que lui procurait ce spectacle.

Au bout de dix minutes, Carson manifesta le désir de rentrer à l'intérieur. Il tira sur la manche de sa mère, mais celle-ci tenait à regarder le petit se familiariser avec sa monture.

Carson rentra donc seul, et quand elle entendit une porte claquer bruyamment au premier, elle sut qu'il y avait de l'orage dans l'air.

Il n'aurait pas été juste de dire que Carson était né dans un monde hostile. Malgré les réticences de son père à son égard dans les premiers temps, l'arrivée d'Evan avait opéré des merveilles pour arrondir les angles et améliorer la relation existant entre William et son aîné. Si la tradition voulait que dans une famille ce dernier soit le favori, plus encore quand il s'agissait d'un garçon, dans ce cas précis, les choses étaient différentes, et de manière tangible. Grace savait que Carson le percevait, et cette conscience commune la hantait jour après jour. Les gens extérieurs à la maisonnée n'auraient peut-être rien remarqué d'anormal, mais – comme il arrive souvent – quand on savait ce qu'on cherchait, on finissait par ne plus rien voir d'autre. Dans des petits détails du quotidien, comme le fait que William passait le plat de légumes d'abord à Evan, ou que le soir, quand il écoutait la radio, c'était son cadet qu'il prenait sur ses genoux, tandis que Carson restait assis jambes croisées à ses pieds. Le démon se cachait dans les détails, et Grace pressentait que, s'ils n'y veillaient pas, il risquait d'habiter

Carson pour de bon. Cela étant, leur aîné n'était pas un mauvais diable. Il était solide, fiable et, à sa manière, consciencieux. Facile à aimer, aussi, car il possédait une simplicité dans l'apparence et le comportement non dénuée de charme. Il se montrait rarement distrait ou d'humeur changeante, ni ne se laissait aller à des débordements d'imagination ou à des idées folles. Là où Evan était du côté de la nouveauté, Carson incarnait ce sentiment de nostalgie bien connu qui accompagne une vieille paire de bottes dont on refuse obstinément de se séparer.

Comme c'était un jour d'école, les deux garçons se trouvèrent à 8 heures sur la véranda, munis de leurs livres et de leurs sandwichs pour midi. Evan, comme on pouvait s'y attendre, n'avait guère envie de se rendre en classe mais n'opposa aucune résistance. Les scènes et les caprices, ce n'était pas son genre ; philosophe, il s'était résigné, semblait-il, à l'idée que même si ses aînés n'étaient pas toujours ses supérieurs, c'étaient eux qui géraient les affaires courantes. Il s'attarda le temps que William ramène le cheval dans la grange, dit adieu à son rêve, puis se dirigea vers la route aux côtés de son frère et de son père.

« Va falloir que tu lui trouves un nom, à cet animal, dit William.

— Je vais y penser, p'pa.

— T'as déjà une petite idée ?

— Non, répondit Evan en secouant la tête. C'est lui qui me dira quand y s'sentira prêt.

— C'est débile, ton truc, intervint Carson. Comme si les chevaux pouvaient parler, espèce de crétin.

— Carson, arrête. Les animaux sentent les choses, et certaines personnes sentent les animaux. Y a des tas de choses qui nous dépassent…

— Par exemple, que les chevaux parlent pas, se moqua Carson.

— Tu te tais, s'il te plaît », répliqua vertement William.

Carson obtempéra, ne se risquant pas à défier son père.

William les emmena dans le boghey, il avait à faire à l'autre bout de Calvary, et l'école était sur son chemin. Elle n'était guère qu'à huit cents mètres de la maison, et d'ordinaire les garçons faisaient le trajet à pied. Cette marche leur était salutaire, leur mettait de l'air dans les poumons, un peu de souplesse dans les muscles. Une fois l'école finie, Evan ce jour-là n'avait qu'une idée en tête : retrouver au plus vite son cheval.

« Ce crétin d'animal t'a pas encore téléphoné pour te dire comment y voulait s'appeler ? le charria Carson.

— T'es bête, Carson. Les chevaux se servent pas du téléphone.

— Et les chevaux, ça parle pas non plus, pauvre débile.

— C'est toi, l'débile.

— T'es même le roi des débiles.

— C'est toi qui l'as dit, c'est toi qui l'es. »

Ils firent ainsi le reste du chemin, à coups d'injures et d'insultes, jusqu'à ce que, arrivé en vue de la ferme, Evan se mette à courir. Carson le laissa partir devant. Il se moquait éperdument du cheval, au moins autant que de l'anniversaire de son cadet. Un anniversaire, c'était nul, sauf si l'on en tirait quelque chose qu'on pouvait déposer à la banque.

Eh non, c'était bel et bien quelque chose. Comme un pépin coincé entre deux dents et qui ne veut pas se laisser déloger. Une envie autour d'un ongle qui s'accroche et dont on n'arrive pas à se débarrasser. Carson laissa passer trois jours sans rien faire, puis commit un acte aussi cruel qu'inepte.

Peut-être n'agit-il que sous l'effet de la jalousie, du sentiment de se savoir moins ou mal aimé, d'avoir vécu les années antérieures à l'arrivée d'Evan avec un père froid et distant à son égard. Mais il y avait autre chose dans l'esprit du garçon. Il aimait Evan, indubitablement, mais il l'enviait aussi. Grace le sentait. Et William s'en remettait là-dessus à l'intuition féminine de son épouse, tout en étant suffisamment lucide pour reconnaître qu'il était tout aussi responsable en la matière que Carson.

Si Carson avait agi sur un coup de tête, son acte aurait été perçu comme un geste puéril et malveillant, quoique cruel, mais c'est son côté prémédité qui ne laissa pas d'inquiéter William et Grace.

À 3 heures du matin, le lundi 18 mars, le jeune Carson Riggs, neuf ans, qui, sans être un empoté, n'était pas non plus très dégourdi, sortit de son lit en catimini, descendit l'escalier, traversa la cour et fonça vers la grange où se trouvait le pie de son jeune frère. Et d'où il entreprit de le déloger. Il fit un grand vacarme, agitant les bras en tous sens et tapant des pieds, et le petit cheval prit la fuite. S'il avait eu affaire à un animal plus grand et doté d'une nature plus agressive, Carson aurait peut-être reçu un méchant coup de sabot, mais, les choses étant ce qu'elles étaient, le cheval, effrayé, détala sans demander son reste.

Il fallut une journée entière à William pour réunir le gamin effondré et le cheval ombrageux, mais il n'y fut en définitive pas pour grand-chose. Il parcourut les alentours, s'adressa aux fermes voisines, leur précisant qu'il était à la recherche d'un jeune cheval pie noisette, reconnaissable à la tache blanche qui lui éclaboussait les membres antérieurs du genou jusqu'au sabot. Il rentra le soir sans plus de nouvelles, redoutant de ne jamais le retrouver. Evan, inconsolable, avait pleuré à s'en rendre malade, et ce n'est que quand son trésor remonta d'un pas prudent l'allée qui menait à la maison qu'il cessa de croire à la fin du monde.

William et Grace connaissaient évidemment le coupable. Les maigres efforts de Carson pour participer aux recherches n'avaient en rien entamé leur certitude à cet égard.

Une fois Evan couché, William prit Carson à part, histoire de lui faire la leçon.

« Inutile de mentir, mon garçon, dit William. On sait que c'est toi qui as lâché le cheval. C'est pas possible autrement. Je suis déjà suffisamment en colère comme ça, alors viens pas me raconter des histoires. »

Carson baissa les yeux, muet.

« Te flanquer une raclée est bien la dernière chose que j'aie envie de faire, fiston, mais c'est pas totalement exclu. Ce cheval, c'est toi qui l'as fait partir, oui ou non ?

— Oui, c'est moi, acquiesça Carson d'un geste, tête basse, les yeux rivés au sol.

— Mais qu'est-ce qui a bien pu te pousser à faire une chose pareille ? Tu veux me le dire ? Toi aussi, tu as eu un cheval pour tes cinq ans. Tu t'y es jamais intéressé. Même chose avec le vélo que je t'ai acheté pour le remplacer. Evan est encore petit. À quoi ça pouvait t'avancer, bon sang, de lui briser le cœur de cette façon ? »

Carson avait l'esprit trop confus pour être capable de répondre à de telles questions, mais William ne pouvait s'empêcher de les poser. Leur goût amer et métallique lui brûlait les lèvres et ne se dissiperait qu'avec leur formulation.

« J'sais pas, fut tout ce que Carson trouva à répondre.

— Je me doute bien que tu sais pas. Et je te le demande pas vraiment. Jusqu'à nouvel ordre, tu es privé de sortie. T'auras des corvées en plus, sans compter celles d'Evan que tu vas prendre en charge pendant un mois. Et demain matin, à la première heure, tu t'excuses auprès de ton frère, et je veux que ce soit sincère. Tu m'as bien compris ?

— Oui, p'pa.

— Et maintenant disparais avant que je change d'avis et que je t'arrache la peau des fesses à coups de ceinture. »

Carson partit en rasant les murs, confus et honteux.

« Je crois qu'on a un vrai problème avec Carson, William, dit Grace à son mari, une fois qu'ils furent couchés. J'ai peur qu'il ne soit pas simplement perturbé, mais que ce soit un gamin difficile, et un faiseur d'ennuis.

— Les gamins, c'est pas comme les chiens ou les chevaux. On peut pas les dresser pareil. Y a trop d'inné au départ.

— Je me demande d'où il tient ça, dit Grace. Cette tendance, c'est vraiment inquiétant.

— Je sais pas, ma douce, mais le punir ne fera qu'aggraver les choses. Frapper un enfant, c'est juste lui montrer à quel point il peut t'énerver. L'instinct le poussera à recommencer à la première occasion, rien que pour se venger.

— T'es un homme bien, William Riggs.

— Ce qui m'empêchait pas d'être un champion de la connerie avant de te rencontrer. »

Grace s'esclaffa et l'embrassa. Allongés côte à côte, ils finirent par tomber dans un sommeil agité. William Riggs ne rêvait que rarement, mais c'est pourtant ce qu'il fit cette nuit-là. Au matin, il ne se rappellerait pas grand-chose de son rêve, en dehors d'une image de son fils aîné lançant des insultes à travers les barreaux d'une cellule.

6

Nancy Quinn avait allumé la radio dans la cuisine. Aucun signe nulle part de Howard Ulysses. George McGovern venait de remporter l'investiture démocrate à l'élection présidentielle.

Henry resta bien trente secondes sur le seuil de la pièce avant que sa mère prenne conscience de sa présence.

« Tu pars, c'est ça ? demanda-t-elle. Une fois de plus ?

— La dernière fois, je ne t'ai pas abandonnée, m'man. Si je suis parti, c'était pour aller en prison.

— Ça revient au même, juste une question de mots.

— J'ai pas l'intention d'entamer une bagarre avec toi », dit Henry. Il était clair qu'elle avait la gueule de bois. Ses gestes étaient mesurés, comme si elle s'efforçait d'éviter le moindre bruit, comme si tout mouvement brusque risquait de la surprendre.

« Vu de mon côté, on dirait bien que la bagarre a déjà commencé.

— Bon, alors c'est toi qui gagnes. Tu es la tenante du titre, invaincue à ce jour.

— T'as toujours eu la langue bien pendue, hein ?

— J'ai de qui tenir, m'man. »

Nancy Quinn se détourna de l'évier devant lequel elle se trouvait, toisa son fils, avant de secouer la tête d'un air résigné. « Comment on en est arrivés là ?

— Arrivés où ?

— À se planter l'un l'autre des aiguilles dans la peau pour voir lequel des deux criera le premier.

— Parce que c'est ce qu'on fait ?

— C'est ce que tu continues de faire, Henry. Si tu es comme tu es, c'est pas ma faute, et c'est foutrement pas ma faute si tu t'es retrouvé derrière les barreaux. T'as eu besoin de personne pour ça. »

Henry baissa les yeux. Ses pieds étaient comprimés dans des bottes Lucchese qu'il n'avait pas portées depuis trois ans. Elles se feraient d'ici quelque temps.

« Si tu dois partir, tu dois partir, c'est tout, dit Nancy.

— Oui, il le faut.

— Est-ce que tu sais seulement où tu vas ?

— En partie, oui.

— Et pour quelle raison ?

— Faut que j'remette une lettre de la part de quelqu'un.

— Quelqu'un que t'as connu à Reeves ?

— Ouais.

— Tu veux pas m'en dire plus ?

— J'ai rien à dire.

— Trois ans à Reeves, et t'as rien à dire ? s'étonna Nancy, le sourcil froncé.

— C'est la prison, tu sais. Tu manges quand on te dit de manger, tu dors quand on te dit de dormir et tu chies quand on t'le dit. Y a des jours où tu te bagarres, d'autres non. La plupart des mecs essaient de tirer leur peine sans trop déguster. Y en a quelques-uns qui sortiront jamais.

— Et la lettre ?

— Adressée à sa fille par un ami à moi.

— Il sortira un jour, cet ami ?

— Non.

— Sa fille va le voir de temps en temps ?

— Je crois qu'elle connaît même pas son père, et je pense pas que quelqu'un lui dise un jour qui il est.

— À part toi.

— C'est ça, oui.

— Si ça se trouve, c'est pas ce qu'y a de mieux pour elle.

— Je sais, m'man. Mais j'ai fait une promesse, et une promesse de ce genre, j'ai pas le choix, je suis obligé de la tenir. »

Un moment, Nancy garda le silence, pensant peut-être à d'autres promesses jamais tenues. Sa vie en était sans doute pleine.

Puis elle eut un petit sourire à part elle et leva les yeux vers Henry. « Y a du café sur le fourneau depuis un bout de temps. Probable qu'il est plus bien buvable. Je vais en refaire. Qu'est-ce que tu dirais de manger un morceau avec moi avant de partir ?

— Pas de problème, m'man. »

Quand Henry déposa son sac à dos et son étui à guitare à l'arrière de son pick-up, il était midi. Soleil haut dans un ciel sans nuage et un air vif.

Il mit le moteur en marche, puis redescendit pour l'écouter tourner. Il fuma une cigarette, en attendant que sa mère vienne lui faire ses adieux.

Elle lui avait préparé un sac de sandwichs.

« C'est juste un peu de jambon, du fumé, comme tu aimes.

— Merci, m'man. »

Il tendit la main et elle s'approcha. Il avait une tête de plus qu'elle, et il eut l'impression d'étreindre une enfant dans ses bras tant elle était frêle.

« Où est passé Howard ? demanda Henry.

— Parti au boulot.

— Il est ici souvent ?

— Assez, oui.

— Il est sympa avec toi ?

— Assez.

— Y boit beaucoup, on dirait.

— Il a soif, c'est tout. »

Henry eut un petit rire sarcastique. « C'est tout ce qu'il te sert comme argument ?

— Des comme ça, on en a tous, Henry. On a toujours une explication à tout ce qu'on fait, ce qu'on a fait et ce qu'on projette de faire.

— Franchement, il m'a paru un peu paumé. »

Nancy ne répondit rien. C'était inutile. Qui se ressemble s'assemble. En règle générale, ce n'est qu'au moment où ils se séparent que les gens se rendent compte de leurs ressemblances.

« Donc c'est dit, c'est un adieu.

— Un *au revoir*, comme disent les Français. Je serai de retour dans pas très longtemps.

— Bof, j'ai supporté ton absence pendant trois ans, je peux bien la supporter quelques semaines de plus. Pas la peine d'appeler, va. Ça ferait que me rappeler que tu pourrais être ici avec moi, alors que tu n'y seras pas. J'ai pas l'intention de me faire trop de mouron, parce que je te sais capable de te débrouiller seul.

— T'as toujours plus cru en moi que moi-même, m'man », dit son fils en la serrant fort contre lui.

Henry s'arrêta au garage de Pearsall Street.

« Il est où, Gus ? demanda-t-il à un inconnu en salopette couleur rouille.

— Gus Maynard ?

— C'est le seul Gus que je connaisse. Le patron.

— Plus maintenant.

— Comment ça ?

— Il est mort. »

Henry en resta bouche bée. Des rappels de son absence prolongée, il y en avait partout. La nouvelle l'amena à se demander ce qu'il lui restait encore à apprendre.

« C'est vous le propriétaire du garage, maintenant ?

— C'est ça.

— Et vous vous appelez ?

— Hoyt.

— Moi, c'est Henry. J'ai été absent un bout de temps. Là, je pars pour un petit voyage. Vous pouvez me vérifier un peu tout, pneus, niveaux, plein d'essence ?

— C'est faisable, oui.

— Pendant ce temps, je vais prendre un café.

— Chez Stella ?

— Ouais.

— En revenant vous m'apportez un café et une tranche de gâteau des anges. Je le déduirai de vot'facture.

— Pas de problème, Hoyt. »

Stella avait toujours été là, et Henry fut heureux de constater que la fin de toujours n'était manifestement pas pour demain.

Même si Stella n'avait pas encore soixante-dix ans, la cigarette et l'alcool s'étaient chargés d'en ajouter une bonne dizaine à son visage et à sa voix. Quand elle parlait, ses mots ressemblaient à des morceaux de charbon flottant dans un baril de goudron.

« Henry Quinn ! s'exclama-t-elle au moment où ce dernier s'encadrait dans la porte du *diner*.

— Stella Roscoe.

— Alors, ça y est, ils t'ont libéré, dit-elle en s'avançant vers lui, les bras largement écartés.

— Eh oui, Stella. Ça y est. »

Elle le gratifia d'une étreinte à lui fêler une côte.

« Allez, mon gars, viens t'asseoir un moment, prendre un café et manger un bout de gâteau. Je parie que t'as rien mangé d'autre pendant tout ce temps que des tripes de porc et de la mélasse noire.

— Des haricots, aussi. Et du chou vert le dimanche.

— La grande vie, si je comprends bien.

— Quasiment. »

Stella s'activa avec ses machines à café et ses parts de gâteau tandis que Henry s'asseyait au comptoir.

« Je pars quelques jours voir des gens, dit-il. Hoyt me fait une petite révision du fourgon. M'a dit que Gus était mort.

— Ouais. Y a un peu plus d'un an. L'alcool a fini par lui bouffer le foie, je suppose.

— C'est sûr qu'il aimait bien boire.

— C'est rien de le dire, s'esclaffa-t-elle, avec un rire cassé qui évoquait le hoquet d'une vieille locomotive.

— Et sa femme ?

— Hester ? Elle a fait ses valises et elle est partie s'installer chez sa sœur. Quelque part du côté d'Abilene. Baird, Cisco, Sweetwater, l'un ou l'autre de ces bleds.

— Et Hoyt, comment il est ?

— Bien. Y connaît pas grand-chose en dehors des bagnoles, mais c'est lui le proprio maintenant, et l'affaire a l'air de pas mal tourner.

— Il est d'où ?

— Un coin où y a du pétrole », dit Stella, le cuir de son visage fripé par un sourire.

Elle posa une tasse de café sur le comptoir, qu'elle accompagna d'une tranche de tarte à la crème.

« Alors, tu t'en vas où comme ça, mon grand ?

— À Calvary.

— En mission commandée ?

— C'est un peu ça, oui.

— T'essaies quand même d'éviter les emmerdes, hein ?

— Ça, c'est pas certain, répondit Henry en coupant sa tarte avec la tranche de sa fourchette.

— Quoi qu'il arrive, débrouille-toi pour pas retourner à Reeves, d'accord ?

— Je ferai de mon mieux, Stella. Je ferai de mon mieux.

— Tu sais ce qu'on dit.

— Quoi donc ?

— Que faire de son mieux, ça suffit pas toujours.

— Merci pour tes encouragements, en tout cas, Stella Roscoe, dit-il avec un sourire triste.

— À ton service, Henry Quinn. »

Il termina son café et sa tarte, prit un gobelet pour Hoyt, sans oublier le gâteau.

Stella lui dit que c'était pour la maison, mais Henry laissa tout de même quelques dollars sur le comptoir.

Il lui dit au revoir, et elle le serra à nouveau contre elle, tout en le priant de passer le bonjour à Calvary.

« Parce qu'ils te connaissent là-bas ?

— Non, dit-elle en secouant la tête, mais ça veut pas dire qu'y devraient pas. »

Au garage, Hoyt reçut sa part de gâteau comme le Messie.

L'état de ses mains, qui aurait poussé Henry, pour sa part, à enfiler des gants pour manger, ne sembla pas le chiffonner le moins du monde. Peut-être que les doigts pleins de cambouis, c'était son truc. Peut-être qu'on finissait même par aimer ça.

« C'est un bon bahut que t'as là, dit Hoyt. Il lui manque plus qu'une bonne virée pour le dérouiller. J'me suis occupé des pneus, de l'huile, de l'essence, y demande qu'à partir.

— C'est sympa, Hoyt. Combien je te dois ? »

Hoyt lui annonça le montant, et Henry le régla.

« Et tu vas où comme ça ? » lui demanda Hoyt, adoptant un ton de conspirateur pour masquer son indiscrétion. Que manigançait l'ancien taulard ? Se mettait-il en quête d'une autre pauvre innocente afin de lui loger une balle de .38 dans la gorge ?

« Calvary, répondit Henry. Tu connais ?

— Non, j'peux pas dire.

— Quatre-vingts kilomètres direction sud, puis à l'ouest sur la 10, pendant encore une bonne centaine de bornes.

— Ah, mais on est au West Texas, dit Hoyt. Les gens bougent pas beaucoup, ils vivent et meurent dans un rayon de dix kilomètres. La terre dans laquelle ils ont joué gamins est la même que celle qui les recouvre une fois morts. Calvary, ça pourrait tout aussi bien être la France. » Il but une gorgée de café, peut-être pour effacer les traces que l'huile de moteur lui avait laissées autour de la bouche. « Bon, eh ben, bonne route alors. J'espère que tu trouveras ce que tu cherches.

— Merci, Hoyt. Je viendrai te voir pour la prochaine révision.

— Si Dieu l'veut », dit Hoyt, philosophe, avant de disparaître dans la caverne obscure de son garage.

La radio marchait à la perfection. Aucune raison pour que ce ne fût pas le cas, mais Henry était content malgré tout. Il tomba sur une station FM à la sortie de San Antonio – KDXL 109.4 –, qui passait une compilation de disques qu'il aimait bien. Les frères Allman, J.J. Cale, Barefoot Jerry, Bo Diddley, et un bon paquet de musique soul sortie des studios d'enregistrement Muscle Shoals. Il prit la 277 sud qui l'emmena à Eldorado, puis à Sonora, avant de bifurquer vers l'ouest, direction Ozona. Il venait de traverser la ville et était pratiquement arrivé au Pecos quand il s'aperçut qu'il était allé trop loin. Comment il le savait, il n'aurait su le dire, mais il en était sûr. Il fit demi-tour, repartit en sens inverse, guettant les panneaux de signalisation.

Au bout d'une dizaine de kilomètres, il tomba sur ce qui devait constituer la seule preuve à des kilomètres à la ronde de l'existence de Calvary. Il fallait tourner à droite, et on trouvait la ville à une trentaine de kilomètres, mais la route, en mauvais état, était semée de nids-de-poule, même si sous ses airs de chemin de campagne elle semblait aspirer à un statut plus reluisant. Il était parti du principe que Calvary était une ville. Finalement, ce n'était peut-être rien de plus qu'un patelin paumé en pleine campagne. Pourtant, pour avoir un shérif, il fallait bien que l'endroit ait autre chose à faire valoir qu'une douzaine de cabanes recouvertes de toile goudronnée et un château d'eau à moitié délabré. Quoi qu'il en soit, c'était là que vivait le frère d'Evan, et si ce que lui avait dit son ex-codétenu était vrai, le shérif connaissait l'existence de Sarah, et savait peut-être où on pouvait la trouver. Tout aussi bien, elle n'avait jamais quitté ce bled, et le voyage de Henry allait se résumer à une poignée de main, la remise d'une lettre et l'exécution d'un demi-tour complet pour reprendre la direction de San Angelo.

Mais il y avait quelque chose d'étrange. Peut-être était-ce le fait que Calvary semblait vouloir se cacher du reste du monde au bout d'une route pourrie qui ne ressemblait à rien. Peut-être aussi le fait que, chaque fois qu'Evan avait parlé de son frère, Carson, c'était avec la grimace de quelqu'un qui se rincerait la bouche au vinaigre. Henry avait senti que les deux frères se détestaient cordialement, mais ce n'était qu'une impression, et l'histoire était truffée d'exemples témoignant des dangers qu'il y a à se fonder sur des impressions. Non, il n'avait pas de raison d'écouter autre chose que son sens du devoir. Il avait promis, et il tiendrait sa promesse. Un point c'est tout.

Il accéléra à nouveau, remit la radio pour découvrir que T-Bone Walker l'attendait, et engagea le pick-up sur la route creusée d'ornières qui menait à Calvary.

7

Avec le passage du temps, l'épisode du cheval fugueur finit par s'estomper des mémoires.

La famille Riggs survécut tant bien que mal à la Dépression, William faisant son possible pour aider ceux qui s'en sortaient moins bien. C'était un homme d'humeur égale, qui allait à l'église et qui avait pour principe que l'on reçoit en fonction de ce que l'on donne. L'idée ne lui venait pas de la Bible, mais procédait pour lui du simple bon sens. Le cheptel s'appauvrit dans des proportions alarmantes, parce qu'il n'y avait pas d'endroit où nourrir les bêtes et les abreuver. Mais William avait prévu la chose et sacrifié des têtes en proportion. Ils finirent par se sortir sans trop de dégâts des années 1920, et quand les choses commencèrent à s'arranger, on était en 1936, et les garçons étaient adolescents, Carson bientôt au seuil de l'âge adulte, et Evan sur ses talons.

C'est alors qu'entra en scène Rebecca Wyatt.

Le père de Rebecca, Ralph Wyatt, avait acheté à l'automne 1937 pour une bouchée de pain une ferme voisine de celle des Riggs.

Ralph Wyatt vivait seul avec sa fille. Personne ne semblait savoir où était sa femme, et personne ne le demanda jamais. Les langues des commères de Calvary allèrent bon train, mais aucune n'eut de réponse à apporter.

Wyatt n'était pas installé depuis plus de huit jours quand il vint rendre visite aux Riggs. C'était un homme à la stature imposante dont les larges épaules s'encadraient tout juste dans l'embrasure de la porte ; il avait un front assez dur pour y planter des poteaux de clôture, des mains assez rugueuses et larges pour dérouler des longueurs de barbelé sans jamais s'écorcher.

« Ralph Wyatt, dit-il en manière de présentation, et voici ma fille, Rebecca. »

Wyatt tendit la main, Rebecca fit une petite révérence polie, et William les invita à entrer pour prendre une citronnade.

Assis en face de la jeune fille à la longue table de la cuisine, Carson, victime de l'hyperactivité des hormones de l'adolescence, donnait l'impression d'avoir été piétiné par une Texas longhorn.

Rebecca était bien partie pour faire tourner les têtes. Quinze ans, et déjà toute la grâce d'un cygne. Elle essayait bien de donner le change en portant bleus de travail, chaussures plates et cheveux pas coiffés, mais impossible d'ignorer qu'elle était destinée à devenir une très belle jeune femme.

Grace s'activait avec les biscuits et les boissons. Ralph Wyatt et William Riggs se sondaient l'un l'autre afin d'affirmer chacun sa position. Qu'ils finiraient par devenir de grands amis au fil des mois, puis des années, on aurait pu le présager à la chaleur avec laquelle William parla de Ralph à Grace une fois les Wyatt partis.

« Il a l'air d'un homme bien.

— En effet, répondit Grace.

— C'est pas rien d'élever une fille tout seul, mais il semble avoir fait du bon boulot.

— S'il y en a un qui serait de ton avis là-dessus, c'est Carson. On l'aurait cru frappé par la foudre dès l'instant où elle a posé le pied dans cette maison.

— Une fille comme ça, c'est sûr qu'elle va lui briser le cœur.

— Tout le monde doit en passer par là un jour ou l'autre, William. Alors, autant que ça arrive vite et qu'on n'en parle plus.

— Voilà qui est bien cynique de la part d'une femme aussi douce, dit William avec un sourire ironique.

— Va savoir… Peut-être que Carson lui plaira. C'est un garçon intelligent, à sa manière. Pas un intellectuel, certes, mais toi aussi, William, tu as fait du bon boulot. Il compense son manque d'imagination par son pragmatisme et un solide bon sens. Il a la tête sur les épaules, et je crois qu'il saura se débrouiller dans la vie.

— C'est à nous deux, Grace, qu'on a fait du bon boulot. J'ai jamais vu quelqu'un d'aussi patient que toi.

— C'est gentil à toi de me le dire, William.

— Bon sang, Grace, t'as fait des merveilles avec nos deux fils. Cette passion pour la musique qu'a Evan m'épate toujours autant, elle me sidère. Il chante comme personne, et maintenant il voudrait une guitare ; personnellement, je vois aucune raison de pas lui en offrir une.

— Il est doué, c'est sûr. »

Grace, qui en avait fini avec la vaisselle et le rangement, vint s'asseoir aux côtés de son mari à la table de la cuisine. « Alors, est-ce qu'on a fini de se lancer des fleurs sous prétexte qu'on est des parents modèles, ou tu veux qu'on continue ?

— Ça va aller, dit William. J'ai fait le plein de louanges.

— Je dois reconnaître que je me fais moins de souci pour Carson que par le passé.

— Il fallait qu'il grandisse un peu, mon ange. Il avait des idées bizarres parfois, mais je crois qu'il est devenu raisonnable.

— Je l'espère.

— Une chose est sûre, c'est qu'il aime vraiment son frère. Aucun doute là-dessus. Il veille sur lui à l'école et tout.

— C'est normal. Les grands frères, c'est fait pour ça.

— Attendons de voir si la jolie fille le met au désespoir et il sera toujours temps de se faire du mouron à ce moment-là. »

Des pas précipités résonnèrent soudain dans l'entrée, et Evan s'engouffra dans la cuisine, criant si fort que les voisins auraient pu l'entendre : « C'est Carson ! Il est tombé ! Carson est tombé, et y a du sang partout ! »

William bondit de sa chaise, et, Grace sur ses talons, traversa la cour à toutes jambes derrière Evan pour gagner la grange qui avait servi d'écurie au petit cheval pie. Rocket – c'était le nom que lui avait choisi

Evan – était maintenant dans une grange plus petite, en dépit du fait qu'il avait atteint sa taille adulte. La bâtisse où Carson baignait dans son sang était devenue une remise pour stocker le matériel, un tracteur hors d'usage, un vieux camion à plateau que William n'avait jamais trouvé le temps de réparer ou de vendre. Il y avait en surplomb un espace utilisé comme grenier à foin, mais dont les deux garçons avaient fait une aire de jeux quand ils étaient plus jeunes. C'était de ce grenier, haut de cinq bons mètres, que Carson avait chuté, heurtant de la tête un des passages de roue du camion en tombant.

Le gamin était étendu par terre, inerte, et bien qu'Evan ait annoncé qu'il y avait du sang partout, il y en avait en définitive fort peu. Nonobstant, William avait assez vu d'accidents et de mésaventures de ce genre pour savoir que l'aspect extérieur d'une blessure ne reflétait pas forcément les dégâts internes. La seule chose à faire était d'emmener Carson de toute urgence au centre de soins de Sonora.

Ils s'y rendirent tous ensemble, Carson et Grace à l'arrière, le blessé allongé, la tête sur les genoux de sa mère. Ils étaient à peine partis qu'il commença à remuer, et elle se contenta de le serrer contre elle, de la glace enveloppée dans de la gaze posée sur le point d'impact afin d'empêcher la formation d'un hématome. Le choc avait été sévère, et quand l'œil droit de Carson s'ouvrit en papillotant, Grace vit qu'il était injecté de sang. Elle redoutait surtout une hémorragie, ça ou une fracture, et quand ils arrivèrent à Sonora pour entendre le médecin leur dire qu'il valait mieux emmener le blessé à San Angelo, elle redoubla d'inquiétude.

« Là-bas, ils ont un appareil de radiographie, Mrs. Riggs, lui expliqua le docteur. C'est pour cette raison qu'il faut que vous y alliez, pour savoir s'il n'y a pas de dommages internes. »

San Angelo était à une centaine de kilomètres, et le médecin leur proposa d'appeler une ambulance, mais William préférait y conduire son fils lui-même.

« Ce n'est pas que je ne vous ferais pas accompagner, dit le médecin, mais je n'ai que deux aides ici – une infirmière et une secrétaire – et j'ai besoin des deux.

— Ça va aller, dit William Riggs. On le conduit jusque là-bas, et tout va bien se passer. » Paroles destinées à soulager ses craintes autant que celles de sa femme. Carson essayait de parler, mais les muscles du côté droit du visage semblaient ne pas répondre.

Evan dit qu'il était arrivé dans la grange alors que Carson était déjà tombé. Il l'avait trouvé par terre en entrant. Il paraissait vouloir s'assurer que personne ne l'accuserait, en lui imputant en partie l'accident.

« Les accidents, ça arrive », lui dit Grace, avec pourtant une note d'hésitation dans la voix. Si on lui avait demandé le fond de sa pensée, elle aurait avancé l'idée que rien n'arrivait sans raison, que le mot « accident » était une étiquette commode que collaient les gens sur des événements dont ils refusaient d'endosser la responsabilité.

Il était tard dans l'après-midi quand ils atteignirent San Angelo. On s'occupa tout de suite de Carson. Pendant qu'il passait la radio et qu'on l'examinait, le reste de la famille patienta dans la salle d'attente, espérant que tout aille pour le mieux, tout en redoutant le pire. Une réaction humaine, pas forcément entachée de pessimisme.

Quand le docteur Gordon vint les trouver, la nuit était presque tombée. Ils étaient là depuis près de deux heures, et n'avaient pas dû échanger plus d'une vingtaine de mots.

« Rien de grave », tels furent les premiers mots du médecin, lesquels déclenchèrent aussitôt un raz-de-marée de soulagement. Grace fondit en larmes, tandis que William la serrait dans ses bras. Evan restait là, le visage livide, les yeux exorbités.

« Il a une petite fracture là, poursuivit le docteur Gordon en désignant un point juste au-dessus de son œil droit. Vraiment minuscule, à peine deux centimètres de long, elle va guérir très vite. Aucun signe de saignement interne, d'hémorragie, ni de traumatisme crânien. Le choc a été violent, certes, mais l'hématome reste superficiel. Au moindre impact, le sang reflue vers la zone concernée aussi vite que possible pour aider et accélérer la guérison. C'est ce que vous voyez. Même chose que quand vous vous cognez.

— C'est une sacrée bonne nouvelle, docteur ! s'exclama William. Merci infiniment. »

Gordon sourit. Trois heures plus tôt, il avait dû expliquer à un père qu'il n'en serait pas un, son premier-né étant mort pendant l'accouchement. Cette fois-ci au moins, l'annonce était moins grave.

« Il se peut qu'il ait des maux de tête, et il devra s'abstenir de tout effort physique pendant environ un mois, mais je ne vois aucune raison pour qu'il ne se rétablisse pas complètement, et sans séquelles. »

William se leva et serra la main du médecin. Il lui agrippa fermement l'épaule. « Vous n'avez aucune idée de notre soulagement », lui dit-il, ce dont le docteur Gordon se doutait bien.

Carson passa la nuit à l'hôpital. Et Grace resta auprès de lui.

Assis à l'avant avec son père pour le trajet du retour, Evan entreprit une nouvelle fois d'expliquer qu'il n'avait joué aucun rôle dans l'incident.

« Je sais que t'y es pour rien, Evan. On était distraits, à cause du souci qu'on se faisait pour Carson. C'est uniquement pour ça qu'on t'a pas vraiment prêté attention.

— D'accord, dit Evan, apparemment satisfait. Je voulais juste que vous croyiez pas, maman et toi, que je l'avais poussé en bas à cause de ce qu'il avait fait à Rocket.

— Rocket ? interrogea William. Qu'est-ce que Carson a fait à Rocket ?

— Le jour où il s'est enfui, tu t'souviens ? »

William s'en souvenait en effet, mais l'incident remontait à huit ans au moins, et il n'avait pas dû y repenser plus de deux ou trois fois depuis.

Ce fut un moment étrange, troublant pour tout dire, et, même s'ils changèrent de sujet pour parler de beaucoup d'autres choses sur le chemin du retour, William n'arriva pas à se sortir de la tête qu'il restait sans doute un contentieux plus sérieux qu'une simple rancune à régler entre son cadet et son aîné.

Et se promit d'en parler avec Grace.

8

Pourtant peu enclin à se fier à ses premières impressions, Henry Quinn ne cacha pas son étonnement en découvrant Calvary. Il ne s'attendait pas à trouver beaucoup mieux que quelques maisons de bord de route, mais Calvary lui fit l'effet d'une vraie ville, établie depuis longtemps, qui pouvait se glorifier de posséder une grand-rue, un silo à grains, deux ou trois bazars ou épiceries générales, un garage, deux saloons, une salle de billard, un supermarché qui brillait de tous ses feux, un fabricant de bottes, un sellier, et une foule d'autres commerces et affaires, sans compter une église dotée d'un haut clocher, qui arborait une peinture fraîche et se flattait sans doute d'un nombre conséquent de fidèles.

Il arrêta le Champ au bord du trottoir devant un café, bien entretenu mais totalement démodé, avec sa rangée de tabourets de bar et son long comptoir incurvé visibles de la rue. Jusqu'à la tenue du serveur qui n'aurait pas déparé l'endroit cinquante ans plus tôt.

Si certains cherchaient à faire entrer Calvary, Texas, de plain-pied dans les années 1970, ils ne se tuaient pas à la tâche.

Henry se dit qu'il devait y avoir une multitude d'endroits du même genre : des petites villes tranquilles, qui s'occupaient de leurs affaires dans leur coin, indifférentes aux progrès et aux avancées que l'on forgeait à San Antonio, Houston ou Dallas. Se précipiter tête la première vers le XXIe siècle constituait peut-être une priorité pour ces métropoles, mais ce siècle-ci convenait fort bien à des endroits comme Calvary. Peut-être même que, tout bien réfléchi, c'est encore le siècle dernier qui aurait eu leur préférence s'ils avaient pu choisir.

Assis au comptoir, et seul client dans la salle, Henry demanda au serveur où il pouvait trouver le shérif Riggs.

L'autre lui décocha le sourire de celui qui détient un secret réservé à quelques rares élus.

« Je vais vous dire une chose : le shérif Riggs il est pas seulement le représentant de la loi, il est *la* loi à lui tout seul, et où il peut bien se trouver en c'moment, j'en ai pas la moindre idée.

— Il y a bien un bureau du shérif quelque part, non ?

— Oh, y a une bonne demi-douzaine de bureaux où le shérif Riggs traite ses affaires, si vous voyez c'que j'veux dire.

— Désolé, mais je comprends pas… euh…

— Merl, dit l'homme. Mon nom, c'est Merl. Bon, comme je viens de vous l'dire, le shérif Riggs doit bricoler quelque part, proposa-t-il en guise d'explication. C'est quelle heure, là ? se demanda-t-il à lui-même, avec un coup d'œil à la pendule murale. Quatre heures à peu près… M'est avis qu'il va rentrer au commissariat central dans… disons une petite heure. Vous continuez dans la direction d'où vous êtes venu et à quatre cents mètres environ après l'église, vous prenez à droite – vous pouvez pas vous tromper, y a pas d'autre rue sur la droite –, et là vous verrez le bâtiment. Un truc bas, à un seul étage, peint en bleu. Si y a une voiture de shérif devant, c'est qu'il est là. Sinon, c'est qu'il y est pas.

— Merci beaucoup, Merl.

— Y a pas de quoi, mon vieux. Au fait, vous vous appelez ?

— Henry, Henry Quinn.

— Eh ben, bonne chance, Henry Quinn, j'espère que vous allez le trouver, le shérif », dit Merl, comme s'il sous-entendait qu'une quête de ce genre s'apparentait à celle du Graal.

Henry, ne cédant pas au sentiment d'obligation qui aurait pu le pousser à commander un soda, retourna au pick-up, démarra, longea l'église et s'arrêta en face du tournant dont lui avait parlé Merl. Il voyait maintenant le toit du bâtiment bleu, et il se dit qu'il allait attendre là jusqu'à l'arrivée du shérif.

Pendant une heure, rien, pas une seule voiture, et puis une Oldsmobile Cutlass qui avait connu des jours meilleurs le dépassa en se traînant. Le conducteur regardait droit devant lui, et la passagère – une gamine de cinq ou six ans – fixa sur Henry un œil vide qui lui fit l'effet d'être transparent, sans changer d'expression même quand il lui adressa un sourire. Il n'y avait aucune raison d'accorder une signification particulière à la chose, mais elle lui laissa malgré tout une impression de malaise.

Henry Quinn était donc là, à attendre dans son pick-up l'apparition du frère de son codétenu, tout en ayant encore présents à l'esprit l'air en apparence nonchalant et indifférent de Merl et le regard vide de la gamine. Comme pour se remettre en mémoire la raison de sa présence ici, il tendit la main vers son sac à dos derrière lui et sortit la lettre d'Evan. *Sarah*. Rien de plus. Juste un prénom. Evan lui avait dit que la mère de Sarah était morte et qu'il ignorait le nom de la famille qui avait recueilli la petite. Tout ce qu'il connaissait par ailleurs, c'était sa date de naissance – 12 novembre 1949 –, et le fait que son frère, Carson Riggs, shérif de Calvary, serait en mesure de lui apporter son aide.

Comme en écho à cette pensée, une voiture de police apparut dans son rétroviseur, venant dans sa direction. Tandis qu'elle ralentissait pour prendre le tournant, il eut conscience du regard insistant du conducteur, dont il supposa qu'il ne pouvait être que Carson Riggs en personne. Sous le chapeau et derrière les lunettes noires, Henry n'avait aucun moyen de savoir s'il s'agissait effectivement du frère d'Evan, mais il n'y avait qu'une seule façon de le découvrir. Il attendit que le véhicule tourne et aille jusqu'au commissariat central, avant de le suivre.

En descendant de son pick-up, Henry eut la certitude que le conducteur ne pouvait qu'être Carson Riggs. Une fois débarrassé de ses lunettes noires, Riggs présentait une ressemblance frappante avec son frère, moins dans les traits qu'en matière de présence et de posture. Là où Evan était grand et assez maigre, sans doute en raison du régime alimentaire de la prison, Carson était nettement plus large de carrure. Un mètre quatre-vingts à un poil près, cheveux abondants quoique grisonnants, il était appuyé contre la voiture, les pouces passés dans le ceinturon de service Sam Browne, le chapeau à présent repoussé en arrière, la main en auvent devant les yeux pour se protéger des derniers rayons du soleil couchant.

Une fois descendu, Henry laissa s'écouler un instant avant de prendre la parole. Que Carson mit à profit pour placer les premiers mots.

« Salut, mon gars. Qu'est-ce qu'on peut faire pour toi ?
— Je cherchais le shérif Carson Riggs.
— En ce cas, considère ta recherche comme accomplie.
— C'est vous ?
— En personne, de la tête aux pieds, avec tout ce qu'il y a entre les deux.
— Je m'appelle Henry Quinn.
— Ah ?
— Oui, m'sieur, pour vous servir. Je suis venu vous trouver à la demande de votre frère. »

Carson Riggs se redressa, ôta son chapeau et s'essuya le front du dos de la main. « Eh ben, dis donc, si je m'attendais…
— Il m'avait dit en effet que vous risquiez d'être surpris.
— Tu pourras lui dire qu'il se trompait pas, dit Riggs en remettant son chapeau.
— Je suis venu vous demander où se trouvait sa fille. »

Riggs sembla reculer d'un pas, non pas dans l'espace, mais en pensée. Henry ne voyait pas d'autre façon de décrire ce repli presque tangible.

« Sa fille ?
— Oui, m'sieur. Sa fille.
— Ah là, ça se confirme. C'est plus que jamais la dernière chose à laquelle je me serais jamais attendu.
— Vous savez où elle se trouve ?
— Pas la moindre idée, Mr. Quinn. Mais à votre avis ça remonte à quand, cette histoire ?
— Je sais qu'elle s'appelle Sarah, et qu'elle est née en novembre 1949. D'après votre frère, vous avez été désigné comme tuteur légal quand il s'est retrouvé derrière les barreaux.

— Pardon ? reprit Riggs, manifestement estomaqué.

— Vous êtes devenu son tuteur. »

Riggs eut un sourire sardonique, et pourtant quand il reprit la parole, ses mots n'étaient pas dénués de sympathie. « Ses vingt années de taule lui ont bousillé le cerveau, à ce pauvre bougre, c'est pas possible autrement. Il a dit que j'étais devenu son tuteur ? Le tuteur de sa fille ? C'est bien le truc le plus dingue que j'aie jamais entendu. Tu sais quand même qu'elle a été adoptée, non ?

— Oui, m'sieur.

— Et est-ce que par hasard mon pauvre cinglé de frangin t'aurait donné le nom de la famille d'adoption ?

— Il a dit qu'il l'ignorait.

— Et je suppose que c'est à Reeves que tu l'as connu ?

— Oui, c'est bien ça.

— Codétenu ?

— Ouais.

— Et il t'a envoyé perdre ton temps, parce que c'est ce que tu vas faire, à essayer de retrouver une fille qu'il a pas vue depuis plus de vingt ans et qui vit quelque part dans une famille dont il ignore le nom ?

— C'est exact.

— Et toi, t'as accepté ? demanda Riggs avec un sourire moqueur.

— Oui, j'ai accepté.

— Je peux te demander pourquoi ?

— Parce que c'est mon ami. Parce qu'il m'a aidé pendant que j'étais à Reeves.

— Eh bien, mon p'tit gars, t'es meilleur que moi. Je suis shérif, bon Dieu, j'ai toute la police du comté de Redbird à ma disposition, et je veux bien être pendu si j'arrive à mettre la main sur cette fille. Ce que je crois, c'est que mon frère t'a envoyé chasser le raton laveur là où y en a pas.

— Peut-être que vous seriez prêt à me donner un coup de main pour la retrouver, shérif Riggs. »

Riggs eut un froncement de sourcils et ôta une fois de plus son chapeau, mais cette fois-ci pour le lancer par la vitre ouverte sur le siège de sa voiture. Il regarda Henry d'un air circonspect, comme si le jeune homme venait de dire quelque chose qui pouvait donner lieu à une double interprétation, mais que l'une ou l'autre ne pouvait qu'être synonyme d'ennuis.

« Et pourquoi je ferais un truc pareil ?

— Parce que c'est votre frère…, dit Henry, interloqué à son tour, parce que la fille est votre nièce…

— Et tu crois que ça, ça donne à Evan Riggs un droit sur mon temps et mon énergie ? Eh bien, c'est pas le cas, tu vois. Tu te trompes en pensant que, parce qu'il est mon frère, il est aussi mon ami. »

Henry pouvait comprendre, ou du moins le croyait-il. Après tout, le frère du shérif avait été condamné pour meurtre et, de plus, condamné à vie. Parler d'une relation conflictuelle entre les deux frères restait sans doute très en deçà de la vérité.

Henry se demanda si la chose risquait d'avoir une incidence sur la mission que lui avait confiée Evan. Il n'était pas détective, et il n'avait certes pas les moyens de s'en offrir un. Trois ans d'un salaire de prisonnier s'élevaient en tout et pour tout à trois cent quatre-vingt-cinq dollars et des poussières, moins ce qu'il avait déjà donné à sa mère, la révision de son pick-up et ses dépenses courantes depuis qu'il avait quitté Reeves, autrement dit à peine trois cents dollars à ce jour.

« Bon, ça va pas te mener bien loin, tout ça. Mais tu pourrais te renseigner un peu dans le coin, interroger les gens. Certains des anciens pourront peut-être t'aider. Y en a pas beaucoup qui remontent aussi loin, mais si tu vas faire un tour au saloon, tu les trouveras. Je suis sûr que si tu leur paies un coup à boire, du bon, ça leur déliera la langue.

— Merci, shérif, j'apprécie. Merci de m'avoir consacré du temps, et désolé si j'ai remué des souvenirs dont vous aimez pas trop parler.

— Bof, c'était pas grand-chose. Y a juste que ça me désole d'apprendre que ce pauvre Evan a complètement perdu la boule. » Il aurait dû y avoir comme un sourire dans ces dernières paroles, mais Henry n'en perçut pas la trace. « J'ai quand même une dernière question pour toi. »

Henry sut à quoi s'attendre avant même qu'elle soit posée.

« Qu'est-ce que tu as fait pour te retrouver dans un endroit comme Reeves ?

— Coups et blessures, possession illégale d'arme à feu.

— Et combien t'as pris pour un truc comme ça ?

— Trois ans.

— Sacrée connerie que t'as faite là.

— C'est sûr.

— Mais t'es réhabilité à présent ?

— Oui, m'sieur.

— T'es en probatoire ?

— Non, non. Faut juste que j'informe les autorités si je veux quitter l'État au cours de l'année qui vient, mais pas de probatoire.

— C'est bien. Parce que, vois-tu, je voudrais pas qu'on me signale du grabuge en ville.

— Y en aura pas, m'sieur, promis. »

Riggs se redressa. « Je sais qu'on peut pas généraliser dans ce domaine, mais je pense qu'y a des gens dont il faut gagner la confiance, et d'autres qui vous font confiance dès le départ et qui continueront à le faire tant que vous n'aurez pas trahi cette confiance. J'ai tendance à être comme les seconds, même si on essaie souvent de m'en dissuader. T'avise pas de devenir un de ceux-là, ajouta Riggs avec un sourire froid.

— Y a pas de danger, m'sieur. Je suis pas venu ici pour causer des histoires, avec personne.

— Heureux de l'entendre, mon gars. Bon, je suppose que t'as l'intention de passer la nuit ici ?

— Exact.

— Adresse-toi au grand bazar de Calvary. Y a un type qui s'appelle Knox Honeycutt. Il s'occupera de toi.

— C'est vraiment aimable à vous, shérif.

— J't'en prie, c'est rien », répliqua Riggs avant d'entrer dans le bâtiment.

Henry resta là un moment, sans trop savoir que penser de cet échange. Comme s'il venait de quitter un magasin pour se rendre compte qu'on ne lui avait pas rendu sa monnaie. Ou mieux, comme si le shérif Riggs venait tout juste de lui enjoindre de quitter la ville sans aller se plaindre d'avoir été volé.

9

Longtemps, les choses suivirent leur cours normal, et puis, soudain, tout bascula.

À cause de la fille.

Grace le sentit immédiatement – c'était clair comme le jour pour elle –, et même s'il était dépourvu de la fameuse intuition féminine, William ne tarda pas, lui aussi, à s'en apercevoir.

Non que, d'après eux, il se fût agi d'un sentiment aussi destructeur que l'envie ou la jalousie. Rien d'aussi grave. Peut-être n'était-ce qu'un principe physique, le simple fait que le monde semblait fonctionner sur un mode binaire. Comme on dit, deux c'est bien, trois c'est trop.

Rebecca Wyatt avait quinze ans. On était au début de l'année 1938, et quinze jours après le Nouvel An, les Riggs fêtaient le dix-huitième anniversaire de Carson. Aucun doute là-dessus, le garçon était désormais un homme, du moins sur le plan physique.

« Il ne s'enflamme pas comme Evan, dit William, coutumier de la remarque.

— Une amorce plus courte ne signifie pas nécessairement une explosion moindre.

— Dis-moi, Grace, répliqua William avec un sourire, est-ce que tu vois jamais autre chose que la bouteille à moitié pleine ?

— Ça me fait de la peine de constater qu'il te déçoit, dit-elle.

— Je crois pas que… »

Grace posa la main sur le bras de son mari, alors qu'ils étaient assis devant la table de la cuisine. Il était encore tôt, quelques jours à peine avant l'anniversaire de Carson, et les garçons n'étaient pas levés. « Je le vois bien, William. Et je pense que Carson le voit, lui aussi, même s'il ne saurait pas l'expliquer. Être le vilain petit canard n'est sans doute pas tous les jours évident.

— Mais je n'ai jamais délibérément privilégié Evan.

— Je ne crois pas que tu aies jamais de ta vie voulu une chose injuste. Mais il arrive parfois que ce que nous voulons être soit une chose, et ce que nous sommes, une autre. Les gens s'en rendent compte, et toi, il y a des moments où tu es plus facile à lire que les bandes dessinées des journaux du dimanche.

— Ça se voit donc tant que ça ? demanda William.

— Ce qui se voit, c'est combien tu aimes Evan », dit Grace, qui refusa d'en dire plus.

Puis ils parlèrent de leur jeune voisine.

« C'est une très belle fille, dit Grace, et ce sera une femme plus belle encore. Mais c'est une originale. »

William eut un froncement de sourcils.

« Pas de mère, élevée par son père, et un esprit très indépendant, expliqua Grace.

— Tu veux dire quoi, au juste ?

— Certains se contentent de ce que la vie dépose à leur porte. D'autres, non. Ceux-là en veulent davantage et ils vont donc voir ailleurs pour le trouver. Carson appartient à la première catégorie. Evan, à la seconde. Et je pense que notre Miss Rebecca Wyatt est plus proche d'Evan que de Carson.

— Ce n'est qu'une enfant, hasarda William.

— Non, plus maintenant. Les filles mûrissent plus vite que les garçons, dans tous les domaines. Et celle-là, c'est une flamme particulièrement vive. De deux choses l'une : soit elle acceptera que quelqu'un l'aide à garder les pieds sur terre, lui rappelle que la vie n'est pas faite que de feux d'artifice et d'émotions fortes, soit elle fera ce qu'Evan s'apprête à faire.

— Et qu'est-ce qu'il s'apprête à faire, selon toi ?

— Tu crois peut-être qu'il ne va pas déguerpir d'ici dès qu'il en aura l'occasion ? Le garçon ne suivra pas les sentiers battus, j'en suis certaine. Réfléchis... la musique. C'est un artiste. Ça ne sera jamais un fermier. Ce que fera Carson, je n'en sais rien, mais on aurait voulu les faire plus différents qu'on n'y serait jamais arrivés.

— Je vois comment est Carson quand la gamine est dans les parages, dit William.

— Et moi, je vois comment elle est, elle, quand Evan apparaît, rétorqua Grace.

— On verra bien qui l'emportera, pas vrai ?

— Ce qui m'inquiète, si tu veux tout savoir, c'est que tout le monde soit perdant au bout du compte.

— Je voudrais surtout pas les voir souffrir, ni l'un ni l'autre. »

Grace eut un petit sourire, l'air légèrement distant, comme prise de nostalgie à l'évocation d'un souvenir. « Tiens-toi prêt, William Riggs. La vie, c'est bien connu, répond rarement à tes attentes. »

Arriva le jour de l'anniversaire, le jour des dix-huit ans de Carson Riggs. Difficile d'imaginer qu'autant d'années s'étaient écoulées. Le garçon était désormais un homme, et Grace n'épargna rien : costume de cérémonie, nœud papillon, Gomina dans les cheveux, chaussures cirées comme pour un dimanche. Il avait la tenue qu'exigeait le rôle, davantage qu'il ne le jouait vraiment, mais comme c'était son anniversaire, il était pardonné d'avance.

Les Wyatt furent invités pour l'occasion. Ralph lui offrit un couteau avec un manche en corne. Rebecca, une montre de gousset qui avait appartenu dans le temps à un cousin de Ralph, Vernon Harvey. Né à Snowflake, en Arizona, Vernon était mort au champ d'honneur, en France, à vingt-deux ans. Au cours de l'opération connue sous le nom d'« offensive Meuse-Argonne », il avait eu les deux jambes arrachées par un obus. Celui qui pensa alors qu'on lui serait reconnaissant de son geste prit le temps et la peine de vider les poches de Vernon et de rapporter ses effets personnels à sa famille. La sœur de Vernon ne supporta pas l'idée de les avoir dans la maison, et les dispersa en conséquence çà et là autour d'elle. Comment la montre du soldat tué au combat était finalement entrée en sa possession, Rebecca elle-même n'aurait su le dire, mais elle pensa que le cadeau plairait à Carson et la lui offrit, enveloppée dans du papier de soie, à l'occasion de ses dix-huit ans. Carson se montra poli, mais ne comprit pas l'intérêt de posséder une vieille montre assez moche qui avait appartenu à un autre. Evan, en revanche, fut aussitôt fasciné et voulut tout savoir concernant le soldat et les jambes qu'il avait perdues dans la forêt d'Argonne. Rebecca embellit l'histoire à son intention, décrivant à grand renfort de détails les actes de dévouement héroïques accomplis par le caporal Vernon Harvey, les vies sauvées, les enfants arrachés aux flammes des fermes françaises incendiées, le tireur d'élite allemand qu'il avait traqué pendant trois jours et trois nuits, sans dormir ni boire ni manger, pour finalement le coincer et l'abattre d'une seule balle dans le cœur.

Du haut de ses quatorze ans, Evan Riggs sentit tout le poids d'histoire dont cette montre était chargée. Une curieuse sensation dans le bas-ventre lui signifia dans le même temps que sa dernière pensée avant de s'endormir serait pour Rebecca Wyatt, ainsi que la première, au réveil.

Une fois la fête terminée, Grace demanda à Evan ce qu'il pensait de Rebecca. Son fils dormait debout, épuisé par les festivités de la journée.

« Elle apaise mon esprit et affole mon cœur », répondit-il, ce qui troubla sa mère, non seulement parce que c'était une réflexion très profonde pour un garçon de son âge, mais aussi parce qu'elle la savait vraie.

Elle remarqua également que la montre qui avait survécu à la Première Guerre mondiale semblait maintenant être la propriété d'Evan plutôt que celle de Carson.

Rebecca Wyatt débarqua chez les Riggs trois jours plus tard. Debout dans le soleil sur la véranda, elle était plus belle que jamais.

La beauté donne une autre couleur à la vie, des privilèges que ceux qui ne l'ont pas reçue en partage ne soupçonnent pas. La beauté ouvre les portes, allège les pressions, efface les soucis, pourvoit aux besoins. Elle aplanit les obstacles, rend le chemin de la vie moins dangereux. Ceux qui ont la chance d'être beaux n'imaginent pas ce que signifie être quelconque, noyé dans la masse, transparent. Ceux d'après qui la beauté est une malédiction sont toujours beaux et vivent dans un monde radicalement différent.

À côté de cette beauté affirmée, affichée, il en est une autre, celle qui s'ignore. Plus mystérieux encore et plus séduisants, peut-être aussi plus dangereux, sont ceux qui ne sont pas conscients de l'effet qu'ils produisent. Rebecca Wyatt était de ceux-là, et Grace Riggs savait que, contre sa volonté sans doute, la jeune fille briserait plus de cœurs qu'elle n'en recollerait jamais.

En ce mercredi 19 janvier, la briseuse de cœurs de presque seize ans mit en branle un processus qui couverait pendant des années. À son insu, elle allait établir entre Evan et Carson une zone de combat assez sauvage pour rivaliser avec celle de l'offensive Meuse-Argonne. Tout commença – comme c'est souvent le cas dans ce domaine – par un baiser.

« Rebecca », dit Grace en ouvrant la porte intérieure, en ce milieu d'après-midi. L'école était finie, et c'était le troisième jour dans la même semaine que l'adolescente se présentait sur le seuil de la maison. La première fois sur invitation, mais les deux autres, de son propre chef.

« Bonjour, Mrs. Riggs, dit poliment Rebecca. Je me demandais si Carson et Evan voudraient venir se promener avec moi.

— Carson est aux champs avec son père, expliqua Grace. Il est d'âge à travailler à présent. Evan est ici, mais je crois qu'il est en train de faire ses devoirs.

— Je pourrais peut-être l'aider ?

— Peut-être, en effet. Je sais qu'il en bave avec les maths.

— Oh, il n'est pas le seul.

— Eh bien, entre, ma fille. Voyons un peu où il en est. »

Evan transpirait en effet sur ses maths.

« Tu veux me dire ce que quelqu'un pourrait avoir à faire de soixante cantaloups pesant chacun cinq livres en moyenne ? voulut-il savoir.

— C'est ça les maths, Evan. C'est comme la vie. On te demande pas de comprendre le pourquoi ni le comment de la chose. T'as juste à calculer. »

Ce qu'ils firent ensemble, et, une fois résolu le problème des cantaloups, Evan annonça à sa mère qu'il partait se promener avec Rebecca du côté du Pecos.

« Tu dois être rentré pour le dîner, dit Grace. Tu veux que je téléphone à ton père, Rebecca, pour lui demander si tu peux rester manger avec nous ?

— C'est très gentil à vous, Mrs. Riggs, mais il faut que je rentre dîner avec mon père. Il dit toujours que manger seul, c'est comme de boire seul… On finit par se parler à soi-même, simplement par ennui, et c'est le début de la dégringolade.

— Ton père a l'humour plutôt noir, dis donc. »

Debout sur la véranda, son torchon à la main, Grace regarda Rebecca s'éloigner en compagnie de son cadet. Ils semblaient en parfaite harmonie, ces deux-là. Aucune gaucherie, aucune fausse note dans leur attitude corporelle, comme si chacun savait qu'il se trouvait au meilleur endroit possible. Même à quatorze ans, Evan possédait déjà une certaine grâce. Sans rien perdre de sa masculinité, il avait des gestes déliés, des poses presque féminines. Lorsqu'ils étaient ensemble, Carson et Rebecca présentaient une vision très éloignée de celle-ci. Il y avait de la raideur chez Carson, une lourdeur empruntée dans ses mouvements. Il n'était pas maladroit au point d'avoir des accidents, mais ils avaient une façon d'occuper l'espace radicalement différente.

Une fois qu'ils se furent éloignés, Evan voulut en savoir davantage sur Vernon Harvey.

« Mais pourquoi toutes ces questions à propos de cet homme ?

— C'est intéressant, je trouve.

— J'ai quelque chose de bien plus intéressant.

— Ah bon, c'est quoi ?

— Une carabine .22 long rifle et un nid de serpents à sonnette.

— J'te crois pas.

— C'est pourtant vrai.

— Arrête de m'charrier, Rebecca.

— C'est vrai, juré craché. T'as déjà tiré au fusil ?

— Pour sûr. Et aussi au pistolet. Avec mon père, évidemment.

— Eh ben, j'ai pris le fusil dans la remise, avec des cartouches, et j'l'ai caché dans un endroit que je connais. Tu veux l'essayer ?

— Tu parles si je veux ! Allez, dépêche, on va bousiller tous ces serpents jusqu'au dernier. »

Ils prirent la carabine, tirèrent quelques coups sur des pierres et des arbres, Evan tombant presque sur le derrière à un moment parce qu'il avait mal calculé le recul de l'arme. Rebecca tirait mieux que lui, mais – contrairement à Carson, qu'un tel détail aurait fortement contrarié – Evan ne vit là qu'une occasion d'apprendre quelque chose de nouveau.

Ils trouvèrent le nid qu'ils cherchaient, mais les serpents refusèrent de sortir pour se faire obligeamment décapiter. Ils avaient été trop bruyants, lui dit Rebecca, et les bestioles s'étaient terrées à leur approche. Evan s'étonna : les serpents n'avaient pas d'oreilles aux dernières nouvelles, si ?

Renonçant à leur projet imprudent, ils revinrent à la ferme des Wyatt avec le fusil, le remirent à sa place et entrèrent dans la maison pour boire un verre de citronnade.

« Il est où, ton père ? demanda Evan.

— Quelque part dans le coin. » La réponse dut le satisfaire puisqu'il ne manifesta pas le désir d'en savoir plus.

Ils s'assirent à la table de la cuisine, sans rien dire dans un premier temps, puis Rebecca lui demanda à brûle-pourpoint s'il avait jamais embrassé une fille.

Evan éclata de rire. Sans la moindre gêne, apparemment, mais déconcerté par la question. Il fit part de sa surprise à son interlocutrice.

« Simple curiosité, dit Rebecca.

— Non, j'peux pas dire que je l'aie jamais fait.

— Ça te dirait ?

— Sûr. Pourquoi… ? Et qui tu voudrais que j'embrasse ?

— Y a des moments où t'es vraiment une andouille, Evan Riggs, dit Rebecca en s'esclaffant. Qui donc à part moi, à ton avis ? »

Evan prit un air grave. « Tu veux me dire pourquoi je ferais une chose pareille ?

— Juste histoire de rigoler. Pour voir ce que ça fait. Faut toujours que t'aies une raison pour tout ?

— Je crois pas, non, dit Evan. Alors, quand est-ce qu'on essaye ?

— Oh, j'sais pas. Peut-être mardi prochain. Faut que je regarde mon carnet de rendez-vous.

— C'est que… j'ai p't-être d'autres filles à embrasser mardi prochain, alors il faudra que tu me le dises vite.

— Parce qu'y a d'autres filles que t'aurais plus envie d'embrasser que moi, Evan Riggs ?

— Même toi, Rebecca Wyatt, j'ai pas spécialement envie de t'embrasser, répondit Evan, qui mentait effrontément et avait le plus grand mal à garder son sérieux.

— Alors, t'as l'intention de m'embrasser ou pas ?

— Pour commencer, on devrait peut-être se mettre debout, non ?

— J'crois qu'y vaudrait mieux. Mes lèvres seront jamais assez grandes pour t'atteindre de là où je suis. »

Ils se levèrent. Se regardèrent et pouffèrent de rire. Pas le moins du monde embarrassés. Ce n'était qu'un jeu, après tout, un peu bête, et ils le savaient tous les deux.

Rebecca prit la main d'Evan. Il fit un pas ou deux dans sa direction jusqu'à ce que leurs nez ne soient plus qu'à une dizaine de centimètres. Il ferma les yeux et arrondit la bouche en cul de poule.

« On dirait un poisson, commenta-t-elle.

— Tu veux que j't'embrasse, oui ou non ? demanda Evan, les sourcils froncés.

— Excuse-moi… C'est un peu crétin, notre truc, non ?

— C'est toi qui l'as dit, c'est toi qui l'es, dit Evan. Si tu trouves que c'est aussi crétin que ça, pourquoi tu me demandes de l'faire ? »

Elle se pencha soudain en avant et l'embrassa. Plus tard, il y repenserait, et même s'il eût été bien en peine de décrire la sensation qu'il éprouva à cet instant, il pressentit qu'il devait être facile de prendre goût à la chose, et comprit qu'elle puisse faire couler tant d'encre sous la forme de chansons ou de poèmes. La réaction intérieure qu'elle produisait était tellement agréable qu'il lui rendit son baiser sans plus réfléchir.

Cette fois-ci, elle ouvrit les lèvres, à peine, mais quand sa langue vint titiller la sienne, il eut l'impression qu'un papillon lui envoyait une petite décharge électrique. Mais c'est dans son bas-ventre que se concentrait toute la puissance de la sensation.

« C'était comment ? s'informa Rebecca.

— Vraiment chouette.

— Moi aussi, j'ai bien aimé », dit-elle en souriant et en lui caressant la joue.

Ils ne renouvelèrent pas l'expérience, du moins pas ce jour-là, et quand Evan repartit chez lui, l'heure du souper était si proche qu'il dut courir pour arriver à temps.

Ses parents et son frère, déjà lavés et affamés, étaient attablés.

« T'étais passé où ? demanda Carson.

— J'étais chez les Wyatt », dit Evan, avec sur le visage un sourire que Grace ne lui avait jamais vu.

Elle perçut alors en lui quelque chose de bien réel qui venait de naître, et qui lui donna le sentiment que son jeune fils était plus proche de l'état d'homme que son aîné le serait peut-être jamais.

10

Knox Honeycutt était tout en genoux et en coudes, et pas grand-chose d'autre. L'homme mesurait presque deux mètres, et les revers de son pantalon comme les manches de sa chemise étaient trop courts de plusieurs centimètres.

Il se montra plutôt aimable. Dit que le shérif venait juste de l'appeler pour lui annoncer un visiteur qui avait besoin d'une chambre pour la nuit.

« Et ce visiteur, je suppose que c'est vous ?

— Oui, m'sieur, c'est exact.

— C'est nous qui tenons la pension au bout de la rue, dit Honeycutt. Allez-y maintenant. Vous ne pouvez pas la manquer – maison blanche, deux étages, jardinières à la balustrade de la véranda. Ma femme s'appelle Alice. Dites-lui que c'est moi qui vous envoie. Vous arriverez à temps pour le souper et elle vous préparera une chambre.

— C'est vraiment gentil à vous, dans un délai aussi court.

— Je vous en prie, c'est rien. Les amis de Carson Riggs sont nos amis… Vous connaissez la chanson. »

En quittant le bazar, Quinn fut à nouveau frappé par un sentiment d'étrangeté. Il n'était pas un ami de

Carson Riggs. Alors pourquoi Honeycutt avait-il dit une chose pareille, sinon parce que le shérif lui-même lui avait fait savoir qu'il connaissait bien Henry ? Et pourquoi Riggs serait-il allé dire à Honeycutt qu'il était un ami de Henry ? Parce que lui et Evan l'étaient ? Peu probable, ne serait-ce que parce que les deux frères se détestaient cordialement. Peut-être n'était-ce finalement qu'un effet de la légendaire hospitalité sudiste, connue de tous sauf des autochtones, eux-mêmes très sélectifs en matière d'allégeance et d'amitié.

Quoi qu'il en soit, son choix était restreint : la pension des Honeycutt ou le pick-up ; or, peu importait la manière dont on se le procurait, un lit valait toujours mieux qu'un matelas pneumatique et une couverture à l'arrière d'un Studebaker.

Henry trouva l'endroit sans difficulté. C'est Alice Honeycutt elle-même qui vint lui ouvrir. Elle faisait une tête de moins que Henry. Côte à côte, elle et son mari devaient offrir un curieux spectacle.

« C'est Knox qui vous envoie ?

— Oui, m'dame. Il a dit que je pouvais passer la nuit chez vous.

— Pas de problème, jeune homme. Et si vous avez faim, je peux vous servir un en-cas. On a fini de manger il y a un petit moment, mais il en reste plus qu'assez pour vous.

— J'apprécierais beaucoup.

— Vous avez un sac ou quelque chose ?

— Dans le pick-up.

— On s'occupe d'abord du manger. Je vais faire préparer la chambre, et vous irez chercher vos affaires après. »

Alice Honeycutt le conduisit à la salle à manger. Il y avait là une demi-douzaine de petites tables, certaines pour deux, d'autres pour quatre, et, devant la fenêtre donnant sur la rue, une autre plus longue entourée de huit chaises.

« Rôti braisé, annonça Alice. Vous devrez vous en contenter, parce que c'est tout ce que j'ai.

— Ça ira très bien, m'dame. Merci beaucoup. »

Elle le laissa assis à la table, à se demander pourquoi elle n'avait à aucun moment parlé d'argent.

Exactement dix minutes plus tard arriva une jeune femme, une assiette dans les mains. Henry lui donna vingt-deux, vingt-trois ans. Habillée d'un jean, de mocassins en daim, d'un chemisier en étamine, les cheveux, un fouillis de boucles serrées retenues par un lacet en cuir, elle aurait été plus à sa place dans un festival de rock que dans une pension de famille locale. Elle était jolie, aucun doute là-dessus, et Henry prit aussitôt conscience de sa gaucherie, après trois ans de compagnie exclusivement masculine.

« Salut, dit-il.

— Salut.

— Vous êtes la fille des Honeycutt ?

— Parce que j'en ai l'air peut-être ? dit-elle en étouffant un rire.

— Tous les gens n'ont pas forcément un air de famille, hasarda Henry.

— Eh ben, non, j'le suis pas.

— Vous travaillez ici ? demanda-t-il de manière tout à fait superflue.

— À votre avis ? J'fais ça pour le plaisir ?

— Vous vous appelez comment ?

— Z-êtes flic ou quoi ?

— Non, dit Henry en s'esclaffant.

— Pourquoi cet interrogatoire, alors ?

— C'était juste histoire d'être poli, de faire un peu la conversation, quoi.

— Je m'appelle Evie Chandler.

— Moi, c'est Henry Quinn.

— Tant mieux pour vous, dit-elle, en pivotant sur ses talons.

— Merci pour le repas, dit Henry.

— Oh, c'est rien », lança Evie par-dessus son épaule en quittant la salle.

Tout en mangeant, Henry se demanda si Evie était aussi brusque et agressive avec tout le monde, ou s'il était l'objet d'un traitement spécial. Quoi qu'il en soit, difficile d'ignorer l'impression qu'elle lui avait laissée. Il se dit toutefois que n'importe quelle jolie fille lui aurait sans doute fait le même effet.

Il mangea. Le rôti était bon. Il avait soif, mais rien ne semblait être prévu de ce côté-là.

Son repas terminé, il ressortit sur le perron de la maison, n'entendit rien, ne vit personne et décida d'aller chercher ses affaires dans le pick-up.

Sur la véranda, il découvrit Evie en train de griller une cigarette.

« C'est quoi, ton histoire, Mr. Henry Quinn ? » demanda-t-elle, le ton toujours aussi bourru, l'air toujours aussi brusque.

Dans la semi-obscurité, assise sur la balustrade, à présent vêtue d'une veste en jean au-dessus de son chemisier et chaussée de bottes de cow-boy en lieu et place des mocassins, elle était du West Texas jusqu'au bout des ongles. Ses boucles châtains légères comme des plumes, maintenant relâchées, lui tombaient en cascade dans le dos. Elle était vraiment très jolie, personne n'aurait songé à le nier, mais son air rébarbatif la desservait passablement.

« Peut-être que j'en ai pas, rétorqua Henry.

— Tout le monde en a une.

— Je suis à la recherche de quelqu'un.

— À d'autres !

— Non, c'est bien à vous que je viens d'le dire.

— Ah, le gros malin, il croit peut-être qu'il va me battre à ce petit jeu.

— J'savais pas qu'on jouait.

— La vie est un jeu.

— Un jeu dangereux, oui, mais pas entre vous et moi, jolie dame, dit Henry, qui commença à descendre les marches en direction de son pick-up.

— C'est à vous la guitare à l'arrière de c'bahut ?

— Comment vous savez que j'ai une guitare à l'arrière de mon fourgon ?

— Parce que j'suis allée voir, pardi. Dites donc, vous êtes vraiment pas futé, vous.

— Bien assez comme ça, dit Henry en riant. Et, oui, la guitare est à moi.

— Vous jouez ?

— Non.

— Alors pourquoi vous la trimballez avec vous ?

— Je m'en sers pour tabasser les filles hargneuses et désagréables. Elle pèse plus de quatre kilos. J'la manie comme une hache.

— On va s'prendre une bière ? demanda Evie avec un sourire.

— Ah bon ? Parce qu'on est amis, tout d'un coup ?

— À voir, ça va dépendre de comment tu te comportes.

— Je vais chercher mes affaires, je ferme le *bahut* à clé, et on y va.

— Comme tu veux, mais ton fourgon y craint absolument rien dans ce patelin. Personne te volera rien. Ça, c'est un truc qu'on peut pas reprocher aux bouseux de c'trou du cul du monde. Constipés comme y sont… Tiens, justement, en parlant de trou du cul… tu vois c'que je veux dire ?

— Je crois. J'aimerais quand même mieux mettre mon attirail à l'abri.

— Vas-y, fais comme ça te chante, mon pote. »

Henry, un peu perplexe devant l'attitude de la fille, transporta son sac à dos et sa guitare à l'intérieur de la maison. Il y trouva Alice Honeycutt qui s'impatientait.

« Je me demandais où vous étiez passé.

— J'étais allé chercher mes affaires, Mrs. Honeycutt.

— Bon, maintenant suivez-moi, je vous ai mis à l'étage. »

La chambre était tout à fait correcte : une fenêtre ouvrant sur l'arrière, un lit étroit, mais malgré tout nettement plus large que la couchette qu'il avait connue ces trois dernières années.

« Je sais pas si vos voisins vont apprécier la guitare que vous avez là, Mr. Quinn.

— Oh, je f'rai pas de bruit, Mrs. Honeycutt, j'vous assure, dit Henry avec un sourire. Y faut tout un attirail pour que cet engin fasse vraiment du bruit. Vous inquiétez pas.

— Ma foi, pas de problème, dès l'instant où vous dérangez personne.

— J'voulais savoir… Vous m'avez pas parlé de prix », dit Henry.

Mrs. Honeycutt balaya la remarque d'un geste de la main.

« Ah, mais je m'occupe pas des finances, moi, Mr. Quinn. Faudra voir ça avec Knox. Mais si j'ai bien compris, vous êtes notre invité, ce soir, une sorte de service rendu au shérif Riggs. Vous partez demain matin, de toute façon, non ?

— Pas sûr », dit Henry, avec une fois de plus la très nette impression qu'on lui soufflait quelque chose sans vraiment le lui dire.

Si la réponse surprit Mrs. Honeycutt, celle-ci n'en laissa rien paraître. Elle se contenta d'expliquer où se trouvaient les toilettes et la salle de bains, ajoutant que l'eau de la douche était parfois un peu trop chaude, et qu'il fallait donc faire attention.

Henry la remercia, dit qu'il sortait un moment.

« Vous sortez ?

— Oui, je vais aller boire une bière avec Evie.

— Oh, je vois », dit Mrs. Honeycutt, dont ces seuls mots suffirent à transmettre une désapprobation mal retenue.

« Ça dérange quelqu'un, Mrs. Honeycutt ? demanda Henry, dont la remarque frisait l'insolence.

— Non, non, pas du tout, Mr. Quinn, dit-elle, avec un sourire contraint. On est dans un monde libre », ajouta-t-elle, d'un ton suggérant qu'elle était persuadée du contraire.

Evie était déjà dans la rue quand Henry ressortit. Appuyée contre le pick-up, elle semblait attendre qu'on lui propose une balade.

« Faut prendre le bahut ?

— Non. On peut y aller à pied. »

Ils marchèrent un moment avant qu'Evie ouvre à nouveau la bouche.

« Tu viens d'où ? finit-elle par demander.

— San Angelo hier, et avant ça, comté de Reeves.

— Où ça dans le comté ?

— Le pénitencier.

— Tu t'fous de moi ! dit Evie en riant.

— Je voudrais bien », répondit Henry avec un soupir, avant de se demander s'il aurait seulement envie de se moquer d'elle. Il n'était pas sorti de prison depuis suffisamment longtemps pour se rendre compte à quel point Reeves l'avait changé, ni des séquelles à long terme de trois ans d'enfermement, mais il savait que des changements, il y en avait eu. Sous la peau, sous les ongles, et quelque part dans la tête et dans le cœur.

« Et pourquoi t'étais à Reeves ?

— J'ai tiré sur quelqu'un.

— T'es un meurtrier ? s'exclama Evie, qui s'était arrêtée net.

— Non, pas un meurtrier. C'était un accident. La victime a été blessée. J'ai fait trois ans, pour ça et possession illégale d'arme à feu.

— T'es vraiment en train de te foutre de moi, hein ?

— Non, pas du tout, j't'assure. J'ai été libéré avant-hier. Je suis allé voir ma mère à San Angelo, et puis je suis venu ici.

— Et pour quelle raison, au juste ?

— Pour remettre une lettre.

— À quelqu'un que tu connais ?

— Non, c'est la fille d'un type avec qui je partageais une cellule à Reeves.

— Et tu l'as trouvée ?

— Non.

— Comment elle s'appelle ?

— Sarah.

— Sarah comment ?

— Aucune idée. Elle a été adoptée pratiquement à la naissance, et elle est partie vivre dans une autre famille. Elle pourrait être n'importe où. Elle pourrait s'être mariée, avoir changé de nom une nouvelle fois, vivre en Europe centrale, en Islande ou à Panama City, pour ce que j'en sais.

— Tu dois quand même bien avoir une raison pour commencer par ce bled, non ?

— Ouais, le shérif Riggs.

— Comment ça ? demanda Evie, à nouveau freinée dans son élan.

— Mon ex-codétenu est le frère du shérif, si bien que la fille que je cherche est la nièce de Carson Riggs.

— Putain ! s'exclama Evie, dont la brutalité claqua comme un coup de fusil et fit sursauter Henry.

— Pourquoi "putain" ?

— Je sais bien que tout le monde dit que c'est un type super, que grâce à lui la ville est sûre à présent, mais si tu veux mon avis…

— J'y tiens absolument.

— Y a quelque chose qui cloche chez ce type. Pas seulement chez ce type d'ailleurs, mais dans tout le patelin.

— Quoi, plus précisément ? » demanda Henry.

Evie s'était remise à marcher, Henry à son côté, mais elle était maintenant animée et loquace, bien différente de la fille maussade et plutôt insolente du début de leur rencontre.

« Tu me demandes d'être plus précise, mais j'en suis incapable. Cet endroit, c'est… enfin, bon sang c'est comme si en vingt ans rien n'avait changé. Je viens ici depuis toujours, mais rien n'a bougé. Riggs était déjà shérif avant ma naissance et il le sera probablement encore à ma mort.

— Tu habites ici, alors ?

— Non, j'habite à Ozona, dit Evie en indiquant la direction à droite de l'église. À une trentaine de kilomètres par là.

— Mais tu travailles pour les Honeycutt ?

— Est-ce que je travaille pour eux ? Ouais, je suppose qu'on pourrait le dire comme ça. En fait, je donne juste un coup de main quand leur employée a un empêchement. Alice Honeycutt est la cousine de ma mère. Mon père me dépose et il repasse me prendre quand il a fini de bosser. Il est du soir.

— Donc tu vis avec tes parents à Ozona ?

— Avec mon père. Ma mère est morte.

— Désolé, vraiment.

— Pourquoi désolé ? demanda Evie avec un sourire. Tu l'as pas tuée ni rien, si ? Hé, attends une minute…, ajouta-t-elle, en fronçant les sourcils. T'as tiré sur une femme et t'as fait de la taule pour ça. C'est quand même pas une habitude chez toi de tirer sur des innocentes et de prétendre après que c'était un accident ?

— Ben oui, c'est ça, t'as deviné. »

Evie tourna à droite au bout de la rue. Henry n'avait pas prêté attention au trajet qu'ils avaient emprunté, mais quand il aperçut des lumières entre les arbres, il se dit qu'ils étaient sans doute arrivés.

« Cet endroit, c'est d'un ringard fini, même pour Calvary, le prévint Evie. C'est le rendez-vous des ivrognes du coin. Heureusement que t'es avec moi, sinon tu te ferais probablement lyncher, juste pour la rigolade. Quand ça leur prend, ces trous du cul peuvent devenir méchants. »

11

La guitare était une Stella Gambler. Elle avait une bonne dizaine d'années, et la rosette et les cartes à jouer en décalcomanie étaient passées et usées sur les bords, mais le bois, du bon bouleau, n'était absolument pas fendillé, et quand Evan Riggs la tint dans ses mains, il éprouva la même sensation que celle qu'éprouverait Henry Quinn près de trente ans plus tard dans le magasin de musique d'Abilene.

S'il existait un fusil pour chaque homme, il en allait de même des guitares, à condition d'être un passionné de musique, comme l'était Evan.

La guitare arriva pour son anniversaire, et, au bout de huit jours à peine, il reproduisait déjà une chanson entendue à la radio. Il était branché sur une station d'Odessa qui passait des chanteurs de couleur comme Blind Lemon Jefferson et Son House, ainsi qu'un prédicateur laïque du nom de Charley Patton.

Grace trouvait ces noms très bizarres, mais son instrument autant que la musique qu'il apprenait par ses propres moyens semblaient passionner Evan, et c'était bien là l'essentiel.

« Riche idée que t'as eue là, de lui offrir cette guitare, dit-elle à William. Quand il rentre de l'école, c'est à peine s'il prend le temps de manger un morceau, de faire ses devoirs et les deux, trois bricoles que je lui demande, il file jouer dans sa chambre, y a rien d'autre qui compte. Ce qui me surprend, c'est qu'il ne devienne pas maboul à force de répéter toujours les mêmes accords.

— C'est pareil pour tout, j'imagine. Tu ne sors d'un truc que ce que t'es prêt à y mettre.

— J'ai l'impression que tout ça ne plaît guère à Carson. Je crois pas qu'ils aient échangé plus de trois mots cette dernière semaine.

— Carson se débrouille très bien, ma douce. Il est avec moi dans les champs, et il rechigne pas au travail. Y faut que je le surveille de temps en temps, sans ça il est un peu négligent, mais c'est un bosseur.

— Je sais, William. Le mieux pour ce garçon, ce serait de partir travailler à l'aube et de rentrer à la nuit tombée, trop fatigué pour même avoir la force de manger. S'il fait ça pendant un temps, ça va l'endurcir, lui permettre de s'affirmer et d'être fier de son travail.

— On va y arriver, Grace. On va y arriver, t'inquiète. J'suis sûr qu'ils s'en sortiront comme des chefs, tous les deux. »

*

Environ un mois après l'anniversaire d'Evan, le premier week-end d'avril 1938, Carson dit à son frère qu'il avait quelque chose à lui montrer.

« C'est quoi ? demanda Evan.

— Tu le verras quand on y sera.

— Pas question, Carson. Dis-le-moi ou j'y vais pas.

— J'ai trouvé un nid de rats. Un gros. Ça grouille et ça piaule comme pas possible là-dedans. C'est répugnant. Mais faut qu'tu voies ça.

— Tu l'as dit à p'pa ?

— Non, pas encore. J'voulais que tu le voies d'abord. Lui, y va vouloir les empoisonner. Et on s'ra refaits. C'est pas loin, du côté de la rivière. Rebecca va venir elle aussi.

— Elle passe par chez nous ?

— Ouais.

— Quand ça ?

— Dans une heure peut-être. Je lui en ai parlé la semaine dernière, et elle a dit qu'elle viendrait c'matin. »

Evan dut choisir entre les disques qu'on passait le samedi matin à la radio et quelques heures en compagnie de Rebecca Wyatt. C'est finalement la fille qui l'emporta.

« D'accord », finit-il par dire, moins parce qu'il avait envie de voir un nid de rats qu'en raison de la présence de Rebecca. Peu importe la raison, il se sentait avec elle comme avec personne.

Rebecca arriva peu après 10 heures. Elle était en jean et bottes et portait une chemise en vichy bleu. Ses cheveux étaient noués en arrière, et elle était tout bonnement à couper le souffle.

« Tu vas m'jouer une nouvelle chanson, Evan Riggs ? demanda-t-elle.

— Si tu veux, dit-il, prêt à aller chercher sa guitare.

— Vous vous occuperez de ce truc de filles plus tard, dit Carson. On va d'abord voir le nid, d'accord ? »

Rebecca leva les yeux vers Evan, un peu déçue.

« Allons voir ce truc dégoûtant, lui dit-il en souriant, et puis on reviendra écouter la radio et gratter la guitare.

— Vous tenez vraiment à voir un nid de rats ? demanda Rebecca. J'en ai déjà vu. Ça n'a rien de rare.

— Celui-là, c'est aut'chose, dit Carson. T'as jamais rien vu de pareil. »

Suffisamment intrigués, Evan et Rebecca descendirent ensemble les marches de la véranda et attendirent Carson, parti chercher quelque chose derrière la maison. Un petit sac à dos en toile.

« Qu'est-ce que t'as dans ce sac, Carson ? demanda Rebecca.

— Attends de voir », répondit-il, avec un air sinistre dont elle avait appris à se méfier. Carson avait deux visages et quand le mauvais prenait le dessus, les choses avaient tendance à déraper.

« Perturbé, un gamin difficile et un fauteur de troubles », avait déclaré un jour Ralph Wyatt, se faisant l'écho des propres parents du garçon. Mais quand sa fille lui avait demandé de s'expliquer, il avait refusé d'en dire davantage.

À la vérité, Rebecca les aimait tous les deux, Carson et Evan, autant pour leurs différences que pour leurs ressemblances. Carson était le mâle par définition, maladroit et brusque, tant dans ses manières que dans ses paroles. Il faisait bien des efforts pour se montrer sensible et distingué, mais autant vouloir apprendre à voler à un poulet. Il ne changeait pas, et il aurait bien pu essayer jusqu'à la saint-glinglin qu'il ne serait arrivé à rien. Mais il avait ses moyens et ses méthodes à lui, et, bizarrement, son manque de sensibilité ne manquait pas de charme. C'est parce qu'il ne comprenait pas vraiment les voies tortueuses de l'émotion humaine que ses tentatives pour mieux les appréhender le rendaient attachant. Carson ferait un bon mari, d'une fidélité à toute épreuve, fiable dans tous les domaines où l'on pouvait raisonnablement compter sur lui. La vie avec Carson Riggs serait une vie ordinaire, bien réglée, à laquelle aspiraient tant de femmes du Midwest et du Sud. Pressée de donner son sentiment, Rebecca aurait dit que Carson tenait – et tiendrait toujours – une place à part dans son cœur. Peut-être éveillait-il en elle un instinct maternel qui n'avait pas eu jusque-là l'occasion de se manifester. Peut-être s'agissait-il de tout autre chose. Quoi qu'il en soit, elle ne cherchait pas à approfondir la question. Ce qu'elle retenait, c'est que, en compagnie de Carson, elle se sentait en sécurité et bien réelle, comme si les difficultés susceptibles de se présenter pouvaient être non seulement affrontées mais résolues.

Evan, quant à lui, était un oiseau d'un autre plumage. Pas seulement à cause de la musique, des bouquins, de la radio, des réflexions qu'il livrait de temps à autre sur les raisons qui faisaient du monde ce qu'il était, mais en raison de sa personne tout entière. Rebecca avait eu seize ans en février, et elle était déjà pratiquement la femme qu'elle ne tarderait pas à devenir. Les filles mûrissaient plus vite que les garçons, tant au plan des émotions que de la sensibilité, et elle avait déjà une idée très claire du genre de vie qu'Evan aurait à offrir à sa partenaire. Totalement imprévisible, il changerait de ville comme de chemise, tantôt dans la dèche, tantôt dans l'abondance, sans jamais se soucier, même dans les bons moments, d'économiser, de prévoir ni de penser au lendemain. Une vie agitée, bohème vraisemblablement, d'une certaine manière excitante, mais par d'autres côtés misérable. Si on ignorait les liens du sang qui les unissaient, jamais on n'aurait pu deviner que Carson et Evan étaient frères, tant ils étaient différents. Et Rebecca, qui ne disposait pas de pôles magnétiques différenciés, était tiraillée simultanément entre le nord et le sud.

Sans un mot, Evan et Rebecca traversèrent la cour et descendirent l'allée qui menait à la route à la suite de Carson. Au bout d'un quart d'heure de marche, Evan demandait déjà si c'était encore loin, et Rebecca voulait savoir ce que contenait le sac à dos. La première question n'arracha à Carson qu'un monosyllabe inintelligible ; quant à la seconde, elle ne récolta qu'un brutal « Attends de voir, bon Dieu ! ».

Ils attendirent donc de voir, puisqu'ils ne semblaient guère avoir d'autre choix, et, dix minutes plus tard, Carson quittait la grand-route pour s'enfoncer dans les broussailles sur sa gauche. C'est là que, dans une petite dépression où la clôture des Riggs courait le long des berges du Pecos, ils ralentirent pour approcher de l'objet de leur quête.

Des rats, Evan et Rebecca en avaient suffisamment vu pour se sentir vraiment intéressés par le spectacle qu'on leur promettait, mais force leur fut de reconnaître que les proportions du nid dépassaient l'imagination. Les petits étaient très jeunes, pas plus d'une semaine, tout roses, luisants, et piaulant à qui mieux mieux. Rebecca en dénombra quatorze, et quand la mère apparut, apeurée et fébrile devant la présence de ces étrangers, le bruit généré par la portée des bestioles devint presque insupportable.

Carson riait déjà quand il s'appuya contre la clôture pour poser son sac. Dès qu'il en eut sorti une poignée de pétards Globe Salutes, Evan sut ce que mijotait son frère. Allumer ces petites bombes de papier et les jeter dans le trou. Ce qui reviendrait à mettre une grenade dans sa poche en espérant qu'elle ne fasse pas trop de dégâts.

« Mais qu'est-ce que tu fais ? » demanda Rebecca, peut-être trop peu familiarisée avec les Globe Salutes pour imaginer la suite. Carson, qui en avait déjà utilisé, avait pu constater que deux ou trois d'entre eux suffisaient à faire voler un pot de fleurs en éclats.

« On va t'les faire exploser, tu vas voir ça, dit Carson, avec une lueur dans l'œil et un rictus qui en disaient long.

— Non, dit Rebecca, tu vas pas…

— Bien sûr que si, répondit Carson, qui sortit du sac une autre poignée de pétards et une boîte d'allumettes.

— Mais, bordel, où t'as trouvé ces machins ? » demanda Evan, pris entre le marteau et l'enclume. Il savait que ce serait un vrai carnage et une vision d'horreur, mais il avait envie malgré tout d'aller jusqu'au bout. Il était prêt cependant à se ranger aux côtés de Rebecca en adoptant une position raisonnable : un acte de ce genre était gratuit et d'une cruauté sans nom. Ce n'était certes que de la vermine, mais il existait des moyens plus humains de s'en débarrasser, parmi lesquels ne figurait pas l'extermination à coups de pétards.

Carson refusa de révéler la provenance des Globe Salutes autant que de se laisser dissuader. Il faisait soudain partie de l'infanterie US. C'était tout ce qu'il connaîtrait jamais de l'offensive Meuse-Argonne, de Cantigny, du Soissonnais et de la bataille de l'Ourcq.

Même si le premier pétard manqua sa cible, l'explosion fut assez violente pour creuser dans la terre un trou gros comme le poing d'Evan.

La mère, consciente que son nid était désormais en danger, entreprit, dans une vaine tentative, d'éloigner ses petits du lieu de la déflagration.

Carson riait à gorge déployée, comme une hyène ivre.

« Non, Carson, arrête », le supplia Rebecca, mais il refusa de l'écouter. Il était déchaîné, et pas question de lui faire abandonner son projet. C'était là une de ses caractéristiques : obstiné, têtu comme une mule, insistant pour avoir raison même quand il savait qu'il avait tort. Certaines situations justifiaient une telle attitude, d'autres non.

Le deuxième pétard mit dans le mille. Deux des bestioles, peut-être même trois ou quatre, furent expédiées *ad patres*, et Rebecca se mit à hurler.

La mère, au désespoir, se risqua hors du nid pour tenter une contre-attaque, avant de se rendre compte qu'elle ne savait même pas ce qu'elle devait attaquer. Elle se précipita à nouveau au secours de ses petits au moment où le troisième pétard éclatait. Si elle ne fut pas tuée sur le coup, ce fut tout comme. Les deux pattes de derrière arrachées, elle resta allongée, paralysée et silencieuse. Instinctivement, Rebecca avança de deux ou trois pas, et quand Evan lui cria de reculer, il était déjà trop tard. Le dernier pétard atterrit au beau milieu des petits encore en vie, causant un véritable carnage.

Quand la fumée et la terre furent retombées, Rebecca Wyatt adressa à Carson Riggs un regard horrifié et meurtrier. Du sang avait éclaboussé sa chemise et son jean, et quand elle regarda ses bottes, ce fut pour constater que le corps d'un petit avait atterri sur son gros orteil droit. Elle poussa un hurlement, agita le pied pour se débarrasser du cadavre, et, sans hésiter, franchit d'un bond la distance qui la séparait de Carson et le gifla à toute volée.

« Connard ! hurla-t-elle. T'es qu'un gros connard, Carson Riggs ! »

Complètement abasourdi, Carson resta sans réaction, cette lueur mauvaise dans son œil soufflée d'un coup comme la vie des rongeurs exterminés.

Evan ne sachant pas où regarder, ni quel parti prendre, ne fit ni ne dit rien.

Rebecca le regarda, attendant manifestement qu'il vienne à son secours, mais elle en fut pour ses frais.

« Bon sang, je me demande ce que j'fous avec vous deux, leur lança-t-elle. Vous pouvez aller vous faire voir ! »

Sur ces mots, elle pivota sur ses talons et partit comme une furie. Elle fila tout droit chez elle, pour se changer, se laver les mains, la figure, les bras, et débarrasser ses cheveux de l'odeur de cordite qui les imprégnait. Elle fut en revanche incapable de laver ou d'oublier pendant un temps la vision d'une portée de rats explosant au milieu de particules de terre et des éclats de rire de Carson Riggs lançant un nouveau pétard dans le nid. Un rire méchant, cruel et démoniaque, qu'elle n'avait jamais entendu auparavant.

Rebecca Wyatt ne retourna pas voir les frères Riggs pendant près d'un mois, et quand elle s'y résolut, ce fut pour retrouver le plus jeune. Elle avait quelque chose à lui dire, qui ne pouvait pas attendre davantage.

12

« Alors, y s'lève et y dit : “J'ai sauvé la vie d'cette fille, comme qui dirait. Ben oui, la dernière fois que j'lai vue, je savais plus si fallait que j'la baise ou que j'la bute. Je m'suis dit, probable que j'étais trop soûl pour la baiser, j'aurais dû la buter.”»

Les hommes assis autour de la table s'esclaffèrent bruyamment. Ils étaient quatre en tout, face à face, au coude-à-coude, comme s'ils tenaient en secret un conclave de bouseux. Ils avaient entrepris d'élire le nouveau pape du West Texas, et, une fois leur mission accomplie, l'un d'eux sortirait du saloon pour allumer une pipe et annoncer la nouvelle au reste du monde.

« Charmante conversation », commenta Evie en passant devant la petite assemblée, Henry sur ses talons. Lui ne savait pas s'il devait sourire, saluer de la tête, ou ne rien dire ni rien faire.

« Tiens donc, on dirait bien qu'c'est notre princesse Evelyne, elle-même en personne, dit l'un des hommes.

— C'est Evie, espèce d'andouille, rétorqua-t-elle, avant de se tourner vers Henry et d'ajouter : Quand tu les vois, ces quatre-là, t'as qu'une envie : lancer une bombe sur le West Texas pour le rayer de la carte.

— Fais attention à c'que tu dis, espèce de femmelette…

— Une femmelette, moi ? Vraiment ? » dit Evie. Elle regarda Henry, puis eut un mouvement de tête en direction du quatuor. « Celui-ci, c'est Clarence Ames. Ensuite, dans le sens des aiguilles d'une montre, t'as Roy Sperling, l'ex-docteur de Calvary, à côté, Harold Mills, et pour finir George Eakins. S'ils sont là, c'est parce que leurs femmes préfèrent les voir ici plutôt que chez elles. Y en avait un autre jusqu'à y a pas longtemps, mais il est mort y a deux ou trois mois.

— Le notaire de la ville, dit Clarence. Warren Garfield… aigre au point de te faire tourner le lait à cent pas.

— Là, t'as pas tort, dit Eakins en s'esclaffant.

— Laissez-le en paix, intervint Evie. C'est leur manquer de respect, aux morts, que d'parler d'eux comme ça. »

Le conclave resta coi, comme si la maîtresse d'école venait de les rappeler à l'ordre. Henry était sidéré par le degré de familiarité existant entre Evie et les quatre hommes.

« Bref, reprit-elle, je vous présente Henry Quinn, qui vient de San Angelo, et avant ça, de la prison du comté de Reeves. »

Henry glissa un œil en direction d'Evie, gêné de l'entendre annoncer de but en blanc à quatre inconnus son statut d'ex-taulard.

« Fais pas attention à elle, dit Roy Sterling, qui avait surpris le coup d'œil. À nous non plus, d'ailleurs. Tout le monde se fiche pas mal de savoir d'où tu viens, mon gars. En plus, t'es à Calvary, et chez nous, des secrets, y en a pas, pas vrai, Evie ?

— Tu l'as dit, bouffi, lança Evie, fronçant les sourcils comme si la remarque renvoyait à un incident antérieur.

— Alors, est-ce que la princesse et le prisonnier vont daigner nous honorer de leur présence ? demanda Harold Mills.

— Bien volontiers, dit Evie, à condition que vous arrêtiez d'raconter des blagues salaces.

— Asseyez-vous, dit Clarence Ames. Qu'est-ce que vous prendrez, Mr. Henry Quinn ?

— Non, c'est moi qui régale, messieurs, dit Henry en plongeant la main dans sa poche pour en sortir un billet.

— Range-moi ça, fiston. Tu sors tout juste de taule. Tu pourrais aussi bien te retrouver avec des dollars des États confédérés. Ton argent vaut pas un clou. Allez, qu'est-ce que tu prends ?

— Bourbon, et une bière pour aller avec, dit-il, et grand merci.

— Evie ?

— La même chose. »

Ames regarda Roy Sperling. « Alors, tu t'bouges le cul, Roy. C'est ta tournée, si j'me trompe pas. »

Sperling obtempéra sans protester et revint bientôt avec les six verres.

Une fois rassis, Roy voulut savoir pourquoi Henry Quinn se trouvait à Calvary.

« Y faut que je trouve quelqu'un, dit Henry, sans plus amples précisions.

— Normalement, quand tu sors un truc comme ça, on attend un nom, dit Ames. C'est c'qu'y se fait, d'ordinaire.

— Je connais que son prénom. Sarah.

— C'est tout ce que t'as ? demanda Sperling.

— Ouais, c'est tout.

— Et comment tu savais qu'c'était ici que tu devais venir ?

— À cause d'Evan Riggs. Si je suis ici, c'est parce que je suis à la recherche de sa fille. »

L'explication généra une altération palpable de l'atmosphère.

L'espace de quelques secondes – mais quelles secondes ! – personne ne dit mot, un appel d'air sembla toutefois aspirer tous les bruits de la salle pour les enfermer dans un sac de silence.

Ce fut Harold Mills qui vida le sac en disant : « J'ai son disque. C'est p't-être un meurtrier, mais, y a pas à dire, ce type, y sait chanter.

— Attends… dis-moi si j'ai bien compris, intervint George Eakins. T'es ici pour retrouver la fille d'Evan Riggs ?

— Oui, m'sieur. C'est bien ça.

— Putain, mais comment ça s'fait-y qu'tu connaisses Evan Riggs ?

— Il a été mon compagnon de cellule au pénitencier pendant pratiquement trois ans.

— Dieu de Dieu, Henry Quinn, intervint Evie, me dis pas que le frère de Carson Riggs a fait un disque ?

— Pour sûr qu'il en a fait un, dit Harold Mills. Et même que je l'ai, ce disque. Et j'me demande bien qui l'a pas acheté à Calvary quand il est sorti. C'était quand, déjà ?

— Fin de l'automne 1948, autant que je me souvienne, dit Roy Sperling. Y l'avait enregistré à Austin.

Sorti juste à temps pour être ici à Noël de la même année.

— Exact, dit Eakins en souriant. Ma femme l'a passé des centaines de fois, jusqu'à ce qu'y m'sorte par les trous de nez.

— Tu m'avais pas dit que t'avais partagé ta cellule avec une vedette de la chanson, dit Evie à Henry. Et aucun de vous, les mecs, m'a jamais parlé du frère de Riggs ni de disque. »

Clarence Ames se pencha en avant. « Là, pour l'moment, on a fait qu'éviter le problème, ma belle. Et le problème est le suivant : ton ami, Henry Quinn, a atterri ici avec dans l'idée de retrouver la fille de Riggs, mais vu qu'y a un gros contentieux entre les deux frères, ça risque de faire un grabuge de tous les diables, j'crois que vous serez tous de mon avis. Carson Riggs, c'est Carson Riggs, on va pas l'changer – ni maintenant, ni plus tard. Y a des types qui veulent qu'une chose : tirer un trait sur leur passé, et ça, ben ça se respecte.

— Le shérif m'a dit qu'y savait rien de la fille, dit Henry, qu'elle avait été adoptée à la naissance ou presque, et qu'il avait aucune idée de l'endroit où elle pouvait se trouver. »

Une tension très nette monta de nouveau dans la salle, comme si un tiers était venu se joindre à la petite assemblée.

« Vraiment, il a dit ça ? » demanda Ames, l'air de quelqu'un qui se pose une question à lui-même.

Aucun d'entre eux n'y répondit d'ailleurs, faisant de son mieux pour fuir le regard de Henry et d'Evie. Ce qu'ils savaient de l'affaire semblait être leur propriété exclusive.

« Mais qu'est-ce qui s'est passé entre eux ? demanda Henry.

— Attends… T'as vécu avec ce type dans la même cellule pendant trois ans, dit Ames, le sourcil froncé, et il t'a jamais raconté c'qui s'était passé entre Carson et lui ?

— Non. Il m'a jamais rien dit de lui, sauf que son frère était le shérif de cette ville et qu'il pourrait peut-être m'aider à trouver sa fille. »

Nouveau silence gêné.

George Eakins se racla la gorge. « Alors, cette Sarah…, commença-t-il, avant de laisser sa phrase en suspens.

— Evan t'en a dit assez pour que tu saches que c'était sa fille, c'est ça ? dit Ames.

— Ouais. Il m'a demandé de remettre une lettre à sa fille, à cette Sarah. M'a juste dit qu'elle avait été adoptée tout bébé, et qu'y savait pas comment elle se faisait appeler, mais que son frère avait été désigné comme tuteur de la gamine quand lui-même s'était retrouvé en taule, et qu'y serait peut-être en mesure de m'aider.

— Et là, tu l'as vu, le Carson ? demanda Eakins.

— Oui… à mon arrivée. Je me suis rendu directement à son bureau et j'lui ai parlé.

— Et qu'est-ce qu'il a eu à dire sur l'sujet, en dehors du fait qu'y savait pas où était la fille ?

— Y m'a demandé ce qui pouvait bien me faire croire qu'il était prêt à aider Evan.

— C'est du Carson tout craché, ça, dit Ames en hochant la tête.

— Racontez-nous l'histoire, bon sang, intervint Evie. Qu'est-ce que vous attendez pour nous dire c'qui s'est passé entre eux ?

— Alors là, comptez pas sur moi, dit Eakins. Je préfère rester en dehors de ça.

— Moi itou », dit Sperling.

Harold Mills ayant rejoint leur camp, Clarence Ames se crut obligé d'apporter quelques précisions. « J'm'en vais t'expliquer. Ton pote, Evan Riggs, ça fait vingt ans et plus qu'il est parti. Son frère, lui, est bien installé, et il occupe le poste de shérif depuis que le vieux dont j'ai oublié le foutu nom a cassé sa pipe…

— Charlie Brennan, y s'appelait, dit Sperling.

— Ouais, c'est ça… Charlie Brennan. Charlie, il avait des problèmes avec l'alcool, mais, bof, il était bien assez bon pour un patelin comme Calvary. Carson était son adjoint, et, quand le cœur de Charlie a fini par lâcher, c'est lui qu'est devenu shérif par intérim. La première élection a eu lieu un an plus tard à peu près, et il l'a remportée les doigts dans l'nez. C'était le meilleur ami de la ville, tu comprends ? Tout le monde le respectait, et puis, dans les années qui ont suivi, surtout après ce qui est arrivé à sa femme et à son père – et je te passe l'histoire d'Evan –, il y a eu comme un accord tacite entre lui et la ville. Qui lui donnait le boulot à perpétuité.

— Alors, il est shérif ici depuis la guerre ? demanda Henry.

— Le précédent est mort en novembre 1944, dit Eakins. Je m'en souviens parce que c'est à cette date qu'est tombé le fils de Frances Warner, dans la forêt de Hürtgen.

— Et que toi tu t'es dévoué pour la consoler, pas vrai, Georgie ? intervint Ames, avec un sourire en coin.

— Faut bien faire son devoir, même quand on est pas en première ligne, vois-tu.

— Tu peux bien t'raconter c'que tu veux, vieux cochon. Y compris que Floyd Warner était pas au courant de ce que vous fricotiez, sa femme et toi.

— Alors, y en a pas un qui va nous dire c'qui s'est passé entre les frères Riggs ? demanda Evie.

— Si tu veux le savoir, t'as qu'à l'demander toi-même à Carson Riggs, répondit Ames.

— Mais quand même…, commença Henry, qui s'interrompit net en voyant le regard glacial que lui décochait Clarence Ames.

— Désolé, dit ce dernier. Qu'est-ce qui a pu te faire croire que cette conversation était pas terminée ?

— J'voulais pas me mêler de c'qui me regarde pas, dit Henry. Excusez-moi.

— La seule chose qui mérite une excuse, dit Ames en souriant comme si de rien n'était, c'est que t'as toujours le même verre devant toi et que not'George, lui, il a toujours pas fait un aller-retour entre le comptoir et not'table de la soirée.

— Un dernier verre, dit Henry, que j'aimerais pouvoir vous offrir, si vous le permettez, et je m'en vais.

— Moi, pareil, dit Evie. Mon père va pas tarder.

— Si tu y tiens, petit », dit Ames.

Henry se leva pour aller au bar.

« Je vais te donner un coup d'main », dit Evie en le suivant.

« Mais, putain, qu'est-ce qui s'passe ? demanda-t-elle à Henry, une fois hors de portée de voix des quatre autres.

— Pas la moindre idée. J'comptais sur toi pour m'éclairer.

— Une bougie éteinte te serait plus utile que moi, dit Evie. On dirait qu'ils ont tous peur de lui.

— Mais ça fait pourtant longtemps que tu viens ici, non ?

— Seulement de temps en temps. Des p'tits boulots d'été quand j'étais gamine. Rien de bien important, et jamais pour longtemps. Moi, je suis d'Ozona, pas de Calvary.

— On dirait qu'y va falloir que j'me débrouille tout seul pour la trouver, cette Sarah.

— Ça m'en a tout l'air.

— Moi qui pensais que ça serait réglé en deux coups de cuiller à pot. Le voyage jusqu'ici, une ou deux questions, trouver la fille, lui remettre la lettre, et basta.

— Y a quoi dans cette lettre ?

— Evan Riggs me l'a pas dit. Et j'ai jamais demandé. C'est pas le genre de type à qui tu poses des questions.

— Comme son frère, quoi… et comme les gens qui connaissent son frère.

— Y a quelque chose qui colle pas : Carson Riggs m'a dit qu'y savait rien au sujet de cette fille, et ces types ont l'air de laisser entendre le contraire.

— J'ai pas compris ça, dit Evie. Mais si y a une chose dont j'suis sûre, c'est qu'il faudrait les étriper pour leur tirer les vers du nez. »

Les boissons arrivèrent. Henry prit les bières, Evie les bourbons, et ils retournèrent à la table.

Les hommes évoquaient maintenant de vieux souvenirs – des histoires anciennes, à demi oubliées –, et quand ils eurent fini leur verre, Henry les remercia de leur compagnie et leur souhaita le bonsoir.

« Heureux d'avoir fait ta connaissance, Henry Quinn, dit Ames, qui était apparemment le porte-parole et le représentant de la bande, tu resteras pour nous celui qui a enlevé la jolie fille.

— Toujours aussi charmeur, pas vrai, Mr. Ames ? lança Evie.

— Allez, dépêche-toi de filer avec ta nouvelle conquête, rétorqua Clarence.

— Mais c'est pas ma nouvelle conquête, lança Evie en riant. Y sera parti avant que j'aie le temps de me retourner…

— Je partirai quand j'aurai trouvé la fille, pas avant », dit Henry.

Les rires s'éteignirent.

« Fais gaffe avec ça, dit Clarence Ames. Tu t'avises de marcher sur les pieds de Carson Riggs, et tu risques d'éclabousser des pointures autrement plus grandes.

— Le mec a des amis de longue date, intervint Roy Sperling. L'oublie pas.

— Salue ton père d'ma part », dit Ames à Evie avant de revenir à son bourbon. En l'espace de quelques instants, ce fut comme si Henry et Evie n'avaient jamais existé.

Evie prit Henry par la manche et dut pratiquement le traîner jusqu'à la porte.

Ils attendirent d'avoir fait une bonne vingtaine de mètres avant de s'adresser à nouveau la parole.

« Merci de m'avoir amené là-bas, dit Henry.

— Pour ce que tu y as gagné…

— Ils m'ont au moins pas caché que j'allais avoir du mal à trouver de l'aide. Et que Carson Riggs est peut-être pas aussi net qu'il voudrait bien le faire croire.

— Y semblerait, oui. On dirait que tu vas devoir jouer aux frères Hardy[1] à toi tout seul.

— Et toi, ça te dirait d'être ma Nancy Drew ?

— J'ai pas trop envie de jouer à ce jeu-là, Mr. Quinn.

— C'était une blague. Cette affaire ne te concerne en rien.

— Non, en effet, t'as raison. Par contre, ce qui me concerne tout de même un peu, c'est que tu sors tout juste de Reeves, que t'es tout seul dans ce monde de brutes et qu'à part moi, t'as pas l'air d'avoir d'autre ami à deux cents kilomètres à la ronde.

— Ce qui veut dire ?

— Eh ben, que si t'es encore dans les parages demain, tu pourrais venir me chercher quand j'aurai fini de bosser et me ramener à Ozona. Tu feras la connaissance de mon père. Je crois que vous vous entendrez bien.

— Comment ça ?

— Il adore la musique. Il jouait de la guitare lui aussi, plus jeune. Son garage est rempli de vieux vinyles et de trucs de ce genre. C'est un brave type.

— Ça me dirait bien.

— Mais peut-être que tu seras déjà parti, non ?

— Je sais pas trop c'qui va se passer. J'ai fait une promesse et j'ai bien l'intention de la tenir.

---

1. Les Hardy Boys, comme Nancy Drew, sont des personnages de romans policiers pour la jeunesse publiés entre 1929 et 1977.

— Oh, y a des tas de gens qui font des promesses en l'air. »

Ses yeux étaient éloquents : elle faisait manifestement référence à quelque chose, ou plutôt à quelqu'un de précis. Il s'abstint de demander des explications.

Ils étaient arrivés près de la pension Honeycutt.

« Tu connais le chemin ?

— Ouais.

— Peut-être à demain, alors, Henry Quinn.

— Peut-être, Evie Chandler. »

Elle pivota sur les talons, partit vers la gauche et traversa la rue pour aller rejoindre l'endroit où son père devait la prendre.

Henry la regarda s'éloigner. Elle lui manquait déjà. Dans la mesure où il n'avait pas adressé la parole à une fille comme elle depuis plus de trois ans, il lui paraissait incroyable qu'ils aient pu établir un contact aussi rapide et avec autant de facilité. Elle était vraiment très jolie, et même quand elle eut disparu de sa vue, il sentit persister dans l'air un parfum d'agrume, peut-être l'odeur de sa peau, ou de ses cheveux, et résonner très distinctement son rire, à la fois libéré et libérateur. Jusqu'à ce qu'elle le quitte, il n'avait songé qu'à son engagement à l'égard d'Evan Riggs et à la manière de la convaincre de l'aider peut-être dans son entreprise. Ainsi qu'au malaise qui de toute évidence s'installait à la seule mention du nom de Carson Riggs. Une ville entière peut-elle vraiment garder un secret ? Et si oui, pour quelle raison ?

13

Le soleil, tel un enfant qui refuse d'aller se coucher, semblait stagner très bas sur l'horizon.

Ils avaient fini de dîner et William, Grace et Carson vaquaient à leurs occupations à l'intérieur. Evan, assis jambes croisées sur la véranda, sa guitare dans les mains, cherchait à retrouver la dernière mesure de « You're the Only Star (In My Blue Heaven) » de Roy Acuff. C'est alors qu'il aperçut Rebecca Wyatt au bout de l'allée conduisant à la maison.

Vêtue d'une robe imprimée en coton, bottes de cow-boy aux pieds, les cheveux noués sur la nuque, immobile, une main le long du corps, l'autre sur la hanche, elle regardait la maison, la tête légèrement penchée sur la droite. Un peu comme si elle débattait de l'opportunité d'une visite.

Evan se redressa, posa sa guitare et s'avança jusqu'à la balustrade. Il leva la main pour lui signifier qu'il l'avait vue, mais elle ne parut pas remarquer son geste.

Elle s'attarda une dizaine de secondes, avant de faire demi-tour et de disparaître derrière les arbres.

Evan ouvrit la bouche, peut-être dans l'intention de l'appeler. Il savait qu'elle ne l'aurait pas entendu, mais c'était une réaction instinctive.

Aucun son ne franchit ses lèvres pourtant, et il revint à sa place et reprit sa guitare, qu'il avait appuyée contre le mur.

Rebecca réapparut soudain, avec un objet dans les mains, cette fois-ci. Un sac en toile, songea Evan, qui était trop loin pour en être sûr.

Elle regarda à deux reprises par-dessus son épaule tout en remontant l'allée, et Evan sentit dans son comportement non seulement une urgence mais aussi une certaine anxiété.

Intrigué, il descendit à sa rencontre, mais elle secoua la tête et lui fit signe de rester où il était.

Evan s'exécuta ; il était à nouveau sur la véranda quand elle arriva à sa hauteur.

Elle lui tendit alors ce qui, à l'évidence, se voulait un baluchon : une chemise dont les deux manches nouées formaient une sorte d'anse.

« C'est des vêtements, dit-elle. À moi. Je voudrais que tu me les mettes en lieu sûr, sans rien en dire à personne.

— Mais, attends…

— Non, je t'en prie, c'est un service que je te demande. Tu peux bien faire ça pour moi, non ?

— Oui, oui, bien sûr.

— Merci », dit Rebecca, avant de poser la main sur la sienne. Elle voulut faire demi-tour, mais il la retint par la manche.

« Tu as des ennuis ? » lui demanda-t-il.

Son regard inquiet était éloquent.

« Pas encore. Mais ça pourrait venir. »

Sur ces mots, elle s'éloigna à la hâte.

Evan resta un instant sur le perron, le paquet sous le bras, pour voir si Rebecca Wyatt allait lui jeter un coup d'œil par-dessus son épaule.

Elle n'en fit rien, comme si c'était au-dessus de ses forces.

Comme si elle ne voulait pas admettre qu'elle venait d'associer Evan Riggs aux ennuis à venir, quels qu'ils puissent être.

Les ennuis avaient pour nom Gabriel Ellsworth, lequel, en dépit de son prénom, n'avait rien d'un ange.

Le cousin Gabe, comme l'appelait Ralph Wyatt, cousin du côté de la mère de sa défunte épouse, était de quelques années plus jeune que Ralph, et accusait aujourd'hui trente-neuf ans. Il appartenait aux Tecumseh Ellsworth, une dynastie plutôt qu'une famille, puisque le patriarche – un ex-évangéliste qui avait perdu la foi au fond d'une bouteille avant de passer de nombreuses années à tenter de la retrouver en suivant la même voie – avait réussi à engendrer pas moins de dix-huit enfants, aidé dans cette entreprise par sept femmes différentes. Gabriel descendant de la même ligne directe que la femme de Ralph, ce dernier s'était senti moralement tenu de lui venir en aide et de soutenir un tant soit peu les efforts que faisait à l'occasion le cousin pour s'assurer une vie meilleure et un peu moins oisive.

Gabe Ellsworth avait déjà travaillé pour Ralph sur l'ancienne ferme, au cours de l'été 1936. L'été 1937 avait été une période de grand bouleversement : Ralph avait perdu sa femme et Rebecca, sa mère. Quitter l'Oklahoma, c'était surtout tenter d'échapper au passé, mais – comme il arrive souvent – les souvenirs constituent le décor qui vous accompagne où que vous alliez. Les choses s'étaient tout de même arrangées, la vie devenait plus facile, et Ralph Wyatt devait bien reconnaître que dans ces circonstances sa fille avait fait preuve d'un courage et d'une force morale hors du commun. Ce qu'il exprimait en disant que, sans Rebecca à ses côtés, il aurait immanquablement sombré dans le chagrin et le désespoir.

La blessure causée par la mort prématurée de Madeline Wyatt était toujours à vif, et pourtant la nouvelle ferme prospérait. Ralph avait besoin d'une autre paire de bras, et Gabe Ellsworth, en dépit de son penchant pour la bouteille, s'était montré bon travailleur, acceptant un salaire symbolique en échange du gîte et du couvert. Ralph se décida donc à l'appeler, et Gabe se mit en route pour le West Texas et débarqua du car à destination d'Ozona le vendredi 13 mai. Il est bien possible que la date et le jour de la semaine aient été de mauvais augure, car il ne fallut pas plus d'un week-end à Rebecca pour juger qu'elle allait au-devant de sérieux ennuis.

Gabe Ellsworth avait sans aucun doute de gros appétits. Un œil exercé décelait d'emblée son côté prédateur, et il était évident qu'une jolie fille de seize printemps représentait une tentation à laquelle il valait mieux ne pas le soumettre. Un morceau de choix comme celui-là était de nature à aiguiser l'appétit tant charnel que spirituel.

Peu de gens étaient au courant, mais Gabe avait commis à vingt-deux ans un acte qui lui interdisait de remettre les pieds chez lui. Et ce à jamais. À dater de ce jour, il était devenu coléreux, toujours sur le point d'exploser, et s'était spécialisé dans la repartie plus ou moins cinglante. Comme s'il avait voulu tenir les autres à distance, il apparaissait tantôt imprévisible, tantôt puéril, faisant preuve de ce mélange de bluff et de provocation malveillante typique d'un individu affligé de secrets honteux.

« Alors, ma jolie, disait-il à Rebecca, tu voudrais pas venir astiquer le timon de remorque du cousin Gabe ? », alors qu'ils savaient pertinemment l'un et l'autre qu'il ne possédait pas ce genre d'objet, ni aucun véhicule sur lequel l'adapter.

Le ton était salace, la lueur dans l'œil aisément identifiable, chaque mot sournois et parfaitement déplaisant.

Le dimanche, deux jours après l'arrivée de Gabe, Rebecca alla trouver son père.

« Papa, je l'aime pas, le cousin.

— T'as pas à l'aimer, ma chérie. Il est ici pour m'aider. Il me coûte pas cher, et il nous causera pas d'ennuis.

— J'en suis pas si sûre.

— Qu'est-ce qui te fait dire ça ?

— L'air qu'il a quand il me regarde, ce qu'il dit… enfin, pas ce qu'il dit, mais sa façon de le dire. »

Ralph Wyatt marqua un temps d'arrêt, l'ombre d'une inquiétude glissant sur son front comme un nuage recouvre un champ. « Y t'a fait quelque chose ?

— Non, pas pour l'instant.

— Alors, de quoi tu t'inquiètes, Rebecca ?

— De ce qu'il a dans la tête, j'imagine.

— Je peux pas vraiment me permettre de me passer de lui, tu sais, et tant qu'il aura pas fait quelque chose qui justifiera son renvoi… »

Ralph avait laissé sa phrase en suspens.

Le soir du même jour, Rebecca monta directement dans sa chambre après le repas. Elle n'avait guère envie de s'exposer davantage aux œillades furtives et aux sourires fourbes qui se multipliaient.

Elle l'entendit arriver dans le couloir, puis entrebâiller la porte avant de lui dire : « Alors, mon ange, on évite le cousin Gabe ?

— Pas du tout. Si j'avais voulu t'éviter, tu m'aurais pas trouvée.

— Hé, hé, on a de la repartie, à c'que je vois, Miss Wyatt », chuchota-t-il, et elle reconnut dans sa voix les accents du whisky, le pouvoir qu'a l'alcool de relâcher tant les muscles que la moralité, de pervertir les meilleures intentions.

« Vaudrait mieux changer tes façons de faire, cousin Gabe », se permit-elle de dire.

Il poussa légèrement la porte du coude, agrandissant l'interstice entre porte et chambranle.

Ce que voyait Gabe maintenant, c'était une jeune fille seule dans sa chambre, belle comme le jour, ses boucles en désordre, ses petits seins d'adolescente fièrement dressés, sa gorge délicate et ses lèvres pulpeuses.

Rebecca, elle, voyait ce visage dans l'ombre de l'embrasure, ce corps d'homme appuyé contre le montant, ce creux à l'épaule qui lui donnait l'allure d'un point d'interrogation. Les pouces enfoncés dans sa ceinture, il écartait les autres doigts en éventail vers le bas comme pour signaler ce que dissimulaient les boutons.

« Pourquoi t'es aussi méchante avec moi, Rebecca Wyatt ? susurra-t-il.

— Je suis pas méchante. C'est juste que je sais à quoi tu penses, et c'est pas bien, c'est pas convenable.

— Mais qu'est-ce que tu m'racontes ? Je cherche juste à être gentil.

— Tu sais très bien ce que je veux dire, et ce à quoi tu penses a rien de gentil, t'aurais du mal à dire le contraire.

— Et je pense à quoi en ce moment, ma p'tite poupée ? »

Rebecca prit une profonde inspiration. En plus du dégoût et du malaise que lui inspirait le cousin, elle éprouvait à présent une angoisse bien réelle. Elle redoutait les ondes qui émanaient de Gabe au moins autant que l'assaut qu'elle aurait à subir si elle lui en fournissait l'occasion.

« Gabriel Ellsworth, finit-elle par dire, t'as pratiquement l'âge de mon père. Et t'es un cousin de ma mère. Pour des raisons de décence et d'éducation, je te demande de me laisser tranquille. Je sais très bien ce que tu veux, mais tu l'auras pas. C'est clair ?

— Fais donc pas l'enfant… », commença-t-il, avant d'être interrompu par Rebecca qui lui claqua la porte au nez.

Il se mit alors à gémir et à gratter la porte comme un chiot. Puis il eut un rire gras. « Eh ben, bonne nuit, mon p'tit lapin en sucre », chuchota-t-il, assez fort cependant pour qu'elle l'entende.

Rebecca dormit peu cette nuit-là, l'oreille tendue vers le moindre craquement insolite qui l'avertirait de l'approche de Gabe. En proie à des visions terrifiantes, elle le voyait s'introduire dans sa chambre, vêtu de son seul caleçon, le sexe en érection, menaçant et déterminé.

Gabe Ellsworth ne revint pas l'importuner, mais passa une partie de la nuit à boire dans sa chambre, avant de s'effondrer, abruti par l'alcool. Le lendemain, il la détailla avec attention, assise de l'autre côté de la table de la cuisine, avant de lui lancer un sourire obséquieux.

C'est ce jour-là, dans l'après-midi, que Rebecca emporta son ballot chez les Riggs et demanda à Evan de le cacher. Si elle devait prendre la fuite, il faudrait au moins qu'elle ait une tenue de rechange.

Evan ne revit pas Rebecca avant la soirée du mercredi, quand elle entreprit de lui révéler ce qui la bouleversait et qu'elle ne pouvait plus dissimuler.

« Le cousin de maman est ici », dit-elle à Evan. Ils s'étaient un peu éloignés de la maison quand elle avait demandé à Evan, en train de jouer de la guitare sur le porche, de marcher un peu avec elle afin d'échanger quelques mots sans craindre d'être entendus.

« J'me méfie de lui, reprit-elle. Il est plein de mauvaises pensées, et je crois qu'il est décidé à passer à l'acte. Je sais pas s'il va pouvoir se retenir encore longtemps.

— Comment ça, des mauvaises pensées ?

— Tu sais bien… Il est après moi sans arrêt. Y pourrait m'violer, tu sais. »

Les yeux d'Evan s'agrandirent. Bien qu'il n'eût jamais fait qu'imaginer la nudité de Rebecca et ce qu'entraînait cette vision, il savait qu'un homme, quel que fût son âge, cherchant à s'imposer de cette façon à une femme sans y être invité commettait un péché contre Dieu et la nature. Pareilles pensées lui mettaient le rouge aux joues et la colère au ventre, tant elles remuaient la boue au tréfonds de son être. Ce qui était bien et juste n'excluait pas le reste. Et là, c'était manifestement du reste qu'il s'agissait.

« Qu'est-ce qu'on peut faire, à ton avis ? » demanda-t-il.

Qu'il n'ait pas minimisé l'affaire ni mis en doute ses paroles, qu'il se soit aussitôt impliqué dans la recherche d'une solution confirmait aux yeux de Rebecca la différence fondamentale existant entre Carson et lui. Elle aurait pu aller trouver le premier pour lui parler de l'attitude de Gabe, mais soit il se serait moqué d'elle et lui aurait dit qu'elle se faisait des idées, soit il serait allé tout droit chez les Wyatt, aurait sorti Gabe Ellsworth du coin où il ruminait ses frustrations et lui aurait administré une raclée mémorable pour le ramener à la raison. Une telle démarche non seulement n'aurait servi à rien, mais elle aurait causé plus de dégâts que la chose n'en méritait.

« Il faut que mon père le renvoie, dit Rebecca.

— Ton père est au courant ?

— Je lui ai dit, oui, mais il voit pas les choses du même œil. Il est coincé, tu comprends : il a besoin de bras à la ferme, mais il peut pas se permettre d'employer quelqu'un d'autre que Gabe. Lui, il coûte pas grand-chose.

— Il vaut pas grand-chose non plus, si tu veux aller par là. Bon, y faut qu'on trouve un moyen de prouver à ton père que c'est un sale type, c'est ça ?

— Ouais.

— Alors on va lui tendre un piège.

— C'est à ça que je pensais.

— Le prendre en flagrant délit au moment où ton père pourra tout voir.

— Hou là, ça m'fait peur. »

Evan prit la main de Rebecca et la pressa pour la rassurer.

« De toute façon, je serai là. S'il devient enragé, je lui saute sur le râble.

— C'est que c'est un costaud, Evan. Y te défoncerait avant que t'aies le temps de faire un geste.

— C'est ce qu'on verra. » Evan n'en dit pas plus. Le regard dur et résolu qu'elle lui trouva alors, elle ne l'avait jamais vu que chez Carson.

*

Ils décidèrent de passer à l'action le vendredi suivant. Ralph devait aller à Sonora pour affaires, quatre-vingts kilomètres à l'est à vol d'oiseau, et resterait absent quatre heures ou plus. Rebecca l'avait appris dès le jeudi midi, à temps pour mettre leur projet à exécution avant le départ de son père. C'était du moins là ce qui était prévu.

Evan dit à ses parents et à Carson qu'il allait chez Rebecca. Le père de celle-ci avait quelques tâches à lui confier, et il avait bien besoin d'un peu d'argent pour changer les cordes de sa guitare.

« À voir le cirque que tu fais avec ce truc, on croirait bien qu'tu vas te marier avec et avoir plein d'ukulélés ! lança Carson.

— Ça t'ferait pas de mal à toi de t'intéresser à quelque chose, même à une guitare », dit William Riggs à son aîné, qui répondit par un silence renfrogné. C'est le moment que choisit Grace pour aborder l'anniversaire de William, à deux mois de là, et une éventuelle soirée à quatre dans un restaurant de San Angelo.

« On en reparlera plus tard, décida William, quand on en saura un peu plus sur l'état de nos finances. »

Evan partit chez les Wyatt sitôt la vaisselle lavée et rangée. Il avait d'abord pensé se munir d'une arme, une batte de base-ball ou une grosse branche d'arbre, mais il abandonna finalement l'idée. Il espérait qu'il n'y aurait pas de violence : Gabe Ellsworth n'était sans doute pas homme à se coucher quand les esprits s'échauffaient et que volaient les poings.

Evan n'avait jamais jusque-là connu de vraie bagarre. Quelques disputes de cour de récréation, qui se limitaient à un sourcil froncé ou un poing levé atteignant rarement son but, avec la force d'un oisillon tombé du nid. Le cousin Gabe, forte carrure, bottes de motard, punch à revendre, avait vu du pays, lui. Evan avait reconnu le lascar de loin, et senti le danger.

D'après leur plan, si tant est que la chose méritât ce nom, Rebecca devait attirer Gabe dans la grange qui jouxtait pratiquement la maison des Wyatt, où elle était certaine qu'il ne manquerait pas de l'importuner avec force compliments et tentatives de séduction. Evan serait à portée de voix et se manifesterait dès que l'autre se ferait trop pressant et la menace trop précise. Il ferait alors un tapage propre à attirer le père de Rebecca hors de la maison. Les hommes au-delà de la trentaine avec un penchant pour les jeunes filles étaient forcément des poltrons, et Rebecca et Evan ne le voyaient pas se sortir sans dommage d'une confrontation avec Ralph Wyatt quand il serait mis au défi de nier les faits.

Gabe allait-il suivre Rebecca dans la grange ? C'était la seule question qui restait pour l'instant sans réponse, si tant est qu'elle méritât d'être posée.

Le souper terminé, Rebecca annonça qu'elle allait faire un tour. Elle marcha lentement, laissant ainsi à Gabe le temps de venir fumer sa cigarette sur la véranda, tout en cherchant à voir, sans se faire repérer, la direction qu'elle prenait.

Ralph n'allait pas tarder à prendre la route et avait l'esprit occupé par le trajet jusqu'à Sonora et l'affaire qui l'y attendait.

Evan était déjà dans la grange, une construction à deux niveaux, avec un grenier à foin qui s'avançait jusqu'au milieu de la bâtisse. D'en haut, il surplombait la scène et attendit patiemment que Rebecca fasse son apparition, suivie de Gabe, à peine dix minutes plus tard.

Certains n'ont même pas besoin d'ouvrir la bouche pour qu'on devine leurs intentions à leur seule expression. Celle du cousin Gabe à cet instant précis était sans équivoque et n'avait rien à voir avec un conte de fées.

En apercevant Rebecca, il feignit d'abord la surprise.

« Salut, ma jolie. Si j'avais su que t'étais ici, j't'aurais pas dérangée. »

Même de son perchoir, à cinq mètres de là, Evan perçut le mensonge grossièrement déguisé.

« Tu vas pas commencer à m'embêter, Gabe ? lui lança Rebecca.

— Ben vrai ! Tu m'sidères, Rebecca Wyatt. T'es vraiment remontée contre moi, dis ? Qu'est-ce que j'ai bien pu faire pour mériter ça ?

— Oh, j'ai rien contre toi. C'est tes intentions qui me dérangent.

— Et ces intentions, d'après toi, ça serait quoi, mon lapin ?

— Tu le sais mieux que moi, Gabe Ellsworth. Tu crois peut-être que je sais pas ce que tu cherches. »

Evan comprit qu'elle tenait ces propos délibérément, de façon à faire monter la pression et à pousser l'autre dans ses retranchements. Le bonhomme n'allait pas tarder à exploser : il perdrait la tête et commettrait l'irréparable, qui le forcerait à déguerpir pour retourner d'où il venait.

« Ah oui, vraiment ? demanda Gabe, toujours aussi mielleux. Eh ben, dis-le-moi.

— Peut-être que t'as bien envie que je t'astique ton truc. »

Evan, couché dans le foin qui sentait le moisi, se dit que Gabe avait dû l'entendre hoqueter de surprise. La poussière lui remplit la gorge, et il eut du mal à étouffer une quinte de toux. Que Rebecca puisse dire une chose pareille le laissait pantois. Quoi qu'il en soit, l'inévitable allait se produire, et ils savaient depuis le début à quoi ils s'exposaient.

« Mon Dieu, mon Dieu ! s'exclama Gabe. T'as l'esprit drôl'ment mal tourné, ma jolie. Mais ça m'étonne pas plus que ça, c'que tu dis. Je t'ai toujours bien plu, pas vrai ? Déjà l'été dernier, t'aurais pas dit non si je t'avais montré un truc ou deux. »

Rebecca ne répondit pas.

« Et si tu r'montais un peu ta robe, mon lapin ? Histoire d'faire voir au cousin Gabe comme t'as grandi depuis la dernière fois… »

Evan faillit s'étrangler. Puis il fut pris de l'envie de se jeter tête la première sur l'homme pour lui briser la nuque d'un seul coup, d'un seul.

« Arrête de m'embêter, Gabe, ou j'vais tout raconter à mon père.

— Lui raconter quoi, dis-moi ? Dans cinq minutes, y s'ra parti, ton père, et tu feras quoi alors ?

— Reste où tu es, Gabe Ellsworth, t'approche pas… »

Gabe n'en fit pas moins deux ou trois pas en direction de Rebecca. « Allons, allons, ma poulette… Juste un p'tit baiser pour ce bon vieux Gabe, hein ? C'est pas drôle tous les jours ici, tu sais… À trimer comme une bête, pour aider ton père à s'en sortir, vu qu'il a pas l'rond. Dis donc, y me semble que si t'as de quoi manger tous les jours c'est bien parce que je suis assez stupide pour travailler pour rien… »

Encore un pas, puis un autre, et Gabe Ellsworth se retrouva à moins de deux mètres de Rebecca Wyatt. Il était clair à présent que la tête de l'homme était en passe de perdre le combat qu'elle avait pu livrer contre son corps. La bêtise aidant, il n'allait pas tarder, semblait-il, à se laisser aller avant même le départ de Ralph Wyatt pour Sonora.

« Moi je dis que quelqu'un qui se sacrifie comme ça mérite bien une p'tite récompense. Tu crois pas ?

— Tu veux m'embrasser ? »

Dans la fraction de seconde qui suivit, Gabe détourna les yeux, et Rebecca leva les siens vers Evan, qui lut dans son regard une lueur de défi presque féroce.

« T'embrasser ? Pour sûr, ma belle, dit Gabe avant de faire encore un pas.

— Bon, si ça s'arrête là, Gabe Ellsworth, et si tu m'promets qu'après tu me laisseras tranquille, je te laisse m'embrasser.

— À la bonne heure. Enfin on s'comprend tous les deux, mon trésor. » Un nouveau pas subreptice, et il tendait la main droite pour l'atteindre. Une main que Rebecca écarta.

« Va pas te faire des idées, Gabe. Tu m'embrasses une fois, et rien qu'une, et après c'est fini, ces bêtises, d'accord ?

— Comme tu voudras », répondit Gabe, dont les paroles étaient loin de traduire la pensée.

Rebecca leva à nouveau les yeux vers Evan, mais celui-ci était déjà sorti de sa cachette sous le foin, et s'avançait à pas de loup vers le sommet de l'échelle, prêt à dégringoler les barreaux à toute allure et à ameuter la maisonnée.

« Alors, vas-y, qu'est-ce que t'attends ? » dit Rebecca à Gabe, qui vint à elle en continuant à l'abreuver de paroles doucereuses et de sourires cauteleux. C'est à ce moment précis qu'Evan Riggs heurta du pied le sommet de l'échelle, la repoussant de quelques centimètres seulement du bord du plancher, sans toutefois pouvoir l'empêcher de produire un bruit sourd en retombant.

Gabe se retourna d'un coup et son regard s'enflamma à la vue d'Evan. Puis il se tourna à nouveau vers Rebeca, et son expression, qu'elle ne lui avait jamais vue auparavant, la terrifia. Elle l'ignorait, comme pratiquement tout l'entourage de Gabe, mais c'était la même que celle qu'il avait eue en commettant l'acte irréparable qui lui avait valu d'être chassé de sa ville natale, pour ne plus jamais la ternir de son ombre poisseuse.

« Espèce de… », commença-t-il en levant la main, prêt à la frapper.

Evan agrippa le haut de l'échelle, passa le pied par-dessus le premier barreau, prit appui sur le deuxième, et commença à descendre plus vite qu'il n'aurait dû.

Gabe se retourna brusquement, soudain conscient d'être tombé dans un guet-apens, mais bien décidé à ne pas s'en laisser conter par Rebecca Wyatt et cet avorton d'Evan Riggs.

« Espèce de fils de pute ! » lança-t-il à l'adresse d'Evan, tout en tendant le bras pour saisir le garçon debout sur l'échelle, qui commençait à basculer.

Evan, battant l'air de ses bras, perdit l'équilibre et tomba lourdement sur le sol. Il sentit une violente torsion dans la cheville et poussa un hurlement de douleur.

Rebecca ne put retenir un cri même si la fureur de Gabe était désormais dirigée contre Evan. Étendu sur le dos, les yeux écarquillés par la peur, ce dernier vit l'autre se précipiter sur lui, tandis que l'échelle continuait à basculer.

« Evan ! » hurla Rebecca. Le garçon roula sur le côté au moment où Gabe se penchait sur lui.

L'échelle s'abattit avec force, heurtant Gabe à l'arrière du crâne. Le cousin fut aplati au sol, pratiquement inerte, réduit à une complainte sourde de gémissements.

Evan se redressa et s'approcha de lui en boitillant. Il lui lança un regard noir, recula d'un pas et lui envoya un coup de pied magistral dans les côtes.

« Non, arrête… », dit Rebecca, sans grande conviction.

Evan hésita, comme s'il songeait à aller chercher une pierre pour défoncer le crâne de son adversaire, et, quand il leva les yeux sur Rebecca, elle y vit, l'espace d'une seconde, une lueur qui la glaça et la laissa frissonnante – une méchanceté telle qu'elle se demanda d'où elle pouvait lui venir.

Ils s'étreignirent, et Evan fut le premier à parler.

« Il est mort, tu crois ? »

Question stupide : si les gémissements étaient faibles, ils étaient continus, et Rebecca se dit que le cousin Gabe était simplement commotionné.

« Allez, va-t'en ! dit-elle. Tout de suite ! Faut pas qu'tu sois là quand mon père arrivera. »

Evan obtempéra, s'éloignant à la hâte, traînant sa cheville meurtrie et déjà enflée, s'arrêtant une seconde pour jeter un dernier regard et lire dans les yeux de Rebecca un accord tacite : rien ne transpirerait jamais de ce qui venait de se passer.

Quoi qu'ils aient fait, ils l'avaient fait ensemble.

Rebecca attendit qu'il ait traversé le champ qui jouxtait la maison avant d'aller chercher son père. Quand elle revint avec lui, Gabe Ellsworth s'efforçait de se remettre debout sur des jambes aussi flageolantes que celles d'un veau tout juste sorti du ventre de sa mère. Sa tête enflée du côté droit et l'échelle renversée évoquaient un incident qu'Ellsworth était bien incapable de rapporter faute d'honnêteté et de clarté d'esprit. Rebecca resta en retrait, laissant à son père le temps d'évaluer les dégâts, puis de conclure qu'il fallait conduire Gabe à Sonora. Lui-même devait s'y rendre et pouvait donc l'emmener sans problème.

Le trajet fut pénible ; Rebecca, assise à l'arrière avec Gabe, dont l'élocution embarrassée cachait mal des propos quasiment incompréhensibles, s'attendait à tout moment à ce qu'il reprenne ses esprits et se mette à fulminer contre Evan Riggs en déballant toute l'histoire. Il passerait sous silence, bien sûr, sa tentative de séduction, et elle se retrouverait alors dans l'obligation de rendre des comptes non seulement pour avoir été complice du crime mais aussi pour avoir négligé de révéler immédiatement à son père ce qui était arrivé.

Gabe devint cependant de plus en plus confus ; à un moment, il cessa même de parler et sa respiration se fit saccadée, si bien que Rebecca – en dépit du mépris qu'il lui inspirait – se mit à prier le ciel pour qu'il ne leur claque pas dans les mains, sur la banquette arrière du pick-up. Si Evan avait été avec eux, il aurait certainement repensé à un voyage similaire bien des années plus tôt, avec un Carson dans un état aussi piteux que celui de Gabe à présent.

La prière de Rebecca fut exaucée. Ils atteignirent Sonora, tous trois en vie, et le médecin ne perdit pas une minute pour examiner le patient.

Vingt minutes plus tard, il leur expliquait qu'il s'agissait d'une commotion assez sévère et décidait de le garder en observation pour la nuit.

« Il n'y a pas de signe d'hémorragie, la bosse n'a rien d'anormal, et je ne pense pas qu'il ait besoin d'une radio. Nous verrons comment il réagit demain matin, et s'il n'y a pas d'amélioration, on l'enverra à San Angelo pour des examens plus poussés. »

Le lendemain matin, le samedi 21, Ralph Wyatt reçut par téléphone des nouvelles rassurantes. Tout allait bien du côté de Gabe Ellsworth : la bosse avait considérablement diminué, le malade était lucide et s'exprimait normalement ; il avait englouti une montagne d'œufs au jambon, descendu une pinte de café, et s'inquiétait de savoir si on pouvait trouver des crêpes au babeurre dans un endroit comme Sonora. Le médecin ajouta que rien ne s'opposait à ce que l'on vienne le rechercher un peu plus tard dans la journée.

Ralph refit donc le trajet en compagnie de Rebecca. Au retour, Gabe, assis à l'avant, ne fit aucune allusion à leur histoire, ni au rôle qu'il y avait joué, ne se risquant même pas à causer des ennuis à Rebecca.

Il resta chez les Wyatt tout l'été, prenant des airs de chien battu chaque fois que Rebecca se montrait et cherchant à l'éviter de son mieux.

Le samedi soir, il partait pour Iraan, où, disait-on, deux filles dans la maison de passe du coin se livraient pour cinq malheureux dollars à de coupables pratiques.

De leur côté, Rebecca et Evan ne reparlèrent jamais de l'incident, même si celui-ci hantait l'espace qui les séparait à la manière d'une ombre partagée. Ce qui était arrivé à Gabe Ellsworth était leur œuvre commune, et elle les liait l'un à l'autre à la manière d'une mauvaise colle.

Rebecca était pour autant incapable d'oublier cette lueur mauvaise qu'elle avait surprise dans le regard d'Evan Riggs et qui l'avait tant effrayée, comme un signe avant-coureur de gros ennuis. Elle se demandait combien de temps s'écoulerait avant qu'il commette un acte qu'il n'oublierait jamais et ne cesserait de regretter.

Elle se contenta d'attendre. À quoi bon réveiller le chat qui dort.

14

Alice Honeycutt dit à Henry Quinn que le shérif Riggs souhaitait le voir.

« Il est passé il y a environ une heure », dit-elle, en servant son café à Henry à une des petites tables de la salle à manger. Elle lui mit sous le nez les pancakes et le bacon qu'elle avait préparés comme s'il n'avait d'autre choix que de les manger, et il s'exécuta, même s'il ne prenait pas habituellement de petit déjeuner.

« Ah bon ?

— Oui. Il était là vers 7 heures, et il a dit que vous deviez passer le voir à son bureau dès que possible. Il y sera toute la matinée. »

Pris de nausée, Henry sentit son estomac se nouer sous le coup de l'inquiétude.

Son repas terminé, il remonta dans sa chambre et enfila un tee-shirt propre. Il se regarda dans la glace et se passa un peigne dans les cheveux. Au pénitencier de Reeves, il avait été convoqué à deux reprises par le directeur, la première fois en tant que témoin oculaire d'une attaque à l'arme blanche, la seconde pour s'être bagarré avec un faux-monnayeur de Lubbock du nom de Frenchie Robicheaux. Le type s'appelait en réalité

Lyman, et il était aussi français que Wyatt Earp. Son nom mis à part, c'était quand même un gros con.

Il revivait en ce moment le même genre d'expérience, le sentiment d'avoir franchi une limite invisible, de s'être déjà mis le boss à dos sans même savoir comment, d'avoir à payer pour quelque chose.

En tout cas, il n'hésita pas, poussé peut-être par un certain respect de l'institution, à moins que ce ne fût par le vague espoir que Carson Riggs se soit finalement rallié à l'idée de tendre une main secourable à son frère et à son ex-détenu de larbin.

Henry se rappelait très bien où se trouvait le bureau du shérif, et il s'arrêta au bord de la route pour fumer une cigarette et se calmer les nerfs.

Le paysage et le décor qui l'entouraient lui étaient familiers, mais ne pouvaient prétendre à la civilisation. Le Texas, partout où il n'avait pas été marqué par la main de l'homme, était aussi ancien que Dieu et beaucoup plus impitoyable. Dans chaque pierre, chaque arbre, chaque poignée de terre rouge se lisait l'assurance que, à peine l'homme parti, la nature reprendrait ses droits et effacerait toute trace de sa présence. Le pays était dur ; il produisait une race d'hommes tout aussi durs, à laquelle Carson Riggs appartenait sans conteste.

Henry remonta dans le pick-up et reprit sa route.

Le bureau du shérif était ouvert, mais Riggs n'était pas là. Le shérif adjoint, Alvin Lang, l'accueillit sans mâcher ses mots :

« Ah, vous devez être le gars de Reeves, c'est ça ?

— Henry Quinn, précisa-t-il. Le shérif Riggs m'a demandé de passer.

— Il est pas là, mais y va pas tarder. L'a dit qu'si vous vous pointiez, fallait l'attendre. Vous pouvez vous asseoir là-bas, ajouta Lang en indiquant du doigt des chaises en pin alignées le long du mur.

— Si ça vous dérange pas, je vais aller attendre dans mon véhicule. »

Lang regarda Henry droit dans les yeux. C'était un homme sec, avec des manières sèches, et pas un instant son visage ne s'était fendu d'un sourire, ni son attitude adoucie d'un geste amical. Il avait la taille et la carrure de Riggs, les mêmes traits d'homme vivant au grand air réduits à l'essentiel par le sable, le soleil et la solitude. Ce n'était pas un pays accueillant, et de tels hommes se chargeaient de le lui rappeler à la moindre occasion.

« Comme vous voulez, Mr. Quinn », dit Lang avant de retourner à la paperasse qui s'entassait sur son bureau.

Riggs arriva au bout de dix minutes. Il descendit de la voiture pie avec une lenteur étudiée. Ses yeux étaient lourds du poids du passé, de même que les rides de son visage ou sa démarche nonchalante, qui trahissait sa conviction que rien ne justifiait la moindre hâte. Si une affaire d'importance l'attendait, elle devrait patienter ; il s'en occuperait à son heure.

Il s'empara de son chapeau, le vissa sur sa tête, même s'il n'avait pas plus de dix mètres à parcourir jusqu'au poste. Mais l'étiquette l'exigeait, et il s'y conformait. Lunettes noires, chemise fraîchement repassée, pantalon taille haute aux plis si soignés qu'ils auraient pu couper une feuille de papier. Il jeta un coup d'œil à Henry, hocha la tête en signe de reconnaissance et pénétra dans le bâtiment sans un mot.

Henry lui emboîta le pas, fut à nouveau accueilli froidement par Lang.

« Le shérif va vous r'cevoir dans une minute, dit-il avant d'incliner la pointe de son stylo-bille en direction des chaises en bois brut. Asseyez-vous donc. »

Henry obtempéra, non sans sentir monter en lui une vague d'indignation et de colère.

Son statut d'ancien prisonnier lui collerait à la peau pour le restant de ses jours, et des remarques du genre de celles d'Evie la veille ne faisaient rien pour arranger les choses. Dans une ville comme Calvary, tout le monde avait sans doute déjà eu vent de son passé et de la raison de sa présence en ces lieux.

Le shérif ouvrit la porte de son bureau, à droite de l'accueil, et toisa Henry Quinn, avant de l'interpeller.

« Mr. Quinn. »

Henry se leva de sa chaise. « Shérif Riggs, dit-il en réponse.

— Je te remercie d'avoir fait diligence.

— C'était la moindre des choses.

— Viens, entre, assieds-toi, et parlons de ton affaire. »

Henry se dirigea vers la porte, fut stoppé dans son élan par la lenteur de Riggs, lequel s'effaça finalement pour le laisser entrer. Une tactique délibérée. *C'est moi qui décide de ce qui se passe ici, et quand*, tel était le message clairement affiché. On savait d'emblée qui dirigeait les opérations.

Henry prit un siège.

« Alvin, fais-nous un peu de ce café dont tu as le secret », dit Riggs avant de pousser la porte, en la laissant légèrement entrouverte, comme pour prouver que le bureau du shérif de Calvary n'avait rien de sacro-saint et ne retenait aucun secret.

Riggs s'assit, fixa Henry de son regard de prédateur et esquissa son sourire de loup affamé.

« J'espère que tu n'as pas été coupable d'impolitesses ou de remarques déplacées avec mon adjoint.

— Pardon… Je ne comprends pas.

— C'est qu'Alvin Lang est un personnage important dans la région, tu sais, expliqua le shérif avec ce rictus qui lui tenait lieu de sourire. Son père, John, est très haut placé au département de l'administration pénitentiaire, et son grand-père, Chester Lang, est le gouverneur adjoint du Texas, pas moins. Y se pourrait même qu'il devienne un jour gouverneur… Enfin, il est peut-être un peu trop avancé en âge pour ça aujourd'hui.

— J'ai rien dit de répréhensible à l'adjoint Lang, shérif.

— C'est bien. Parce que t'as pas intérêt à te mettre à dos un homme comme lui, tu vois ?

— Mais j'ai pas l'intention de me mettre à dos qui que ce soit, shérif.

— Heureux de te l'entendre dire, mon gars. Ça vaut mieux comme ça. Bon, maintenant passons à notre affaire. Y faut d'abord que tu saches que personne m'a jamais accusé de partialité et que personne aura jamais l'occasion de le faire. Les gens, en général, ne cherchent pas les ennuis, et je dirais que là-dessus j'suis comme la plupart des gens.

— Comme je viens de l' dire, si y a une chose que je veux à tout prix éviter, c'est les ennuis, shérif Ri…

— Tu veux m'laisser finir, mon gars ! » Riggs l'avait interrompu, et si son sourire carnassier figeait ses lèvres, il ne remontait pas jusqu'à ses yeux.

« Ton histoire, j'l'ai retournée dans ma tête, pour savoir si je devais t'encourager ou non dans ton entreprise. Eh ben, en toute impartialité, j'ai décidé de te dire toute la vérité pour t'éviter de perdre ton temps en poursuivant tes recherches. »

L'adjoint Lang poussa la porte du coude et entra avec deux tasses de café. Il posa d'abord celle de Riggs, puis celle de Henry.

« Vous avez besoin d'autre chose, shérif ?

— Merci, ça ira comme ça. » Lang retourna à l'accueil, en laissant lui aussi la porte entrebâillée.

« Bon, je vais t'expliquer, reprit Riggs. T'as peut-être débarqué ici comme un Deadwood Dick[1], un éclaireur du général Custer, un héros des guerres indiennes, ou je sais quel cavalier du Pony Express, bref, tout feu tout flamme et prêt à régler ce problème toutes affaires cessantes, mais là y faut vraiment que j'te dise que tu perds ton temps, mon garçon. »

Riggs s'empara de sa tasse, et bien que le café fût bouillant, il en but une longue gorgée comme s'il s'était agi d'eau fraîche.

« Pour ce qui est de mon frère, je tiens à ce que tu comprennes bien ma position. S'il devait jamais mettre les pieds ici, ce serait le chapeau à la main, les yeux rivés au sol, pour ne pas dire carrément à genoux.

— Je m'doutais bien qu'il y avait des tiraillements entre vous deux, dit Henry, qui regretta aussitôt sa remarque, aussi naïve que présomptueuse.

---

1. Personnage de fiction qui apparaît dans une série de romans à quatre sous ayant pour cadre le Far West des années 1860-1865.

— Tiens, tiens ! Ma foi, je sais pas jusqu'où il est allé dans ses confidences avec toi quand t'étais au pénitencier, mais une histoire a toujours au moins deux facettes, pour ne pas dire beaucoup plus, pas vrai ?

— Excusez-moi. Je voulais pas me montrer…

— Hum, tu le voulais p't-être pas, mais t'as pas pu tenir ta langue, le coupa Riggs. Y a deux choses qu'on peut pas effacer, mon gars : ce qu'on fait, et ce qu'on dit. » À nouveau, le sourire de loup, avant de porter la tasse à ses lèvres.

« Pour être franc, dit Henry, je sais rien du tout.

— Ma foi, y a pas grand-chose à savoir, et puis, crénom, y a pas d'quoi non plus en faire tout un mystère. C'est un secret pour personne que mon frère et moi, on est brouillés. Il est en taule depuis des lustres. Je suis jamais allé le voir, on s'est jamais écrit, jamais parlé, et on le fera jamais. C'est aussi simple que ça. Et pour ce qui est de cette histoire avec sa fille, là non plus y a pas de mystère. Il a mis une fille enceinte ; il a pas reconnu l'enfant ; elle a disparu, recueillie par une famille quelconque. Point. Je sais pas ce que mon frère t'a raconté, mais j'ai jamais été son tuteur. La prison a beau être surpeuplée, je suppose qu'y a des moments où tu te sens plus seul que n'importe où ailleurs. Et la solitude est capable de te bousiller le cerveau. T'arrêtes pas de bayer aux corneilles, de prendre tes rêves pour la réalité. Bon, maintenant, si t'as en ta possession une lettre que tu veux que je garde au cas où cette fille pointerait son nez, ce qui a à peu près autant de chances de se produire que la semaine des quatre jeudis, alors j'le ferai. En dehors de ça, je vois pas ce que tu peux faire de plus. Y a des fois où y faut laisser le passé là où il est, où y vaut mieux pour tout le monde ne pas le réveiller.

— J'essaie simplement d'aider votre frère, shérif, dit Henry.

— Hum, y se pourrait qu'y mérite pas d'être aidé, mon frère. Ça t'est jamais venu à l'idée ? Il a tué un homme à Austin. Il a battu ce pauvre type à mort. Y a pas à sortir de là. La loi est la loi. Mon frère – on se fiche de connaître la logique et les raisons de son acte – était ni juge, ni juré, et surtout pas bourreau. Mais il a pas hésité à exécuter ce pauvre bougre, et normal qu'il en paye le prix maintenant. C'était un alcoolique et un violent, il a fait ce qu'il a fait, y a pas à revenir là-dessus.

— Je cherche pas à justifier ni à excuser ce qu'il a fait, shérif. C'est juste qu'il m'a beaucoup aidé, et je voulais faire quelque chose pour lui en retour. »

Riggs sourit, et pour la première fois un peu de chaleur vint atténuer la dureté de ses traits. « T'es jeune, dit-il, t'es p't-être intelligent et bien intentionné, mais j'ai vu des trucs dans ma vie… t'as même pas idée. Je suis arrivé à un âge, vois-tu, où le passé est plus clair pour moi que le présent, où, quand tu regardes en arrière, t'as aucun mal à prendre tes décisions. À quoi tu reconnais un homme, un vrai, c'est à sa capacité à assumer les décisions prises dans l'excitation du moment, même si avec le recul c'étaient pas forcément les bonnes. C'est là qu'on sent du solide chez lui. T'as commis une erreur, et une grosse, mais t'en as tiré une leçon et t'as maintenant la possibilité de faire de ta vie quelque chose d'utile et de constructif. Mon frère, lui, c'est une autre histoire, il a pas la moindre chance d'en réécrire un jour la fin. Il est condamné à r'garder le monde à travers des barreaux jusqu'à la fin d'ses jours, et y a rien que je puisse faire là contre. »

Henry attendit un instant, pour s'assurer que Riggs en avait terminé. « Je vous remercie de votre franchise, shérif, dit-il. Si ça vous ennuie pas, je vais garder la lettre de votre frère. Je vais explorer toutes les pistes avant de laisser tomber, je lui dois bien ça. Je crois que j'vais chercher du côté des filières officielles d'adoption à San Angelo, San Antonio ou Austin. Peut-être qu'il y aura une trace de la fille quelque part. Je vois pas ce que je pourrais faire de plus.

— Tu fais comme tu veux, fiston, mais à mon avis t'arriveras à rien.

— Vous connaissez pas le nom de la famille qui l'a adoptée ?

— Tout ce que je sais, je t'l'ai déjà dit.

— Vous étiez shérif à l'époque, à ce que j'ai cru comprendre ?

— Entré en fonction en 1944 ; pas bougé depuis.

— Et la fille d'Evan est née fin 1949.

— Ça doit être ça, oui.

— C'est quand même un peu bizarre que vous vous souveniez pas d'une chose aussi importante que les circonstances de l'adoption de votre propre nièce... »

Le shérif se racla la gorge. Henry se tut, conscient d'avoir à nouveau franchi une ligne invisible.

« J'imagine que t'as droit à tes opinions comme n'importe qui. Mais tu peux penser c'que tu veux, les faits sont là, et t'y changeras rien. Je t'ai dit ce que je savais. J'ai pris en compte les ennuis de mon frère et je t'ai consacré du temps et de l'attention. Je sais ce que la prison peut faire à un homme, ça fait partie de mon boulot. Le détenu, y s'raccroche à n'importe quoi pour pas sombrer, y déprime, y regrette la vie qu'il a eue et il essaie d'en changer. Mais c'est trop tard, tu comprends ? Sa fille a disparu depuis un sacré bout de temps, et probable qu'elle sait même pas qu'il existe. C'est une jeune femme à l'heure qu'il est, si tant est qu'elle soit encore en vie, et je suis sûr qu'elle aussi a ses idées et ses opinions. Qu'est-ce qui pourrait bien l'autoriser à débarquer comme ça dans sa vie, mon frère, sans y être invité ? Ça s'fait, ce genre de chose ? Ça s'rait juste ? Pense un peu à elle. Est-ce qu'elle a pas droit à plus de considération que lui ? Elle a pas contrevenu à la loi, elle. Elle a pas tué quelqu'un dans une chambre de motel à Austin.

— J'avais pas envisagé les choses sous cet angle, répondit Henry, ce qui était la stricte vérité.

— Eh ben, moi, si, tu vois. Et c'est bien pour ça que je te le dis.

— Pris entre le marteau et l'enclume, comme qui dirait.

— C'est souvent le cas dans la vie, mon gars.

— Maintenant, je sais plus ce qu'y faudrait que je fasse.

— En tout cas, t'as plus vraiment de raisons de rester par ici, dit Riggs. Evan est pas là, sa fille non plus, ni personne qui sache où elle se trouve. Si tu veux pas lâcher l'affaire, va falloir que t'ailles chercher ailleurs. J'te souhaite bonne chance, mais y faut que tu penses à la fille dans cette affaire, et qu'tu prennes une décision qui soit juste. Mets-toi un peu à sa place. Une jeune femme de vingt ans, qui vit sa vie, tranquille dans son coin, et tu viens lui exploser la vitre de sa fenêtre en répandant du verre partout. Tu crois qu'elle a besoin de savoir qui est son père, c'qu'il a fait, où il est maintenant ? Tu crois qu'elle a envie d'apprendre tout ça ?

— J'en sais rien.

— Moi non plus, mais là t'es bien parti pour la jeter, cette pierre, et tu dois faire gaffe à ce qu'elle blesse personne. »

Henry ne répondit pas.

« Ça change la donne, pas vrai ? reprit Riggs.

— C'est vrai, m'sieur.

— Eh bien… j' crois qu'on en a fini, fiston. J'ai des tas de choses à faire, des tas d'endroits où aller, plein de gens à voir, et j'peux pas rester là toute la journée à m'occuper de ton affaire.

— Bien sûr, je comprends », dit Henry, qui prit sa tasse et but son café. Non pas qu'il en eût envie, mais il aurait été impoli de ne pas le faire.

Il se leva, serra la main du shérif et le remercia du temps qu'il lui avait consacré.

« J'suppose que tu vas pas t'attarder à Calvary, dit l'autre.

— Vous supposez bien », répliqua Henry.

Riggs l'accompagna jusqu'à la porte du bureau, le regarda monter dans son pick-up et le salua d'un signe de tête quand il jeta un dernier coup d'œil derrière lui.

Revenu à l'intérieur, Riggs demanda à Lang s'il avait appelé le saloon.

« Clarence Ames, dit l'adjoint. Lui et ses copains y étaient hier soir, en compagnie de votre gamin et d'Evie Chandler.

— L'employée de Knox Honeycutt, c'est ça ? La jolie fille d'Ozona.

— C'est bien elle, oui.

— Clarence Ames, répéta Riggs, l'air pensif. Tiens, appelle-le donc pour moi, Alvin. Et dis-lui que je passerai le voir ce soir. »

15

Quand la guerre éclata en Europe, Evan Riggs – en dépit de son jeune âge – gagnait déjà de l'argent comme chanteur. Il se produisait dans des bars et des saloons un peu partout dans le comté, allant même parfois jusqu'à Loma Alta, Comstock, Langley ou Sanderson. Les chansons originales qu'il présentait alors étaient celles qu'il enregistrerait plus tard sur son album *The Whiskey Poet*. Il jouait aussi les morceaux qu'on lui demandait, des airs comme « The Convict and the Rose », « Truck Driver's Blues », « It Makes No Difference Now » et « Meet Me Tonight in Dreamland ». Il y apportait sa touche personnelle, que ses auditeurs semblaient apprécier, et il n'était pas sans susciter l'intérêt des stations de radio locales et de quelques petites maisons de disques. Mais Evan n'aurait su s'en contenter. Il voulait se faire un nom au-delà des frontières du West Texas. Rêves de gloire qui dépassaient complètement Carson, lequel n'essayait même pas de comprendre.

« Y a deux sortes de gens », lui dit Carson un soir d'été, en 1942. Les deux frères fumaient une cigarette et buvaient un whisky sur la véranda, profitant d'un de ces rares moments où chacun avait l'occasion de s'intéresser à la vie de l'autre.

« Ouais ? Et lesquelles ?

— Y a ceux qui acceptent ce qu'ils sont et n'en demandent pas plus, et puis ceux qui sont pas satisfaits d'leur sort et qui seront jamais heureux.

— Et tu veux dire, j'imagine, que tu appartiens à la première catégorie et moi à la seconde, dit Evan.

— Tout juste.

— Alors tu dirais que t'es heureux ? »

Carson eut un sourire et but une gorgée de whisky. « Tiens, regarde-nous. Toi, t'es sur les routes sans arrêt, avec ta guitare, pendant que moi, je reste ici à m'occuper de tout. Et que je passe aussi pas mal de temps avec Rebecca. Tu sais que je vais pas tarder à lui d'mander de m'épouser.

— Ça fait des années que je t'entends dire ça. Méfie-toi, y se pourrait que je te batte au chrono.

— Tu rigoles, elle a pas plus envie de te récupérer que d'attraper la syphilis. Et puis, t'as beau être une grosse vedette de la country, t'es jamais qu'un gamin de dix-huit berges.

— Tu sais bien qu'en amour, l'âge ça compte pas. Et de toute façon, ton histoire de demande en mariage, j'demande à le voir pour le croire. Si j'y croyais une seule seconde, peut-être bien que je serais jaloux.

— Tu rêves, mon p'tit bonhomme, tu seras jamais qu'un rêveur », dit Carson, en souriant. Taquineries classiques entre deux frères. Aussi loin que remontaient les souvenirs d'Evan, ils ne s'étaient jamais disputés. À mesure que leurs années d'enfance s'effaçaient derrière eux, ils s'étaient débrouillés pour concilier leurs tempéraments respectifs, radicalement opposés.

Après un moment de silence, Evan déclara : « Je pense que je vais m'engager.

— Dans quoi ? Des études à l'institut des débiles ?

— Dans l'armée. »

Carson se tourna et regarda son cadet comme si ce dernier venait de pisser dans la soupe.

« Mais pourquoi, bon Dieu ?

— Je m'y sens obligé, répondit Evan.

— Tu t'fous de moi, ou quoi ?

— C'est sérieux, j't'assure.

— Mais t'es dingue, ma parole ? Vouloir faire un truc pareil…

— C'est pas que je le veux, c'est qu'il le faut.

— Ça change rien au problème.

— Si j'le fais, c'est parce que ça va nous tomber dessus à nous aussi, dans pas longtemps. Si on se bouge pas maintenant, on risque de plus avoir le choix plus tard.

— Ça tient pas d'bout, c'que tu racontes, Evan. Elle regarde l'Europe, cette affaire. Et l'Europe, c'est à j'sais pas combien de milliers de kilomètres. Ça a rien à voir avec nous, et ça nous concernera pas davantage demain.

— Ça a tout à voir au contraire, répliqua Evan, qui se rendait compte que son frère n'avait pas dû lire les journaux ni écouter la radio.

— Bon, vas-y alors, monsieur l'empêcheur de tourner en rond, et fais-le si tu penses que c'est bien. Moi, j'vais rester tranquille ici, en attendant de voir comment ça tourne.

— En tout cas, si je suis tué là-bas, Rebecca n'aura pas à choisir entre nous, répondit Evan, conscient que sa remarque ne pouvait qu'agacer son frère.

— Elle a pas et elle aura pas à choisir entre nous deux, espèce de débile mental. Rebecca attend juste que je me décide pour me prendre comme mari. »

Evan ne dit rien, se contentant de sourire, et prit sa guitare.

« Oh, merde, non… tu vas quand même pas recommencer à jouer d'ce truc ? explosa Carson. On dirait un chat qu'on étrangle avec du fil de fer barbelé.

— J'ai écrit une chanson d'amour pour vous deux, toi et Rebecca Wyatt. Ça s'appelle "La belle et la bête". »

D'une chiquenaude, Carson envoya son mégot sur Evan. « Un gros con d'première, voilà c'que t'es ! » dit-il en guise d'adieu avant de quitter sa chaise.

Evan resta encore un peu sur la véranda et fut surpris de voir sa mère le rejoindre.

« C'est joli, dit-elle. Qu'est-ce que c'était ?

— Juste une nouvelle chanson qui me donne un peu de mal.

— Ton frère vient de me dire que tu parlais de t'engager.

— C'est vrai, oui.

— C'est dur pour une mère d'entendre une chose pareille, même si je dois avouer que venant de toi ça ne me surprend pas.

— Ça me paraît être la seule chose à faire.

— Je te reconnais bien là, Evan Riggs.

— Carson, lui, voit pas du tout les choses comme moi.

— Bof ! Qui peut savoir comment il les voit, les choses. C'est un brave garçon, honnête, travailleur, loyal envers votre père, mais vous êtes tellement différents.

— Il raconte qu'il passe beaucoup de temps en compagnie de Rebecca.

— Là-dessus, tu peux le croire.

— Y dit même qu'il va lui demander de l'épouser. T'y crois, toi ? »

Grace ne répondit pas tout de suite. Elle fixa l'horizon et poussa un soupir. « Ici, vois-tu, les gens se marient pour échapper à la solitude. Même ceux qui ne devraient pas. Tout ce que je peux dire à propos de ton frère, c'est que… prendre Rebecca pour femme serait bien la meilleure chose qui puisse lui arriver.

— Tu penses qu'elle accepterait sa demande ? » demanda Evan d'une voix hésitante, mal assurée. Ce qu'il ressentait l'embarrassait, mais il ne pouvait se résoudre à avouer ses sentiments, même à sa mère.

« Elle le fera si elle n'a pas d'autre proposition, répondit Grace, sachant très bien qu'il la comprenait à demi-mot.

— Carson devrait rester ici et s'occuper de la ferme.

— C'est la voie la plus facile pour lui, c'est donc celle qu'il va prendre.

— Et moi je vais prendre la plus difficile, c'est ça ?

— Pas forcément, non, simplement une voie différente. »

Evan reposa sa guitare. « M'engager… je m'y sens obligé, m'man. Si j'le fais pas, je me le reprocherai jusqu'à la fin de mes jours. Mais ça me fait pas peur, parce que je sais que je me ferai pas tuer.

— Comment ça ?

— Je suis destiné à autre chose. Je sens que… oui, je vois pas comment le dire autrement, je suis destiné à une autre vie. »

Grace Riggs prit la main de son fils. « T'es quand même quelqu'un de pas ordinaire, toi, dit-elle avec un sourire. Ton père dit que tu vas conquérir le monde avec ta musique. Il est drôlement fier de toi, tu sais. Il le montre pas trop, mais c'est vrai. Tu le savais déjà, non ?

— J'l'ai entendu chanter une de mes chansons l'autre jour. Il se doutait pas qu'j'étais là, mais je l'ai bien entendu. »

Grace gloussa doucement. « Il en chantait une pas plus tard que ce matin. Quand je lui ai demandé de qui elle était, il m'a répondu que c'était une des tiennes. Alors je lui ai dit d'arrêter de la massacrer. »

Le rire qu'ils partagèrent parut chasser de leur esprit non seulement la guerre, mais leur désir d'en parler. Sans compter la question de savoir ce qui se passait entre Carson et Rebecca Wyatt.

« Fais ce que tu penses être juste, Evan, finit par dire Grace. Comme tu l'as toujours fait, et comme tu le feras toujours. Oh, je pourrais essayer de te convaincre d'agir autrement, mais j'en ai pas envie. Je suis pas folle.

— Si tu veux pas que je parte, je pars pas.

— N'essaie pas de me mettre ça sur le dos, Evan, s'il te plaît.

— Excuse-moi. J'voulais juste dire que…

— Je sais ce que tu voulais dire, et je t'en remercie, mais la décision t'appartient, à toi et à toi seul. Reste à la maison aussi longtemps que tu pourras quand même. »

Grace se leva, s'approcha de son fils et lui posa la main sur l'épaule.

« Va savoir… tu changeras peut-être d'avis », dit-elle, mais ils savaient l'un comme l'autre qu'il n'en ferait rien.

Le sort voulut qu'Evan Riggs manquât cette année-là et Thanksgiving et Noël. Il se tint à sa décision et se rendit à Sonora pour rencontrer les recruteurs de l'armée. Il s'engagea dans l'infanterie et reçut l'ordre de se présenter au bureau de San Angelo le lundi 16 novembre. Des nouvelles filtraient peu à peu de la guerre en Europe, et pour celui qui voulait avoir de plus amples informations, les moyens ne manquaient pas. Les marines avaient débarqué sur les îles Salomon, s'emparant d'abord des îles Florida, avant d'établir une tête de pont sur Guadalcanal. Les troupes allemandes, quant à elles, avaient atteint Stalingrad, tandis que la huitième armée britannique avait conquis des positions stratégiques près d'El-Alamein. On savait aussi que Himmler avait déjà mis en place sa politique d'extermination massive des juifs ; cinquante mille d'entre eux avaient péri aux mains des SS dans le seul ghetto de Varsovie. Et le bruit courait que dans les « camps de la mort » on tuait les gens comme des animaux dans des abattoirs.

Le soir du samedi 14, Evan Riggs se rendit chez les Wyatt pour voir Rebecca.

« T'es venu me faire tes adieux, j'imagine », lui dit-elle. Son père était allé la chercher à l'intérieur, et elle avait trouvé Evan sur la véranda.

« Oui, c'est ça.

— Y a aucune chance pour que tu changes d'avis ? »

Evan se contenta de lui adresser un sourire.

« Oh, je savais que c'était le cas, mais tu t'attendais quand même à ce que je pose la question.

— Tu voudrais t'asseoir un moment avec moi, Rebecca ?

— T'es sûr que c'est c'que tu veux ?

— Oui, vraiment.

— C'est du sérieux c'que tu m'proposes, Evan Riggs ?

— Trop tard, c'est ça ? »

Rebecca se jucha sur la balustrade. Elle avait passé les vingt ans, et la différence d'âge entre eux semblait aujourd'hui négligeable.

« Je t'aime depuis toujours, dit Evan. Tu t'en doutais, non ?

— On se demande ce que ça aurait été sinon ?

— Mais… c'est vrai, on a jamais…

— Tu m'as embrassée exactement cinq fois, dit Rebecca. Une fois dans la cuisine, pour voir l'effet que ça faisait, deux fois pour me remercier d'un cadeau à Noël, une autre par simple politesse à l'occasion d'un Thanksgiving, et la dernière dans la grange le jour où Rocket est mort, et que je suis restée avec toi pendant que tu pleurais toutes les larmes de ton corps. Tu m'as jamais vraiment embrassée par amour, Evan Riggs.

— C'est qu'j'avais peur que t'aimes Carson plus que moi.

— Je vous aime tous les deux. Vous êtes très différents, et je vous aime pour des raisons différentes. Ça fait une éternité que Carson me court après, et je suis pas insensible. Il sait ce qu'il veut, lui, enfin… c'est ce qu'il croit. C'est toi que j'aurais voulu voir me courir après, mais tu sais pas c'que tu veux, pas plus qu'un… » Elle secoua la tête d'un air résigné. « T'es un mystère pour moi, Evan.

— Bien contre mon gré, crois-moi.

— Je m'en doute. Mais tu es ce que tu es, c'est tout.

— Je regrette de t'avoir blessée.

— Blessée, non, mais déçue, oui.

— Alors excuse-moi de t'avoir déçue.

— Bref, on arrête, on va pas passer la soirée à s'excuser sur tout.

— Je suis venu te dire au revoir, mais je reviendrai.

— Tu as l'air bien sûr de toi.

— C'est vrai, je l'suis.

— Il y a pas mal de garçons qui s'font tuer là-bas, tu sais.

— Je reviendrai ! dit Evan, dont le ton catégorique ne laissait pas place au doute. J'ai des choses à faire ici.

— Est-ce que par hasard j'en ferais partie ?

— Ah, Miss Rebecca, tu lis en moi comme dans un livre ouvert, répondit Evan avec un grand sourire.

— Oui, faudrait encore que j'arrive à en tourner les pages. »

Evan s'approcha, ouvrit les bras, et elle vint à lui. Ils restèrent enlacés un long moment, et, quand il l'embrassa, ce ne fut pas un baiser de politesse ni de remerciement, mais un baiser chargé de passion et de sincérité, qui éveilla en chacun d'eux une émotion qu'ils avaient toujours sentie là, au fond d'eux-mêmes, mais n'avaient jamais cherché à mettre au jour.

« Et c'est maintenant que tu me fais ça ? s'exclama Rebecca. Juste avant d'aller te faire exploser ta cervelle de taré en Italie, ou un autre endroit paumé du même genre ?

— Taré ou pas, personne ne me fera exploser la cervelle, ni en Italie ni ailleurs, Rebecca Wyatt. La guerre sera finie à Noël, à en croire ce qu'on dit. Noël ou pas, elle finira un jour, et je reviendrai.

— Ce serait bien si tu pouvais, chuchota-t-elle.

— Et j'ai ça pour me porter bonheur, dit-il en sortant de sa poche la montre de Vernon Harvey.

— Celle que j'ai donnée à Carson.

— Avec tes mains, oui, mais avec ton cœur c'est à moi que tu l'as donnée. »

Rebecca l'attira à elle. Elle l'embrassa à nouveau, puis le regarda s'éloigner dans l'obscurité, les mains agrippées à la balustrade de la véranda.

Il se passerait pratiquement trois années avant que Rebecca Wyatt et Evan Riggs se revoient, et pour de multiples raisons ce serait des retrouvailles étonnamment douces-amères.

William Riggs emmena son plus jeune fils à San Angelo. Une belle matinée de novembre. Un ciel clair et pur, comme un morceau de toile bleue, un soleil haut dont la chaleur était réconfortante. Carson avait serré son frère contre lui avec maladresse, en lui répétant qu'il trouvait son idée débile. Quant à Grace, elle avait fait de son mieux pour ne pas pleurer, échouant lamentablement. Au moment où ils avaient démarré, son mouchoir était si trempé qu'on aurait pu en tirer assez d'eau pour prendre un bain. Elle avait refusé d'aller à San Angelo, sachant bien que le trajet du retour serait pire encore que la solitude. Plein de bonnes intentions, mais emprunté comme à son habitude, Carson tenta sans grand succès de la réconforter. Cependant, avant même que William et Evan aient rejoint la grand-route, elle s'était persuadée que la séparation serait brève. Les certitudes d'Evan étaient décidément fort convaincantes ; Grace savait au plus profond d'elle-même que son fils lui reviendrait.

Un car attendait les dernières recrues en date pour les emmener à Fort Benning, en Géorgie. Plus de mille cinq cents kilomètres, à travers la Louisiane, le Mississippi et l'Alabama. Ils ne s'arrêteraient que pour changer de chauffeur à Shreveport et Meridian. Ils mangeraient dans des *diners* de bord de route, dormiraient dans le car, retiendraient leur envie de pisser jusqu'à ce qu'on leur en donne le loisir et prieraient pour que les routes deviennent meilleures à mesure qu'ils iraient vers l'est. Ce qui ne fut pas le cas. À leur arrivée, beaucoup pensaient qu'ils n'auraient pas été plus courbatus s'ils avaient dû passer vingt-quatre heures dans le tambour d'une machine à laver.

Au bout d'une heure à peine, Evan Riggs fit la connaissance de son sergent instructeur : une tête de bouledogue, un amalgame de méchanceté et de sadisme du nom de Roland Curtis. Militaire de carrière, la seule idée de passer des Japs au fil de la baïonnette le mettait en transe. Des disques intervertébraux déplacés lui interdiraient à jamais une première ligne, ce qui constituait pour lui un défi autrement plus excitant qu'une bande de jeunes bleus dont le manque de discipline était aussi criant que le manque d'intelligence. En quelques jours, Evan Riggs allait se le mettre à dos, et pourtant les corvées et les exercices d'entraînement supplémentaires qui en résultèrent, ainsi que les humiliations répétées infligées par Curtis au jeune Riggs furent peut-être bien les raisons mêmes qui lui permirent d'en réchapper et de rentrer indemne. Roland Curtis, bien malgré lui peut-être, réussit à faire d'Evan Riggs un homme d'une autre trempe. Quand ce dernier quitta Fort Benning, il était équipé pour survivre non seulement à l'invasion alliée de l'Italie sous le commandement d'Alexander et de Clark, mais également aux assauts de la vingt-sixième division de panzers à l'arrière de la ligne de défense de Nicotera, à une brève affectation au col de Molina sur la route de Salerne à Naples, à un affrontement prolongé qui vit sa propre unité aller renforcer la trente-sixième Texas Division contre les troupes de von Doering, et à nombre d'autres escarmouches de première ligne. Les hommes aux côtés desquels Evan avait suivi son instruction n'étaient pas différents de lui, et pourtant nombre d'entre eux ne revinrent pas. Beaucoup tombèrent sous ses yeux, répandant leur sang sur une terre étrangère, la tête et le cœur troués de balles allemandes, les jambes arrachées par des mines. Peut-être que Roland Curtis eut quelque chose à voir avec ce miracle, à moins que ce ne fût la détermination farouche d'Evan Riggs qui lui ait permis de s'en tirer sain et sauf… cette même détermination, sans doute, qui devait l'aider à survivre à deux décennies d'enfermement sans rendre l'âme.

Peu importe la raison, Evan Riggs rentra bel et bien au pays, et même s'il n'était plus le même, il restait intact et entier, du moins physiquement. Le Calvary qu'il trouva à son arrivée ne ressemblait en rien cependant à celui auquel il s'attendait.

Carson avait changé, lui aussi, plus qu'il n'aurait su l'imaginer, et pas nécessairement en bien.

La famille ne serait pas réunie avant août 1945, et dès Noël de la même année, Evan savait déjà qu'il lui faudrait une nouvelle fois quitter le domicile familial.

16

Tous les biens matériels de Henry étaient rangés dans le pick-up.

« Alors, tu t'en vas ? » lui demanda Evie.

Il était 8 heures du soir passées ; elle avait fini son travail à la pension Honeycutt, et Henry devait la reconduire chez elle comme ils l'avaient décidé. Ils étaient assis dans la cabine, Henry fumant une cigarette et attendant qu'elle lui indique la direction à prendre.

« Disons que le message de Mr. Honeycutt était on ne peut plus clair : il était prêt à m'accueillir pour une nuit, et pas plus.

— Et quelle raison il a donnée ? voulut savoir Evie.

— Le shérif Riggs lui avait dit que je partirais ce soir.

— Vraiment ?

— Exactement ce que Riggs lui-même m'a dit ce matin.

— Il est venu te voir ?

— Il m'a convoqué.

— Comment ça s'est passé ?

— Pour être franc, il a dit des choses assez justes, dit Henry non sans amertume. Comme quoi personne s'est jamais beaucoup préoccupé des sentiments de la fille. Qu'elle doit avoir vingt et quelques années aujourd'hui, qu'elle sait peut-être même pas qu'elle est une enfant adoptée, encore moins qui est son père. Et voilà que déboule un inconnu qui lui dit que son nom est pas celui qu'elle croyait, qu'elle est pas celle qu'elle pensait être, que son vrai père est un meurtrier qui va passer le reste de sa vie au pénitencier de Reeves.

— Ouais, dit Evie d'un air détaché. C'est pas idiot, ça s'défend. »

Henry se tourna vers elle pour la regarder. Son expression était révélatrice. « C'est loin d'être idiot, je te l'accorde. Pour autant, je crois pas que le shérif Riggs s'inquiète tant qu'ça du bien-être de sa nièce.

— Tu penses plutôt qu'y veut pas qu'tu la trouves ?

— Primo, j'ai d'abord cru qu'il en avait tellement ras le bol d'Evan qu'y voulait pas que je l'aide. Deuzio, plus important, Evan, c'est pas un menteur, y m'a jamais menti, à moi, en tout cas. Il a dit que Carson saurait quelque chose à propos de la fille, et pourtant à entendre son frère, y sait rien. Ce matin, il a commencé par me dire qu'il allait tout m'raconter, et en définitive y m'a raconté que dalle. Et puis, dernière chose, ce type, je peux pas le blairer.

— Allons-y, dit Evie. On aura tout l'temps de causer pendant le trajet. »

Henry démarra, s'éloigna du trottoir et fila droit devant lui.

« Continue comme ça jusqu'à ce que je te le disc. C'est tout droit pendant un bon moment. »

Ils ne parlèrent pas de Carson Riggs, ni de la fille d'Evan. Mais d'Evie Chandler et de son histoire.

Henry voulait rester pour Evan, bien sûr, à cause de la promesse qu'il lui avait faite, mais il se rendait compte à présent qu'il voulait aussi rester à cause d'Evie. Plus il pensait à elle, et plus il avait envie d'y penser. Elle lui rappelait les paroles d'une des chansons d'Evan Riggs dans son album *The Whiskey Poet* : « Elle apaise mon esprit et affole mon cœur. »

« Ma mère et mon père étaient amoureux l'un de l'autre quand ils étaient encore au lycée, expliqua Evie. Je suis née en décembre 1949. Je suis la première et la dernière des Chandler de Brackettville. » Elle descendit la vitre et sortit son bras. Même à cette heure, presque 8 h 30, il faisait encore lourd. « Tu connais Brackettville ?

— Non, j'pense pas.

— Pas loin de deux cents kilomètres au sud-est. Au-delà de Del Rio, sur l'arrière de la faille des Balcones. C'est là qu'ils ont grandi et qu'ils allaient en classe, là qu'ils se sont rencontrés et qu'ils se sont mariés, et là que je suis née.

— Comment elle est morte, ta mère ?

— J'étais encore toute petite. Trois ans. Elle a fait une hémorragie cérébrale. Elle s'est éteinte comme une ampoule qui grille, à table, pendant le repas.

— Oh, merde !

— Comme tu dis.

— Et ton père s'est jamais remarié ?

— Non, et j'pense pas qu'il le fera un jour.

— Pourquoi ?

— Parce qu'il est persuadé qu'il mérite personne d'autre. Il travaille dur, boit sec, prend soin de moi. Je crois pas qu'il veuille autre chose, maintenant. Il dit que le changement c'est bien, tant que ça n'arrive pas de son vivant.

— Pareil pour ma mère. Elle aussi, elle boit. Elle a un homme à la maison de temps en temps. Mais c'est jamais pour longtemps. Plutôt un remède à l'ennui qu'autre chose. Jusqu'à ce qu'ils fassent à leur tour partie de l'ennui et qu'elle les foute dehors.

— On se demande après ça comment on pourrait avoir envie de devenir adulte, pas vrai ? »

Henry eut un petit rire.

« Alors, t'es prêt à rencontrer mon père ? Ça m'a tout l'air d'une présentation officielle, tu trouves pas ?

— C'est ton impression ?

— Ben oui, quoi. T'es pas mal de ta personne et t'as l'air d'un type bien ; un jour ou l'autre tu seras une vedette de la chanson et on t'entendra sur toutes les radios ; si tu sais te tenir, qui sait c'qui peut arriver… »

Henry glissa un œil sur sa droite : Evie faisait la moue et battait des cils, l'air rigolard.

« T'es vraiment une fille bizarre.

— Tu me trouves pas jolie ?

— Bien sûr que si. Je dirais même *très* jolie. Mais, bon Dieu, Evie, qu'est-ce que tu veux que j'te dise ? Je sais pas si t'es sérieuse ou si tu t'moques de moi.

— T'as pas envie de passer un peu d'bon temps, Henry ? Après tes trois ans à Reeves, tu dois être tellement engorgé que tu serais bien capable de noyer une fille à ta première sortie. »

Henry éclata de rire, même si l'idée était peu ragoûtante.

« Je sais pas quoi penser de toi, Miss Chandler, finit-il par dire.

— Cherche pas, Henry Quinn. Je suis pas une fille compliquée, tu sais. Je suis ce que t'as sous les yeux, et rien d'autre. Si je te taquine, c'est parce que t'es le genre de mec qu'on a envie de taquiner.

— Ah bon ?

— Oui, je t'assure.

— Et pourquoi ça ?

— Parce que tu prends les choses trop à cœur. Faut que tu tournes à droite là, pour prendre la 10. »

Henry attendit le tournant et s'engagea sur la 10 avant de lui demander ce qu'elle entendait exactement par là.

« C'est simple. T'as traversé une sale période. T'as fait une grosse connerie, trois ans de taule, et maintenant tu crois que ça va être comme ça toute ta vie. »

Henry ne répondit pas – elle avait peut-être raison.

« Les gens se compliquent bêtement l'existence. C'est comme mon père. Enfin quoi… y devrait se lâcher un peu, se trouver une autre femme et s'installer avec elle. C'est sûr qu'il risque de s'encroûter, mais vaut mieux s'encroûter à deux que tout seul, tu crois pas ?

— Ça dépend avec qui, répondit Henry, qui pensait à sa mère et à Howard Ulysses Morgan.

— Eh ben, justement, c'est ça que je voulais dire, tu vois. Avec une attitude comme celle-là, y a toujours un mais, une condition, et tu vois que le côté négatif des choses. Faut que t'arrêtes ce genre de connerie, Henry Quinn, ou tu vas t'faire broyer dans la grosse machine de l'univers.

— D'accord, Evie, j'vais essayer. Pour toi. » Il tourna la tête. Elle avait un large sourire.

— À la bonne heure », dit-elle, en lui adressant un clin d'œil.

*

Le trajet jusqu'à Ozona fut de courte durée, une quarantaine de minutes, et tout au long Henry fut conscient de la tension qui s'était installée. Elle ne dit rien de plus qui indiquât de sa part un quelconque sentiment amoureux, et il n'aurait su dire s'il devait ou non la prendre au sérieux. Cette fois-ci, plus il y pensait, et moins il avait envie d'y penser, et pourtant plus il y pensait, et moins il avait envie que tout ça se résume à une simple plaisanterie.

Le temps passé avec elle n'avait servi qu'à mettre en lumière et à accentuer ce qu'elle avait de positif. Là où il l'avait d'abord trouvée simplement jolie, elle lui apparaissait à présent carrément belle. Son humour était vif, aiguisé. Pour tout dire, c'était une fille vraiment spéciale, et il se demandait si le destin avait son rôle à jouer là-dedans, si les Parques les avaient délibérément réunis pour leur offrir autre chose que le simple plaisir de la conversation.

À la fin du trajet, ils bavardaient comme des amis de longue date. Quand il descendit du pick-up devant chez elle, elle resta assise à l'intérieur. Henry, debout sur le trottoir, la regarda de travers.

« Tu vas v'nir m'ouvrir la portière, espèce de grossier personnage ! dit-elle. Quand t'emmènes une fille au restau, t'as intérêt à te conduire en gentleman.

— T'es vraiment givrée », dit Henry, qui fit pourtant le tour du véhicule et s'exécuta.

Elle descendit, hésita une seconde avant de se hausser sur la pointe des pieds pour l'embrasser sur la joue.

« En voilà un gentil garçon », dit-elle d'un air faussement timide, et elle partit en direction de la maison.

Glenn Chandler était un de ces hommes dont l'histoire laisse des traces sur le visage. Sans doute une petite cinquantaine, mais les rides et les pattes-d'oie au coin des yeux lui donnaient quelques années de plus. Ce n'était pas le rire qui les avait creusées, et quand Henry lui serra la main, il se sentit l'objet d'un examen en règle dont l'ultime message était clair : *Je te vois venir, mon gars, je vois clair en toi ; je sais que t'as fait de la taule et j'ai bien l'intention de découvrir à quel jeu tu joues avec ma fille.*

Henry se montra poli et remercia Glenn Chandler de son accueil.

« Je suis pas terrible comme cuisinier, dit l'autre en guise de réponse. Gratin au thon, c'est l'menu. À prendre ou à laisser.

— Ça me va très bien, dit Henry. Après le pénitencier, n'importe quoi ou presque prend des allures de festin.

— Evie m'a parlé de tes ennuis. T'as pas été gâté, on dirait. »

Chandler passa dans la cuisine, Henry sur ses talons.

Evie sortit trois bouteilles de Lone Star du frigo. Elle les décapsula et en tendit une à chacun. Chandler s'assit à la table. Henry et Evie suivirent l'exemple. L'arôme du gratin flottait dans la cuisine. Henry n'avait pas pris le dîner que les Honeycutt lui avaient proposé. Et maintenant, avec du ketchup en suffisance, il aurait pu manger à même la route un animal écrasé par une voiture.

« On peut accuser les autres, même quand y a personne à accuser, dit Henry, mais on peut aussi endosser la responsabilité de ses actes, que l'on ait compris ou non ce qui s'était passé. »

Glenn Chandler ne répondit pas. Peut-être réfléchissait-il à un problème personnel.

« Oui, reprit Henry, je dirais qu'y a ceux qui pensent que ce qui leur arrive est la faute des autres et puis ceux qui pensent que les responsables, c'est eux.

— Tu crois pas beaucoup au hasard et aux coïncidences, si je comprends bien, dit Chandler avec un sourire chagrin.

— Pas vraiment, non.

— En aucune circonstance ?

— Non, j'peux pas dire. Enfin… ça dépend de la vision qu'on a du monde et de la vie.

— Mais encore ?

— Eh ben, soit on croit que l'homme vient de quelque part, soit on estime que c'est juste une combinaison d'éléments chimiques avec une valeur marchande d'une dizaine de dollars. »

Chandler secoua la tête et regarda Evie.

« Sérieux comme un pape, ce garçon, dit-il, on a même pas commencé de manger qu'il est déjà dans la spiritualité et la philosophie. J'comprends mieux pourquoi tu l'apprécies, Evie.

— J'sais pas si je l'apprécie tant que ça, dit Evie en faisant la moue. Dans la voiture, en venant, y s'est pas montré aussi intéressant que je croyais. »

Henry crut bon de rire.

« Allez, on passe à table », dit Chandler, avant de se lever et d'agripper l'épaule de Henry, un geste dans lequel ce dernier vit qu'il était accepté. Ou, sinon accepté, du moins accueilli favorablement.

Evie lui fit un clin d'œil, auquel Henry répondit par un sourire. Elle lui envoya un baiser silencieux. Il rougit.

Le repas était bon. Henry dévora son assiette et se resservit. Ce qui lui valut un autre bon point.

Il répondit à Chandler bière pour bière, ne perdant jamais de vue qu'il n'avait nulle part où aller, qu'il n'avait d'autre perspective que de rouler un ou deux kilomètres avant de se ranger sur le bas-côté et de dormir dans la cabine, en espérant ne pas se faire arrêter pour vagabondage. Il se demandait si l'autorité et l'influence de Riggs s'étendaient au-delà des limites de Calvary. Après tout, le shérif lui avait bien précisé qu'il avait à sa disposition toutes les ressources des services de police du comté. Peut-être Redbird n'était-il qu'un fief sur lequel Riggs régnait en seigneur. Peut-être faisait-il suivre Henry, pour s'assurer non seulement qu'il quittait Calvary mais aussi qu'il n'y remettrait plus jamais les pieds.

« Alors, Evie m'a dit que tu cherchais à retrouver une fille qui a disparu », dit Chandler, une fois la table débarrassée. Apparemment, il y avait une tarte pour le dessert, mais elle n'avait pas encore fait son apparition.

« Une fille qui n'existe même pas, si ça se trouve, dit Henry.

— La fille d'Evan Riggs, c'est ça ?

— Vous le connaissez ?

— J'en ai entendu parler. Tous ceux qui ont un jour ou l'autre gratté une guitare au sud de la ligne Mason-Dixon connaissent le nom d'Evan Riggs. Un sacré bijou, son disque. Et après, un foutu gâchis.

— D'accord avec vous à cent pour cent.

— Et t'as partagé sa cellule à Reeves. »

Henry regarda Evie. Elle semblait avoir tout révélé à son père.

« Y a pas d'secrets entre nous, dit-elle, comprenant aussitôt le regard interrogateur de Henry.

— T'as pas à t'inquiéter, dit Chandler. T'as fait ce que t'as fait, t'as payé ta dette, et ce que tu dis à Evie, c'est comme si tu me le disais aussi.

— Je m'y ferai, dit Henry en souriant. La prison modifie vos perceptions et votre comportement de toutes sortes de façons bizarres. On a sans arrêt des arrière-pensées et des doutes, sur ce que disent les autres, sur ce qu'ils font, et du coup on en dit le moins possible à aussi peu de gens que possible. C'est un monde différent qui vous dicte une attitude différente. »

Chandler se leva et ouvrit un placard au-dessus de l'évier, d'où il sortit une bouteille d'Old Crow et trois petits verres.

« Si j'bois ça, dit Henry, j'vais conduire tout tordu.

— Tu conduiras pas ! s'exclama Chandler. Tu peux dormir ici. De toute façon, t'irais où ? Evie m'a dit que t'étais pas vraiment en odeur de sainteté chez les Honeycutt.

— Elle a raison.

— Curieuse ville, ce Calvary, si tu veux mon avis. Je l'aime pas, et je l'ai jamais aimée. Quant au frère d'Evan Riggs…, poursuivit-il après un temps de réflexion en levant les sourcils, tout c'que je peux dire, c'est qu'avec des amis comme ça, c'est pas bon pour toi d'avoir trop d'ennemis.

— Comment ça ? »

Chandler s'assit, ouvrit la bouteille, remplit les verres et les fit circuler.

« Pas d'étrangers ici, dit Evie en levant son verre, rien que des amis en puissance. »

Henry apprécia le toast, toujours aussi désarçonné cependant par cette fille. Trois ans qu'il n'avait pas joué à ce genre de jeu ; ce qui lui restait de son radar ne lui était plus d'aucun secours.

« D'après ce que j'ai compris, dit Chandler, Carson Riggs est shérif de l'endroit depuis la guerre.

— Depuis 1944, pour être précis, dit Henry, pendant qu'Evan était encore de l'autre côté de l'Atlantique.

— Moi j'dirais qu'un homme qui garde un boulot comme ça aussi longtemps, c'est pas normal. Ou bien c'est le meilleur shérif qui puisse exister – et je doute que ça existe –, ou bien il tient les gens d'une façon ou d'une autre, et eux y s'tiennent à carreau. Je suis prêt à parier là-dessus.

— Ce type me fait froid dans l'dos, dit Evie. T'as vu Clarence et ses potes, hier soir. Y pipent pas un mot quand y s'agit de lui. Moi, chaque fois que je suis là-bas, je fais vachement gaffe à c'que je dis. J'ai toujours l'impression que les murs ont des oreilles. »

Glenn Chandler s'empara de la bouteille et remplit à nouveau leurs verres. « Chacun d'nous a une histoire, dit-il. Pareil pour chaque ville, chaque village. M'est avis que si y a des zones d'ombre à Calvary, c'est à Riggs qu'on les doit, si vous voyez c'que je veux dire. C'est un secret pour personne que le torchon brûlait entre les deux frères, bien avant qu'Evan parte à la guerre et que Carson devienne shérif. Des histoires d'argent, pour autant que je sache, mais j'connais pas les détails. Le bruit a couru aussi que, leur père, il lui était arrivé quelque chose de pas catholique.

— C'est quoi, cette histoire ? s'enquit Evie, soudain curieuse. Tu m'en as jamais parlé.

— Qu'est-ce que j'aurais pu te dire ? Une rumeur, ça reste une rumeur tant que t'as pas prouvé qu'elle est fondée.

— Mais qu'est-ce qui lui est arrivé, à leur père ?

— Il est mort. Ça arrive même aux meilleurs d'entre nous, à ce qu'on dit. »

Evie secoua la tête d'un air résigné. « Voilà comment il est, des fois. Deux ou trois verres, et tu te retrouves devant un mur.

— Tout c'que je dis, Evie, c'est qu'c'est que des racontars, tout ça. Quelqu'un m'a dit que quelqu'un lui avait dit qu'un troisième… C'est que des conneries. Et j'ai pas de temps à perdre avec ce genre de truc.

— Mais il lui est peut-être quand même arrivé quelque chose, au père, intervint Henry. Ça, vous l'avez bien entendu dire, non ?

— Bon, d'accord. Y semblerait qu'y soit mort dans un accident de chasse, mais le genre d'accident qu'en est pas un. Voilà tout ce que j'ai entendu, et j'en sais pas plus. »

Chandler jeta un coup d'œil à la pendule au-dessus de la cuisinière. Dix heures passées.

« Un dernier pour la route et j'vais me pieuter, dit-il en remplissant à nouveau les verres. Je pars de bonne heure demain matin. Bonne chance à toi, Henry

Quinn. Même si t'y crois pas vraiment, à la chance », ajouta-t-il, avant d'avaler son whisky d'un trait.

Il se leva, Henry en fit autant, et ils se serrèrent la main.

« Heureux d'avoir fait ta connaissance, dit Chandler. Un père est tout d'suite sur ses gardes quand y voit arriver un homme qui tourne autour d'sa fille, mais tu pourrais être pire. Amuse-toi bien, ajouta-t-il en se tournant vers Evie. Fais gaffe à pas te retrouver enceinte.

— Allez, va t'coucher », dit Evie, apparemment insensible aux propos de son père.

Henry fut surpris de les voir aussi transparents l'un pour l'autre. Ils semblaient ne rien se cacher. Peut-être les relations – quelle que soit leur nature – étaient-elles meilleures de cette façon.

« Tu crois qu'il était sincère quand il a dit que je pouvais dormir ici ? demanda Henry, une fois Chandler parti.

— Bien sûr, pardi.

— Vous avez une autre chambre ?

— On a un canapé, dit Evie, avec un mouvement de tête en direction dudit canapé. Mais j'ai un lit. C'est vachement plus confortable.

— Tu serais pas encore en train de t'moquer de moi ? » dit Henry, le sourcil froncé.

Evie se pencha en avant, lui saisit la main et l'attira à elle.

« Pourquoi est-ce qu'y faut toujours que tu compliques tout ? Sérieux, mon vieux, faut t'lâcher, détends-toi, bon sang. Où est le problème ? Je suis assez jolie fille. En tout cas, c'est ce que tu penses, je le vois bien. Toi, t'es plutôt beau gosse. Je te plais. Tu me plais. Alors pourquoi on se paierait pas un peu de bon temps tous les deux, sans pour autant en faire tout un plat ?

— Pourquoi pas, en effet.

— Eh ben, on boit d'abord un coup, et après on baise comme les ados qu'on regrette de pas avoir été.

— Je crois pas avoir jamais été l'objet d'une entreprise de séduction, Evie Chandler.

— C'est pas de la séduction, Henry Quinn, dit-elle, en éclatant de rire. C'est une conquête sexuelle. »

Les débuts furent difficiles. Il savait que ce serait le cas. Mais elle l'avait prévu, et elle se montra attentive et compréhensive. La première fois, il fut incapable de se retenir, mais ils firent l'amour une deuxième fois, et, là, ce fut long, sensuel, sans la panique frénétique de la première tentative. Elle le fit rouler sur le dos, se pencha sur lui, l'embrassant, le caressant, le touchant, ne s'arrêtant que pour lui sourire avec une chaleur et une tendresse qui lui arrachèrent presque des larmes.

Malgré la promiscuité dans laquelle il avait vécu pendant plus de trois ans, Henry savait qu'il était resté désespérément et terriblement seul tout au long de sa captivité.

Ils échangèrent encore quelques mots ; elle lui demanda d'où lui venait la cicatrice qu'il avait sur le torse, et il lui répondit que ce n'était rien d'autre que le résultat d'une leçon durement apprise. Puis il la prit tout contre lui, et ils s'endormirent, leurs corps enlacés comme les ouïes d'un violon.

17

La guerre vous change un homme. Elle change ses yeux, son esprit, son cœur, son âme. Elle lui impose l'expérience de l'éphémère et de la vulnérabilité. Elle lui montre les failles dans le grand dessein, et remet en question sa croyance en Dieu. Souvent elle en sape les fondements.

La guerre, c'est pour ceux qui ont oublié comment se parler les uns aux autres. Pour ceux qui ont des secrets qu'ils ne veulent pas révéler de peur d'un châtiment pire encore que le combat. Un tel châtiment n'existe pas, mais leur aveuglement et leur ignorance leur interdisent tout jugement rationnel.

La défaite de l'Axe était inévitable au bout du compte. Les hommes voués au mal participent inconsciemment à leur propre chute. Ils commettent des fautes, des erreurs tactiques. Certains diront que c'est en raison de la bonté qui est au fond de chaque homme que le criminel cherche à s'empêcher de commettre de nouveaux crimes en laissant des indices quant à son identité et ses motivations. *Je suis incapable par moi-même de m'arrêter. J'ai besoin que quelqu'un le fasse pour moi.* Les tyrans ne sont peut-être rien d'autre que des voleurs arrogants.

Quelque image qu'ait pu se faire Evan de la guerre, la réalité dépassa de loin tout ce qu'il avait imaginé. Or il se sentait très isolé dans ce domaine, car rares – pour ne pas dire inexistants – étaient les hommes de Calvary à s'être engagés, ce qu'il avait du mal à comprendre. Le comté de Redbird avait fait de grands sacrifices lors du premier conflit mondial, était même allé jusqu'à ériger un monument à la mémoire de ceux qui étaient morts pour défendre la patrie et la liberté, mais Evan supputait qu'aucun monument de ce genre ne viendrait jamais honorer ceux qui avaient péri au cours de la guerre dont lui-même venait tout juste de rentrer.

Le Calvary qu'il retrouva à son retour était bien différent de la ville qu'il avait connue ; l'atmosphère était tout autre, et même s'il tenta au début d'en imputer la responsabilité à ses yeux et ses oreilles, force lui fut de reconnaître bientôt que non seulement les changements survenus étaient bien réels et identifiables, mais que la plupart étaient dus à son frère.

Carson Riggs, par défaut, par hasard, par accident, avait accédé à la fonction de shérif en novembre 1944. Il avait vingt-cinq ans, jouait à l'important, se prenait pour le grand chef, un pistolet à la hanche, un éclat froid dans les yeux, et dans l'attitude un air d'autorité et d'assurance que démentait en fait un sentiment de profonde insécurité. Evan avait croisé des individus de ce genre à l'armée. Le pouvoir et l'argent ne font qu'exacerber des travers déjà présents. Au combat, ces hommes en faisaient tuer d'autres, puis parlaient de « dommages collatéraux » et de « pertes inévitables ». En temps de paix, sans conflit majeur à mener, ces gens semblaient s'ingénier à provoquer des dissensions et des petites guerres locales afin de s'affirmer et de masquer leur propre faiblesse.

Il apparut assez vite à Evan que Carson était devenu un tel homme – en admettant qu'il ne l'ait pas déjà été auparavant –, et la loi lui fournissait désormais une occasion rêvée de laisser parler sa vraie nature. Il se dégageait de lui l'impression d'un être cruel, une aura empreinte de froids calculs et d'angles tranchants, et l'accueil chaleureux réservé à Evan – le preux chevalier, le héros décoré – lors de son retour n'avait trouvé aucun écho chez lui. Il était allé jusqu'à le lui reprocher et ne s'était pas privé de commentaires insidieux et sournois dans lesquels affleurait indubitablement la jalousie.

Quand il lui dit : « T'aurais été tué dans les tranchées qu'on aurait pas fait autant d'histoires », Evan saisit un message entièrement différent. S'il s'était fait tuer, il aurait certes été pleuré, mais c'est Carson qui aurait recueilli attentions et sympathie. Le soldat mort au combat aurait été oublié, comme le sont tous les morts un jour ou l'autre, mais Carson aurait endossé le fardeau du deuil et utilisé son chagrin à son avantage. Cette dissimulation n'échappait pas à Evan, qui n'aimait pas du tout ce qu'il découvrait chez son frère.

William et Grace n'étaient pas dévots ni pétris de religion au point de croire qu'ils devaient le retour de leur cadet à une quelconque intervention divine, mais ils se recueillirent tout de même à l'église, adressant des remerciements silencieux au ciel. William Riggs savait que la guerre était une loterie quand il s'agissait de départager ceux qui allaient vivre et ceux qui devaient mourir, et il était simplement reconnaissant aux dés d'être tombés du bon côté. Grace serra longuement son fils contre elle ce jour-là, après avoir détaillé l'uniforme, la démarche assurée, la poitrine ornée de médailles, tout à fait consciente – comme l'auraient été toutes les mères – qu'un grand changement s'était opéré en lui. Son ombre était plus dense, chargée d'une obscurité que ni le temps ni l'amour ne seraient jamais en mesure de dissiper. Comme le dit Platon, *Seuls les morts voient la fin de la guerre*.

Ce fut sur le seuil de la maison des Wyatt qu'Evan reçut l'accueil le plus démonstratif.

Rebecca semblait encore en état de choc, même si elle connaissait déjà la nouvelle de son retour.

« Evan… », balbutia-t-elle dans un soupir, avant de se jeter dans ses bras et de le serrer contre elle, donnant l'impression que, si elle lâchait prise, elle perdrait contact avec le sol pour s'évanouir dans l'espace.

Par la suite, elle parlerait de Carson, de ce qu'elle avait entendu, de ce qu'elle ne croyait pas, mais pour l'instant elle n'avait d'attention que pour le jeune Riggs, l'accablant de questions sur sa médaille, sur le Combat Infantry Badge, sur les actions d'éclat qui lui avaient valu deux Bronze Stars. Et Evan dit que tout cela comptait peu, que ses pensées pendant tout ce temps étaient allées à sa ville natale, à elle, Rebecca, aux chansons qu'il écrirait à son retour, à ses projets d'avenir.

La tension qui régnait entre eux était insupportable. L'aisance naturelle qui avait présidé aux moments passés ensemble avait fait place à un manque d'assurance emprunté. Ils étaient plus âgés, avaient peut-être aussi gagné en sagesse, et, comme on le voit souvent chez les gens de leur âge, à la simplicité et l'innocence de la jeunesse s'était substitué un scepticisme teinté de cynisme. De façon différente pour chacun, l'âge adulte leur avait apporté la preuve que le monde n'était pas ce lieu magique auquel ils avaient cru enfants, mais un endroit nettement plus sinistre.

Plus tard, une fois calmée l'excitation des premiers moments, une fois installés sur la véranda des Riggs, William et Grace couchés et Carson parti pour quelque affaire professionnelle, elle fournit à Evan la raison de sa réticence.

« Il m'a demandé si je voulais être à lui, dit-elle, la voix mal assurée. Quand ils l'ont élu shérif. C'était ce soir-là précisément. Il avait un peu bu. Il m'a demandé si je voulais être à lui.

— Si tu étais prête à l'épouser ? demanda Evan, que cette révélation ne surprit pas.

— Pas en ces termes exactement. Mais ses intentions étaient claires.

— Et qu'est-ce que tu as répondu ?

— La moitié de la vérité.

— Quelle moitié ?

— Que je ne trouvais pas juste de discuter de ça avant que tu sois rentré de la guerre.

— Ou que tu aies appris ma mort.

— Oui.

— Je parie qu'il a mal pris la chose.

— Non, pas vraiment. En tout cas, il ne l'a pas montré. Ce qu'il voulait entendre, je crois, c'était soit un oui, soit une raison valable pour justifier un non. C'est la deuxième qu'il a obtenue.

— Mais il n'y a pas cru.

— Honnêtement, Evan, je ne sais pas. Il a changé, tu comprends, et pas qu'un peu. Il était si facile à lire, si prévisible avant, mais on dirait qu'il a perdu son chemin.

— Ou qu'il s'en est trouvé un autre, bien pire.

— C'est ce que tu dirais ?

— Oui.

— N'empêche que j'ai des sentiments pour lui, je l'aime vraiment, à ma manière.

— Tu aimes tout le monde, Rebecca, dit Evan en lui prenant la main. C'est peut-être ce qui te perdra. »

Elle sourit. Elle savait qu'il avait raison, mais qu'y faire ? Elle ne pouvait se changer, et ne le ferait que quand la vie l'aurait suffisamment malmenée.

« Tu sais que je t'aime toi aussi, Evan, mais ce que je ne voudrais surtout pas c'est être une cause de brouille entre ton frère et toi. »

Evan sourit et resta un moment silencieux. Ce qu'il ressentait était bien dans son cœur et les mots pour le traduire dans sa tête, mais il était incapable de le formuler. Il y avait trop d'émotions réprimées dans sa poitrine. Il aimait cette fille, aucun doute là-dessus, avait vécu avec son souvenir tout au long de son périple à travers l'Italie, la France, l'Allemagne et la Hollande, l'avait transporté avec lui comme un homme perdu dans les sables transporte l'eau qu'il a recueillie dans une oasis. Quand la bataille faisait rage et que sifflaient les balles, il enfouissait ces précieuses pensées au plus profond de lui de crainte de se les voir arracher par la fusillade, mais quand enfin il pouvait prendre quelque repos, c'était pour constater qu'elles étaient toujours là, intactes, toujours entières sous la poussière.

Ceux qui survivaient à la guerre, disait-on, étaient aussi ceux qui avaient le plus envie de revoir leur pays. Peut-être était-ce vrai.

Et pourtant, en dépit de tout ce qu'il éprouvait, il voyait bien que Rebecca était déchirée. Était-ce dans la nature de la femme de désirer une certaine stabilité, d'aspirer à sentir un sol ferme sous ses pieds, à élever une famille ? Cette stabilité, Carson était capable de l'assurer. Il pouvait donner à Rebecca un foyer, un endroit où vivre et élever des enfants, sans se préoccuper du lendemain. Evan, lui, en était incapable, et savait qu'il le resterait.

« Non, rassure-toi, finit-il par dire, tu n'es pas une cause de séparation. Pas plus aujourd'hui qu'hier. En fait, tu as contribué à nous rapprocher, Carson et moi, bien davantage que nous l'aurions fait sans toi.

— Tu es gentil de me dire ça, mais je me demande si c'est vrai.

— Tu vois bien le genre d'homme que je suis. Non seulement je ne changerai jamais, mais je n'en ai pas envie. Je vais rester un temps à Calvary, et puis je partirai, même si je ne sais pas où pour l'instant. Je suppose que je suis prêt à me laisser porter par le vent. » Il sourit, fixa l'horizon.

« Il y a des points de désaccord entre Carson et votre père, t'es au courant ? dit Rebecca. À propos de la ferme… des terres.

— Oui.

— Les gens du pétrole. T'en as entendu parler, non ?

— Ça fait des années qu'ils sont après mon père, Rebecca. Et ils n'ont pas fini de revenir à la charge, mais il refusera toujours de vendre.

— C'est justement là-dessus que Carson et lui sont pas d'accord.

— C'est ce que j'ai cru comprendre. Mais pour l'instant, la question ne se pose pas. Rien ne fera changer mon père d'avis.

— Et nous là-dedans ?

— Comment ça, nous ?

— Ben oui, Evan, toi et moi. Qu'est-ce qu'on devient ? Tu vas partir, d'accord, ça je l'ai toujours su, mais y a rien qui te pousserait à rester ?

— Tu es la seule raison qui pourrait me retenir ici, Rebecca. Mais il y a quelque chose qui me démange, tu comprends, et le seul remède pour moi, c'est de bouger sans arrêt.

— T'es un vrai bohémien.

— C'est ce que disait ma mère dans le temps, dit Evan en souriant. Qu'elle m'avait trouvé sur les marches de l'entrée et qu'elle m'avait recueilli, en affirmant après que j'étais à elle.

— Ça me surprendrait pas plus que ça. Carson et toi vous êtes tellement différents.

— Bon, assez parlé de ça, dit Evan. Je viens à peine de rentrer. Laisse-moi me réhabituer, d'accord ? On aura tout le temps de discuter, de débrouiller tout ça.

— J'espère bien, oui.

— Pourquoi tu dis ça ?

— Parce que le temps a une façon bien à lui de nous couler entre les doigts. Hier encore, on était des gamins, et nous voilà face à des décisions qui pèseront encore sur nous quand on aura cinquante ou soixante ans.

— Je suis incapable de voir aussi loin. Moi, demain me suffit. »

Il se pencha et l'embrassa sur la joue. Elle passa les bras autour de lui et l'attira contre elle, mais elle sentit en lui – comme toujours – un instinct qui le poussait à garder ses distances.

Huit jours plus tard, Evan et Carson prenaient le frais sur la véranda tandis que le soleil sombrait à l'horizon.

« Cette fonction de shérif a l'air de t'aller comme un gant, dit Evan. Le plus jeune shérif de toute l'histoire du comté, à ce que j'ai entendu dire.

— Rien à côté de toi, p'tit frère, le grand héros de guerre, répondit Carson avec un sourire.

— Oh, la guerre ça s'oublie, comme on oublie ceux qui l'ont faite, même si à Calvary ils ont pas été bien nombreux à partir. Tout finira par s'effacer des mémoires, simplement parce que c'est ce que veulent les gens.

— Tu m'as manqué », dit Carson, et, l'espace d'un moment, tout fut oublié, hormis le fait qu'ils avaient été à une époque aussi proches que peuvent l'être des frères, et que rien ne pourrait jamais leur enlever ça.

« Toi aussi, tu m'as manqué.

— Y s'est pas passé un jour sans que je me demande si je te reverrais jamais. Ça a pas été facile pour maman non plus. Elle a beaucoup pleuré. Je l'ai jamais vue aller aussi souvent à l'église.

— C'est peut-être pour ça que je suis rentré vivant.

— Dis pas de conneries. Les prières, l'église, tout ce cirque… rien que des âneries. Sa vie, un homme se la fait tout seul. Même chose pour sa mort. Si tu es revenu, c'est que tu as des choses à faire. Je peux pas dire que je les comprends, mais d'un autre côté pourquoi je me forcerais à le faire, vu que ce sont pas mes affaires.

— Je suis pas là pour longtemps.

— Je sais.

— Un an, peut-être deux.

— Ah bon, tant que ça ? » s'étonna Carson, une pointe d'agacement dans la voix, comme si le premier moment de communion fraternelle était déjà passé.

Evan se tourna pour regarder son frère. Ils étaient restés séparés moins de trois ans, mais tant de choses avaient changé dans leur vie à tous les deux.

« Tu veux que je m'en aille, Carson ?

— Je veux que tu fasses ce que tu penses être le mieux pour toi, Evan.

— Je te gêne ?

— À quel propos ?

— Le pétrole… Rebecca. »

Carson avança d'un pas et agrippa la balustrade de la véranda. « Elle t'a dit, alors ?

— Elle me dit tout. On est amis, Carson – on l'a toujours été, et on le sera toujours. Toi et moi et Rebecca, on a pas de secrets les uns pour les autres. C'est comme ça qu'on a été élevés et c'est dans notre nature.

— Y a peut-être des choses qui te regardent pas.

— C'est possible, mais je peux t'assurer que j'ai pas l'intention de me mettre en travers de ton chemin. »

Carson hocha la tête, respira profondément avant de dire : « Ce qui sous-entend que, si tu le voulais, tu aurais les moyens de le faire.

— Mais qu'est-ce qui nous est arrivé, Carson ? demanda Evan en fronçant les sourcils. Qu'est-ce qui s'est passé pendant mon absence ? Je comprends bien que tu es shérif à présent, mais c'est pas pour autant que tu peux laisser tomber la famille ou changer la manière dont on se préoccupe les uns des autres.

— On est vraiment très différents, toi et moi, dit Carson d'un ton neutre et pragmatique. Il arrive un moment où tu commences à penser à ton avenir, et ce que tu étais enfant a plus rien à voir avec ce que tu es devenu…

— Mais ça tient pas debout, l'interrompit Evan. L'homme que tu es a au contraire tout à voir avec l'enfant que tu as été.

— Pour toi peut-être, mais pas pour moi. Ce que je veux et ce que, toi, tu veux sont des choses radicalement différentes. Je te comprends pas et je m'attends pas à ce que tu me comprennes. C'est comme ça, et soit tu l'acceptes, soit tu te bats pour que ça change.

— Alors, tu veux quoi, Carson ?

— Je veux tout, Evan. » Il accompagna sa réponse d'un sourire et se tourna pour regarder son frère, avec dans les yeux une noirceur qu'Evan n'y avait jamais vue. « Oui, tout ce sur quoi je peux mettre la main, et plus encore. »

Evan resta là un moment dans la fraîcheur du soir, pris d'une crainte et d'un malaise étranges, non seulement pour Carson, mais pour tous ceux qui l'entouraient.

18

Difficile pour Henry d'ignorer le fait que son existence avait été coupée en deux. Le coup de feu accidentel qui avait blessé Sally O'Brien constituait moins la fin d'une page que celle d'un chapitre entier. La vie s'était arrêtée trois ans durant et avait maintenant repris, apportant avec elle le sentiment que ce qui s'était produit par le passé n'avait pas de rapport avec ce qui s'annonçait. Autant de pages appartenant à d'autres livres, de personnages méconnaissables, de dialogues morcelés et confus.

Il se réveilla avant Evie, se glissa sans bruit hors du lit, enfila son jean et un tee-shirt et se rendit dans la cuisine. Glenn Chandler était parti, sans doute au travail, et Henry entreprit de faire du café dans un lieu qui lui était inconnu.

Debout sur la véranda, laissant son regard errer sur les plaines du West Texas, il eut l'impression que ce pays n'était plus le sien. La Grande Dépression avait presque détruit l'âme de cet État, et même si le pétrole avait apporté de la richesse, il n'avait jamais vraiment réussi à effacer le sentiment que tout pouvait être balayé en un clin d'œil.

Les vestiges du passé ne manquaient pas. Où qu'on aille, on tombait immanquablement sur des signes de départ, d'abandon, de renoncement à un endroit pour un autre qui ne pouvait qu'être meilleur : une rangée de piquets de clôture semblables à des dents gâtées marquant des limites de propriété depuis longtemps disparues ; la pierre mise à nu d'une station-service désaffectée ; les citernes enfoncées dans le sol réduites à de grandes bouches béantes remplies de terre et de rouille ; les squelettes blanchis de chiens de prairie, de serpents et de lièvres ; les petites supérettes délabrées, leurs couleurs vives détrempées à force d'avoir été battues par le vent et la poussière. Le Texas était un cul-de-sac pour les vents d'ouest, porteurs d'amertume, de désolation et du souvenir cuisant de l'échec.

« Salut. »

Henry se retourna pour voir Evie s'encadrer dans l'embrasure de la porte. Elle n'avait sur elle que la chemise de Henry ; elle s'approcha de lui par-derrière, lui passa les mains autour de la taille et posa sa tête contre son épaule.

« T'aurais dû me réveiller, dit-elle.

— T'avais l'air tellement heureuse. Comme si t'étais en train de rêver. »

Elle soupira d'aise et resserra son étreinte. « T'as vu mon père ce matin ?

— Non. Il était déjà parti quand je me suis levé », dit Henry, en se retournant dans ses bras pour lui faire face.

Elle se haussa sur la pointe des pieds et l'embrassa. « Faut quand même que je te dise, c'est pas dans mes habitudes de me conduire comme ça.

— Je m'en doute, dit Henry avec un sourire. C'est pas dans les miennes non plus.

— Je sais bien. Tu viens de passer trois ans à Reeves.

— Même sans ça je…

— Allez, viens, dit Evie. On va déjeuner. »

Elle prépara des œufs et des toasts et refit du café. Puis elle voulut en savoir davantage sur cette histoire de fille d'Evan.

« Je me contente juste de tenir une promesse, dit Henry. Evan s'est occupé de moi en prison, m'a évité pas mal d'ennuis dès le départ.

— La fameuse leçon durement apprise ? demanda-t-elle, faisant référence à la cicatrice.

— La fameuse leçon, en effet. Ce qui veut dire que je lui suis redevable. Il a renoncé à sa fille. Je connais pas les détails, mais je suppose qu'il a quelque chose à lui dire et que ça peut plus attendre.

— Il sortira jamais de Reeves, c'est ça ?

— S'il en sort, ce sera pour aller dans un endroit du même genre.

— Comment est-ce qu'on arrive à vivre avec cette idée ? demanda Evie. De savoir qu'on va mourir en prison, qu'on sera jamais plus libre, qu'on conduira jamais plus une voiture, qu'on fera jamais plus l'amour, jamais…, poursuivit-elle sans terminer sa phrase.

— En vivant au jour le jour. Trois ans, ça te paraît une éternité quand tu commences. Qu'est-ce que je dis… Au début c'est une semaine qui te paraît une éternité. Mais tu tombes vite dans la routine, tu prends l'habitude de faire systématiquement les choses de façon que ça te prenne un maximum de temps. Et tu te forces à plus penser. C'est ça, le truc. Tu te forces à ne plus penser ni au passé ni à l'avenir, juste à ce qui se passe, là, dans l'instant. C'est comme de se retrouver soûl sans avoir bu. Y a plus que le présent – rien avant, rien après, conclut Henry avec un sourire triste. C'est dur de se débarrasser de l'habitude.

— T'as pas à t'inquiéter, dit Evie. Je vais pas te demander de penser à notre avenir.

— C'est pas ça que j'avais en tête, ma chérie. C'est valable pour tout ce que tu fais. Tu prends ton petit déjeuner, et tu penses à rien d'autre que ton p'tit déj. T'es à la station-service, et tu penses à rien d'autre qu'à cette foutue station, au réservoir que t'es en train de remplir ou à ce qui t'a fait t'arrêter là. C'est pas comme ça que tu penses, normalement. Normalement, tu penses à hier ou à demain, non ? Ton univers, il est fait d'hier et de demain. Mais deux ou trois ans à Reeves, et tu penses plus qu'à aujourd'hui.

— Alors, dis-moi ce qui va se passer pour toi aujourd'hui.

— Je pourrais peut-être aller fourrer mon nez ici et là et voir si j'me fais mordre.

— Tu renonces pas, c'est ça ? dit Evie en souriant.

— Ben, écoute, tout c'que j'ai entendu jusqu'ici, c'est qu'y avait une histoire entre Evan et son frère. Y se peut que Carson Riggs ait la réputation d'un type pas commode, mais je fais rien contre la loi et je suis pas là pour troubler l'ordre public, comme on dit. Je suis juste là pour remettre un message.

— Très bien, Henry Quinn, va jouer au facteur, et si tu t'fais mordre et que t'as besoin de recevoir les premiers soins, rapplique ici, et on s'occupera de toi.

— Tu saurais pas par où je peux commencer ?

— Le mieux, ça serait d'aller trouver Clarence Ames. C'est lui qui avait l'air le mieux informé.

— Il a pourtant pas raconté grand-chose et y nous a clairement fait comprendre qu'il en dirait pas plus sur Carson Riggs.

— Y a des oreilles qui traînent partout dans ce patelin. Y te tiendra un autre discours s'il est seul avec toi.

— Et on le trouve où ?

— Clarence a une maison à l'extérieur de Calvary. Tu traverses la ville, tu passes devant chez les Honeycutt, tu restes sur la même route, tu peux pas la manquer. Elle était blanche dans le temps, deux étages, une tour ronde sur le côté gauche, et un appentis sur le droit où il gare son pick-up. Tu la reconnaîtras tout de suite quand tu la verras.

— Qu'est-ce qu'il fait dans la vie ?

— Ce qu'il fait ? reprit Evie en haussant les épaules. Il avait une ferme, mais, comme tous ces types, il a vendu aux pétroliers. Ils ont tous touché le pactole, d'après ce que j'ai entendu dire. Ils ont ramassé tellement de fric qu'ils ont plus besoin de bosser, sauf que quand tu les vois, tu jurerais qu'ils ont pas dix dollars à aligner à eux tous.

— Et toi, tu fais quoi aujourd'hui ? demanda Henry.

— Pour l'instant, je m'occupe de mes oignons, Henry Quinn, et puis j'attends de voir dans quel pétrin tu vas te fourrer.

— Alors… à plus tard.

— C'est ça, à plus tard.

— Est-ce que t'es aussi cool et facile à vivre que ça ? s'enquit Henry en souriant. Ou est-ce que tu me joues la comédie ? »

Evie se pencha par-dessus la table et prit les mains de Henry entre les siennes. Elle le regarda droit dans les yeux, sans la moindre ébauche de sourire. « Reviens ce soir, et je te le dirai.

— T'es juste un peu folle, j'imagine, mais dans le bon sens.

— Tu peux toujours l'espérer. »

Une demi-heure plus tard, il était sur la route qui le ramenait à Calvary. Suivant les indications d'Evie, il passa devant chez les Honeycutt et continua tout droit. Il trouva facilement la maison de Clarence Ames, d'autant que ce dernier était à la fenêtre. Il n'était pas descendu du pick-up que la porte s'ouvrait, et que l'homme sortait sur la véranda.

« Je pensais bien te revoir », dit Clarence, en levant la main devant ses yeux pour se protéger du soleil.

Henry emprunta l'allée qui menait au porche.

« T'as des questions à poser, c'est ça ?

— Oui.

— Et qu'est-ce qui te fait croire que j'ai l'intention d'y répondre ?

— Rien, je sais même que vous n'êtes pas prêt à le faire. Mais j'suis venu quand même.

— C'est Evie Chandler qui t'a dit d'venir me voir ?

— Oui, d'après elle, ce serait vous la personne la plus indiquée.

— Je vais lui dire deux mots, tiens », dit-il, mais son expression s'était adoucie ; la visite était inévitable, ils le savaient l'un comme l'autre.

« Tu f'rais mieux d'entrer », dit Clarence, en levant le loquet de la porte-moustiquaire.

Il pivota sur ses talons et pénétra dans la pénombre de l'entrée. Henry monta les marches, franchit la porte et le suivit à l'intérieur.

« Notre conversation d'hier soir m'a remis Evan en mémoire. J'ai farfouillé dans mes disques et j'ai retrouvé le sien. »

La pièce dans laquelle ils se tenaient était de toute évidence celle d'un homme qui vivait seul. Les livres et les revues s'entassaient un peu partout. Des bouteilles, certaines vides, d'autres à moitié pleines, étaient alignées par terre à côté de la cheminée. Des bottes, une veste, une paire de gants, deux ou trois chapeaux et autres articles d'habillement étaient éparpillés çà et là. L'endroit n'était pas sale, mais en désordre, et néanmoins plutôt accueillant. Clarence Ames était l'unique occupant des lieux, aucun doute là-dessus.

D'un signe de tête, il désigna la table, où se trouvait le disque d'Evan Riggs, *The Whiskey Poet*.

Une étrange sensation s'empara de Henry quand il saisit la pochette. Le visage qu'il découvrit appartenait à deux hommes – celui de l'affiche qu'il avait vue dans les locaux de la maison de disques d'Abilene en 1967 et celui de l'ami qu'il s'était fait à Reeves. Deux hommes bien distincts, mais un détail qu'il n'avait jamais remarqué auparavant le frappa. Une expression sarcastique, un éclat presque cruel dans les yeux. Il se rendit compte alors qu'Evan Riggs avait été le seul à Reeves à ne pas se chercher de circonstances atténuantes. La prison était pleine d'innocents, de malchanceux, et même ceux dont la culpabilité ne faisait aucun doute imputaient leur incarcération à des avocats, des mouchards ou des juges partiaux, qui tous avaient des comptes à régler. Henry avait beau clamer son amitié pour Evan, force lui était de reconnaître que ce dernier était probablement un assassin, que son acte se soit ou non effacé de sa mémoire. Les preuves ne souffraient aucune discussion : il avait tabassé un homme à mort dans un hôtel d'Austin, et quel qu'ait pu être le crime de sa victime, il n'appartenait pas à Evan Riggs de lui ôter la vie. En toute logique, dans la mesure où la culpabilité était avérée, Evan Riggs aurait dû griller sur la chaise électrique.

« Tu le connais, ce disque ? demanda Clarence.

— Je l'ai écouté cent fois. Je l'avais avant d'aller à Reeves.

— Je m'le suis passé hier soir en rentrant du saloon. Sacré artiste, l'Evan Riggs ! Y chante pas toujours juste, mais ça te colle quand même des frissons dans le dos. Comme qui dirait de la musique de hors-la-loi.

— Oui, comme qui dirait.

— Tu veux du café ?

— Si vous en prenez, oui.

— L'a un goût d'pisse de chat et de vinaigre.

— Ça tombe bien, c'est comme ça que j'l'aime. »

Clarence revint de la cuisine avec des tasses.

Il avait raison : le café était imbuvable, mais c'était sans importance.

« Alors, je vois pas trop ce que t'attends d'moi, mon gars.

— Moi non plus, j'en sais rien.

— C'est quoi au juste, cette histoire ? J'veux dire… la vraie raison de c'que tu fais ?

— Si je suis pas mort, c'est grâce à Evan, dit Henry. Non pas que quelqu'un cherchait vraiment à me tuer, mais la prison a ses territoires, vous comprenez ? Mettez une bande de types quelque part, même si c'est minuscule, et ils veulent tous une part du gâteau. L'instinct, sans doute. Bref, y a un type qui en a contrarié un autre. Je sais même pas au juste à quel propos. Mais dans un endroit de ce genre, le moindre incident prend des proportions démentielles. Vous vous servez du savon d'un autre mec, et il prend ça pour une insulte, faite à lui-même, à sa famille, à tout son entourage. Donc, un type veut en finir avec un autre, et il s'en donne l'occasion en organisant une petite émeute. Pendant que les gardiens sont occupés d'un côté de la prison, un type prend un coup d'couteau de l'autre, et personne a rien vu, bien sûr. Et, comme par hasard, j'étais pas du bon côté des bâtiments. Je me suis retrouvé au milieu de la bagarre, sans même savoir comment. Y avait deux ou trois types armés de couteaux, un autre à quatre pattes avec un trou dans la gorge, du sang qui pissait partout, vous voyez le genre, et y m'ont pris pour son copain. Y m'sont tombés dessus, et je me suis pris un coup d'lame. C'est là qu'Evan est sorti de nulle part, en a envoyé un au tapis, m'a chargé sur son épaule et est parti en courant. Il m'a emmené à l'infirmerie avant que j'me vide de mon sang. Dans un endroit comme Reeves, les gardiens sont prêts à vous laisser crever plutôt que de prendre la peine de vous porter secours. Un détenu mort, ça fait une bouche de moins à nourrir. Fin de l'histoire. Et en dehors du fait que c'est grâce à lui si je suis encore là aujourd'hui, je crois que je me sens assez proche de lui. À vivre avec quelqu'un pendant trois ans dans un si petit espace, de deux choses l'une : ou ça passe ou ça casse. On s'entendait bien, on parlait musique, beaucoup. Evan est pas du genre à dire grand-chose, mais quand il ouvre la bouche, ça vaut l'coup d'écouter ce qu'il a à dire.

— J'arrive même pas à imaginer ce que c'est que de vivre avec l'idée qu'on ressortira jamais. Il était jeune quand c'est arrivé, un héros de guerre, une vedette montante de la musique country, mais un boit-sans-soif. C'était un secret pour personne. Qui plus est, il avait l'alcool mauvais. Sinon, y serait jamais arrivé c'qui est arrivé.

— Vous croyez qu'il l'a vraiment fait ? Qu'il a vraiment tué cet homme ?

— J'en sais rien, mon vieux, dit Clarence en secouant la tête. Si y a une chose que m'a apprise la vie, c'est bien qu'les gens sont capables de tout et n'importe quoi. Tant que t'as pas tué, t'es pas un tueur, et d'après c'que j'ai compris, il en a descendu un paquet à la guerre.

— Oui, mais la guerre c'est pas la même chose…

— Pour sûr, n'empêche que ça te change un homme, non ? Le type que tu descends a beau être à deux cents mètres, tu peux pas dire que tu lui as pas ôté la vie. Ça change forcément ta vision du monde.

— Ouais, probable.

— Alors, c'est quoi ton histoire, Henry Quinn ? À part ce truc concernant la fille d'Evan.

— Mon histoire ? Mais j'en ai pas, d'histoire.

— Bien sûr que si, dit Clarence avec un sourire. Tout l'monde en a une. Tout l'monde a un rêve, même si y va pas chercher loin. Ce que j'veux dire c'est que, en admettant qu'tu retrouves la trace de cette fille mystérieuse, que tu la rencontres demain et qu'tu lui remettes le message d'Evan, qu'est-ce qui se passe après ? Tu fais quoi, tu vas où ?

— Je rentre chez moi, à San Angelo. J'ai une mère là-bas. Ça va pas très fort pour elle. Trop d'alcool, trop de mecs qui lui font pas tellement de bien, à mon avis. J'ai des responsabilités de c'côté-là. Et puis, j'ai envie de recommencer à composer des chansons. J'ai un contrat avec une maison de disques d'Abilene, la même que celle qui avait produit l'album d'Evan. J'leur dois encore cinq cents dollars, et y va bien falloir que je règle cette affaire un jour ou l'autre.

— Donc, tu mets en attente tout c'qui concerne ta mère et ta vie à toi tant que t'as pas mis la main sur cette fille.

— Ouais, c'est à peu près ça.

— Sacrée promesse, dis donc.

— Une parole, c'est une parole.

— Et tu penses que je sais quelque chose ?

— Ben, pour ne rien vous cacher, j'aurais préféré avoir affaire à Carson Riggs, mais j'ai idée qu'il a aucune envie de m'aider.

— Là, t'as pas tort.

— Mais qu'est-ce qui s'est passé entre eux, bon sang ? Pourquoi toute cette animosité ?

— Toujours les mêmes raisons, fiston, répondit Clarence avec un sourire triste. L'argent ou les femmes. Et dans ce cas précis, les deux. J'connais pas les détails. Mais le bruit a couru qu'ils courtisaient la même fille, et qu'en plus Carson voulait vendre les terres aux pétroliers et que, pendant qu'Evan était pas là, il s'est trouvé embringué avec des gens qu'il aurait mieux fait d'éviter. Et puis, y a la mort du père. Dans des circonstances pas claires. Y en a qui disent que ça s'est pas passé comme on l'a cru d'abord, et qu'y a encore des zones d'ombre. Moi, j'aurais tendance à dire que la réalité est pas différente de l'apparence, mais qu'est-ce que j'en sais, après tout ?

— Mais si vous, vous savez pas ce qui s'est passé, et que Carson veut rien me dire, je fais comment pour retrouver la fille, moi ?

— Tu veux un bon conseil ?

— Allez-y toujours.

— Laisse tomber, Henry Quinn. Je plaisante pas quand j'dis ça, j'te raconte pas des conneries. Si Carson Riggs veut pas qu'on la retrouve, tu la retrouveras pas. Et s'y veut pas qu'on la r'trouve, c'est qu'y a une raison. C'est peut-être de la rancune, peut-être rien qu'une façon de se venger de son frère, mais à ta place, je laisserais tomber. Ça peut que t'causer le genre d'ennuis dont t'as pas besoin.

— Mais j'ai promis…

— Le type qui s'marie, y fait aussi une promesse. "Jusqu'à ce que la mort nous sépare", tu connais la formule. Mais qu'est-ce qui s'passe si la femme, c'est une pocharde et une coureuse, hein ? Y faut quand même qu'y respecte sa promesse ? Moi, j'dis que non. Les circonstances changent. Les gens aussi. T'as fait une promesse en toute bonne foi, mais tu savais pas comment les choses se présenteraient. Et puis, y faut aussi que tu te demandes si elle a envie qu'on la retrouve, elle.

— Oui, le shérif Riggs m'a dit la même chose.

— Il a p't-être pas tort.

— Peut-être pas, c'est vrai, mais je me dis que j'ai encore pratiquement rien fait. D'accord, je suis venu ici, mais est-ce que j'ai vraiment essayé de la retrouver, cette Sarah ? Non. Je pourrais peut-être contacter les services d'adoption à Eldorado ou à San Angelo. Si je trouve rien là-bas, y doit y avoir des archives à San Antonio, à Austin ou ailleurs. Les gens sont pas adoptés comme ça, d'un claquement de doigts, y disparaissent pas dans la nature sans laisser de trace, quand même. Y a forcément un moyen de découvrir où elle est, qui elle est.

— Et t'y tiens absolument ?

— J'suis bien décidé, oui.

— Ma foi, j'peux pas t'aider. C'est pas qu'je voudrais pas, mais j'sais rien, tu comprends.

— Merci quand même de m'avoir donné de votre temps.

— Oh, c'est rien, ça. Une goutte de café pour la route ?

— Merci, une autre fois peut-être. Le prenez pas mal, Mr. Ames, dit Henry avec un sourire, mais j'dois reconnaître que c'est bien le pire café que j'aie jamais bu. Même la lavasse qu'y nous donnaient à Reeves était moins dégueulasse, et je suis pourtant prêt à parier qu'elle venait du sol de la réserve.

— Eh ben, j'prends ça pour un compliment, fiston », dit Clarence en souriant.

Ils se serrèrent la main sur le porche, et Henry repartit dans son pick-up. Clarence resta là un moment, avant de pousser un gros soupir. Il rentra dans la maison et s'empara du téléphone.

« Le shérif Riggs est là ? »

Clarence attendit qu'on aille le chercher.

« Carson ? Clarence à l'appareil. Il est venu poser quelques questions, comme t'avais dit. »

Clarence écouta attentivement.

« J'ai suivi tes instructions, pas un mot. Je tiens à te dire qu'il est quand même décidé à aller au fond des choses. »

Clarence ferma les yeux un moment.

« Je sais, Carson, je sais. Pas un mot, c'est ça ? On sait tous c'que tu veux, et on veut même pas savoir pourquoi. Tu fais c'que t'as à faire. Ça m'regarde pas. »

Clarence Ames n'attendit pas la réponse, raccrocha et resta un long moment immobile.

Quand il se décida à bouger, ce fut pour retourner dans la cuisine. Il se versa une demi-tasse de son jus de chaussette, avant d'attraper une bouteille de bourbon pour compléter la tasse.

De retour dans la pièce de devant, il s'arrêta pour regarder la photo d'Evan Riggs sur la pochette de *The Whiskey Poet*.

« Pourquoi il a fallu qu'tu nous l'envoies ici, Evan ? demanda-t-il en s'adressant à la photo. Pourquoi est-ce que tu pouvais pas laisser les choses en l'état ? »

19

À Noël 1945, Evan avait compris qu'il ne pourrait pas rester plus longtemps. Calvary avait beaucoup changé. Même la maison était différente, et il y avait dans les yeux de son père une lueur voilée qui disait clairement qu'il ne chercherait pas à lutter. À un moment donné, William Riggs avait décidé qu'avoir Carson pour shérif était une bonne chose, et il ne reviendrait pas sur sa décision. Il ne se rappelait que trop bien l'indifférence avec laquelle il avait accueilli la naissance de son aîné. Aujourd'hui, il était en mesure de rétablir l'équilibre. Il avait beau reconnaître le bien-fondé des ambitions musicales d'Evan, c'était à Carson qu'il apportait sans réserve un soutien indéfectible.

« Je sais que tu dois partir, dit Grace à son plus jeune fils. Tu as beau être ici, on te sent ailleurs. Je le vois couler en toi, ce sang de bohémien.

— Eh oui, celui des romanichels qui m'ont abandonné à ta porte, dit Evan en souriant.

— J'ai passé des années à attendre qu'ils reviennent, ceux-là, pour pouvoir te rendre à eux, mais est-ce qu'ils ont jamais donné des nouvelles ? Penses-tu, pas une fois. Même pas une carte postale.

— C'est pas gentil, en effet. Mais changeons un peu de sujet, tu veux ? Carson me fait faire du souci. Je discutais l'autre jour avec Clarence Ames, Doc Sperling et quelques autres. On dirait qu'ils ont peur de lui, comme s'il faisait pression sur eux pour qu'ils acceptent les offres des pétroliers.

— Carson est têtu, et y s'emballe vite. Mais il se calmera.

— Je crois que papa est trop coulant là-dessus. Il faudrait qu'il dise à Carson une bonne fois pour toutes que la ferme doit rester une ferme.

— Et quand William et moi, on sera plus là, qu'est-ce qu'y va se passer ? Tu reviendras la faire marcher ?

— Vous avez beaucoup d'années devant vous, m'man. Vous êtes là encore pour longtemps. Papa a même pas cinquante ans.

— Je sais. La décision va pas se prendre demain, et on a bien l'intention de garder l'endroit tel quel aussi longtemps qu'on pourra. Ton père n'envisage pas du tout de vendre aux pétroliers.

— Ce serait pas bien, dit Evan. Y a pas que l'argent qui compte.

— C'est un sentiment qui t'honore, dit Grace, mais y a pas beaucoup de gens qui le partagent.

— C'est pas que je resterais pas pour me battre à ses côtés, mais je suis pas…

— Evan…, dit Grace, en mettant la main sur le bras de son fils, t'as pas besoin de me dire qui tu es. Je le sais mieux que personne. » Elle sourit, et dans son regard, il n'y avait qu'amour et compassion. « Et même s'il arrive pas à te le dire, ton père lui aussi comprend parfaitement pourquoi tu ne seras jamais un paysan du West Texas. Pour ça, il faut être encore plus dur et entêté que la terre et le climat de ces bleds perdus, et de l'entêtement, ton père, il en a à revendre, crois-moi.

— Je passerai Noël avec vous, dit Evan, et puis je partirai pour San Antonio. Voilà mon projet.

— Mais t'as jamais fait de projet de ta vie, Evan Riggs, dit Grace. Si j'étais toi, je commencerais pas maintenant. »

Evan passa les fêtes de Noël avec sa famille, ainsi que le mois de janvier, mais début février 1946, il déposa ses maigres possessions dans un break déglingué et fit ses adieux.

William Riggs serra longuement la main de son cadet et lui conseilla de se méfier de trois choses : les femmes, les cartes et l'alcool. « Les premières te bousillent le cœur, les deuxièmes le portefeuille, et le troisième le cerveau, lui dit-il hors de portée de voix de Grace. Tu vas te r'trouver au milieu de ces chanteurs de country, des types qui sont dans la drogue, le whisky, les femmes. T'as la tête sur les épaules quand tu veux, alors tu sais d'quoi je parle.

— T'en fais pas, tout va bien se passer, p'pa.

— On connaît la chanson, fils. Comme “Tout finira par s'arranger”. Sauf qu'y a des fois où ça s'arrange pas.

— Je saurai toujours où revenir si j'ai des ennuis.

— Pour sûr, mon gars. La maison, ça reste la maison, même quand t'y vis plus. »

Grace, la larme à l'œil, resta silencieuse. Elle le serra contre elle, ne voulant plus le lâcher, se demandant si le souvenir le plus marquant qu'elle garderait de sa vie ne serait pas celui de ses divers adieux à Evan. Pour finir, il lui murmura quelques mots à l'oreille, et elle relâcha son étreinte.

« Qu'est-ce que tu lui as dit ? lui demanda son père.

— Que j'avais survécu à une guerre. Et que je pouvais donc survivre à San Antonio quoi qu'il m'arrive.

— Tu passes voir ton frère avant de partir ?

— Bien sûr.

— Je lui ai dit que tu partais aujourd'hui. Il m'a répondu qu'il avait encore à faire, mais que tu pouvais venir le trouver à son bureau. Si par hasard il y était pas, y serait pas loin.

— Je le trouverai.

— Ne l'énerve pas, d'accord ? »

Evan eut un froncement de sourcils.

« Fais pas l'idiot, Evan. Tu sais à quel point il est à cran avec toi. T'as toujours été plus intelligent, et il se fiche pas mal que les gens le sachent. Si vous vous dites adieu, faites-le cordialement, en hommes civilisés. Quitte pas ton frère en mauvais termes, s'il te plaît.

— T'inquiète, j'y veillerai.

— J'ai ta parole ?

— T'as ma parole, p'pa.

— Bien, alors disparais, avant que ta mère se mette à pleurer et à se lamenter, les bras au ciel. »

Carson était à son bureau. Evan ne s'était toujours pas fait à l'uniforme. L'image le dérangeait.

« Alors, tu nous quittes, dit Carson.

— Eh oui.

— À mon avis, tu vas droit dans l'mur, mais c'est la dernière fois que j'le dis.

— Je sais c'que tu penses, Carson. Je sais qu'on est pas d'accord sur pas mal de choses, mais on a jamais été ennemis, et y a pas de raison pour que ça change.

— Je cherche pas la dispute, Evan. Mais le drôle de jeu auquel tu joues, y vaut rien, à mon avis. »

Evan ne réagit pas. Carson commençait à s'énerver, mais Evan refusait de se laisser entraîner dans une dispute. Ça n'en valait pas la peine, et puis, il avait donné sa parole à son père.

« Alors, destination San Antonio, c'est ça ? reprit Carson.

— Ouais.

— Bon voyage, frérot. »

Evan tendit la main. Carson hésita, avant de sourire comme un idiot.

« Je te fais marcher, dit-il, en ouvrant grand les bras. Viens là. »

Ils s'étreignirent, et Carson se pencha pour lui dire à l'oreille : « Y a pas de meilleur frère que toi. Je continue à penser qu't'es un peu dingue dans ton genre, mais j'espère qu'tu vas te retrouver heureux, poivrot à vie et riche comme Crésus.

— Merci, Carson, ça me touche. Je te souhaite la même chose. Prends soin de p'pa et m'man.

— T'inquiète. »

Ils se séparèrent avec le sourire, exauçant en cela le souhait de William Riggs.

De tous les adieux d'Evan, ceux qu'il fit à Rebecca furent de loin les plus difficiles.

Son père était là quand il arriva chez les Wyatt ; il lui serra la main, lui donna une tape sur l'épaule, lui souhaita bonne chance et bon vent. Puis il les laissa seuls tous les deux, sachant que les paroles qu'ils allaient échanger n'étaient pas destinées à ses oreilles.

« Alors, c'est le départ ? dit-elle, tout en connaissant la réponse.

— Je te demanderais bien de venir avec moi, mais je sais que tu refuserais.

— Je ne peux pas, Evan, tu le sais, et c'est injuste de ta part de me le demander. »

Evan ne répondit rien, les yeux tournés vers l'horizon.

« T'as rien à me dire ? »

Sa voix tremblait, de chagrin et de colère mêlés. Elle pensait qu'il l'abandonnait, car c'est l'impression que donnait son départ, celle d'une désertion, d'une forme de trahison. Ce n'était pourtant pas le cas, mais l'émotion ressentie n'en était pas moins la même.

« Je peux pas rester ici indéfiniment, dit-il. S'il y a quelqu'un qui devrait le comprendre, c'est bien toi.

— Je le comprends, c'est vrai. Mais ça m'empêche pas de te détester.

— Tu ne me détestes pas, Rebecca, dit Evan en souriant. Si c'était le cas, tu serais soulagée de me voir partir.

— Pourquoi faut-il que tu me compliques la vie à ce point ?

— C'est pas dans mes intentions, crois-moi. C'est toi qui te montres injuste à présent. »

Elle fit un pas vers lui, posa la main sur son bras. « Qu'est-ce qu'y se passerait, Evan, si tu restais ? Dis-moi… qu'est-ce qui se passerait vraiment ?

— Je mourrais à petit feu, dit-il, sincèrement convaincu. Je me mettrais à boire, je me disputerais avec mon frangin, me bagarrerais avec mon père à propos des terres, du travail, de tout ce qu'il voudrait me voir faire. J'ai pas le sentiment d'appartenir à cet endroit… et, pour te dire la vérité, si je suis pas parti, c'est uniquement à cause de deux personnes : ma mère et toi.

— Est-ce que tu m'aimes, Evan Riggs ?

— Tu connais la réponse à cette question, Rebecca Wyatt, dit Evan en la regardant fixement.

— Est-ce que tu m'aimes d'amour, dis ?

— C'est à ton tour maintenant de compliquer les choses, soupira Evan. Tu m'accuses, et puis tu fais la même chose. Si tu as une question à poser, pose-la, Rebecca.

— Est-ce que tu arriverais à rester ici si j'étais à tes côtés, enfin… vraiment avec toi, en étant ta femme ?

— Est-ce que tu arriverais à partir avec moi, à me suivre n'importe où, si j'étais ton mari ?

— C'est comme ça que se pose la question ?

— Tu le sais bien.

— Alors, tu pars vraiment ?

— Et toi, tu restes vraiment.

— C'est pas juste, c'est pas comme ça devrait être, dit-elle, les yeux embués de larmes, la voix brisée, à peine audible.

— Mais c'est la vie. » Il l'attira contre elle, la serra dans ses bras, sentit les battements précipités de son cœur contre sa poitrine.

Tout ce qu'elle l'imaginait ressentir, il le ressentit alors, cent fois plus intensément. Il ne pouvait le lui dire. Cela n'aurait fait que compliquer la situation. Il était pris entre deux feux, et, de quelque côté qu'il se tourne, il lui faudrait transiger, sacrifier quelque chose. Mais, à dire le vrai, la décision avait été plus facile à prendre qu'il serait jamais prêt à le lui avouer, dans la mesure où sa vocation, sa musique, le désir de voyager, de voir le monde, de se retrouver dans des endroits inconnus et lointains, et peut-être aussi la perspective de revenir un jour ici avec des histoires que personne d'autre ne pourrait raconter, tout cela était au bout du compte tellement plus fort que son amour pour Rebecca Wyatt. Peut-être pas plus fort, mais en tout cas différent. Comme une drogue. Pire qu'une drogue.

Rebecca s'écarta un peu de lui pour le regarder. « Mon père dit que t'es irresponsable, que tu vis dans tes rêves… que ça finira par causer ta perte.

— Vraiment ?

— Oui, vraiment, et je dois dire que je suis en partie d'accord avec lui.

— Je te crois pas.

— Tu me traites de menteuse, à présent ?

— Non, mais je sais à quel point vous pouvez être maligne et manipulatrice, Miss Wyatt.

— Va-t'en au diable, dit Rebecca, qui l'attira néanmoins contre elle, avant de fermer les yeux et de respirer profondément, comme si elle voulait l'aspirer tout entier en elle.

— Je reviendrai, dit Evan.

— Ça veut pas dire grand-chose, et tu le sais. Bien sûr que tu reviendras. Tout le monde revient un jour ou l'autre. Pour combien de temps ? Quand ? Pourquoi ? Tu reviendras avec une femme et une ribambelle de gamins, ou tu reviendras dans un cercueil en pin…

— Arrête, dit Evan. Je peux pas m'excuser de ce que je suis, et j'en ai pas l'intention. On peut arriver à s'entendre dans beaucoup de domaines, mais là, c'est pas possible. C'est comme ça, point. »

Rebecca se dégagea. Evan s'efforça de la retenir, mais elle résista.

« Allez, pars, dit-elle. Ça fait que rendre les choses plus pénibles. »

Evan demeura immobile un instant, puis tendit la main droite et lui effleura la joue du bout des doigts.

« À un de ces jours », dit-il, puis il sortit sur le perron et se dirigea vers la voiture.

« Evan ? » lança-t-elle dans son dos.

Il s'arrêta, lui jeta un coup d'œil par-dessus son épaule.

« Je t'aimerai toujours, lança-t-elle, quoi qu'il arrive. »

Plus tard avec le recul, souvent porteur d'une cruelle sagesse, il songea qu'il aurait dû répondre quelque chose. Peut-être qu'alors, poussée par quelque vague espoir de rester auprès de lui, elle aurait fait des choix différents, pris un autre chemin.

Un seul mot aurait peut-être tout changé.

Mais Evan Riggs ne dit rien, et ce moment-là – comme tant d'autres – le hanterait jusqu'à la fin de ses jours.

20

Sans endroit précis où se rendre, Henry Quinn s'arrêta devant le Checkers Diner. Il entra, s'assit au comptoir et commanda un Coca-Cola, ne serait-ce que pour s'ôter de la bouche le goût du café de Clarence Ames.

C'est là que le trouva Carson Riggs. Il n'était pas loin de midi, et une fois que le café du shérif fut commandé et servi, ils eurent l'endroit pour eux tout seuls. La serveuse sembla comprendre qu'elle n'était pas désirée.

« M'est avis que t'es bien décidé à pas lâcher ton affaire », dit Riggs.

Henry fit un signe d'assentiment, les yeux fixés droit devant lui sur la rangée de bouteilles de sirop alignées derrière le bar. « M'est avis que j'ai pas trop le choix, shérif Riggs. »

Riggs but une gorgée de café, reposa sa tasse. Tendit la main sur sa droite, déplaça son chapeau de quelques centimètres sur le comptoir. Le tout au ralenti, comme s'il disposait d'une éternité pour formuler sa pensée.

« Ne pas avoir de choix, c'est s'exposer à se retrouver pieds et poings liés. C'est risquer d'aller à la catastrophe.

— Vous avez une façon de dire les choses, shérif, dit Henry après s'être tourné vers lui en souriant. C'est pas que vos propos soient menaçants, mais on voit pas comment les interpréter autrement.

— Je parle comme je parle, rétorqua Riggs. Et comme j'ai toujours parlé.

— Alors, qu'est-ce que vous attendez de moi ? Dites-le-moi franchement.

— Ce que j'attends, mon vieux, c'est que tu laisses tomber cette affaire. C'est une affaire de famille, et, que je sache, t'es pas de la famille. Tu l'as jamais été, et tu le seras jamais.

— Une promesse, c'est une promesse, shérif Riggs.

— À voir. Les circonstances changent, parfois aussi radicalement que le temps qu'il fait. Il arrive que les informations sur lesquelles on se fonde pour tenir une promesse se révèlent fausses et mensongères.

— Est-ce que vous seriez en train de me dire que votre frère est un menteur ? »

Riggs sourit, sans chaleur. Le sourire d'une araignée dont la toile frissonne sous le poids d'une nouvelle victime.

« On a eu toi et moi un échange fort civil à ce sujet, dit Riggs. J'avais cru qu'on était arrivés à la même conclusion. Y me semble bien me souvenir qu'on s'était mis d'accord pour penser que les sentiments de la jeune fille méritaient d'être pris en considération.

— Votre mémoire ne vous fait pas défaut sur ce point, shérif. »

Riggs hocha la tête lentement. Leva sa tasse, arrêta son geste un instant avant de boire. « Heureux de vous l'entendre dire, Mr. Quinn. Je voudrais pas que vous me preniez, moi aussi, pour un menteur.

— Et Evan dans l'affaire ? demanda Henry. Vous croyez pas qu'il a droit à un peu de considération lui aussi ?

— De la considération, je lui en ai accordée, à mon frère, pendant plus de vingt ans. Notre père venait de mourir quand cette histoire est arrivée à Austin. Y a eu des gens pour dire que cette perte avait tellement affecté Evan qu'elle expliquait peut-être même en partie son acte, mais son père était aussi le mien, et moi, j'étais ici quand il est mort. Est-ce que j'me suis soûlé la gueule, est-ce que j'ai tabassé un homme à mort ? Pas que je sache. T'as une idée de l'effet que tout ça a eu sur notre mère ? Elle perd son mari, et dans la foulée, ou presque, son cadet est incarcéré pour le restant de ses jours. On peut mourir de chagrin, Mr. Quinn… bien plus facilement que d'une promesse rompue.

— Vous voulez me voir quitter Calvary, c'est ça ?

— Que tu partes d'ici ou non, ça m'est égal, vois-tu. Ce que j'veux, par contre, c'est que tu laisses tomber ta petite enquête. Peu importent les conséquences de ton renoncement à la cause d'Evan… » La voix de Riggs mourut dans un murmure, et il eut à nouveau cette lueur dure dans le regard. Henry n'eut pas besoin d'en entendre davantage pour saisir la teneur du message.

Il n'y avait plus de doute, désormais. Riggs ne voulait pas de Henry Quinn à Calvary ; la mission que s'était fixée celui-ci se heurtait à une solide opposition. La menace, encore que voilée, était claire comme le jour. Qu'il persiste dans son entreprise, et le shérif de Calvary userait d'un tout autre langage avec l'ex-détenu du pénitencier de Reeves.

Plus tard, quand il prit le temps de réfléchir à ce qu'il avait éprouvé à ce moment-là, Henry se rendit compte que l'obstination avait compté pour beaucoup dans son attitude. D'où qu'ait pu venir cet entêtement, c'était une force puissante, dotée d'une volonté propre. Elle exerçait sur lui un pouvoir tel qu'il était incapable de la contrôler. Sa détermination à défier Carson se fit aussi forte que la parole donnée à Evan. Instinctivement, il porta la main à la cicatrice qu'il avait au côté. Lui revinrent alors en mémoire, avec une netteté douloureuse, les moments où il avait cru mourir, où il avait senti son corps baigner dans son sang, où Evan Riggs, après l'avoir jeté sur son épaule, avait foncé dans les coursives jusqu'à l'infirmerie.

« Je comprends, dit Henry, ce qui était vrai. Je laisse tomber », ajouta-t-il, ce qui ne l'était pas.

Carson Riggs regarda Henry Quinn avec une lueur dans les yeux… une lueur soupçonneuse, qui reflétait sa quasi-certitude que Henry le menait en bateau, mais aussi une part de doute quant à son pouvoir de persuasion pour lui faire lâcher prise à l'aide de quelques mots bien sentis. Peut-être n'avait-il pas l'habitude d'être contredit ni défié ; peut-être le simple fait que Henry ait déjà parlé à Clarence Ames suffisait-il pour lui faire croire que son entreprise était vouée à l'échec. Il lui hérissait le poil, ce gamin, et ce n'était pas supportable. Mais alors pas du tout.

Un affrontement dont l'issue restait indécise, entre deux adversaires également déterminés.

« Alors, t'as l'intention d'aller où maintenant ? demanda Riggs.

— Je vais rentrer chez moi, j'imagine. »

Riggs finit son café, attrapa son chapeau, s'en coiffa. Il se leva de son tabouret, ajusta sa ceinture

Sam Browne. Étudia ses bottes, comme pour vérifier qu'elles étaient bien cirées, leva les yeux sur Henry avec un sourire.

« C'est une bonne chose qu'on ait pu arriver à un arrangement, Mr. Quinn. Ç'aurait été dommage qu'on partage pas le même avis sur la question.

— Tout à fait, shérif Riggs.

— Alors c'est un adieu.

— Probablement. »

Carson Riggs tendit la main. Henry descendit de son tabouret, lui fit face et serra la main tendue.

« J'veux croire que j'ai eu raison de te faire confiance », dit Riggs.

Henry ne répondit pas.

Riggs pivota sur ses talons et quitta la salle.

Henry Quinn resta planté là, se faisant la réflexion qu'il n'avait jamais été aussi décidé de sa vie. Au diable Carson Riggs ! Qu'il aille se faire foutre avec ses menaces voilées et ses tentatives d'intimidation, cet enculé !

Henry se rassit. Son regard revint sur le mur derrière le bar, pour plonger dans la glace à travers les bouteilles de sirop qui s'alignaient devant.

Un instant, il eut du mal à se reconnaître. Était-ce vraiment là l'expression d'un homme qui a peur ?

Il détourna les yeux.

Dans quoi était-il en train de s'embarquer ? Pas seulement avec Riggs et cette fille disparue, mais aussi avec Evie Chandler et son père, et les gens de Calvary.

Il pensa à sa mère, là-bas à San Angelo, en compagnie de Howard Ulysses Morgan, en train de creuser sa propre tombe à force de boire dans l'espoir d'échapper à la banalité de son existence. Ou aux désillusions qu'elle lui apportait.

Henry savait qu'il n'était pas étranger à ces désillusions, lui son seul enfant, qui n'avait rien trouvé de mieux que de faire le couillon avec un pack de bière et un revolver. Mais à quoi pensait-il donc ? Quel problème s'efforçait-il de résoudre ? N'était-il pas comme elle, en définitive, à traîner sa carcasse au fil des jours, dans la vaine attente de pouvoir écrire une chanson, faire fortune et s'évader enfin ? Mais s'évader pour aller où ?

Sa promesse à Evan Riggs n'était-elle rien d'autre qu'un moyen de ne pas affronter sa propre vie, de ne pas se prendre en main ?

Non, il refusait de le croire.

Il devait sa vie à Evan Riggs. Elle était là, la vérité. Il devait sa vie à cet homme, et il ne pouvait faire moins en échange que tenir sa promesse.

Carson Riggs était certes un obstacle de taille, mais tout accomplissement, toute résolution ne passaient-ils pas par la capacité à identifier, à analyser, pour finalement vaincre tous les obstacles qui pouvaient se dresser sur sa route ?

Henry finit son Coca, quitta le *diner* et rejoignit son pick-up. Il prit la direction d'Ozona. Il voulait parler à Evie de sa dernière confrontation avec le shérif Carson Riggs.

Le sentiment d'être observé ne le quitta pas jusqu'à la grand-route. Sans savoir au juste comment, il était certain que Carson Riggs se doutait pertinemment d'où il allait et pour quelle raison.

21

San Antonio fut un énorme coup de pied au cul. Un crochet du droit fatal à l'ego d'Evan Riggs. À San Antonio, personne ne s'intéressait à un péquenaud débarquant de Calvary, la sacoche pleine de chansons déjà datées.

L'argent, ou plutôt le manque d'argent, venait en tête de ses priorités. Jouer dans des boîtes minables et des saloons au sol recouvert de sciure lui rapportait tout juste de quoi couvrir le loyer d'une chambre minuscule dans une pension de famille. La nourriture venait en deuxième, et en troisième l'alcool, qui ne tarda pourtant guère à détrôner les deux autres. Evan n'y cherchait ni consolation, ni sursis. L'alcool n'était pas un substitut à Dieu, à l'amour, ou à autre chose. C'était un remède contre la désillusion et la peur de l'échec. Dans quel domaine, il n'aurait su le dire exactement. Il ne savait même pas ce qu'il cherchait vraiment. La célébrité, l'argent, l'attention, l'adulation ? Il commença même à s'interroger sur les raisons qui le poussaient à poursuivre un but aussi incertain, mais tous ses efforts visant à tourner son esprit vers d'autres projets, d'autres moyens de subsistance, se heurtaient au même obstacle : bien malgré lui, il était incapable de changer sa nature. Il était l'homme qu'il était, et cet homme-là ne changerait jamais.

Il y eut des filles, bien sûr. Il y en avait toujours. Mettez un beau garçon sur n'importe quelle scène, et il est transformé. Entre ce que voyaient les filles et la réalité, il y avait un monde. Il avait beau apparaître plein d'assurance et de charme avec sa guitare pendue au cou, Evan était en fait désespéré, rongé par le doute et l'appréhension. Aucune des relations dans lesquelles il s'engageait ne durait bien longtemps ; le vernis s'effritait, les beuveries dégénéraient ; elles tournèrent même à la violence le jour où une femme du nom de Carole-Anne Murphy lui asséna une bouteille de whisky sur le crâne, en lui disant : « Espèce de jean-foutre, de trou du cul. Bon Dieu, Evan, à te voir et à t'entendre, on croirait bien que t'as du talent… »

La moquerie était cinglante et destinée à faire mal, car la fille savait que cette remarque planterait ses griffes dans sa chair pour y ouvrir une profonde blessure. La dernière chose dont avait besoin Evan Riggs, c'était bien qu'on alimente le feu déjà nourri de ses doutes. Il devint aussi parfaitement clair dès ce moment, et lors de tous ceux qui suivirent, qu'aucune fille ne serait jamais Rebecca Wyatt. Des substituts, des ersatz, des figurantes, au mieux des doublures. Jamais elles ne seraient à la hauteur. C'était tout bonnement impossible.

Evan resta moins d'un an à San Antonio. Il revint à Calvary pour Noël, en 1946, et très vite affluèrent à son esprit les raisons pour lesquelles il en était parti, avec une telle clarté qu'il ne poussa même pas jusqu'à la ferme. Il resta assis dans sa voiture, au bord de la route, le temps de fumer trois cigarettes. Puis il fit demi-tour et repartit en sens inverse.

Le lendemain, il appela sa mère.

« J'ai eu un contretemps, mentit-il.

— Je ne comprends pas, Evan… Tu avais pourtant dit que tu reviendrais à Noël. On t'attendait tous. Tu vas venir aujourd'hui ?

— Non, m'man. Pas aujourd'hui. Je ne peux absolument pas. Je suis désolé. »

Elle garda le silence un moment. Il devinait son désarroi à l'autre bout du fil.

« Tout va bien ? finit-elle par demander.

— Bien sûr, m'man. Tout va parfaitement bien. »

Il était conscient de son ton défaillant. Le ton du menteur qu'il était. Sinon un menteur, du moins un fils prêt à dire à sa mère ce qu'elle avait envie d'entendre.

La réponse de Grace lui rappela combien il était transparent.

« Si tu as besoin d'un peu de temps pour faire le point, remettre de l'ordre dans tes pensées… tu vois, une pause dans ton travail, tu peux toujours venir ici passer quelques jours avec nous. Y aura toujours un lit et une place à table pour toi. Tu le sais, pas vrai, Evan ?

— Pour sûr, m'man, que je le sais. » Il ferma les yeux, prit une profonde inspiration. Non seulement il se décevait lui-même, mais il était aussi une déception pour sa mère à présent.

« Ton père aimerait beaucoup te voir. Ça va vraiment le contrarier que tu ne viennes pas. Il se fait beaucoup de souci pour toi, tu sais.

— Dis-lui de ne pas s'inquiéter, je vais très bien. »

Elle retomba dans le silence, attendant qu'il lui fournisse une réponse moins évasive.

« Et Carson ? » demanda Evan, désireux de changer de sujet, ne serait-ce que pour trouver une raison de mettre un terme à la conversation.

L'hésitation à l'autre bout du fil fut palpable et plus éloquente que n'importe quel discours. Evan comprit alors qu'il aurait dû s'en tenir à sa promesse.

« Carson, c'est Carson, on le changera pas, dit Grace Riggs. Il a sa façon à lui de tout bousculer, comme toi tu as la tienne.

— Mais qui est-ce qu'il bouscule, m'man ?

— Qui est-ce qu'il bouscule pas, plutôt ? répondit-elle, avant de le regretter aussitôt. Fais pas attention à ce que je dis, Evan, ajouta-t-elle. Carson, c'est pas un problème. C'est juste qu'il a sa façon de faire, et que de temps en temps ça énerve les gens.

— Tu veux que je revienne pour lui parler ?

— Je veux que tu reviennes… pour voir ta mère et ton père, comme t'étais censé le faire, bon sang de bois.

— Je ne tarderai pas. C'est promis.

— Peut-être pour le Nouvel An, alors, non ? Ou même pour l'anniversaire de Carson, en janvier ?

— Je pense aller m'installer à Austin, dit Evan.

— Ça marche pas comme tu veux à San Antonio ?

— Pourquoi tu t'imagines que ça marche pas pour moi, m'man ? Pourquoi tu te fais tant de souci ?

— Parce que t'es mon fils, Evan. C'est mon boulot de m'inquiéter pour toi. C'est ce que font toutes les mères. Évidemment, elles s'inquiètent un peu moins si leur fils vient les voir de temps en temps.

— J'avais compris, m'man. Tu commences à donner l'impression d'un disque rayé.

— Alors c'est Austin, à présent ?

— Ouais, c'est l'idée.

— Et tu déménages quand ?

— Je sais pas encore très bien. Y faut que je mette un peu plus d'argent de côté.

— T'as besoin d'un coup de main ? Je peux t'envoyer…

— Non, m'man. Je ne te demande pas d'argent, et je ne veux surtout pas que tu m'en envoies.

— Y a rien de mal à accepter un peu d'aide, Evan. C'est pas un signe de faiblesse.

— C'est mieux quand on peut se débrouiller tout seul. Ça, c'est un signe de force.

— Qu'est-ce que tu peux ressembler à ton père, des fois !

— Et c'est pas bien ?

— C'est terrible, Evan, tout simplement terrible, dit Grace avec un petit rire. Il est tellement mauvais, comme tu sais, tellement épouvantable.

— Faut que j'y aille, m'man.

— Je sais, mon chéri. Alors, on va pas te revoir de sitôt, c'est ça ?

— On va voir comment ça se passe, d'accord ?

— De toute façon on n'a pas le choix, si ?

— Salue Carson de ma part, et papa, je vous embrasse tous.

— Compte sur moi, je le ferai. Et prends soin de toi.

— T'inquiète. Je t'aime, maman.

— Je t'aime aussi, m-mon f-fils. »

La communication fut interrompue, mais pas avant qu'Evan ait entendu sa voix se briser sur les derniers mots. Elle était bouleversée, c'était évident, et il se détestait d'être la cause de ce bouleversement.

À ton avis, en quoi c'est différent des sentiments que tu inspires aux autres ? Il entendait d'ici la voix de Carole-Anne Murphy, et il se demanda s'il n'était pas en train de devenir le genre d'homme que lui-même n'aimerait pas trop croiser.

Il se rendit compte, tandis qu'il s'éloignait du téléphone, qu'il n'avait laissé aucun message pour Rebecca. Peut-être que la nouvelle de sa visite s'était répandue, et que la jeune femme, elle aussi, avait espéré le voir. Cherchait-il inconsciemment à la jeter dans les bras de Carson afin de ne pas avoir à affronter la réalité de son choix passé ? À l'obliger, elle, à décider, de manière à ne pas avoir à le faire. C'était là l'attitude d'un faible. Il en était bien conscient.

Evan arriva à Austin en janvier 1947, et ce fut le début du changement radical qu'il attendait depuis longtemps. Il y avait dans l'atmosphère d'Austin quelque chose de particulier qui, pendant un temps, s'accorda très bien à son tempérament, son caractère et son humeur. Il écrivit quantité de chansons au cours des premières semaines suivant son arrivée, comme si le changement d'ambiance avait soudain libéré en lui une créativité longtemps prisonnière. Il décrocha un contrat avec un petit night-club aux abords de la ville, et au bout de trois ou quatre mois il avait réussi à rassembler un nombre de fans assez conséquent. C'est lors d'une de ces apparitions hebdomadaires qu'il rencontra Leland Soames. Soames et son jeune acolyte, Herman Russell, qui appartenaient tous deux à une petite maison de disques du nom de Crooked Cow, vinrent écouter Evan à plusieurs reprises. Ils évoquèrent l'idée de le faire venir à Abilene pour enregistrer un disque.

« L'an prochain, peut-être, dit Soames. On a un agenda plein à craquer pour le moment, et on pourrait pas te caser avant… disons, l'automne de l'an prochain, mais ce que tu fais nous plaît bien, mon vieux, et je crois qu'un disque aurait de bonnes chances de passer sur les ondes. »

Cette éventualité fit beaucoup pour remonter le moral d'Evan, qui commençait déjà à se fatiguer d'Austin. Il jouait depuis six mois dans le même établissement, voyait souvent les mêmes visages, et ces mêmes visages l'écoutaient moins et bavardaient maintenant pendant sa prestation. La perspective d'enregistrer un disque chez Crooked Cow coïncida avec une rencontre décisive. Elle s'appelait Lilly Duvall ; sa mère, Angeline, était une créole de Louisiane, son père, un docker itinérant qui avait traversé la vie d'Angeline comme une bourrasque aussi brève que violente. De quelques années plus âgée qu'Evan, Lilly était à maints égards une femme d'expérience, mais d'une naïveté, d'un charme et d'une simplicité que démentait son apparence. Dire qu'elle était belle ne lui aurait pas rendu justice. La jeune femme vous brisait des cœurs rien qu'en traversant la rue, et à la voir les hommes mariés se demandaient s'ils ne pourraient pas abattre leur femme d'un coup de revolver en prétextant la légitime défense. C'était le Texas, après tout.

Elle ne brisa pas le cœur d'Evan Riggs. Il l'était déjà, au-delà de toute réparation. Pourtant, Lilly Duvall se débrouilla pour recoller les morceaux, recouvrant les fissures d'une main habile et les rendant pratiquement invisibles. Du moins pour un temps. Quand il la vit traverser la piste de danse dans une robe en coton imprimé et des bottes de cow-boy, s'adosser au comptoir, un pied sur la barre d'appui, pour boire son verre et le regarder chanter, en lui donnant l'impression que chacune de ses chansons n'était interprétée que pour elle, mieux encore, qu'elle n'avait été écrite au départ qu'à sa seule intention… Ce ne fut pas l'affaire d'un seul de ces détails, mais de l'ensemble, même si – à dire vrai – un seul eût suffi. Et quand il quitta la scène, elle continua à le regarder, un tendre sourire aux lèvres, et une expression étonnée sur le visage quand il devint évident qu'il se dirigeait tout droit vers elle.

Leur rencontre se fit comme au ralenti. C'est du moins ainsi qu'ils la vécurent. Ou alors ce fut le monde autour d'eux qui se mit à tourner plus lentement. S'il avait plu, ils auraient pu marcher entre les gouttes sans jamais se mouiller.

« Tu joues bien, dit-elle. Et puis, t'as une belle voix.

— Merci.

— Je t'ai déjà vu jouer… y a quelque temps, deux ou trois mois peut-être.

— Moi, je t'ai pas vue.

— T'étais vraiment bourré ce soir-là, dit-elle en souriant.

— C'était fréquent, à l'époque.

— Qu'est-ce qui est arrivé ?

— Pour me faire boire, ou pour me faire arrêter ?

— Arrêter.

— Imagine… tu te lèves au milieu de la nuit et tu t'aperçois que tu sais même plus comment tu t'appelles. Ce que je veux dire, c'est qu'y faut vraiment que tu fasses un effort terrible pour te souvenir de ton propre nom. C'est pas des blagues. Alors tu commences à te demander ce que tu pourrais oublier d'autre.

— Je m'appelle Lilly, dit-elle en lui tendant la main.

— Moi, c'est Evan, dit-il en la prenant pour la garder dans la sienne.

— Je sais qui tu es, mais c'est quand même un plaisir de faire ta connaissance.

— Je peux t'offrir un verre ?

— Je ne bois qu'en compagnie des buveurs, et toi, tu bois plus.

— Si, je bois, dit Evan. Mais pas comme un malade.

— Bon, alors je prendrai un autre Sazerac.

— Un quoi ? »

Elle rit gentiment. « Un Sazerac. Un truc de La Nouvelle-Orléans. Bourbon, absinthe et pastis local. Le seul endroit où on trouve ça au West Texas, c'est ici, tu as choisi juste la bonne boîte pour jouer. »

Lilly se retourna et jeta un coup d'œil au barman. Il était occupé ailleurs, mais en un éclair, il se retrouva en face d'elle. Evan aurait de multiples occasions d'observer le phénomène : elle obtenait immédiatement l'attention des gens. Peu importait l'endroit : bars, restaurants, night-clubs, cafés, passages cloutés. Lilly Duvall semblait ne pas avoir conscience de son pouvoir, mais elle était la flamme autour de laquelle venaient papillonner tous les insectes.

Lilly passa sa commande, et Evan demanda la même chose. Il posa de l'argent sur le comptoir.

« Bon, dit-elle, comment veux-tu qu'on procède ?

— Pour faire quoi ?

— Tu veux le scénario “Tu viens d’où ? Tu fais quoi dans la vie ? T’es marié ? etc.”, histoire de voir à qui on a affaire, si on a des attaches par ailleurs, si on sort d’une relation compliquée, si on est célibataire, disponible, le truc habituel, quoi, ou tu préfères qu’on y aille carrément sans se poser de questions en attendant de voir comment ça tourne ?

— Ben, dis donc, t’es du genre fonceuse, s’étonna-t-il avec un sourire.

— J’ai pas de temps à perdre, Evan. Je dis pas ça en pensant au dicton “On n’a qu’une vie”, mais il arrive parfois que tu rencontres quelqu’un et que tu te dises : Ah, là, y a peut-être quelque chose de formidable à vivre. Eh bien, dans ce genre de situation, la plupart des gens ont trop peur pour dire ou faire quoi que ce soit. L’épitaphe qui leur conviendrait, c’est : “Ah, si j’avais su…” T’es pas d’accord ? »

Les boissons arrivèrent. Le cocktail était bon. Evan Riggs n’aurait jamais pensé pouvoir exprimer un tel avis, c’est pourtant ce qu’il fit.

« Ma mère était de La Nouvelle-Orléans, dit-elle. Elle y vit toujours. Créole, ascendance française.

— Et ton père ?

— Pas la moindre idée, dit-elle en haussant les épaules. Quelle importance ? Ce sont des choses qui arrivent, non ?

— C’est sûr, oui. Et maintenant tu vis ici, à Austin ?

— Je suis chez des amis. J’étais venue pour une semaine ou deux… j’y suis depuis trois mois.

— Attends, dit Evan en éclatant de rire, laisse-moi deviner… Tes amis t’ont assez vue, ils te mettent dehors, et t’as besoin d’un point de chute. En fait, c’est pas d'un p'tit ami que t'as besoin, mais d'une chambre d'amis.

— Un petit ami ? Vraiment ? Parce que tu voudrais être mon petit ami ?

— Tu me cherches, Lilly ? Attention, je suis un hors-la-loi. Tu me cherches et je t'abats comme une chienne, et je te balance dans un puits à sec plein de serpents à sonnette.

— Eh ben, fais gaffe, parce que moi j'ai du sang créole dans les veines, et j'peux te faire un coup de passe-passe vaudou sur ton vieux cul de Blanc que tu t'en remettras jamais. »

Evan Riggs en renversa pratiquement la moitié de son verre.

« Tu vois ? reprit Lilly. Le charme opère. Tu perds déjà le contrôle de tes membres.

— C'était chose faite dès que je t'ai vue.

— C'est ça que tu appelles le charme du hors-la-loi ? demanda-t-elle avec un sourire.

— Pourquoi ? Tu trouves qu'il ne fonctionne pas bien ? »

Elle lui posa une main sur le bras. « Il fonctionne à merveille, Evan… à merveille. »

Evan Riggs regarda Lilly Duvall. Quelque part, dans les profondeurs de son esprit, une lumière s'était allumée. L'impression que, pour la première fois depuis qu'il avait quitté Rebecca, il voyait clair en lui-même. L'impression qu'il avait trouvé une fille qui ne lui ferait peut-être pas oublier son passé, mais lui permettrait au moins d'oser à nouveau tomber amoureux.

Avant même leur deuxième verre, il était mûr. Pas de doute là-dessus. Mûr et prêt à tomber.

22

Evie n'était pas chez elle. Sans la moindre idée de l'endroit où elle pouvait se trouver, Henry prit douloureusement conscience de la nature incertaine et fragile de sa situation. Il n'était pas plus à sa place ici avec elle qu'à San Angelo avec sa mère. Un vagabond sans attache, voilà à quoi il était réduit. Il songea même un moment à retourner à Reeves voir Evan, ne fût-ce que pour éclaircir la raison de la mauvaise volonté évidente de Carson à lui apporter son concours. Il s'agissait moins désormais du refus de Carson d'aider Evan, semblait-il, que de sa détermination à ne pas voir Henry retrouver Sarah. La question était de savoir pourquoi, et ce dans les plus brefs délais.

Ce fut Glenn Chandler qui apparut le premier. Il était presque 3 heures de l'après-midi, et Henry l'attendait depuis deux bonnes heures. À force de rester assis dans le pick-up sous un soleil de plomb, il avait l'impression de sortir d'une nuit passée au mitard. Un souvenir qu'il n'avait pourtant aucune envie de se remémorer, mais qui s'imposa à son esprit sans lui laisser le choix.

« Salut, fiston. Qu'est-ce qui s'passe ? » lui demanda Chandler. Le ton était amical, chaleureux. Vraiment un brave type, ce Glenn Chandler.

« J'attends juste Evie.

— Ben alors, tu vas devoir attendre encore un bout d'temps. Elle est à Big Lake. Elle fait le ménage dans un hôtel, là-bas.

— Vous avez une idée de l'heure à laquelle elle doit rentrer ?

— Si elle revient par le car, je dirais… aux environs de 6 heures. Elle finit à 5, tu pourrais peut-être aller la chercher. Je suis sûr que ça lui ferait plaisir, ajouta Chandler, avec un sourire. Elle arrête pas de m'tarabuster pour aller la chercher. Et moi je lui dis que le car, c'est pas fait pour les chiens. Tu sais ce qu'elle me répond ? Qu'y a des gens qui sont nés pour avoir un chauffeur.

— C'est pas si loin que ça, dit Henry. Je peux y aller, c'est sûr.

— En attendant, entre un moment, on va prendre deux, trois bières en s'racontant des conneries, sauf si t'as rendez-vous quelque part.

— Le seul endroit où je pourrais aller, dit Henry en secouant la tête, c'est Calvary, et je suis pas trop bien vu là-bas.

— Le shérif Riggs t'a fichu dehors ?

— On peut dire ça, oui.

— Au royaume des salauds, y pourrait prétendre au titre suprême, celui-là. Je l'ai jamais aimé, ce type, et j'l'aimerai jamais. Y a deux ou trois trucs dont j'ai pas causé hier soir. Pas convenables pour une conversation autour d'un repas, et puis je suis pas le genre à débiner les gens en privé. Mais pour Carson Riggs, je suis prêt à faire une exception. »

Chandler pivota sur ses talons et se dirigea vers les marches de la véranda. Henry vit là une invitation à lui emboîter le pas.

« Un jour, commença à expliquer son hôte quand ils furent installés devant la table de la cuisine, y a un gamin qui s'est fait accrocher par une voiture sur une route des environs. Y a d'ça quatre ou cinq ans. C'était un accident, de toute évidence, et je crois que le conducteur s'est rendu compte de rien. Il faisait nuit ou presque, le type sortait d'un tournant et le gosse était là, au milieu de la route, la faute à pas d'chance. Il a pas été tué, mais il a eu les jambes drôlement esquintées. Bref, personne a jamais su ce qui s'était vraiment passé, si le conducteur s'était aperçu de quelque chose ou pas… La nuit sur ces petites routes, t'accroches plein de choses, des bestioles, des branches, va-t'en savoir, et tu t'arrêtes pas toujours pour regarder. Ça servirait à quoi de toute façon ? »

Chandler but une rasade de bière.

« Riggs a entrepris de découvrir ce qui s'était passé. Le gamin se rappelait que la voiture était de couleur foncée, avec des plaques d'un autre État, quelque chose de ce genre. J'connais pas trop les détails, mais trois jours après on retrouve un mec attaché à son lit dans une chambre de motel, du côté de Barnhart. Apparemment, on lui avait défoncé les tibias avec un démonte-pneu, ou un truc comme ça. Elles étaient tellement amochées, ses jambes, que, d'après ce que j'ai entendu à l'époque, le type y pourrait plus jamais remarcher. Une enquête est ouverte, tu me suis, et on trouve une preuve sur le devant de la voiture du mec, un morceau de tissu ou autre… je sais plus, qu'on dirait qu'il a heurté quelque chose avec la bagnole. Le bruit court que c'est Riggs qui a retrouvé le type et qui l'a dérouillé. Œil pour œil… tu connais. Probable qu'il aurait jamais pu prouver que l'autre avait renversé le gosse, mais y voulait que justice soit faite, point barre. »

Henry avait écouté en silence. Il n'avait aucun mal à imaginer Riggs en train d'attacher un pauvre bougre à son lit avant de s'attaquer à lui à coups de démonte-pneu. L'homme avait un air qui disait assez qu'il était parfaitement capable d'un tel geste.

« J'suis sorti mal à l'aise de mon entrevue avec lui, dit Henry.

— Y a des gens, dit Chandler avec un sourire amer, tu te dis qu't'as intérêt à les éviter, ou qu't'as pas intérêt en tout cas à t'en faire des ennemis, et lui, c'est sûr qu'il en est.

— Vous avez d'autres infos sur ce qui a pu se passer entre son frère et lui ? Sur les raisons qu'il aurait de pas vouloir que je retrouve la fille d'Evan ?

— Des secrets. C'est toujours de ça qu'y s'agit. Le problème avec la famille, c'est que tu choisis pas, t'es obligé de prendre c'qui vient. C'est ça, le hic. Tu choisis pas. »

Henry repensa à son propre père, ce Jack Alford parti avant même de savoir que Nancy Quinn était enceinte, pas le moins du monde concerné par les conséquences de ses actes, et à Nancy, en train de creuser sa tombe à force de boire, déjà incapable d'assurer sa prise sur les quelques liens fragiles qui l'attachaient encore au monde de Henry. Le visage de celui-ci dut trahir ses pensées.

« Toi aussi, t'en as dans ta famille, j'me trompe ? Des gens dont tu sais pas quoi faire, que t'invites pour le regretter après, quand tu vois qu'y sont aussi cinglés que dans ton souvenir. Quand j'étais gamin, continua Chandler tout en s'esclaffant, mes parents avaient un cousin qui venait toujours à la maison pour Thanksgiving. Soûl comme un cochon du matin au soir, non-stop, racontant aux gamins des blagues salaces, leur apprenant des gros mots, rigolant comme un malade quand un gosse de cinq ans qui lui avait servi de cobaye disait par exemple à table : "Va t'faire foutre, m'man." Un vrai taré. Mais c'est pareil dans toutes les familles. Peu importe qui y sont, ces gens, d'où ils sortent, si y sont dans la mouise ou si y chient dans la soie. On en connaît tous. Maintenant, savoir si c'est Evan le cinglé de la famille ou si c'est son frère, ou si c'est les deux, j'pourrais pas te dire, mais si y a quelque chose de sérieux entre ces deux-là, sûr que je préférerais pas y être mêlé.

— J'crois que c'est trop tard pour moi, dit Henry. J'ai déjà un pied dedans. »

Chandler garda le silence un instant, puis se pencha vers Henry. « Ma fille est une maligne, dit-il. Je lui fais confiance pour ce qui est de juger les gens, et elle dit que t'es plutôt futé toi aussi. Elle est pas du genre à s'emballer facilement. Ça, je peux t'le dire. Mais on dirait bien qu'elle a craqué pour toi. Si j'avais droit au chapitre, c'est sûr que j'l'empêcherais de fréquenter un ex-taulard sans emploi qui s'est mis à dos un type comme Carson Riggs, mais va expliquer les raisons du cœur…

— Y a pas moyen, c'est vrai.

— Bref, vous vous retrouvez ensemble tous les deux, et si tu t'fourres dans des embrouilles, sûr qu'elle s'y fourrera aussi. Elle est comme sa mère pour ça. Elle voit une porte, y faut absolument qu'elle sache ce qu'y a derrière, surtout si la porte est fermée à clé. Elle voit un grand trou noir, faut qu'elle descende voir si les monstres sont bien réels. Y en a qui choisissent la voie la plus sûre, mais c'est pas l'cas des femmes chez les Chandler.

— Je prendrai soin d'elle, Mr. Chandler.

— Tu peux pas dire ça, Henry. Tu peux pas dire ça sans savoir à quoi tu t'exposes. Et tu fais manifestement partie d'ces gens qui tiennent leur promesse vaille que vaille quand ils en font une. Et puis, à supposer qu'y ait des problèmes, y a toute chance que ce soit elle qui prenne soin de toi. Et si tu persistes dans ton idée, ajouta Chandler avec un sourire ironique, m'est avis que, pour les problèmes, c'est plus une question de savoir quand y en aura que si y doit y en avoir.

— Vous pouvez me parler de la mère d'Evie, Mr. Chandler ?

— Pourquoi cette question ?

— Simple curiosité de ma part. Qu'est-ce qui lui est arrivé, pourquoi vous vous êtes jamais remarié ?

— Ça, fiston, c'est pas tes oignons. T'es peut-être dans les p'tits papiers d'Evie, mais t'es pas de la famille. Si t'y entres un jour, on pourra peut-être en causer. En attendant, permets-moi de pas répondre.

— Excusez-moi si…

— T'as pas à t'excuser, mon grand, dit Chandler avec un franc sourire. Elle m'a pas dérangé, ta question, et j'la prends pas mal. De son côté, Evie peut te raconter c'qu'elle veut, c'est pas mon affaire, mais la famille c'est la famille. »

Henry comprenait très bien ; un homme comme Glenn Chandler n'était rien d'autre que ce qu'il donnait à voir.

« Alors, tu t'en vas la chercher ou quoi ?

— Tout de suite, dit Henry.

— Je vais t'donner l'adresse de son travail. Elle va être sacrément contente de te voir. »

Chandler griffonna l'adresse sur un bout de papier. « T'auras pas de mal à trouver. C'est dans la rue principale.

— Merci bien.

— Vous revenez manger ici ce soir ? demanda Chandler.

— J'sais pas. J'avais dans l'idée de l'emmener quelque part.

— Ah, là, mon vieux, dit Chandler, l'air songeur, y va falloir qu'on cause, toi et moi. Parce que si tu commences à l'emmener dîner le soir, moi je vais m'retrouver tout seul ici, avec rien qu'un couteau et une fourchette devant moi. »

Henry ouvrit la bouche pour répondre.

« Allez, vas-y, dit Chandler en gloussant sous cape. J'te fais marcher. Si vous êtes pas rentrés vers les 7 heures, je m'occuperai de mon repas. »

Henry finit sa bière, remercia Chandler et lui serra la main.

« Une dernière chose, dit encore Chandler. Cette histoire avec Riggs… T'entends un serpent à sonnette, ta première réaction c'est d'le chercher – savoir s'il est derrière toi, si y peut te voir d'où il est. Se mettre à courir, c'est parfois ce qu'y a de pire à faire, tu sais ça ? Des fois, vaut mieux rester où t'es sans bouger et le laisser passer. Le tout, c'est de pas lui donner l'occasion de te mordre. Tu me suis ?

— Oui, tout à fait.

— Ça vaut mieux pour toi, fils. Parce que s'il arrive quelque chose à Evie et que c'est ta faute, y aura du grabuge, tu peux me croire. Et je ferai pas comme Carson Riggs, moi. Je te surprendrai pas par-derrière quand tu t'y attends le moins. Je viendrai droit sur toi, avec dans la main un .38. Peut-être un truc plus gros. »

Henry hocha la tête, sans rien dire. Une leçon qu'il avait apprise à Reeves : attention au mot de trop, au mot qui fâche.

La surprise d'Evie remplit Henry de plaisir. Elle manifesta un étonnement sincère quand elle le vit appuyé contre son pick-up en face de l'hôtel.

« Merde alors ! Qu'est-ce que tu fous ici, Henry Quinn ?

— J'ai vu ton père. Y m'a dit où t'étais et je suis venu te chercher, je me suis dit que ce serait bien. »

Elle lui jeta les bras autour du cou et lui planta un baiser sur la bouche.

Ce fut au tour de Henry d'être surpris, mais tout aussi agréablement.

« Alors, qu'est-ce que tu proposes ? » demanda-t-elle, une fois assise dans la cabine du pick-up, le moteur en marche.

« On peut rentrer direct chez toi si tu veux, ou bien je t'emmène manger quelque part.

— “Quelque part” me paraît bien. »

Henry passa une vitesse et quitta le trottoir. « J’ai causé avec ton père.

— Ah ouais ?

— Il m’a raconté une histoire sur Riggs. Un truc qui s’est passé y a déjà quelque temps. » Henry rapporta les recherches, le type estropié à vie, avant d’ajouter : « Ce Carson Riggs, il est vraiment dangereux, et il m’a mis en garde, en plus. Il a pas du tout envie que je continue à fouiner.

— Ça, y te l’a déjà dit, Henry. Combien de fois y va falloir qu’il te le répète ?

— Assez pour que ça me rentre dans la caboche, j’imagine.

— C’est rentré, cette fois-ci ?

— Je crois pas, non, toujours pas.

— C’est bien ce que je pensais », dit Evie, qui posa les pieds sur le tableau de bord, sortit une cigarette de la poche de son jean et l’alluma. « Alors, tu comptes faire quoi, maintenant ?

— Continuer à poser des questions, jusqu’à ce que j’obtienne des réponses.

— Ou jusqu’à ce qu’y t’attache à un lit dans un motel et te mette les jambes en bouillie à coups de démonte-pneu.

— Peut-être bien, oui.

— Dis-moi, Henry, pourquoi est-ce que tu te sens aussi redevable à l’égard d’Evan Riggs ? Qu’est-ce qu’y a là-dessous ? J’ai bien compris qu’y t’avait sauvé la mise en te sortant d’une bagarre et tout, mais c’est un truc qui arrive souvent en prison, non ? Y aurait pas quelque chose entre toi et ce type que ta p'tite amie aurait pas besoin de savoir ? Henry Quinn était peut-être une jolie petite fiotte ?

— Dans le mille, ma belle, dit Henry en s'esclaffant. T'as mis le doigt dessus… si j'ose dire.

— Non, sérieusement, Henry. Pourquoi y faut à tout prix que tu retrouves cette fille ? »

Henry prit la cigarette des doigts d'Evie, tira une bouffée et la lui rendit. « Des fois, quand tu croises le chemin de quelqu'un, dit-il, tu découvres que tu tiens quelque chose. T'arrives pas vraiment à savoir quoi, à mettre un nom dessus, mais c'est là. Evan Riggs, c'est moi, tu comprends ? Les mauvaises décisions, les moments de faiblesse, de bêtise… je pourrais tout aussi bien être à sa place. Evan va finir sa vie à Reeves. Il sait que c'est sa dernière chance de laisser une trace. À mon avis, c'est comme ça qu'il voit les choses. Sa fille, pour le meilleur ou pour le pire, reste sa fille. Il a sans doute pas bien réfléchi au fait qu'elle a peut-être pas envie qu'on la retrouve, je sais pas, mais en tout cas y s'est mis cette histoire de lettre dans la tête, et moi je lui ai promis de lui rendre ce service. » Henry s'interrompit une seconde pour glisser un coup d'œil à Evie et un petit sourire triste. « Je pensais juste avoir une lettre à remettre et rien d'autre, reprit-il. Comment j'aurais pu deviner que le frère d'Evan se mettrait en travers, comme un poteau télégraphique tombé sur ma route ? Maintenant que c'est fait, je peux plus reculer, y faut que j'me le coltine, ce type.

— Ça veut dire que tu vas continuer à la chercher, sans tenir compte de Carson Riggs ?

— Ben… tant que je pourrai, mais… oui, j'ai pris ma décision.

— Tant que tu pourras ? demanda Evie. Ça veut dire quoi ?

— Que s'il me tue, j'abandonne la partie.

— Tu crois que c'est sérieux à ce point ?

— Ma belle, je sais même pas ce que représente ton "ce", sans parler de savoir si c'est sérieux ou pas.

— Justement, ça fait deux fois qu'y t'conseille d'abandonner. Pour toi, c'est pas encore assez sérieux ?

— Peut-être, mais y a pas de loi qui m'interdise d'essayer de retrouver Sarah Riggs, si c'est bien son foutu nom, et plus on me mettra en garde, moins j'aurai envie d'être prudent.

— C'est bien d'un mec, ça, dit Evie, en baissant un peu sa vitre.

— Et si tu veux rester en dehors du coup, je comprendrai tout à fait.

— Alors là, c'est mal me connaître, dit Evie en riant. C'est pas parce que tu m'as baisée, Henry Quinn, que tu m'connais. Rester en dehors, certainement pas, j'suis déjà d'dans, et j'y serai jusqu'au bout, quoi qu'il arrive. Je suis comme toi, sans doute. On me dit de pas toucher à la boîte de biscuits, et la première chose que j'fais c'est de la descendre de son rayon, la deuxième, c'est d'avaler ces putains de biscuits jusqu'au dernier, quitte à me rendre malade comme une bête. »

Henry s'esclaffa, avant de la regarder du coin de l'œil. Son visage affichait un sourire, mais il y avait dans ses yeux une froideur qui laissait transparaître son angoisse.

« À nous trois, Carson Riggs ! » lança-t-elle.

C'était clair, désormais. Où qu'ils aillent, ce serait ensemble, main dans la main. D'accord, ils ne s'embarquaient pas dans une folle équipée de braquages de banques et de carnages généralisés, mais la route s'annonçait périlleuse. Henry était sorti de Reeves depuis à peine cinq jours, et déjà les choses tournaient au vinaigre. Il pressentait le pire. Bonnie et Clyde, Dillinger et Billie Frechette, Starkweather et cette pauvre gamine un peu simplette qu'il avait entraînée dans sa chevauchée fantastique. Les précédents n'auguraient rien de bon.

« C'est bien beau tout ça, mais va falloir que je mange, moi, dit Evie, interrompant le cours de ses pensées. J'pourrais bouffer des lacets de chaussures et des capsules de bouteilles. »

23

Lilly Duvall : muse, source d'inspiration, amante, amie, le début et la fin de toute chose.

L'amour change le monde, dit-on, autant pour celui qui aime que pour celui qui n'aime pas. Être amoureux et aimer : difficile de déterminer le moment de bascule. Coïncide-t-il avec une remarque ou un geste de l'être aimé, une particularité de caractère qui lui appartient en propre ? Le simple fait que semblable particularité suffise à le rendre douloureusement attachant, qu'on soit seul au monde à l'avoir remarqué, justifie que d'une certaine manière on devienne soi-même spécial à ses propres yeux. Aimer l'autre, c'est peut-être s'aimer soi-même davantage. C'est ainsi que cela se passa pour Evan Riggs. Aimer cette fille donna plus d'épaisseur au réel. Il écrivit, plus qu'il ne l'avait jamais fait auparavant, et pas seulement des chansons d'amour. Il écrivit avec ses tripes autant qu'avec son cœur, et les paroles qu'il arrivait à trouver pour ses chansons le surprenaient parfois. « Lord, I Done So Wrong » ou « I'll Try and Be a Better Man ». C'est pendant cette période qu'il composa ces plaintes mélancoliques d'une âme mise à nu, et rares furent les moments où il osa se demander si cette fille aurait un jour autant d'importance pour lui que Rebecca Wyatt. Il savait qu'il n'en serait rien, que personne, jamais, ne la remplacerait, mais Lilly en était venue à combler son esprit et son cœur au point de ne laisser place à rien d'autre. Rebecca, du moins pour un temps, ne fut plus que le fantôme de ce qui aurait pu être mais ne serait jamais.

Lilly était excessive en tout et s'égarait souvent du côté de l'ombre et des ténèbres. Capable d'aimer et d'aimer la vie aussi bien que de détester tout ce qui venait contrarier ses desseins. C'était une lutteuse. Qui fulminait contre le conformisme, la résignation, la banalité, tout ce qu'elle percevait comme *normal* et *sans risques*. Une bohémienne, un brandon, un fil sous tension qui faisait vibrer l'air autour d'elle. Face à elle, Evan se rendait compte qu'il n'avait rien de ce sang de romano qu'évoquait parfois sa mère en plaisantant.

Comme la plupart des gens, Lilly avait ses contradictions. Elle pouvait passer des journées entières au lit, à ne rien faire, épuisée, semblait-il, par les efforts qu'elle consacrait à forcer la vie à se montrer intéressante. Peut-être estimait-elle que le seul fait d'être en vie lui donnait des droits, qu'il n'était pas normal qu'elle en bave à ce point, pas normal qu'il y ait autant d'interdits, d'obstacles et de privations.

« Pourquoi tout est-il aussi merdique ? » demandait-elle à Evan, incapable toutefois de définir ce que recouvrait ce « tout ».

Un mois à la voir au quotidien, presque à chaque heure de la journée, fit prendre conscience à Evan qu'une vie avec Lilly Duvall ne serait pas une vie ordinaire. Tout prenait avec elle des proportions dramatiques. Pas de juste milieu. Point de salut hors du délire et de l'extravagance, du défi et de la contestation permanente.

Peut-être alors fut-il reconnaissant à Rebecca de l'avoir laissé partir, peut-être comprit-il que son refus de le suivre était davantage une tentative pour se sauver d'un danger potentiellement destructeur que la mesure de son amour pour lui.

Trois mois avec Lilly, et déjà les signes d'usure étaient là. Jusqu'au sexe qui semblait avoir d'autres motivations que lui-même, comme si baiser était pour chacun un moyen d'exercer une vengeance.

Neuf mois, et Evan sentit qu'il commençait à lâcher prise. Si peu, mais tout de même. Il se regardait comme s'il était extérieur à lui-même, refusant pour finir de se laisser entraîner dans la fureur et la violence de ses émotions. Pas de répit, pas d'accalmie, jamais, et alors qu'au début il avait puisé dans la passion et l'appétit de vivre de Lilly une énergie et une force nouvelles, il n'y trouvait maintenant plus rien que de débilitant. L'attention qu'elle lui consacrait, et qui avait d'abord semblé confirmer la justesse de tout ce qu'il était, lui procurait à présent une sensation d'oppression et de claustrophobie. Une dispute avec Lilly au sujet d'un détail sans importance le laissait épuisé, pas seulement d'un point de vue mental et émotionnel, mais aussi spirituel.

À l'approche de Noël 1947, le train dérailla.

Evan jouait dans un bar de Round Rock, le soir du vendredi 12 décembre : une quarantaine d'habitués, une bonne sélection de chansons et un bon public, qui le gratifia de trois rappels et se pressa ensuite autour du bar pour lui payer à boire. Et il but tellement qu'il finit ivre mort, incapable de rentrer chez lui avant le lendemain.

« Je t'ai attendu toute la nuit, lui dit-elle.

— Je m'en doute, je suis désolé. »

Debout sur le seuil de la cuisine, elle arborait son visage des mauvais jours, et ses yeux disaient : *Je vais la gagner, cette bagarre, espèce d'enculé.* Entre la gueule de bois et son retour précipité, Evan était éreinté, il avait un goût épouvantable dans la bouche, comme si une chèvre y avait élu domicile, et il n'avait pas besoin de la scène qui se préparait.

Elle était là, une main sur la hanche, dans une attitude provocante qui disait clairement qu'elle ne bougerait pas d'un pouce avant d'avoir eu une explication satisfaisante, oubliant – comme toujours – qu'aucune explication n'est jamais satisfaisante.

« Des excuses, ça va pas suffire, c'est ça ? » demanda-t-il.

Elle sourit, une lueur cruelle dans les yeux. Il l'avait négligée. Voilà le problème. Non pas qu'elle soupçonnât l'existence d'une autre femme. Rien de ce genre. Simplement, elle avait raté quelque chose, qui aurait pu soulager son ennui, parce qu'on l'avait tenue à l'écart. Ce ne serait que plus tard qu'Evan comprendrait ce mode de fonctionnement, le sentiment que, quoi qu'il arrive dans le moment, aussi agréable, excitant, nouveau ou captivant qu'il puisse être, il y a toujours, ailleurs, autre chose qui est peut-être mieux. Une incapacité à exister dans ce moment. Certains pouvaient comme elle passer leur vie entière ailleurs, négligeant les merveilles qu'ils avaient sous les yeux. S'il l'avait compris quand il en était encore temps, peut-être Evan aurait-il su s'adapter, mais il ne devina rien, se condamnant ainsi à l'impuissance.

« C'est pas une question d'excuses, Evan. T'as pas pensé à moi, c'est tout. T'aurais pu m'appeler, me dire que tu ne rentrais pas. J'aurais pu te rejoindre. Trente bornes, bon sang, c'est pas le bout du monde. J'aurais pu passer la nuit avec toi là-bas, on aurait pu prendre le petit déj ensemble.

— Tu as raison, dit Evan. J'y ai pas pensé.

— C'est parce que tu voulais pas de moi là-bas ?

— Non, pas du tout.

— Alors quoi ?

— C'est juste que j'y ai pas pensé. J'ai fait ma prestation, j'ai bu un verre, et puis un autre, et plus je buvais, moins je pensais, faut croire. C'est tout. Y a absolument rien d'autre. Rien à interpréter ou à comprendre. J'ai merdé. Je suis désolé. Je m'excuse. J'essaierai d'être moins négligent la prochaine fois, d'accord ?

— Le sarcasme, j'apprécie moyen, Evan, dit-elle en lui lançant un regard noir.

— C'était pas du sarcasme.

— Ça en avait tout l'air, pourtant.

— Bon, d'accord, mais je t'assure que c'était pas mon intention. Tu as une façon bien à toi d'interpréter mes propos.

— Ce qui veut dire ? »

Evan lui fit face, la main sur l'étui de sa guitare, l'esprit partant à la dérive.

« Je connais cette expression, reprit-elle.

— Crois-tu, Lilly ? Crois-tu vraiment ? Eh bien, dans ce cas, éclaire-moi, je t'en prie. Pourquoi ne pas me dire ce que tu lis sur mon visage en ce moment ? J'aimerais bien l'entendre.

— Qu'est-ce que tu peux être con à certains moments, Evan Riggs !

— Et toi, qu'est-ce que tu peux être garce, Lilly Duvall !

— Alors ça va être comme ça ?

— Quoi, ça ?

— Notre vie ensemble. Tu m'oublies, je gueule, on se dispute, et puis on baise, et on attend de recommencer.

— C'est comme ça que tu la vois, notre vie ?

— En tout cas, elle y ressemble sérieusement, Evan.

— Y a des moments où t'es complètement fêlée, ma pauvre Lilly. En fait, non, c'est pas ça, c'est moi que tu rends cinglé. Tu racontes des conneries, là. Ça tient pas debout. Je sais pas d'où te viennent ces idées, et j'ai beau réfléchir, je vois rien qui puisse les justifier. Mon impression à moi, c'est que tu cherches à tout prix la bagarre, et je me demande pourquoi…

— Je pourrais en dire autant de toi… quand tu me laisses moisir toute seule ici. »

Evan resta sans réaction, au-dedans comme au-dehors. Il était exténué. Poursuivre cette dispute était au-dessus de ses forces. Il poussa un soupir résigné, fit-demi-tour et se dirigea vers la porte de l'appartement.

« Tu t'en vas ? demanda Lilly.

— Oui, j'm'en vais.

— Connard, va !

— J'en ai assez, dit Evan en se retournant.

— Assez de quoi ?

— Assez de ce que tu es, Lilly. Je t'aime, mais je deviens cinglé à vivre avec toi. Je sais pas comment te rendre heureuse. Je sais pas quoi faire pour que tu arrêtes de te battre contre tout, contre le monde…

— C'est pas vrai, je me bats pas contre le monde, l'interrompit-elle.

— Mais si, chérie, et tu le sais. Je vis avec toi depuis un an, et je te vois à l'œuvre tous les jours. T'es jamais contente. Même quand tu prends du plaisir à quelque chose, on dirait que tu peux pas t'empêcher de vouloir autre chose, de différent ou de meilleur. Tu sais l'impression que ça fait ? Celle de parler à quelqu'un qui passe son temps à chercher un interlocuteur plus intéressant, et crois-moi, c'est usant.

— Tu me quittes, dit-elle d'une voix neutre.

— Non, je n'te quitte pas, dit Evan en souriant.

— Mais c'est pas l'envie qui t'en manque.

— Pas du tout.

— Tu ne m'aimes plus, asséna-t-elle, comme si tout ce qui devait désormais franchir ses lèvres était une vérité irréfutable.

— La question n'est pas de savoir si je t'aime et jusqu'à quel point, mais *qui* j'aime. Je n'aime pas celle que tu es en ce moment, celle que tu crois devoir être pour faire plier l'autre.

— Tu dis n'importe quoi !

— Mais non. Et tu le sais, et c'est pour ça que tu te mets en rogne.

— Va t'faire foutre, Evan. »

Il sourit à nouveau, ce qui ne fit que l'exaspérer davantage. « Tu peux pas venir, la gueule enfarinée, dire aux gens qui ils sont et ce qu'il faut en penser, reprit-elle.

— Et pourquoi pas ? La preuve, je viens de le faire.

— Eh bien, t'as tort.

— J'ai toujours tort, Lilly, même quand j'ai raison. C'est bien là le hic.

— On peut pas discuter avec toi. T'arrêtes pas de te contredire et de raconter n'importe quoi.

— D'accord, d'accord, dit Evan, résigné, avant de se diriger à nouveau vers la porte.

— Alors tu pars, c'est ça ? demanda Lilly, une pointe d'angoisse dans la voix, comme si elle se demandait si elle n'avait pas dépassé les bornes.

— Oui, dit Evan. Je pars un quart d'heure acheter des clopes et de la bière. Et puis, je reviens. T'as besoin de quelque chose ? »

Lilly le regarda, les yeux écarquillés, le visage vide de toute expression. Il fut alors envahi d'un étrange pressentiment, mais refusa de se fier à son intuition et laissa le moment passer.

La main sur la poignée de la porte, Evan lui jeta un coup d'œil par-dessus son épaule et lui sourit. Un sourire désarmant, sans fard, destiné à alléger l'atmosphère, à détendre et apaiser sa compagne, un sourire qu'elle ne lui rendit pas.

Il n'aurait pas dû sortir à ce moment-là, il s'en rendit compte pratiquement dans l'instant. Exactement de la même façon qu'en cet ultime instant avec Rebecca il avait su qu'il aurait dû dire quelque chose, mais avait laissé passer l'occasion.

Evan Riggs se rendit à l'épicerie la plus proche où il acheta des cigarettes, un pack de six bières et un paquet de crackers.

Comme il l'avait dit à Lilly, son absence ne dura guère qu'une quinzaine de minutes, mais il n'en fallut pas davantage.

Le temps qu'il revienne, il était trop tard.

24

Ce qui n'était encore qu'un soupçon se révéla fondé, du moins par le biais de l'intuition et de l'observation, ce soir-là au saloon de Calvary.

Ames, Sperling, Mills et Eakins étaient présents, et quand Henry Quinn et Evie Chandler se mirent à les abreuver de whisky et de questions, les coutures commencèrent à craquer. Car les coutures qui les liaient les uns aux autres étaient souvent doubles, et, à certains moments, quand l'un d'eux regardait son voisin, Henry et Evie devinaient sans peine qu'un accord tacite entrait en vigueur. *Je laisse parler les autres, moyennant quoi je parlerai aussi ; mais jusque-là, pas un mot.*

« Je veux pas dire que la présence continue de Carson Riggs au poste de shérif est illégale, hasarda Harold Mills, mais d'après Warren, qui était quand même un homme de loi, on était en droit de se poser des questions sur la validité de ces élections… Il aurait fallu savoir si le nombre de suffrages exprimés correspondait à celui des bulletins effectivement comptés.

— Y a pas une limite au nombre de mandats auxquels peut prétendre un shérif ? demanda Henry. D'après mes calculs, Riggs occupe le poste depuis pratiquement trente ans, sans interruption. C'est pas normal, si ?

— Y en a un qui aurait su ça, c'est Garfield. Mais pas de chance, il est mort fin mai.

— Il est mort comment ? s'enquit Evie.

— C'est son cœur qui a lâché, dit Ames. D'un coup, à son bureau.

— Et personne a jamais cherché à disputer le poste à Riggs ? » demanda Henry.

George Eakins se pencha en avant, les coudes sur la table, les mains autour du verre de whisky posé devant lui. « On est pas à San Angelo ici, petit. La vie dans une grande ville et la vie dans un trou comme le nôtre, ça a rien à voir. Ici, tu dis quelque chose, une heure après tout le monde est au courant. On vit tous les uns sur les autres. C'est comme ça, ça a toujours été comme ça, et probable que ça changera jamais.

— Si les choses restent ce qu'elles sont, c'est parce que personne fait rien pour les changer, fit remarquer Evie.

— Ah, la voix de la jeunesse, dit Clarence en souriant.

— La voix de la vérité, corrigea Evie. On dirait qu'il vous fait peur, Carson Riggs. Vous avez la trouille chaque fois qu'on prononce son nom. »

La remarque jeta un froid dans la petite assemblée. Henry le perçut aussitôt, regarda chacun des hommes à tour de rôle et comprit qu'Evie avait exprimé là quelque chose qu'aucun d'entre eux n'avait envie d'entendre.

« Fais gaffe, jeune fille, dit Roy Sperling d'une voix à peine audible. On dit pas des choses pareilles si on tient à garder ses amis. »

Evie Chandler sourit, avant d'éclater de rire. Ce qui eut pour effet de détendre l'atmosphère. « Allez, les mecs ! dit-elle. Vous savez bien c'que je veux dire. Il fait reculer tout le monde, ce type. Regardez Henry, il essaye d'apprendre un ou deux trucs pour aider un pote, et il se heurte à un mur et à des boniments. Y a bien quelqu'un qui doit être au courant de c'qui s'est passé entre Evan et Carson.

— Leur mère », lâcha Harold Mills, et si l'atmosphère s'était déjà refroidie quelques minutes plus tôt, elle se fit carrément glaciale.

Ames lui jeta, tout comme Sperling, un regard où luisait une hostilité latente. Il aurait été difficile de dire qui parmi eux souhaitait voir cette histoire révélée au grand jour et qui préférait la tenir cachée.

« Leur mère ? interrogea Henry. Elle est encore en vie ? »

Clarence Ames, les yeux rivés au sol, secoua la tête en signe de désapprobation. Décidément, quelque chose clochait. Une limite avait été franchie.

« Ça alors ! s'exclama Evie. La mère de Carson et d'Evan est vivante ?

— Eh oui, elle vit toujours, répondit Harold Mills.

— Et où ça ? demanda Evie.

— Dans une maison, à Odessa, autant qu'je sache, dit Mills.

— Allez, ça suffit, Harold, dit Ames. Tu peux pas envoyer ces deux-là là-bas… embêter une pauvre vieille qui s'rappelle même plus d'son nom.

— Une vieille ? reprit Harold. Mais elle est pas tellement plus âgée que toi. Et peut-être qu'y f'raient bien d'y aller, à Odessa, Clarence, que ça ferait pas de mal qu'y sèment un peu le bordel, tu vois, parce que ça fait une paye qu'on a rien vu d'ce genre à Calvary. Warren le disait plus souvent qu'à son tour, non ? Qu'on devrait tous lui dire d'aller s'faire foutre, et tant pis pour la suite.

— T'es soûl, dit Ames, qui se tourna vers Evie et Henry et leur adressa un sourire résigné avant d'ajouter : Faites pas attention à lui. Il a trop bu. » Il était évident que Mills n'était pas ivre, plus évident encore qu'Ames était en colère contre lui pour avoir parlé de Grace Riggs.

« J'suis pas soûl, Clarence, rétorqua Mills. Rien à voir avec l'alcool. P't-être que si quand même… parce que, si j'buvais encore un peu, j'risquerais d'ouvrir ma gueule et de plus la r'fermer avant longtemps.

— Eh ben, vas-y, Harold, te gêne pas, dit Ames. Tu verras bien c'qui se passe après.

— Tu crois que j'en serais pas capable ? dit Mills d'une voix nettement agressive à présent. Tu crois que je suis peut-être pas capable de dire que j'en ai marre de c'merdier… marre de toutes vos conneries. De lui voler une bonne fois dans les plumes à ce foutu…

— Ça suffit ! » lança sèchement Roy Sperling, interrompant la diatribe.

Un silence pesa sur la salle. Impossible de revenir en arrière. De se rétracter ou d'effacer les propos tenus.

Henry Quinn et Evie Chandler eurent l'impression qu'une terreur muette, palpable, planait dans l'air froid et presque électrique.

Henry se leva de sa chaise. « Viens, on y va », dit-il à Evie.

Elle obtempéra sans un mot.

« Merci pour le verre, messieurs », dit Henry.

Il pivota sur les talons et se dirigea vers la porte. Il tendit la main derrière lui, et Evie la prit.

« Mr. Quinn. »

Henry s'arrêta, se retourna et contempla le petit groupe.

« Quand on creuse une fosse, mieux vaut étayer les côtés, dit Clarence Ames. Sinon, on risque de s'enterrer soi-même. »

Evie ouvrit la bouche pour répondre, mais Henry lui pressa fortement la main, et elle s'abstint de tout commentaire.

Ils quittèrent le saloon et rejoignirent le pick-up de Henry, sans prononcer un mot.

Une heure plus tard, quand ils se retrouvèrent assis côte à côte chez les Chandler, *McCloud* à la télé avec le son coupé, le père d'Evie manifestement absent, de quoi auraient-ils pu parler sinon de ce dont ils avaient été témoins ce soir-là au saloon, des échanges auxquels ils avaient assisté.

« Il a quelque chose sur eux, dit Evie.

— Sur tous, précisa Henry, et tout aussi bien des trucs différents sur chacun. Il est shérif depuis presque trente ans, bon sang. Le moindre délit, le moindre méfait, la moindre incartade… C'est une petite ville. Il doit être au courant de tout, connaître tous les secrets.

— Ils lui mangent tous dans la main, c'est pour ça qu'il est systématiquement réélu.

— Et la mère…, dit Henry. Evan en a jamais parlé. Je me suis même jamais douté qu'elle était encore en vie. Faut que j'aille à Odessa et que j'lui parle, à cette femme.

— On a pas la moindre idée de l'endroit où elle peut bien se trouver, Henry. Odessa, c'est pas Calvary. Tu peux pas arrêter le premier pékin venu, en espérant qu'il va te rencarder.

— On n'a qu'à demander à Harold Mills, dit Henry. Si y en a un qui est prêt à parler, c'est bien lui.

— Ce soir ? Demain ?

— Demain.

— Et ce soir, alors ?

— J'ai envie d'boire un bon coup et de te faire des trucs quasiment interdits par la loi.

— Bon Dieu, mec, dit Evie en riant, pourquoi "quasiment" et pas "carrément" ? »

25

L'entrée de l'appartement donnait sur une passerelle reliant deux immeubles, au bout de laquelle quelques marches en fer forgé descendaient jusqu'à la rue, à peine cinq mètres plus bas. Dès qu'Evan se retrouva au pied de l'escalier, sur le trajet du retour, il sut qu'il se passait quelque chose d'anormal.

Un gentleman danse toujours avec celle qui l'a amené.

Quelqu'un lui avait sorti cette phrase un jour. Il aurait été incapable de dire qui, quand ou pourquoi, mais elle lui était restée. Elle signifiait tant de choses, qui toutes avaient à voir avec la loyauté.

Par la suite, il poserait des questions, dont aucune ne trouverait de réponse, et il y en aurait des quantités.

Par la suite, il prendrait toute la responsabilité sur lui, la laissant, elle, parfaite et sans tache ; lui serait le pire des salopards, et rien de ce qu'il avait pu dire ou faire ne trouverait grâce à ses yeux. Il avait été incapable de tenir une seule de ses promesses. Il avait menti. Il l'avait abandonnée. Il avait fait de sa vie un calvaire. Il s'était servi d'elle pour combler le vide laissé par Rebecca, ce qui, en soi, était le pire de tous ses mensonges. Il avait souvent dit à Lilly qu'il l'aimait, et pourtant il ignorait jusqu'au sens du mot « amour ».

C'était là son châtiment. Bien sûr. Sinon, comment pareille chose aurait-elle jamais pu se produire ?

À la moitié des marches, il posa le sac qu'il avait à la main. Pourquoi ? Il l'ignorait alors, et même avec le recul il resterait incapable de l'expliquer.

Il savait, un point c'est tout.

Plus tard, il écrirait une chanson sur ce moment. Qu'il intitulerait « No Time Left ». Il ne l'interpréterait jamais. Ne la chanterait pas une seule fois.

Quand il atteignit la dernière marche et s'engagea sur la passerelle en direction de la porte de l'appartement, il sentit ses tripes se nouer, pris de panique. Il avait déjà éprouvé cette sensation. Plus intensément même qu'aujourd'hui, quand il était allé jusqu'à la grange pour découvrir que Rocket avait disparu. Il en gardait un souvenir très net, le sentiment que quelque chose se détraquait de façon irrémédiable, et que d'autres désastres allaient suivre, qui échapperaient à tout contrôle, une catastrophe mineure en entraînant d'autres, plus importantes, dans son sillage. Et pour finir, un trou noir de désespoir, d'effroi et d'horreur.

Evan s'obligea à ne plus penser.

Il arriva devant la porte. La poussa, mais elle refusa de s'ouvrir. Il ne l'avait pourtant ni fermée ni verrouillée. Il tourna la poignée. Mais la porte ne cédait toujours pas.

Son cœur fit un bond dans sa poitrine.

Il leva la main et frappa. Attendit quelques secondes et recommença.

« Lilly ? appela-t-il. Lilly, ouvre, bon Dieu ! Arrête de faire l'idiote. »

Rien.

Il frappa à nouveau. Ferma le poing et martela la porte. Son cœur battait au rythme de ses coups, la pression montait à présent en lui, jusqu'au point d'explosion.

Il regarda à droite, puis à gauche, comme pour trouver quelqu'un ou quelque chose qui lui révélerait ce qu'il ignorait encore.

Ne faisait-elle que le taquiner ? Le punissait-elle de ne pas être rentré la veille, d'avoir négligé d'appeler pour avertir ? Se vengeait-elle de toutes ces peccadilles ?

Rien d'autre ? Ou bien au contraire quelque chose de plus grave ?

« Lilly ? Ma chérie ? » appela-t-il encore, plus fort cette fois-ci. Impossible qu'elle ne l'entende pas. L'appartement était petit. Quatre pièces : salle de bains, cuisine, chambre, un séjour étroit où ils passaient l'essentiel de leur temps à bavarder et à regarder la télé, et où parfois il lui lisait les paroles de ses chansons et lui fredonnait les mélodies. Qu'elle saluait d'un « C'est magnifique, Evan… Ça me chavire le cœur… ».

À présent, c'est la pression qu'il ressent qui lui chavire le cœur. Comment un cœur saurait-il résister à un assaut aussi violent… la panique qui grandit et se répand comme une flaque de sang dans l'eau, comme une fleur noire de désespoir qui enfouit ses racines au plus profond de l'être, déploie ses pétales dans la poitrine, exhalant une odeur fétide, empoisonnée.

Non, c'est impossible, pas ça.

Evan se souvenait d'avoir eu cette pensée. Il avait l'impression d'être hors de lui, au sens propre de l'expression. Comme s'il était là, derrière lui sur la passerelle, en train de se regarder cogner contre la porte, s'écarter pour faire place aux voisins qui sortaient maintenant de leurs appartements et qui disaient : « Tout va bien ? Qu'est-ce qui se passe ? Bon sang, Evan… calme-toi, mon vieux », jusqu'à ce qu'ils comprennent que c'était vraiment sérieux, que ce n'était pas Evan, ivre mort, qui se déchaînait une fois de plus, que ce n'était pas Evan se disputant avec Lilly, ou Lilly à nouveau dans une rage folle contre lui qui essayait d'enfoncer la porte verrouillée de l'extérieur pour l'agonir d'injures parce qu'il lui avait encore joué un de ses tours stupides…

Ce qu'il vivait, ici, maintenant, c'était la vie dans ce qu'elle avait de réel, et qui ne présageait rien de bon.

Les voisins se pressaient à son secours.

Evan n'était plus à l'extérieur de lui-même. Il avait une épaule contre la porte. Depuis ses premiers coups sur le bois, il ne s'était pas écoulé plus d'une minute, qui lui semblait pourtant avoir duré des heures.

Comment les choses se seraient-elles passées s'il avait agi sur-le-champ ?

Qu'aurait-il été en mesure de faire s'il avait enfoncé cette porte sans attendre ?

À la vérité, rien, mais la raison et la logique rendaient les armes quand la peur et la panique prenaient le dessus.

La porte finit par céder à la troisième tentative.

Alors, il n'y eut plus de doute.

Des gens se précipitèrent à sa suite tandis qu'il traversait en courant le séjour, la cuisine, la chambre pour arriver à la salle de bains, là où il s'était prélassé à ses côtés dans la baignoire, inondant le sol parce qu'elle était trop petite pour les contenir tous les deux, ivres l'un et l'autre, riant comme des fous et tellement amoureux, tandis que des bougies allumaient une multitude de reflets tout autour d'eux, au cours de longues soirées passées côte à côte, à parler de leurs rêves, de ce qu'ils voulaient faire, et qu'ils ne pourraient jamais faire avec quelqu'un d'autre… parcourir le monde, découvrir des merveilles, se faire des amis et rassembler dans leur expérience commune tout ce que eux, et eux seuls, étaient capables de comprendre et d'apprécier. Telle était la vie qu'ils s'étaient promise. La vie qui aurait dû être la leur.

Le sang montait en volutes dans l'eau comme des nuages en formation. Nuages écarlates et paresseux.

Elle s'était tailladé les bras depuis le coude jusqu'au poignet, sur toute la longueur. Ses veines s'étaient ouvertes sans résistance, lui offrant une évasion radicale hors de l'irréalité désespérée dans laquelle elle s'imaginait vivre.

Ce qu'elle croyait être et ce qui était réellement n'auraient jamais pu coïncider.

On peut tout changer.

Demain sera un autre jour.

Une bonne nuit de sommeil, une bonne séance de fou rire, et on n'y pensera plus.

Non, pas cette fois-ci.

Evan se laissa tomber sur les genoux à côté de la baignoire.

Quinze minutes, peut-être moins, il n'était pas resté absent plus longtemps. Il l'attrapa par les bras, et le sang lui coula entre les doigts tandis qu'il la soulevait pour la sortir de la baignoire.

Incapable de parler, il eut pourtant la force de crier, un cri primal, ancien, qui montait des profondeurs de son être, et il la serra contre lui, de toutes ses forces. Elle le fixa de ses yeux désormais vides.

À nouveau debout, il se retourna, pour voir la salle de bains envahie.

« Reculez ! hurla-t-il, recouvrant sa voix. Écartez-vous ! Laissez-moi passer, bordel ! »

Un passage s'ouvrit et Evan traversa la chambre en titubant, puis le séjour, et sortit sur la passerelle. Lilly lui semblait légère dans ses bras, comme si son corps s'était vidé de son sang jusqu'à la dernière goutte.

Il renversa le sac de courses en descendant l'escalier. Les bouteilles de bière rebondirent jusqu'en bas des marches. Deux d'entre elles se fracassèrent sur le sol, répandant leur contenu. Ces bières, ils les auraient bues ensemble. Il aurait ouvert une bouteille fraîche et la lui aurait tendue, et elle aurait souri, de cette façon qu'elle avait toujours quand ils avaient fini de se disputer, qu'ils s'étaient calmés, et qu'il pouvait lui dire qu'elle ne lui valait rien, tandis que, de son côté, elle lui affirmait qu'il serait bien incapable de vivre sans elle. Et puis elle rirait, ajoutant qu'il était plus salaud qu'elle n'était garce, et puis il l'attirerait à lui, et ils resteraient ainsi pendant un temps infini. Pour terminer, il lui répéterait qu'il était désolé, et il était sincère dans ses regrets. Après quoi, la vie reprendrait son cours jusqu'à l'affrontement suivant.

D'affrontements, il n'y en aurait plus, désormais.

Il n'y aurait plus rien.

Evan tomba à genoux en bas des marches. Il prit Lilly au creux de ses bras et comprit que personne ne pouvait plus rien pour elle.

Il le savait en fait depuis le moment où il l'avait vue étendue, enveloppée dans les volutes écarlates et paresseuses de son propre sang.

Il sembla à Evan à cet instant que toute cette tragédie était née d'un mensonge. S'il était resté à Calvary, rien de tout cela ne serait arrivé. Non, rien… si Rebecca était partie avec lui.

Tout était fini : la passion, les promesses d'avenir, la vie qu'ils auraient bâtie ensemble.

Qui dit fin ne dit pas nécessairement recommencement ; une fin peut s'entendre en soi, sans plus rien après.

Il s'écoula vingt minutes avant que l'ambulance arrive.

L'urgentiste s'appelait Don Halliday, et ce genre de scène n'était pas une première pour lui.

26

Quand Henry Quinn se réveilla à côté d'Evie Chandler, il se demanda ce qu'il avait bien pu faire pour s'attirer tous ces ennuis. Il avait l'impression que plus rien ne le reliait à la vie qu'il avait connue avant de se retrouver à Reeves.

Un moment, il resta allongé là pendant qu'Evie continuait à dormir et que son père faisait les bruits de celui qui cherche à rester le plus discret possible, avant de quitter la maison en claquant la porte – sans doute un oubli. Evie remua, sans pour autant sortir de son sommeil ; Henry se glissa hors du lit et enfila son jean et son tee-shirt.

Il ne quitta pas la pièce, mais prit une chaise qui se trouvait près du mur et la plaça devant la fenêtre. Dimanche matin, un ciel clair, un petit air inhabituellement frais pour le West Texas, comme si le vent aride qui si souvent vous prenait tout consentait pour une fois à vous rendre quelque chose.

Henry pensa à Evan. L'homme lui manquait, et bien qu'il ne rechignât pas à exprimer ses sentiments, peut-être lui manquait-il plus qu'il n'aurait été prêt à l'avouer. Quand bien même il aurait choisi d'en parler, qu'aurait-il pu en dire ? Que l'une des personnes qui comptaient le plus dans sa vie était un criminel qu'il avait fréquenté durant moins de trois ans ? Ça n'avait pas de sens.

Henry songea aussi à sa mère, se demanda si Howard Ulysses et elle avaient bu et se disputaient ou s'ils avaient bu et baignaient dans une parfaite harmonie. Ou s'ils étaient simplement ivres.

S'il était honnête avec lui-même, force lui était de reconnaître qu'il attachait plus d'importance à sa relation avec Evan qu'à celle qu'il pouvait avoir avec sa mère. En dépit des liens de sang qui les unissaient, ils n'avaient jamais été vraiment proches. Lui restait un accident, après tout, et même si elle n'avait jamais rien dit ni fait pour le lui faire sentir, c'était une vérité indéniable qui cohabitait avec eux comme un parent indésirable. Ils en étaient tous deux conscients, même s'ils n'en parlaient jamais. Le silence, c'était leur façon de régler le problème.

Ce fameux matin, celui où il avait bu et tiré quelques coups de revolver, celui où il avait failli tuer Sally O'Brien, foutant sa vie en l'air du même coup pour plusieurs années, avait peut-être été le moment où sa frustration désespérée avait trouvé son expression la plus complète. Ce qui posait inévitablement la question : quelle part de ce qui nous arrive est déterminée par une seule petite pensée paresseuse, irréfléchie ? Ce « Ah, je voudrais bien... » fortuit et négligent devient une nécessité impérieuse, et à partir de là tout change, peut-être rapidement, mais tout aussi bien petit à petit, par paliers successifs, parfois si lentement que c'est à peine si on le remarque – et puis d'un coup, on jette un coup d'œil en arrière et on se demande comment diable on a pu en arriver là.

Juste une pensée, rien d'autre.

Henry se retourna quand Evie commença à remuer.

Elle s'étira, ouvrit les yeux, le vit assis là, et sourit.

« Qu'est-ce que tu fais ? »

Henry lui renvoya son sourire. Parfois, sa beauté le renversait.

« Je réfléchissais, c'est tout.

— Une activité que le chef des services de santé déconseille formellement. » Elle s'assit dans le lit, le drap retombant autour de sa taille et dévoilant sa gorge, ses seins, son ventre.

« Papa est parti ?

— Oui.

— Tous les dimanches, il va déposer des fleurs sur la tombe de ma mère.

— Elle est enterrée où ?

— À plus de cent cinquante kilomètres d'ici. Ça fait des années qu'y fait ça, peu importe le temps ou les événements.

— Le grand amour, c'est ça ?

— Je sais pas, Henry…, dit Evie en fronçant les sourcils. C'est peut-être juste parce qu'il arrive pas à couper le cordon. Des fois je me demande s'il le fait pas parce qu'il se sent coupable.

— Coupable… mais de quoi ? »

Elle haussa les épaules, écarta les mèches qui lui tombaient sur les yeux. « Dieu sait, Henry », dit-elle, avant de se glisser hors de lit et de rester assise sur le bord, complètement nue. « On va à Odessa, essayer de trouver Grace Riggs, c'est ça ? reprit-elle.

— On va d'abord passer voir Harold Mills, dit Henry en hochant la tête, et lui demander s'il aurait pas autre chose à nous dire.

— Tu crois qu'il va parler ? demanda Evie en enfilant un tee-shirt avant d'aller chercher des sous-vêtements propres dans sa commode.

— C'était pas l'envie qui lui manquait hier soir.

— De la veille au lendemain, dit Evie avec un sourire entendu, y a tout un monde.

— C'est pas faux », dit Henry en hochant la tête.

Elle prépara des œufs au plat. Henry n'avait pas vraiment faim, mais il avala quelques bouchées par politesse ; en revanche, il but trois tasses de café. Avant qu'ils aient terminé, il demanda à Evie si son père avait laissé entendre d'une manière ou d'une autre que sa présence chez eux posait problème.

« Mon père est un type franc, du genre "Je suis rien d'autre que c'que tu vois". Peut-être le dernier d'une longue lignée. Si y a un problème, il te l'dira. Gentiment, mais il te le dira, c'est sûr. Et puis, je crois qu'il t'aime bien.

— Ah bon ? Comment tu le sais ?

— Est-ce qu'il t'a dit de foutre le camp d'ici ?

— Non.

— Alors, c'est qu'il t'aime bien. Te fais donc pas de bile. Des fois t'aurais intérêt à être moins bien élevé.

— Comment ça ?

— Eh ben, t'es plus à Reeves. T'as pas toujours besoin de colorier en faisant gaffe à pas déborder, tu vois. La plupart du temps, tu peux te contenter d'être toi-même.

— Et le reste du temps ? demanda Henry.

— Là, y faudrait que tu t'améliores. »

Henry s'esclaffa. « T'es quand même pas ordinaire, tu sais. Je m'demande comment t'es arrivée là ?

— J'suis tombée du ciel, tu savais pas ? Ça se voit pas ? »

*

Henry prit le volant. Evie savait où habitaient les Mills, mais elle suggéra qu'ils se garent un bloc avant et fassent le reste à pied. Il était un peu plus de 9 heures. Si la famille devait aller à l'église, elle ne tarderait pas à se mettre en route.

Harold Mills était assis sur sa véranda. Il fumait une pipe, plaisir peut-être interdit à l'intérieur, et quand il vit Evie Chandler et Henry Quinn tourner au coin de la maison, l'atmosphère changea radicalement. Il donna d'abord l'impression de vouloir se lever pour les accueillir, avant de se raviser et de rester assis, dos contre le mur, jambes allongées devant lui. Il était en habits du dimanche – chemise, cravate, pantalon repassé, chaussures cirées de frais.

« Je me demandais si vous alliez vous pointer, leur dit-il quand ils furent à portée de voix.

— Harold, dit Evie. Ça va ?

— Ça pourrait aller mieux, répondit-il, mais c'est toujours le cas, non ? »

Henry ne pipa mot, attendant que Mills aborde le sujet dont ils savaient tous qu'ils allaient parler.

« Des fois, on ferait mieux d'la fermer, commença-t-il.

— Vous parlez d'hier soir ? demanda Evie.

— Hier soir, la semaine dernière, l'année dernière… peu importe quand. Mais c'qu'on dit est loin d'être aussi important que ce qu'on fait. Et c'qu'on fait est des fois pas moitié aussi important que ce qu'on fait pas. » Mills tira sur sa pipe, en profitant pour peser la suite de ses propos. C'est du moins ce qu'il sembla à Henry : Mills choisissait soigneusement ses mots, réfléchissant non seulement à ce qu'il allait dire, mais à la meilleure manière de le faire.

« Je crois pas qu'il y aura quelqu'un pour vous empêcher d'aller voir Grace Riggs à Odessa si vous en avez envie. D'après ce que j'ai entendu dire, elle est folle à lier. Pour être honnête, je vois pas comment elle pourrait vous aider à comprendre le début de cette histoire, mais on sait jamais. Remarquez, y en a qui d'viennent cinglés justement parce qu'ils y voient plus clair que les autres.

— Qu'est-ce qui est arrivé dans cette famille ? » demanda Evie. Mills parut momentanément surpris. « Parce que tu crois que c'est une affaire de famille, ma belle ? dit-il avant de secouer la tête et de sourire d'un air résigné. Non, non, petite, ça concerne pas juste une famille. Mais toute une ville, peut-être même tout un comté. Des fois tu t'abstiens de poser une question juste parce que t'as pas envie d'entendre la réponse.

— Et tout ça a un lien avec la fille d'Evan Riggs ? »

Harold Mills eut un haussement d'épaules. Pas celui de quelqu'un qui ne sait pas, mais de quelqu'un qui ne veut pas savoir. Tout chez lui suggérait qu'il était parfois préférable d'oublier, peut-être même de prétendre qu'on n'avait jamais rien su, plutôt que d'admettre la réalité des faits. Parce que cela revenait à mettre votre responsabilité en jeu, et donc à reconnaître que certaines choses auraient dû être faites qui ne l'avaient pas été.

« Où est-elle maintenant ? demanda Evie.

— À Odessa, comme je vous l'ai déjà dit. Dans un asile de dingues. Y z-appellent ça une maison de retraite, mais bon. Si vous le cherchez, vous le trouverez. On se garde bien de vous l'dire, mais l'établissement fait partie de l'hôpital du comté d'Ector. Comme pour tant d'autres choses, on lui donne l'apparence de c'qu'il est pas.

— C'est Carson qui l'a mise là ? » demanda Henry. C'était la première fois qu'il ouvrait la bouche, mais la question fit sourire Harold d'un air entendu.

Ce dernier prit un moment avant de répondre, et le silence qui s'ensuivit se fit pesant. Quand il reprit enfin la parole, ce fut pour s'adresser à Evie, un peu comme si la question était tombée du ciel, et que Henry n'était pas là.

« J'en dirai pas plus, de toute façon, et si vous voulez continuer à creuser et à déterrer des trucs, allez-y, faites-vous plaisir. »

Sur ces mots, il se leva brusquement et rentra dans la maison. La porte claqua derrière lui comme un coup de fusil.

Evie et Henry se regardèrent, médusés.

« Putain », dit Evie, et le mot résonna lui aussi comme une détonation dans l'air immobile du matin.

27

Après cette tragédie, la vie d'Evan Riggs ne reprit pas son cours sur un mode mineur, mais chuta avec toute la force de la pesanteur.

Pareil à une pierre tombant d'une falaise, Evan plongea dans un abîme de désespoir et de dégoût de soi, rongé par un sentiment de culpabilité pour ce qui était arrivé à Lilly Duvall. Peut-être ne demandait-il rien d'autre que d'en porter seul la responsabilité, poussé par le désir de se punir de tout ce qui avait pu conduire à son suicide : petites trahisons, mensonges, tromperies, négligence ou ignorance de ce qui comptait pour elle dans le seul but de privilégier ses propres envies. Personne n'est à l'abri d'un tel comportement, inhérent à toute relation humaine, mais certains sont plus vulnérables et donc plus prompts à se flageller que d'autres. Quand on cherche à se punir, tous les arguments sont bons. Evan s'était stigmatisé comme le plus coupable d'entre les coupables. Peut-être était-il dans sa nature de verser dans le théâtral, de jouer l'artiste, le poète maudit, peut-être cherchait-il à nourrir le feu de la créativité avec le charbon noir du tragique et du désespoir. Quelle que soit l'explication, le costume qu'il avait endossé était lourd à porter, et il ne le quittait plus.

Pas une seule fois au cours de ces premières semaines, il ne lui vint à l'esprit qu'il ait pu ne pas être complice. Pas une fois il ne songea à chercher ailleurs qu'en lui-même la cause de la mort de Lilly. La vérité, c'est que Lilly Duvall était depuis des années embarquée dans une entreprise d'autodestruction, son suicide constituant le clou d'une représentation théâtrale qui avait débuté une vingtaine d'années auparavant. Peut-être avait-elle fini par en avoir assez d'essayer de se remémorer son texte, d'écrire de nouvelles scènes, reconnaissant enfin que ceux qui partageaient la scène avec elle n'étaient pas forcément là de leur plein gré. Son ultime et vaine déclaration d'abandon figurait en quelque sorte son dernier rappel, une invitation à un *bis* qui n'était jamais venu, si bien qu'elle avait tiré sa révérence de la façon la plus dramatique qui fût. L'histoire se souviendrait d'elle comme d'un personnage de quelque tragédie shakespearienne, une Lavinia, une Ophélie peut-être, mais l'histoire était aussi habile menteuse que n'importe quel Machiavel. En dernière analyse, une fois le masque ôté et les décors démontés, le suicide de Lilly Duvall évoquait un acte dicté d'abord et avant tout par l'égoïsme. Elle n'était morte que pour faire porter aux autres le poids de carences qui lui appartenaient en propre.

Evan resta longtemps sans rien écrire, puis les chansons qu'il composa furent d'une tonalité sombre et désespérée, leur noirceur et leur côté nettement introspectif contrastant avec les arrangements de la première période. Son public changea, lui aussi : il n'était plus composé d'adeptes des mélodies classiques de la country ou des ballades mélancoliques, mais de gens qui étaient déjà acquis à l'idée que la vie n'est que tristesse et désespérance.

Et puis Evan buvait toujours. Non pas pour étancher une soif bien réelle, mais pour noyer un feu qui faisait rage au-dedans de lui. Et il avait beau boire, le feu continuait à le dévorer, et ses changements d'humeur brutaux devinrent rapidement insupportables pour son entourage ; certains prirent la fuite, d'autres se retrouvèrent happés dans cette sombre spirale.

Le déclin d'Evan Riggs ne se termina pas par une chute. Une femme l'avait entraîné dans une descente aux enfers qui avait duré près de six mois, et il finit par se dire qu'il lui fallait absolument se stabiliser et tenter de remonter la pente, sous peine de s'écraser au sol sans retour possible.

Matin du dimanche 21 mars 1948 : Evan Riggs se réveille avachi sur le sol dans l'arrière-salle d'un bar. Il s'est manifestement effondré ivre mort et s'est fait enfermer, sans que personne le remarque. Il pénètre dans la grande salle, trouve un verre, s'empare de la première bouteille de bourbon venue, s'en verse sept bons centimètres, porte le verre à ses lèvres et s'arrête net. Dans la glace, derrière le bar, il se voit comme en plein jour. Il n'en faut, semble-t-il, pas davantage pour qu'il reverse incontinent le contenu de son verre dans la bouteille, avant de déposer celui-ci dans l'évier.

Il entendait d'ici sa mère.

Montre-moi un faible qui ait jamais accompli quelque chose, et je suis prête à être faible moi-même, Evan. Montre-moi quelqu'un qui n'a pas tout gâché un jour ou l'autre. Ce sont des choses qui arrivent. C'est la vie. Tu t'en remets. Tu fais avec.

Le moment était venu pour lui de choisir.

Il se mit à nettoyer la salle. Il balaya le sol, lava les verres, remit les tables et les chaises en place, fit les vitres. Il travailla sans relâche, et quand le patron arriva vers 4 heures, Evan était lessivé.

« Ma parole, j'ai la berlue ou quoi ? demanda le type. Qu'est-ce que tu fous ici ?

— Je me suis laissé enfermer, dit Evan en souriant. En me réveillant, je me suis dit que je pouvais aussi bien nettoyer un peu.

— Comment tu t'appelles ? demanda l'autre en s'approchant.

— Riggs. Evan Riggs.

— T'as rien bu, t'as pas piqué de pognon dans la caisse ?

— Non, non, rien de tout ça, dit Evan en riant.

— Alors, t'es dans quoi, mon gars ?

— Ben, dans rien… comme qui dirait.

— Tu cherches un boulot ? J'ai plusieurs établissements comme celui-ci, et y faut que j'assure l'entretien. J'ai des gens pour m'aider, bien sûr, mais ils me volent comme au coin d'un bois, me piquent des bouteilles, tu vois le genre ?

— Pour tout vous dire, dit Evan en secouant la tête, je suis musicien.

— Vraiment ?

— Oui, m'sieur.

— Musicien… Et t'étais à ta musique quand tu t'es fait enfermer ici ? M'est avis que t'étais plutôt en train de cuver ton whisky. »

Evan ne répondit pas.

« Je m'appelle Lou Ingrams », dit le patron du bar en tendant la main, qu'Evan serra.

« Tu m'as tout l'air d'avoir besoin d'un boulot, fiston. Tiens, c'est à prendre ou à laisser : tu te pointes ici lundi à midi, et je saurai que je peux compter sur toi. Sinon, je saurai que j'ai personne. C'est aussi simple que ça. »

Lou Ingrams fit sortir Evan du bar. Celui-ci retourna à l'appartement et fit un rapide examen des lieux : désordre, bouteilles vides, linge et vaisselle sales un peu partout dans l'appartement.

Il se mit au travail. Au bout de trois heures de labeur, il prit un bain, se rasa et enfila des vêtements propres.

Quand il se regarda dans la glace, celle-ci lui renvoya l'image d'un homme qu'il avait connu jadis.

Le lundi à midi, il était de retour au bar de Lou Ingrams.

« Je possède cinq bars et un club, dit Ingrams. Je vais te faire voir où ils se trouvent et t'expliquer ce que j'attends de toi. »

Evan travailla toute la journée. Puis toute la semaine. À la fin du mois d'avril, c'était un autre homme. Il ne buvait plus. Son appartement était propre, et le restait. Il portait régulièrement son linge à la laverie du coin. Il était toujours ponctuel et rentrait chez lui le soir épuisé.

Un jour, il demanda à Lou Ingrams pourquoi il lui avait donné ce boulot.

« Parce que moi aussi je suis passé par là, dit Ingrams. Tu t'es fait boucler dans un bar toute une nuit sans picoler comme un malade. Moi aussi, je me suis retrouvé au fond du trou. C'est un endroit pour personne. Y faut se remettre en selle, comme le cow-boy qui a besoin de quelqu'un pour remonter sur son cheval, mais qui remonte toujours et rentre chez lui quoi qu'il arrive.

— En tout cas, merci pour ce que vous avez fait pour moi », dit Evan. Ils n'abordèrent plus jamais le sujet.

En juillet de cette même année, Evan Riggs contacta Leland Soames, le manager de Crooked Cow à Abilene, et lui demanda si sa proposition d'enregistrement tenait toujours. Soames lui dit qu'il reprendrait contact avec lui, ce qu'Evan prit pour une façon polie de l'envoyer promener. Mais Soames tint parole, et le rappela trois jours plus tard : aucun enregistrement n'était prévu pour la première semaine d'août, pouvait-il se libérer à cette date ?

« Pas de problème », dit Evan.

Il fit aussitôt part de la nouvelle à Lou Ingrams.

« Alors, t'es en passe de devenir le nouveau Hank Williams, c'est ça ?

— Vous voulez rire ! Pour me défoncer la gueule et crever à vingt-neuf ans ?

— Tu manques pas d'humour, c'est déjà ça, dit Ingrams. Laisse pas ces marioles de la musique te l'enlever.

— J'y veillerai. »

Evan Riggs et Lou Ingrams se séparèrent le dimanche 1er août 1948. Evan prenait un car pour Abilene tôt le lendemain matin.

Ingrams lui dit de sortir un tube et de lui en envoyer un exemplaire quand ce serait chose faite. Evan le lui promit. Ajoutant même qu'il viendrait le lui remettre en mains propres.

Huit jours plus tard, Lou Ingrams était abattu dans son club au cours d'une tentative de braquage. Il mourut sur le coup, sur une piste de danse qu'Evan avait récurée des centaines de fois.

Ce dernier ne l'apprit qu'un mois plus tard. L'enterrement était passé depuis longtemps.

Evan entra dans le premier bar venu et se soûla à mort. Il passa la nuit au poste de police, et c'est Herman Russell qui le lendemain paya la caution pour le faire sortir.

Leland Soames ne se formalisa pas de l'incident. Il avait fait enregistrer trop de gens et côtoyé trop de musiciens pour trouver anormal le comportement d'Evan. Il fallait savoir prendre le mauvais avec le bon. Le gamin était encore jeune. Ça lui passerait, quoi qu'ait pu recouvrir le « ça ».

Evan Riggs, lui, en était moins sûr. La vie ne lui avait pas fait de cadeaux, pas plus auprès de Rebecca Wyatt que de Lilly Duvall. Avec la mort prématurée de Lou Ingrams, elle semblait décidée à saper pour de bon la foi qu'il pouvait encore avoir dans l'équilibre du monde. C'était injuste. Il avait là une confirmation supplémentaire, si besoin était, que les dés étaient pipés, et la chance réservée aux autres.

Ce fut le moment qu'il choisit pour quitter Abilene, abandonner son projet initial, qui devait le conduire à Austin, et rentrer à Calvary. Que cela ait été pour panser ses blessures ou pour tenter de prendre du recul, il n'aurait su dire. Son intuition lui soufflait que passer un peu de temps chez lui était la meilleure chose à faire.

À dire le vrai, son intuition fut en l'occurrence la pire des conseillères.

28

Henry et Evie suivirent le Pecos jusqu'à Iraan, prirent la 349 jusqu'à l'intersection avec la 67 et remontèrent vers l'ouest. Ils arrivèrent à 11 heures à Odessa, où cinq jours plus tôt, Henry avait passé sa première nuit d'homme libre. Que d'événements en si peu de temps : son arrivée à Calvary ; son accrochage avec Carson Riggs ; sa rencontre avec Evie Chandler, qui lui avait si facilement pénétré le cœur et semblait devoir y rester ; la nuit passée chez les Honeycutt ; ses échanges avec le père d'Evie, Clarence Ames, Roy Sperling, George Eakins, et, pour finir, avec Harold Mills. Le tout en tout juste cinq jours. Il y avait quelque chose de surréaliste dans cette suite d'expériences, et pourtant, les scènes repassaient au ralenti dans sa tête. Le temps n'avait d'étalon que lui-même – Reeves le lui avait appris. L'ennui n'était rien d'autre qu'une incapacité à occuper chaque moment comme s'il n'y en avait qu'un seul, l'agitation et la frustration, rien d'autre qu'une tentative pour le ralentir. Le temps était là, point. Et si on ne le prenait pas tel qu'il était, il devenait une source inépuisable de problèmes.

« Je boirais bien un café, dit Evie. Essayons de trouver un endroit, et on en profitera pour demander où est l'hôpital du comté. »

C'était un dimanche, et on n'était pas à Austin – dénicher un troquet ouvert relevait d'une gageure. Un *diner* du centre-ville cependant proposait des petits déjeuners tardifs et un café fort à ceux qui ne fréquentaient pas l'église.

Henry et Evie s'installèrent dans un box au fond de la salle et demandèrent à la serveuse de leur indiquer l'hôpital quand elle revint avec leur commande.

« C'est simple, leur dit-elle en souriant. Vous tournez à droite, puis vous allez tout droit sans vous arrêter jusqu'à ce que vous tombiez dessus. Un bâtiment très grand et très moche. »

L'hôpital du comté d'Ector était très grand, et effectivement très moche. Sa masse de béton grisâtre semblait n'avoir d'autre but que de gâcher la vue. Une structure lourde et mal équilibrée qui donnait l'impression qu'on avait plaqué après coup les uns contre les autres et selon les besoins des pavillons et des ailes supplémentaires. Frank Lloyd Wright aurait à tout coup refusé d'entrer, même malade, dans un endroit pareil.

« Alors, qu'est-ce qu'on leur dit ? demanda Evie.

— T'as qu'à raconter que t'es la nièce de sa sœur, ou un truc comme ça. Sa petite-fille, peut-être ? Je sais pas, moi.

— Allons toujours voir », dit Evie, avant de gravir les quelques marches de l'entrée et de franchir les lourdes portes vitrées.

L'entreprise s'avéra beaucoup plus facile qu'ils ne l'avaient imaginé. La politique de l'hôpital semblait être de laisser entrer qui voulait, et on ne chercha pas à savoir qui ils étaient, ni quels liens ils entretenaient avec la patiente qu'ils demandaient à voir.

« Grace Riggs, oui, dit la secrétaire à l'accueil après avoir consulté un répertoire de noms tapé à la machine. Elle est dans l'aile Andersen. Troisième étage, tournez à gauche en sortant de l'ascenseur, suivez le couloir jusqu'au bout, puis prenez à droite et vous verrez les panneaux. »

Ils suivirent les indications, la taille du bâtiment ne devenant manifeste qu'à mesure de leur progression. L'aile Andersen était une sorte d'unité psychiatrique, ultime refuge sans doute pour les laissés-pour-compte et les incurables. L'atmosphère exsudait les pressentiments funestes, comme si se retrouver là, c'était faire le deuil de ses derniers espoirs.

L'infirmière en chef leur demanda quand même leur nom et celui de la personne qu'ils venaient voir.

« John Wilson, mentit Henry avec un sourire candide, et voici mon épouse, Mary. Mary est la cousine de la nièce de Grace Riggs, ajouta-t-il.

— Eh bien, dit l'infirmière, quelque peu déconcertée, s'il existait un concours de parents éloignés, sûr que vous le remporteriez haut la main. Il reste que Grace appréciera une petite visite, c'est certain. Elle est chez nous depuis bien longtemps et, en dehors de son fils, personne ne vient jamais la voir.

— Vous parlez de Carson, c'est ça ? demanda Henry. Le shérif.

— Il est shérif ? demanda l'infirmière. Comment je pourrais savoir ? Je ne l'ai vu qu'une fois. Et ça fait un bail. Comme je viens de vous le dire, elle n'a jamais de visites.

— Elle est ici depuis combien de temps ? demanda Evie.

— Mon Dieu, je ne pourrais pas vous dire. Je travaille dans cette aile depuis quinze ans, et Grace était déjà là quand je suis arrivée.

— Et elle, elle ne vous l'a pas dit ? »

L'infirmière eut un sourire évasif. « Le mieux, c'est que vous la voyiez, dit-elle. Je vais vous présenter. »

Elle les laissa debout à côté d'un lit où se trouvait une femme frêle, l'air perdu, qui n'était sans doute plus que l'ombre très lointaine de celle qu'elle avait dû être.

Evie regarda Henry. Qui regarda Evie. Leur expression trahissait les mêmes sentiments : incrédulité, culpabilité aussi, comme s'ils déposaient une brassée de mauvaises nouvelles au pied de quelqu'un qui avait déjà reçu plus que sa part, plus qu'aucun être humain ne devrait avoir à supporter.

Evie tira une chaise à elle et s'assit. Elle prit la main pâle et fragile de Grace Riggs dans la sienne.

« Grace », dit-elle, et celle-ci tourna vers elle des yeux laiteux.

Elle sourit faiblement, comme si elle reconnaissait vaguement la personne qui avait prononcé son nom, puis elle dit : « Il y avait du gâteau des anges à la fête, c'est moi qui l'ai fait. »

Henry vint se placer derrière Evie et posa les mains sur ses épaules.

« Nous sommes venus vous voir, Mrs. Riggs, commença-t-il, parce qu'on voulait vous parler d'Evan et de Carson, vos fils. On voulait vous poser des questions à propos de la fille d'Evan… votre petite-fille. »

Grace eut l'air un instant étonnée. « Elle a pas été ici bien longtemps, chuchota-t-elle de l'air de quelqu'un qui révèle un secret resté longtemps caché. Je l'ai vue avant qu'elle meure. » Elle s'interrompit et eut un sourire sincère et chaleureux, mais poignant. « Je suis venue lui rendre visite, mais Carson s'est mis dans une colère noire. Il m'a interdit de revenir.

— Sarah a séjourné dans cet hôpital ? demanda Evie. Et elle est morte ? » Elle se retourna vers Henry, le visage défait.

« Sarah ? s'étonna Grace. Quelle Sarah ?

— Votre petite-fille, dit Henry. La fille d'Evan.

— Non, je l'ai pas vue aujourd'hui, dit Grace. Elle est ici ?

— Qui est-ce qui est mort, Mrs. Riggs ? Qui est la personne qui était ici et qui est morte ?

— Rebecca, pardi. Je suis venue la voir une fois, et puis Carson m'a défendu de revenir, et j'ai obéi. Mais j'aurais pas dû l'écouter. »

Grace Riggs détourna les yeux quelques instants, avant de les ramener sur ses deux visiteurs. Elle leur adressa un sourire à chacun, avant de leur dire : « Il y avait du gâteau des anges à la fête. C'est moi qui l'ai fait, vous savez. »

Evie serra doucement la main de la pauvre femme. « C'est donc vrai, Mrs. Riggs ? Rebecca était la mère de Sarah, et elle est morte ici, à Ector ? »

Le regard de Grace était à présent tellement lointain, son air tellement absent qu'Evie comprit qu'elle n'était plus avec eux. Où elle se trouvait, Evie n'en avait aucune idée, mais certainement pas dans l'aile Andersen de l'hôpital du comté d'Ector en train de bavarder avec des visiteurs.

Evie resta assise encore un moment en silence. Henry ne dit rien non plus. Quand ils se levèrent enfin pour quitter la chambre, ils allèrent trouver l'infirmière pour lui dire qu'ils partaient.

« Elle était lucide ? demanda cette dernière.

— À peine.

— Elle l'est de moins en moins souvent, maintenant. Encore six mois, un an peut-être, et elle ne me reconnaîtra plus, et pourtant je la vois tous les jours.

— Merci de nous avoir autorisés à la voir, dit Evie. Et merci de vous occuper aussi bien d'elle.

— Il faut bien que quelqu'un le fasse, dit l'infirmière en souriant. La plupart de ces vieux ont été abandonnés par leur famille, et complètement oubliés. C'est une honte, vraiment, mais c'est la vie, non ? »

Une fois dehors, ils rejoignirent le pick-up, où ils restèrent assis un moment sans rien dire. Ce fut Henry qui finit par rompre le silence pour formuler une pensée qu'ils avaient tous deux en tête.

« Tu crois que Rebecca, c'était la mère ?

— Oui. Elle s'est retrouvée ici et elle y est morte. Grace a suivi le même chemin, et Evan, lui, a fini en prison. Et puis il y a le père, mort lui aussi. Je rêve ou bien est-ce que Carson Riggs pourrit la vie de tous les membres de son entourage proche ?

— Non, tu ne rêves pas.

— Ça faisait vraiment peine à voir, cette femme dans cet état. Carson ne vient jamais la voir. Mais c'est pas plus mal, tout compte fait. Elle peut pas voir Evan… probable qu'elle se rappelle même pas à quoi il ressemble. Elle est là depuis… quoi, vingt ans peut-être ?

— Au moins quinze, en tout cas.

— Tu crois que c'est une vie, ça ? »

Henry secoua la tête en signe de dénégation.

« Bref, reprit Evie, il faut maintenant qu'on découvre qui est cette Rebecca, si elle a fait un séjour ici, si elle y est morte. Si on apprend deux, trois trucs sur elle, on a peut-être une chance de nous rapprocher de Sarah.

— C'est curieux, non ?

— À quoi tu penses ?

— Eh ben, on est à la recherche de quelqu'un que personne ne veut nous voir trouver.

— Personne sauf Evan. On serait pas ici si y avait pas Evan.

— Exact.

— Tu serais prêt à renoncer, Henry ?

— Certainement pas, bon Dieu.

— Moi non plus, dit Evie avec un sourire. Plus j'en apprends sur Carson Riggs, plus il me débecte. Et plus il me débecte, plus j'ai envie de lui pourrir la vie.

— Rappelle-moi de rester en bons termes avec toi.

— Oh, c'est aussi mon intérêt, parce que je pense que tu ferais un sacré adversaire. Je crois que tu caches bien ton jeu, Henry Quinn.

— Alors là, t'as raison, ma belle, répliqua Henry, une lueur malicieuse dans les yeux. Les courants souterrains, c'est tout moi. Les eaux sombres. Et profondes avec ça.

— Crétin, va. »

Henry mit le contact et ils démarrèrent, en évitant l'un comme l'autre de regarder la géométrie torturée de la masse sombre qui se profilait derrière eux.

29

L'album se vendit, et se vendit bien. Certains des morceaux de *The Whiskey Poet* furent diffusés à la radio avec une fréquence à laquelle Leland Soames ou Herman Russell ne s'étaient pas attendus. Herman avait émis des réserves sur la tonalité générale des chansons, arguant du fait que la majorité d'entre elles étaient d'un pessimisme qui confinait souvent au morbide.

« On dirait un homme perdu et qui le sait, dit-il à Soames.

— On l'est tous plus ou moins, Herman, rétorqua Soames. Crois-le si tu veux, mais les gens aiment bien savoir qu'ils ne sont pas tout seuls en ce monde, surtout quand ils dépriment. C'est la nature humaine, ça. »

Il apparut que Leland Soames avait vu juste, même si le diagnostic avait été difficile à poser, et le disque d'Evan Riggs fut à la hauteur de ses prédictions.

Evan s'en tint à la décision qu'il avait prise de retourner à Calvary, mais quand il arriva en janvier 1949, il était déjà une petite étoile au firmament de la musique country.

Ses parents n'auraient pu être plus heureux, ni Carson plus jaloux. Comme quand Evan était rentré de la guerre, Carson se trouva relégué dans l'ombre tandis que son frère était sous les projecteurs. Ce dernier ne remarqua rien, mais force est de reconnaître qu'il ne remarquait jamais rien. Il n'était pas hanté par les mêmes névroses que son aîné. Il avait ses propres obsessions, mais la jalousie n'en faisait pas partie. Les festivités se succédèrent pendant une semaine entière, sembla-t-il, et à toutes les fêtes auxquelles il était convié, on passait son disque, ce qui lui permit de constater que certains connaissaient les paroles de ses chansons par cœur. Chacun avait son explication à fournir quant à leur contenu et à leur sens, mais en y cherchant toujours un lien avec Calvary et les événements qui s'y étaient produits. Tous se trompaient dans leur interprétation, sauf Rebecca Wyatt.

Elle vint dès le premier soir, juste pour dire bonjour ; puis elle revint le lendemain et trouva Evan sur la véranda, affligé d'une gueule de bois. Elle s'assit à ses côtés et attendit paisiblement qu'il lui parle du temps qu'il avait passé loin d'eux. Trois ans à un mois près, et si lui avait oublié les mots qu'ils avaient échangés, elle s'en souvenait encore, jusqu'au dernier. Elle avait prétendu le détester sous prétexte qu'il lui compliquait la vie, même s'il savait que c'était faux. Sans compter ces toutes dernières paroles – *Je t'aimerai toujours… quoi qu'il arrive* – auxquelles il n'avait pas répondu.

« J'ai écouté ton disque, dit-elle ce matin-là sur la véranda, tandis qu'il fumait une cigarette et buvait son café, le regard braqué sur un horizon familier qui le mettait pourtant curieusement mal à l'aise, et ces chansons sont bien trop tristes pour ne parler que de nous deux. »

Elle attendit une réaction qui ne vint pas.

« J'en conclus que tu as rencontré quelqu'un d'autre, Evan. »

Evan acquiesça de la tête, mais sans la regarder.

« Elle s'appelle comment ?

— S'appelait, répondit-il. Elle est morte.

— Mon Dieu, Evan… mais qu'est-ce qui s'est passé ? » demanda Rebecca, la voix chargée d'une compassion sincère.

Evan se tourna vers elle et la regarda, l'air étrangement impassible, comme si tout ce qu'il éprouvait était enfoui au plus profond de lui.

« Elle s'est suicidée, dit-il. Je suis allé chercher des cigarettes et de la bière, et elle s'est suicidée pendant mon absence.

— Mon Dieu ! s'exclama à nouveau Rebecca. Je suis vraiment désolée… je n'avais aucune idée de… Je ne sais même pas quoi dire.

— Il n'y a rien à dire, mon cœur, et rien qui ait besoin d'être dit, lui assura-t-il, un sourire résigné aux lèvres.

— C'est arrivé quand ?

— Dans une autre vie, dont j'ai définitivement pris congé. La nouvelle est radicalement différente. C'est bon de te revoir. »

Elle tendit la main, et alors même qu'elle s'attendait à ce qu'il reste sans réaction, voire écarte la sienne, il n'en fit rien. Il lui rendit son geste affectueux et la regarda droit dans les yeux.

« Ça l'est vraiment, tu sais, reprit-il. C'est pas des blagues, c'est drôlement bon. De tout ce qu'il y a ici, tu es la seule raison qui pourrait me pousser à revenir. »

Elle détourna les yeux, et s'il ne l'avait pas regardée à cet instant précis, il ne l'aurait sans doute pas remarqué.

« Je sais ce qu'il en est à propos de toi et de Carson, dit-il. Je ne suis pas idiot.

— Carson… il… ma foi, tu es parti, Evan, dit-elle, le regardant à nouveau. Et pour longtemps. Trois ans. Je t'ai dit que je t'aimerais toujours et tu n'as rien répondu, et puis tu as disparu. J'étais censée t'attendre, c'est ça ?

— Non, pas m'attendre, moi, dit Evan en secouant la tête, mais quelqu'un d'autre.

— Carson est un type bien, dit-elle. Têtu, un peu arrogant parfois, mais il est jeune. Il va s'assagir, et puis, il a beaucoup de côtés positifs, en dépit de ce que tu penses.

— Et tu l'aimes ?

— Oui, Evan. Je l'aime. Vraiment.

— Tu vas l'épouser ?

— Je ne sais pas, dit-elle, mais le ton de sa voix laissait entendre que sa décision était prise.

— Il ne m'appartient pas de te dire ce que tu dois faire ou ne pas faire, Rebecca. Bon sang, je suis bien la dernière personne en ce monde à avoir le droit de te dicter ta conduite. Je t'ai abandonnée…

— Tu ne m'as pas abandonnée, Evan. Tu ne m'avais jamais rien promis.

— Peut-être que j'aurais dû.

— C'est vraiment ce que tu penses ?

— Je sais pas, je sais plus ce que je pense. Lilly… c'était son nom… elle est morte il y a plus d'un an, en décembre 1947. La vie s'est arrêtée pour moi à ce moment-là. Je buvais beaucoup, dit Evan, qui eut un sourire presque pour lui-même, avant de se tourner à nouveau vers Rebecca. Vraiment beaucoup, répéta-t-il. Comme si en voyant le panneau "DRINK CANADA DRY", j'avais suivi l'inscription à la lettre[1]. »

Rebecca s'esclaffa.

« Bref, je me suis littéralement noyé dans l'alcool pendant un temps, et puis j'ai rencontré un type qui m'a fait nettoyer des bars et des saloons ; après, je suis parti pour Abilene, où j'ai enregistré le disque. Et maintenant, je sais pas trop quoi faire de ma peau.

— Continuer à faire des disques, dit Rebecca. Qu'est-ce que tu pourrais faire d'autre ? T'es une vedette de la country à présent, Evan Riggs. Les gens achètent ton disque, et ils vont vouloir en acheter d'autres.

— Peut-être.

— Y a pas de peut-être, c'est sûr. Et puis, c'est ce que t'as toujours voulu, non ? Je n'arrive pas à comprendre comment tu peux encore hésiter à te lancer à fond là-dedans.

— Parce que le succès ne terrasse pas forcément les démons, dit-il, sincèrement convaincu de la vérité de sa remarque.

— Y a des moments où tu me sidères complètement, Evan Riggs.

---

1. Le slogan publicitaire peut se lire aussi comme « Buvez au point d'assécher le Canada ».

— Tu m'étonnes ! Il m'arrive de me sidérer moi-même, c'est te dire. »

Une certaine tension s'était installée entre eux. Bien réelle, même s'ils n'en parlèrent pas. Ce fameux jour, une fois prononcés les derniers mots de Rebecca, il aurait dû répondre dans la même veine. Lui dire que lui aussi l'aimait. Elle l'aurait peut-être attendu, alors. Elle serait même peut-être partie avec lui, et, dans ce cas, il n'y aurait sans doute jamais eu de Lilly Duvall. Mais Lilly Duvall était au cœur de la plupart des chansons du disque, et dans celles où elle ne tenait pas la vedette, elle restait présente, comme figurante, pour une brève apparition, ou comme une ombre en coulisse conférant sa tonalité à l'ensemble. Et si elle n'avait pas été là, il n'aurait sans doute jamais vendu autant de disques, parce que tout ce qu'il ressentait et exprimait quand il était sur scène devant son micro parlait à ceux qui l'écoutaient et qui avaient eux-mêmes fait l'expérience de sentiments semblables. Plus tard seulement il comprendrait que c'était Rebecca qui était à l'origine de pareilles émotions. Lilly s'était contentée de les faire remonter à la surface en lui permettant de les mettre en mots.

Comme l'avait confirmé Leland Soames lors d'une soirée avinée à Abilene : « C'est pas très compliqué, fiston. Tu vis ta vie, t'écris quelques chansons, et les gens retrouvent leur propre vie dans tes paroles et ta musique, convaincus que t'es fait du même bois. Tu leur expliques ce qu'ils ressentent alors qu'eux-mêmes en seraient incapables. »

À l'époque où il avait enregistré le disque, Evan avait trouvé ces propos parfaitement sensés, mais à présent – avec le recul – il lui semblait qu'il était alors un autre homme, vivant une autre vie, une histoire qui aujourd'hui n'était plus vraiment la sienne. Ses émotions, elles appartenaient désormais aux autres, et il n'était pas sûr que cela lui plaisait.

Evan passa tout le mois de janvier 1949 à Calvary. Il dormit beaucoup, comme s'il devait récupérer de la fatigue accumulée au cours des trois dernières années. Il donna de l'argent à sa mère, sachant que son père serait trop fier pour jamais accepter un sou de lui. C'était aux pères d'aider leurs fils, pas l'inverse, même quand ces derniers avaient atteint l'âge adulte.

Carson vaquait ici et là. Il venait dîner le dimanche soir et s'arrêtait un moment de temps à autre au cours de ses déplacements. Il avait un appartement non loin du bureau du shérif, où il passait la plupart de ses nuits, et projetait d'acheter une maison dès qu'il aurait épousé Rebecca.

Il lui avait fait sa demande à plusieurs reprises. Elle ne l'avait jamais acceptée, sans pourtant la rejeter. Aux yeux d'un observateur extérieur qui n'aurait pas compris la dynamique de sa relation et de son histoire avec Carson Riggs, son attitude aurait pu sembler cruelle et malintentionnée, mais ce n'était pas le cas. Ils avaient certes grandi ensemble tous les trois. Mais Evan était parti, à la guerre d'abord, puis à San Antonio, Austin, Abilene, alors que Rebecca et Carson, eux, étaient restés à Calvary et avaient en commun quelque chose qu'Evan ne posséderait jamais. Rebecca aurait sans doute toujours refusé de l'admettre, mais elle était sensible à la sécurité et à la prédictibilité propres à la vie que Calvary avait à offrir. Elle n'était pas particulièrement bohème, alors qu'Evan ne pouvait pas passer un mois dans le même endroit sans sentir se réveiller ses instincts nomades. Mais il se garda de la mettre dans l'embarras en lui imposant sa volonté. Il resta dans les coulisses, à observer, à écouter tandis qu'elle s'efforçait de se convaincre qu'en épousant Carson, elle faisait le bon choix.

Evan savait qu'il était difficile de parler de *bon* choix. Ce qui apparaissait justifié aujourd'hui pouvait ne pas l'être demain, et vice versa. Si on lui avait permis de revenir en arrière, plus de la moitié des décisions qu'il avait prises auraient été différentes.

Si Rebecca était manifestement heureuse de retrouver Evan, il aurait été difficile d'en dire autant de Carson. Avec lui, toute conversation prenait un tour vague et ambigu. Le tempérament de Carson avait la fluidité du mercure. Dès qu'on mettait le doigt sur un de ses composants, il se dissolvait et se transformait.

« Alors, t'as l'intention de rester ? » demanda-t-il à Evan, une quinzaine de jours après le retour de son frère. Ils étaient tous les deux sur la véranda, avec un soleil couchant qui n'était plus qu'un fantôme à l'horizon, et au-dessus de leur tête, un ciel d'un bleu nuit profond, vide de toute étoile.

« Tu sais très bien que non, Carson. Pourquoi poser des questions dont tu connais déjà la réponse ?

— Je voulais juste être sûr, frérot.

— Sûr de quoi ? Que je ne vais pas m'attarder au risque de contrarier tes projets ?

— De quels projets tu parles ?

— Celui d'épouser Rebecca, de fonder une famille avec elle.

— Et c'est pour ça que t'es là, Evan ?

— La réponse à cette question, tu la connais aussi, Carson.

— Vraiment ? »

Evan se tourna pour le regarder. Il y avait une lueur dure dans ses yeux et dans son attitude une raideur, encore plus visibles que la dernière fois où ils avaient passé un peu de temps ensemble. « Mais bien sûr que oui, grand frère. Bien sûr.

— Elle m'a pas encore dit oui, tu sais.

— Elle t'a pas dit non, non plus.

— Tu penses qu'elle va le dire, ce oui ?

— Sûr et certain, Carson. Je crois juste qu'elle veut te faire languir un peu, histoire de te mettre à l'épreuve.

— Je me suis toujours comporté de façon correcte, dans tous les domaines.

— Est-ce que je comprends bien ce que tu es en train de me dire ? »

Carson marqua un temps d'arrêt, comme s'il s'apprêtait à réexpliquer un précepte simple à un enfant légèrement attardé. « On a chacun ses principes et ses valeurs, Evan. Tu devrais le savoir mieux que quiconque, toi le perspicace, le sensible, l'artiste et tout le bazar. J'ai souvent l'occasion de voir comment certains hommes traitent leur femme, de voir leur violence et d'entendre des choses qui ne sont pas correctes, ni acceptables. Je refuse d'être ce genre d'homme. J'ai pas été élevé comme ça, et toi non plus, mais t'as choisi de vivre d'une manière différente de la mienne, et j'ai aucun droit de te juger.

— Mais où tu veux en venir avec ton baratin, Carson ?

— Ben, je voulais parler de l'alcool, des femmes que tu fréquentes, tout ça, quoi.

— Pour l'alcool, je dis pas. Mais bon… J'avais un problème, c'est vrai, mais je l'ai réglé. Tu devrais en faire autant. Encore que… c'est pas vraiment un problème pour toi. Quant aux femmes, il y en avait une, et une seule qui comptait vraiment pour moi. Elle est morte, et si tu me demandes de prendre en compte ton avis ou tes sentiments à propos de quelque chose d'aussi personnel, alors tu peux fermer ta putain de grande gueule tout de suite. Tu continues à dire ce que tu veux à mon sujet, mais quand il s'agit de cette femme tu la boucles, un point c'est tout, ne serait-ce que par respect pour les morts. »

Carson Riggs garda le silence un moment. « Eh ben, je suppose que comme ça on sait tous les deux à quoi s'en tenir », finit-il par dire. Il eut un sourire carnassier, avant d'ajouter : « Je suis bien content qu'on ait eu cette petite conversation. On devrait se parler plus souvent, tu crois pas ? »

Evan ouvrait déjà la bouche pour répondre, quand Carson lui tourna le dos pour rentrer dans la maison, le laissant perplexe.

À la fin du mois de janvier, Evan dit à ses parents qu'il retournait à Austin.

« C'est là que je devrais être », expliqua-t-il.

William, plutôt laconique d'ordinaire mais à l'occasion éloquent, répondit : « Oui, on comprend, Evan. On savait que tu resterais pas bien longtemps. Le monde entier t'attend, et on pourrait pas être plus fiers de toi.

On pourrait pas être plus fiers de vous deux, pour être honnête.

— On va donner une fête, dit Grace en prenant la main d'Evan dans la sienne. Vendredi soir. Y faut que tout le monde vienne. Et si on organisait un bal ? On se servirait de la vieille grange, on mettrait des lumières, et tu chanterais pour nous.

— T'es pas sérieuse, m'man ? Tu veux quand même pas que je chante ?

— Et pourquoi pas, bon sang ? intervint William. T'es chanteur, non ? Et tu t'débrouilles sacrément bien, à en juger par ce disque que t'as fait.

— Une seule chanson, alors, dit Evan.

— Tu rigoles, mon gars. Tu peux bien en chanter au moins trois ou quatre. J'vais faire venir les gars d'Ozona, les violoneux, et puis ce type qui joue de la contrebasse. Comme ça, vous aurez un p'tit orchestre et ça sera un vrai spectacle. »

C'est l'expression qui s'inscrivit sur le visage de sa mère qui décida Evan : attente mêlée d'excitation et promesse d'une énorme déception au cas où il refuserait.

« D'accord, dit Evan. Allons-y pour une fête d'enfer. »

Quand Carson apprit la chose, il se montra circonspect.

« Y a sans doute un arrêté sur les représentations publiques et la consommation d'alcool, dit-il lors du dîner dominical.

— Je suis sûre qu'y a un décret pour tout et n'importe quoi, dit sa mère, tout ça pour empêcher les gens de prendre du bon temps. Je vais te dire une chose, shérif Riggs : on a la ferme intention d'organiser une soirée d'adieu pour ton frère, et c'est pas toi qui nous en empêcheras. Si ça te pose un problème, et ben les deux premières personnes que tu devras arrêter, ça sera ton père et moi.

— J'attends la soirée avec impatience », dit Carson en souriant, alors qu'il n'en pensait pas un mot.

Si le projet avait capoté, beaucoup de choses auraient été bien différentes. Mais il n'en fut rien. Les préparatifs se mirent en route. On envoya des invitations un peu partout, et les musiciens d'Ozona acceptèrent de venir le mercredi précédant la fête pour répéter quelques morceaux avec Evan. Ils étaient fiers qu'on ait pensé à eux et firent savoir qu'ils pouvaient réunir quatre violons, deux guitares, une ou deux planches à laver et une contrebasse. Grace et Rebecca se chargeaient de la nourriture, William Riggs et Ralph Wyatt de la boisson. On confia à Carson le soin d'aménager la vieille grange, lumières, branchements, sono, cette même grange qui avait un jour abrité Rocket, le cheval d'Evan, et d'où l'avait chassé Carson. Mais c'était une autre époque, vieille de bientôt dix-neuf ans, et pour tous ceux qui ne faisaient pas partie de l'entourage immédiat des Riggs, les rancunes et les dissensions qui avaient alors affecté la famille appartenaient au passé.

S'il en était allé ainsi pour tout le monde, les événements des premières heures du samedi matin 5 février 1949 ne se seraient peut-être jamais produits.

Mais ils se produisirent bel et bien, et – même avec le recul – on se demande encore ce qui aurait pu les empêcher.

30

« T'as mis un coup de pied dans un sacré nid de frelons, fiston. » C'est ainsi que Glenn Chandler accueillit Henry à sa descente du pick-up devant la maison.

Evie s'avança jusqu'aux marches de la véranda et leva les yeux sur son père. Il avait une expression qu'elle lui voyait rarement.

« Il a envoyé un de ses sbires vous avertir d'arrêter votre petit jeu.

— Arrêter notre petit jeu ? reprit Evie. C'était qui ? Qu'est-ce qu'il a dit ?

— C'était Alvin Lang, son adjoint. Il a dit que Henry ferait mieux de rentrer chez lui en vitesse. Quant à toi, ma belle, t'aurais intérêt à faire gaffe à tes fréquentations, sinon tu risques de plus trouver de boulot à Calvary ni dans les environs.

— Et qu'est-ce que vous avez répondu ? demanda Henry.

— J'ai dit que je savais foutre pas de quoi y causait, répondit Chandler en souriant, et que s'il avait un problème à régler avec toi, alors y fallait qu'y t'en parle directement. Moi, je suis pas le larbin du shérif du comté, que je lui ai dit.

— Bravo, p'pa ! s'exclama Evie en riant, tandis que son père restait de marbre.

— Je sais pas ce que vous cherchez à déterrer, en tout cas ça plaît pas à Carson Riggs. Et des gens comme lui, vaut mieux pas s'y frotter, pour tout un tas de raisons.

— On est allés à Odessa, dit Evie.

— Et pour quoi foutre ?

— Pour voir la mère de Carson et d'Evan dans l'espèce d'asile psychiatrique qui fait partie de l'hôpital du comté d'Ector. »

Glenn Chandler sembla reculer d'un pas sous le choc, même si en réalité il ne bougea pas d'un centimètre. « Pour faire quoi ?

— Oui, on est allés… », commença Henry.

Chandler leva la main sans le regarder. « C'est à ma fille que je cause, mon gars, le coupa-t-il sèchement.

— P'pa ? » geignit Evie d'une voix tremblante.

Chandler ne répondit pas et descendit les marches de la véranda. Il leur fit un signe de la main, et ils vinrent se placer à l'avant du véhicule, debout devant lui comme des enfants prêts à se faire sermonner. Henry avait les mains croisées derrière le dos, attitude exigée de lui à Reeves quand un chef lui adressait la parole.

« La vie des gens, ça appartient qu'à eux. Je sais pas quel genre de marché t'as passé avec Evan au pénitencier, mon garçon, mais Evan c'est pas Carson, pour sûr. M'est avis que ce que tu cherches à déterrer, y préférerait que ça reste enterré. Voilà un mec qu'a perdu son père, qu'a une mère à l'asile, un frère en taule pour meurtre, et un petit morveux d'ex-taulard se pointe pour venir renifler sa vie privée comme un chien errant dans une cour. Y se peut qu'y ait rien que des cadavres dans la cour en question, mais peut-être pas. J'en sais rien, et je m'en fous. Par contre, quand un adjoint du shérif, en uniforme, s'il vous plaît – ceinturon de service, calibre .44 et tout son attirail –, débarque chez moi un dimanche matin pour me dire que Carson Riggs apprécie moyen que ma fille se mêle de ses affaires, ça, je m'en fous pas. Y a de quoi faire faire du mouron à un père, non ?

— Papa, je suis tout à fait capable de prendre soin de moi, et Henry m'a jamais entraînée dans un truc contre mon gré.

— Alors, dis-moi un peu, ma petite chérie, dans quel pétrin les deux fouineurs que vous êtes sont allés se fourrer », dit Chandler avec un sourire.

Evie jeta un coup d'œil à Henry. Ils connaissaient l'un et l'autre la réponse à la question, tout autant que Glenn Chandler.

« Ouais, c'est bien ce que je pensais, reprit ce dernier. J'irais même jusqu'à dire que si vous mettiez bout à bout tout ce que vous savez à vous deux, vous auriez toujours pas la queue d'un indice.

— P'pa… Henry a fait une promesse. Il a donné sa parole à Evan.

— Je comprends bien, ma fille, mais ça c'est une affaire entre Henry et Evan, t'as rien à y voir. Ce que je constate, moi, c'est que cette histoire te met en danger, alors y a pas à s'étonner si ça m'inquiète et si je veux pas que tu continues comme ça. Je suis ton père, Evie, et c'est mon instinct qui parle. Et ta mère en aurait fait autant.

— Non, c'est pas vrai, contesta Evie en secouant la tête.

— Tu vas peut-être m'apprendre comment ma propre femme se serait comportée ? protesta Chandler, quelque peu désarçonné.

— Tu sais parfaitement ce qu'elle aurait dit dans ce cas précis, p'pa. L'étape de la dernière chance pour les paumés et les solitaires. C'est ce qu'elle avait l'habitude de dire, non ? Cette maison est celle de la dernière chance pour les paumés et les solitaires. C'est toi-même qui l'as formulé comme ça. Tu m'as assez raconté qu'elle reculait jamais, qu'elle disait toujours ce qu'elle pensait, et que quand elle était pas d'accord, elle le faisait savoir haut et fort. Et tu m'as répété plus souvent qu'à ton tour qu'elle était la femme la plus forte que t'aies jamais rencontrée.

— Ouais, bon, mais elle est plus là, Evie. Toi, si, et c'est ça qui compte.

— Non, p'pa, ce qui compte, c'est qu'elle et moi, on est pareilles… en tout cas sous ce rapport, et j'ai pris ma décision. J'aiderai Henry à tenir sa promesse, quoi qu'il en coûte, et y va falloir que tu te fasses à l'idée que je suis plus une gamine. C'est comme ça, que tu le veuilles ou non.

— Ah, vraiment ?

— Ben oui. Fin de la discussion. »

Chandler se tourna vers Henry. « Et vous, Mr. Henry Quinn, ex-pensionnaire du pénitencier du comté de Reeves, qu'est-ce que vous avez à ajouter sur le sujet ?

— J'ai rien à dire, Mr. Chandler. Je comprends tout à fait ce que vous ressentez, et je comprends aussi que Carson Riggs nous a envoyé son adjoint en guise d'avertissement, mais je suppose que je suis aussi têtu que votre fille. J'ai fait une promesse à un homme qui m'a sauvé la vie, et tant que j'aurai pas tenu parole, j'aurai pas le droit de vivre ma vie. Ça peut paraître dingue, mais c'est comme ça. Si j'étais enfermé à Reeves en sachant que j'en sortirais jamais, et que cette fille était tout ce qui me restait au monde, vous croyez que je chercherais pas à tout prix à demander pardon ? À réparer les dégâts ? Moi, je crois que si. Evan Riggs est dans l'incapacité de le faire, mais moi pas, et j'ai promis, donc je le ferai à sa place.

— Même si d'autres doivent y laisser des plumes ? Des gens qui ont pas de raison de s'exposer ?

— Ça, c'est pas dans mes intentions, m'sieur. Surtout s'il s'agit d'Evie. Elle peut laisser tomber quand ça lui chante. C'est sûr que je le regretterai, mais ça m'arrêtera pas.

— Ce que vous pouvez vous ressembler, tous les deux ! C'en est pénible.

— Personne a besoin de s'exposer, dit Evie. Qu'est-ce que tu veux qu'y fasse ? Y va pas nous tuer ?

— Lui, c'est la loi, ma p'tite. Sois pas si naïve. Y lui faudrait pas plus d'un quart d'heure pour boucler ton Henry à Reeves une bonne dizaine d'années, si y voulait. Il est shérif à Calvary depuis la guerre. Tu crois pas que ça en dit long sur le pouvoir et l'influence qu'il a dans le coin ? Je sais pas d'où il les tient, mais je peux te dire que le Carson Riggs, il a la main sur tout et des oreilles partout. Il saura que vous êtes allés à Odessa, vous faites pas d'illusion. Bon sang, Evie, aller voir sa mère à l'hôpital ! Mais à quoi vous pensiez ?

— On pensait que sa mère pourrait peut-être nous aider à trouver la fille d'Evan, dit Henry.

— Et alors ?

— Elle a pratiquement perdu la boule. Elle est là-bas depuis quinze ans, au bas mot. Elle est très âgée. Elle débloque pas mal, mais elle a parlé de quelqu'un qui s'appelait Rebecca, et, d'après ce qu'on a cru comprendre, cette Rebecca s'est retrouvée, elle aussi, dans cet asile à un moment donné. Y semblerait que Grace Riggs lui a rendu visite un jour et que Carson lui a interdit d'y retourner. Bref, d'après ce qu'elle a dit, cette Rebecca serait morte, et même qu'elle serait peut-être morte dans cet hôpital.

— La mère de la fille ? demanda Glenn. C'est ce qu'elle serait, cette Rebecca ?

— C'est ce qu'on pense, dit Evie.

— Et le nom de la fille, c'est Sarah ?

— Ouais, c'est bien ça, dit Henry.

— Et pendant que vous étiez sur place à semer la pagaille, vous avez pas pensé à leur demander si Rebecca, elle était morte chez eux. »

Henry et Evie se regardèrent.

« Pas précisément Holmes et Watson, à ce que je vois ? dit Chandler à ses interlocuteurs abasourdis et muets. Ça doit pas être bien difficile à trouver, mais plus vous parlerez autour de vous, plus vous poserez de questions, et plus y aura de chances pour que le shérif soit au courant de vos allées et venues. »

Chandler s'avança vers Evie et mit ses mains sur ses épaules. « Si je te perds…, commença-t-il, avant d'hésiter, de secouer la tête et de pousser un profond soupir.

— P'pa... » Son père l'interrompit en posant la main droite sur sa joue. Puis il l'embrassa sur le front avant de se tourner vers Henry.

« Je l'ai dit et je le répète. Y lui arrive quelque chose, Mr. Quinn, et...

— Il arrivera rien à personne, p'pa, le coupa Evie.

— Je veillerai sur elle, m'sieur, dit Henry. Je vous donne ma parole.

— Alors, qu'il en soit ainsi », dit Chandler en faisant demi-tour pour retourner à l'intérieur.

Henry tendit la main à Evie, qui la prit.

« Il a envoyé Alvin Lang jusqu'ici, dit-elle.

— Tu le connais ?

— Un peu.

— Je l'ai croisé en arrivant, dit Henry. Quand je suis allé au bureau du shérif. Un grand type, et comme l'a dit Riggs, le petit-fils du gouverneur ou quelque chose de ce genre.

— Un grand type avec une petite queue, je parierais, dit Evie.

— Tu parles d'expérience ?

— T'es con. »

Henry éclata de rire.

« On fait quoi, maintenant ?

— Cimetière de Calvary d'abord, ensuite Clarence Ames, répondit Henry.

— La dernière chose que nous a dite Clarence, c'est qu'on risquait de creuser nous-mêmes notre tombe. Tu crois que c'était une piste ?

— Pas la moindre idée, mais je veux vérifier si y a des tombes au nom de Riggs dans ce cimetière, ou même une pierre au nom d'une Sarah qui aurait à peu près l'âge de la fille d'Evan. Si on trouve rien, va falloir qu'on retourne à l'asile et qu'on se débrouille pour avoir accès à leurs archives.

— T'abandonneras pas tant que tu sauras pas ce qui s'est vraiment passé, c'est ça ?

— Ouais, et je serai là jusqu'à la dernière pendaison, ma p'tite dame.

— C'est pas des trucs à dire, ça. Franchement… Jusqu'à la dernière pendaison ! Y a qu'un loser pour parler comme ça !

— Suffit, femme ! gronda Henry. T'as pas du ménage qui t'attend ? »

Elle abattit une main sur l'épaule de Henry. « Allez, remonte dans la caisse, tu veux ? répondit-elle. Bon Dieu, y a des moments où t'es plus merdeux que le cul d'une dinde de Noël. »

31

C'est le monde entier qui vint voir et écouter Evan Riggs. C'est du moins l'impression qu'on en eut.

Force était de reconnaître que Carson remplissait au mieux sa part du contrat, et la vieille grange qui avait un jour abrité Rocket subit, grâce à ses soins, une transformation radicale. Carson et une poignée d'hommes venus de la ville – George Eakins, Warren Garfield, Roy Sperling parmi eux – démolirent un des côtés du bâtiment afin de créer une scène ouverte sur l'extérieur. Ils montèrent une estrade pour l'orchestre, accrochèrent des lampions un peu partout, sortirent des bottes de foin qui, une fois recouvertes de nappes, devinrent des tables où poser la nourriture. On n'était qu'en février, mais la température était clémente, autour de vingt degrés, suffisamment douce pour que les gens puissent rester dehors en manches de chemise et en robes de coton imprimé, et suffisamment fraîche pour qu'ils puissent danser sans risquer de s'écrouler sous l'effet de la chaleur.

La petite équipe construisit aussi une piste de danse. Ils installèrent à droite de la grange, à l'extérieur, une trentaine de traverses de chemin de fer, sorties de la scierie voisine, et clouèrent des planches dessus.

L'assemblage se fit avec une précision et une régularité de métronome. Un vrai travail d'orfèvre !

Carson dirigeait les travaux comme un chef de chantier, aboyant des ordres, houspillant Roy Sperling : « Soulève-moi ça comme un homme, pas comme une fillette », à quoi Roy répondait : « Va donc te plonger la tête dans un seau de merde, Carson… Je suis toubib, bon Dieu, pas docker. » Tout se passait dans la bonne humeur, et Evan se fit un devoir de proposer son aide.

« Reste en dehors de ça, dit Carson. Je sais bien que tu peux transporter des traverses et clouer des planches comme les meilleurs d'entre nous, mais qu'est-ce qui se passerait si un crétin comme Warren Garfield, d'abord avocat avant d'être charpentier, te laissait tomber un marteau sur les doigts, hein ? Tiens-t'en à tes répétitions, pendant qu'on te construit ton temple de la country. »

C'était la première fois depuis longtemps qu'Evan sentait et appréciait une atmosphère plus détendue entre eux. Peut-être Carson s'humanisait-il. Il avait vingt-neuf ans, en avait passé cinq au poste de shérif, et peut-être que le seul fait d'avoir à s'occuper des autres au quotidien l'avait rendu plus raisonnable. Il n'avait jamais été un modèle de patience, mais le travail d'un représentant de l'ordre requérait une bonne dose de flegme, ne serait-ce que pour faire face à la bêtise et à l'ignorance crasses de certains. La fonction exigeait par ailleurs quelque sensibilité, quand il fallait annoncer à la famille un accident de voiture, la perte d'un bras ou d'une jambe broyés par une machine agricole ou les dégâts laissés par un homicide comme il s'en produisait tous les dix ans. Telles étaient les tâches d'un shérif, et Riggs semblait s'y être fait sans manifester la maladresse à laquelle on aurait pu s'attendre au vu de son tempérament. Peut-être que, tout bien considéré, Carson était le choix qui s'imposait pour Rebecca. Evan s'en rendait compte, et il l'aimait tant qu'il était incapable de lui en vouloir d'en aimer un autre, même Carson. En tant qu'être humain, il fallait accepter l'idée que l'on ne peut pas toujours avoir ce que l'on veut. Il en avait été ainsi avec Lilly et il en était de même avec Rebecca, mais pour des raisons différentes. Lilly se refusait l'accès au monde. Rebecca, elle, se refusait à tester les limites de l'expérience humaine.

En cette fin d'après-midi du vendredi 4, on aurait pu croire que la ferme des Riggs s'apprêtait à accueillir une réception de mariage. Il y avait de l'excitation dans l'air, due peut-être à l'attente fébrile de la venue à Calvary d'une star de la country, peut-être à d'autres raisons connues des seuls participants. Les motivations importaient peu, c'était l'atmosphère qui comptait, la foule, le bruit, les fleurs, la nourriture, les tables improvisées couvertes de gratins, d'assiettes de jambon cru, de cruches de bière artisanale, que l'on déchargeait dans un flux constant de l'arrière des voitures, des breaks et des pick-up. Clarence Ames et sa femme, Laetitia, débarquèrent avec un cochon entier – tête, queue et tout ce qu'il y a entre les deux – et William Riggs et George Eakins l'aidèrent à monter une rôtissoire de fortune. La broche commença à tourner dès 4 heures de l'après-midi, et à 6 heures l'odeur chatouillait suffisamment les narines pour attirer une foule de plus en plus nombreuse venue de tous les horizons.

Grace Riggs regarda son fils monter sur la scène à 8 heures, et trois cents personnes au bas mot – elle n'en était pas sûre mais se refusait à faire le calcul – lui réservèrent un accueil tonitruant. Un océan de visages souriants sur toute la longueur de la cour et jusqu'à la grange.

« Notre garçon a sacrément réussi, dit William, debout à son côté, un bras passé autour de sa taille.

— Ils ont réussi tous les deux », répondit-elle, et elle s'apprêtait à en dire plus quand elle fut interrompue par Evan et son orchestre de fortune qui attaquaient « One Has My Name (The Other Has My Heart) ». Ils avaient travaillé un certain nombre des succès d'Ernest Tubb, Tex Williams et Bob Wills, mais c'étaient les chansons d'Evan qu'étaient venus entendre les gens de Calvary, d'Ozona et de Sonora, et quand il joua les premières notes de « I'll Try and Be a Better Man », ce fut un tonnerre d'applaudissements. Le type à la contrebasse se mélangea les pédales dans les huit mesures de la section du milieu, mais personne ne sembla le remarquer ou n'en fut dérangé. Le plancher donnait l'impression de devoir céder sous les pieds des danseurs, qui n'en continuaient pas moins à s'agiter comme de beaux diables. Evan avait un sourire de ravi du village plaqué sur le visage et faisait des plaisanteries sur les gens qu'il connaissait, expliquant comment tel ou tel passage d'une chanson avait été inspiré par quelque tour pendable que Carson et lui avaient joué quand ils étaient gamins. Et le monde entier semblait appartenir aux frères Riggs.

Après une interprétation émouvante de « Lord, I Done So Wrong », Evan obligea Carson à monter sur la scène pour le faire applaudir.

« Notre seul et unique shérif Riggs, hurla-t-il, et les gens se déchaînèrent. C'est juste pour vous dire que rien n'aurait été possible sans mon grand frère… le meilleur dont on puisse rêver. »

Grace Riggs versa une larme.

Rebecca Wyatt, qui observait la scène depuis le côté gauche de la scène, se demanda quant à elle lequel des deux elle aimait le plus.

Debout entre George Eakins et Roy Sperling, un verre de bourbon dix ans d'âge à la main, William sentait son cœur se gonfler comme un ballon.

Carson accueillit les applaudissements et les hurlements avec bonne humeur. Il y alla d'une allusion à la consommation illégale d'alcool et aux spectacles musicaux tenus sans autorisation, précisant que deux de ses adjoints étaient en ce moment même occupés à relever le numéro de toutes les plaques d'immatriculation. Quelqu'un lança un petit pain dans sa direction, et Carson, qui l'avait vu venir, l'esquiva et le renvoya d'un coup de pied bien placé très haut dans les airs. Explosion de rire dans la foule. Evan et Carson se donnèrent l'accolade, puis Evan reprit sa guitare et mit le public en transe avec une version de « Cigarettes, Whiskey and Wild, Wild Women » que The Sons of the Pioneers n'auraient jamais reconnue.

Evan quitta la scène à 10 heures. Il eut droit à trois rappels, jusqu'à ce qu'il demande aux gens s'il n'était pas l'heure pour eux de rentrer chez eux. Il était éreinté, trempé de sueur, le visage rouge comme un coquelicot, les cheveux comme de la ficelle mouillée. Il alla se laver et ressortit une demi-heure plus tard pour se retrouver au milieu d'une multitude de gens qui l'attendaient, qui pour lui serrer la main, qui pour lui envoyer de grandes claques dans le dos et lui proposer de boire encore, jusqu'à plus soif.

Carson réglait une querelle entre deux filles qui auraient été inspirées de se calmer sur l'alcool, quand Rebecca coinça Evan près d'un des appentis qui jouxtaient la grange.

La petite formation improvisée jouait des slows pour ceux dont les pieds pouvaient encore les supporter, et Evan buvait, buvait comme si c'était Noël, Thanksgiving et son anniversaire rassemblés en un seul paquet cadeau.

« T'as été fantastique », lui dit-elle, et Evan s'aperçut qu'elle était pratiquement ivre. Plus belle qu'il ne l'avait jamais vue. Pourtant elle ne tarderait pas à épouser son frère.

« Y faut que je te dise au revoir, Evan. Tu le sais, hein ?

— Non, pas tout de suite.

— Tu sais ce que je veux dire », dit-elle en levant la main et en lui effleurant la joue.

Evan pencha la tête quand il sentit le contact de ses doigts. Il ferma les yeux, respira son parfum, pas de ceux qui sortent d'un flacon, et sentit l'espace d'un instant que cet adieu symbolique était en fait un adieu à tout ce que représentait Calvary, à tout ce qu'il avait été avant ce soir, comme si interpréter ses chansons devant ces gens-là était sa façon de prendre congé du monde qui avait fait de lui ce qu'il était.

Pour tout dire, elle était l'élément central de ce monde. Rebecca Wyatt. La fille maigrichonne qui était apparue sur le pas de leur porte des milliers d'années plus tôt avec sa frange, ses nattes et son culot bien à elle.

« Tu te souviens de ça ? » lui demanda-t-il en sortant la montre de gousset de la poche de son veston.

Elle sourit, tendit la main pour la toucher. « Et toi, tu te souviens de l'histoire que je t'ai racontée ? demanda-t-elle.

— Celle du caporal Vernon Harvey de Snowflake, Arizona, qui a eu les jambes arrachées par un obus dans la forêt d'Argonne.

— Là, tu m'impressionnes, Evan Riggs, dit Rebecca en arquant les sourcils.

— Il a jamais sauvé d'enfants en les sortant de fermes en flammes, pas vrai ?

— J'en doute, effectivement, dit-elle en souriant.

— Il a pas non plus poursuivi un tireur isolé ennemi pendant trois jours avant de le tuer d'une balle dans le cœur. »

Elle secoua la tête.

« J'aimais bien tes histoires, dit Evan. Je me souviens que je restais allongé dans mon lit à regarder cette montre et à me demander ce qui s'était vraiment passé.

— Rien d'aussi sensationnel que ce que j'ai pu te raconter, j'en suis sûre.

— Et pourtant, j'en croirai toujours jusqu'au dernier mot. » Rebecca détourna les yeux un instant, une expression nostalgique sur le visage. « Ça a toujours été la grande différence entre Carson et toi, finit-elle par dire. Lui demandait toujours *Pourquoi ?* et toi, toujours *Pourquoi pas ?* Tu voulais croire que tout était possible.

— Je n'ai pas changé.

— Le tout en fait est de savoir lequel d'entre nous a oublié qu'à une époque on a été enfants.

— Peut-être… j'en sais rien », dit Evan en remettant la montre dans sa poche.

Rebecca effleura la manche de sa chemise, ses doigts glissant timidement sur le coton, comme si elle cherchait à fuir tout contact physique. « Je reste, tu sais ?

— Oui, je sais.

— Et je vais épouser Carson.

— Ça aussi, je le sais.

— Tu m'en veux beaucoup ?

— Non, dit Evan en secouant la tête.

— Ça c'est un "non" à la Evan, dit-elle en riant. Un "non" qui veut dire "oui". »

Il lui prit la main et s'éloigna des abords de la grange pour aller jusqu'à une table installée derrière la rôtissoire improvisée.

L'espace d'un instant, il ne dit rien, se contentant de la fixer, cherchant peut-être à s'imprégner de ce moment, sachant qu'il ne pourrait plus jamais la regarder de cette façon à l'avenir. « Tu veux savoir ce que j'aimerais, Rebecca ? finit-il par dire. Ce qui me ferait le plus plaisir ?

— Je crois pas, non. J'ai peur que ça fasse mal.

— Eh bien, je voudrais apprendre que tes enfants travaillent bien à l'école, dit-il, emprisonnant ses mains dans les siennes, que Carson est le meilleur shérif du comté, que ton père sera un bon grand-père, que tu écoutes toujours mes disques, et que tu m'en veux pas de t'avoir laissée derrière moi.

— Tu ne me laisses pas, Evan. Je pourrais partir avec toi si je le voulais.

— Mais tu ne le veux pas.

— C'est pas que je ne veux pas, c'est que je ne *peux* pas. C'est toute une vie qui est en jeu. Tu le sais très bien. À chacun la sienne. Moi j'ai besoin d'un terrain solide sous mes pieds, ou je commence à tout voir en noir, tu comprends ? J'ai besoin de savoir où je serai demain et quel horizon j'aurai devant moi, sinon… oh, tu vois très bien ce que je veux dire. C'est comme ça, c'est tout. Je crois pas qu'on puisse se forcer à entrer dans la peau d'un autre et espérer que ça va marcher.

— On peut pas, en effet, dit Evan. J'ai vu des bons musiciens, de grands compositeurs, qui descendaient au premier arrêt du car pour rentrer chez eux. C'est une vie de merde, c'est vrai, mais c'est celle que je veux.

— Oui, je sais, et tu trouveras quelqu'un pour la vivre avec toi.

— Je trouverai quelqu'un… mais ce sera pas toi.

— Dis pas ça, voyons.

— C'est pourtant la vérité.

— Je sais, mais t'as pas besoin de le dire. Je le sens. Je le vois, écrit en toutes lettres sur ta figure. Ça me fait mal, tu sais ? Je déteste cette idée.

— Désolé.

— Je veux plus d'excuses non plus », dit Rebecca en secouant la tête.

Evan eut un sourire résigné, philosophe.

« Tu me raccompagnes ? demanda-t-elle.

— À vos ordres, milady. »

Evan alla dire à sa mère qu'il raccompagnait Rebecca chez elle et qu'il en avait pour une petite demi-heure.

« Débrouille-toi pour revenir en vitesse. Cette fête, c'est en ton honneur, et il faudrait pas que t'en manques une miette, d'accord ? »

Evan embrassa sa mère sur la joue. « Merci pour tout, m'man.

— Oh, moi j'ai pas fait grand-chose. C'est surtout Carson qu'il faut remercier.

— Je sais, dit Evan. Il a été formidable. »

Le temps d'arriver à la ferme des Wyatt, le spectacle et les bruits de la soirée n'étaient plus que de lointains fantômes. Ils restèrent sur la véranda, la main de Rebecca sur la balustrade, celle d'Evan posée sur la sienne, et quand elle se tourna vers lui pour le regarder, il ne put s'empêcher de l'embrasser. Rien qu'un baiser d'adieu. C'est ce qu'il voulut croire. Il ne l'avait pas embrassée depuis son départ pour la guerre. Cette fois-ci, c'était différent. Cette fois-ci, son baiser était nourri par un sentiment de perte, de tristesse, d'une foule d'émotions rentrées qui tenaient toutes du « tu me manques déjà ».

Elle se tourna vers lui et pressa son corps contre le sien, tandis qu'il l'entourait de ses bras pour la serrer plus fort encore.

« Oh, mon Dieu… Evan… non… je t'en prie », protesta-t-elle pour la forme, tandis qu'il ne pouvait s'arrêter en chemin, n'en avait aucune envie. Et ils franchirent la porte grillagée, traversèrent le hall pour atteindre le bas de l'escalier, hésitèrent avant d'entamer la montée. Ce fut elle qui prit les devants, laissant sa main pendre derrière elle, une main qu'il prit aussitôt, avant de la suivre jusqu'à sa chambre, et au moment même où ils entraient, ce fut comme s'il se regardait depuis le hall d'entrée… comme s'il l'avait laissée monter seule… comme s'il s'était cuirassé contre toute tentation, comme si la raison l'avait emporté sur le cœur et qu'il lui avait lâché la main.

Mais non, il était toujours lié à elle quand la porte se referma derrière eux.

Evan Riggs et Rebecca Wyatt eurent alors un aperçu de ce qu'auraient pu être les choses si les Parques ne leur avaient pas choisi des destins contraires.

Ils firent l'amour avec violence, voire avec rage, chacun résolu à montrer à l'autre ce qu'il se refusait, comme si c'était là un moyen de se libérer d'un trop-plein qui n'aurait jamais pu totalement se vider.

Et quand ils eurent fini, ils ne prononcèrent pas un mot. Evan se contenta de se lever, de s'habiller et de quitter la maison.

Au bout d'une cinquantaine de mètres, il jeta un coup d'œil derrière lui, mais ne la vit pas le suivre du regard derrière sa fenêtre.

Evan était resté absent presque une heure, mais si quelqu'un trouva à redire à son absence, il se garda de le faire.

32

Si marcher au milieu des pierres tombales et des inscriptions de l'unique cimetière de Calvary apporta quelque chose à Henry Quinn, ce fut bien de le conforter dans sa résolution. Il avait plus d'une fois fait partie d'une de ces équipes de détenus qu'on envoyait enlever les mauvaises herbes et les cailloux dans les parties les plus reculées du terrain qui servait de cimetière de fortune à la prison de Reeves, ultime et ignominieux lieu de repos réservé aux parias rejetés par la société. De simples plaques en bois donnaient le nom et le matricule du prisonnier, pas de date de naissance ni de mort. Peut-être existait-il quelque part dans les archives administratives de Reeves un dossier mentionnant leur identité exacte, la peine qu'ils avaient purgée, la cause de leur décès, les noms de leurs proches parents. Peut-être pas. C'est dans cette même terre ingrate et anonyme que finirait Evan Riggs ; la plaque en bois se déliterait peu à peu pour finir par s'effriter ; les disques qu'il avait faits seraient rayés, perdus, tomberaient dans l'oubli, et plus rien ne resterait de lui pour rappeler son existence au monde. Sauf sa fille. Peut-être sa fille. L'idée de lui révéler ses origines aujourd'hui n'était sans doute pas la meilleure, mais il se pouvait qu'elle eût conscience, au plus profond d'elle-même, de ne pas appartenir à la famille qui l'avait recueillie. Y avait-il un instinct capable de vous faire sentir ce genre de chose, une petite voix intérieure pour vous murmurer que vous n'étiez pas du même sang que ceux qui vous entouraient ?

Il y avait, juste après le portail d'entrée du cimetière, une plaque commémorative dédiée aux hommes du comté de Redbird tombés lors de la Première Guerre mondiale, et, comme la plupart des autres pierres tombales, elle était couverte de lichen et portait des noms pratiquement indéchiffrables. Il n'y avait apparemment pas de monument semblable à la mémoire des victimes de la Seconde.

« Ohé ! appela Evie de l'autre bout du cimetière. J'ai trouvé le père. »

Henry alla la rejoindre, marchant avec précaution entre les pierres tombales et les croix, dont quelques-unes arboraient des drapeaux de la Confédération délavés et battus par les vents. Des fleurs fanées, sans vie ni couleur, jonchaient le sol.

Evie était debout devant une pierre moussue, manifestement à l'abandon. Aucun doute quant à l'identité de celui qui était enterré là : WILLIAM FORD RIGGS, ÉPOUX BIEN-AIMÉ DE GRACE, PÈRE DÉVOUÉ DE CARSON ET EVAN.

Dates de naissance et de décès : respectivement, 8 juillet 1896 et 8 août 1949.

« Pas bien long comme vie, dit Evie. Cinquante-trois ans. C'est triste.

— Un accident, c'est bien ça ? C'est ce que ton père nous a dit… quelque chose comme un accident de chasse. »

Evie ne répondit pas. Elle était agenouillée, arrachant des touffes de mauvaises herbes ici et là autour de la tombe.

« Mais qu'est-ce que tu fais ?

— C'est pas correct de laisser cet endroit dans un état pareil, dit Evie en levant les yeux vers Henry. On dirait que personne n'est venu ici depuis des années.

— Le seul qui pourrait venir, c'est Carson.

— Une raison de plus pour ne pas l'aimer, celui-là. Comme si y en avait pas déjà assez.

— Allez, viens, on va voir si on trouve quelque chose sur Sarah. »

Evie se redressa. Elle fit un pas en avant et effleura le haut de la pierre tombale de William Riggs. Henry ne posa pas de question, mais il était sûr de l'avoir entendue prononcer quelques mots. Un moment émouvant, qui témoignait de la sensibilité et de la compassion dont Evie était capable.

« Alors, cette fille, dit Evie en commençant à marcher. Elle est censée être née quand ?

— Novembre 1949.

— Elle n'a donc jamais connu son grand-père ?

— Y semblerait pas, non. »

Si la jeune femme était morte et si elle était enterrée ici, alors sa tombe devait en toute logique être une des plus récentes. Leur recherche était hasardeuse, voire totalement déraisonnable, et pourtant Henry ne mit pas longtemps à dénicher un indice.

« Viens voir », dit-il. Il s'agenouilla et débarrassa en partie l'inscription du lichen qui la recouvrait. « Wyatt, lut-il. Ralph Wyatt, père dévoué de Rebecca. »

Il leva les yeux vers Evie.

« Regarde un peu la date du décès, dit celle-ci. 8 août 1949… comme pour le père d'Evan. »

Henry finit de dégager l'inscription, écartant ainsi les derniers doutes possibles. Ce Ralph Wyatt, quel qu'il ait pu être, né le 11 novembre 1892 et était mort le même jour que William Riggs.

« Ce serait le père de Rebecca ? demanda Evie.

— Dieu seul le sait, dit Henry en haussant les épaules, mais si c'est le cas, alors les deux grands-pères de Sarah sont morts le même jour. Bizarre comme coïncidence, non ?

— Toujours l'accident de chasse ? dit Evie.

— J'ai idée qu'Evan aurait pu me dire pas mal de choses, qu'il m'a délibérément cachées.

— Et moi, j'ai idée qu'y a pas mal de gens qui auraient pu nous les dire, ces choses, et qui s'en sont gardés », renchérit Evie.

Ils continuèrent à chercher, revenant peu à peu sur leurs pas en direction de l'arche effritée qui marquait l'entrée du cimetière, s'arrêtant de temps à autre devant une plaque revêtue de mousse, s'agenouillant pour regarder de plus près, découvrir peut-être que leur quête de la fille d'Evan allait se terminer là. D'une manière un peu étrange, Henry se prit à espérer qu'ils trouvent effectivement quelque chose allant dans ce sens, ne fût-ce que pour résoudre la question de la localisation actuelle de la jeune fille, mais c'était un souhait sans grande consistance. Il ne voulait pas décevoir Evan et entendait tenir sa promesse.

« On a plus qu'à retourner à l'asile d'Ector, dit-il. Il faut qu'on s'assure que cette Rebecca dont nous a parlé Grace est bien la fille Wyatt. Si c'est le cas, alors on dirait bien qu'on a trouvé la mère de Sarah.

— Qui est morte elle aussi, on est bien d'accord ?

— Oui, à l'asile.

— Ce qui est ennuyeux, c'est qu'on a que les propos de Grace, fit remarquer Evie.

— À mon avis, on peut la croire quand elle dit qu'elle est allée à Ector voir Rebecca, que Carson le lui a violemment reproché, et que Rebecca est morte.

— Je sais pas, dit Evie. Je sais pas quoi penser de tout ça. Ce qui me frappe, c'est que plus on cherche, et plus on se heurte à de nouvelles questions.

— Alors, tu viens avec moi ? demanda Henry.

— Mais t'as l'intention de faire quoi, bon sang ? Piller leurs archives ?

— Je vais juste demander des renseignements, d'accord ?

— Et s'ils refusent de te les donner ?

— Bon Dieu, je sais pas, Evie, dit-il en haussant les épaules. Piller leurs archives, peut-être. »

L'hésitation d'Evie fut de courte durée. « Allez, on y va », lança-t-elle.

Ils refirent le trajet qu'ils avaient fait le matin même. En route, ils s'arrêtèrent dans une station-service et achetèrent des fleurs et une boîte de gâteaux à la supérette. La réceptionniste de l'hôpital s'étonna de les voir de retour si vite.

Evie eut un sourire si franc que la femme ne put se défendre de lui sourire en retour. « On s'est sentis vraiment moches, dit Evie. Jamais de visites, toujours toute seule, depuis si longtemps, la pauvre. C'est diablement triste, non ? »

La femme opina : oui, c'était diablement triste.

« Je peux vous laisser monter un moment, dit-elle, mais le médecin commence sa tournée dans une demi-heure, ça ne vous laisse pas beaucoup de temps. Et après, ce sera l'heure du repas. Vous auriez peut-être intérêt à revenir dans une heure ou deux, vous pourriez rester plus longtemps.

— Comment vous vous appelez ? demanda Evie tout à trac.

— Anne, dit l'autre. Anne Regis.

— Eh bien voilà, Anne, on voulait juste apporter quelques fleurs, et des gâteaux. »

Henry leva la boîte en signe de confirmation.

« Pour égayer un peu l'endroit, continua Evie.

— C'est très gentil à vous, dit Anne.

— En fait, j'avais une question, intervint Henry. Quand on est venus ce matin, Grace a parlé d'une certaine Rebecca, qui aurait été admise dans ce service, et qui y serait morte. On en a discuté tous les deux, ma femme et moi, et elle s'est souvenue que sa grand-mère faisait parfois allusion à une autre cousine, une Rebecca justement. Mais tu ne l'as jamais rencontrée, c'est ça ? » demanda-t-il en se tournant vers Evie.

Celle-ci secoua la tête en signe de dénégation et se pencha pour se rapprocher d'Anne. « Elle disait qu'elle n'allait pas bien, vous comprenez ? C'est pour ça qu'on s'est demandé si par hasard elle n'avait pas fini elle aussi dans cet hôpital.

— Ça, je ne pourrais pas vous dire, répondit Anne. Ce genre de renseignements est forcément archivé, mais les dossiers sont confidentiels, vous comprenez. Moi-même, je n'y ai pas accès. Seuls peuvent les consulter les médecins, spécialistes ou chefs de service.

— Y a quelqu'un à qui on pourrait en parler ? demanda Henry.

— Aujourd'hui ? demanda Anne. C'est dimanche. Il n'y a personne en dehors du personnel d'astreinte. Aucun administratif ne vient le dimanche.

— Est-ce que ce serait très gênant si nous allions voir nous-mêmes ? demanda Evie.

— Mon Dieu, dit Anne, mais c'est impossible. Il s'agit de dossiers médicaux confidentiels. Je ne pourrais en aucun cas vous laisser faire.

— D'après ce que nous a dit Grace, la cousine Rebecca est morte ici, dit Henry. Est-ce qu'il y a un registre des décès dans l'établissement ?

— Oui, sans doute. Et dans la même salle, j'imagine.

— S'il s'agit simplement d'un registre concernant des patients décédés, on devrait pouvoir y jeter un coup d'œil nous-mêmes sans problème, juste pour nous assurer que le nom de notre cousine y figure, non ? demanda encore Henry. On apprendrait rien qui ne soit déjà consigné ailleurs, vous me suivez. Et si on découvrait qu'elle est effectivement morte ici, peut-être qu'on pourrait espérer alors savoir ce qui lui est arrivé, où elle est enterrée et tout ça.

— Vous croyez qu'elle pourrait être enterrée ici ? demanda Anne.

— Ici, comment ça ? À l'hôpital ? demanda Henry en fronçant les sourcils.

— Non, je ne voulais pas dire dans l'enceinte même de l'hôpital. Mais si une personne décède ici et n'a pas de famille pour s'occuper des formalités et de l'enterrement, alors on lui attribue une place dans le cimetière du comté.

— Qui se trouve où ? intervint Evie.

— Eh bien, le cimetière lui-même est à une quarantaine de kilomètres, mais les services administratifs et le crématorium se trouvent à sept, huit kilomètres d'ici, à l'ouest, le long de la grand-route. Je n'y suis jamais allée, mais je sais que c'est la procédure habituelle après le décès d'une personne qui n'a pas de famille.

— C'est vraiment gentil à vous, Anne, dit Evie. On va y aller tout de suite.

— Vous ne montez pas revoir Grace ?

— Ce n'est peut-être pas une si bonne idée, après tout, avec les médecins qui doivent commencer leur tournée.

— Est-ce que vous pouvez veiller à ce que les fleurs et les gâteaux lui soient remis ? demanda Evie.

— Pour les fleurs, pas de problème. Les gâteaux, en revanche, les médecins ne voient pas d'un très bon œil qu'on change le régime des malades.

— En ce cas, gardez-les, dit Evie, en posant la boîte sur le comptoir de la réception.

— Euh… merci bien », dit Anne. Le temps qu'elle se remette de sa surprise, ils étaient presque à la porte.

« Merci pour tout », lui lança Henry, avant de disparaître en compagnie d'Evie.

Le bureau de l'administration du cimetière et le crématorium étaient exactement là où l'avait laissé entendre Anne Regis, à peine plus de huit kilomètres à l'ouest le long de la grand-route. En dépit du fait que c'était un dimanche, le personnel était présent et recevait les visiteurs.

Henry et Evie se garèrent et parcoururent les alentours du regard. Une allée étroite séparait en deux une pelouse bien entretenue au bout de laquelle s'élevait un bâtiment en pierre blanche, rehaussé de la légende « CRÉMATORIUM DU COMTÉ D'ECTOR ». En dessous, une inscription précisait « ARCHIVES DU COMTÉ » et indiquait les heures d'ouverture.

Une fois à l'intérieur, ils furent accueillis par un homme à l'air austère vêtu d'un costume trois pièces gris anthracite. Un visage blafard et pincé, comme s'il était brouillé avec le soleil depuis des années. Une plaque en cuivre sur le bureau affichait son titre, officier principal de l'état civil, et son nom, Mr. Langford Crossley.

« Que puis-je faire pour vous ? leur demanda Mr. Crossley.

— Bonjour », dit Evie en lui adressant son plus beau sourire.

Qui laissa froid Mr. Crossley. Apparemment, l'amabilité ne faisait partie ni de ses compétences ni de ses habitudes.

« On se demandait si vous seriez assez aimable pour nous aider, reprit Evie. On essaie de trouver des renseignements sur une parente qu'on a pas vue depuis longtemps. Il se pourrait qu'elle soit décédée à l'hôpital du comté il y a quelques années.

— Son nom ? demanda Mr. Crossley.

— Rebecca », dit Evie.

Le sourire compatissant de Crossley disait assez qu'il se refusait à blesser un enfant. « C'est bien, dit-il. Son nom de famille, à présent. »

Evie eut un petit rire gêné. Henry comprit alors qu'elle jouait la comédie, fournissant à Crossley l'occasion rêvée de venir en aide à une jeune femme un peu simplette. « Ah oui, bien sûr, désolée. Wyatt, Rebecca Wyatt.

— Et vos noms à vous ?

— Mary Wilson. Et voici mon mari, John. »

Henry s'approcha et tendit la main : « Bonjour, monsieur. »

Le contact se limita pour Mr. Crossley à un effleurement, comme si l'idée d'avoir à échanger une poignée de main avec un étranger relevait de l'insupportable.

« Et votre lien de parenté avec Rebecca Wyatt ? demanda-t-il.

— Ma foi, c'est un peu compliqué, dit Evie.

— J'ai tout mon temps, ma chère enfant, lui dit Crossley en esquissant un sourire pincé.

— C'était la fille de la nièce de ma grand-mère, du côté de mon père.

— Je vois. Et depuis quand cette personne n'est-elle plus de ce monde ?

— Pour tout dire, intervint Henry en s'approchant encore un peu, on n'en est pas trop sûrs. On est bien décidés à obtenir des renseignements à ce sujet, et on se débrouille avec ce qu'on trouve par-ci par-là. Jusqu'ici, on a appris qu'elle était peut-être morte à l'hôpital du comté, mais à ce moment-là, vous comprenez, son père était déjà décédé. On s'est donc dit que tout avait dû être pris en charge par le comté, et c'est pour ça qu'on est venus ici.

— Je vois, je vois, dit Mr. Crossley d'un air entendu.

— Vous pensez pouvoir nous aider ? demanda Henry.

— Je peux essayer, Mr. Wilson. Si vous voulez bien vous asseoir, je vais aller consulter les registres et voir si je trouve une trace de la nièce de votre grand-mère, du côté de votre père, madame. » Nouveau sourire mielleux, et Crossley disparut par une porte située derrière son bureau, le bruit de ses pas laissant bientôt place au silence.

« C'est moi, ou toi aussi tu serais prêt à le claquer pour qu'y perde son air suffisant ? demanda Evie. C'est qui, ce type ? Un vulgaire gratte-papier qui tient des registres d'état civil, bon Dieu. Y se prend pour qui ? »

Henry sourit, prit la main d'Evie dans la sienne et la serra, dans un geste qui se voulait rassurant. « Moins tu es important, et plus tu joues à l'être. Y a des gens comme ça. C'était le cas de certains gardiens au pénitencier.

— Un vrai connard, ce mec », asséna Evie.

Leur attente fut de courte durée. Quelques minutes tout au plus, et les pas se firent à nouveau entendre. Crossley réapparut, une mince chemise en papier kraft à la main.

« Connaissez-vous d'autres détails concernant la famille ? demanda-t-il à Evie. Simple mesure de précaution, vous comprenez. Même si nous ne nous occupons que de défunts, nous n'en devons pas moins observer la procédure qui impose une certaine confidentialité.

— Eh bien, l'oncle Ralph était son père. En fait, je ne sais pas si c'était vraiment un oncle, mais il s'appelait Ralph et il est mort… C'était quand, chéri ? demanda Evie après s'être tournée vers Henry.

— Quand quoi ?

— Tu nous écoutes, Mr. Crossley et moi, oui ou non ? dit-elle en regardant le gratte-papier et en levant les yeux au ciel. Il est toujours dans les nuages, celui-là. Je te demande quand il est mort, l'oncle Ralph. En 1949, c'est ça ?

— Oui, 1949. Août, autant que je me souvienne.

— Rebecca Wyatt, dit Crossley en ouvrant le dossier. Fille de Ralph et Madeline Wyatt, née Ellsworth. Vous aviez raison, Mrs. Wilson. Rebecca Wyatt est morte à l'hôpital du comté d'Ector en juin 1951.

— Oh, mon Dieu ! s'exclama Evie, feignant une mine catastrophée. Oh, mon Dieu. »

Henry s'approcha d'elle et lui passa le bras autour des épaules. « Là, là, ça va aller, ma chérie. On s'en doutait un peu, non ? C'est pas vraiment une surprise.

— Je sais, je sais, John, mais quand même…

— Y a-t-il autre chose que je puisse faire pour vous ? demanda Crossley en refermant la chemise.

— J'imagine qu'elle a été incinérée ici, dit Henry.

— Vous imaginez bien, Mr. Wilson.

— Et pour les cendres ?

— Elles sont probablement au cimetière du comté. Dans quel endroit précisément, je ne saurais vous dire… mais au cimetière ils seront capables de vous renseigner. »

Evie continuait à jouer la comédie.

Henry sourit, tendit la main pour se la voir à nouveau effleurer par les doigts exsangues de Crossley, puis il dit : « Votre aide nous a été précieuse, mais je crois qu'il vaut mieux que je la ramène à la maison.

— Je comprends tout à fait. Je suis heureux d'avoir pu vous apporter mon concours. »

Ils quittèrent le bâtiment, certains désormais que la mère de Sarah était morte, que ses grands-pères étaient décédés tous les deux le même jour, et que autant Evan que Carson leur avaient caché ou leur cachaient encore bien des choses.

« Allons bousculer un peu Clarence Ames, s'exclama Henry au moment où ils s'engageaient sur la grand-route. En voilà un qui, à mon avis, en sait beaucoup plus qu'il veut bien le dire. »

33

Grace Riggs connaissait ses fils mieux qu'elle ne se connaissait elle-même. Elle savait exactement quand tout allait bien ou, au contraire, quand les choses tournaient mal pour eux.

Le dimanche après-midi qui suivit la fête en l'honneur d'Evan, Carson vint la trouver, débordant d'excitation. Elle ne l'avait pas vu dans cet état d'exaltation depuis… elle ne s'en souvenait même pas.

« Elle a dit oui, m'man… Elle a dit oui. »

Grace savait qui avait dit oui et à quoi. Plus important cependant, elle savait aussi pourquoi – au bout de tant d'années – Rebecca Wyatt avait finalement accepté d'épouser l'aîné des frères Riggs.

Elle appela William, qui était à l'étage et qui serra la main de son fils, avant de lui envoyer une claque dans le dos et de l'étreindre à l'étouffer.

« Je pourrais pas être plus heureux, fiston », dit-il. Ce qui était la stricte vérité. Le vendredi soir l'avait vu extraordinairement fier de son cadet, et voilà que son aîné allait se marier, et, en ce qui concernait William, il n'aurait pu imaginer meilleur parti pour lui. Rebecca Wyatt était une ancre, une influence stabilisatrice, dotée non seulement de trésors d'intuition féminine, mais également d'une personnalité suffisamment forte pour ne jamais s'en laisser imposer par Carson. Il y avait beaucoup de Grace dans Rebecca, et c'était justement là ce dont son fils avait besoin.

Pour autant, William était un homme, et en tant que tel ne voyait que ce qu'il avait sous le nez. Il ne regardait ni à gauche, ni à droite, encore moins derrière lui. En l'occurrence, il ne vit que ce qu'il avait envie de voir, et qui suffisait amplement à son bonheur.

Si elle n'en avait soufflé mot à personne, Grace n'en connaissait pas moins la durée exacte de l'absence d'Evan ce soir-là. Elle devinait – à juste titre – qu'il s'était passé quelque chose entre les jeunes gens, qu'ils s'étaient fait leurs adieux de la manière la plus directe et la plus intime qui soit, et elle espérait, pour le bien de Carson, mais aussi pour celui de tout le monde, que la chose ne s'ébruiterait jamais.

Sur le moment, elle se laissa aller à l'euphorie que justifiait un tel événement, mais ses sourires dissimulaient mal une ombre, celle-là même que trahirent les traits d'Evan quand Carson lui apprit la nouvelle.

Extérieurement, Evan manifesta une grande joie, mais Grace savait qu'à l'intérieur il était dévasté.

À l'instar de l'huile et de l'eau, Evan et Rebecca ne pouvaient se mélanger. Si Rebecca s'était autorisée à être ce qu'elle était vraiment, alors Evan et elle auraient pu avoir le genre de mariage, mieux : le genre de vie, dont la plupart des gens n'osent même pas rêver. Mais combien passent leur existence à refuser d'être eux-mêmes pour être celui ou celle que les autres veulent les voir devenir ? Rebecca n'était pas différente : en niant les sentiments qu'elle éprouvait pour Evan, elle se niait elle-même.

Grace laissa les choses en l'état. Carson était on ne peut plus heureux. Quant à Evan, il mènerait la vie qu'il s'était choisie. William et elle devaient accepter le fait qu'il ne leur appartenait pas de diriger ni de contrôler l'existence de leurs fils. Ils avaient au moins le mérite d'avoir élevé des garçons dotés aujourd'hui d'une forte personnalité, qui ne se laisseraient pas influencer par l'opinion d'autrui.

Une fois le dîner du dimanche terminé, la vaisselle rangée, le soleil sur le point de sombrer, Evan et sa mère se retrouvèrent un moment seuls sur la véranda.

« Ce qui est arrivé était inévitable, lui dit Evan.

— À mon sens, rien n'est inévitable », dit-elle.

Evan ne répondit pas, se contentant de fixer l'horizon comme s'il devait y trouver une réponse.

« Ne la laisse pas te briser le cœur, poursuivit Grace. Je comprends ce que tu ressens, Evan, mais les sentiments ne font que passer. Ce que tu éprouves aujourd'hui, tu n'es pas condamné à l'éprouver pour le restant de tes jours.

— T'inquiète, ça n'arrivera pas, et, quoi qu'il en soit, laisse-moi te dire que je ne pourrais pas être plus heureux pour Carson.

— Oui, je sais, dit Grace. Je sais que t'es pas un égoïste, Evan. Enfin… le plus souvent.

— Ce qui veut dire ?

— Ce que tu sais et que j'ai pas besoin de dire. »

Evan éclata de rire. « Si je comprends bien, tu penses que je suis un type à problèmes.

— Je ne fais pas que le penser, mon fils, j'en suis persuadée.

— Il faut bien que certains sèment un peu la pagaille, autrement la vie serait… tu vois, quoi.

— En effet, je vois, et je suis d'accord jusqu'à un certain point. Tu es capable du pire comme du meilleur, et c'est pour ça que je te demande de faire attention à toi.

— T'inquiète pas, m'man, je sais faire.

— J'en doute pas, et je sais que tu peux aussi t'occuper des autres, mais…

— Mais quoi ? »

Elle secoua la tête, eut ce sourire philosophe et résigné qui n'appartenait qu'à elle. « Un fils ne comprendra jamais les inquiétudes d'une mère, Evan. Faut te dire que Carson était pas… comment dire, qu'il était pas attendu au départ, et donc qu'il a été mal accepté. Ton père a eu le plus grand mal à se faire à son nouveau statut. Il a fini par y arriver, mais en grande partie grâce à toi. La paternité… la responsabilité que ça suppose lui faisait peur, j'imagine. C'est peut-être pareil pour tous les hommes, j'en sais rien. Peut-être qu'ils ont peur de pas être à la hauteur. Bref, il a fait du mieux qu'il a pu, mais la vérité c'est que Carson et lui ont jamais été très proches. Et puis, tu es arrivé, poursuivit Grace, un sourire nostalgique aux lèvres. Ton père a changé. Son attitude envers Carson aussi. Et envers moi. Bien sûr, tout ça c'est de l'histoire ancienne aujourd'hui, mais il reste que sans toi les choses auraient sans doute été très différentes, pour chacun d'entre nous.

— Est-ce que je te rends heureuse, maman ? »

La surprise qui se lut dans les yeux de Grace ne laissait place à aucun doute. « Heureuse ? Quelle question, Evan ! Bien sûr que tu me rends heureuse.

— Tu t'inquiètes pour moi… tu te demandes ce que je vais devenir ?

— Toutes les mères s'inquiètent pour l'avenir de leurs enfants.

— Tu sais bien ce que je veux dire, m'man. »

Debout à côté de lui, Grace tendit la main et la referma sur celle de son fils. Tout en parlant, elle garda les yeux sur l'horizon qui s'assombrissait.

« T'es différent, Evan. Pas seulement de Carson, mais de tout le monde. Les pourquoi et les comment importent peu. C'est comme ça, c'est tout. T'es doué pour la musique, et c'est ça qui compte. Pense un peu à vendredi soir, à tout le bonheur que t'as donné aux gens. À toute cette joie sur les visages. Je dirais que ce pouvoir a quelque chose de magique, et que rares sont ceux qui le possèdent. Mais y a un prix à payer, j'en suis consciente, et puis j'ai entendu parler de toutes les difficultés que les gens comme toi doivent surmonter…

— Les gens comme moi ?

— Les artistes, les musiciens, les chanteurs, les poètes, les acteurs, tous ces gens de Hollywood, leurs problèmes d'alcool et leurs… enfin, leurs autres vices, quoi.

— Dis, t'aurais pas par hasard lu des feuilles à scandale au salon de coiffure de Sonora ?

— Ben, t'entends dire des choses, et y a des fois où tu les entends assez souvent pour penser qu'il y a forcément un fond de vérité.

— Tu as peur que je me mette à boire et à courir après toutes les femmes, c'est ça ?

— Non, mon fils. Je m'inquiète de ce feu qui brûle en toi et qui se nourrit uniquement de l'attention des autres. Voilà l'addiction qui me fait peur chez toi.

— Ces travers que tu m'attribues, tu es bien la seule à les voir.

— La seule ? Non, Rebecca les voit, elle aussi. Et c'est pour ça qu'elle ose pas te suivre.

— Rebecca refuse de me suivre parce qu'elle aime Carson, qu'elle veut s'installer ici et fonder une famille. »

Le silence qui s'ensuivit, pareil à un signe de ponctuation, signifiait clairement que Grace ne partageait pas ce point de vue.

« Tu crois pas qu'elle aime Carson ? » demanda Evan.

Grace tendit la main pour effleurer le visage de son fils.

« Il m'arrive de me demander si ton aveuglement est sélectif ou si t'es finalement un peu moins intelligent qu'on veut bien le croire.

— Merci du peu.

— Tu vois vraiment rien ? »

Evan garda le silence, et détourna légèrement la tête. Sa mère lisait en lui à livre ouvert.

« Je sais, Evan, finit-elle par dire dans un murmure à peine audible. Je sais, et j'ai toujours su, et toi aussi. Rebecca se persuade qu'elle fait le bon choix, et c'est peut-être le cas. Peut-être que bourlinguer avec toi dans tout le pays lui apporterait pas le bonheur, mais elle le saura jamais. Et c'est là qu'est le danger. L'idée risque de la poursuivre jusqu'à la fin de ses jours, et elle en a conscience. Carson, lui, il le voit pas, ça. Il veut pas le voir. Quant à ton père, il souhaite simplement le meilleur pour vous deux, et il est complètement imperméable à tout ce qui touche aux sentiments et aux intuitions. Mais toi et moi, on est différents, on l'a toujours été.

— M'man…

— Je me doute de ce qui s'est passé vendredi soir, Evan. C'était écrit sur ton visage en gros caractères. Peut-être qu'y aura rien de plus. Peut-être que tout se terminera là, et j'espère que ça sera le cas, autant pour ton frère que pour sa future femme. »

Une fois encore, Evan tenta d'intervenir, mais Grace l'en empêcha. « Arrêtons là, tu veux ? Y a rien à ajouter à ce qu'on a déjà dit. On peut pas remonter le cours du temps à coups de mots. »

Elle fit un pas de côté et l'entoura de ses bras. Evan la serra contre lui.

« Je suis désolé, m'man.

— C'est pas à moi qu'y faut dire ça, mon fils. Si y a quelqu'un à qui tu devrais présenter des excuses, c'est Carson, mais, venant de toi, il les accepterait pas, alors vaut mieux pas lui en donner l'occasion. »

Grace se redressa et embrassa Evan sur la joue.

« Bonne nuit, Evan. »

Elle se dégagea de son étreinte et disparut dans la maison, le laissant au silence.

Il resta là un moment, à se demander quel genre d'homme il était vraiment et si, à cause de lui, ils étaient tous condamnés au désastre.

Le lendemain matin, le lundi 7, Carson demanda à Evan de venir marcher un peu avec lui.

« Y a deux ou trois trucs dont y faut que je te cause », dit-il.

Evan accepta, sans crainte de le voir aborder le sujet de Rebecca, mais malgré tout un peu inquiet : il devait s'agir d'une question tout aussi importante. Son frère cherchait depuis un moment à avoir une conversation avec lui, et il pressentait qu'elle porterait sur leur avenir à tous les deux.

Ils firent bien quatre cents mètres avant que Carson mette le sujet sur le tapis.

« Papa ne rajeunit pas, dit-il en guise d'entrée en matière. Je sais qu'il a encore que la cinquantaine, mais la vie qu'il mène l'a usé. Physiquement, et mentalement. L'agriculture, c'est plein d'aléas, à commencer par le temps, le climat et tout ce que tu comprends pas ou que tu maîtrises pas. Ça vous esquinte un homme. Je sais que moi, je pourrais jamais être fermier, pas plus que toi d'ailleurs.

— Je me suis jamais vu rester ici de toute façon, sans parler de faire ce boulot, dit Evan.

— Moi, j'ai mon travail, maintenant, poursuivit Carson, et j'ai bien l'intention de le garder le plus longtemps possible. Shérif de Calvary, mari de Rebecca, père de deux ou trois gosses… ma foi, je vois pas ce que je pourrais rêver de mieux.

— T'as beaucoup de chance, Carson. Y sont pas si nombreux, ceux qui ont leur vie toute tracée devant eux telle qu'ils la veulent, et tout ça à même pas trente ans.

— Et je tiens aussi à prendre soin des parents. À m'assurer qu'ils auront assez de fric pour jamais avoir à s'inquiéter de l'avenir… de savoir s'ils auront toujours de quoi manger…

— On a jamais eu à se soucier de ce genre de chose, Carson, l'interrompit Evan. Tu crois pas que tu tombes dans le mélo, là ?

— Qu'est-ce que t'en sais, Evan ? T'as jamais été là. Y a eu des moments difficiles, crois-moi. L'hiver d'il y a deux ans, t'as une idée ? Tu serais bien en peine de dire comment ça s'est passé. T'es jamais resté assez longtemps pour en faire l'expérience.

— Je te l'accorde, Carson, mais là, tu me cherches et j'ai pas envie de me bagarrer avec toi.

— Je cherche rien de ce genre. J'essaie juste d'avoir une vraie conversation, franche et honnête, à propos des responsabilités qui sont les nôtres ici.

— Et elles consisteraient en quoi, ces responsabilités ?

— Tu vois comme t'es. Tu pars toujours du principe que j'ai une autre idée en tête. C'est faux. J'essaie de faire pour le mieux, et si je te parle de ça, c'est parce que tu te prépares à repartir, j'imagine, et que, comme d'habitude, on a pas la moindre idée du temps que tu resteras absent ni de ce qui peut t'arriver, et – comme d'habitude aussi – c'est moi qui vais devoir m'occuper de tout. Maintenant, soit on a cette conversation, soit tu pars pas et tu t'occupes de la ferme et du reste avec moi. À toi de choisir.

— Désolé, concéda Evan. T'as raison, je vais partir et toi, tu restes. Vas-y, je t'écoute.

— Bien, dit Carson, qui sortit un paquet de cigarettes de la poche de son gilet et en alluma une. Alors, voilà ce qui se passe… J'ai été contacté par un représentant de la Navy. Plus exactement, du Naval Petroleum Reserves Department. Ils aimeraient procéder à des forages sur nos terres, pour voir si y aurait pas du pétrole. Si c'était le cas… eh ben, je te laisse imaginer la fortune que ça représenterait.

— Tu veux vendre la ferme, dit Evan d'un ton neutre.

— Je veux explorer la possibilité de sous-louer les terrains à une société pétrochimique spécialisée dans le mazout et autres dérivés du même genre, Evan. Nous donner à nous et à nos parents les moyens de réussir dans cette vie. Mettre papa et maman à l'abri des soucis financiers pour le restant de leurs jours et leur assurer une vraie liberté.

— Et papa, il en dit quoi ? »

Carson hésita.

« Il en sait rien encore, hein ? reprit Evan. Il sait même pas que tu as parlé avec ces gens, c'est ça ?

— À t'entendre, on dirait que je magouille tout seul dans mon coin. Mais non. Je t'explique : des gens viennent me voir, j'écoute ce qu'ils ont à me dire, j'en parle avec toi, et puis, si on décide que ça tient la route, on va trouver papa ensemble et on voit ce qu'il en pense.

— Si *on* décide ? dit Evan. J'ai idée que la décision, tu l'as déjà prise, Carson.

— Alors, qu'est-ce que t'as à répondre ? Que t'as pas l'intention de prendre la proposition en considération, même si elle doit donner à nos parents une qualité de vie dont ils auraient jamais pu rêver ?

— Je te réponds que cette discussion, comme tu l'appelles, ce n'est pas à nous seuls de l'avoir. Si elle doit avoir lieu, papa et maman y participent forcément… à moins que tu veuilles pas d'eux.

— Tu changeras jamais, hein ? T'es qu'un sale égoïste, toujours à penser à toi d'abord, à faire passer les autres après. Décidé à ce qu'on fasse tout pour satisfaire tes désirs. Avec un père et une mère qui tiennent à toi comme à la prunelle de leurs yeux, qui t'ont toujours pourri gâté. Merde, tu serais même pas capable de bosser une seule journée pour sauver ta peau. »

Evan ne répondit pas. À quoi bon ? Carson allait se montrer têtu, intransigeant. Une fois qu'il avait pris une décision, il n'y avait plus moyen de l'en faire démordre. Changer d'avis revenait pour lui à admettre qu'il avait tort, ce dont il était parfaitement incapable.

« Je vais repartir bientôt pour Austin, dit Evan. Je dirai à personne qu'on a eu cette discussion, Carson. Si t'acceptes de parler de cette affaire avec papa en ma présence avant mon départ, alors d'accord. Mais si t'as l'intention d'agir dans son dos, je vais ni une ni deux trouver Warren Garfield pour t'arrêter net. T'as beau être shérif, ça te donne pas le droit de faire tout et n'importe quoi. Tu dis vouloir agir dans l'intérêt de nos parents, mais c'est tes intérêts à toi que t'as en tête. Tu m'accuses d'égoïsme, c'est l'hôpital qui se fout de la charité. T'essaies ni plus ni moins de me mettre sur le dos tes propres défauts.

— Va te faire foutre, Evan. T'es borné, égocentrique, et en plus t'es un vrai connard.

— T'étais le premier de la lignée, je te rappelle. M'est avis que t'as reçu la part du lion en l'occurrence. »

Carson se contenta de regarder son frère avec un air de défi méprisant qu'Evan ne connaissait que trop bien.

Ce que ferait Carson pendant son absence, il était incapable de le prédire. Il savait qu'il aurait dû rester. Il aurait dû, mais il ne pouvait pas. Pas après ce qui s'était passé avec Rebecca vendredi soir, pas pour la voir épouser son frère, pas pour le voir, lui, manipuler son entourage, les embobiner, les avoir à sa merci, les convaincre que ce qu'il faisait, c'était pour leur bien. Non, impossible d'accepter d'être témoin de pareilles manigances.

Evan Riggs savait qu'il se dérobait à ses responsabilités à l'égard de sa famille, et qu'il y avait sans nul doute dans cette dérobade une part d'égoïsme et d'insensibilité ; mais la force qui le poussait à partir était bien plus grande que celle de l'attraction familiale. Son père et sa mère avaient toujours pris soin d'eux-mêmes. Sa mère verrait se profiler de loin quelque chose qui ne lui plaisait pas et pousserait son mari à agir en conséquence. À eux deux, ils n'auraient pas de peine à déjouer toute tentative de la part de Carson d'entreprendre une action avec laquelle ils ne seraient pas d'accord. Et puis, la loi était là. Tout shérif qu'était son frère, Warren Garfield, le notaire de la famille, avait accès à tous les documents possibles et imaginables relatifs aux terres, aux baux, hypothèques, actes de vente, droits de succession, etc., et Carson n'avait pas procuration pour agir au nom de son père. La ferme familiale était en sécurité. Evan en était sûr, et au cas où il ne l'aurait pas été, il aurait fait en sorte de s'en convaincre, ne serait-ce que pour justifier son départ.

Evan resta encore quelques jours, puis entama ses préparatifs. Carson n'aborda pas le sujet de la ferme avec son père, et ce dernier ne montra aucun signe susceptible d'inquiéter son cadet.

William et Grace regrettaient beaucoup de voir leur plus jeune fils s'en aller une fois de plus, mais étaient assez avisés pour ne pas l'en dissuader.

Evan quitta donc Calvary pour Austin. Le matin du lundi 14, il fit ses bagages et laissa la ferme Riggs derrière lui, ainsi que Rebecca. Carson se montra stoïque et bien élevé, s'imposant le silence dans le seul but de ménager leurs parents. Il serra la main de son frère, lui souhaitant bonne chance et bonne continuation, ce que démentait son ton réservé. Il est à penser que Grace s'en rendit compte, mais elle s'abstint de tout commentaire.

Les quelques mots qu'elle murmura à l'oreille d'Evan tandis qu'il l'étreignait le troublèrent grandement.

« Qu'on ne te revoie ici qu'avec de bonnes nouvelles, d'accord ? »

Il ne répondit pas. Le souhait sous-entendait clairement qu'il y avait toutes chances pour qu'il revienne avec de mauvaises, et, au plus profond de lui, il savait que c'était vrai, malheureusement.

Peut-être n'était-il – tout bien considéré – qu'une source inépuisable d'ennuis : la chute de Carson dans la grange en 1937, l'incident avec Gabe Ellsworth, la mort de Lilly Duvall, l'affaire plus récente avec Rebecca, sa trahison vis-à-vis de Carson, le conflit potentiel avec les pétroliers… la liste était longue.

Était-il un oiseau de mauvais augure, annonciateur de troubles et de malheurs ? Qui multipliait les dégâts dans son sillage ?

Tandis qu'il s'éloignait, la ferme disparaissant peu à peu dans le rétroviseur, Evan se prit à espérer que son retour ne serait pas marqué par de nouveaux désastres, pour lui ou son frère.

Carson Riggs était un homme arrogant, aux idées bien arrêtées, attentif à ses seuls intérêts. Il ne s'était pas vraiment arrangé avec les années, et son métier ne lui avait pas appris grand-chose. Evan s'était efforcé de se convaincre que Carson s'était humanisé, mais force lui était de déchanter. Aujourd'hui, il faisait plus que simplement quitter la ferme familiale, il abandonnait Calvary aux mains de son frère. Des mains capables à l'évidence de causer les pires ennuis.

Evan ferma les yeux, comme il n'était que trop enclin à le faire. C'était là sans doute son plus grand péché. Le dernier à reconnaître sa couardise est le couard lui-même.

On a souvent dit que le mal n'a pas besoin d'autre terreau pour prospérer que le silence et l'inaction des gens de bien.

Carson n'était pas à proprement parler mauvais – tant s'en fallait –, mais il était buté, et trop prompt à agir dans son intérêt plutôt que dans celui des autres.

Était-ce maintenant au tour d'Evan de prêter à Carson ses propres défauts ? Peut-être. Après tout, ils étaient frères.

Il n'était pas prophète et n'aurait su prédire les événements qui se préparaient. Ceux-ci suivraient leur cours, et seul le temps en fournirait la clé.

34

Le mariage n'avait pas réussi à Clarence Ames. Il avait un goût prononcé pour l'alcool et les cartes, elle avait une façon bien à elle de faire connaître sa désapprobation sans jamais prononcer un mot. Elle s'appelait Laetitia Redmond, une des Redmond de Langley, de l'autre côté du Pecos. Les femmes de Langley disaient volontiers des hommes de Calvary qu'ils n'avaient rien dans le ventre. Ces derniers leur rendaient la monnaie de leur pièce en disant des femmes de Langley qu'il leur manquait une case. Huit jours après l'avoir épousée, Clarence Ames savait déjà que son mariage tournerait au vinaigre, et qu'il ne pouvait en aucun cas la ramener chez elle pour en choisir une autre.

Côté émotions, Laetitia Ames avait la froideur d'un poisson. Un visage qui évoquait une vieille chaussure. Pas une chaussure usée parce que trop aimée, mais usée à force d'avoir été portée par tous les temps et d'avoir pataugé dans toutes les cochonneries qui passent. Un visage grimaçant, comme celui d'un chien mâchonnant une guêpe, disait Roy Sperling, mais jamais, bien sûr, en présence de Clarence. Il n'est pas de bon ton de critiquer les goûts d'un homme, que ce soit en matière de revolver ou de femmes.

Tout compte fait, le mariage était fini avant même de commencer. Laetitia retourna chez ses parents à Langley, mettant ainsi un terme à tout espoir de progéniture. Chat échaudé… avait conclu Clarence, qui n'avait jamais songé à se remarier. Le nom Ames disparaîtrait avec lui, il le savait. La profonde tristesse qui l'habitait s'était aigrie au fil du temps pour le remplir d'une rancœur amère envers les amoureux, les gens mariés, avec ou sans enfants, tous ceux, à dire le vrai, qui n'étaient pas Clarence Ames. Il tolérait le petit groupe du saloon – Doc Sperling, Eakins, Mills, et même Warren Garfield, quand il était encore capable de boire avec eux – mais uniquement en raison d'un sens aigu des responsabilités à l'égard de la communauté dans son ensemble. Dieu sait de quoi ils auraient été capables les uns et les autres sans quelqu'un pour garder un œil sur eux. Il s'était donc dévoué corps et âme à ce devoir de surveillance.

Et voilà que Henry Quinn et Evie Chandler menaçaient de troubler la paix sociale. Une petite communauté comme celle de Calvary possédait un équilibre naturel, une cohésion assurée par la connaissance des comportements requis, des activités des uns et des autres à tout moment, le respect de codes et d'accords tacites, dont la plupart n'avaient même pas besoin d'être directement formulés. Certaines choses étaient tout bonnement *entendues*.

À commencer par Carson Riggs. Grâce à la gestion et à la poigne de son shérif, Calvary ignorait pratiquement tout de la délinquance et de la criminalité. Vagabonds et clochards apparaissaient de temps à autre, sans jamais s'attarder. Les travailleurs itinérants arrivaient de l'est et du sud à l'époque de la moisson dans l'espoir d'être embauchés dans une ferme ou une autre. Là où on avait besoin de main-d'œuvre, ils restaient. Dans le cas contraire, ils repartaient sans plus attendre. S'ils buvaient trop, troublaient l'ordre, harcelaient les femmes, devenaient indésirables de quelque façon, ils passaient une nuit ou deux dans le sous-sol du bureau de Carson, puis ils disparaissaient. On les mettait dans le premier train ou le premier bus en partance, Carson allant parfois jusqu'à faire plus de cinquante kilomètres pour les reconduire dans la direction d'où ils étaient venus et leur faire personnellement ses adieux. Bien sûr, des bruits couraient, des on-dit, comme cette histoire de clochard trouvé mort non loin du Stockton Plateau, les deux bras cassés et des traces prouvant qu'il avait été traîné sur plus de quatre cents mètres, mais les rumeurs et les qu'en-dira-t-on ne méritaient pas qu'on leur prête attention. Calvary était un endroit sûr et tranquille. Calvary était content comme ça, et Evan Riggs et les événements qui s'étaient produits toutes ces années plus tôt appartenaient au passé. Une époque pleine de gens différents qui n'avaient plus leur place ici.

Ce que Clarence avait appris sur Henry Quinn ne lui plaisait pas. Voilà un garçon qui avait tiré sur une femme un jour où il avait trop bu. C'était en tout cas ce que lui avait dit Carson, qui grâce à sa fonction avait accès aux registres des prisons, aux procès-verbaux de la police, aux casiers judiciaires et à tout le reste. Il avait fait des recherches sur le jeune Quinn, et la situation était sans équivoque. Voie de fait caractérisée, possession illégale d'arme à feu. Et sans doute bien d'autres choses encore. Drogues, probablement. Evie Chandler, elle, était une brave fille. Sûr qu'elle n'avait pas sa langue dans sa poche, mais rien de bien méchant. Ils plaisantaient et flirtaient gentiment avec elle au saloon, mais qui ne l'aurait pas fait ? Elle était vraiment jolie, et même s'ils étaient assez vieux pour être ses grands-pères, ils restaient des hommes, que diable ! Ils s'amusaient, sans penser à mal, ça n'allait jamais plus loin. Mais il avait fallu que ce gamin débarque et qu'elle se mette à le fréquenter. Ce qui, aux yeux de Clarence, était peu judicieux.

Ames était dans sa cuisine quand Henry Quinn et Evie Chandler se présentèrent à sa porte.

Il les vit à travers la moustiquaire du bout du hall d'entrée, et bien qu'il éprouvât d'abord de l'agacement, voire de la colère, il reconnut assez vite qu'on lui fournissait là l'occasion rêvée de désamorcer une situation potentiellement explosive. Carson n'avait pas mâché ses mots à ce sujet : il ne voulait pas que ce blanc-bec de Quinn vienne fourrer son nez dans les affaires de Calvary. Sûr de lui et convaincu d'agir avec toute la rectitude morale requise, Clarence Ames ouvrit la porte pour accueillir ses visiteurs.

« Mr. Quinn, dit-il poliment. Evie.

— Salut, Clarence, dit Evie. On se demandait si vous auriez un peu de temps à nous accorder.

— Bien sûr, dit Clarence en s'écartant. Entrez, entrez donc. »

Quelques minutes plus tard, ils étaient assis à la table de la cuisine. Le traditionnel verre de citronnade proposé et accepté, Clarence se prépara aux questions dont il savait qu'elles n'allaient pas tarder à pleuvoir.

« C'est peut-être difficile à comprendre, commença Henry, mais j'ai vraiment un sentiment d'obligation et de devoir vis-à-vis d'Evan Riggs… vous savez, en essayant de retrouver la trace de sa fille. »

Clarence hocha la tête, but une gorgée, jeta un coup d'œil à Evie et lui sourit, attendant patiemment la suite.

« J'ai commis une grosse, grosse bêtise, Mr. Ames, qui m'a mis dans un pétrin pas possible, j'ai fini à Reeves et tout, et si Evan avait pas été là, j'y serais peut-être encore. J'ai connu des moments difficiles, disons. Ça arrive dans les endroits de ce genre, et c'est Evan qui m'en a sorti. Ça peut paraître idiot, vu que j'y étais moi aussi, mais y a des tas de gens là-bas, et ben vous voudriez pas qu'ils sachent où vous habitez.

— Je veux bien le croire, dit Clarence.

— Bref, Evan m'a aidé, et puis après y m'a demandé de remettre cette lettre à sa fille ; moi j'ai cru qu'il s'agissait juste de venir ici et de mettre la main sur cette Sarah. Malheureusement, y semblerait que ça soit pas si simple.

— Non, de toute évidence, dit Clarence en levant son verre et en avalant une autre gorgée de citronnade.

— Alors, voilà, j'ai besoin d'un coup de main, vous comprenez ? Evie a été vraiment chouette de s'impliquer dans l'affaire, en quelque sorte, mais elle est d'Ozona, pas de Calvary, et elle sait pas grand-chose sur la famille Riggs et sur tout ce qui s'est passé dans l'temps. »

Henry s'arrêta, comme s'il s'attendait à ce que Clarence ouvre enfin la bouche. Mais l'autre ne pipa mot.

« Mais vous, reprit-il, vous êtes ici depuis aussi longtemps que Carson, peut-être même plus, et c'est pour ça que j'avais pensé vous demander deux, trois bricoles à propos de cette vieille histoire. »

Clarence reposa son verre. Il se montra calme et mesuré dans sa réponse.

« Faut que je te dise, mon garçon, que Carson et moi on en a discuté, de cette affaire. Pas dans le détail, bien sûr, mais dans les grandes lignes quand même. Carson a fait valoir un argument de taille, et je sais qu'il te l'a aussi présenté. Il a même cru comprendre que vous étiez tous les deux d'accord sur ce point.

— La jeune fille a peut-être pas envie qu'on la retrouve, c'est ça ?

— Exactement.

— Je comprends bien, m'sieur, mais…

— Mais rien du tout, mon garçon. Y a pas de mais qui tienne. La leçon que t'enseignent l'âge et l'expérience, c'est qu'y a deux choses sur lesquelles on peut pas revenir.

— Je sais bien, m'sieur… ce qu'on a dit et ce qu'on a fait.

— Tu connais la chanson, mon gars, mais pas vraiment les paroles. Ce que je sais, moi, c'est que le shérif Riggs était certain d'en avoir fini avec cette affaire. T'as beau avoir partagé une cellule avec Evan Riggs, t'en restes pas moins un étranger ici. Et je crois pas que tu seras jamais autre chose.

— Si vous voulez mon avis, Clarence, intervint Evie, tout ça ne sent pas très bon.

— Toi, je t'ai rien demandé, Evie, dit Clarence en se tournant vers elle, sans l'ombre d'un sourire.

— Bon Dieu, mais c'est quoi, ça ? s'indigna-t-elle.

— Je vais te le dire, moi, ce que c'est, rétorqua Clarence en regardant tour à tour Evie, puis Henry. C'est pas vos oignons.

— Mais…, commença Henry.

— Mais que dalle, l'interrompit Clarence. T'es d'Ozona, Evie, et ton Mr. Quinn, il est de Reeves, et avant ça de Dieu sait où. Vous êtes pas de Calvary, ni l'un ni l'autre. Ça a jamais été le cas, et ça le sera jamais. Evan, c'est différent. Lui, il était de Calvary, mais y se trouve qu'il a buté un mec à Austin et qu'il a fini en taule. C'est comme ça, et on peut rien y changer. Y se peut bien qu'Evan t'ait demandé de remettre une lettre à sa fille… une fille qu'il a jamais vue, une fille qui n'aurait jamais dû être la sienne au départ. Vous savez pas ce qui s'est passé à l'époque, et comptez pas sur moi pour vous le dire. Tout ce que je sais, c'est que le passé c'est le passé. Y a rien d'autre à ajouter.

— Mais Evan…

— Evan Riggs a tué un innocent. Il était soûl comme une barrique et il a tabassé un type à mort. Il avait du talent, Evan, il avait une belle carrière devant lui, mais il a trahi son frère, piétiné le nom des Riggs, et c'est devenu un vrai poivrot. M'est avis que c'est la culpabilité qui l'a fait sombrer dans l'alcool. Et regardez un peu où ça l'a mené.

— Mais qu'est-ce qu'il avait fait, au juste ? » demanda Evie.

Clarence se tourna vers elle. Il attendit quelques instants avant de lui asséner : « Y s'était occupé d'oignons qu'étaient pas les siens, ma jolie. »

Evie prit un air que Henry lui avait déjà vu. On la malmenait, ne serait-ce qu'en paroles, et elle n'aimait pas ça.

« Vous seriez pas en train de me menacer, Mr. Ames ?

— Loin de moi cette idée, petite.

— Ça y ressemble drôlement pourtant. Vous me l'emballez dans un joli papier cadeau avec ruban et tout, mais y a pas besoin d'être grand clerc pour savoir ce qu'y a à l'intérieur.

— Eh ben, si tu le sais déjà, c'est pas la peine de continuer à le déballer, tu crois pas ?

— Vous avez toujours été un vieil aigri, Clarence Ames.

— Je connais ton père, Evie, répondit celui-ci avec un sourire. C'est un brave homme. Je sais aussi que lui et Alvin Lang ont eu une petite conversation.

— Ah bon, vraiment ?

— Oui, vraiment.

— Et comment c'est possible, ça, Clarence ? Comment vous pouvez savoir qu'Alvin Lang est venu chez nous et qu'il a parlé à mon père ?

— Ma foi, y a pas grand-chose qui m'échappe, Evie. Tu devrais le savoir depuis le temps.

— Eh bien, si y a si peu de choses que ça qui vous échappent, vous devez savoir ce qui s'est passé entre Carson et Evan Riggs, savoir qui est la fille et où elle habite. Je parie que vous savez même son nom.

— Les paris, c'est pas mon truc, Evie. Le seul parieur que je connaisse, c'est Carson Riggs, et je conseillerais à personne de parier contre lui.

— Laissez-moi vous dire que vous commencez à me dégoûter sérieusement, Mr. Ames.

— Et laisse-moi te dire que je m'en fiche éperdument.

— Alors, vous refusez de nous aider ? insista Evie, comme si elle lui accordait une dernière chance.

— Je vous ai donné toute l'aide dont vous avez besoin pour l'instant.

— Mr. Ames..., commença Henry.

— Laisse tomber, Henry, dit Evie. Il nous dira rien. Il est à la solde de Carson, c'est clair. »

Clarence Ames les raccompagna jusqu'à la porte d'entrée sans un mot. Il les regarda rejoindre la rue. Il avait eu dans l'idée de désamorcer la situation, mais il était évident à voir leur réaction que les deux gamins refusaient d'entendre raison et qu'ils ne céderaient pas.

Dès qu'ils eurent franchi les limites de sa propriété, il se dirigea vers le téléphone au bout du couloir.

Il composa un numéro et attendit.

« Shérif... Clarence Ames à l'appareil... Il faut qu'on se voie. »

Il attendit, prit une longue inspiration et ferma les yeux.

« Non, Carson... nous tous... »

Le trajet de retour chez les Chandler se fit dans le silence.

Henry voulut ouvrir la discussion, mais Evie l'interrompit :

« Je suis trop énervée, Henry. Attends que je me détende un peu, sinon je risque de t'arracher la tête. »

Henry laissa Evie se détendre et les choses rentrer dans l'ordre, du moins jusqu'à ce qu'ils arrivent en vue de la maison.

Carson Riggs attendait à côté de sa voiture, chapeau légèrement rejeté à l'arrière, pouces passés dans son ceinturon Sam Browne, cigarette fichée au coin de la bouche. Il avait ses lunettes de soleil, et quand Henry Quinn se gara, il les ôta et sourit.

« Merde ! s'exclama Evie à voix basse.

— Merde ! » souffla Henry en écho.

Désormais hésitant, Henry laissa le moteur tourner un moment au ralenti avant de couper le contact. Il descendit du pick-up lentement, marqua un temps d'arrêt, referma la portière.

Evie tendit la main vers la poignée côté passager, mais Henry secoua la tête. « Reste dans le fourgon.

— Compte là-dessus, Henry Quinn », répondit-elle en descendant.

Sans se départir de son sourire ni rien changer dans sa posture, le shérif déclara : « J'ai entendu dire que vous étiez allés faire un tour à l'hôpital du comté. »

Henry garda le silence.

« Surpris que j'en sache autant, et aussi vite, c'est ça ?

— C'était pas un secret, shérif Riggs.

— Vraiment ?

— Vraiment.

— Alors, dis-moi une chose, mon gars… Pourquoi tu tiens absolument à mettre ton nez là-dedans ? Allez, accouche, et me raconte pas de conneries.

— Comme je vous l'ai déjà dit, shérif, à vous et à tous ceux qui m'ont posé la question, j'ai fait une promesse. J'ai donné ma parole, c'est tout.

— J'entends bien, mais ça veut dire qu'on est dans une impasse, alors. Moi, je te demande de laisser tomber et de déguerpir. Et toi, tu me dis que t'en feras qu'à ta tête, quoi qu'il arrive.

— Non, j'en fais pas qu'à ma tête, shérif Riggs. Je fais simplement ce que je crois être juste.

— Celui qui agit est pas forcément le meilleur juge de ce qui est juste ou pas.

— C'est pas faux. »

Riggs hocha lentement la tête. Ôta son chapeau et se gratta la tête. « Et si je décidais de vous aider, tout compte fait ?

— Vous êtes sérieux ? dit Henry, le sourcil froncé.

— Disons que je vous dépanne. Que je vous mets sur la voie. Un petit coup de pouce, quoi.

— Et pourquoi vous feriez ça ?

— Parce que je suis pas un égoïste, Henry Quinn. Parce que je pense à mon débile de frère qui croupit au pénitencier depuis toutes ces années. D'accord, il a buté un type et il a foutu sa vie en l'air, mais j'ai vu sa fille une fois, et c'était quelqu'un de bien. Intelligente. Et jolie comme un cœur, avec ça. Si Dieu, dans son infinie sagesse, a décidé qu'il y avait quelque chose à sauver dans la vie d'Evan, alors c'est forcément cette fille. Et vous savez quoi, je ne suis finalement pas si sûr qu'elle ne voudrait pas savoir qui était son père… qui *est* son père, je devrais dire. Peut-être qu'elle a conscience d'une absence quelque part. Je sais pas si sa famille d'accueil lui a jamais dit qu'elle était une enfant adoptée. Je sais pas grand-chose, en fait. Bref, j'ai bien réfléchi à tout ça, et je me suis dit que j'avais peut-être tort de me mettre en travers de votre chemin.

Ça fait sans doute partie de ces trucs qui doivent finir par sortir un jour ou l'autre. »

Henry avait écouté en retournant les paroles de Riggs à toute vitesse dans sa tête. À quoi rimaient tous ces discours ? Était-il sincère ou s'agissait-il une fois de plus d'une entourloupe ?

« Bref, poursuivit Riggs, j'ai demandé à Alvin de faire quelques vérifications, et il vous a trouvé un nom et une ville. Dites-vous que ça date sacrément – dix, quinze ans –, et que ça vous mènera peut-être nulle part, mais ça vaut le coup d'essayer, puisque vous avez rien. Vous serez toujours un peu plus avancés. Allez voir Alvin chez lui, et il vous communiquera ce qu'il a trouvé.

— Vous plaisantez ? demanda Henry. Vous êtes vraiment prêt à me donner un coup de main ?

— Non, mon gars, c'est pas toi que je cherche à aider. Si je fais quelque chose, c'est pour Evan, et personne d'autre.

— Tu sais où habite Alvin, non ? demanda Riggs à Evie.

— Oui, m'sieur.

— Allez-y maintenant. Il a les renseignements dont je viens de vous parler.

— Merci infiniment, shérif, dit Henry.

— Attendons de voir la suite, d'accord ? » dit Riggs. Il remit son chapeau, ses lunettes noires, ouvrit la portière de son véhicule, avant de se raviser et de se retourner.

« Au fait, vous pourriez m'éviter un déplacement, dit-il, et il se pencha par la vitre pour prendre un paquet dans la voiture.

— C'est juste des PV et des vieux trucs périmés, mais on est tenus de les garder deux ans. Alvin les stocke dans son garage. On n'a pas assez de place au bureau. »

Riggs lança le paquet à Henry, qui l'attrapa au vol. Il semblait bien s'agir d'un paquet de contraventions ficelées dans une feuille de plastique.

« Tu donnes juste ça à Alvin de ma part, tu veux bien ?

— Pas de problème, shérif », dit Henry.

Riggs monta dans la voiture et mit le contact. Il fit une marche arrière, s'arrêta pour regarder Henry par la vitre.

« Il a coulé trop d'eau sous les ponts pour que je sois encore en colère, j'imagine. Ça me fatigue rien que d'y penser. »

Sans ajouter un mot, il s'engagea dans la rue et s'éloigna.

« Y a quelque chose de pas catholique là-dedans, dit Evie. Putain, je parierais ma chemise.

— Allons voir ce qu'Alvin Lang a à nous dire, et puis on avisera, d'accord ?

— J'aime pas ça, Henry. C'est glauque, cette histoire.

— Alors, tu veux faire quoi ? T'as l'intention de me lâcher ?

— J'ai pas dit ça, et tu le sais très bien. Ce que je dis, c'est que je trouve vraiment bizarre qu'il se mette tout d'un coup à jouer au bon Samaritain, ce mec.

— Disons que c'est peut-être juste un de ces moments où son discours est en accord avec sa pensée.

— Mais t'es débile, Henry Quinn, ou naïf, ou les deux à la fois ? s'emporta Evie, le sourcil froncé.

— Les deux, je suppose, dit-il avec un large sourire. C'est ce qui fait mon charme, tu sais…

— Allez, ouste, on y va. Voir un peu jusqu'où on s'enfonce dans ce merdier. »

Alvin Lang était sur la véranda quand Henry et Evie s'arrêtèrent devant chez lui. Vêtu d'un simple jean et d'un tee-shirt, il avait l'air un peu déplacé sans son uniforme, comme si sa tête ne collait plus avec son corps.

« Salut, vous autres », lança-t-il tandis que ses visiteurs descendaient du pick-up.

Evie leva la main en guise de salut. Henry ramassa le paquet de vieux PV et remonta l'allée. « J'ai un paquet pour vous, de la part du shérif Riggs, dit-il quand il fut en bas des marches.

— C'est les contraventions ?

— C'est ce qu'il a dit, oui. »

Alvin eut un geste de la tête en direction d'une petite table à côté de la balancelle. « Posez-le là, mon vieux. »

Henry s'exécuta.

« Bon, alors, le shérif Riggs m'a demandé de passer quelques coups de fil et de vérifier deux, trois bricoles dans cette histoire, dit Lang. Et il m'a dit de vous faire part de mes découvertes pour que vous puissiez agir en conséquence.

— Vous avez trouvé comment elle s'appelle, et où elle habite à présent ? demanda Henry.

— Son nom ? Ben non, je l'ai pas trouvé. Mais j'ai quand même dégotté quelque chose. Ça fait pas de mal d'avoir le gouverneur adjoint du Texas pour grand-père. Les gens se remuent tout de suite quand on leur joue cette carte. » Il arbora un sourire satisfait comme s'il était personnellement responsable de l'élection de son aïeul à ce poste. « Bref, cette fille, y semblerait qu'elle ait été placée dans un établissement à Menard, autant que je puisse en juger. Un genre d'orphelinat, je suppose. S'il existe encore, s'ils ont gardé son dossier, ça, je pourrais pas vous dire. Mais voilà ce que je vous ai trouvé.

— Y a des documents écrits ou quelque chose ? demanda Henry.

— Oui, bien sûr.

— On peut y jeter un œil ?

— On s'est pas bien compris, là, dit Alvin en souriant et en secouant la tête. Quand je dis qu'il y a des traces écrites, c'est qu'il y en a, mais pas du genre qu'on peut consulter. C'est des trucs confidentiels, vous comprenez ? C'est pas rien, ce que le shérif Riggs fait pour son frère. Et si quelqu'un venait à découvrir qu'il a fourré son nez là-dedans... disons que ça pourrait sérieusement compromettre ses états de service au sein de la police. Vous prenez ce qu'on vous donne, mon vieux, et vous remerciez poliment. Orphelinat, à Menard, comme je viens de vous le dire.

— Je vous suis très reconnaissant, monsieur l'adjoint, dit Henry.

— J'y suis pas pour grand-chose, moi, Mr. Quinn. Le shérif Riggs a changé d'avis, voilà tout. Après ce qui s'est passé entre lui et son enfoiré de frère, je trouve qu'il fait preuve d'un sacré sens du pardon.

— Qu'est-ce..., commença Henry, qui s'arrêta net, devinant que ce serait la question de trop.

— Fin de la discussion, Mr. Quinn. Continuez vos recherches à présent. Mais si vous voulez un conseil, à votre place j'irais pas à Menard aujourd'hui. C'est dimanche après tout, et y en a qui aiment pas trop qu'on vienne les déranger le dimanche.

— Compris, dit Henry. Et encore merci. »

Alvin Lang se contenta d'un salut de la tête, pivota sur les talons et rentra à l'intérieur.

Henry et Evie remontèrent dans le pick-up.

« Décidément, ça me plaît de moins en moins, dit Evie. Y a quelque chose de foutrement foireux dans cette histoire.

— On va pas tarder à le savoir », dit Henry en mettant le contact.

35

Malgré des efforts répétés pour tenter de le localiser, Evan Riggs resta introuvable. Sa mère, de tout temps la plus avisée du clan Riggs, soupçonna d'emblée que son fils ne souhaitait tout simplement pas être retrouvé.

« Qu'il aille se faire voir », explosa Carson quand – deux jours avant le mariage – on l'informa que la présence de son frère pour l'événement était de plus en plus improbable.

« Warren prendra sa place comme garçon d'honneur, dit-il.

— Warren Garfield ? s'étonna sa mère.

— Ben oui, pourquoi pas ? C'est un homme bien. Sur qui on peut compter. » Sa décision était prise, semblait-il. « Je suis certain qu'il le fera », ajouta-t-il d'un ton mesuré et déterminé, comme s'il était en train de rassembler des hommes pour les emmener sur le Diablo Plateau à la poursuite d'une bande de forbans et de brigands de la pire espèce.

« Le notaire du pays, c'est bizarre comme choix, dit Grace à William.

— Garfield est le type même du mec sans envergure qui se donne de grands airs, dit William en secouant la tête. Il fera tout ce que Carson lui demandera de faire – il l'a toujours fait, et ça va pas changer maintenant. C'est pas bon pour le shérif de mettre la loi dans sa poche comme ça.

— Tu trouves que Carson fait pas du bon boulot en tant que shérif ? s'enquit Grace.

— J'ai pas de doute là-dessus, ma chérie, répondit William avec un sourire ironique. Ce qui m'inquiète, c'est qu'il fasse un *trop* bon boulot.

— Qu'est-ce que tu veux dire par là ?

— Les gens s'imaginent qu'on leur fait une fleur quand on leur fait sauter une contredanse, par exemple, ou qu'on ferme les yeux sur une plainte en violation des droits de pâture. Et ça, c'est des bricoles, y a certainement des choses bien plus graves. Tout se passe pour le mieux, jusqu'au jour où le shérif vient réclamer son dû. C'est donnant donnant, tu comprends.

— Tu pourrais t'exprimer clairement, si ça te gêne pas », dit Grace, le sourcil froncé, mais son époux refusa de fournir plus amples détails.

Elle se demanda s'il n'y avait pas là-dessous une sorte de complot à l'échelle locale, son malaise causé davantage par l'ignorance de ce qui se passait en réalité que par une implication plus ou moins directe.

Warren Garfield fut donc sollicité et accepta sa charge. Le mariage fut une grosse affaire selon les normes calvariennes, et quand chacun eut compris que Grace Riggs n'apprécierait pas d'être interrogée sur l'endroit où pouvait bien se trouver son cadet, le sujet fut clos. La vérité, c'est qu'Evan savait tout du mariage, il avait reçu au moins deux des télégrammes l'informant de l'événement, mais la perspective d'avoir à regarder son frère épouser Rebecca Wyatt lui était tout bonnement insupportable. Ce jour-là – le samedi 12 mars 1949 –, on aurait pu le trouver dans un bar proche du croisement de Red River et de la Septième Rue Est. S'il leva un verre en l'honneur de son frère et de sa nouvelle belle-sœur, c'était loin d'être le premier, et il l'aurait tout aussi bien levé pour saluer la révocation de l'indépendance américaine. Leur mariage n'était qu'une pensée fugace, là où le souvenir du moment passé ce soir-là avec Rebecca était, lui, bien ancré.

Evan était à nouveau seul, et la solitude ne lui réussissait pas. C'était une opinion que ne partageaient pas nécessairement ceux qui le comptaient au nombre de leurs amis. Quand Evan était amoureux, il était follement épris. Quand il était en colère, il était véritablement hors de lui et terrifiant. Quand il était d'humeur morose ou nostalgique, il donnait l'impression d'être au fond du trou. Evan Riggs ne faisait rien à moitié. Et quand il buvait, non seulement il lui fallait double ou triple dose, mais il allait parfois jusqu'à se passer du verre pour boire la vie à même la bouteille.

Il gagnait de l'argent, mais le perdait tout aussi vite. Il n'était pas dépensier, simplement irresponsable. Il achetait des guitares, les mettait au clou, les récupérait pour les remettre au clou trois jours plus tard. Il dormait sur une banquette ici ou là, ou par terre, une fois même dans une entrée d'immeuble, ce qui lui valut de passer une nuit au poste. Qu'il ait fait un disque qui avait somme toute assez bien marché ne comptait pas pour grand-chose. On était à Austin, et les disques qui marchaient assez bien étaient légion. *The Whiskey*

Poet, pourtant reconnu comme étant la manifestation adéquate d'un talent plus qu'adéquat, datait déjà de six mois, et les ventes qui s'étaient envolées juste avant Noël était retombées depuis longtemps. Herman Russell et Leland Soames le harcelaient pour qu'il sorte un deuxième album. Crooked Crow n'était pas un nom suffisamment célèbre pour se permettre de vivre sur des titres datés. Le label avait besoin de sang frais, et s'il ne venait pas de noms déjà connus, alors il fallait aller le dénicher ailleurs. Herman voulut bien faire deux ou trois fois le trajet d'Abilene à Austin, pour tenter de sortir d'un cafard aviné un Evan Riggs dégoûté de lui-même. Mais il se lassa et ne tarda pas à juger que son essence serait mieux mise à profit si elle l'emmenait faire la tournée de ces foires de comté et concours de jeunes talents où serait plus tard découvert un certain Henry Quinn. De nouveaux chanteurs-compositeurs ne cessaient d'apparaître. Le Texas était connu pour son pétrole, ses *ribs*, ses longhorns et ses chanteurs. C'étaient là ses titres de gloire, et, pour ce qui est des chanteurs, Herman n'avait pas son pareil pour les repérer.

À Calvary, les nouveaux mariés ne manquaient pas d'endroits où s'installer. Il y avait de l'espace à revendre autant chez les Riggs que chez les Wyatt, et puis Carson avait aussi son chez-lui. En même temps que l'insigne et le salaire, le shérif se voyait octroyer un confortable appartement avec deux chambres dans le centre-ville. Ce fut là que Rebecca choisit d'élire domicile, tout excitée à l'idée de pouvoir le meubler et le décorer comme elle l'entendait et d'avoir son chez-elle loin de la maison familiale, d'organiser leur vie à leur guise, de manger à leur table et de dormir dans leur lit. Carson lui accorda tout ce qu'elle désirait. Personne ne doutait, Carson moins que tout autre, qu'il s'était trouvé la meilleure femme dont pouvait rêver un homme à l'est du Pecos. Pas de grande passion ni d'amour fou chez lui ; il était bien différent d'Evan sous ce rapport, mais il aimait sa jeune épouse autant qu'il pouvait aimer. À le voir se pavaner dans les rues, en uniforme, sa femme à son bras arborant les fanfreluches qu'il venait de lui offrir, on l'aurait pris pour le seigneur du village. Tout ce qu'attendait Calvary désormais, c'était l'annonce qu'un bébé était en route, et la nouvelle fut prompte à venir.

C'est en avril que Rebecca annonça à Carson qu'il allait être père. Il s'embrasa comme une chandelle romaine et s'en alla tourbillonner dans Calvary de la même manière, claironnant la nouvelle à qui voulait l'entendre et même à qui ne voulait pas.

Ils se rendirent chez le père de Rebecca, l'entraînèrent d'un commun accord chez les Riggs, où ils firent l'annonce officielle. William, très traditionaliste dans ce domaine, vit aussitôt le nom des Riggs se perpétuer et rester attaché à la ferme. Avait-il jamais douté que Carson lui donnerait un jour des petits-enfants ? Non, certes pas. Avait-il douté qu'il en irait de même pour Evan ? Oui, certainement. Il était désormais rassuré : ni le comté ni l'État ne pourraient vendre la ferme et faire don du produit de la vente à un quelconque organisme de charité.

« Je pourrais pas être plus fier de toi, mon fils », dit William à son aîné. Ils étaient ensemble sur la véranda, fumant le cigare de circonstance. William en gardait quelques-uns dans une boîte pour des occasions de ce genre, bien qu'il ignorât tout du secret de leur conservation. En l'occurrence, ils avaient séché et avaient le goût de tiges de maïs roulées dans du papier journal, mais aucun des deux hommes ne songea à s'en plaindre.

« C'est une fille fantastique, dit Carson. Je l'aime vraiment beaucoup, p'pa. Et je suis sûr qu'elle fera une excellente mère.

— J'en doute pas une seconde, dit William. Elle a un cœur grand comme le Texas, et même un petit peu plus.

— T'as eu des nouvelles d'Evan ?

— Non, rien du tout. Mais je suis pas inquiet. Evan, c'est Evan, tu le connais. Y change de direction sans arrêt et on peut jamais savoir à l'avance où il va finir par atterrir.

— Il était déjà pas là pour le mariage, et il est pas là non plus pour ce qui se passe maintenant.

— Tu t'inquiètes pour lui ? s'enquit William en se tournant vers son fils.

— C'est normal entre frères, p'pa, répondit Carson avec un sourire. On se fait du souci l'un pour l'autre, même sans raison. C'est triste qu'y soit pas plus proche de la famille.

— Il nous aime autant qu'on l'aime, nous, j'en suis sûr. Mais c'est pas le genre à venir nous voir deux ou trois fois par semaine.

— Oui, je sais, p'pa. C'est quand même dommage qu'y soit pas là, qu'y sache pas qu'il va devenir tonton.

— Bof, je pense qu'on tardera pas trop à avoir de ses nouvelles et que, quand y saura, y sera fou de joie.

Il a toujours eu de bons rapports avec les enfants. Ils étaient sans arrêt pendus à ses basques dans le temps. Peut-être à cause de son côté artiste, va savoir.

— Sûr qu'y sera fou de joie », dit Carson en écho, avant que la conversation s'oriente vers un nouveau sujet, laissant à d'autres le soin de mentionner le nom d'Evan.

Ce fut Rebecca qui s'en chargea dans la soirée. « Vous l'annoncerez à Evan, n'est-ce pas ? » dit-elle à Grace alors qu'elle essuyait la vaisselle avec elle dans la cuisine des Riggs. Le repas s'était déroulé dans les rires et la bonne humeur, et si Evan avait manqué à quelqu'un, personne ne le montra.

« Bien sûr qu'on lui dira, répondit Grace, qui ajouta avec un sourire entendu : une fois qu'on lui aura mis la main dessus.

— Je regrette toujours qu'il ne soit pas venu au mariage.

— À quoi bon ? Ce qui est fait est fait.

— J'aimerais juste savoir pourquoi. »

Grace se tourna pour regarder sa belle-fille. « Si tu essaies de m'attirer dans une discussion sur toi et Evan, je te préviens : c'est peine perdue, ma fille. Et si tu sais vraiment pas pourquoi il est pas venu, alors, excuse-moi de te le dire, c'est que tu es bien plus sotte que t'en as l'air, et je me demande si je devrais pas conseiller à Carson de divorcer le plus vite possible. »

Rebecca sentit le rouge lui monter au visage.

Grace lui tendit une autre assiette.

Elle avait des mots sur le bout de la langue, mais elle fut incapable de se résoudre à les prononcer.

Rebecca était rongée par une appréhension – plus qu'une appréhension, pour tout dire, une terreur – qu'elle n'était pas prête à formuler devant Grace Riggs, pas plus qu'elle ne l'aurait été à lui avouer ce qui s'était passé entre Evan et elle le soir de la fête. Or cette peur découlait sans doute directement de cette nuit-là, même si elle espérait, contre toute raison, que tel n'était pas le cas. Pourtant, quoi qu'elle ait pu souhaiter, une phrase dans une des chansons d'Evan revenait constamment la hanter comme un mauvais rêve. *Même si personne d'autre ne connaîtra jamais la vérité, je sais moi que je t'ai blessée.*

D'aucuns diraient plus tard du disque d'Evan : *Enlevez les jolies mélodies, et ce qui reste revient à une confession.* Pareille déclaration s'appliquait non seulement au chanteur mais aussi à ses éventuels auditeurs.

À la fin du premier trimestre de sa grossesse, Rebecca parlait déjà couleurs pour la chambre du bébé, et Carson faisait de son mieux pour paraître intéressé. À dire vrai, il ne voyait pas grande différence entre le *jaune soleil* et le *jaune citron*. Mais il fit son possible pour ne pas laisser son incapacité à percevoir les nuances du spectre des couleurs devenir le sujet de discussions un peu trop vives. Il était excité, certes, fébrile, bien entendu, mais la couleur d'une chambre d'enfant lui semblait très secondaire par rapport à la grossesse elle-même. Il voulait que le docteur Sperling vérifie et revérifie tout ce qui devait l'être, leur confirme qu'il y avait un bébé dans ce ventre et que tout allait parfaitement bien.

Le docteur Sperling fit donc les examens qui s'imposaient. C'était le 21 juillet, un jeudi. La nervosité de Rebecca apparut tout à fait naturelle à Carson au vu des circonstances. Lui aussi était anxieux, mais rien là que de normal : il voulait simplement s'assurer du bon déroulement des opérations et de l'absence de toute complication. Il avait déjà entendu ce mot dans des contextes semblables, et il évoquait pour lui moins une banale anicroche qu'une véritable catastrophe naturelle.

Au cours de l'examen, le médecin ne dit rien en dehors des commentaires habituels dans ce genre de situation, mais Rebecca sentit que certaines questions restaient en suspens.

« Qu'est-ce qu'il y a ? » finit-elle par demander.

Sperling s'efforça de prendre un air surpris, mais il n'était manifestement pas doué pour le mensonge et la dissimulation.

« Sérieusement, Roy… On dirait qu'une mouche t'a piqué. Qu'est-ce qui te tracasse ?

— Il faut que je te demande, Rebecca… J'ai une question un peu délicate à te poser. »

Rebecca pâlit à vue d'œil. Elle aurait menti en affirmant qu'elle ne savait pas ce qui se préparait.

« Est-ce que toi et Carson avez… eh bien, avez-vous eu des relations intimes avant le mariage ? »

Rebecca ferma les yeux. Son cœur se vida comme une baudruche expulsant l'air peu à peu. Cette sensation au creux de l'estomac, qui pesait comme une pierre glacée depuis cette nuit avec Evan, devint soudain brûlante, suffisamment pour que son feu la gagne tout entière et la consume sur place.

« P-p-pourquoi tu… tu me demandes ça ?

— Tu veux bien répondre à ma question, Rebecca ?

— Dis-moi d'abord pourquoi tu me la poses, Roy… », murmura-t-elle d'une voix défaillante, parce qu'elle connaissait déjà la réponse. Elle priait avec ferveur tant elle craignait que ses appréhensions et la réponse qu'il n'allait pas tarder à lui faire concordent totalement.

« Tu es dans ton deuxième trimestre, ma belle… aucun doute là-dessus. Je dirais même que tu n'es pas tellement loin du début du troisième. »

Rebecca garda le silence.

« Ma question tient toujours, dit Sperling. Est-ce qu'on a pas un problème avec les dates ? »

Un long moment s'écoula avant que Rebecca réagisse, et quand elle le fit, ce fut pour hocher imperceptiblement la tête.

« Evan ? » s'enquit alors Sperling, à quoi Rebecca ne répondit pas. Le docteur prononça à nouveau le nom d'Evan, mais cette fois sur un ton affirmatif.

« Le soir de la fête, poursuivit Sperling, presque comme s'il se parlait à lui-même. C'était quand déjà ? Début février… Ce qui t'amènerait pratiquement à vingt-trois semaines. Oui, ça me semble plus cohérent.

— Oh, mon Dieu…, murmura-t-elle.

— On se calme, dit Sperling. Examinons un peu la question. Carson n'a pas besoin de savoir…

— Comment ça, Carson n'a pas besoin de savoir ? s'exclama Rebecca, retrouvant soudain un peu de sa vigueur perdue. Je vais bientôt donner le jour à l'enfant de son frère. Et pour répondre, avec retard, à ta question, non, je n'ai jamais eu de rapports sexuels avec Carson avant le mariage. Je suis en avance de deux mois sur mon terme, Roy… Comment diable est-ce qu'on peut dissimuler un truc pareil, et quel genre d'épouse je serais si je gardais pour moi un tel secret ? Carson doit absolument être mis au courant. » Sur ces mots, elle se leva, décidée, semblait-il, à retourner dans la salle d'attente au plus vite pour claironner la nouvelle.

« Assieds-toi », lui enjoignit Sperling en la saisissant par le bras.

Rebecca s'exécuta.

« Écoute-moi, Rebecca. Il te faut penser plus loin que simplement toi et ton mari. Penser à ton père, à la famille de Carson, à la ville de Calvary tout entière, pour parler franchement. Sa fonction de shérif donne à Carson un certain statut, une certaine réputation. Est-ce que tu as une idée des dégâts que pourrait causer une telle révélation si on n'a pas d'abord planifié la meilleure stratégie à adopter ? »

Rebecca se sentait à présent incapable de la moindre émotion. Ne sachant qu'éprouver en dehors d'une terreur absolue, peut-être s'était-elle dit que l'option la plus sûre était finalement d'essayer de ne plus rien ressentir du tout. Ou peut-être n'était-ce pas le fruit d'une décision délibérée, son esprit refusant tout bonnement de fonctionner, comme un moteur fatigué.

« Bien sûr qu'il doit savoir, Rebecca, dit Sperling, mais je ne pense pas que c'est à toi de le lui dire, ni que ce soit le meilleur moment pour le faire. »

Rebecca se contenta de fixer le médecin d'un œil vide. La vie qu'elle s'était imaginée venait de prendre fin. L'avenir était une terre sauvage et inconnue, et elle était terrifiée au-delà de toute mesure.

« Je vais te donner quelque chose pour te calmer », dit Sperling, et il sortit d'une petite armoire murale un flacon de pilules, en fit glisser deux dans sa main qu'il tendit à Rebecca avec un verre d'eau.

Elle les prit machinalement, sans même demander de quoi il s'agissait, et Sperling resta assis à côté d'elle jusqu'à ce qu'une sensation d'engourdissement et de déconnexion de la réalité commence à brouiller ses pensées.

Elle sourit au médecin, et quand elle lui demanda comment ils allaient s'y prendre, il se contenta de répondre : « Je ne sais pas, Rebecca… Pour être tout à fait honnête, je ne sais vraiment pas. »

36

Henry et Evie s'étaient couchés très tard la veille. Glenn Chandler leur avait tenu compagnie, et ils avaient bavardé de tout et de rien autour de quelques bières. Le sentiment qu'il évitait la question cruciale qui se posait à eux était aussi palpable que leur présence dans la pièce. On le sentait peser dans l'atmosphère. La fille d'Evan Riggs. Le retournement de Carson Riggs. La raison du séjour prolongé de Henry à Calvary. Evie, bien sûr, en passe d'en devenir la première responsable. Henry la regardait rire avec son père, surprenait le coup d'œil qu'elle lui jetait de temps à autre, les yeux pétillant d'humour. Il se sentait en totale harmonie avec elle : elle était la seule à véritablement comprendre le pourquoi de ses agissements. Il espérait que leur association durerait bien au-delà du temps que réclameraient ses recherches.

Plus tard, allongé à son côté, il passa les quelques instants précédant le sommeil à s'interroger sur ses motivations. N'était-ce plus maintenant qu'une question d'entêtement, de réticence à s'avouer vaincu, de refus de se laisser intimider par Carson Riggs ? Après plus de trois années consacrées à faire exactement ce qu'on lui ordonnait, était-ce là pour lui l'occasion de pouvoir enfin riposter ? Carson Riggs était une figure d'autorité. Celui qui représentait la loi. Eh bien, la loi pouvait aller se faire foutre. Et Carson Riggs avec. *Je trouverai ce que je suis venu chercher et je me fiche pas mal de ce que tu feras pour m'en empêcher.* Était-ce maintenant la seule chose qui le motivait ?

Peu importait. Il était résolu à remplir sa mission, et indépendamment de toute autre raison susceptible de le pousser à agir, sa promesse à Evan suffisait. C'est avec cette certitude bien présente à l'esprit qu'il s'endormit, et avec elle qu'il se réveilla.

Ils se mirent en route aussitôt après le petit déjeuner. La route dénuée d'intérêt ouvrait sur un paysage qui ne leur était que trop familier. Le West Texas abondait en villes qui se ressemblaient toutes, la suivante identique à la précédente, quelle que soit la direction empruntée. L'horizon plat à l'infini, uniquement ponctué de silos, de châteaux d'eau, de pivots et de pompes d'irrigation, autant de témoins des efforts accomplis par les habitants pour tenter de donner à la terre ce qu'elle n'avait pas ou empêcher les rigueurs du climat de le lui retirer. Des chemins pierreux partaient à droite et à gauche de la grand-route et se perdaient dans des champs d'andropogon, d'herbe à bison, de faux sorgho, avec, ici et là, pour rompre un peu la monotonie, un bosquet de saules ou de peupliers.

Ils parlaient peu. Henry conduisait pendant qu'Evie fumait, s'assurant que chaque mégot était correctement écrasé avant de le jeter par la vitre. Les feux de prairie en avaient privé plus d'un de sa vie ou de son gagne-pain pour bien moins qu'une cigarette mal éteinte.

Il était 9 heures, à quelque chose près, quand Henry et Evie atteignirent leur destination, et quand ils s'arrêtèrent dans la rue principale ce lundi matin, ils eurent davantage l'impression d'atterrir dans une ville fantôme que de toucher à la fin de leur quête.

Ils cherchaient un orphelinat, peut-être un établissement spécialisé dans l'accueil d'enfants, et, dans la mesure où la ville ne comptait guère plus de mille cinq cents âmes, ils pensaient n'avoir aucun mal à trouver. Dans un endroit pareil, tout le monde devait connaître tout le monde, et si ce n'était pas le cas, chacun connaissait quelqu'un qui connaissait…

Ils se renseignèrent d'abord au bureau de poste.

« Un orphelinat ? répéta la femme derrière le guichet avant de secouer la tête. Jamais eu d'orphelinat ici, mon gars.

— Sinon quelque chose comme une famille d'accueil ? intervint Evie.

— Ça remonterait à quand ? demanda à nouveau la préposée, cette fois-ci en fronçant les sourcils.

— Une vingtaine d'années peut-être, dit Henry.

— Ma foi, je sais pas si ça vous sera d'une grande utilité, mais il y avait une famille dans le temps – les Garrett, y s'appelaient – qui s'occupait d'enfants abandonnés. Mais c'est vieux, ça.

— Ils sont toujours ici ?

— Lui, oui, elle, non, autant que je sache.

— Vous savez où il habite ?

— Oui, oui », répondit la femme en leur indiquant le chemin.

La maison où elle les envoya ne ressemblait en rien à ce à quoi Henry s'attendait.

Dans un état de délabrement avancé, elle témoignait du peu d'attention apporté par l'occupant à son cadre domestique. Elle se réduisait à un appentis en bois vaguement adossé à un mobile home qui avait l'air à l'abandon, le toit des deux structures, un patchwork de feutre bitumé, tôles rouillées, planches gondolées et morceau de moquette élimée sur lequel poussait une espèce de mousse de couleur vive. Des traverses de chemin de fer en guise de marches menaient à la porte d'entrée, et quand Henry s'avança pour frapper à la porte, l'ensemble trembla sur ses bases, prêt, semblait-il, à céder sous le pied.

« Qu'est-ce que c'est que ce bordel ? » dit Evie, tandis qu'ils attendaient. Elle plissait le nez comme si une odeur désagréable lui était montée aux narines.

Henry s'abstint de tout commentaire. Que pouvait-il dire ? Il frappa une seconde fois et recula d'un pas en entendant du bruit.

Comme on pouvait s'y attendre, l'homme était armé d'un fusil de chasse.

« Qu'esse que vous voulez, bon Dieu ! aboya-t-il en guise d'accueil.

— Désolé de vous déranger, m'sieur, mais l'employée de la poste nous a donné votre adresse. À ce qu'y paraît, vous pourriez nous aider, expliqua Henry. On a cru comprendre qu'à une époque, vous dirigiez un genre d'orphelinat.

— Mon pauv' vieux, c'est de l'histoire ancienne, tout ça, dit l'autre en secouant la tête. Ça fait un bail.

— On est juste venus pour avoir des renseignements sur quelqu'un que vous avez peut-être accueilli, intervint Evie. C'est tout.

— C'est qu'y en a, des gamins qui sont passés par chez nous, dit Garrett. C'était ça, notre boulot. Nous occuper des mouflets dont personne voulait, jusqu'à ce qu'y trouvent une famille d'adoption. Un boulot ingrat, vous pouvez me croire, mais bon, fallait bien que quelqu'un le fasse.

— Il y avait une petite fille, dit Henry. Née fin 1949. La mère était de la région de Calvary ; le père, c'était un musicien, un certain Evan Riggs.

— Ah, mais c'est de la Sarah que vous causez », dit l'homme avec un sourire en coin.

Henry sentit monter en lui une énorme vague d'émotion qui lui procura un instant une sensation de vertige. Il regarda Evie. Laquelle ouvrit la bouche pour parler avant de se raviser.

« Sarah, oui, c'est bien son nom, dit Henry.

— C'était, dit Garrett. Elle est morte, la gamine. Ça fait un bout de temps, maintenant. »

Henry ouvrit de grands yeux, le souffle presque coupé. À nouveau, il regarda Evie. Elle avait l'air groggy, le front plissé, les épaules affaissées, comme si ces mots signifiaient tout et rien.

« Morte ? reprit Henry.

— Morte, comme je te le dis, mon garçon.

— Mais… mais comment ? Quand ? Qu'est-ce qui s'est passé ?

— Elle est morte. Voilà tout. Je vois pas l'intérêt de t'enrober la chose autrement : elle a attrapé une pneumonie quand elle avait sept, huit ans. Ça l'a tuée net. On a eu plein de cas par ici. À Calvary aussi. Beaucoup de gamins y sont passés. Des adultes aussi, d'ailleurs.

— Elle est morte ? répéta Henry une fois encore comme si répéter la question avait le pouvoir de changer la réponse.

— Il est simple d'esprit ou quoi ? demanda Garrett en se tournant vers Evie.

— Il est juste sous le choc, Mr. Garrett, répondit Evie en secouant la tête. Ça fait un moment qu'il la cherche, cette Sarah, et on ne s'attendait pas du tout à ce qu'elle soit plus de ce monde.

— Ma foi, ma petite demoiselle, j'ai remarqué plus souvent qu'à mon tour que ce qu'on espère et ce qui arrive, ça fait deux. La vie, c'est pas un long fleuve tranquille. Personne viendra me dire le contraire.

— J'arrive pas à croire qu'elle est morte, souffla Henry.

— M'est avis qu'on a plus rien à se dire, je me trompe ? » dit Garrett en approchant d'un pas.

Henry, toujours incrédule, ne cessait de secouer la tête et de soupirer. Il pensait à Evan, à ce qu'il devrait lui dire, au désespoir dans lequel la nouvelle ne manquerait pas de le plonger. Le coup risquait de lui être fatal, quand on songeait que seule la perspective de voir un jour sa fille l'avait maintenu en vie. Si on lui enlevait cet espoir, que lui resterait-il ?

« Vous avez des dossiers, des documents, des photos d'elle ? demanda Evie.

— Si vous voulez connaître les détails, va falloir vous adresser ailleurs, ma petite dame, dit Garrett en secouant la tête. Ma femme, elle a élevé cette gamine comme qui dirait rien que pour la voir mourir. Et ça a pas été la seule. Y a eu des garçons aussi. Ça l'a démolie, ça lui a brisé le cœur et mis la cervelle en compote. Elle a tout brûlé… vêtements, chaussures, jouets, photos, tout. Et, un an plus tard, elle se suicidait. Et depuis, je vis tout seul, avec juste ma conscience pour me tenir compagnie.

— Mon Dieu…, dit Evie dans un souffle, et, même si elle n'était pas directement concernée par cette mort, elle paraissait au bord des larmes. Je suis désolée, murmura-t-elle d'une voix cassée.

— Désolée, pourquoi ? C'est pas vot'faute si elle est morte. Tout ce que vous avez fait, c'est me rappeler cette fichue histoire.

— Eh bien, je suis désolée au moins pour ça, Mr. Garrett.

— Ça sert à rien, les regrets, ma belle. Ce qui est fait est fait.

— Viens, on s'en va, dit Evie en se tournant vers Henry. C'est pas la peine de déranger Mr. Garrett plus longtemps. »

Henry acquiesça sans un mot. Elle recula, lui prit le bras, l'entraîna vers le pick-up et lui ouvrit la portière.

« Mets le contact, Henry », dit-elle, et il s'exécuta.

Au moment où ils démarraient, elle leva la main en signe d'adieu en direction de Garrett, qui lui répondit de la même façon.

« Elle est morte, marmonna Henry au moment où ils rejoignaient la grand-rue de Menard.

— C'est triste, cette histoire, merde », répondit Evie, incapable toutefois de chasser de son esprit le doute qui la hantait. Quelque chose clochait. Elle le savait. Elle en était sûre.

Ils rentrèrent à Ozona dans un silence de mort. Evie aurait voulu dire quelque chose, n'importe quoi, mais elle ne trouvait pas les mots. Le temps était à l'orage à l'intérieur de l'habitacle. Henry commença une phrase à deux ou trois reprises, incapable de formuler ses pensées et d'aller jusqu'au bout.

Ils s'exclamèrent tous les deux en même temps au moment où ils tournaient dans l'allée des Chandler.

Au « Nom de Dieu ! » d'Evie répondit en écho le « C'est quoi ce putain de… » de Henry, qui laissa sa phrase en suspens.

Alvin Lang se tenait à côté de sa voiture de police devant la maison, un sourire suffisant aux lèvres. Ils se doutèrent aussitôt que les vrais ennuis commençaient maintenant.

« Mr. Henry Quinn, dit Lang tandis qu'ils descendaient de leur véhicule.

— Qu'est-ce que vous foutez ici, Alvin ? » demanda Evie, sur la défensive. Malgré son agressivité et son attitude bravache, elle cachait mal une certaine appréhension.

« L'affaire qui m'amène vous concerne pas, Evie Chandler, répondit-il.

— C'est moi qu'elle concerne, si je comprends bien ? demanda Henry.

— Ça m'en a tout l'air, mon gars.

— Et à quel propos, cette affaire ? La fille d'Evan ? Si c'est ça, on en parle plus. On revient de Menard, où on a découvert que Sarah était morte.

— Ah bon ? demanda Lang, d'un air détaché.

— Ça n'a pas l'air de vous surprendre plus que ça, Alvin, intervint Evie. Ou alors vous saviez déjà qu'elle était morte quand vous nous avez expédiés là-bas ?

— Je savais rien du tout, répliqua Lang, et je me fiche pas mal de l'apprendre maintenant. Je suis pas là pour parler de ça. Mais pour quelque chose d'autrement plus grave. »

Henry s'en doutait. Le savait au plus profond de lui.

« Allez-y, dites-nous ce qui vous amène, monsieur l'adjoint. »

Lang passa une main par la portière de sa voiture et attrapa un sac en papier. D'où il sortit un autre sac, en plastique transparent celui-là, à l'intérieur duquel il y avait une sorte de paquet dans une autre enveloppe plastifiée.

« C'est bien à vous, ça ? dit-il.

— Qu'est-ce que c'est ? demanda Henry en fronçant les sourcils.

— Des stupéfiants, on dirait.

— C'est quoi, ces conneries ? dit Evie, l'angoisse perçant dans sa voix.

— Comme je viens de le dire, Miss Chandler, cette histoire vous regarde pas. C'est entre Henry Quinn et la police du comté de Redbird.

— Alors, je vous le redemande, dit Henry, de quoi vous m'accusez ?

— Y semblerait qu'on a comme de la mari-jua-na dans ce paquet, dit l'autre, le visage tordu par un vilain sourire. Et pas qu'un peu, encore. Emballée comme un paquet cadeau, avec vos empreintes partout dessus. Voilà ce qu'on a et qui risque de vous renvoyer direct à Reeves. Vous êtes en liberté conditionnelle, je me trompe ? »

Henry comprit alors ce qu'ils avaient trafiqué. Riggs l'avait envoyé chez Lang avec le paquet de contraventions, un paquet que Lang n'avait jamais eu dans les mains, se contentant de lui indiquer la table où le poser. Ils s'étaient servis de l'emballage pour envelopper de l'herbe, et à présent ils le tenaient.

Il était pris au piège. Lang avait raison : Henry était en liberté conditionnelle ; un seul délit, et il était de retour au pénitencier pour un an, sans compter ce qu'ils parviendraient à ajouter à la détention en lui collant sur le dos un éventuel trafic de stupéfiants.

« Alors, vu que tu vis ici depuis quelques jours, j'ai procédé, comme vous allez pouvoir le constater, à une petite perquisition. Vous risquez de trouver la maison un peu en désordre, mais dans ce genre d'affaire vaut mieux être minutieux, comme vous savez.

— Ah, le fils de pute, siffla Evie. Le connard de couille molle. »

Lang eut un froncement de sourcils, en dépit de son air méprisant. « Surveillez votre langage, ma petite demoiselle, ou vous allez pas tarder à vous retrouver accusée de complicité, avec cette herbe mexicaine de première bourre. Y me reste plus qu'à fouiller votre véhicule, Mr. Quinn, poursuivit-il en se tournant vers Henry, et soit vous me laissez faire ici, soit je fais venir une dépanneuse pour le remorquer, et on le désosse chez nous.

— Mais, bon Dieu…, commença Evie, qui s'interrompit quand Henry lui saisit le bras.

— Allez-y, monsieur l'adjoint, lança-t-il. Je sais ce que vous cherchez, et vous le trouverez pas. »

Lang n'hésita pas une seconde. La fouille fut méticuleuse, et quand il en eut terminé, il regarda Henry Quinn : tous deux savaient quel avait été exactement l'objet de la fouille.

« Je sais ce que veut le shérif Riggs…, dit Henry. Ce que j'ignore, c'est pourquoi. Il a tué cette fille ?

C'est ça qui est arrivé ? Le shérif Riggs aurait tué sa propre nièce ?

— J'ai pas la moindre idée de quoi vous parlez, mon vieux.

— Qu'est-ce qu'il cache, adjoint Lang ? Pourquoi est-ce qu'il a si peur ?

— Peur ? Peur, Carson Riggs ? C'est vraiment ce que vous pensez ? demanda Lang avec un rire hâbleur. Le jour où je verrai Carson Riggs avoir peur, les poules auront des dents, vous pouvez me croire. »

Henry hocha lentement la tête. « Vous allez avoir ce que vous voulez, dit-il. Je retournerai pas à Reeves. Pour rien au monde. Dites au shérif Riggs qu'on en a fini une bonne fois pour toutes avec cette histoire. Je suppose que je vais rester un peu à Ozona, en convalescence, pour ainsi dire, après mes années de taule. Et puis je prends mes cliques et mes claques et vous entendrez plus jamais parler de moi.

— Je savais bien que vous étiez pas idiot, dit Lang en souriant, et le shérif Riggs est pas du genre rancunier. N'empêche que les choses resteront en l'état tant que vous aurez pas vidé les lieux pour de bon. On joue pas, Mr. Quinn. On est pas copain-copain, vous me suivez, et on le sera jamais. » Lang s'avança, regarda Henry avant de se tourner et de fixer Evie. « Comme on fait son lit, on se couche. Ça fait plusieurs fois qu'on vous dit de vous mêler de vos oignons, mais, c'est plus fort que vous, vous continuez à jouer les empêcheurs de tourner en rond. Y a toujours un moment où même les plus patients finissent par se rebiffer et par mordre, vous savez. Et celui-là, il a des grandes dents, plus grandes que vous l'imaginez, en plus il est ici depuis des lustres, et il s'est fait des tas d'amis en haut lieu. On s'est bien compris, Henry Quinn ?

— Pour être franc, monsieur l'adjoint, j'étais prêt à laisser tomber de toute façon. C'était un peu dingue comme histoire, ça pouvait rien donner de bon.

— Le shérif avait bien dit que vous finiriez pas entendre raison. Que vous aviez la tête sur les épaules. » Sur quoi, Lang jeta le sac dans la voiture avant d'ouvrir la portière.

« Entre l'entêtement et l'envie de tenir sa parole y a qu'un pas, leur dit-il en guise d'adieu. Ça va pas forcément ensemble, croyez-moi. Le plus futé, c'est encore celui qui sait quand il faut abandonner la partie. »

Evie avança d'un pas, bien décidée une fois de plus à lancer une réplique cinglante.

Henry lui agrippa la main et secoua à nouveau la tête. « Non, Evie.

— Écoutez-le donc, Evie Chandler, dit Lang avec un rictus. Et écoutez-le bien… Continuer à fouiner vous mènera nulle part. »

Lang mit ses lunettes noires, s'installa derrière le volant et claqua la portière derrière lui. L'adjoint du shérif démarra et sortit de l'allée, avant de disparaître sur la route.

Evie garda le silence un moment puis se tourna vers Henry, l'air incrédule.

« T'es pas du tout celui que je croyais.

— Comment ça ?

— Laisser tomber de cette façon… renoncer tout d'un coup.

— Qui parle de renoncer ? répondit-il. Le type était venu dans l'espoir de trouver la lettre d'Evan. Ils peuvent bien chercher jusqu'à la saint-glinglin qu'ils la trouveront jamais, cette lettre. Tout ce qu'ils ont réussi à faire, c'est à m'énerver sérieusement.

— Et si on allait voir le foutoir qu'a laissé ce connard ? » proposa Evie avec un sourire ironique.

37

La vérité claqua au grand jour comme une balle de revolver. C'était inévitable, sans doute, mais c'est la manière dont Carson l'apprit qui se révéla imprévisible.

Doc Sperling et Warren Garfield, le seul notaire que comptait Calvary, étaient comme cul et chemise. Un soir où il était fin soûl, Sperling lâcha le morceau à son copain. Ida Garfield, présidente du comité de la paroisse, surprit leur conversation. À dire le vrai, elle l'avait moins surprise qu'écoutée derrière la porte. Dire que cette femme s'intéressait aux affaires des autres était un euphémisme, et avoir un notaire pour mari lui donnait toutes sortes d'occasions de s'immiscer dans les confidences de gens qui auraient préféré la voir rester dans l'ignorance de leurs affaires. C'est ainsi qu'elle était au courant de nombre de délits et d'écarts de conduite à mettre à l'actif ou au passif de tel ou tel, depuis les excès de vitesse et les multiples infractions au stationnement de Clarence Ames jusqu'au comportement déplacé de George Eakins avec une jeune femme de Sanderson que Mrs. Eakins avait engagée pour aider à la préparation de la vente de charité de la paroisse. À l'entendre, George Eakins était ivre et avait mis les mains sur une partie de son anatomie où elles n'avaient rien à faire ; Carson Riggs était intervenu, avait convaincu la fille qu'il n'y avait pas là matière à poursuite et lui avait conseillé de disparaître pour ne plus jamais remettre les pieds dans le coin. Il reste que, un jour ou deux plus tard, eut lieu dans la cuisine des Garfield une discussion entre Warren, le shérif Riggs et George Eakins. Ida n'en saisit pas tous les détails, mais salua George quand il quitta les lieux. Dire qu'il avait l'air penaud eût été faible ; l'homme paraissait totalement défait. Ida Garfield comprit alors que si le shérif Carson Riggs restait en fonction depuis si longtemps, c'était pour la simple raison qu'il savait tout ce qu'il savait et – mieux encore – qu'il enregistrait tout.

Un jour, Ida demanda à son époux s'il était de mèche avec Riggs pour tenir ainsi à leur merci la population mâle de Calvary grâce à leur connaissance de délits soigneusement dissimulés, mais susceptibles à tout moment d'être exposés au grand jour en cas de défection.

« Je me demande bien où tu vas chercher tout ça, dit Warren à son épouse. Tu passerais pas trop de temps à lire ces feuilles de chou genre *True Detective* au salon de coiffure ? »

Il avait beau avoir écarté la question, Ida lisait en son mari avec une attention et un intérêt autrement plus grands que ceux qu'elle consacrait à la lecture desdits magazines, et le savait donc piètre menteur. Carson Riggs et lui se livraient à des pratiques et des trafics peu reluisants. Elle l'aurait parié.

C'est pourquoi, quand elle eut vent que quelque chose clochait dans la grossesse de Rebecca Riggs, elle ne put s'empêcher d'aborder le sujet avec Grace Riggs à la première occasion. Même attachée à un piquet à l'aide d'une longue lanière de cuir, la langue d'Ida Garfield aurait encore trouvé le moyen de s'adonner à sa passion des ragots.

Grace savait depuis toujours. Depuis l'instant où Evan était rentré de la ferme Wyatt ce fameux soir. Si Rebecca avait désiré un cadeau de départ de la part d'Evan Riggs, un souvenir en quelque sorte, elle n'aurait pu rêver mieux ni plus durable. Que ce fût à mettre au compte de l'intuition féminine ou de l'instinct maternel, Grace Riggs vivait depuis cette nuit fatidique de février dans une angoisse plus ou moins permanente.

En ce dimanche 24 juillet, tandis que la grande majorité de la gent féminine de Calvary jacassait devant l'église après l'office, les hommes fumant et discutant de leur côté d'affaires d'hommes, Ida attira Grace à l'écart.

« J'ai dans l'idée que vous allez devoir gérer un gros problème », dit-elle.

Grace fronça les sourcils. À ce stade, elle aurait été bien en peine de dire à quoi l'autre faisait allusion. Tel un chien de chasse avançant à couvert, Ida était toujours en train de renifler l'air et de suivre les pistes à la trace.

« On raconte que la nouvelle Mrs. Riggs… »

Grace n'eut pas besoin d'en entendre davantage. Comment elle savait – plus à propos, comment Ida pouvait savoir – importait peu. Elle interrompit net son interlocutrice. « Ida, dit-elle, faisant de son mieux pour garder un visage impassible, si tu t'occupais de tes affaires avec le même empressement que celui que tu mets à te mêler de celles des autres, le devant de ta porte serait mieux entretenu.

— Je ne vois pas de quoi tu veux parler, Grace Riggs, répliqua Ida Garfield, dont l'indignation n'était nullement feinte, car comme tous les hypocrites, elle n'avait aucune conscience de son travers, et tout reproche en ce sens ne rencontrait chez elle qu'étonnement et incrédulité.

— Bof, de rien, dit Grace, si ce n'est que le livre des Proverbes nous dit que qui tient sa langue et sa bouche reste à l'écart des ennuis.

— Mais je rêve, tu me cites les Écritures, Grace ? dit Ida, affectant cette fois-ci d'être blessée.

— Épître aux Éphésiens, chapitre IV, verset 29, Ida. "Que ne sorte de votre bouche aucune parole mauvaise, mais, s'il y a lieu, quelque bonne parole qui serve à l'édification de l'âme et communique une grâce à ceux qui l'entendent." »

L'instant d'après, Grace Riggs se rendit compte qu'elle venait de commettre un acte d'agression qui confinait à une déclaration de guerre. Qu'elle aurait mieux fait de se mordre la langue. Son envie de moucher Ida Garfield procédait d'un réflexe de défense, d'une réaction instinctive devant la menace d'une découverte qu'elle redoutait au plus haut point. On dit que les réactions émotionnelles à la critique tendent à en masquer le bien-fondé. C'était en l'occurrence le cas. Pas de remords plus cuisants, ni plus dévastateurs, que ceux qu'éprouvait Grace à l'idée de n'avoir pas su dissuader Evan de raccompagner Rebecca chez elle ce fameux soir. À vrai dire, peut-être souhaitait-elle inconsciemment ce qui était arrivé. Sans être prête à le reconnaître, même devant William, elle avait été troublée de voir Rebecca accepter la proposition de Carson. Celle-ci aurait dû, selon elle, épouser Evan. Lequel avait besoin d'une compagne comme elle, bien davantage que Carson. Sans attache, Evan était pareil à une embarcation à la dérive, irrémédiablement attiré comme par un aimant vers les affleurements rocheux et les récifs meurtriers.

« Ta réaction me dit tout ce que j'ai besoin de savoir », dit Ida Garfield, et Grace ressentit l'irrésistible tentation de la mettre KO d'un coup de poing.

Mais elle se maîtrisa, non seulement parce que c'était dimanche et que le pasteur et toute la paroisse de Calvary étaient à portée de voix, mais parce qu'elle ne voulait surtout pas donner à Ida Garfield la satisfaction d'une victoire non méritée.

Elle en resta donc là, s'efforçant d'oublier l'affaire, mais sitôt le repas terminé, elle prit Rebecca à part et lui dit qu'elle était au courant.

« Au courant de quoi ? demanda la jeune femme, les joues en feu, les yeux effarés.

— Inutile de se voiler la face, tu veux bien ? dit Grace. Ce qui est fait est fait. Y a pas moyen de revenir en arrière. Personne, Evan et toi moins que tout autre, n'est en mesure d'effacer ce qui s'est passé ce soir-là. »

S'ensuivit un silence pesant, jusqu'à ce que Rebecca Riggs, jeune mariée d'à peine quatre mois, s'effondre. Elle éclata en sanglots, ruisselant comme une cascade au printemps, et Grace n'eut d'autre ressource que de la prendre dans ses bras et de la serrer contre elle.

À un moment, Carson vint s'enquérir de ce qui pouvait bien se passer sur la véranda, mais quelques mots suffirent à Grace pour lui signifier non seulement que sa présence n'était pas souhaitée mais qu'il ne comprendrait rien à la discussion.

« Des affaires de femme… », murmura-t-elle, et Carson s'évanouit tel un fantôme.

Grace garda sa belle-fille de fraîche date dans ses bras un long moment. Elle-même versa quelques larmes, car elle savait que, quoi qu'il se passât à présent, leurs vies en seraient bouleversées. Elles étaient embarquées dans le même bateau, en pleine tempête, sans aucun espoir d'être secourues. La suite dépendait de la façon dont Carson allait réagir en apprenant la nouvelle. Une amorce avait été allumée, mais, loin des pétards pour enfants, la puissance et les conséquences de l'explosion restaient pour l'instant imprévisibles. Elles n'avaient pas la moindre idée de ce qui les attendait, mais elles étaient sûres que ce serait forcément terrible.

Une heure plus tard environ, Grace dit à William d'emmener Rebecca chez son père, tout en l'adjurant de ne poser aucune question à la jeune femme.

« Contente-toi de la ramener chez elle, William. On parlera à ton retour. »

Carson était dans la cuisine.

« Mais bon Dieu, m'man, qu'est-ce qui se passe ?

— Elle est enceinte, Carson. Va falloir que tu te fasses à plein de choses que tu comprends pas.

— Mais c'est ma femme, quand même. Elle devrait rester ici avec moi.

— Peut-être bien, mais ce que tu voudrais la voir faire et ce qu'elle a envie de faire sont deux choses bien différentes. C'est ça le mariage. Faudra t'habituer.

— Mais…

— Ça suffit, Carson. Va te coucher, maintenant. Laisse-moi m'occuper de ça, tu veux ? »

Carson embrassa sa mère et lui souhaita bonne nuit avant de regagner sa chambre, une pièce laissée en l'état depuis ses années d'enfance et d'adolescence qu'il partageait avec Rebecca quand ils passaient la nuit à la ferme. Il aurait pu rentrer chez lui en ville, mais n'en avait pas envie. Il avait beau disposer d'une intuition masculine limitée, il était préoccupé et pressentait malgré tout que quelque chose clochait.

Il était minuit passé quand William Riggs rentra pour trouver sa femme tout habillée et bien réveillée dans la cuisine. Sur la table devant elle trônaient une bouteille de whisky et deux verres. William savait d'expérience que c'était là le signe précurseur de gros ennuis.

« Assieds-toi, lui dit-elle. J'ai déjà pris un verre, et je te conseille d'en faire autant. »

Puis elle lui annonça la nouvelle, sans aucun ménagement.

« Rebecca va avoir l'enfant d'Evan. Ça date du soir de la fête qu'on a donnée en son honneur. »

William Riggs resta assis à contempler sa femme sans un mot, sans le moindre changement d'expression.

« Ton cœur s'est arrêté de battre, William ? finit-elle par demander.

— Oui, répondit-il. Mais y va se remettre en marche dans un moment.

— On a des décisions à prendre, et vite.

— Oui, répondit-il. Des décisions.

— Prends tout ton temps, dit-elle. Dis-moi seulement quand tu te sentiras prêt à en parler.

— Evan est au courant ?

— Non, dit Grace en secouant la tête. Les seuls à savoir, c'est Rebecca, toi, moi, Doc Sperling et les Garfield.

— Ida Garfield est au courant ? demanda William, les yeux écarquillés.

— Elle m'a clairement fait comprendre que les Riggs étaient en passe d'avoir un gros problème. Tu la connais, William.

— Si elle est au courant, toute la ville l'est aussi.

— Et si c'est pas déjà fait, c'est l'affaire de vingt-quatre heures.

— Et Rebecca, comment elle va ?

— J'en sais rien, William, et elle non plus d'ailleurs. Avoir fait une chose pareille juste avant d'épouser Carson… difficile d'imaginer pire dévergondage, mais ça servirait à quoi de la vouer aux gémonies ? Quand on commet une erreur, qu'on soit adulte ou enfant, on invoque toujours la même raison pour le choix qu'on a fait : sur le moment, l'idée ne paraissait pas si mauvaise.

— Si on ne le dit pas nous-mêmes à Carson, il l'apprendra de quelqu'un d'autre. Si on ne le dit pas à Evan, Carson s'en chargera. Et qu'est-ce qui se passera ? J'en sais rien, mais je crains bien que l'un des deux, peut-être même les deux, finisse mal, dit-il, avant de s'interrompre un instant puis d'ajouter : Y aurait pas moyen de garder la chose cachée, par hasard ?

— Si on était les seuls concernés, si y avait personne d'autre impliqué… s'il s'était agi de quelqu'un d'autre que le frère de son mari, peut-être qu'on aurait pu s'y résoudre. Les prématurés, après tout, c'est pas si rare. Mais c'est le frère de son mari et d'autres gens sont au courant. Doc Sperling, Warren Garfield, sa femme… Et Dieu sait qui d'autre à l'heure qu'il est », soupira Grace en secouant la tête d'un air résigné.

William Riggs ferma les yeux et prit une profonde inspiration. Il avait l'estomac noué. « Par tous les diables de l'enfer, et d'ailleurs ! dit-il comme pour lui-même.

— C'est la vie, dit Grace. On peut jamais tout prévoir. Personne nous a jamais dit que ce serait facile.

— Personne nous a jamais dit non plus que ce serait dur à ce point.

— T'es furieux contre Evan ?

— C'est mon fils, Grace. Y me rend malade, c'est vrai, et si je m'écoutais je lui tordrais le cou, mais non, je suis pas furieux.

— Alors, qu'est-ce qu'on fait, à ton avis ?

— On attend le bon moment et on met Carson au courant.

— Y aura jamais de bon moment pour ça, William.

— Je sais, je sais, ma bonne, mais certains moments sont pires que d'autres. »

Ils gardèrent le silence quelques minutes, puis William Riggs s'empara de la bouteille et remplit leurs deux verres.

« Des filles nous auraient causé moins de souci, dit encore William.

— Nous connaissant comme je nous connais, répliqua Grace avec un sourire désabusé, on en aurait eu deux du genre Rebecca Wyatt.

— Ou pires. »

Grace s'esclaffa, William se joignit à elle, et c'est ainsi qu'ils n'entendirent pas les pas de Carson Riggs s'éloigner au fond du couloir plongé dans l'obscurité pour rejoindre sa chambre.

38

C'est Glenn Chandler qu'ils choisirent comme intermédiaire, et, bien qu'incongrue, la démarche avait quelque chose d'inévitable. C'est du moins l'impression qu'il en eut.

En voyant, quand il rentra chez lui, la zone sinistrée que l'intérieur de sa maison était devenu – étagères vidées de leurs livres, vêtements éparpillés, papiers personnels jonchant le sol, contenu des placards de l'étage répandu sur le palier du premier –, Chandler comprit le sens du message que lui transmettait Riggs, sans équivoque possible. Où diable était passée Evie, il n'en savait rien. Vraisemblablement quelque part en compagnie du dénommé Henry Quinn, auquel Chandler éprouvait soudain un urgent besoin de parler.

Les visiteurs débarquèrent, avant même qu'il ait le temps de remettre un peu d'ordre. Ils s'assirent tous les trois, discutèrent un moment, puis les deux autres repartirent, ne laissant derrière eux que silence et désordre.

Seul dans sa cuisine, Glenn Chandler réfléchit à la suite des opérations. Il était tenu, bien sûr, par un certain sens de l'obligation, mais c'était aussi une question de devoir, voire de justice. Il avait été entraîné dans cette affaire contre son gré, mais il était suffisamment pragmatique pour se rendre compte qu'invoquer le hasard et les coïncidences n'était qu'un moyen comme un autre de justifier ce dont on n'était pas pas prêt à assumer la responsabilité. Il était responsable de sa fille, et que cela lui plaise ou non, elle s'était fourrée dans un sale pétrin avec son ex-taulard.

Riggs cherchait désespérément à mettre la main sur la lettre de son frère, et où fouiller sinon là où Henry Quinn avait temporairement élu domicile ?

Glenn fut brutalement tiré de ses pensées par le bruit du pick-up de Henry Quinn qui s'arrêtait devant la maison.

Il resta assis à les attendre, et quand Evie entra dans la cuisine, il vit qu'ils transportaient des sacs de courses.

« Regardez un peu l'état de la baraque, dit-il.

— Grâce aux bons soins d'Alvin Lang, répondit Evie, qui s'approcha de son père, se pencha et lui passa les bras autour des épaules. Je suis vraiment désolée, p'pa. Je sais même pas quoi dire. On a commencé à ranger un peu et puis on a décidé d'aller faire quelques courses. Je te promets qu'on remettra tout en place.

— Y a tout un tas de photos éparpillées sur le palier du premier, dit Chandler, la plupart de ta mère. »

Evie serra son père dans ses bras.

Henry assistait à la scène sans rien dire.

« Et pendant que vous étiez partis, j'ai eu deux visiteurs.

— Lang ? demanda Evie, qui se releva et recula d'un pas. Et le shérif était avec lui ?

— Pas Riggs et Lang, non. Mais c'était à leur sujet.

— Alors qui est-ce qui est venu ?

— Roy Sperling et George Eakins.

— Qu'est-ce qu'ils voulaient ?

— M'avertir des risques auxquels vous vous exposez.

— On les connaît déjà, ces risques, intervint Henry. Riggs et Lang ont monté un coup pour me faire accuser de détention de stupéfiants. Ils nous ont clairement dit de laisser tomber, sauf si je tiens à purger encore un an à Reeves.

— Et voilà ce qu'ils m'ont fait à moi, dit Chandler au bout d'un moment de silence. Saccager ma maison, vider les boîtes de tous mes papiers personnels, même celles où je gardais mes photos, tout…

— Il a aussi fouillé la voiture de Henry, dit Evie.

— Fini le temps où y s'agissait juste de remettre une lettre, pas vrai ?

— À mon avis, ça a jamais été aussi simple que ça, dit Henry, en jetant un coup d'œil à Evie avant de revenir à son père.

— Alors qu'est-ce qu'ils voulaient, Roy et George ? demanda Evie en prenant une chaise pour s'asseoir en face de son père.

— Pour être tout à fait franc, je suis pas vraiment sûr, dit Chandler en haussant les sourcils et en poussant un long soupir. Ils ont beaucoup parlé, mais pour pas dire grand-chose. D'après ce que j'ai compris, y sont liés à Carson Riggs par des secrets qu'y tiennent pas du tout à voir ébruiter.

— On dirait que tout le monde a des secrets à Calvary, dit Evie. Jamais vu un bled pareil.

— Mais on en revient toujours à Riggs, dit Henry. Et si vous voulez mon avis…

— Honnêtement, mon gars, dit Chandler, qui interrompit Henry en se raclant la gorge, je suis pas sûr de savoir au juste ce qu'y faut penser de toi. T'as entraîné ma fille dans un sacré pétrin. Sans compter que je me retrouve moi aussi mêlé à tout ça, depuis que les flics sont venus fouiller ma maison.

— Je m'y suis fourrée toute seule, dans ce pétrin, p'pa. On en a déjà parlé. Si maman était encore en vie…

— Si maman était ici ? reprit Chandler. Eh ben, c'est pas le cas. Elle est morte, Evie. Elle est morte, tu comprends ? Je l'ai perdue, et j'ai pas envie de te perdre aussi.

— Tu vas pas me perdre, p'pa, dit Evie avec un petit rire nerveux. Carson Riggs va pas nous tuer.

— À voir. D'après Roy Sperling et George Eakins, la mort de Warren Garfield serait peut-être pas due à des causes aussi naturelles que ça.

— Non… Ils ont dit que Riggs avait tué Garfield ? demanda Henry. C'était le notaire de Calvary, non ?

— Tout juste. Mais non, ils ont pas dit que Riggs avait tué Garfield. Ils ont simplement dit que les gens qui commencent à retourner des pierres doivent s'attendre à tomber sur des serpents. Les serpents aiment bien l'ombre et la fraîcheur. Et ils aiment pas qu'on les dérange.

— En somme, d'après eux, Garfield avait commencé à retourner quelques pierres ? demanda Evie.

— Pour faire simple, oui. C'est bien ce que j'ai cru décoder dans… ce que je peux pas décrire autrement que comme une conversation à sens unique.

— Y faut qu'on parle à l'un des deux, voire aux deux, dit Henry.

— Je suis trop fort ! J'aurais parié ma chemise que c'était justement ce que tu t'apprêtais à faire.

— Parce qu'il est comme moi, papa. Voilà pourquoi. Moi aussi, c'est exactement ce que je ferais, et j'ai bien l'intention de l'accompagner.

— Ma petite fille, si mignonne et si naïve… Il y a toujours plus chez les gens que ce qu'y sont prêts à reconnaître. Tu crois dur comme fer travailler pour une cause juste, et t'estimes qu'abandonner ça serait démériter à tes yeux autant qu'à ceux des autres. Je comprends bien, dit Chandler en s'adressant à Henry, que t'as partagé une cellule avec ce type et qu'y t'a sauvé la mise, mais tu vas pas me faire croire que tu serais prêt à risquer ta vie pour remettre cette lettre à sa fille, si on devait en arriver là ?

— Absolument », répondit Henry sans l'ombre d'une hésitation.

Chandler sembla surpris par la promptitude et la ferveur de la réponse. « Et pourquoi, si je puis me permettre, tu te sens redevable à ce point ?

— Parce qu'Evan a fait exactement la même chose pour moi, Mr. Chandler.

— Il a risqué sa vie pour toi ?

— Oui, m'sieur, comme je vous le dis. Au moins deux fois, si pas trois.

— Et il a fait ça pour quelle raison ?

— Ça peut paraître impensable à quelqu'un qui sait pas ce que c'est qu'un pénitencier, mais c'est un monde vraiment à part. Y a des comportements et des habitudes bien ancrés, et c'est les mêmes depuis des lustres. Mais personne vous dit rien quand vous débarquez, et il arrive qu'on franchisse une ligne dont on sait même pas qu'elle existe. On voit rien venir, et pourtant la consigne est passée : on est bon pour se faire buter avant la fin de la semaine.

— Et ces lignes, t'en as franchi plusieurs, dit Chandler.

— Oui, on peut dire ça.

— Et Evan Riggs est venu à la rescousse, si bien que t'as pu voir la fin de la semaine. »

Henry acquiesça de la tête, quitta le seuil de la cuisine et vint s'asseoir à la table face à Glenn Chandler.

« Quel âge tu as ?

— Vingt et un ans.

— Bon sang, soupira Chandler. Vingt et un ans… et jusqu'au cou dans une merde où la plupart des gens se seraient déjà noyés.

— Qu'est-ce que t'arrêtes pas de répéter, p'pa ? intervint Evie. Qu'on devrait jamais se satisfaire d'une vie pépère ?

— Attends, t'y es pas vraiment, là, Evie. Se faire buter à vingt et un ans, c'est pas précisément ce que j'ai en tête quand je dis ça.

— Je crois pas une minute que Carson Riggs irait jusqu'à buter qui que ce soit, dit Evie.

— Tu sais pas de quoi il est capable, celui-là, répondit Chandler. En grande partie parce que tu sais pas non plus ce qu'il cache. Le squelette qu'il a dans son placard pourrait être assez encombrant pour le pousser au pire. T'imagines un peu si ce qu'il a fait, ou ce qu'il sait, pouvait l'envoyer à Reeves pour le restant de ses jours, ou même à la chaise électrique. Tu crois peut-être qu'un type comme lui serait pas prêt à tout pour se protéger ? Vous connaissez pas plus l'un que l'autre la profondeur du puits, et encore moins ce qu'y a au fond, et la chute risque d'être longue avant de le découvrir.

— Bon sang, p'pa, mais d'où tu sors cette idée de gens qui se font buter comme ça ? C'est quoi, cette ânerie ? Tu crois vraiment que Carson Riggs aurait commis un meurtre ? Qu'il essaierait de cacher un truc pareil ?

— Le problème, ma petite, c'est qu'on sait rien. Ici, c'est le West Texas. Les règles en vigueur chez les gens normaux, elles sont pas de mise chez nous. Même celles de l'East Texas, elles s'appliquent pas. Va donc un peu voir du côté du plateau et des Davis Mountains, c'est pas l'espace qui manque pour enterrer deux, trois cadavres.

— Depuis quand t'es paranoïaque à ce point ?

— Crénom, j'en sais rien…, dit Chandler avec un haussement d'épaules. Peut-être depuis que je suis rentré chez moi pour découvrir que les flics avaient perquisitionné ma baraque pour mettre la main sur quelque chose que j'ai même jamais vu. Peut-être depuis que ce rigolo, ajouta-t-il en désignant Henry Quinn de la tête, a débarqué et m'a fait comprendre que j'allais perdre ma fille.

— Mais non, papa, ça risque pas, tu vas pas me perdre. Mais je peux pas laisser les choses en l'état. Je peux pas, c'est tout. Je saurais pas t'expliquer pourquoi, mais c'est comme ça. »

Chandler sourit comme s'il avait entendu cette même réplique, prononcée sur le même ton, des dizaines de fois par le passé. « Tu veux un bon conseil ? demanda-t-il.

— Évidemment.

— Roy Sperling. Le toubib de Calvary depuis des siècles. Si lui sait pas un ou deux trucs, c'est que personne sait.

— Faudrait qu'on arrive à le faire sortir de Calvary, dit Henry. Moi, si je remets les pieds là-bas, je me retrouve direct à Reeves.

— Essaie de l'appeler, tu verras bien s'il est prêt à nous rencontrer quelque part, dit Evie.

— Je pense qu'il acceptera, dit Chandler. On dirait qu'il a besoin de se libérer d'un sacré poids. C'est Eakins qui a pas arrêté de parler. Mais Sperling, lui, il avait tout d'un fantôme qui demanderait pas mieux que de prendre la tangente. »

Evie se rendit dans l'entrée.

Henry Quinn et Glenn Chandler restèrent assis en silence et entendirent le murmure de la conversation d'Evie. Quelques minutes plus tard, elle était de retour.

Son expression disait clairement le succès de sa démarche.

« Il accepte de nous retrouver dans un *diner*, sur la 10, à une trentaine de kilomètres à l'est. D'ici une heure.

— Qu'est-ce qu'il a dit ? demanda Henry.

— Il a dit un truc très bizarre…, répondit Evie en secouant la tête et en fronçant les sourcils. Comme quoi on avait pas le droit de le juger. Que seul Dieu l'avait.

— Qu'est-ce que ça peut bien vouloir dire ?

— Qu'il a besoin de se confesser, pardi, dit Glenn Chandler. Qu'il est vieux et qu'il en a peut-être plus pour longtemps. »

39

Un court moment, le bruit et la fureur du monde s'apaisèrent. Rebecca était chez son père. Carson vaqua à ses affaires, alla voir sa femme deux ou trois fois, la trouva bien. Un peu sombre, peut-être, et silencieuse, mais dans l'ensemble, plutôt en forme. Il passa une nuit en ville dans son appartement, une autre à la ferme de ses parents. Le troisième jour, il la ramena à Calvary, où ils passèrent la nuit.

Le matin venu, Carson la reconduisit chez les Wyatt, sachant pour l'avoir appris de sa femme que Ralph serait absent tout l'après-midi.

« Je reviendrai pour le déjeuner, si ça te va », lui dit-il en repartant.

Elle resta sur la véranda et regarda la voiture disparaître sur la route.

S'il y avait quelque chose d'inhabituel dans son comportement, Rebecca ne le remarqua pas. Elle se mit au ménage, rassemblant le linge sale, s'affairant aux tâches dont elle s'était toujours occupée. S'obligeant à penser à tout et n'importe quoi, sauf à ce qui ne manquerait pas de l'anéantir complètement. Quand elle aperçut son reflet à une ou deux reprises dans une glace, elle vit une femme perdue et effrayée. Face à Carson, elle affichait une expression courageuse et déterminée, mais le vernis était en train de s'écailler. Cette dissimulation permanente l'épuisait au-delà de l'imaginable.

Peu après 11 heures, elle appela Doc Sperling. Elle avait besoin de parler à quelqu'un, quelqu'un qui avait une idée de l'épreuve qu'elle traversait. Pas de réponse. La secrétaire finit par lui dire que le docteur était à l'hôpital du comté et qu'il ne serait de retour qu'en fin d'après-midi.

Rebecca songea à aller voir Grace, mais ne put supporter l'idée d'être confrontée au souvenir d'Evan.

Elle était comme coupée en deux. Jusqu'à présent, c'est à peine si elle avait pris conscience du conflit qui avait pourtant toujours existé. Carson et Evan. Evan et Carson. Rien de bien grave quand ils étaient encore enfants. La chasse aux serpents. Le nid de rats. L'incident avec Gabe Ellsworth. Les frasques plus ou moins dangereuses auxquelles ils se livraient tous les trois. Toujours tous les trois. Elle ne comprenait qu'aujourd'hui l'inévitabilité du choix qu'elle aurait à faire. Inévitable, ce choix l'avait toujours été. La vie n'était pas juste. Mais impossible d'en remonter le cours. Ce qui était fait ne pouvait être défait. Surtout pas ce qui l'obsédait en cet instant.

Pour la centième fois depuis sa conversation avec Doc Sperling, elle était submergée par le désespoir. Accroupie devant la baignoire, au lieu de continuer à la récurer, elle se laissa aller, posa son front sur la fraîcheur du rebord et éclata en sanglots. Elle resta un moment immobile, silencieuse, tandis que les larmes inondaient son visage et mouillaient le devant de son tablier. Puis elle se redressa, se rafraîchit, s'assit sur la baignoire et prit plusieurs longues inspirations. La sensation de vertige qui l'avait envahie se dissipa bientôt.

Elle se remit au travail. Une demi-heure plus tard, elle pleurait à nouveau, cette fois-ci sur la véranda derrière la maison, tout en étendant les chemises de son père pour les faire sécher.

Je vais devenir folle, se dit-elle. *Je ne peux pas continuer comme ça.*

Elle ne parvenait pas à se calmer. Les larmes coulaient à flots, apparemment intarissables.

Elle avait besoin de parler à Evan, tout en sachant que c'était impossible. Il était resté introuvable pour le mariage, et, d'une certaine manière, elle en avait été soulagée. Savoir qu'en tant que garçon d'honneur il se tiendrait juste à côté de son futur mari quand elle prononcerait ce oui qu'elle aurait si facilement pu lui adresser à lui, aurait été bien pire que… Non, se reprit-elle, rien ne pouvait être pire que la situation actuelle.

Evan ignorait qu'il allait être père. Carson, lui, croyait le devenir bientôt, mais il n'allait pas tarder à déchanter. Et alors…

Elle n'avait pas d'endroit où se réfugier, aucune possibilité de fuite ou d'évasion, aucun espoir de quitter Calvary et son mari. Elle ne pouvait pas non plus abandonner son père et s'évanouir dans la nature sans laisser de trace. Elle était condamnée à attendre le moment inévitable où Carson saurait qu'il allait être l'oncle et non le père de l'enfant.

Si elle avait su assez tôt qu'elle était enceinte, se serait-elle fait avorter ? Elle aurait été incapable de répondre. Dans quelques jours, elle atteindrait le sixième mois. L'avortement n'était même plus une option, et repenser à la question ne servait qu'à la tourmenter davantage.

Aux environs de midi, Rebecca entendit le bruit d'une voiture. Elle avait versé toutes les larmes de son corps, du moins pour l'instant, quand elle sortit pour aller au-devant de son mari. Elle avait préparé un potage au poulet, des sandwichs, et du café frais commençait à frémir sur la cuisinière.

Carson n'était pas seul. Une autre voiture suivait la sienne, et encore derrière venait un véhicule blanc qu'elle ne reconnut pas.

Carson s'arrêta dans la cour, et c'est alors qu'elle s'aperçut de la présence de Doc Sperling.

Son cœur s'arrêta soudain de battre.

Avait-il tout révélé à Carson ? Était-ce le moment qu'il avait choisi pour le mettre au courant ?

Carson descendit de voiture. Il n'adressa pas un sourire à sa femme, se retourna pour attraper son chapeau sur le siège par la portière et s'en coiffa.

Le véhicule blanc s'arrêta juste derrière la voiture de Sperling. En sortirent un homme et une femme, tous deux en blouse blanche d'infirmiers.

« Carson ? interrogea-t-elle d'une voix mal assurée. Que se passe-t-il ? »

Carson jeta un coup d'œil derrière lui à Sperling, lequel avait l'air abattu de celui qui s'apprête à annoncer les pires nouvelles qui soient.

« Je n'ai jamais rien dit… », commença-t-il, avant d'être interrompu par Carson.

« Tu la boucles, Roy, compris ? » Puis il regarda sa femme qui descendait les marches de la véranda et s'avançait dans la cour.

« Que se passe-t-il, Carson ? demanda-t-elle encore, alors qu'elle devinait déjà ce qui se préparait.

— Tu le sais, ce qui se passe, Rebecca », répondit-il.

Les yeux écarquillés, le visage comme vidé de son sang, elle contemplait la scène, avec l'impression de n'être qu'un fantôme.

« Carson, je t'en supplie..., dit Sperling, dont l'expression disait assez qu'il aurait donné cher pour être ailleurs.

— Ça suffit, Roy. Pas un mot de plus.

— Mon chéri, dit Rebecca, tu veux bien me dire ce qui se passe ? Qui sont ces gens ?

— Ils viennent de l'hôpital du comté d'Ector, et ils vont se charger du travail.

— Se charger du travail ? Quel travail ? De quoi tu parles, bon sang ?

— Pourquoi te faire du mal inutilement ? dit Carson avec un ricanement méprisant. Tu sais pourquoi je suis ici. Et tu comprends parfaitement la situation. Tu sais très bien ce qui s'est passé... et c'est pas Roy Sperling qui m'a mis au courant. J'ai entendu la chose de la bouche même de ma mère. J'ai appris ce que tu avais fait, et je sais que l'enfant que tu portes n'est pas le mien. Il est hors de question que je te laisse vivre sous mon toit alors que tu attends l'enfant de mon frère...

— Carson... Carson, je t'en supplie... Tu ne peux pas m'enlever mon enfant. T'en as pas le droit. Je t'en supplie, par pitié, pardonne-moi...

— Te pardonner ? Tu voudrais que je te pardonne ? Et d'après toi, on ferait comment dans la pratique ? Comme si l'enfant était de moi ? » Carson secoua la tête de dégoût, avant de se retourner vers les infirmiers. « Emmenez-la », leur lança-t-il.

Rebecca se précipita vers Doc Sperling, comme s'il y avait encore une chance qu'il lui vienne en aide.

Sperling recula. Dans le même temps, il baissa la tête, l'œil rivé au sol. « La situation m'échappe complètement, Rebecca », dit-il, et elle comprit qu'elle n'avait rien à attendre de ce côté.

La femme saisit le bras de Rebecca. « Suivez-nous, ma petite », dit-elle.

Rebecca réussit à se dégager, se retourna, prête à s'enfuir, mais la femme fut plus rapide. L'homme joignit ses efforts aux siens, et en un clin d'œil Rebecca avait les deux bras plaqués le long du corps.

« Carson, s'écria-t-elle. Carson, arrête-les ! Tu ne peux pas faire une chose pareille ! »

Carson regarda sa femme, le visage dur comme la pierre. « Tu voudrais que je sois un meilleur mari tout d'un coup, c'est ça ? T'aurais peut-être dû réfléchir avant et être toi-même une meilleure épouse.

— Carson… non… je t'en prie… », supplia Rebecca, mais en vain.

Les infirmiers l'entraînèrent vers la voiture blanche et la firent monter sans ménagement, la femme l'immobilisant à l'arrière du véhicule tandis que l'homme en faisait le tour pour se mettre au volant.

Le moteur démarra dans un bruit de tonnerre, qui n'empêcha pourtant pas Doc Sperling d'entendre les cris déchirants de Rebecca.

Il regarda Carson Riggs au moment où la voiture quittait l'allée des Wyatt. Sur son visage se lisait encore l'espoir que Carson allait peut-être se laisser attendrir.

« C'est bon, on en a terminé, dit ce dernier. Je n'ai rien à dire de plus. »

Sperling resta muet de stupéfaction tandis que Carson Riggs remontait dans sa voiture pour reprendre le chemin de la ville.

40

C'était le genre d'établissement où le plat du jour avait peut-être connu des jours meilleurs à une époque déjà lointaine. Avec ses parois métallisées, son long toit plat, ses fenêtres crasseuses dont l'une arborait le réseau fissuré d'une toile d'araignée, Lonny's Roadside Diner était davantage en mal de démolition que d'un seau d'eau savonneuse et d'une couche de peinture.

L'absence de clients à l'intérieur témoignait du pouvoir dissuasif de la façade, et quand Henry s'approcha du comptoir et commanda du café pour deux, sa demande fut accueillie avec une certaine irritation par un cuisinier au tablier graisseux, qui sembla considérer l'arrivée de clients comme une interruption malvenue de sa véritable occupation.

Le café se présenta, sans doute réchauffé pour la énième fois et donc acide, et Henry emporta les deux tasses jusqu'au box le plus éloigné de la porte d'entrée, là où Evie s'était installée. La fenêtre donnait sur un petit parking de terre rouge, où le pick-up patientait, tel un chien perdu et résigné.

« Tu crois que Carson Riggs a quelque chose à voir avec la mort de Warren Garfield ? demanda Henry.

— Va savoir, répondit Evie avec un haussement d'épaules.

— Il était comment, ce Warren Garfield ?

— Je le connaissais pas trop, tu sais. Il fréquentait le saloon avec le reste de la bande. Il a été notaire à Calvary pratiquement toute sa vie. Marié, sans enfants. Sa femme est morte y a déjà un bout de temps. Un de ces Texans à l'ancienne qui font le même boulot, se retrouvent veufs un jour, ne se remarient jamais, prennent leur retraite, refusent de croire qu'ils sont seuls mais finissent quand même par en crever. Je suppose que c'est plus ou moins ce qui attend mon père, ajouta-t-elle avec un sourire triste.

— C'est un type bien, ton père.

— C'est vrai. Ça me fend le cœur de constater qu'il va vivre jusqu'à la fin de ses jours avec le fantôme de ma mère. Il pense que ça serait criminel de l'oublier, alors que c'est la première chose qu'elle lui aurait demandé de faire.

— Y a quelque temps, dit Henry, ce premier soir, quand on a quitté le saloon, t'as dit que c'était une bonne chose que les gens soient fidèles à leur parole. Tu l'as dit comme si on t'avait fait une promesse un jour qu'on n'a pas respectée.

— J'étais jeune et naïve, dit Evie après avoir poussé un soupir et secoué la tête, et, lui, il était cruel. Il m'a brisé le cœur, je m'en remettrai jamais, et je n'aimerai plus jamais non plus.

— Non, sérieusement, qu'est-ce qui s'est passé ? demanda Henry avec un sourire.

— Une autre histoire, pour un autre jour », dit-elle, soudain distraite par l'arrivée d'une voiture qui se garait sur le parking à côté du pick-up de Henry.

Ils regardèrent sans rien dire Roy Speling descendre de son véhicule, puis vérifier que chaque portière était bien verrouillée avant de se diriger vers le *diner*.

Sperling s'arrêta sous l'auvent du restaurant, jeta un coup d'œil autour de lui. Il paraissait à la fois inquiet et soulagé, inquiet sans doute en raison de sa présence ici, soulagé en constatant qu'Evie et Henry étaient les seuls clients.

Le cuisinier apparut entre les lamelles en plastique multicolores du rideau de sa cuisine, l'air quelque peu indigné. *Bon Dieu, mais qu'est-ce que vous me voulez encore ?*

« Café, s'il vous plaît, dit Doc Sperling.

— Rien d'autre ?

— Non, pas pour l'instant », répondit l'autre avant de traverser la salle pour aller jusqu'au box où l'attendaient Henry et Evie.

« J'ai pas la moindre idée de la raison pour laquelle je suis ici, dit-il en guise d'entrée en matière.

— Pour goûter au pire café de tout le West Texas, suggéra Evie.

— Eh ben, mon gars, si t'as réussi à retenir le cœur de cette gamine, dit Sperling avec un sourire à l'adresse de Henry, c'est que ce que tu fais en ce moment est forcément bien.

— C'est un compliment ou quoi, Roy ? demanda Evie.

— Un compliment, et sincère avec ça.

— Alors je l'accepte bien volontiers. Je dois reconnaître que de tous les vieux cinglés qui fréquentent le saloon de Calvary, c'est encore vous que je préfère.

— Tu vas finir par me faire rougir, petite, dit Sperling. Tu dis ça pour me faire plaisir. »

Le café de Sperling arriva. Il en but une gorgée, qui lui arracha une grimace. « Seigneur, la dernière fois que j'ai eu ce goût dans la bouche, c'est quand j'ai vomi un quart de litre de bourbon frelaté. »

Il se déplaça sur la banquette pour faire face à Henry et à Evie.

« Alors, pourquoi vous êtes venu ? demanda Henry. Pourquoi vous avez accepté de nous parler ? »

Sperling secoua la tête d'un air résigné. « Je suis plus âgé que Carson Riggs d'une bonne quinzaine d'années. Je sais pas comment ça se passe chez les autres, mais il arrive un moment où on se rend compte que l'essentiel de sa vie est derrière soi, alors on voit les choses différemment. »

Sperling mit la main dans la poche de sa veste et en sortit une petite flasque. Il dévissa le bouchon et versa une rasade dans son café. Sans en offrir ni à Henry ni à Evie, peut-être dans l'idée qu'il aurait besoin de tout son contenu pour tenir jusqu'au bout de l'entrevue.

« Un problème de conscience ? demanda Evie.

— Faut vraiment mettre un nom dessus ? s'enquit Sperling. Ton petit ami s'est pris trois ans à Reeves parce qu'il avait trop bu et qu'il a tiré une balle dans la gorge d'une pauvre femme. M'est avis que tu t'en vantes pas trop, fiston, je me trompe ?

— Non, m'sieur, dit Henry. Pas trop, en effet.

— Les adultes ne sont guère différents des enfants, reprit Sperling. J'en ai jamais eu moi-même, des gosses, mais j'en ai suffisamment soigné pour le savoir. La plupart des quadragénaires du coin sont passés entre mes mains quand ils étaient enfants. J'ai tout vu, tout entendu, et souvent c'était à ne pas croire. Des acrobaties idiotes pour épater la galerie, des accidents, des farces qui tournent mal, n'importe quoi. Des os cassés, des dents cassées, des blessures par balle… tout ce qu'on peut imaginer. Demandez donc à un gamin qui a sauté du toit de sa maison dans un tonneau de flotte s'il a pensé que ça pouvait finir autrement que par de sérieux ennuis. Ou à ce gamin de huit ans qui croit que prendre l'arme de poing de son père et tirer au jugé sur le chat du voisin se résumera à une bonne partie de rigolade. Ou encore, à cette gamine qui en a ras le bol de son frère et qui fout le feu à ses bandes dessinées, si bien que tous les deux se retrouvent au centre médico-social de Sonora avec des brûlures au troisième degré sur tout le corps… Toujours la même réponse : l'idée ne paraissait pas si mauvaise, au départ. » Sperling secoua la tête et avala une bonne lampée de son café allongé au bourbon. « Je suppose qu'on pense jamais autrement, même en prenant de l'âge », conclut-il.

Henry observait Sperling. L'homme se préparait à une confession. C'est du moins l'impression qu'il donnait. Commencez par les justifications, et vous tempérez nécessairement la sévérité du jugement qui s'ensuivra.

« Qu'est-ce qui s'est passé, Roy ? » demanda Evie, soulignant une fois de plus son côté sans détour. Plus Henry passait de temps avec elle, plus il se rendait compte qu'il n'y avait rien d'autre chez elle que ce qu'elle donnait à voir. Elle était en cela comme son père. Henry se dit qu'il avait peut-être connu trop peu de gens de cette sorte dans sa vie. Et en repensant à toutes les années passées avec Evan Riggs, il s'étonna de ce que celui-ci ne lui ait en définitive pratiquement jamais rien livré de lui-même.

« Des tas de choses, Evie, dit Sperling, et je ne vois pas une seule bonne raison de vous les raconter, si ce n'est que Carson Riggs commence à me taper sérieusement sur le système.

— C'est sûr qu'on dirait qu'il a toute la ville sous sa coupe, dit Henry.

— T'imagines même pas. Y a une longue histoire derrière tout ça, et pas moyen d'en expliquer ni d'en comprendre grand-chose, si ce n'est qu'à l'époque, tout ce qu'on a fait, toutes les décisions qu'on a prises... eh ben, comme je disais, l'idée paraissait pas si mauvaise, au départ.

— Ça concerne Sarah, c'est bien ça ? s'enquit Evie.

— Tu sais rien concernant Sarah, et Dieu sait si tu sauras jamais quelque chose. Sarah elle-même ne sait rien. Je doute qu'elle ait jamais entendu prononcer le nom de Riggs, et je te parie ce que tu veux qu'elle connaît même pas ses parents. Son père est en prison et ne reverra jamais la lumière du jour en homme libre. Son oncle Carson est un malade, sa grand-mère maternelle se trouve dans le même asile de cinglés que celui où on avait déjà enfermé sa mère, quant à son grand-père..., conclut Sperling dans un soupir.

— Le même asile de fous..., l'encouragea Evie. Vous voulez parler de l'hôpital du comté d'Ector, là où on est allés voir Grace Riggs ?

— C'est ça. Moi, Warren Garfield et Carson Riggs, on a flanqué cette pauvre fille enceinte chez les fous avant de lui retirer son bébé. On lui a pris son enfant pour le donner à des étrangers. »

Sperling baissa la tête, comme s'il avait trop honte pour regarder ses interlocuteurs en face, et quand il la releva, il avait les yeux pleins de larmes.

« Mais pourquoi ? demanda Henry. Pourquoi faire ça ?

— Parce que la mère de Sarah était la femme de Carson. Voilà pourquoi. Rebecca Wyatt. C'est comme ça qu'elle s'appelait. Il y avait eu une fête, en février 1949 – vous voyez que ça date pas d'hier –, et à la fin de la soirée, Evan a couché avec Rebecca, alors qu'elle était quasiment promise à Carson. Elle avait jamais vraiment dit oui, mais le lendemain, peut-être parce qu'elle avait honte, qu'elle se sentait coupable ou Dieu sait quoi, elle est allée trouver Carson et lui a dit qu'elle acceptait de l'épouser. Carson s'est enflammé comme de l'amadou. Jamais vu un homme plus heureux. Après ça, Evan est reparti, pour Austin, j'imagine, et il a continué à faire ce qu'il faisait mieux que personne – picoler, faire des conneries, la routine, quoi –, et Carson et Rebecca se sont mariés et se sont installés tranquillement. Jusqu'au jour où elle est venue me voir parce qu'elle était enceinte, et j'ai tout de suite compris, au vu de la situation, que quelque chose clochait. Sa grossesse était trop avancée. Carson avait des manières bien à lui et se considérait comme un bon chrétien, autrement dit, il inclinait à penser que le sexe était réservé au mariage. Et là, sa femme était plus enceinte, si l'on peut dire, qu'elle aurait dû l'être, et la femme de Garfield… » Sperling eut un sourire nostalgique à cette évocation. « Jamais vu une femme avec d'aussi grandes oreilles. La seule chose qui pouvait rivaliser avec la taille de ses oreilles, c'était celle de sa langue. Elle a surpris une conversation, s'est empressée d'aller tout déballer à Grace Riggs, et avant que quiconque ait pu faire ou dire quoi que ce soit, Carson était au courant de la situation. Sa femme portait l'enfant de son frère.

— Dieu tout-puissant ! s'exclama Evie.

— On comprend qu'y soient pas copains, les deux frères, dit Henry.

— Y a pas pire que Carson Riggs pour avoir la rancune chevillée au corps, même si je dois reconnaître que quand on cherche les ennuis avec son frère, baiser sa femme et la mettre en cloque, on peut pas faire bien pire ou bien mieux, selon le point de vue adopté.

— Alors il l'a fait interner et lui a retiré l'enfant ? demanda Evie, revenant à la charge.

— C'est ça, dit Sperling, qui jeta un œil par la fenêtre crasseuse comme si les fantômes du passé étaient là, sur le parking. Pour tout dire, il est pas seul responsable… On s'y est mis à trois : lui, moi et Warren Garfield. On a condamné cette pauvre fille à l'enfer, et elle en est jamais revenue. Elle est morte là-bas, en juin 1951. La petite avait à peine deux ans, sa mère était morte et son père était en prison pour le restant de ses jours.

— Rebecca est morte comment ? demanda Henry.

— Pareil que nous tous, fiston. À bout de souffle et le cœur brisé.

— Est-ce qu'Evan a su qu'elle était morte ? demanda Evie.

— J'en sais rien, Evie. Je sais juste ce que j'ai fait… et ce que je n'ai pas fait. Je sais juste que j'ai pris de mauvaises décisions et que d'une façon ou d'une autre j'en paierai le prix un jour.

— Mais pourquoi avoir donné votre accord ? demanda Henry. Vous et Warren Garfield… Pourquoi avoir laissé faire une chose pareille ? »

Sperling eut alors l'air d'un homme réconcilié avec lui-même, comme s'il savait depuis longtemps que ce moment finirait par arriver.

« Ce que tu demandes, Henry Quinn, c'est comment le shérif Riggs a eu les moyens d'exercer un chantage sur le médecin et le notaire de Calvary pour qu'ils falsifient les documents permettant l'internement de sa femme dans l'unité psychiatrique de l'hôpital du comté et le placement de sa bâtarde de nièce dans une famille d'accueil, de manière que personne en ait plus jamais de nouvelles. C'est bien ça que tu veux savoir, je me trompe ?

— C'est ça, en effet. »

Sperling eut un ricanement moqueur. « Indépendamment de tout ce que quiconque pourrait penser, croire ou soupçonner, il n'y a que quatre personnes au monde à connaître la réponse à cette question. Deux d'entre elles l'ont emportée dans la tombe, la troisième est Carson Riggs, et la quatrième, c'est moi. Et je vais suivre l'exemple de Garfield. Autrement dit, je suis bien décidé à emporter la vérité dans ma tombe, et j'ai rien à ajouter.

— Deux d'entre elles, vous dites ? intervint Evie. Garfield et quelqu'un d'autre ?

— C'est bien ça, ma belle. Garfield et quelqu'un d'autre.

— Et ce quelqu'un d'autre…

— On est pas en train de jouer aux devinettes, dit Sperling, la coupant dans son élan.

— Et vous ignorez à quelle famille Sarah a été confiée ?

— Tout juste.

— Mais Garfield, lui, le savait, non ? poursuivit Evie. C'est lui qui a dû s'occuper des formalités de l'adoption.

— Elle est dangereuse, cette gamine, dit Sperling en acquiesçant et en adressant un coup d'œil à Henry. Plus futée que nous tous réunis.

— Donc, la seule personne à savoir où est allée Sarah, c'est Carson Riggs, dit Henry.

— En effet.

— J'ai une dernière question, insista Evie.

— Ce qui ne signifie pas forcément que j'ai une dernière réponse, mais tu peux toujours la poser, ta question.

— Warren Garfield, il est mort de mort naturelle ou il a été assassiné ?

— Assassiné ? reprit Sperling en éclatant de rire. Comme tu y vas ! T'as une imagination débordante, c'est le moins qu'on puisse dire.

— Je me demandais, c'est tout, dit Evie.

— Pareil pour moi, renchérit Henry.

— Ma foi, le seul fait de se demander si Carson Riggs est capable d'un truc pareil signifie que vous connaissez déjà la réponse. Mais bon, j'ai assisté à l'autopsie. Warren, c'est son cœur qui l'a lâché, aucun doute là-dessus. C'est peut-être le poids de tous ces secrets qui a fini par le tuer, et peut-être aussi que Carson Riggs est pas étranger à toute la pression qu'il a subie. Mais tout ça, c'est des suppositions. Pas de pistolet fumant dans la main de Carson Riggs, si c'était là le sens de votre question. »

Henry se pencha en avant, les coudes sur la table, et baissa la voix pour s'adresser à leur interlocuteur. « À votre avis, docteur Sperling, qu'est-ce qu'il y a sous toute cette histoire ? demanda-t-il. Pourquoi croyez-vous que le shérif soit aussi terrorisé à l'idée qu'on retrouve Sarah ?

— Ah, je crois bien que tu prends le problème à l'envers, mon garçon. Ce que tu devrais te demander d'abord, c'est ce que ferait Sarah si jamais elle retrouvait Carson. Qu'est-ce qui se passerait si cette fille devait un jour apprendre d'où elle vient ? M'est avis qu'on pourrait avoir un certain nombre de réponses pertinentes à cette question, si tu voulais bien jeter un œil à la lettre que t'a remise Evan, mais d'après ce que j'ai cru comprendre, tu ne le feras pas.

— C'est vrai, je ne le ferai pas. Ce serait pas honnête. Les affaires personnelles, c'est pas fait pour autrui, et il m'a expressément demandé de ne pas la lire.

— C'est une attitude qui t'honore, Henry Quinn. C'est une leçon qui aurait sans doute bien profité à Ida Garfield, paix à son âme. Et à Carson Riggs aussi. Carson a fourré son nez et ses mains dans les affaires des autres pendant pas loin de trente ans. Y serait temps que quelqu'un mette fin à ces pratiques. Peut-être que t'es l'homme de la situation, après tout ?

— Personnellement, j'ai pas de dent contre Carson, dit Henry. Je suis juste venu ici pour…

— Peu importe que t'aies ou non une dent contre lui, à l'évidence il en a une contre toi, lui, et une grosse, encore. » Sperling leva sa tasse, la vida, sans pouvoir retenir une grimace. « Ce qu'on a fait, reprit-il, c'était franchement moche. Pas la peine de se voiler la face. On a envoyé cette pauvre fille à la mort, et ça m'a bousillé plus de nuits que je saurai jamais en compter. Y se pourrait que notre redresseur de torts, ça soit toi, du moins en partie. J'en sais rien. Peut-être que vous finirez tous les deux perdus corps et biens dans les Davis Mountains et qu'on entendra plus jamais parler de vous. Mon seul intérêt dans cette histoire, c'est pas ce que veut ou veut pas Evan Riggs, et, pour être honnête, je me contrefiche de savoir ce qu'y a dans cette lettre que tu protèges avec un tel acharnement… Ce que je veux voir, c'est le visage de Carson Riggs quand il comprendra qu'on peut pas s'en sortir indéfiniment quand on a des pratiques comme les siennes. Y en a pour dire qu'il a fait plus de bien que de mal, et c'est peut-être vrai, pour ce que j'en sais. Calvary est un endroit tranquille, paisible, où les gens sont en sécurité, mais à quel prix ? On se fait tous vieux à présent. Moi, Clarence Ames, George Eakins, Harold Mills, et le moment est venu de montrer qu'on est des hommes, d'affronter les conséquences de nos actes, et de permettre à Calvary de s'extirper de son passé pour regarder vers l'avenir. Carson Riggs contrôle cette ville depuis bien trop longtemps. Elle réclame du sang neuf aujourd'hui. Du changement.

Oui, l'heure de la vérité a sonné, c'est ça que je veux dire, en fait. »

Sperling fit mine de se lever pour partir.

« Doc ? » dit encore Henry.

Sperling reporta son regard sur lui.

« C'est bien beau, mais on va où, maintenant, avec tout ça ? Donnez-nous quelque chose de concret, n'importe quoi. S'il vous plaît.

— Si j'étais vous ? demanda Sperling. Où j'irais si j'étais vous ? Ma foi, mon gars, c'est une bonne question. J'ai entendu dire que le shérif vous avait envoyés sur une fausse piste à Menard.

— Exact.

— Quelqu'un vous a dit que la gamine était morte.

— C'est ça, oui.

— Eh ben, c'est complètement faux. La preuve, trois semaines avant sa mort, Warren m'a dit que Sarah était vivante, qu'elle allait bien et qu'elle vivait pas si loin d'ici.

— Je m'en doutais, dit Evie. Je le savais, bon Dieu.

— Il vous a dit où ? demanda Henry. Et quel nom elle portait ?

— Il m'a dit qu'elle était vivante, qu'elle allait bien et qu'elle vivait pas si loin d'ici, répéta Sperling, mais il a refusé de m'en dire plus. Ce qu'il savait, et je suis sûr qu'il en savait beaucoup, est enterré avec lui.

— Des documents ? demanda Evie. Les papiers de l'adoption, peut-être. Des traces écrites quelque part.

— J'en jurerais pas, mais je doute beaucoup que ça se soit fait de façon officielle. Carson Riggs est un bon traqueur, l'a toujours été. Et les bons traqueurs savent non seulement suivre les pistes, mais aussi couvrir leurs traces. Quoi qu'il en soit, vous avez à présent une réponse à la question capitale, qui était de savoir pourquoi Carson Riggs en veut tant à son frère. Sarah aurait dû être la fille de Carson, mais c'était pas le cas. Rebecca aurait dû être la femme de Carson, mais elle était dès le début amoureuse d'Evan. C'est du moins comme ça que Carson voit les choses, et là-dessus je peux pas lui donner tort. Ça aurait suffit à démonter n'importe qui, mais Carson, lui, est devenu franchement vicieux…

— Vous croyez qu'il a monté un coup contre Evan ? » demanda Henry.

Sperling prit le temps de la réflexion. Il détourna les yeux un moment, avant de les ramener sur ses interlocuteurs. « Je crois qu'Evan Riggs n'a jamais eu besoin de personne pour se fourrer dans des coups tordus. Evan, c'était un vrai cheval fou. Toujours prêt à ruer dans les brancards. Rebecca Wyatt était une sacrée bonne femme, mais même elle, elle aurait pas réussi à le dompter. Certains se contentent de vivre au présent, et y s'en trouvent bien. Mais les gens comme Evan sont persuadés que les lendemains sont toujours meilleurs, et ils s'y précipitent en massacrant le jour d'aujourd'hui.

— Alors, vous croyez que Carson a pu monter un coup contre Evan pour cette histoire de meurtre à Austin ? interrogea à nouveau Henry.

— Tu auras la seule réponse que je peux te donner, fiston. Je doute pas que Carson ait été capable d'un truc pareil, et c'est sûr qu'il en voulait suffisamment à son frère pour le faire. Est-ce qu'Evan a été victime d'un coup monté qui l'a envoyé en prison pour le restant de ses jours ? Y a que Carson pour répondre à cette question, vu que, d'après ce que je sais, Evan se souvient de rien, absolument rien. Evan était un ivrogne invétéré, continua Sperling après un gros soupir, et il avait l'alcool mauvais. C'était aussi un musicien, des types souvent foutraques.

— Merci pour l'info, Doc, intervint Evie, maintenant que je suis avec un chanteur.

— Je vais te dire une chose, Evie Chandler, rétorqua Sperling avec un sourire, et je suis pas le seul à être de cet avis… Tu as le genre de tempérament de Rebecca. Tu lui ressembles pas physiquement, t'agis pas comme elle, n'empêche que vous avez vraiment quelque chose en commun. Quoi qu'elle ait pu faire ou ne pas faire, et même si sa trahison vis-à-vis de Carson est impardonnable, il reste que la façon dont il l'a traitée était ignoble, et que nous n'avons rien fait pour l'en empêcher. Y a deux ou trois erreurs dans ma vie que je donnerais cher pour n'avoir jamais commises, et c'en est une.

— Alors, aidez-nous à vous soulager la conscience, dit Henry. Aidez-nous à la retrouver… si ce n'est pour Evan, au moins pour Rebecca.

— Tu as maintenant tout ce que tu auras jamais de moi, fiston, dit Sperling, qui hésita pourtant une seconde, soudain pensif. Je n'ai pas tes scrupules. Cette foutue lettre, moi je l'ouvrirais, pour savoir ce qu'Evan pense avoir à confier à une fille qu'il a jamais vue. Cela dit, peut-être que Carson a pas tort. Peut-être que ce serait une erreur d'apprendre la vérité à cette Sarah. Dieu sait quels ravages ça pourrait causer. En tout cas, une chose est sûre, vous avez mis Carson

Riggs dans une rogne terrible. Vous croyez tout de même pas qu'y va reculer, j'espère ? Vous persécuter, c'est tout ce qui l'intéresse. C'est un salopard, un vrai pervers, et je préférerais ne pas l'avoir comme ennemi.

— Je crois que c'est un peu tard pour ça, dit Henry.

— Je suis pas un homme de loi, dit Sperling, mais Garfield a été mon meilleur ami pendant des années. Y a un vieil adage qu'il citait volontiers : Pose les règles du jeu, et t'as déjà gagné la partie. C'est ce que Carson a fait et il vous a mis dans une position de faiblesse. N'empêche, il y a toujours un défaut dans la cuirasse, et Carson Riggs est pas le seul officier de police du comté de Redbird.

— Vous pensez à Alvin Lang, dit Evie.

— Le comté de Redbird est vraiment tout petit, et le shérif a des responsabilités à ne plus savoir qu'en faire, depuis la capture de criminels en fuite jusqu'au calcul des taxes locales, la collecte d'impayés, la saisie de propriétés foncières en déroute, tout un tas de choses, quoi. C'est d'abord une fonction politique. Un homme doté d'un tel pouvoir et d'une telle influence, il est normal que, une fois élu, il soit confirmé dans sa fonction par des autorités supérieures. Y faut quand même s'assurer qu'y a pas un cinglé qui risque d'aller se balader dans tout le comté un six-coups à la main, d'accord ? Tout candidat élu à ce poste est donc soumis à un examen assez sévère, et à moins d'avoir soigneusement verrouillé son placard à squelettes, il risque de les voir revenir au grand galop. Le shérif, poursuivit Sperling avec un sourire de conspirateur, a toutefois le pouvoir de nommer l'adjoint de son choix, lequel n'est soumis à aucun examen. La tâche lui incombe, et il sera le seul à répondre de sa décision. Allez donc dire à Alvin Lang qu'il réussira jamais à devenir shérif, même longtemps après l'abandon de la fonction par Carson Riggs, et vous serez surpris de l'aide qu'il pourrait vous apporter.

— Mais on sait pas…

— J'ai été témoin de bon nombre d'écarts de conduite en mon temps. En tant que médecin, je suis tenu au secret professionnel pour tout ce qui concerne mes patients. Disons simplement que, il y a six ans de ça, Alvin Lang est venu me trouver pour me demander conseil. Pas en qualité de patient, mais de confident. Il savait pouvoir venir me trouver à cause de certains événements datant de l'époque où Carson Riggs était pas encore shérif. Il savait pouvoir compter sur mon silence. C'était en 1966, en mai, pour être exact. Apparemment, il avait eu une relation avec une personne qu'il aurait jamais dû approcher… une femme mariée, pas moins, et elle avait besoin d'une certaine intervention dans les délais les plus brefs, et dans la plus grande discrétion. Autant que j'aie pu le savoir, la chose s'est faite à Nueva Rosita, un endroit assez sûr, où on ne pose pas trop de questions. En revanche, on y tient des registres. Ce pauvre demeuré a pas eu la présence d'esprit d'utiliser une fausse identité, un stratagème auquel il aurait facilement pu avoir recours étant donné sa position d'adjoint au shérif. Carson est tout comme moi au courant de cette affaire, mais le mari, lui, n'en a jamais rien su. Il est toujours au West Texas, sa femme aussi, et même s'il n'a plus aujourd'hui à craindre les indiscrétions, l'adjoint Lang n'a jamais pu oublier l'incident.

— On va faire chanter Lang pour qu'il nous donne un coup de main, dit Henry. On dirait qu'on avance, là, non ?

— Faut combattre le feu par le feu, mon vieux, dit Sperling. C'est pas Lang qui perdrait le sommeil si tu devais te retrouver à Reeves en compagnie de ton vieux pote Evan Riggs.

— Merci, Roy, dit Evie. On vous doit une fière chandelle.

— Voilà, je vous ai tout dit. Si y a autre chose que vous voulez savoir, vous fatiguez pas, je saurai même pas de quoi vous parlez. »

Henry et Evie regardèrent en silence Sperling quitter le *diner* et s'éloigner dans sa voiture.

« Plus on creuse, et plus y a à creuser, finit par dire Henry.

— T'as peur de ce qu'on risque de trouver ?

— Non, du tout.

— Bon, et ben, allons secouer le cocotier chez Alvin Lang, d'accord ? »

41

« Mes affaires, ça regarde que moi, dit Carson Riggs à son père.

— Là, t'exagères, Carson, et tu le sais. Cette fille fait partie de la famille.

— Cette fille a couché avec mon frère la veille du jour où elle a accepté de m'épouser, et maintenant elle est enceinte de son gamin à lui.

— Attends, je suis pas en train de dire qu'elle a fait quelque chose de bien, fils. Si tu veux le fond de ma pensée, Evan est autrement plus responsable que Rebecca. Mais de là à l'envoyer à Ector… Je vois pas ce que tu aurais pu faire de plus monstrueux. À part la tuer de tes propres mains…

— Ne crois pas que j'y aie pas pensé, rétorqua Carson.

— Laisse pas tes émotions prendre le pas sur ta raison, Carson. Y a des cas où y faut savoir aimer même si on a été trahi de la pire façon.

— Savoir aimer comme toi tu m'as aimé, malgré le fait que je t'aie toujours déçu ? C'est ça le genre d'amour dont tu parles, p'pa ? interrogea Carson, après quelques secondes de silence.

— Carson… Allons, Carson…, bafouilla William Riggs, cherchant à gagner du temps, ce dont son fils était tout à fait conscient.

— T'as pas idée à quel point ça se voyait, à quel point ça s'est toujours vu, toutes ces années. T'as pas idée de ce que c'est que de vivre dans l'ombre de ta petite merveille de fils, p'pa. Même avec Rebecca… Tu crois peut-être que je me suis rendu compte de rien ? Que je voyais pas que si elle m'épousait, c'était parce qu'elle avait trop la trouille pour épouser Evan. Celui-là, il est peut-être intelligent, brillant, un musicien génial, putain, mais c'est aussi un poivrot de première et un menteur, et il a baisé ma femme, l'a foutue enceinte avant de se barrer, sans même savoir ce qui se passe ici. »

William Riggs était sur la véranda de sa maison, une maison qu'il avait construite de ses mains, qui l'avait vu élever ses fils, où Grace et lui s'étaient efforcés de créer la meilleure vie possible pendant les trente années écoulées. Cinquante-deux ans, et pourtant il avait l'impression d'être vieux d'un siècle. Valait-il mieux cesser d'aimer d'un coup, ou – même s'ils étaient votre chair et votre sang, avec tout ce que de tels liens supposaient – ne jamais aimer vraiment ses enfants ? Qui avait commis le plus grand crime dans l'affaire ? Evan, Carson, ou lui-même ?

« Fils, peu importe ce qui est arrivé dans le passé…

— Le passé importe bel et bien, p'pa. J'ai pas toujours pensé comme ça, mais je m'aperçois aujourd'hui que c'est vrai. C'est le passé qui détermine tout. C'est de là que nous venons tous, qu'il soit bon ou mauvais. Même Evan arrêtait pas de me le répéter. On te dit d'oublier et de pardonner. Moi, je peux pas. Tu crois peut-être que j'ai pas réfléchi à tout ça ? Que je me suis pas débattu avec le problème ? Que j'ai pas essayé de trouver une autre solution ? C'est pourtant ce que j'ai fait. J'ai pensé à retrouver la trace d'Evan, où qu'il puisse être, pour le mettre au courant de la situation. J'ai pensé à le laisser revenir la chercher, elle et l'enfant, à la quitter, carrément. Je suis marié depuis cinq mois, dit Carson en secouant la tête. En fait j'ai jamais été vraiment marié. Ce mariage, c'était une comédie, un mensonge. Tu peux pas construire une vie avec quelqu'un quand elle est minée au départ par un secret aussi énorme. Ça peut pas marcher. »

Carson s'écarta de la balustrade et s'assit sur un des sièges de la véranda. Le soleil se couchait. Les ombres se faisaient plus denses, et c'est à peine si William, de là où il était, apercevait le visage de son fils. Seule sa voix lui parvenait de l'obscurité, empreinte d'une froide détermination.

« Tu crois peut-être que j'ai pas eu envie de la tuer ? De les tuer tous les deux ? Je veux qu'ils paient pour ce qu'ils m'ont fait, et les tuer, c'était encore trop facile pour eux. Par contre, lui enlever son enfant… ça, c'est une autre affaire. Lui enlever ce bâtard et s'assurer qu'elle ne le reverra jamais. Ça m'a paru être un châtiment plus approprié. Et pour Evan ? Ne jamais rien lui dire. Avec le temps, il finira par découvrir où elle est, peut-être qu'il apprendra alors qu'elle a eu un enfant… et il passera le reste de ses jours à se poser des questions, non ? Taraudé jusqu'au bout par le doute. Mais s'il apprend la date de l'accouchement, alors il comprendra, sans jamais avoir les moyens de la revoir, elle, ni de retrouver l'enfant. Je vais m'arranger pour que ce gosse disparaisse à jamais, et mon salaud de frère et sa pute de maîtresse pourront bien mettre le monde à feu et à sang…

— Carson…, l'interrompit William. Carson, tu sais plus ce que tu dis. T'as tort de parler comme ça, et je peux pas te laisser faire une chose pareille…

— Tu peux pas me laisser faire, vraiment ? demanda Carson en ricanant. Ça veut dire quoi, ça, pas me laisser faire ? Mais c'est déjà fait, p'pa. L'affaire est réglée. Rebecca est à Ector. Elle n'en ressortira jamais. Et dès que son bâtard verra le jour, il disparaîtra. Vous pouvez bien dire ou faire ce que vous voulez, tous autant que vous êtes, toi, Evan, maman, Ralph Wyatt ou n'importe qui d'autre, personne n'y changera plus rien.

— Je sais ce que tu as en tête, dit Willliam. Je sais que tu as rencontré ces gens du pétrole. Tu crois que je sais pas ce que tu manigances ? Tu fais ça, Carson, tu mets ton projet à exécution et…

— Et quoi ? Tu me renies ? Tu me déshérites ? Tu donnes la ferme à Evan pour qu'il puisse la diviser en parcelles et la vendre, et se soûler à mort avec le produit de la vente en nous envoyant nous faire foutre ? J'ai pris ma décision, p'pa, et y a rien qui pourra me faire changer d'avis. »

Carson se leva, sortit de l'ombre maintenant très épaisse pour se camper devant son père.

« Tu crois avoir le droit de me dire ce que je dois faire, comment je dois mener ma vie ? Tu t'attends à ce que je te traite comme un père, alors que tu ne m'as jamais traité comme un fils ? Réfléchis un peu, p'pa. On est toujours rattrapé par son passé. »

Carson fit un pas en avant avec une telle soudaineté que William Riggs dut s'écarter à la hâte pour éviter d'être renversé. Un défi physique, qu'il ne releva pas. William Riggs était conscient d'avoir perdu son fils, désormais consumé tout entier par son désir de vengeance. Il savait Carson suffisamment obstiné pour tout casser sur son passage s'il le fallait, dans le seul but d'arriver à ses fins. Il l'avait déjà vu à l'œuvre, dès son enfance. L'énergie farouche qui avait fait de lui un shérif alors qu'il n'avait que vingt-cinq ans était assez puissante pour renverser tout obstacle, humain ou matériel, susceptible de lui barrer la route.

William regarda Carson remonter dans sa voiture et quitter la ferme. Un départ qui avait valeur de symbole. C'est ainsi que le perçut William. Il avait perdu son fils aîné. Et pourtant, au moment où les feux arrière du véhicule s'évanouissaient dans l'obscurité, force lui fut de se demander s'il avait jamais été vraiment un père pour ce fils.

Le matin du vendredi 5 août, William Riggs, assis devant la porte du cabinet de Warren Garfield, attendait l'arrivée de celui-ci. Il choisit de ne pas l'affronter directement dans la rue et l'entraîna à l'intérieur avant de refermer la porte derrière eux.

« Si tu dis un mot à Carson, je fous ta vie en l'air en révélant ce que tu as fait, Warren Garfield. »

Les mots étaient sortis de sa bouche comme de la mitraille. Non contente d'être audible, sa colère se lisait dans son regard dur et son visage tendu.

« Je n'ai pas idée de la nature du pouvoir qu'il a sur vous tous, poursuivit Riggs, et ça m'intéresse pas de le savoir. Les moyens de pression qu'il a utilisés contre toi et Sperling, ça me concerne pas.

— William… il faut que tu comprennes…

— Que je comprenne quoi, Warren ? Je vois pas bien ce qu'y a à comprendre. La fille s'est mal conduite, c'est un fait. Mais bon Dieu, Warren, ça vous est jamais arrivé à vous autres, Carson, toi et Roy Sperling, et combien de fois ? Je vais te dire une chose : je suis d'avis qu'on expédie tous ceux qui osent contrarier Carson Riggs dans un asile de cinglés et qu'on perde la clé. Qu'est-ce que tu dis de ça, c'est pas une bonne idée ?

— William…

— Va te faire foutre, Warren Garfield. Si je suis ici, c'est juste pour te remettre ces documents. Maintenant, on a plus rien à faire ensemble. »

William Riggs posa une liasse de papiers sur le bureau et se leva.

« Allez, William, calme-toi… On peut discuter, en gens raisonnables…

— Raisonnables ? Mais qu'est-ce qu'y faut pas entendre ! Tu oses me dire d'être raisonnable, toi ? Comme vous l'avez été avec ma belle-fille, toi et Roy Sperling, je suppose ? C'est de ce genre de raison que tu parles ?

— Tu comprends pas, William…

— Détrompe-toi, Warren, je comprends fort bien. Je sais ce qu'ils font dans cet établissement… et, en plus, elle est enceinte, la gamine. Enceinte, et vous l'expédiez là-bas juste pour satisfaire le désir de vengeance de Carson. Mais ils vont la tuer, Warren, et t'auras sa mort sur la conscience. Et Sperling aussi. Quant à mon fils, j'en fais mon affaire, et ma démarche d'aujourd'hui n'est que la première étape d'un long processus.. Ce que je viens de te remettre est juridiquement contraignant, et si tu t'avises de falsifier ces papiers ou de les détruire, je fous ta vie en l'air. Complètement et définitivement, tu peux compter sur moi. Tu m'as bien compris ? »

Warren Garfield se contenta de regarder son interlocuteur, le visage exsangue, les yeux écarquillés.

« Bon, ton silence vaut réponse. Maintenant, tu m'archives tout ça, vu ?

— Oui, William, pas de problème. »

Riggs continua à fusiller l'autre du regard un moment, avant de faire demi-tour et de quitter le cabinet. Il claqua violemment la porte derrière lui, faisant sursauter Garfield.

Celui-ci resta une bonne minute sans bouger, puis il se pencha et décrocha le téléphone.

« Roy, c'est Warren. T'as eu la visite de William Riggs ? »

Garfield écouta la réponse de Sperling les yeux fermés.

« Ma foi, tu risques fort d'en avoir une sous peu. Le type est remonté à bloc. Il est sur le sentier de la guerre. »

Un silence.

« Bon Dieu, surtout pas ! N'appelle pas Carson. On s'est fourrés dans ce pétrin tout seuls, et personne nous en sortira à part nous. »

Garfield s'appuya contre le dossier de son siège en secouant la tête. « Non, Roy, reprit-il, laisse tomber. Ce qui est fait est fait. Je pense que Carson hésiterait pas à se tirer une balle dans le pied rien que pour le plaisir de nous voir couler. Il est cinglé, ce mec. On a toujours su qu'on finirait par en arriver là.

Simplement, je pensais pas que les choses iraient si vite. Tu bouges pas, et peut-être qu'on a une chance. Commence à retourner les pierres, et tu vas réveiller tellement de serpents qu'on en réchappera pas. »

Un instant d'hésitation.

« On fait rien du tout, Roy. Quoi que tu fasses, le passé finit toujours par te rattraper. Tu crois peut-être que ça me plaît de me retrouver dans cette situation ? On s'est entraidés, nous deux, tu te rappelles ? Une occasion s'est présentée, et on en a profité. On a gagné un paquet de fric, toi, moi et Carson Riggs. Tu crois peut-être que c'est jamais revenu me hanter, cette histoire ? Eh ben, aujourd'hui c'est pareil, Roy. Je te demande de me soutenir comme je t'ai soutenu. C'est tout, et tu peux pas me le refuser. »

Les doigts de Garfield se resserrèrent autour du combiné. Fermant les yeux, il inspira lentement comme pour mieux résister à l'épreuve.

« Non, Roy. Tu vas m'écouter, maintenant. Tant que cette fille restera à Ector, on a une chance, toi et moi, d'échapper au pénitencier de Reeves. Tu te mets Carson Riggs à dos et tu peux être sûr qu'il va rameuter ses amis haut placés et nous envoyer brûler en enfer. Y a rien d'autre à ajouter. Et je veux pas entendre un mot de plus. »

Là-dessus, Garfield se pencha sur le bureau et raccrocha.

Il s'approcha de la fenêtre et parcourut du regard la grand-rue de Calvary.

« Seigneur Dieu, mais qu'est-ce qu'on a fait ? » demanda-t-il à la pièce vide. Question toute rhétorique, puisqu'il en connaissait la réponse.

42

Ils étaient assis côte à côte dans le pick-up de Henry, devant la maison des Chandler. Ils avaient éteint les phares de manière à ne pas déranger le père d'Evie. Il était tard, la jeune femme était lasse et en avait assez de toutes ces histoires.

« C'est comme quand tu défais un nœud et que tu en trouves un autre à l'intérieur, et puis encore un, dit-elle. Et Evan ? Tu crois que Carson l'a piégé ?

— Oh, à mon avis, Evan avait besoin de personne pour faire ce qu'il a fait.

— Tu as dit qu'il se souvenait de rien.

— C'est lui qui m'a dit ça. Il se réveille après une cuite mémorable, les mains couvertes de sang, et dans le couloir devant sa chambre d'hôtel, y a un homme mort, le crâne défoncé. Un accident peut-être, mais… Bon sang, comment veux-tu te défendre contre un truc pareil ?

— Difficile, en effet, reconnut Evie. Je me demande s'il savait déjà pour l'enfant à ce moment-là.

— Peut-être pas, non. Rebecca est tombée enceinte en février 1949. Elle a accouché, quand… quelque part en novembre, d'accord ? Evan a tué le type – s'il l'a effectivement tué – en août. Il se peut bien qu'il soit allé en taule sans être au courant de rien.

— Une autre question que je me pose : quand est-ce qu'il a découvert que Rebecca était morte ?

— Il m'a jamais vraiment parlé d'elle. Et c'est seulement quand je finissais de purger ma peine qu'il m'a touché un mot de sa fille. Plus j'y pense, plus je me dis qu'il m'a raconté juste ce qu'il fallait pour obtenir ma promesse. Je crois pas que Carson ait jamais été le tuteur légal de Sarah… peut-être nominalement, mais certainement pas à un autre titre. S'il m'a dit ça, c'est probablement parce qu'il se doutait que Carson dirait le contraire. Il voulait laisser planer assez de mystère pour que je sois pas tenté de laisser tomber.

— En tout cas, il te connaissait suffisamment pour savoir que tu lâcherais pas le morceau.

— Ouais, peut-être.

— Et tu veux vraiment pas ouvrir cette lettre ?

— Non, dit Henry en secouant la tête.

— Pourquoi donc ?

— Et si elle contenait quelque chose qui me fasse changer d'avis ? Quelque chose qui m'ôterait l'envie de la remettre à sa destinataire ? Sans compter que ce qu'Evan tient à lui dire ne me regarde en rien.

— M'est avis que tu t'es fait manipuler par un des frères et piéger par l'autre pour cette prétendue détention de stupéfiant. Je serais tentée de dire que t'as été un vrai crétin sur ces coups-là, mais, en fait, je t'admire, Henry Quinn.

— Arrête ton char, dit Henry en riant.

— Non, sérieux, je t'admire vraiment. Tu lâches jamais rien. Tu as du cran à revendre. T'as fait le couillon en jouant avec ce revolver qui t'a expédié à Reeves, mais t'en es sorti sans trop de casse, et je sais que t'y retourneras pas.

— Putain, ça risque pas.

— Y a des filles qui craqueraient facilement pour un mec comme toi, tu sais.

— Ah bon ?

— Je t'assure. Après trois ou quatre bières. J'irais pas jusqu'à parler de "déficientes mentales", mais tu vois quand même le genre. Des filles qui font sauter la capsule de leur bière avec les dents, qui mangent à même le sol de la cuisine.

— Qu'est-ce que tu peux être conne ! dit Henry. Y a des moments où je me demande ce que je fiche avec toi.

— Parce que tu m'aimes, Henry Quinn. Sauf que t'es trop orgueilleux pour l'admettre.

— L'orgueil est pourtant pas un de mes plus grands défauts, tu peux me croire.

— Alors, tout compte fait, tu m'aimes pas ?

— J'ai pas dit ça.

— C'est donc que tu m'aimes bel et bien ?

— J'ai pas dit ça non plus.

— Connard, va ! s'exclama Evie en riant.

— Merci du compliment. »

Un silence s'ensuivit, puis Evie reprit la parole : « Carson Riggs me fait peur, Henry. C'est un salopard, et un vicieux.

— Je sais, Evie, je sais. Moi aussi, il me fait peur.

— Il a peut-être piégé son frère, il a peut-être tué Warren Garfield… et il a prise sur Sperling, comme il avait prise sur Garfield, il a quelque chose sur eux qui les a obligés à faire ce qu'il fallait pour que cette pauvre fille soit internée à Ector. Et puis, pour faire bonne mesure, il y a aussi envoyé sa mère. Carson est le genre de type qu'on préfère ne pas avoir dans sa famille.

— Et il y avait une quatrième personne d'après ce qu'a dit Sperling… quelqu'un d'autre qui savait avec quoi Riggs les tenait, lui et Garfield.

— Ouais, quelqu'un d'autre qui est mort.

— Tu penses que c'est pas un hasard ?

— Ben, c'est quand même bizarre, tous ceux à qui on voudrait parler sont morts.

— Pas tous, y a Alvin Lang, petit-fils du putain de gouverneur adjoint du Texas, pas moins. Et, toujours d'après Sperling, c'est à lui qu'y faudrait qu'on s'adresse.

— Faut que je dorme, maintenant. J'ai pas envie de penser à Alvin Lang avant demain.

— Le problème, Evie, c'est pas tant de lui parler. Parce que… qui dit que cette histoire d'avortement au Mexique le préoccupe encore beaucoup ? Si ça se trouve, y se fout comme d'une guigne d'être shérif ou pas, il en a peut-être même jamais eu envie. Par contre, si Carson apprend qu'on est allés le voir, si Lang file chez lui pour lui annoncer qu'on essaie de faire chanter son adjoint, là, j'ai pas le temps de me retourner que je me retrouve direct à Reeves en train d'expliquer à Evan pourquoi sa fille, sa lettre, elle l'a jamais eue.

— C'est un coup à se faire couper la tête et jeter au fond d'un puits.

— Y a pire comme fin.

— Oh, merde ! Rentrons boire du bourbon jusqu'à en dégueuler.

— Y a pire comme idée », dit Henry, en ouvrant la portière.

Du bourbon, ils en burent, mais pas autant que ce qu'ils avaient prévu. Glenn Chandler était déjà couché, et ils se gardèrent de faire du bruit, s'attardant un moment dans la cuisine avant de gagner la chambre d'Evie, où, allongés côte à côte, les yeux au plafond, ils parlèrent de ce qui se passerait quand la lettre aurait été remise – si elle l'était jamais –, et que cette histoire serait définitivement classée. Ils n'évoquèrent ni l'un ni l'autre l'hypothèse, pourtant bien réelle, selon laquelle elle ne le serait peut-être jamais.

« Y va falloir que j'aille enregistrer quelques disques, dit Henry.

— Tu vas te décider à me chanter quelque chose un de ces jours, ou quoi ? Si ça se trouve, tu chantes comme un pied. »

Henry la gratifia d'un sourire. Il ne savait pas ce qu'il avait bien pu faire pour la mériter, mais Evie Chandler comblait tous ses désirs. À ce moment précis, il n'aurait échangé sa place pour rien au monde.

« Bon, alors, admettons que cette affaire se termine. Tu remets ta lettre, ou on découvre que cette fille est vraiment morte, y se passe quoi après ? Tu retournes chez ta mère à San Angelo ?

— C'est sûr que j'irai la voir, ouais. Mais j'ai pas l'intention de rester. Ma mère et moi, on se côtoie plus par nécessité que par choix.

— T'as pas envie de retrouver ton père ?

— Pas du tout. Autant que je sache, y savait même pas que ma mère était enceinte quand il l'a larguée. À mon avis, il ignore qu'il a un fils quelque part dans la nature. Il est toujours vivant, j'imagine, il a peut-être femme et enfants à l'heure qu'il est. Voir un inconnu débouler dans sa vie et lui annoncer qu'il est son fils, probable que c'est bien la dernière chose qu'il a envie d'entendre. C'est pas un truc à infliger aux gens, ça.

— Quelle grandeur d'âme, Henry Quinn ! Moi, à ta place, j'irais chez ta mère et je fouillerais dans toutes les cartes d'anniversaire et de Noël.

— Ce qui est fait est fait, dit Henry en riant. On peut pas dire qu'il a pas tenu parole vu qu'il avait fait aucune promesse. Les gens agissent sans réfléchir, et parfois leurs actes ont des conséquences imprévisibles. C'est pas pour autant qu'il faut les condamner sans appel. »

Evie vint se blottir contre Henry. Elle aimait cette saine chaleur à son côté. Sa main sur sa poitrine, elle la sentait se soulever au rythme de sa respiration, et le sommeil commençait à lui voler les mots qu'elle essayait encore de prononcer.

« Tu racontes n'importe quoi, dit Henry. Pourquoi t'essaies pas de dormir ?

— Parce que je veux parler avec toi.

— Parler, mais on a tout le temps, murmura-t-il. Comme le chante Armstrong, on a tout le temps du monde.

— Fais pas des promesses que tu pourras pas tenir, Henry Quinn.

— Ça risque pas », dit-il, mais elle ne l'entendit pas. Elle avait déjà glissé dans les bras de Morphée, dans un sommeil profond et sans rêves.

43

Le sermon du dimanche 7 août 1949 éveilla un écho chez William Riggs. Les mots suivants retinrent son attention : *Celui qui ménage le bâton hait son fils, mais celui qui l'aime cherche à le corriger.* Citation du livre des Proverbes, et le révérend poursuivit sa lecture avec d'autres versets du même livre et de la même eau, tels que *Le bâton et le reproche procurent la sagesse, mais l'enfant livré à lui-même fait honte à sa mère,* et encore *La folie est attachée au cœur de l'enfant, mais le bâton de la correction l'éloignera de lui.*

Depuis sa confrontation avec Garfield, William avait l'esprit tendu à l'extrême, ses pensées toutes tournées dans la même direction. Il n'avait pas fallu longtemps à Grace pour s'en apercevoir. « Tu portes tes soucis sur ta manche, avait-elle fait remarquer.

— Parce que des soucis, t'en as pas, toi ? lui demanda-t-il, ce qui provoqua le désarroi de Grace.

— Évidemment que j'en ai, William. Seigneur, mais qu'est-ce que tu voudrais que je pense de tout ça ? Cette pauvre fille enfermée dans une maison de fous, et envoyée là-bas qui plus est par mon propre fils ! Je comprends bien qu'elle lui a fait un tort considérable, mais je l'aurais jamais cru, lui, capable d'une telle cruauté.

— Je peux pas m'empêcher de penser que si je l'avais aimé davantage… ou au moins que je lui avais témoigné un peu plus d'affection quand il était petit…

— Arrête avec ça, dit-elle. Ce ne sont que des suppositions et des sottises. Tu crois peut-être que les enfants arrivent comme des pages blanches et que c'est nous qui les faisons ce qu'ils sont ? Les enfants ont déjà leur personnalité bien à eux avant même d'apprendre à marcher.

— Tu crois ?

— Je le sais.

— N'empêche, c'est difficile de pas penser que…

— Que quoi ? Que si nous nous y étions pris d'une autre façon, il ne serait pas devenu l'homme qu'il est aujourd'hui ? Tu oublies Evan dans cette affaire. C'est quand même lui qui a couché avec la petite amie de son frère, William. Et lui resterait sans reproche ? Pour moi, c'est Evan le responsable de tous ces problèmes, mais on s'est fait à l'idée depuis longtemps que c'était un fauteur de troubles, et du même coup on a toujours eu tendance à tout lui passer.

— C'est pas ça que je dis.

— En fait, tu sais plus ce que tu dis, William Riggs, remarqua Grace avec un sourire.

— T'as pas tort, reconnut-il, en souriant lui aussi.

— Imagine qu'on consacre toute l'énergie qu'on met à se demander si les choses auraient pu être différentes à la résolution des problèmes du moment, on serait déjà débarrassés de la moitié d'entre eux.

— Voilà une observation pleine de sagesse, ma chérie.

— Ça t'étonne ? Ne suis-je pas la plus sage des femmes ?

— Mais si, acquiesça William. C'est bien pourquoi je recherche tes conseils. Qu'est-ce qu'on devrait faire, à ton avis ?

— Je pense que tout ça va se tasser. Pour l'instant, il n'écoute que sa colère. Mais sa fureur finira par s'apaiser, il se souviendra à quel point il l'aime, et il commencera à lui pardonner.

— Tu crois qu'il la reprendra avec lui ?

— Non, ça je crois pas. S'il s'était agi d'un petit écart, d'une simple amourette sans lendemain, peut-être. Mais un enfant ? Avec sa femme portant l'enfant d'Evan, et tout le monde au courant grâce à Ida Garfield et à son grand clapet, je ne pense pas, vois-tu. Le fardeau serait trop lourd à porter.

— C'est quand même bizarre qu'il ait été capable d'influencer Garfield et Sperling aussi facilement. Sans leur autorité, médicale et légale, il n'aurait jamais pu faire une chose pareille.

— Warren Garfield et Roy Sperling ont beaucoup à se reprocher, William, en plus de l'histoire de Rebecca.

— Qu'est-ce que tu veux dire ?

— Pourquoi est-ce qu'ils lui ont pas dit d'aller au diable avec cette idée complètement folle ? dit Grace en secouant la tête. Par quels moyens est-ce qu'il les a convaincus de faire ce qu'il leur demandait ?

— Des moyens de pression, répondit William.

— Je te le fais pas dire. Mais le temps finit toujours pas dénouer les nœuds, même les plus serrés.

— Eu tout cas, s'il leur arrive quelque chose à ces deux-là, ils n'auront eu que ce qu'ils méritaient.

— Ça sert à rien de te retourner contre eux, William. Juste à te rendre plus amer. »

William avait beau comprendre la vérité de ce que disait sa femme, il ressentait une profonde rancune à l'égard de Garfield et de Sperling. Personne ne méritait le sort que connaissait aujourd'hui Rebecca. Et Evan qui n'était au courant de rien ! William estimait qu'il était de son devoir d'avertir son cadet de la situation, ne serait-ce que pour qu'il prenne conscience des torts qu'il avait causés. Non pas à des fins punitives – ce n'était pas à lui de le punir, sans compter qu'Evan, étant ce qu'il était, s'en chargerait tout seul, et mieux que personne –, mais à des fins d'enseignement, peut-être. Il fallait qu'Evan comprenne la leçon : la vie n'était pas tendre pour les tire-au-flanc. On prend une décision, on agit, et les conséquences de cet acte se répandent comme des ronds dans l'eau quand on y jette un caillou. Le plus souvent, ces vaguelettes s'évanouiront avant d'atteindre la rive, mais parfois, poussées par le vent ou par des courants déjà existants, elles se transforment en vagues assez hautes pour engloutir un homme. Si elle ne recevait pas une aide quasi miraculeuse, Rebecca serait noyée, et c'était là une chose à laquelle William refusait d'assister.

« Il faut que je parle à Evan, dit-il.

— Eh bien, il faudrait d'abord que tu le trouves, fit remarquer Grace. Dieu seul sait où il est en ce moment.

— Je le trouverai. Et il m'aidera à réparer les dégâts qu'il a causés. »

Au matin du lundi 8, William se leva plus tôt que de coutume. Il avait mal dormi, l'esprit occupé par des perspectives toutes plus sombres les unes que les autres. Aux dernières nouvelles, Evan partait pour Austin, et c'était par là que William entendait commencer ses recherches. Une aiguille dans une botte de foin, certes, mais il était fermement décidé à mettre son fils au courant.

« Et si tu le trouves pas ? demanda Grace.

— Je continuerai à chercher », dit William, tout en jetant un sac de vêtements à l'arrière de son pick-up. Après quoi, il fit le tour du véhicule en donnant un coup de pied dans chacun des pneus à tour de rôle, pour vérifier la pression peut-être, ou l'usure, ou pour Dieu sait quelle raison connue de lui seul. Pour gagner du temps, en fait, songea Grace, comme si William savait déjà que la déception l'attendait au bout de la route. Pour tout dire, Evan pouvait être absolument n'importe où. Il était sans doute encore au Texas, car il était texan jusqu'à la moelle, retenu dans les limites de l'État comme par un aimant puissant dont la force d'attraction serait surnaturelle.

« Austin, c'est pas Calvary, fit remarquer Grace, énonçant une évidence.

— Evan est suffisamment connu pour que les gens se souviennent de lui. C'est une ville où on aime la musique. Je trouverai bien quelqu'un qui le connaîtra.

— Tu as une photo, au moins ? » demanda Grace, s'efforçant elle aussi de gagner du temps. Elle avait un sombre pressentiment, qu'elle essayait bien d'écarter mais qui revenait à la charge comme un mauvais goût dans la bouche.

William se contenta de sourire. Nul besoin de répondre. Ils savaient l'un comme l'autre que c'était un projet insensé, sans plus de stratégie que de calcul, motivé simplement par le désir de faire quelque chose plutôt que de rester inactif. Agir était la seule façon pour William de retrouver la paix de l'esprit. C'était dans sa nature. Les vrais regrets viennent de ce qu'on a négligé de faire.

« Trouve-toi une bonne pension, dit Grace. Une maison propre. Et veille à te nourrir correctement.

— Oui, oui, ma chérie, t'inquiète pas », dit William en riant.

Elle fit le tour du pick-up et ouvrit grand les bras. Il alla à sa rencontre, et ils s'étreignirent un long moment.

« C'est pas courant, ce que tu entreprends là, dit-elle.

— C'est pour nos fils, et pour nous aussi.

— Sois prudent au volant. Téléphone-moi. Donne-moi des nouvelles, dit-elle avant de l'embrasser une dernière fois.

— Compte sur moi », dit William, qui relâcha son étreinte et monta dans le pick-up. Il s'éloigna, vitre grande ouverte, agitant la main dans sa direction, avant de tourner pour s'engager sur la grand-route.

Grace n'était pas rentrée dans la maison que le véhicule de Carson se profilait au bout de l'allée et remontait jusqu'à la maison. Elle resta en bas de la véranda, se demandant ce qui pouvait l'amener d'aussi bonne heure un lundi matin.

« M'man », la salua-t-il en descendant de la voiture. Il était en uniforme. Peut-être passait-il simplement par là et avait-il décidé de lui rendre une petite visite.

« Carson, dit Grace. Qu'est-ce qui t'amène ?

— Il faut qu'on parle de deux ou trois choses, répondit-il d'un ton sec et cérémonieux qui lui déplut d'emblée.

— Quel genre de chose ?

— De ce qui s'est passé avec Rebecca et de l'attitude de papa.

— Tu veux entrer, fils ?

— J'ai pas le temps, dit Carson, mais je voulais te mettre au courant des dernières nouvelles. J'ai parlé avec les gens du pétrole…

— Carson, l'interrompit Grace. J'en ai assez entendu là-dessus. On en a parlé à plusieurs reprises, et je croyais qu'on s'était mis d'accord. Manifestement non…

— Écoute, maman…

— Non, c'est toi qui vas m'écouter, Carson. Ton père est parti à la recherche de ton frère. Tel que je le connais, il finira par lui mettre la main dessus, et il le ramènera ici, de gré ou de force, et on réglera le problème tous ensemble. Je sais ce qu'a fait Rebecca, et peut-être bien qu'elle n'a droit à aucun pardon mais ce que toi, Roy Sperling et Warren Garfield avez fait, ça n'a pas de nom. Je te le dis carrément. Je n'ai pas l'intention de mâcher mes mots, Carson, ce que tu as fait est proprement odieux, pire que tout ce qu'on pourrait imaginer. Peu m'importe que tu représentes la loi. Tu restes mon fils, et je te demande ici et maintenant de reconsidérer les choses… »

Ce qui pouvait se passer dans la tête de Carson ne transparaissait pas dans son expression. Il semblait calme, sûr de lui, comme si ce qu'il entendait ne le concernait pas.

Grace revit alors l'enfant qui avait poussé Rocket à s'échapper de la vieille grange en l'effrayant. La cruauté et le désir de vengeance qu'elle lut dans le regard de son fils lui firent peur.

« Tu as raison sur un point, maman, lui dit-il. Elle n'a droit à aucun pardon, ni maintenant ni jamais. Elle aurait pas pu faire pire. Même chose pour Evan. Lui, l'alcool finira par le tuer, ou il se prendra un coup de couteau dans un bar un jour ou l'autre. Et c'est pas ça qui va m'empêcher de dormir. Mais Rebecca, c'est mon affaire. C'était peut-être une grosse erreur de l'épouser, mais elle reste ma femme, que ça me plaise ou non. Elle subit son juste châtiment, et je changerai pas d'avis, peu importe ce que papa ou toi pouvez penser, dire ou faire. Et tu as raison sur un autre point : je représente effectivement la loi, et ce que je dis ou ce que je décide a force de loi. Fin de l'histoire, et j'ai pas l'intention d'échanger un mot de plus là-dessus avec toi.

— Tu penses donc que de notre côté on peut rien faire, Carson ?

— Je fais pas que le penser, je le sais, dit Carson en souriant. Elle a été reconnue folle – y a pas à revenir là-dessus –, et elle est à Ector à vie, tu comprends ça. Une fois le gamin né, je demanderai le divorce et elle pourra pas s'y opposer. Et les psys en feront ce qu'ils voudront, pour la bonne raison qu'elle sera plus sous ma responsabilité.

— Et le bébé ? Tu y as pensé ? Qu'est-ce qu'y va advenir de l'enfant de ton frère ?

— Alors là, m'man, je m'en contrefous de ce gamin. Si papa trouve Evan et le ramène ici, ce sera sous la contrainte. Il a strictement rien à foutre d'une femme, encore moins d'un marmot. C'est un poivrot, un clodo, un va-nu-pieds. Tu le vois en train de remorquer un enfant derrière lui dans tous les bistrots et les saloons d'Austin ? persifla Carson. Moi pas. »

Carson avait raison, et Grace le savait. Qu'avait-elle sur les bras à présent ? Un tyran buté d'un côté, de l'autre un ivrogne irresponsable. Ce qui en disait long sur la façon dont ils avaient été élevés. Difficile de faire pire en termes d'aptitudes parentales. Pourtant, comme elle l'avait fait remarquer à William, les enfants viennent au monde avec une personnalité déjà bien définie, et peu importe ce qu'ils auraient pu faire, eux, ces garçons seraient de toute façon devenus ce qu'ils étaient aujourd'hui. C'est ce qu'elle se disait, faisant de son mieux pour se convaincre, mais sans grand succès. Elle n'était pas sûre qu'ils n'avaient pas, William et elle, complètement échoué, pas sûre que ce qui arrivait aujourd'hui n'était pas le résultat de leurs propres erreurs.

« Evan et cette fille ont tout gâché, maman, reprit Carson, une pointe de tristesse dans la voix. Cette fille, je l'ai aimée dès le premier regard, et tu le sais mieux que personne. Y m'a fallu plus de dix ans pour gagner son amour. Ou plutôt, pour m'imaginer que je l'avais gagné. Mais ça a jamais été le cas, pas vrai ?

Elle aimait Evan plus qu'elle m'a jamais aimé, et ça, je le supporte pas. Tu veux savoir la vérité ? C'est pas tant l'infidélité. C'est pas tant ce qu'ils ont fait. C'est pas tant qu'elle se soit fait mettre en cloque et qu'elle porte l'enfant de mon frère… Non, c'est qu'elle ait pu venir me trouver le lendemain du jour où elle avait fauté pour me dire qu'elle acceptait de devenir ma femme. Elle savait ce qu'elle avait fait, et pourtant elle est passée outre et elle a accepté ma demande sans sourciller. Qu'elle ait su ou non qu'elle était enceinte, c'est pas la question. Le problème, c'est qu'elle a fricoté avec mon frère dans mon dos et que le lendemain elle se déclarait prête à m'épouser. Et elle m'aurait jamais parlé de cette aventure. Elle et Evan auraient gardé leur sale petit secret pour eux jusqu'à la fin de leurs jours, et moi, j'aurais joué le rôle du mari aimant, du père attentionné, pendant qu'elle et Evan auraient échangé des regards furtifs et partagé leur passé sous mon nez. Voilà, m'man, c'est ça que je pourrai jamais pardonner.

— Oh, Carson, je suis tellement désolée…

— T'as pas à être désolée, dit Carson en secouant la tête. Et papa non plus. Vous nous avez bien traités, Evan et moi. Peut-être qu'on a pas répondu à vos attentes. Peut-être qu'on vous a déçus de toutes sortes de façons, mais quoi que tu penses de moi, je suis pas du genre à trahir mon frère ou ma femme. J'ai peut-être fait des trucs moches, mais j'ai jamais touché à la famille. La famille, c'est sacré, m'man, et tu le sais très bien. »

Sur ces mots, son ton et son expression témoignant à l'évidence qu'il n'avait pas l'intention d'en entendre ni d'en dire davantage, Carson ouvrit la portière et remonta dans sa voiture.

Il partit en trombe, soulevant un nuage de poussière dans son sillage.

Grace resta un moment sans bouger, les membres roides, le cœur battant à tout rompre.

J'ai peut-être fait des trucs moches, mais j'ai jamais touché à la famille.

Était-ce cela qui lui faisait peur ? Que Carson ait trempé dans une terrible affaire, une histoire impliquant également Roy Sperling et Warren Garfield, qui avait su créer entre eux des liens impossibles à dénouer ?

Grace se hâta de rentrer à l'intérieur. Elle regrettait de ne pas être partie pour Austin avec William, aussi ridicule que l'idée puisse paraître, mais la dernière chose dont elle avait envie, c'était bien d'être seule.

44

« Pour quelqu'un qui n'est là que depuis cinq jours, t'as déjà causé pas mal d'ennuis, tu trouves pas ? »

Le visage d'Alvin Lang affichait l'expression d'un homme assailli par une odeur nauséabonde : narines dilatées par des effluves quasi pestilentiels, traits déformés par un malaise persistant.

Henry et Evie étaient venus chez lui en voiture. Il était encore tôt, à peine 8 heures en ce mardi matin, et à la lumière du jour, leur entreprise avait tout l'air d'une tentative visant à affûter un bâton pour réveiller un loup endormi.

« Je n'avais aucune intention de causer des ennuis, monsieur l'adjoint, dit Henry.

— Monsieur l'adjoint…, répondit Lang, tu peux m'appeler Alvin. J'ai même pas eu le temps d'enfiler mon uniforme.

— Vous nous invitez à prendre un café ? » demanda Evie.

Lang ébaucha un sourire. Il avait plus d'une fois rêvé à ce qu'il pourrait faire avec Evie Chandler. Après tout, il n'avait que quelques années de plus qu'elle. Il était célibataire, avait bien vécu deux ou trois aventures par-ci par-là, mais rien de sérieux.

« Bien sûr, Evie, dit Lang, montez donc, mais je pourrai pas m'attarder. J'ai du boulot, des gens à voir, des déplacements à l'extérieur. »

Lang passa devant eux, et ils le suivirent. Une fois dans la cuisine, Lang s'occupa de rassembler tasses, sucre et crème.

« Alors comme ça, dit Lang, tu l'as mis dans une rogne pas possible, notre shérif. Il aime pas qu'on mette le nez dans ses affaires, mon ami. » La remarque était destinée à Henry Quinn, et Lang eut soin de glisser dans son « mon ami » une menace à peine déguisée.

« Je voulais juste remettre une lettre, dit Henry.

— Oui, pour sûr. Comme tu voulais juste faire le couillon avec un revolver à San Angelo y a quelques années. Regarde un peu où ça t'a mené.

— C'est bon, j'ai pas besoin qu'on me le rappelle, dit Henry.

— Peut-être que si, mon gars, rétorqua Lang. Parce qu'on dirait que la leçon t'a pas servi.

— Je crois que là, c'est un peu différent », intervint Evie.

Lang versa le café, fit passer les tasses avant de s'asseoir.

« C'est vrai que les circonstances sont pas les mêmes. Mais ça veut pas dire pour autant que ce que fait Henry Quinn est moins imprudent.

— Ce que vous avez fait, rétorqua Evie, l'histoire du paquet avec les empreintes, c'était moche. Un coup monté vraiment infect. Et puis mettre la maison de mon père à sac, fouiller le pick-up de Henry et tout…

Vous croyez quand même pas vous en tirer comme ça après un truc pareil ? »

Henry se pencha vers elle et lui effleura le bras. « Laisse tomber, dit-il, on va pas commencer à se bagarrer. »

Le geste de Henry, peut-être le fait qu'il connaissait suffisamment Evie pour, par ce seul contact, lui signifier de se calmer, parut irriter Alvin Lang au plus haut point. Peut-être le prit-il comme une provocation. On était sur *son* territoire, après tout, et il connaissait Evie Chandler depuis bien plus longtemps que ce blanc-bec. Et pourtant cette espèce de semeur de merde d'ancien taulard avait réussi à gagner son attention et son affection.

Evie – on ne la referait décidément jamais – continua comme si Henry n'avait même pas ouvert la bouche.

« Il arrive que les gens fassent des conneries, Alvin. On merde tous, à un moment ou à un autre, mais vous, vous avez pas le droit de…

— T'arrêtes ça tout de suite, Evie Chandler, la coupa Lang. T'as pas à me dire ce que j'ai le droit de faire ou pas.

— Alvin, vous savez bien ce que je veux dire…, commença-t-elle.

— Evie, franchement…, s'interposa Henry, mais Lang leva la main pour lui imposer silence.

— Laisse-la parler, mon vieux », dit-il.

Henry était tendu, comme dans l'attente de nouvelles encore bien pires que ce à quoi il s'attendait.

« Vous l'avez piégé, Alvin, vous et Carson. Vous l'avez coincé, menacé d'un an de plus au pénitencier de Reeves. Et tout ça pour quoi ? Parce qu'y veut faire passer un message à la fille d'Evan. La réaction est sans rapport avec la situation.

— Carson dit qu'y veut pas aider son frère, répondit Lang en haussant les épaules. C'est pas une raison suffisante pour vous faire lâcher l'affaire ? Manifestement pas. Faut que vous continuiez à mettre les doigts dans la prise pour voir si la décharge est toujours la même. Vous allez pas tarder à vous faire salement électrocuter.

— C'est une menace, Alvin ? demanda Evie.

— Evie, ça suffit, dit Henry d'un ton ferme et décidé.

— Te voilà devenu son gardien tout d'un coup ? lui demanda Lang, avant de se tourner vers Evie. C'est lui qui contrôle ce qui sort de ta bouche, ma jolie ?

— Comme je l'ai déjà dit, je suis pas venu ici pour la bagarre, Alvin, dit Henry. J'ai jamais voulu contrarier qui que ce soit.

— Tu t'es précipité là-dedans sans savoir où tu mettais les pieds, on dirait, reprit l'adjoint. Ou alors, tu t'es fait piéger par Evan Riggs. M'est avis que c'est lui la cause de tout ce bazar. Le vrai problème, c'est le contentieux entre les deux frères.

— Et c'est quoi, ce contentieux ? demanda Evie, revenant à la charge. Vous avez bien une idée.

— Ce que je sais et ce dont je suis prêt à discuter avec vous deux, c'est deux choses différentes.

— J'ai jamais vu autant de gens avec autant de secrets, rétorqua Evie.

— Tu commences à me porter sérieusement sur les nerfs, ma jolie, dit Lang en poussant un soupir.

Peut-être que finalement, poursuivit-il avec un regard à l'adresse de Henry, tu devrais surveiller tout ce qui lui sort de la bouche, parce que là, elle commence à m'échauffer la bile, vois-tu.

— Je suis parfaitement capable de me prendre en charge toute seule, moi et ce qui sort de ma bouche, je vous remercie, Alvin Lang. »

Lang eut un sourire méprisant et jeta à Henry un coup d'œil de complicité masculine. « J'ai jamais vu une femme proférer un truc pareil avec une conscience tranquille, dit-il.

— Qu'est-ce qu'y faut pas entendre, s'exclama Evie. Je vous savais con, mais à ce point… »

Lang rit de bon cœur. Il trouvait décidément fort drôle l'agressivité dont Evie faisait preuve à son égard.

« Dis-lui de fermer son clapet, mon garçon, dit-il en regardant Henry, sinon je vais me charger de la calmer.

— Allez vous faire foutre, Lang, dit Evie.

— Arrêtez vos conneries, intervint Henry. Y en a pas un pour racheter l'autre. Je comprends pas grand-chose à la situation, mais on était censés avoir une conversation aimable et courtoise. Apparemment, c'est pas le cas, et, moi, j'en suis à un point où j'ai qu'une envie, c'est de tout laisser tomber.

— Tu devrais l'écouter, dit Lang à Evie. Laissez tomber, fichez le camp. C'est ce qu'on vous répète depuis le début et on continuera à le faire si vous insistez. »

Un silence embarrassé s'ensuivit dans la petite cuisine.

« Pourquoi est-ce que vous avez si peur, Alvin ? demanda Henry.

— Qui a dit qu'j'avais peur ? demanda l'autre, en se tournant lentement vers son interlocuteur et en le regardant droit dans les yeux.

— Il faudrait être aveugle pour pas le voir. Des secrets à gogo. Voilà le gros problème. Evie a raison. On a jamais vu un endroit avec autant de gens qui ont peur de parler.

— C'est quoi, ces conneries ? De la psychologie à deux balles ? Sûr que j'ai peur de l'ouvrir, tu parles, dit Lang avec un rire nerveux. Allez vous faire foutre, tous les deux. »

Evie et Henry ne réagirent ni l'un ni l'autre.

« Vous croyez pas que c'est le moment de partir ? reprit Lang, qui se pencha comme s'il allait se lever de sa chaise.

— Qu'est-ce qui vous est arrivé ? » demanda encore Henry.

Lang le regarda de travers, l'air soupçonneux.

« J'avais cru comprendre que vous étiez un type droit et honnête, Alvin. Réglo, quoi. Que vous saviez où étaient les limites à pas franchir. Mais qu'est-ce qui vous est arrivé, bon sang ?

— Mais de quoi tu me causes, là, bordel ?

— De cette histoire avec cette femme. »

Lang essaya de bluffer, mais il était livide. « De… de quoi tu parles, mon vieux ? bégaya-t-il, faisant de son mieux pour paraître aussi calme et direct que possible.

— Vous le savez mieux que moi, Alvin… ces ennuis que vous avez eus, y a des années. C'est avec ça que le shérif Riggs vous tient ?

— Bon Dieu, mais tu racontes n'importe quoi ! s'exclama Lang, blanc comme un linge sous l'effet de la colère autant que de la stupéfaction. Vous avez pas la moindre idée de la vérité. Ça a rien à voir avec le shérif Riggs…

— Qu'est-ce qui a rien à voir avec lui, Alvin ? intervint Evie. De quoi est-ce qu'on est en train de parler, là ? D'un truc qui est arrivé en mai 1966, ou bien d'autre chose ? »

Lang ne dit rien pendant dix bonnes secondes, qui semblèrent s'étirer et se dilater tandis que son regard se portait tour à tour sur Evie, puis sur Henry, avant de revenir à nouveau sur Evie.

Même si le visage de celle-ci était impassible, Henry devinait la peur panique qui bouillonnait sous la surface et imprégnait l'atmosphère.

« Là, la limite, vous l'avez franchie, dit Lang d'une voix douce, cette fois-ci, presque teintée de compassion et du même coup glaçante. Vous ouvrez encore une fois la bouche à propos de ce que vous avez entendu, et…

— Et quoi, Alvin ? » l'interrompit Henry, sentant à présent qu'ils étaient allés trop loin pour pouvoir faire machine arrière. La blessure était à vif, elle saignait, et rien ne pourrait plus la cautériser. « Je crois savoir que votre père travaille au département des établissements pénitentiaires, et que votre grand-père est le gouverneur adjoint du Texas. Vous avez un passé un peu chargé, et le secret que vous gardez bien au chaud risque de sacrément les contrarier si… »

Lang sembla glisser au ralenti dans une sorte de réalité qui n'avait rien en commun avec celle dans laquelle évoluaient Henry et Evie.

Cette dernière regarda son compagnon. Qui secoua la tête. Henry ignorait ce qui était en train de se passer. Ne comprenait rien au processus qu'ils avaient mis en branle et n'avait aucune idée des conséquences possibles.

« Vous deux, c'est comme si vous étiez déjà morts », dit Lang, qui, au moment où ces mots franchissaient ses lèvres, se leva, repoussa sa chaise avant de se diriger vers le plan de travail de la cuisine. D'un tiroir à côté de la cuisinière, il sortit un calibre .38.

« Bon sang, Alvin, mais qu'est-ce que vous faites ?

— J-j'ai fait ce qu'Evan aurait d-dû faire, répondit Lang, l'élocution embarrassée, comme s'il avait trop bu et perdait le contrôle de ses facultés. Nom de Dieu ! Il vous a tou-tout dit, c'est ça ? Et il va le dire à tout le monde. Je le savais. Je savais qu'on en arriverait là un jour ou l'autre. Sacré bon Dieu…

— Alvin, sérieusement, posez ce putain de pistolet, d'accord ? », dit Evie. L'air totalement atterré, elle ne savait pas si elle devait rester assise ou se lever ; elle choisit la seconde solution, se mit debout avec une extrême lenteur, les bras tendus vers Lang comme pour le supplier de poser son arme et de ne pas mettre à exécution ce qu'il projetait.

Lang pointa l'arme sur Henry, visant clairement le cœur, mais sa main tremblait de façon incontrôlable. Il ne regardait d'ailleurs pas directement Henry, ses yeux passant tour à tour d'Evie à Henry, puis à un vide qui aurait pu tout aussi bien n'être qu'un fantasme.

C'est alors qu'il sourit – un sourire étrangement inquiétant.

« Le passé vous rattrape toujours, pas vrai ? Il vous traque partout où vous allez.

— Alvin, supplia Evie, la voix déformée par la terreur et l'angoisse. Par pitié, rien ne vaut qu'on en arrive là. S'il vous plaît… je vous en prie, ne tirez pas… »

Lang se contenta de la regarder et de lui adresser un sourire presque apaisé. « Et tout ça à cause de la honte.

— Mais ça doit pas forcément se terminer de cette façon », dit Evie d'un ton désespéré.

Henry était pétrifié, le regard fixé droit devant lui, observant l'expression changeante sur le visage de Lang, tandis qu'il essayait d'évaluer la situation et les conséquences probables à craindre. Si Lang le tuait, il lui faudrait aussi tuer Evie. S'il devait commettre un meurtre, il ne pouvait pas se permettre de laisser un témoin oculaire derrière lui.

Alvin sembla traverser Evie du regard, avant de revenir à Henry. Il soutint son regard pendant une quinzaine de secondes, avant de baisser les yeux sur le pistolet comme si celui-ci était collé à sa main par une force incoercible. Il poussa un long soupir, comme si quelque chose d'enfoui au plus profond de lui remontait lentement à la surface.

« Mon seul regret, c'est que je verrai pas le visage de Carson quand tout s'écroulera », dit l'adjoint du shérif dans un murmure à peine audible.

Ses doigts se crispèrent sur la détente.

« Et merde ! dit-il encore.

— Alvin, non… » haleta Evie.

Alvin esquissa un dernier sourire, l'air absent, retourna l'arme contre lui, près du cœur, et, du pouce, appuya sur la détente. La détonation fut loin de ce à quoi s'attendait Henry. Surtout s'il la comparait à celle du revolver avec lequel il avait blessé Sally O'Brien. Un simple pétard qui explose, un pneu qui éclate, un claquement de mains.

Rien de sensationnel, pas de sang, pas de victime se débattant dans les affres de la mort. Alvin Lang glissa à terre, sa main relâchant le pistolet au moment où il entrait en contact avec le sol. L'arme dérapa sur le lino et termina sa course contre la plinthe.

Seul le hurlement d'Evie accompagna la scène. Henry eut l'impression de n'avoir jamais rien entendu d'aussi assourdissant.

45

Le matin du lundi 8 août, Ralph Wyatt se leva de bonne heure. Il lui semblait ne plus pouvoir distinguer les heures pendant lesquelles il dormait de celles où il restait éveillé à s'agiter et à ruminer. Au cours des semaines précédentes, depuis que Rebecca avait été internée, ses visites quotidiennes à l'hôpital étaient devenues de plus en plus pénibles. Il avait l'impression de regarder sa femme mourir pour la seconde fois. Il perdait l'esprit, et il semblait incapable d'arrêter le processus. L'épuisement physique et mental l'assaillait de toutes parts. Il se surprenait à grommeler tout bas, puis se retournait pour invectiver à grand renfort de jurons quelqu'un qui n'existait que dans sa tête. La loi était contre lui, les médecins aussi. Les psychiatres d'Ector avaient planté leurs griffes dans sa fille, et il semblait bien qu'elle ne rentrerait jamais plus à la maison. Et si par miracle l'avenir lui donnait tort, elle ne redeviendrait jamais, à son avis, la fille qu'il avait connue. Elle oscillait déjà entre des périodes d'intense introversion et d'autres d'excitation incontrôlable. On la bourrait de remèdes. Sans même lui fournir de raison. Il s'inquiétait non seulement pour elle, mais aussi pour l'enfant qu'elle portait, et pour qui tous ces médicaments ne pouvaient qu'être dangereux.

Ralph s'était mis à boire. Il avait bu pendant la maladie de sa femme, trouvant une brève consolation dans l'oubli que lui procurait l'alcool, mais s'était juré, après sa mort, de ne plus jamais y retoucher. Il avait rompu son serment, sans trop se faire violence. La soif qui le torturait ne pouvait être étanchée, pas plus que le vide en lui ne pouvait être comblé, et tout cela par la faute de Carson Riggs.

Il négligeait le travail de la ferme. Il avait songé un moment à faire appel à Gabe, mais avait finalement abandonné l'idée. Il n'avait pas envie de superviser qui que ce soit. Il n'avait qu'une envie : sauver sa fille, l'arracher aux griffes de l'hôpital, et ensuite à celles de Carson Riggs et de sa famille, tout aussi blâmable que lui. William et Grace Riggs avaient forcément été au courant des intentions de Carson. Leur absence de réaction sur le moment avait fait d'eux peu ou prou des complices de ses manigances, et aujourd'hui encore – alors que Ralph Wyatt regardait sa fille s'éteindre sous ses yeux – ils auraient pu intervenir, obtenir de leur fils qu'il se libère de son désir obsessionnel de vengeance, qu'il renonce à la châtier aussi cruellement. Rebecca était leur belle-fille, après tout. Il était de leur devoir de lui venir en aide, sinon par loyauté à l'égard de la jeune femme, au moins parce que c'était leur fils cadet qui était condamnable au départ.

Ralph Wyatt n'était pas suffisamment étroit d'esprit pour penser que Rebecca n'avait aucune responsabilité dans l'affaire. Son côté enfant terrible, elle le tenait de sa mère. Elle et Evan étaient pareils à des papillons de nuit attirés par la flamme. Ralph l'avait bien vu, l'avait compris dès que ces deux-là s'étaient rencontrés quand ils étaient enfants. Ils avaient tous grandi ensemble, les deux garçons Riggs et sa Rebecca. Il se doutait bien qu'il y aurait un problème un jour, que l'un d'eux serait le grand perdant de l'histoire, mais si on lui avait dit alors comment les choses tourneraient, il n'aurait jamais voulu le croire.

À plusieurs reprises, Ralph Wyatt avait envisagé d'aller trouver les Riggs et d'affronter Carson et ses parents. Il avait répété le petit discours qu'il avait préparé à leur intention, de plus en plus excité tandis qu'il arpentait la cuisine de long en large, voyant déjà les Riggs debout devant lui, observant tous les trois un silence honteux pendant qu'il leur assénait ce qu'il pensait d'eux et exigeait qu'ils fassent le nécessaire pour sortir Rebecca de cet horrible endroit. Mais les mots n'avaient jamais quitté sa cuisine, et leur écho amer et déformé avait fini par se loger dans sa tête. Il était affligé, désespéré, tendu comme un arc, et l'idée de se rendre là-bas, de laisser éclater sa colère, d'exiger des Riggs une réparation immédiate se faisait de plus en plus insistante. Il fallait absolument que sa fille sorte de cet enfer, et si son mari ou le père de son enfant ne voulaient plus d'elle, eh bien, soit. Elle resterait avec son père et ils quitteraient tous les deux au plus vite cet endroit maudit pour disparaître à jamais. Il l'aiderait à élever le petit. Il serait le meilleur des grands-pères.

L'idée de tuer Carson Riggs le traversa comme un éclair venu de nulle part. Avec une soudaineté inouïe, et pourtant pratiquement sans un bruit, avec une certaine grâce, elle s'installa parmi les noires pensées de Ralph Wyatt, comme si elle était là depuis toujours.

Elle suivait Ralph comme son ombre. Aller chez eux, un gros calibre à la main et tuer ce fils de pute. Il était shérif. Et alors ? Ça changeait quoi ? S'il tuait Carson Riggs, lui-même serait de toute façon un homme fini.

Un peu après 8 h 30, Ralph Wyatt prit une bouteille de bourbon sur le comptoir de la cuisine et s'en versa une bonne rasade. Qu'il but pratiquement cul sec. Il se rendit à l'arrière de la maison pour y prendre un Springfield, qu'il avait depuis des années, et qu'il nettoyait et graissait à intervalles réguliers, sans pratiquement jamais s'en servir. Il chargea le fusil, monta dans sa camionnette et prit la direction de chez les Riggs.

Alors qu'il approchait du chemin menant à la ferme, il vit William Riggs qui prenait la direction de Calvary. Sans doute, pensa-t-il, pour aller voir Carson.

Wyatt mit le pied au plancher et rattrapa Riggs juste au moment où le chemin de terre débouchait sur la route. Il s'arrêta brutalement, l'autre conducteur faisant une embardée et écrasant la pédale de frein pour éviter de percuter un arbre. La roue avant droite finit sa course dans le fossé.

William Riggs descendit, hors de lui, et attendit que Ralph Wyatt en fasse autant.

C'est alors qu'il vit le fusil.

« Bon Dieu, qu'est-ce que tu fous, Wyatt ? T'as failli me faire verser dans le fossé et rentrer dans cet arbre. Merde, mon vieux, à quoi tu penses ? »

C'est à peine si Ralph Wyatt ressemblait encore à l'homme que Riggs connaissait. Les cheveux en bataille, les yeux effarés, cerclés de cernes noirs comme s'il n'avait pas dormi de la semaine. Pas rasé, complètement débraillé, un Springfield à la main, il fit deux pas en direction de Riggs, lequel reconnut aussitôt la démarche chancelante caractéristique de l'ivresse ou de la fatigue physique. L'homme donnait l'impression qu'il allait s'écrouler.

« Ralph, dit Riggs, presque comme si l'autre avait besoin qu'on lui rappelle son nom. Qu'est-ce qui se passe, Ralph ? Qu'est-ce que tu fous avec ce fusil ?

— Il est où, ton garçon, Riggs ? demanda Wyatt.

— Ralph, calme-toi, bon Dieu. Je sais pas ce que t'as dans le ciboulot, mais m'est avis que c'est rien de bon. T'as une mine de déterré. Viens-t'en à la maison avec moi. On va arranger ça, te trouver des vêtements propres, quelque chose à manger, une bonne tasse de café bien fort, d'accord ? »

Wyatt leva son fusil, l'arrêtant à hauteur de la taille, pour le balancer doucement entre ses mains mal assurées, l'œil traversé d'un éclair de folie.

« Écoute-moi, Ralph. Ça tient pas debout, cette histoire. C'est sûr qu'y faut qu'on parle, toi et moi… On a des problèmes à régler, tous les deux, c'est vrai. Faut qu'on trouve une solution. Carson a fait du tort à ta fille, loin de moi l'idée de dire le contraire. Mais elle est pas sans reproche non plus. Y faut qu'on prenne chacun nos responsabilités vis-à-vis de nos gamins, et qu'on les aide à y voir plus clair.

— C'est la dernière fois que je te le demande, Riggs », gronda Wyatt, l'étincelle dans ses yeux désormais plus intense. Il leva la main comme pour se protéger d'un soleil qui n'était pas là.

« Il est où, ton garçon ?

— C'est Carson que tu veux ? Tu veux parler à Carson ? C'est ça ?

— Pas moi, non… mais ce Springfield, là, il a dans le ventre tout ce que j'ai à dire à ton fils », ricana Wyatt.

Riggs recula d'un pas. Il y avait un .45 dans la boîte à gants de son pick-up. L'arme était là depuis toujours, depuis si longtemps qu'il ne se rappelait même pas s'il était chargé.

« Ralph… sérieusement, mon ami…

— Mon ami ! reprit Wyatt avec un rire de dément. Et ça de la part d'un homme qu'a pas cillé quand on a enfermé sa belle-fille dans un asile de dingues ? Je sais pas ce qu'y a entre Carson et les deux autres, Sperling et Garfield, mais ils ont bien monté leur coup. Tu crois pas que t'aurais pu faire quelque chose, Riggs ? T'aurais pu parler à tes garçons, mais t'as pas bougé. Maintenant, j'ai pas le choix, c'est à moi de régler le problème, et c'est pas normal. Tu me donnes du "mon ami" ? On se connaît depuis des années. Nos gosses ont grandi ensemble, côte à côte, tout ce temps, et pourtant voilà où on en est. Y faut bien que quelqu'un s'y colle pour régler la situation… »

Riggs fit un autre pas de côté, une initiative aussi imprudente que maladroite.

« Recule-toi de là, Riggs ! aboya Wyatt. Qu'est-ce que t'as là-dedans ? Un pistolet ? Tu voudrais le récupérer pour pouvoir me descendre ? C'est ça que tu veux, dis ?

— Qu'est-ce que je devrais dire, Ralph ? Avec ton fusil braqué droit sur moi.

— J'ai pas l'intention de te tirer dessus, Riggs. Bon Dieu, mais pour qui tu me prends ?

— Je crois juste que t'as perdu la boule, Ralph. Je crois vraiment que t'es pas dans ton assiette, et que tu devrais m'accompagner à la maison, te reposer un peu, manger un morceau. Après, on pourra parler tranquillement tous les deux.

— C'est à tes garçons que tu devrais parler, William, pas à moi. Et aux deux. Y se sont sacrément mal conduits, et maintenant c'est trop tard pour réparer les dégâts, pas vrai ? Elle, elle va avoir ce bébé, et aucun des deux va en vouloir. Mais moi, si. J'emmènerai ma fille loin d'ici et je m'occuperai d'elle et de son enfant, en espérant qu'y ressemblera pas à un Riggs, bordel, parce que vous autres vous m'avez causé assez de torts pour remplir toute une vie.

— Je comprends, Ralph… je comprends à quel point tu souffres…

— Non, tu comprends rien, et quand j'en aurai fini avec eux, tes garçons auront rien compris non plus.

— Qu'est-ce que tu veux dire ?

— Que j'ai bien l'intention de les retrouver tous les deux et de les abattre comme des chiens, nom de Dieu, c'est ça que je veux dire.

— Je peux pas te laisser faire une chose pareille, Ralph.

— C'est pas toi qui vas m'en empêcher, mon vieux. »

Riggs alla chercher son arme. Se disant qu'il n'avait pas le choix. Il fut rapide, mais Ralph Wyatt le fut tout autant, et au moment où William Riggs ressortait la tête de son pick-up et regardait Ralph, le canon du Springfield était pointé droit sur sa tête.

Le .45 était chargé, de toutes ses balles, et William Riggs agit par pur réflexe quand il vit le doigt de Ralph se crisper sur la gâchette.

Les deux coups de feu partirent en même temps.

Grace Riggs les entendit. Se demanda si la vieille camionnette avait encore des ratés.

Wyatt prit une balle dans la gorge et tomba à la renverse dans le fossé.

Riggs fut surpris par le recul de son arme, dont il ne s'était pas servi depuis des lustres. Il vit Wyatt tomber, sut aussitôt que l'homme avait toute chance d'être encore en vie, toujours agrippé à son Springfield, et s'en approcha prudemment.

Il aperçut d'abord les semelles des grosses chaussures de Wyatt. Les pieds ne bougeaient pas. Le cœur de Riggs s'emballa, l'adrénaline circulant à toute allure dans ses veines : il hésitait entre la terreur et le soulagement. Il était vivant – c'était l'essentiel –, et il avait agi en état de légitime défense. Personne ne pourrait le nier, même hors de la présence de son fils, tout shérif qu'il était.

Ce n'est qu'au moment où il se penchait pour examiner de plus près le corps sans vie de Ralph Wyatt que Riggs sentit une douleur au côté. Son bras lui parut inerte, et, sans qu'il en eût conscience, le revolver lui glissa des doigts. Il baissa les yeux, pris de nausée et de vertige, et vit du sang sur ses mains, son bras et le devant de son pantalon. Il eut un froncement de sourcils. Puisque Wyatt ne l'avait pas touché, d'où pouvait venir tout ce sang ?

Il eut l'impression qu'une pointe acérée lui pénétrait soudain le flanc droit, et il comprit que la balle de Ralph Wyatt avait atteint sa cible.

Un poids énorme s'abattit sur lui. Il tomba à genoux.

Complètement égaré, il rejeta sa veste en arrière, vit le sang étoiler ses sous-vêtements, sa chemise, son gilet, et devina qu'il devait avoir un trou quelque part pour que le sang coule en telle abondance.

L'impression d'un coup de pied dans le dos, et il fut projeté en avant, le corps tout entier traversé d'une douleur fulgurante. Comme s'il avait été frappé par la foudre. Peut-être que les choses ne se présentaient pas aussi bien qu'elles en donnaient l'air. Peut-être qu'il n'allait finalement pas s'en sortir aussi facilement.

C'est alors qu'il s'entendit. Un bruit terrifiant. Celui d'un homme qui manque d'air. Il ne pensait qu'à une chose : rentrer chez lui. Il se mit en mouvement, mais à chaque geste, la douleur le traversait à nouveau comme une lance. Du sang sur les feuilles sous ses mains, du sang sur la terre, le sien, et quand il eut fait un mètre, il eut l'impression d'avoir parcouru un kilomètre.

Une volonté farouche lui permit de progresser d'une vingtaine de mètres, pas davantage. Combien lui fallut-il de temps, personne n'en saurait jamais rien. Il tomba, tête la première dans la boue, non loin de la maison, mais il n'y avait personne pour le voir.

William Riggs passa les dernières secondes de sa vie à se demander pourquoi lui et sa famille avaient tiré un si mauvais numéro.

C'est Carson qui arriva le premier sur les lieux du drame, non pas parce qu'il avait été informé de l'accident, mais parce qu'il revenait faire part à sa mère d'un oubli.

Le message qu'il était venu apporter et celui qu'il délivra finalement furent très différents.

Il entra dans la maison, la chemise et les mains couvertes de sang, avec le regard halluciné d'un homme à qui Dieu vient d'infliger son juste châtiment.

46

L'envie de prendre la fuite était irrésistible.

Henry maintenait Evie au sol, mais elle se débattait comme un chat sauvage. Lui griffait le visage. Hystérique.

Alvin Lang était tassé contre les placards de la cuisine, avec sur le visage une expression de soulagement mêlée de désarroi. La culpabilité qu'il avait traînée tout au long de sa vie avait désormais cessé d'être un fardeau. Il n'avait plus à faire face qu'à son Créateur et à la vie dans l'au-delà.

Dix minutes, un quart d'heure peut-être, et Henry réussit à mettre Evie debout. La tirer hors de la cuisine pour l'emmener dans la pièce de devant se révéla être une tâche herculéenne, comme si elle était convaincue que rester dans la cuisine lui permettrait de rembobiner la bande et d'effacer ce qui venait de se passer. Elle s'accrocha au chambranle de la porte, pleurant toujours, secouée de spasmes, regardant Henry avec des yeux écarquillés par l'horreur et l'incrédulité.

Elle resta encore dix minutes sans dire un mot, et, quand elle ouvrit la bouche, ce fut pour se lancer dans une sorte de monologue frisant l'incohérence à propos d'Alvin Lang et de Carson Riggs, et de ce qu'eux-mêmes allaient faire à présent.

« On appelle la police, dit Henry. On n'a pas le choix.

— F-foutons l-le camp, dit-elle. Tou-tout de suite. Personne sait qu'on est ve-venus ici. Personne sait q-qu'on est l-là. F-foutons le camp, je te dis. » Sur ces mots, elle tenta de gagner la porte. Henry dut l'arrêter et la ramener de force dans le salon, la faire asseoir et la tenir par les épaules afin de l'obliger à le regarder et à écouter ce qu'il avait à dire.

« Evie ! aboya-t-il. Evie ! Arrête, calme-toi. Ça suffit comme ça ! Écoute-moi, bon Dieu ! »

Elle parut reprendre ses esprits, mais l'instant d'après elle ne l'écoutait déjà plus et essayait de se lever. Henry la maintint fermement assise, et elle fondit en larmes.

C'est alors qu'il la gifla, une gifle aussi cinglante que le ton de sa voix.

Evie se remit à suffoquer, avant de ramener les genoux contre sa poitrine et de s'y accrocher, puis de pivoter sur le côté, à demi recroquevillée dans le fauteuil.

Henry se rendit dans l'entrée et appela l'opératrice.

« Passez-moi le bureau du shérif, s'il vous plaît. »

Il patienta un court instant.

« Henry Quinn à l'appareil. Je suis chez Alvin Lang. Il vient de se suicider en se tirant une balle. Envoyez de toute urgence un de ceux qui s'occupent normalement de ce genre d'affaire. »

Henry raccrocha. Il retourna voir Evie et lui demanda un numéro où l'on pouvait joindre son père.

Il appela, sans obtenir de réponse. Il regagna le salon et prit Evie dans ses bras pour l'extraire du fauteuil. Elle fit avec lui les quelques pas qui les séparaient de la porte d'entrée et il l'assit sur les marches de la véranda. À peine quelques minutes plus tard, la voiture de Carson Riggs pilait devant la maison.

Riggs descendit du véhicule et resta sur le trottoir. Il regarda Henry Quinn, puis Evie Chandler, assise à côté de lui, avant de s'exclamer : « Mais bordel, qu'est-ce que t'as encore fait, gamin ?

— J'ai rien fait, shérif. J'étais venu parler à votre adjoint, et il s'est tiré une balle.

— Ah, vraiment ?

— Je vous assure que ça s'est passé comme ça, m'sieur.

— Bon, je vais aller jeter un coup d'œil. Vous avez pas intérêt à bouger. Un geste et je vous arrête, c'est compris ?

— On a pas l'intention d'aller où que ce soit, shérif. C'est moi qui ai appelé votre bureau. Vous avez rien contre moi. » Riggs secoua la tête et prit la direction de la porte d'entrée.

« À ta place, dit-il, j'en serais moins sûr. Je peux te refoutre au trou en un rien d'temps, tu sais.

— Ah oui ? fit Henry, qui sentit le sang lui monter aux joues et son cœur battre à coups redoublés.

— Comme j'te le dis, mon garçon.

— Vous savez ce que vous devriez faire, shérif Riggs ? »

Riggs hésita : il était à présent à moins de deux mètres de Henry et d'Evie.

« Je pense que vous devriez aller vous faire foutre.

— T'es sacrément grossier, gamin, s'esclaffa Riggs. Avec une langue pareille, on finit par avaler ses dents.

— Votre adjoint a dit quelque chose de très bizarre avant de retourner son arme contre lui, vous savez, dit Henry, refusant de mordre à l'hameçon.

— Et qu'est-ce qu'il a bien pu dire ?

— Il a dit qu'il avait fait ce qu'Evan aurait dû faire. Vous voyez c'que ça peut vouloir dire, vous ?

— Pas la moindre idée.

— Ça serait pas une allusion à un truc qui remonterait à 1966, en mai, et qui l'a obligé à aller à Nueva Rosita ? Pour s'occuper d'un enfant que personne voulait voir naître, peut-être… »

Le visage de Riggs changea du tout au tout. Son air supérieur et impassible fit place à la colère et au dépit. Expression que Henry n'eut aucun mal à déchiffrer.

« Plus un mot sur mon adjoint, gamin ! Et plus un mot sur mon frère. Tu m'entends ? T'as déjà causé assez de dégâts comme ça. C'est pas ta ville, ici. C'est la mienne. C'est mon territoire, et c'est moi le maître. Ceux qui comme toi viennent fourrer leur nez dans la vie privée des gens, j'en veux pas chez moi. Tu sais rien de Calvary, et rien de la famille Riggs. Tout ça, ça te regarde foutrement pas, et tu ferais mieux de te barrer d'ici avant que je fasse ce qu'il faut pour te renvoyer à Reeves ou t'expédier dans ta tombe. »

Riggs passa devant Henry et pénétra dans la maison. Il ne resta pas absent bien longtemps. Quand il réapparut, il se contenta d'un coup d'œil en direction des deux autres, affichant un air dédaigneux. Il alla jusqu'à sa voiture d'où il demanda à parler au coroner, puis dit à la réceptionniste d'envoyer deux adjoints sur place, avec le matériel nécessaire pour protéger la scène de crime.

« Y peut pas y avoir de doute, on est bien d'accord ? intervint Henry. L'adjoint Lang s'est suicidé. Vous pourrez bien donner la version que vous voulez, vous et moi on sait qu'il s'est tiré une balle dans le cœur plutôt que d'avoir à faire face à la révélation d'un de ces putains de secrets qui pourrissent la vie d'ce bled. Mais qu'est-ce qu'y peut bien y avoir de si grave, shérif, pour que ça conduise les gens à se tuer ? Ces trucs, ça doit être énorme, pour que vous puissiez vous permettre de menacer les gens comme vous le faites, de diriger cet endroit comme si c'était votre coopérative agricole à vous, de m'empêcher de remettre le message d'Evan à sa fille et même de menacer de me renvoyer à Reeves. Mais bon Dieu, Carson, qu'est-ce qui se passe vraiment ici ? »

Le shérif fit une brusque volte-face. Grinçant des dents, le visage rouge, les yeux lui sortant de la tête, les lèvres blanches, il se pencha tout près de Henry Quinn. Son visage était à quelques centimètres de celui de son interlocuteur, ses mots pleins d'une rage difficilement contenue.

« Tu m'appelles pas par mon nom, pigé ? Jamais, tu m'entends ? T'as aucun droit d'utiliser mon nom pour…

— Carson ? Où est le problème ? Carson Riggs, le connard de shérif du coin. Mais qu'est-ce qui va pas ici ? Qu'est-ce que vous avez fait, tous autant que vous êtes ? Vous, Roy Sperling et Warren Garfield. Qu'est-ce qui était à ce point monstrueux pour faire enfermer Rebecca à Ector, pour y envoyer votre propre mère et imposer le silence à tout le monde à coups de chantage et de menaces ? Vous avez tué Warren Garfield, Carson ? Hein, c'est ça ? Vous avez tu… »

Henry ne termina jamais sa phrase.

Le poing de Riggs le cueillit en plein visage. Henry, qui n'avait jamais eu le nez cassé auparavant, sut d'emblée qu'il l'était.

Il valsa au sol comme une quille de bowling, et Riggs fut aussitôt sur lui, le pilonnant de ses poings, avant de sortir son pistolet et de le frapper à coups de crosse. Henry ne put que rouler sur le côté et se protéger la tête de ses mains, les genoux relevés contre la poitrine, dans la posture d'Evie quelques minutes plus tôt. Il gardait la bouche fermée, comme le lui avait conseillé Evan la dernière fois qu'il avait reçu une correction de ce genre à Reeves.

Les coups continuaient à pleuvoir.

Henry entendit Evie crier encore une fois, incapable cependant de relier ses cris à ce qui l'entourait. Il se rappela cependant qu'il leur fallait absolument parvenir à contrôler la situation. Qui pour l'instant leur échappait. Complètement.

Il était déjà inconscient quand Evie réussit à le libérer des mains de Carson Riggs, réduit à un tourbillon de poings et de pieds volant dans tous les sens. L'un d'eux atteignit Evie au côté et l'expédia au sol. Elle aussi perdit connaissance. Et puis, tout s'arrêta. Le shérif Riggs, à bout de souffle, contemplait le corps ensanglanté de Henry Quinn à ses pieds et celui, apparemment sans vie, d'Evie Chandler, pendant que des gens, toujours plus nombreux, se rassemblaient dans la rue, s'interpellant les uns les autres pour savoir ce qui se passait, où était l'adjoint Lang, pourquoi deux personnes gisaient à terre dans la cour de ce dernier, dont l'une baignait dans son sang.

L'homme était-il mort ?

Le shérif Riggs avait-il tué quelqu'un ?

Mais qu'est-ce que c'était que cette histoire, à la fin ?

C'est alors que débarquèrent les adjoints spécialement mandatés pour l'occasion. Ils étaient deux, l'un, dénommé Lucas Wright, l'autre, Donny King. De façon assez ironique, Wright était un parent éloigné du vieux Ralph Wyatt. Il avait entendu parler de cette fille qui était devenue folle et qui était morte à Ector, mais n'avait jamais cherché à en savoir davantage.

Après un rapide examen des lieux, les deux hommes comprirent que la situation était une des pires auxquelles ils avaient jamais dû faire face. Puis Wright pénétra dans la maison, pour découvrir qu'ils avaient le cadavre d'un adjoint sur les bras.

Quand il ressortit dans la cour, le shérif Riggs était assis par terre. King lui avait pris des mains son pistolet éclaboussé de sang sans qu'il oppose la moindre résistance. S'il avait su à quel genre de scène il avait affaire, il aurait peut-être décidé de menotter Riggs, mais il ignorait encore les détails. Riggs restait pour l'instant le shérif en exercice. C'était donc toujours lui le patron. King ne vit pas d'arme dans les mains du type ni de la fille. Il n'y avait d'ailleurs aucune trace d'une arme autre que celle du shérif sur la véranda, ni dans la cour ou sur le devant de la maison. Wright avertit King de ce qu'il avait vu à l'intérieur, et ce dernier voulut à son tour aller jeter un coup d'œil, avant que l'autre lui dise qu'il aurait tout le temps après.

Wright téléphona pour faire venir une ambulance ainsi que le coroner du comté. Il retourna auprès du corps de Lang. S'accroupit et contempla le visage du cadavre pendant un temps infini. Il avait déjà vu des animaux morts, bien sûr, mais là, c'était différent. À vous faire froid dans le dos, vous donner la nausée, ce qui était le cas, même s'il ne l'aurait admis pour rien au monde.

Il appela King et lui dit qu'il pouvait venir. À la vue du corps, King ne dit pas grand-chose. Il se montra surpris de voir aussi peu de sang. Demanda à son collègue son avis sur ce qui avait bien pu se passer, mais Wright laissa la question en suspens.

C'est alors que de grands cris s'élevèrent dans la rue, et Donny King et Lucas Wright – aussi au fait de la procédure policière que de l'arbre généalogique de Wright – se précipitèrent dans la cour pour découvrir que Riggs avait pris la fuite.

En face de la maison, des témoins de la scène criaient en agitant la main pour indiquer la direction prise par le shérif.

King et Wright entendirent tous deux le moteur, mais sans voir la voiture.

Pris entre le marteau et l'enclume, Wright enjoignit à King de rester avec les blessés, avant de foncer dans la rue, de monter dans sa voiture et de partir à la poursuite de Riggs.

King voulut s'adresser à la fille, mais elle était tellement sonnée qu'elle déraillait complètement et refusa de le laisser s'occuper de son ami. Celui-ci était pourtant dans un sale état : visage pratiquement en bouillie, yeux injectés de sang, corps inanimé. King essaya de rassembler quelques bribes de ses cours de secourisme, mais sans grand succès. Il espérait que le garçon n'allait pas mourir avant l'arrivée de l'ambulance. La fille était à présent carrément hystérique, apostrophant les badauds massés sur le trottoir d'en face, leur criant que c'était Riggs l'auteur de ce carnage, qu'il fallait à tout prix l'arrêter, que c'était *un foutu fils de pute d'enculé.*

Donny King, un assidu des offices du dimanche, lui dit qu'elle n'était pas obligée d'employer un langage aussi ordurier. Ce à quoi la fille répondit qu'il pouvait aller se faire foutre. Il en était à se demander s'il n'allait pas lui passer les menottes, parce qu'elle commençait à lui taper sérieusement sur les nerfs, quand l'ambulance arriva et que des gens qui, eux, avaient l'air de savoir ce qu'il fallait faire en pareilles circonstances, envahirent les lieux et prirent les choses en main.

Donny King abandonna le champ de bataille et laissa les spécialistes aux manettes. Le coroner arriva à son tour, puis un autre véhicule de la police d'Ozona, et Donny se sentit soudain de trop.

Le spectacle avait quelque chose de surréaliste. Lumières, Rubalise, chariots d'ambulanciers, cris, chevalets reliés entre eux par des cordes pour interdire l'accès à la maison de Lang.

L'ambulance s'éloigna à grand renfort de sirène, vraisemblablement pour gagner l'hôpital du comté. C'était l'établissement le plus proche et le plus performant en matière de nombre et de diversité des services, or il était évident que ce pauvre garçon avait besoin de ressources autrement plus pointues que celles d'un simple cabinet médical.

On emporta le corps de Lang, et l'animation retomba. Assis dans sa voiture, Donny King regarda la foule des badauds se disperser. Il se demanda où pouvait bien être Lucas, s'il avait rattrapé le shérif Riggs, et ce que diable il allait s'ensuivre à présent.

47

Il pleuvait, à verse. Deux ou trois pick-up se retrouvèrent bloqués dans des ornières engorgées, et d'autres véhicules durent venir les dégager, Carson Riggs commandant la manœuvre. On avait l'impression que les habitants du comté tout entier s'étaient donné rendez-vous à la ferme en ce mercredi après-midi. Le visage sévère, trempés jusqu'aux os, ils laissaient des empreintes boueuses sur la véranda, dans l'entrée et jusque dans la grande pièce de devant où Grace Riggs trônait en matriarche endeuillée. William Riggs était mort. Ralph Wyatt aussi, mais comme Rebecca était à l'hôpital et que les médecins ne l'avaient pas autorisée à se rendre à l'enterrement de son pèrc, c'était la sœur de Ralph qui s'était occupée des démarches. Une poignée de cousins, un oncle âgé qui ne s'était finalement jamais présenté, et la ferme des Wyatt était désormais aussi paisible et silencieuse que la tombe de Ralph. Le bruit courait que la sœur allait reprendre la ferme. Le temps le dirait, comme à son habitude.

Chez les Riggs, c'était différent. William était installé à Calvary depuis trente ans. Il connaissait beaucoup de monde, et les gens qu'il ne connaissait pas le remettaient, à cause soit de Carson, soit de son chanteur de fils. Il avait cinquante-trois ans, pas bien vieux pour mourir, et voilà qu'il était allongé là, dans ses habits du dimanche, au fond d'un cercueil fait main qui venait d'une entreprise de pompes funèbres d'Ozona.

Grace Riggs avait demandé à Carson de mettre la main sur Evan. Carson lui avait promis qu'il le ferait et avait tenu parole. Evan avait été retrouvé tout juste trois jours après le drame, plus soûl qu'un acteur de série B, et prêt à tomber dans la fosse d'orchestre et à se rompre le cou si quelqu'un ne s'était pas trouvé là pour le rattraper.

Et c'est ainsi que les deux garçons Riggs s'étaient vus contraints d'enterrer leurs différends en même temps que leur père, du moins le temps des funérailles et de la réception qui devait suivre. Ils se tenaient côte à côte au bout du hall d'entrée, serraient les mains, recevaient les condoléances et dirigeaient les gens vers le salon, où les femmes de la paroisse avaient disposé des salades de pommes de terre, des assiettes de jambon cuit au miel, des poulets rôtis, un seau de spaghettis pour les enfants, un assortiment de sandwichs, de génoises au glaçage blanc, ainsi que des litres de citronnade et de café. Les hommes formaient des groupes, empruntés et silencieux, faisant discrètement circuler une bouteille histoire de corser un peu ledit café ; les femmes étaient rassemblées autour de Grace, comme si leur seule présence devait d'une certaine façon corriger le déséquilibre dû à la disparition de William. L'absence n'avait jamais renforcé l'affection. L'absence c'était l'absence, ni plus ni moins.

Carson paraissait stoïque, Evan, en état de sidération. Il était pourtant à jeun pour la première fois depuis des mois. Le choc causé par la mort de son père s'était ajouté à celui engendré par la nouvelle de ce qui s'était passé entre Carson et Rebecca. C'était sa mère qui l'avait mis au courant de la grossesse de cette dernière, de la décision de Carson d'envoyer la jeune femme à l'hôpital d'Ector, mais il ne s'était trouvé personne pour avoir le courage de lui annoncer la vérité : à savoir que c'était son enfant que portait Rebecca.

Carson ne dit pas un mot là-dessus. Ce qui serait revenu à un aveu d'échec. Vivre dans l'ombre d'un frère était déjà difficile, vivre dans l'ombre d'un cadet relevait de l'insupportable. Savoir que vous teniez toujours la seconde place dans l'affection de vos parents était une chose, savoir que le même rôle vous était dévolu dans la vie que vous aviez vous-même choisie une fois adulte tenait d'un revers autrement plus cuisant.

Carson se contenta de dire que la grossesse, comme c'était parfois le cas, avait beaucoup affecté Rebecca, pas seulement physiquement mais aussi mentalement, et qu'elle avait vraiment besoin des soins spécialisés dispensés par les médecins d'Ector. À cela s'ajoutait le fait qu'elle devait à présent faire face à la disparition de son père dans des circonstances pour le moins tragiques. De l'avis des psychiatres, à entendre Carson, la présence de Rebecca à l'enterrement n'aurait servi à rien sinon à aggraver son état ; c'était pour son bien qu'ils agissaient ainsi. Evan pouvait-il aller la voir ? Non, pas encore. Evan pouvait-il au moins lui faire parvenir un mot lui disant qu'il était à Calvary, qu'il pensait à elle et qu'il lui souhaitait un prompt rétablissement ? Non, mieux valait s'abstenir pour l'instant. La laisser se concentrer sur sa santé.

C'est sans doute un sentiment de culpabilité bien ancré à propos de ce qui s'était passé entre Rebecca et lui cette fameuse nuit qui poussa Evan à ne pas insister. Ignorant la réalité de la situation, il se plia aux ordres et aux décisions de Carson. Il n'avait aucun droit de contester l'autorité de son aîné quand il s'agissait de la propre femme de celui-ci.

Avec tout ce dont il avait à s'occuper pour l'enterrement de leur père, Carson obtint d'Evan, saisi d'un sentiment de honte inexprimable, qu'il tienne compagnie à leur mère et qu'il fasse montre d'un minimum d'esprit de famille. Il était ivre mort quand on l'avait retrouvé, et son frère avait dû le traîner jusqu'à Calvary, où il avait passé un jour entier sans vraiment comprendre ce qui lui arrivait. Comme toujours en pareil cas, ceux qui étaient restés à l'écart croyaient ferme que s'ils avaient été présents, ils auraient pu prévenir l'inévitable. Evan n'aurait pas pu empêcher l'étrange suite d'événements qui avaient conduit à la mort de William Riggs et de Ralph Wyatt davantage qu'il n'aurait été capable de laisser intacte une bouteille de whisky non entamée. La réalité était que la vie n'était pas là pour être défiée, mais bien pour être vécue. Sa force et son caractère imprévisible suffisaient à vous rappeler qui était aux commandes, si toutefois vous vous avisiez de la battre à son propre jeu.

La vie et les circonstances avaient eu raison de William Riggs, et les deux frères se trouvaient à présent réunis pour l'enterrer. Grace leur enjoignit de ne pas se disputer, et ils obéirent. Du moins pour un temps. Du moins jusqu'à ce que les derniers membres de l'assemblée aient quitté la maison pour aller patauger dans la boue rouge du Texas et rejoindre chacun leur véhicule, pick-up, voiture ou boghey. C'était la fin de l'après-midi, le soleil était bas sur l'horizon, et Evan se tenait sur la véranda donnant à l'ouest, les yeux sur un paysage dont il gardait à peine le souvenir. Carson arriva derrière lui, une bouteille et deux verres à la main, et proposa à son frère de boire un coup en bavardant un peu.

Evan toucha à son premier verre de la journée, le vida d'un trait et se le fit remplir à nouveau avant que Carson ait seulement goûté au sien.

« Sale histoire », dit Carson.

Evan se contenta d'un hochement de tête.

« Les choses sont en train de changer, et à toute allure encore. »

Evan buvait, écoutait, n'ayant lui-même pas grand-chose à dire.

« T'as l'intention de rester un peu, Evan ?

— Tant que notre mère aura besoin de moi », répondit-il, tendant son verre pour un troisième bourbon. Les tremblements s'atténuaient, son estomac se dénouait, le libérant des contractions qui le tenaillaient jusque-là.

« Mais je suis là, moi, objecta Carson, ce qui revenait à faire savoir à Evan que sa présence n'était plus requise.

— Oh, je sais bien, acquiesça Evan, d'une manière qui suggérait assez que tout Calvary semblait désormais être sous l'emprise du shérif Riggs.

— J'irai voir Warren Garfield dans la matinée.

— À quel sujet ?

— À ton avis ? s'étonna Carson, une note d'incrédulité dans la voix. Le testament. La terre, la ferme… ce qu'on va devoir faire maintenant. Tout doit être au nom de notre mère, mais elle va vouloir qu'on règle tout ça nous-mêmes. Elle aura pas envie de voir les notaires, de s'occuper de la paperasse et de tout le bazar.

— T'as revu ces gens du pétrole, hein ? C'est maman qui me l'a dit. Ça lui plaît pas beaucoup, tu sais ? C'est pas ce que voulait papa, et c'est pas ce qu'elle veut non plus.

— Y a des moments où il faut savoir prendre des décisions pour les autres, Evan, dit Carson, affichant un air supérieur. Où il faut agir pour leur bien, surtout quand ils ne savent pas où il est.

— Oui… comme tu as fait avec ta femme ? »

Evan la sentit plus qu'il ne la vit, l'impression que son frère, soudain en proie à une colère féroce, était prêt à toutes les provocations. Des poings s'étaient levés, du moins au figuré, et Evan comprit qu'il devait faire machine arrière ou bien affronter la tempête, sans plus attendre.

« Je t'interdis de parler de ma femme ! explosa Carson, dont la voix tenait du grondement d'un molosse enchaîné.

— Ta femme, mon amie, précisa Evan.

— T'en fais un beau, d'ami, pour sûr ! Tu l'as abandonnée, comme t'as abandonné nos parents, pour aller à Austin t'abrutir à force de boire.

— J'avais au moins quelque chose vers quoi aller, moi. Toi, t'as jamais foutu les pieds hors de ce patelin.

— T'es qu'un pauvre enculé, Evan, y a des moments.

— C'est toujours mieux que d'être un enculé à longueur de temps, Carson.

— On va recommencer à se bagarrer, c'est ça ?

— Quand est-ce qu'on a jamais cessé, tu veux me dire ? T'as toujours été remonté contre moi. Toujours un jugement sévère, une remarque mesquine. Tu t'es jamais conduit en frère, en fait. Et t'as pas l'air de faire mieux comme mari. Je comprends pas que t'aies pu la faire interner à Ector. Elle devrait être ici, avec sa famille pour prendre soin d'elle.

— Je vois pas de quel droit tu pourrais dicter sa conduite à qui que ce soit, petit frère. Toi qui es si courageux, pourquoi tu vas pas la sortir de là-bas ? »

Carson le tenait, et Evan le savait.

« C'est ton boulot, Carson, pas le mien. M'est avis que la seule chose à faire pour toi, c'est de trouver d'autres moyens d'aller te faire foutre.

— C'est comme ça qu'on t'apprend à parler dans les bouis-bouis et les saloons que tu fréquentes ?

— Nan, répondit Evan. J'ai appris tout seul. C'est un langage spécial sur lequel j'ai bûché juste à ton intention. »

Carson posa la bouteille sur la balustrade de la véranda. « T'as qu'à rester ici et la finir, suggéra-t-il. Tu retrouveras peut-être un minimum de bon sens quand tu l'auras vidée.

— Bof, j'en doute, grand frère, rétorqua Evan en souriant. Ça fait longtemps que je regarde au fond des bouteilles, et tout ce que j'y ai jamais trouvé c'est des raisons supplémentaires de continuer à boire. »

Carson partit en emportant son verre. Et sa colère et son ressentiment. Evan en sentit la présence derrière lui, semblable au souffle de quelqu'un posté juste dans son dos, qui ne lui voulait pas que du bien.

Plusieurs personnes virent Carson Riggs quitter le lendemain matin le cabinet de Warren Garfield.

Il était un peu plus de 10 heures, et Carson – à en croire les témoins – « avait l'air de quelqu'un qui a avalé la foudre et n'arrive pas à la digérer ».

On était sûr d'une chose : les esprits s'étaient échauffés pendant l'entrevue. Si les circonstances et les détails n'étaient pas connus, point n'était besoin d'être grand clerc pour deviner que la dispute avait dû avoir pour objet les dernières volontés de feu William Ford Riggs. Quelque chose s'était produit, qui avait réussi à désarçonner Carson Riggs et à le plonger dans une colère noire, et quand il revint à la ferme, il prit Evan à part et lui demanda à brûle-pourpoint s'il avait l'intention de rester et de s'occuper de la ferme.

« Pourquoi tu me le demandes ? Tu sais pertinemment que je ferai jamais ça, ce qui ne signifie pas qu'on pourrait pas trouver un métayer, en le payant bien, et permettre à maman de continuer à vivre ici. Je lui en ai parlé, et elle pense que ce serait la meilleure solution. Et puis, je crois que c'est ce que papa aurait voulu...

— Bon Dieu, Evan, y me semble que t'es bien la dernière personne à pouvoir dire ce qu'aurait voulu notre père.

— Qu'a dit Garfield ?

— À ton avis ? On hérite chacun de la moitié des biens. Toi et moi, petit frère. Faut qu'on prenne une décision.

— Ça peut attendre un peu, non ?

— Attendre ? » répéta Carson avec un froncement de sourcils. Evan ne lui avait guère vu l'expression qu'il arborait plus de deux ou trois fois. Mais Carson cherchait la bagarre, c'était clair. « T'as l'intention de te mettre en travers de ma route, Evan ? C'est ça que tu veux faire ?

— Encore faudrait-il que je la connaisse, ta route, répliqua Evan. Tu pars dans quelle direction, au juste ?

— L'avenir ne dure qu'autant qu'on l'a à portée de main.

— Ça veut dire quoi, cette connerie ?

— Ça veut dire que tu vas venir voir Garfield avec moi, qu'on va signer deux ou trois papiers, et puis on ira parler à ces pétroliers et on se fera assez de blé pour vivre tranquilles, maman et nous, jusqu'à la fin de nos jours. Ils veulent pouvoir prospecter sur nos terres, et j'ai bien l'intention de leur donner ce qu'ils veulent.

— Ah, vraiment ?

— Vraiment, et je veux pas entendre la moindre critique à ce sujet, Evan. C'est l'affaire de quelques jours, et après tu pourras retourner à Austin, ou ailleurs, j'en sais rien, avec plus de fric que t'en as jamais rêvé.

— Et si ça m'intéresse pas d'être plus riche que j'aie jamais pu l'imaginer ? »

Carson fronça les sourcils. Il pencha la tête de côté, comme pour voir son frère sous un jour différent.

Puis il éclata de rire. « Mais qu'est-ce que tu racontes, gamin ? Va pas me faire croire que t'as pas envie de te remplir les poches et de te tailler d'ici riche comme Crésus ?

— Eh ben non, tu vois. Pour l'instant, j'ai que deux objectifs. Voir maman remise de toutes ces épreuves. Elle a beaucoup de peine, Carson, et ça va durer encore un bout de temps. Il faut qu'elle digère tout ça. Laissons-lui passer ce cap sans lui compliquer l'existence avec le problème de l'avenir de la ferme. On a le temps, mec. Cette affaire peut attendre deux ou trois mois. Enfin merde, si y a du pétrole là-dessous, y va pas s'envoler. Il est là depuis des millions d'années, il attendra bien cinq ans.

— Cinq ans ? Mais qu'est-ce…

— Écoute-moi juste une minute, Carson, dit Evan en l'arrêtant d'un geste de la main. Tu t'es débrouillé pour devenir shérif et maintenant t'es tellement obsédé par l'idée de jouer les grands manitous que tu refuses d'entendre d'autres voix que la tienne. Alors, pour une fois, écoute-moi. Comme je viens de te le dire, y a que deux choses pour l'instant qui me tiennent à cœur : aider maman à se remettre, ce qui veut dire qu'on touche à rien, on fait rien, on laisse du temps au temps. Deuzio, et c'est un plan que j'ai l'intention de mettre à exécution tout de suite, c'est aller voir ta femme à Ector, lui présenter mes condoléances pour la mort de son père, voir si elle va bien, causer avec les toubibs pour savoir ce qu'ils pensent faire d'elle, quand elle doit sortir, et tout ça. Elle est enceinte, Carson. Tu vas être père. Ça, tu peux pas l'oublier. »

Carson ne dit pas un mot. Une lueur mauvaise brilla dans ses yeux, réduits à deux fentes. « Je t'interdis d'aller voir Rebecca, lança-t-il.

— Pardon ?

— Je viens de te le dire. Et tu m'as bien entendu. Je t'interdis d'aller voir ma femme. »

Evan partit d'un rire sardonique. « Carson, t'es peut-être le shérif de ce bled paumé, mais quant à me dire ce que je peux faire ou pas, là, tu repasseras, mon vieux. »

Carson fit un pas en avant, les poings serrés.

« Qu'est-ce qu'y a ? demanda Evan en fronçant les sourcils. T'as l'intention de m'arrêter ? Tu veux te battre ? Mais qu'est-ce que t'as, nom de Dieu ?

— T'avise pas d'aller là-bas. Je te préviens, je me répéterai pas, Evan. Pour la dernière fois, n'y va pas.

— Putain, Carson, c'est pas vrai. Plus tu me l'interdiras, et plus j'aurai envie d'y aller. D'ailleurs, j'y vais de ce pas. Et tu pourras rien faire pour m'en empêcher. »

Nouveau pas en avant, et Carson et Evan n'étaient plus séparés que par un petit mètre. L'air était chargé de tension, de menaces, d'une violence rentrée prête à exploser.

« Je te l'ai déjà dit deux fois, Evan. Je le dirai pas une troisième.

— Mais putain, qu'est-ce… »

Carson saisit Evan par le poignet. Evan se dégagea et repoussa violemment son frère. Qui perdit l'équilibre, trébucha, heurtant une petite table de la cuisse droite. D'un geste instinctif, il s'y agrippa pour se retenir, mais la table se renversa et lui-même atterrit sur le derrière, obligé de lever les yeux pour regarder son frère. Suprême humiliation.

« T'es un vrai connard, Carson », dit Evan, et avant que l'autre ait eu le temps de dire un mot, il était sorti de la maison et claquait la porte derrière lui.

L'instant d'après, Carson entendait démarrer le moteur du pick-up, celui-là même que conduisait leur père quand il avait croisé Ralph Wyatt. Il se remit debout et courut pour rattraper son frère, mais il eut juste le temps d'apercevoir le véhicule quitter l'allée et tourner sur la grand-route. Evan était parti vers l'hôpital du comté d'Ector et Rebecca Riggs, ignorant que, de même que sa conduite avec elle après la fête avait eu une vie pour résultat, la retrouver aujourd'hui aurait pour conséquence non pas une, mais deux morts inutiles.

Si c'était l'œuvre de Dieu, alors ce Dieu était vengeur. Il semblait bien que ce fût là le cours normal des choses, et que rien ni personne ne pourrait le détourner.

48

Le temps que Henry Quinn revienne à lui aux urgences de l'hôpital du comté, la nouvelle s'était répandue dans Calvary comme une traînée de poudre : le shérif Riggs avait perdu la raison et s'était planqué chez Roy Sperling, tandis que les services de police d'Ozona et de Sonora étaient en route, voire déjà sur place.

Clarence Ames arriva, jeta un coup d'œil sur le visage en bouillie de Henry, remarqua la pâleur et l'air égaré d'Evie, et repartit aussitôt.

Les médecins allaient et venaient. L'un d'entre eux dit à Evie que Henry allait devoir passer des radios, qu'il avait peut-être une pommette fracturée, qu'il y avait également des signes de côtés fêlées ainsi que d'autres dégâts. On évoqua aussi la possibilité d'une hémorragie interne, mais personne ne semblait disposé à vérifier ces hypothèses.

« Putain, mais qu'est-ce qui se passe ? » demanda Henry à Evie. Il était allongé sur un chariot, et Evie, debout à côté de lui, lui tenait la main.

« Le shérif Riggs est en fuite, dit-elle. Apparemment, il s'est réfugié chez Roy Sperling, je sais pas ce qu'il y fait. J'y comprends rien… vraiment rien… »

Un moment, il crut qu'elle allait fondre en larmes, mais elle se ressaisit, serra la mâchoire, tout en écrasant du bout du doigt une larme furtive au coin de l'œil.

Henry entreprit de se lever.

« Mais putain, qu'est-ce que tu fais ! s'exclama Evie.

— Je me lève, comme tu vois. Je vais pas rester ici à attendre qu'il revienne me démolir et achever son œuvre, cette fois-ci.

— T'inquiète, il ne reviendra pas. Il est chez Roy Sperling…

— Roy Sperling est précisément un de ceux qui connaissent tous les dessous de cette affaire. Il se pourrait bien qu'il soit allé le trouver pour le buter. »

Un instant plus tard, Henry était debout, grimaçant de douleur en se tenant les côtes. Evie comprit qu'elle ne parviendrait pas à le faire changer d'avis et à l'empêcher de passer à l'action. Elle savait d'expérience combien il pouvait être entêté.

Elle regarda derrière elle en entendant une voix familière. Son père arrivait en courant, la cherchant des yeux de tous côtés.

« Papa ! » cria-t-elle, et il se précipita vers elle, l'entourant de ses bras.

« Bon sang de bois ! s'exclama-t-il avant de se tourner vers Henry et de pâlir en le voyant. J'ai entendu dire qu'Alvin Lang s'était suicidé.

— C'est bien ce qu'il a fait… juste sous nos yeux, répondit Evie.

— Et c'est Riggs qui t'a fait ça ? »

Henry acquiesça de la tête, grimaçant au souvenir du traitement que lui avait infligé Riggs.

« Et il est où maintenant ? s'enquit Chandler.

— Chez Roy Sperling, y semblerait, dit Evie. Henry pense que Roy connaît les causes de tout ce cirque, et que Riggs risque de le descendre.

— C'est incroyable, dit Chandler. Ça dépasse l'entendement… »

Une cacophonie leur parvint de l'autre bout du couloir. Glenn et Evie se retournèrent. Des uniformes approchaient, au moins trois ou quatre, et Glenn reconnut le shérif d'Ozona, Ross Hendricks, et deux de ses adjoints, Al Hines et Jim Newell.

Hendricks aperçut Chandler et fonça droit sur lui.

« Mais bon Dieu, Glenn, qu'est-ce qui se passe ici ? demanda-t-il, avant d'ajouter, un œil sur Henry : C'est lui, le type dont tu m'as parlé ?

— Lui-même, répondit Glenn en hochant la tête. Henry Quinn, je te présente Ross Hendricks, shérif d'Ozona.

— Pardonnez-moi si je fais pas preuve d'un grand enthousiasme en rencontrant un deuxième shérif, dit Henry, s'efforçant de sourire malgré la douleur.

— Alors, qu'est-ce qui vous est arrivé, mon gars ? demanda Hendricks.

— Le shérif Riggs l'a passé à tabac comme un malade, voilà ce qui lui est arrivé, intervint Evie. Lang s'est suicidé. Sur ces entrefaites, Riggs est arrivé, est tombé sur Henry à bras raccourcis, avant de prendre la fuite. Aux dernières nouvelles, il serait chez Roy Sperling, faisant Dieu sait quelle connerie. Il est devenu complètement marteau, vous savez.

— En venant, j'ai croisé Bob Arnold, le shérif de Sonora, et deux de ses gars. Il m'a dit qu'il allait chez Sperling. Je sais pas ce que vous avez mis en branle, poursuivit-il à l'adresse de Henry, mais vous avez réussi à faire déplacer deux shérifs et une demi-douzaine d'adjoints pour traquer Carson Riggs. Et Lang qui se suicide, Dieu du ciel, j'arrive pas…

— Il s'est tiré une balle sous les yeux de ma gamine, plaça Chandler.

— S'il avait tenu qu'à moi, y se serait suicidé depuis un bout de temps. Lui et son père, et le père de son père avant lui, une vraie bande de connards et de salopards.

— Vous savez dans quoi il a bien pu tremper, Riggs ? demanda Chandler.

— Non, j'en sais rien, et je veux pas le savoir. Une leçon que m'a apprise une expérience chèrement acquise… Si une affaire ne me concerne pas, je m'en mêle pas.

— Je veux aller là-bas », dit Henry, qui fit un nouveau pas en direction du couloir.

Hendricks et Chandler s'interposèrent.

« Vaut mieux rester où vous êtes, dit le premier. On dirait que le ciel vous est tombé sur la tête. Vous savez pas ce que vous pouvez avoir de cassé, de fracturé ou quoi. Pas la peine d'aggraver votre état.

— C'est quoi, le pire qu'il puisse faire ? demanda Henry, un sourire résolu aux lèvres.

— Te buter, dit Evie. M'est avis qu'il a déjà perdu la boule. Alors Dieu sait de quoi il est capable.

— Sérieusement, fiston, vous…, commença Hendricks, aussitôt interrompu par Henry.

— Écoutez, je suis sur cette affaire depuis le début. Faut que j'aille jusqu'au bout à présent, d'une manière ou d'une autre.

— Je trouve ça ridicule, rétorqua Hendricks. D'un autre côté, je peux pas vous en empêcher, vous avez rien fait qui justifie une arrestation. »

Henry fit un mouvement, saisit le bras d'Evie, qui entreprit de le soutenir. Chandler s'avança, prit Henry sous l'épaule, et celui-ci alla tant bien que mal prendre appui contre le mur.

« Ça va aller, dit-il. C'est juste que je tiens pas bien sur mes jambes. J'ai mal aux côtes, mal partout, mais je peux marcher.

— Jim, dit Hendricks à un de ses adjoints, va donc chercher un antalgique pour ce garçon. N'importe quoi. Une demi-douzaine de cachets qui l'assommeront pas trop. »

L'adjoint s'exécuta et retrouva Hendricks, Chandler, Evie et Henry dehors au moment où ce dernier s'efforçait à grand-peine de monter à l'arrière de la voiture du shérif. Où Evie le rejoignit en faisant le tour, Chandler allant dans l'intervalle chercher son véhicule pour venir se positionner derrière eux.

Hendricks baissa sa vitre et s'empara du flacon de comprimés que lui tendait l'adjoint Newell. Il les passa à Evie, qui en sortit deux pour les faire avaler à Henry. Lequel se fendit d'une vilaine grimace quand il dut les croquer sans eau.

« Toi et Al, vous nous suivez, dit Hendricks. Dis à Al d'appeler avant qu'on arrive. Essaie d'avoir Bob Arnold pour savoir ce qui se passe là-bas, d'accord ?

— Entendu, shérif. »

Le convoi se mit en route. Hendricks en tête, Chandler derrière lui, les hommes du shérif fermant la marche. Il n'y avait guère qu'une dizaine de kilomètres entre l'hôpital et le domicile de Sperling, mais ils n'avaient pas fait la moitié du chemin qu'Al Hines appelait sur la radio pour leur dire que Bob Arnold et un de ses adjoints, Maurice Whyte, étaient dans la cour de Sperling et que Carson Riggs hurlait depuis une fenêtre du premier étage, menaçant d'abattre Roy Sperling si John Lang ne le rejoignait pas sur les lieux dans les plus brefs délais.

« John Lang ? demanda Henry.

— Le père d'Alvin, dit Hendricks. Un gros bonnet au département des établissements pénitentiaires, autant que je me souvienne. Bon Dieu, toute la famille n'est qu'un ramassis de frimeurs et d'escrocs. Je me fous pas mal de ce que peuvent dire les gens, pour moi le gouverneur adjoint Chester Lang est à peu près aussi droit qu'un serpent à sonnette en sommeil. Si Carson Riggs est impliqué jusqu'au cou avec cette bande de malfrats, c'est sûr qu'y a des choses pas nettes en train. »

Evie se pencha, son visage s'encadrant entre les deux sièges de devant. « Alvin a parlé de honte. » Elle jeta un coup d'œil derrière elle à Henry, qui se tenait le côté tant il était chahuté par les cahots de la route et lui dit : « Tu te souviens de ce qu'il a dit ?

— Quelque chose concernant le passé. Il a dit que tout remontait toujours à la surface. Oui, un sentiment de honte, et que ce qu'il regrettait le plus, ce serait de plus être là pour voir la tête de Riggs quand la vérité éclaterait. Je me souviens pas exactement. Je me souviens juste du putain de pistolet qu'il agitait sous notre nez… », dit Henry, incapable d'étouffer une grimace de douleur, la main tendue vers le flacon de calmants.

Ils arrivaient en vue de la rue où habitait Sperling. Les voitures des hommes du shérif de Sonora étaient garées en zigzag devant la maison. Des badauds s'agglutinaient sur le trottoir d'en face.

« C'est le grand jeu pour eux, dit Hendricks. Ils ont rien de mieux à faire, tous ces gens ? »

Il s'arrêta à une trentaine de mètres. Chandler et les deux adjoints se garèrent derrière lui, et, un moment, il sembla que personne n'allait passer à l'action.

Puis Hendricks ouvrit sa portière et descendit. Aussitôt, tout le monde l'imita, Chandler venant aider Henry à s'extirper de la voiture.

« Bien, dit le shérif, allons voir le trou que s'est creusé Carson Riggs à son usage personnel et vérifier que personne d'autre ne risque d'y tomber. »

49

La voix d'Evan Riggs résonnait comme une sirène d'alarme entre les murs des corridors de l'hôpital qu'il parcourait au pas de charge à la recherche de Rebecca.

« Rebeccaaa ! Rebeccaaa ! »

Les gens s'écartaient, se demandant s'ils avaient affaire à un des cinglés de l'étage au-dessus qui se serait échappé. La réceptionniste essaya bien de l'arrêter, mais il la repoussa et poursuivit sa course. Elle appela la police, et l'administration de l'hôpital envoya deux ou trois infirmiers avec ordre de s'emparer de l'individu avant qu'il fasse trop de dégâts et perturbe les malades.

Evan fut stoppé dans son élan au deuxième étage par un certain Richard Deacon. Cet ex-soldat de la marine était sorti de la guerre avec une demi-douzaine de médailles, des insomnies et des maux de tête insupportables. La perspective d'une petite bagarre n'était pas pour lui déplaire.

« Tout ce que je demande, c'est de voir Rebecca Riggs, dit Evan.

— Faut vous calmer, m'sieur, rétorqua Deacon.

— Mais je suis calme. Je veux juste voir ma belle-sœur.

— Calme ? Vous en avez pas l'air, m'sieur. Faut arrêter de crier, d'accord ? Faut arrêter de courir comme ça dans les couloirs. Vous dérangez les gens, et ça, moi, ça me dérange. »

Pris de vertige, Evan respirait laborieusement, la chemise trempée de sueur.

« Vous la connaissez ? Vous connaissez quelqu'un qui s'appelle Rebecca Riggs ? » demanda-t-il.

D'autres infirmiers arrivaient en renfort, des costauds, apparemment, qui n'auraient eu aucun mal à le clouer au sol et à le traîner dehors.

« La fille enceinte ? demanda Deacon. La femme du shérif ? C'est votre belle-sœur ?

— Oui, oui, c'est ça », dit Evan, le souffle court, en proie à une terrible envie de vomir. Il s'adossa au mur, dans le coin de la cage d'escalier, avant de se laisser glisser au sol.

Deacon se retourna et fit signe au petit groupe d'infirmiers de dégager. Tout allait bien. Il avait la situation en main.

Les témoins de la scène se dispersèrent et les lieux retrouvèrent leur calme, animés du seul murmure habituel des conversations et des va-et-vient du personnel.

« Alors, qu'est-ce qui se passe, mon vieux ? s'enquit Deacon. Vous faites quoi ici ?

— Je suis venu voir ma belle-sœur. Je comprends même pas pourquoi elle est ici.

— C'est son mari… votre frère, si je comprends bien ?

— C'est ça, Carson, précisa Evan. Carson Riggs, le shérif. C'est mon frère.

— Eh bien, elle est ici que depuis une quinzaine. Elle est arrivée angoissée comme pas possible, à plus savoir où elle était. Je connais pas les détails, moi. Mon boulot, c'est de veiller à ce que des gens comme elle se blessent pas. Y en a qui sont sacrément atteints, vous savez.

— Est-ce que je peux la voir ? demanda Evan, qui s'accrocha à la rampe de l'escalier pour se redresser.

« Votre nom ?

— Evan. Evan Riggs.

— C'est pas une heure de visites, Evan. Il va falloir aller vous calmer quelque part et revenir quand ça sera l'heure. C'est un hôpital ici. Y a des règles et des règlements. On peut pas laisser n'importe qui entrer et sortir comme dans un moulin.

— Il faut vraiment que je la voie, dit Evan, avant de jeter un coup d'œil à l'étiquette cousue sur la blouse de l'infirmier. Richard, c'est ça ? Richard Deacon ? »

Ce dernier ayant acquiescé de la tête, il reprit. « Il faut vraiment que je la voie, Richard. Il se passe quelque chose de pas clair. Elle devrait pas être ici, vous comprenez. Elle est pas malade du tout. Elle a pas sa place dans un service de psychiatrie…

— Ah, mais j'entends ça tous les jours, mon vieux, dit Deacon avec un sourire condescendant, aussi bien de la part des visiteurs que de ceux qu'ils viennent voir. Moi, c'est pas mes affaires. S'ils sont ici, les malades, c'est qu'ils y ont été placés par leur famille, et en principe, y a un médecin et un juge derrière tout ça. On finit pas entre ces murs simplement parce que quelqu'un tout d'un coup vous supporte plus. Y a une procédure à suivre, d'accord ?

— Il faut que je la voie, Richard… Vraiment.

— Je comprends, Evan, mais j'ai des instructions, je dois me conformer au règlement, moi aussi. L'heure des visites, c'est l'heure des visites, et je peux rien y changer.

— J'ai pas envie de causer plus d'ennuis, dit Evan en se redressant, mais…

— Croyez-moi, Evan, c'est pas à moi que vous en causerez, des ennuis.

— Mouais, mais je pourrais bien essayer quand même.

— Vous êtes en train de me dire ce que je crois entendre ?

— Tout à fait, oui.

— Je peux vous envoyer au tapis plus vite que vous croyez, mon vieux. Je l'ai déjà fait. Et je suis prêt à remettre ça.

— Vous étiez dans l'armée ?

— Ouais, dit Deacon en hochant la tête. Dans la marine.

— Et moi dans l'infanterie. J'ai appris deux, trois trucs. Si on se castagne, on en sortira indemne ni l'un ni l'autre.

— Tu me plais bien, toi, s'esclaffa Deacon. T'as un comportement de merde, mais tu me plais bien quand même.

— Moi aussi, tu me plais, Richard, mais si tu me laisses pas voir Rebecca, je vais t'en envoyer un dont tu te souviendras, et ils vont devoir te recoudre toute la tronche.

— Qu'est-ce qui t'arrive ? Tu t'es levé du pied gauche ce matin et t'as décidé d'emmerder tout le monde aujourd'hui ?

— Non, mon capitaine. Je me suis levé ce matin pour découvrir que mon frère est le pire enculé que la terre ait jamais porté, et qu'il a fait interner sa femme ici pour des raisons que je comprends pas. Elle est enceinte, et je commence à paniquer. J'ai besoin de la voir, Richard, et tout de suite. Alors, soit on se met d'accord là-dessus, soit on finit tous les deux aux urgences.

— C'est vraiment comme ça que tu vois les choses ?

— Ouais. »

Deacon regarda Evan des pieds à la tête avec un hochement de tête conciliant. « D'accord… troisième étage. Mais je viens avec toi. »

Rebecca regarda Evan comme s'ils habitaient des planètes différentes. Ses yeux paraissaient délavés, presque sans vie.

Elle était allongée sur un lit dans le service de psychiatrie et quand il apparut sur le seuil de la chambre elle n'eut aucune réaction témoignant qu'elle le reconnaissait.

« Nom de Dieu, mais qu'est-ce… ? » commença-t-il tandis que Richard Deacon l'accompagnait jusqu'au lit, le regardait s'asseoir et prendre la main de Rebecca.

Evan voyait sans peine qu'elle était enceinte, mais aussi que les drogues l'avaient mise dans un état semi-comateux, ce qui ne laissa pas de l'inquiéter non seulement pour son bien-être à elle, mais aussi pour celui de l'enfant à venir.

« Mais qu'est-ce qu'ils lui ont fait ? demanda-t-il.

— J'en sais rien, dit Deacon en haussant les épaules d'un air résigné. Je suis pas médecin. Comme je l'ai dit, moi je suis là juste pour m'assurer que les plus cinglés ne bousillent pas ceux qui le sont moins.

— Elle a un toubib ?

— Bien sûr. »

C'est à ce moment-là que Rebecca eut un pâle sourire et murmura : « Evan.

— Rebecca… Mon Dieu, je suis tellement désolé… Qu'est-ce qui t'arrive ? Mais qu'est-ce qui s'est passé ?

— Sors-moi d'ici, Evan, dit-elle, et le regard qu'elle glissa en direction de la fenêtre lui donna l'impression qu'elle n'était déjà plus de ce monde.

— Oui, je vais te sortir d'ici, dit-il, puis il se retourna, cherchant quelqu'un à qui parler, un responsable susceptible de prendre une décision et de le laisser la ramener chez elle.

— Hé là, hé là, doucement, intervint Deacon. Elle s'en va nulle part, mon vieux. Tu peux pas la sortir d'ici comme ça, à toi tout seul, et c'est sûrement pas elle qui peut signer une décharge.

— Elle vient avec moi, Richard. Tu m'aides, ou alors on se fourre dans les ennuis jusqu'au cou.

— Attends un peu…, dit Deacon, avant d'être interrompu par un brouhaha et des éclats de voix en provenance de l'extérieur. Nom de Dieu ! » s'exclama-t-il, en se dirigeant vers la porte. Il jeta un coup d'œil dans le couloir, secoua la tête avant de se retourner vers Evan.

« Eh ben voilà, on est tous les deux dans le pétrin maintenant, mon pote. » Il avait à peine terminé sa phrase qu'un groupe d'aides-soignants, de médecins et d'infirmières investissait la chambre. Suivi de près par Carson, qui regarda Evan comme s'il avait apporté en cadeau pour la malade toute la haine et la colère du monde.

« Écarte-toi d'elle, nom de Dieu ! dit Carson d'une voix rageuse. T'approche plus de ma femme ! »

L'un des médecins posa sa main sur l'épaule d'Evan.

« Monsieur, vous ne pouvez pas rester assis sur le lit. Il faut vous éloigner de la malade… »

Evan écarta l'homme de la main.

Deacon s'avança.

« Non, Deacon, dit le médecin en se retournant vers lui. Vous êtes renvoyé. C'est vous qui l'avez fait entrer. »

Un autre aide-soignant essaya de se saisir d'Evan, mais celui-ci le repoussa contre le médecin avec une telle violence que les deux hommes perdirent l'équilibre et allèrent heurter le mur.

Carson fonça dans le tas et empoigna son frère par le bras. Avant qu'Evan ait eu une chance de se dégager, Carson lui avait passé une menotte à une main et l'avait forcé à se mettre à genoux. Il faisait une bonne tête de plus que son frère, était en meilleure forme, et l'autre était dans une posture qui ne lui permettait guère de réagir. En un rien de temps, Evan se retrouva les mains menottées dans le dos, Carson le dominant de toute sa hauteur.

Rebecca s'efforça de se mettre sur son séant. Elle n'avait, semblait-il, aucune force, et elle ne put que retomber sur l'oreiller, avant de fondre en larmes.

« Carson… Je regrette tellement… J'ai jamais voulu…

— Ça suffit, dit Carson en se retournant vers sa femme et en la fusillant du regard. Pas un mot de plus, Rebecca. »

Le médecin avait repris ses esprits. « Sortez tous d'ici ! Quittez cette pièce. C'est un scandale. Je ne supporterai pas plus longtemps ce vacarme et ce désordre…

— C'est bon, on s'en va, dit Carson, qui obligea Evan à se lever et à se diriger vers la porte.

— Evan ! lança Rebecca. Dis-lui à quel point je regrette… Dis-lui qu'on a jamais voulu lui faire du tort…

— Silence ! hurla Carson en se tournant à nouveau vers elle. Maintenant, tu la fermes !

— Evan ! » appela-t-elle encore une fois.

Ce dernier lui jeta un coup d'œil par-dessus son épaule.

« J'ai besoin de toi ici… J'ai besoin que tu restes avec moi. Je veux que tu voies notre enfant… »

Le monde s'arrêta de tourner.

Un grand silence sembla s'abattre sur tout le bâtiment.

Le médecin regarda Carson Riggs, désormais livide, les yeux agrandis par la haine. Le shérif écarta Evan et se précipita au bord du lit.

Rebecca eut à peine le temps de lever un bras pour se protéger avant qu'une grêle de coups s'abatte sur elle.

C'est Deacon qui tira Carson en arrière, mais le chaos régnait à nouveau dans la chambre.

Rebecca réclamait Evan à grands cris, Evan hurlait après son frère, qui de son côté abreuvait sa femme d'injures, la traitant de moins-que-rien, de salope, de putain.

Les infirmiers furent chargés d'évacuer les personnes qui ne faisaient pas partie du personnel, non seulement hors de la pièce, mais aussi du bâtiment. Les deux frères continuèrent à s'insulter et à protester tout au long du trajet, mais on réussit à leur faire franchir les portes, et ils se retrouvèrent tous les deux face à face sur l'allée de l'hôpital, Evan toujours menotté, Carson, un revolver à la main, apparemment bien décidé à s'en servir.

« Tu retournes à Austin tout de suite, dit Carson d'une voix blanche mais déterminée.

— Tu peux aller te faire foutre, Carson. Mais, putain, qu'est-ce que tu cherches ? »

Carson leva son arme et la braqua sur le visage d'Evan. « Tu retournes direct à Austin, tu m'entends. C'est même moi qui vais t'y emmener. Et tu remets jamais les pieds ici. Tu reverras jamais Rebecca. Tu m'adresseras jamais plus la parole, pas plus qu'à maman d'ailleurs.

— Va te faire foutre, Carson… T'es qu'un putain de malade. Tu peux pas m'obliger à partir. Bordel, tu peux pas décider de ce que je… »

Carson asséna un coup de son revolver sur la joue droite d'Evan, l'envoyant au tapis. Puis il se campa au-dessus de lui, brandissant toujours le pistolet, et crachant ses mots comme autant de balles.

« Tu l'as baisée, mon salaud. Tu l'as baisée la veille du jour où elle a accepté de m'épouser. T'es plus mon frère. T'es plus ma famille. Tu m'as trahi. T'as trahi notre père et notre mère. T'es plus rien pour moi. »

Puis il recula d'un pas et expédia un grand coup de pied dans les côtes d'Evan. Qui poussa un hurlement de douleur, roula sur le côté et ramena ses genoux sur sa poitrine.

Carson s'accroupit aux côtés de son frère et lui releva le menton du canon de son arme.

« Je devrais t'abattre comme un chien, ici, maintenant. De toute façon, pour moi, t'es déjà mort. Tu retournes à Austin. C'est moi qui t'emmène, et tout de suite. Tu remettras jamais les pieds ici. C'est comme ça que ça va se passer, et pas autrement, c'est moi qui décide. »

Evan s'efforça de repousser son frère, mais celui-ci lui enfonça le revolver dans la joue, entaillant la chair. Evan sentit le sang lui couler dans la bouche.

« Et maintenant je veux plus t'entendre, compris ? aboya Carson.

— Tu peux pas... », commença Evan, mais son frère levait déjà son arme et l'abattait sur son visage avec une telle force qu'il perdit connaissance. Personne n'intervint en voyant le shérif de Calvary traîner un homme inconscient jusqu'à la voiture pie garée à quelques mètres de là. Il incarnait la loi, après tout, et quand la loi était en cause, mieux valait se tenir à l'écart.

Evan Riggs fut arrêté ce même jour à Austin, aux environs de 11 heures du soir. Il fut découvert lors d'une ronde de nuit affalé dans une entrée d'immeuble. Non seulement son visage était enflé et couvert d'ecchymoses, mais ses vêtements étaient déchirés et maculés de sang, et il empestait l'alcool.

Les flics du dix-septième district l'emmenèrent au poste, avant de le jeter dans une cellule et d'appeler un médecin. Malgré la forte odeur d'alcool, il apparut qu'il n'avait pas bu. Il était hébété et tenait un discours incohérent, parlant d'un frère, d'une femme en danger, d'un père mort, le tout très difficile à suivre. Ils le gardèrent au poste, le médecin recommandant un examen psychiatrique avant sa sortie.

Evan Riggs fut relâché le lendemain matin. Sans qu'un bilan de son état mental ait été dressé. Pour le brigadier de service, il n'était qu'un de ces innombrables poivrots qui entraient dans le commissariat et en sortaient quotidiennement, laissant dans leur sillage de forts relents alcoolisés.

Evan Riggs n'eut qu'une centaine de mètres à parcourir avant de tomber sur un bar. À midi, il était ivre. Vers 15 heures, il faisait la tournée de ses lieux d'élection, se disputant avec des gens qu'il aurait dû laisser tranquilles, plongé dans les affres du désespoir et du dégoût de soi. Il ne connaissait que trop bien cet état d'âme, pour en avoir souffert plus souvent qu'à son tour, encore qu'il eût cette fois-ci de bonnes raisons d'en faire l'expérience. Il était désormais pleinement conscient que Rebecca était enceinte. Que lui-même était le père de l'enfant à naître, alors qu'elle était mariée à son frère et, qui plus est, internée dans un hôpital psychiatrique. Carson avait raison : il avait trahi son frère, sa famille, sa propre intégrité, il n'y avait pas pire salopard que lui. Il continua à boire. C'était, semblait-il, l'unique solution.

À 17 heures, Evan Riggs avait atteint l'autre rive de la dépression. Il était désormais en proie à une fureur et une rancune sans bornes, la honte et l'ignominie qu'il ressentait pour ses actes ayant trouvé un exutoire en se retournant contre les autres. Carson méritait tout ce qui lui arrivait. Il n'avait jamais vraiment aimé Rebecca et ne la convoitait que comme une sorte de trophée. Il ignorait les sentiments qu'Evan éprouvait. C'était Carson le méchant dans l'affaire, non pas à cause de ce qu'il avait fait, mais plutôt en raison de ce qu'il n'avait pas réussi à faire.

Evan partirait avec Rebecca. Il retournerait à Ector, la sortirait de cet enfer, et ils disparaîtraient tous les deux, d'une manière ou d'une autre. Rebecca accoucherait de son enfant, et Evan… eh bien, Evan changerait du tout au tout. Il pouvait être un type bien, un bon père, et Carson pouvait aller se faire foutre.

Il arriva à l'Excelsior, un hôtel borgne des quartiers ouest d'Austin, aux environs de 18 heures. C'était là qu'il atterrissait les nuits où il était dans l'incapacité de rentrer là où il logeait ou qu'il était à la rue. On le connaissait dans l'établissement, pas seulement parce que c'était un visage familier, mais parce qu'il avait une ardoise qu'ils laissaient monter jusqu'à trente ou quarante dollars avant de le mettre dehors. Ce soir-là, on l'accepta. Il était ivre mort, mais il l'était toujours, de toute façon. Rien de neuf de ce côté-là.

Il s'allongea sur une sorte de lit de camp dans une chambre du premier étage. Tandis que le ciel tournoyait au-dessus de sa tête, il voulut remettre sa vie en ordre, sinon la vraie, du moins celle qu'il vivait en imagination. Demain, il retournerait à Calvary. Il s'emploierait à régler la situation, et tout irait bien. Il en était tout à fait capable. Évidemment.

C'est d'une humeur optimiste qu'Evan répondit à la porte quand il entendit frapper. Il se sentait légèrement mieux. Il était encore tôt. Il allait se laver, sortir, prendre juste un verre ou deux. Demain était la ligne de démarcation entre le passé et le futur. Demain, l'alcool ferait partie d'une existence révolue.

L'homme qui se tenait sur le seuil lui était inconnu.

« Mr. Evan Riggs ? demanda-t-il.

— Ouais… vous êtes qui ? »

L'homme lui tendit une liasse de documents, qu'Evan prit instinctivement.

« Injonction, mon vieux, annonça-t-il.

— Injonction ? C'est quoi cette connerie ? »

L'autre recula d'un pas. « Vous approchez à moins de trois cents mètres de la dénommée Rebecca Riggs, vous lui parlez, l'appelez au téléphone, ou tentez de pénétrer dans l'hôpital, et vous le ferez en violation de cette injonction. Compris ? »

L'homme s'apprêta à repartir.

« Hé ! Une minute ! » lança Evan.

L'autre se retourna pour lui faire face.

Evan lui jeta les papiers à la figure.

L'autre ne broncha pas, il avait l'habitude de ce genre de réaction. « Vous avez reçu une injonction, mon vieux, dit-il. C'est tout, c'est comme ça. »

Evan avança d'un pas et lui donna une bourrade dans l'épaule.

« Bravo, dit l'autre, vous êtes en train d'aggraver votre cas, mon bon ami. Je suis huissier de justice assermenté. Vous me molestez, et vous vous foutez dans des ennuis dont vous n'avez pas idée.

— Reprenez vos saloperies de papiers ! » lança Evan, bouillant de rage. Comment cet étranger pouvait-il oser lui dire qu'il n'avait pas le droit de voir Rebecca ? Comment osait-il lui transmettre un message de la part de Carson et penser qu'il allait en tenir compte ? Que savait-il de la situation, ce connard ?

« Sans blague, mon vieux, vous avez intérêt à réfléchir à ce que vous faites. Commencez par reculer. Vous m'insultez ou vous levez la main sur moi et je vous fais arrêter sur-le-champ ; vous vous retrouverez inculpé de voies de fait en plus des autres chefs d'accusation déjà retenus contre vous.

— Comment osez-vous venir ici…

— Hé là, dit l'autre en levant les mains. J'y suis pour rien, moi. C'est une procédure régulière. Et tout ce que vous pourriez me dire, je l'ai déjà entendu des centaines de fois. Si vous avez bousillé votre vie, c'est pas à moi qu'il faut vous en prendre… Débrouillez-vous avec vos problèmes et laissez-moi en dehors de ça. »

Evan était à présent hors de lui. Il fit encore un pas en direction de l'homme, les poings levés.

« Vous rapportez ces papiers à mon putain de frère, dit-il, et vous lui dites…

— Bon, ça suffit, j'en ai assez entendu. La prochaine étape pour vous, c'est la cellule de dégrisement… »

Le swing partit à la vitesse de l'éclair et s'écrasa sur la mâchoire de l'huissier.

Ce dernier s'effondra d'un coup, et, aussitôt, Evan fut sur lui, assénant les coups comme un forcené, incapable de contrôler la rage qui lui courait par tout le corps.

Il ne voyait plus que le visage de Carson quand celui-ci l'avait quitté devant l'hôpital, la façon dont il l'avait regardé, ce ricanement condescendant. Il était certain maintenant que Carson était prêt à tout pour l'empêcher d'approcher Rebecca et de jamais voir son enfant.

Evan Riggs n'avait rien d'un poids mouche. Et il n'avait rien oublié des leçons apprises à Fort Benning. L'huissier n'avait aucune chance. C'était peut-être un type bien, honnête, un bon père pour ses deux garçons, un mari fidèle, un travailleur sérieux, convaincu que bien agir était le meilleur moyen de se préserver des ennuis de la vie, mais il n'avait rien d'un bagarreur. Il signifiait des décisions de justice à des maris récalcitrants, des emprunteurs défaillants, des épouses infidèles, à ceux qui ne respectaient pas les échéances des prêts engagés pour l'achat d'un logement ou d'une voiture, et le week-end, un rien le comblait : un barbecue, deux ou trois bières dans son jardin derrière sa maison, sa jolie femme en robe imprimée lui servant, à lui et aux garçons, hot dogs et épis de maïs.

Il s'appelait Forrest Wetherby, et les documents qu'il avait remis en mains propres avaient été rédigés par Warren Garfield à la demande de Carson Riggs. Comment Wetherby avait réussi à mettre la main sur Evan relevait en partie d'une longue expérience, en partie d'une obstination à toute épreuve, en partie du pur hasard, mais cette injonction-là serait la dernière qu'il aurait jamais l'occasion de remettre.

Evan Riggs ne l'avait sans doute pas frappé plus de six ou sept fois, mais les coups avaient tous porté, nourris par un déchaînement de fureur. La gorge, la poitrine, le plexus solaire, et pour finir quelques coups à la tête qui redressèrent le pauvre Wetherby contre le mur. Le dernier l'atteignit en plein visage, et c'est l'impact de l'arrière de son crâne contre la pierre qui provoqua l'hémorragie fatale.

Les jambes de Wetherby cédèrent sous lui comme les pattes d'un veau qui vient de naître. Il était mort avant d'atteindre le linoléum du couloir au premier étage de cet hôtel borgne d'Austin.

Les gens de l'hôtel découvrirent Wetherby à l'endroit où il était tombé, du sang s'écoulant de son oreille à la suite du traumatisme crânien qu'il avait subi.

Quant à Evan, ils le trouvèrent affalé en travers du lit de sa chambre, inondé de sueur, les vêtements tachés, les jointures des doigts à vif.

Toutes les autres chambres étaient vides. Personne n'était entré dans l'hôtel ni ne l'avait quitté après l'arrivée de Wetherby.

Evan ne se rendit même pas compte de ce qui était arrivé jusqu'à ce qu'il se réveille en cellule trois heures plus tard, accusé de meurtre. Il avait déjà été arrêté la veille pour ivresse et désordre sur la voie publique, mais avoua ne se souvenir de rien. Le hasard voulut qu'il soit emmené au commissariat du dix-septième district, et c'est là qu'il fut mis en accusation. Un avocat fut commis d'office, qui vint le voir le lundi 22. À ce moment, Evan Riggs avait perdu toute prétention au semblant de maîtrise dont il avait fait montre jusque-là.

Il était foutu. Et il le savait. Il se résigna à son sort, et, sans l'intervention du gouverneur Shivers, il aurait certainement fini sur la chaise électrique. Par la suite, en écoutant *The Whiskey Poet*, les gens croiraient à une confession, même si les chansons remontaient à une date bien antérieure à celle du jour où Evan Riggs avait croisé la route de Forrest Wetherby. Peut-être pouvait-on se confesser à l'avance, chercher le pardon pour un acte qu'on n'avait pas encore commis. Certains sentaient peut-être que l'avenir ne leur réservait rien de bon, qu'ils auraient à pâtir de leurs propres actions et de celles des autres, et peut-être s'y préparaient-ils longtemps à l'avance. Comme on l'a souvent noté, les gens ont toujours tendance à penser ce qui leur plaît, et la plupart du temps il n'y a aucune commune mesure entre leurs désirs et la réalité.

Rebecca Riggs donna naissance à une petite fille au cours de la deuxième semaine de novembre 1949.

C'est Grace Riggs qui se chargea de transmettre la nouvelle à son plus jeune fils : il était père d'une magnifique petite Sarah.

Carson, qui avait expressément interdit à Grace d'entrer en contact avec Evan, ne découvrit qu'après Noël que sa mère lui avait désobéi. À ce moment-là, il l'avait déjà fait admettre à l'hôpital d'Ector, les papiers nécessaires à l'internement dûment préparés et authentifiés par Roy Sperling et Warren Garfield. Le dernier testament établi par William Riggs – celui-là même qu'il avait remis entre les mains de

Garfield après avoir appris le sort réservé à Rebecca par Sperling, le notaire et son propre fils – se révéla comme par hasard introuvable. On exhuma un testament antérieur, dans lequel Grace se voyait attribuer la maison ainsi qu'une pension pour subvenir à ses besoins jusqu'à sa mort, tandis que les terres étaient divisées en parts égales entre Evan et Carson. Evan était déjà incarcéré à Reeves à l'époque, et ce à perpétuité, et n'était donc pas en position de se défendre. Carson Riggs réclama alors un service que lui devait depuis longtemps le père d'Alvin Lang, John. Ce dernier, non seulement fils aîné du député Chester Lang, mais personnage haut placé au département des établissements pénitentiaires, eut une petite conversation avec le district attorney du comté de Redbird. Lequel appela Warren Garfield. Lequel se montra tout prêt à coopérer, et les droits qu'aurait encore pu faire valoir Evan Riggs pour contester les décisions prises par Carson à propos des terres furent réduits à néant.

Les terres furent divisées en plusieurs lots. Avant même que Grace soit admise à l'hôpital, Carson s'était séparé de tous les lots jusqu'au dernier au profit du Naval Petroleum Reserves Department. Une simple signature, et nombreux furent ceux qui se mirent à rouler sur l'or du jour au lendemain. Les bénéfices de la vente atterrirent dans les poches de Chester Lang et de son fils, John. Warren Garfield et Roy Sperling se virent grassement récompensés pour services rendus. George Eakins, Clarence Ames et Harold Mills, tous trois membres du comité citoyen de Calvary, subirent suffisamment de pressions pour qu'une pétition visant à révoquer les droits de forage accordés par Carson Riggs soit annulée.

Carson Riggs brigua un nouveau mandat de shérif, qu'il obtint sans rencontrer la moindre opposition. Là où certaines questions risquaient d'être posées quant à l'équité et à la validité de cette élection, on les désamorça en accordant des subventions pour la restauration de l'église ou l'amélioration du cadre de vie, des marchés pour des travaux de voirie divers et variés, des permis de construire ou des certificats de conformité en tout genre. Ils furent nombreux à se partager ces largesses destinées à cacher les coutures et à rentrer les fils disgracieux. Pour finir, tout le monde y trouva son compte.

Sarah Riggs fut enlevée à sa mère quatre jours après sa naissance. De ce moment et jusqu'à sa mort, en juin 1951, Rebecca ne revit jamais sa fille.

C'était là la volonté de Carson Riggs. Il était le shérif de Calvary, et ce depuis cinq ans, et semblait devoir occuper la fonction aussi longtemps qu'il refuserait d'en bouger. Il connaissait tout le monde, avait de l'argent, et ses démêlés avec Evan appartenaient désormais au passé. Les gens savaient qu'il était risqué d'en parler, et tout le monde garda donc le silence.

Le passé allait resurgir un mardi de mai 1972, quand le cœur de Warren Garfield le lâcha au beau milieu d'une conversation téléphonique. Peut-être l'homme avait-il succombé sous le poids de la culpabilité, pour avoir participé non seulement à la falsification du testament de William Riggs, mais aussi à l'internement de Grace et de Rebecca, sans parler de sa collusion avec Roy Sperling et Carson Riggs dans une affaire qui remontait à de nombreuses années en arrière, à l'époque où l'Amérique en appelait à la loyauté de ses fils pour s'engager et aller combattre en Europe. En dépit de l'ancienne assertion de Carson selon laquelle la Seconde Guerre mondiale n'affecterait jamais les États-Unis, elle y était bel et bien parvenue. Ceux qui n'étaient jamais partis gardèrent toujours présente à l'esprit l'idée que la conscription pouvait leur enlever toute possibilité de choix.

Avec la mort de Warren Garfield se rouvrit un chapitre en apparence clos. Bien que le notaire ait collaboré à la falsification des dernières volontés de William Riggs relatives à la répartition des terres et des biens de la famille, ses dernières volontés à lui furent scrupuleusement respectées, l'une d'elles requérant l'envoi d'une lettre à Evan Riggs dans son pénitencier de Reeves. Comble de l'ironie, c'est Roy Sperling qui insista pour que les volontés de Garfield fussent observées à la lettre, peut-être dans le seul but de soulager sa propre conscience du poids qui pesait sur elle depuis toutes ces années.

Evan reçut ledit courrier peu de temps avant que son codétenu soit libéré, et c'est entre les mains de ce compagnon qu'elle fut remise.

« C'est pour ma fille, dit Evan à Henry Quinn. Elle s'appelle Sarah. C'est tout ce que je sais d'elle. Il faut que tu la trouves et que tu la lui remettes. Commence par Calvary. Mon frère est shérif là-bas. Lui saura où elle est. »

C'est donc à Calvary que tout avait commencé, et c'est aussi là que tout allait finir.

50

Roy Sperling n'avait aucun doute : il avait le nez fracturé, ainsi que le poignet gauche. Le diagnostic n'avait rien de complexe pour le médecin qui exerçait à Calvary depuis des temps quasiment immémoriaux.

Il était assis sur une chaise dans sa cuisine. Le sang avait coulé sur son menton et trempé le devant de sa chemise. Il présentait à peu près le même aspect que Henry au moment de l'admission de ce dernier aux urgences.

« On est foutus », dit-il à Carson Riggs. Ce n'était pas la première fois qu'il faisait ce constat. La deuxième fois lui avait valu le crochet du droit qui lui avait cassé le nez.

« T'arrêtes avec ça, oui ? lui avait rétorqué Carson Riggs. John Lang va venir nous arranger ça.

— T'y crois vraiment, Carson ? C'est un haut fonctionnaire. Tu parles comme il va…

— Tu la fermes, nom de Dieu. Je te dis que tout ça va s'arranger.

— Le gamin t'a eu, Carson. Evan l'a envoyé ici, et ce blanc-bec t'a baisé. Il nous a baisés tous les deux. Et si Warren ne s'est pas fait avoir, c'est uniquement parce qu'il a eu la chance de clamser avant de se retrouver dans la merde. »

Carson Riggs, le visage dur et fermé, le dos à l'évier, avait les yeux rivés à Sperling.

« J'ai pas l'intention de me laisser faire, moi. Et si je tombe, toi et tous les autres vous tombez avec moi.

— Bon Dieu, Carson, tu te prends pour qui ? C'est au gouverneur adjoint du Texas que t'as affaire, pauvre couillon. Tu crois peut-être qu'il va laisser le petit shérif d'un patelin paumé foutre sa vie en l'air ? Il a beau venir d'ici, c'est une grosse pointure, maintenant. Politiquement parlant, ce type a plus de pouvoir que le gouverneur lui-même. Et tu parles d'un truc qui s'est passé il y a presque trente ans, Carson. Ses fils sont adultes depuis belle lurette. La guerre est loin. Ouvre les yeux, bon Dieu, tu vis sur une autre planète. »

Carson Riggs leva son pistolet et le pointa droit sur le visage de Sperling.

Sperling le regarda avec de grands yeux, l'air moins surpris cependant que prêt à anticiper le prévisible.

« Tu vas me descendre ? C'est là qu'on en est arrivés, Carson ? Alvin Lang est mort, à moins que t'aies déjà oublié ? Tu peux dire ou faire n'importe quoi, son père viendra pas te sortir du pétrin…

— Si, il viendra. Et avec Chester Lang encore… Ils vont nous régler le problème en deux coups de cuiller à pot. »

Sperling se mit à rire, et du sang sortit de son nez. « T'es vraiment cinglé, mon pauvre Carson. Toi et ton dingo de frère, vous faites la paire. Mais bon Dieu, comment on a fait, Warren et moi, pour se laisser embobiner dans vos combines, je me demande.

— Parce que t'étais gourmand et que tu voulais le pognon, pardi… C'est la même chose pour tout le monde.

— Ça manque pas d'ironie, ce qui vous arrive, à toi et à ton couillon de frère… Il bat un pauvre type à mort et il passe le reste de sa vie en taule. Quant à Charlie Brennan, il était peut-être en dessous de tout en tant que shérif, mais il méritait pas ce que tu lui as fait. Tu l'as battu comme plâtre, exactement comme ton frère avec l'autre… tout ça parce qu'il voulait une plus grosse part du gâteau et que toi, tu voulais son putain de boulot. Ma foi, tu devrais être content, c'est toi qui as décroché le gros lot puisque t'as eu le boulot. Et qu'est-ce que t'as récupéré en prime ? Une femme qui a pas tardé à clamser, une mère chez les fous et un frère à Reeves. Et regarde un peu ce qui t'arrive maintenant… Un pauvre petit morveux à qui on fait avaler des couleuvres débarque ici en possession d'une lettre, et ton putain d'univers menace de s'effondrer. Bordel, tu sais même pas ce qu'y a dans cette foutue lettre, je me trompe ? Ça te rend malade, hein ?

— Tu vas fermer ta gueule, Roy ? aboya Riggs. Tu sais rien de…

— Ah, tu crois ça ? »

L'œil de Riggs s'alluma l'espace d'un bref instant. Il eut un sourire méprisant à l'adresse de Sperling : « Tu sais rien, pas le premier mot de cette lettre.

— T'en es bien sûr ? Tu crois peut-être que mon meilleur et mon plus vieil ami Warren Garfield m'a pas raconté qu'il te louperait pas si jamais il lui arrivait quelque chose ? Il a toujours su que t'étais marteau, Carson. Il pensait même qu'un jour t'essaierais de le buter. Peu importe, il est mort à l'heure qu'il est. Son cœur… Et tu sais ce que j'ai fait, moi ? Tu veux vraiment savoir ? J'ai suivi très exactement ses dernières volontés, dans lesquelles figurait l'envoi à ton frère à Reeves d'une lettre contenant un document fort intéressant... »

Riggs se précipita sur Sperling et le saisit à la gorge de la main gauche. Il approcha son arme tout près du visage de son interlocuteur. Celui-ci le regarda d'un air impassible, ce qui ne fit qu'accroître la colère de Riggs.

« Qu'est-ce que t'attends, Carson ? Vas-y, bute-moi. Je suis foutu, de toute façon. Tu me tues, là, tout de suite, ou je finis mes jours en taule. T'imagines, je pourrais même partager une piaule avec ton frère... »

Riggs lâcha la gorge de Sperling. Puis, après avoir pris son élan, il lui abattit la crosse de son pistolet sur la pommette. Sperling sentit l'os craquer en même temps qu'il l'entendit. Il faillit s'évanouir sous l'effet de la douleur atroce qui le transperça au point presque de lui arracher la tête des épaules, mais quelques instants plus tard, il regardait à nouveau Riggs, toujours aussi déterminé, les yeux pleins de défi.

« Ce testament que ton père a rédigé au moment où tu as fait interner ta femme à Ector... Eh bien, c'est ça que Warren avait mis de côté pour ton frère, Carson. Il lui a envoyé le document contenant les dernières volontés de ton père, celui que tu as détourné, pensant qu'il referait jamais surface. C'était le dernier souhait de Warren sur son lit de mort, vois-tu... que la vérité sur ce que tu avais fait éclate au grand jour. T'as tué Charlie Brennan, nom de Dieu ! T'as battu à mort ce pauvre crétin trop gourmand, et trop con pour voir ce qui lui pendait au nez, et j'ai falsifié le certificat de décès. Et t'as eu ce que tu voulais. Les terres, les droits d'exploitation, tout l'argent possible, et, à force de pots-de-vin, t'as conservé ton poste de shérif pendant trente ans. Eh ben, putain, Carson, aujourd'hui, tu peux dire adieu à tout ça. Le gamin, ce Henry Quinn, il va finir par la trouver, la fille d'Evan, il lui remettra la lettre, et elle, elle va découvrir qui tu es, et qui est son père. Elle va aussi apprendre comment tu lui as volé son héritage. Parce que c'est ça, Carson, que ton père avait fait… Il avait tout légué à la fille d'Evan. Tu l'as trahi, tu as trahi ta mère, ton frère… Tu as trahi tout le monde bien plus qu'Evan t'a jamais trahi, toi. Ton père l'avait bien compris, et c'est pour ça qu'il avait pris soin de te dépouiller de tout. Il voulait que tu n'aies rien, absolument rien, après ce que tu avais fait à Rebecca et à ce bébé. Tu as tué Charlie, tu as vu ta femme mourir après ce qu'on lui a fait subir à Ector, et tu pourrais aussi bien signer le certificat de décès de ta mère dès maintenant, parce qu'elle n'en a plus pour longtemps…

— Mais tu vas la fermer, bordel ! C'est des conneries, tout ça. Y a pas de testament qui…

— Bien sûr que si. Je l'ai vu, de mes yeux, Carson. C'est moi qui l'ai posté après la mort de Warren, et je savais très exactement ce que je faisais. Et j'en suis sacrément content… t'imagines même pas. Je me suis fait beaucoup d'argent à un moment avec nos petits trafics, mais depuis tu règnes sur la ville comme un tyran, tu nous imposes à tous tes volontés. Eh bien, tout ça, aujourd'hui, c'est fini… »

Riggs saisit à nouveau Sperling à la gorge, et serra très fort, ses yeux fous fixant l'homme en sang sur la chaise devant lui.

« Vas-y, Carson, tue-moi, et après, à ta place, je me tuerais aussi. Les Lang… qu'est-ce que tu crois, pauvre couillon, ils te laisseront jamais bousiller leur famille. Ils sont bien trop puissants et ils ont bien trop d'argent. Je parierais même qu'ils t'ont déjà collé la mort d'Alvin sur le dos : un meurtre et pas un suicide. Je serais pas étonné de voir cette version-là faire la une des journaux. Tu crois qu'ils vont vouloir d'un suicide, dans la famille ? Que nenni, mon vieux. Le suicide, ça fait désordre, comme si la famille avait quelque chose à se reprocher. Dans quelle affaire l'adjoint du shérif de Calvary a-t-il bien pu tremper pour choisir de se tirer une balle dans le cœur ? Tu crois que ça les réjouirait de voir ce genre de scandale ternir leur belle réputation d'honnêteté ? Mais l'autre version, celle dans laquelle le shérif de Calvary a pété un fusible, tué son adjoint, buté le toubib du coin pour faire bonne mesure, avant de se tirer une balle pour en finir… ça, ça passerait comme une lettre à la poste. On est dans le Sud, après tout. Et ces choses-là sont pas si rares de par chez nous. Je parie que dans trois semaines, tout le monde aura oublié que tu connaissais les Lang.

— T'as trempé là-dedans au moins autant que moi, Roy, gronda Riggs. T'étais mouillé jusqu'au cou, comme Warren et moi. Ce qu'on a fait, on l'a fait pour les Lang. On a tout arrangé pour eux, on a couvert toutes les traces…

— Sûr qu'on l'a fait, Carson… et du même coup, tu t'es mis le père d'Alvin dans la poche, il a appelé le district attorney de Redbird, et Warren a détruit le dernier testament… ou du moins, c'est ce qu'il a dit, et t'as eu la ferme, les droits d'exploitation et de forage, et du fric à la pelle. Mais c'était pas le pognon qui comptait d'abord pour toi, pas vrai ? C'était l'autorité, le pouvoir, la possibilité de faire tout ce que tu voulais. Mon salaud, t'as passé toute ta vie à te venger de gens pour des actes que tu les avais obligés à commettre. » Sperling voulut rire, mais la douleur lui arracha une grimace. « On a trafiqué ces dossiers médicaux et ces déclarations écrites sous serment, mon pote. Tu peux pas le nier. On a dissimulé les deux fils de Chester Lang derrière un tissu de mensonges pour leur éviter de partir à la guerre. On l'a fait pour Chester Lang, mais aussi pour tous ceux qui étaient prêts à payer. Va-t'en faire un tour au cimetière. Tu y verras un beau monument aux morts dédié à nos valeureux garçons tombés au champ d'honneur au cours de la Première Guerre mondiale, mais pour la Seconde, tu peux toujours courir. Y a rien ! Le comble, t'avoueras, c'est que le seul dans le bled à avoir eu les couilles de s'engager à ce moment-là, ça a été ton crétin de frère. Autre ironie : les familles les plus puissantes et les plus influentes du West Texas à l'époque le sont encore aujourd'hui. Elles avaient l'argent pour nous payer, et on a fait ce qu'elles nous demandaient. Tu crois vraiment que ces gens vont laisser un petit shérif de trente-cinquième zone mettre au jour leur lâcheté ? Tu crois qu'ils vont accepter de gaieté de cœur que le monde apprenne qu'ils ont payé pour éviter l'armée à leurs rejetons ? Tu crois qu'ils vont reconnaître leurs agissements et demander pardon ? Eh ben, mon vieux, t'es encore plus débile que je croyais… »

Riggs frappa à nouveau Sperling. « Depuis le temps que je te dis de la fermer… », commença-t-il avant d'être interrompu par la voix du shérif d'Ozona, Ross Hendricks. Une voix forte et bien timbrée relayée par un mégaphone et porteuse d'un message sans équivoque.

« Shérif Riggs ! Vous m'entendez, là-dedans ? C'est Hendricks, d'Ozona, qui vous parle. On est là pour essayer de remettre un peu d'ordre dans cette ville. On sait pas trop où on en est, mais on doit pouvoir régler le problème. On m'a dit que vous étiez avec Roy Sperling, et que ça se passait pas très bien entre vous. Bon, je suis un homme raisonnable, tout comme vous, et on devrait pouvoir s'entendre. Vous sortez de là et on parle, d'accord, et vous serez sans doute surpris de constater avec quelle facilité on va trouver une solution.

— Doux Jésus ! s'exclama Sperling en essayant de rire à nouveau. Ils ont pas la moindre idée de ce que t'as pu faire, pas vrai, Carson ?

— T'as fait pareil, Roy… Exactement pareil, et tu vas tomber avec moi…

— La différence, Carson, c'est que moi, je sais que je suis foutu, et je m'en fiche complètement. J'en ai assez de tout ce cirque. Tue-moi, ou laisse-les me tuer, c'est tout ce que je demande. Fais-moi enfermer à Reeves, et jette la clé. Je me nouerai un drap autour du cou pour me pendre. C'est fini, Carson. Warren a déjà payé la caution nécessaire à sa libération. Et moi, je suis vieux, et le moment est venu de faire pareil. J'arrive pas à penser à autre chose, ces derniers temps, qu'à ce qu'on a fait subir à ta femme, aux drogues qu'ils lui ont administrées, aux trucs qu'ils lui ont plantés dans le crâne et tout… tout ça pour faire croire qu'elle était folle, et du même coup lui ôter toute chance de te prendre ces terres et ce pétrole. J'ai qu'à fermer les yeux une seconde et je la revois en train de hurler à l'arrière de cette ambulance quand ils l'ont emmenée. »

Dans la rue, Hendricks hurlait dans son mégaphone. « Shérif Riggs… Carson… sortez de là et venez me parler. Je voudrais pas avoir à pénétrer dans la maison, mon vieux.

— Lang va pas tarder, enchaîna Riggs, une note de désespoir dans la voix, comme s'il s'efforçait de se convaincre lui-même. John Lang viendra pour savoir ce qui est arrivé à son fils… et s'il vient pas, Chester enverra quelqu'un, et l'affaire sera réglée.

— Ils trouveront la fille, Carson. Ils vont trouver Sarah. Enfin… elle habite pas à plus de trente kilomètres d'ici. Son fantôme a dû t'empoisonner la vie. Au moins autant que la question de savoir s'il valait mieux la garder dans les environs ou l'envoyer très loin d'ici. Entre nous, ça n'avait pas d'importance, puisque ce gamin finira par la lui remettre, cette lettre. Et tout ce monde peuplé de fantômes et d'ombres s'effondrera autour de toi… sans même que le fracas t'en parvienne. La seule personne qu'ils enverront, en admettant qu'ils envoient quelqu'un, sera là pour une raison et une seule : s'assurer que tu reparles jamais des Lang, ni de ce qu'on a fait en 1944. John Lang, Robert Lang, les fils Webster, les Dearden, les Wesley, tous en parfaite condition physique, tous aptes au service armé, et on les a tous planqués. Pendant que des Allemands courageux cachaient des Juifs pour leur permettre d'échapper aux nazis, nous on escamotait les fils des riches et des puissants pour leur éviter les combats. Tu crois vraiment que le gouverneur adjoint du Texas a envie que l'Amérique et le monde entier apprennent la vérité là-dessus ? »

Riggs regarda Sperling comme s'il était face à son bourreau.

« Carson Riggs ! beugla Hendricks. Dernière sommation ! Vous sortez tout de suite, ou nous donnons l'assaut.

— C'est fini, Carson », dit Sperling, et c'est alors que le shérif de Calvary leva son arme et lui tira une balle dans la poitrine.

Même de la cuisine, Riggs entendit la réponse à cet unique coup de feu. Le bruit d'une armée qui avançait vers la maison.

Il regarda Sperling. Puis l'arme qu'il tenait encore à la main. Il venait de tuer le médecin. Même en faisant abstraction de tout le reste, ce meurtre suffirait à l'envoyer à Reeves pour le restant de ses jours.

Et c'est cette idée – la perspective de se retrouver dans le voisinage immédiat de son frère jour après jour – qui détourna le cours de ses pensées.

Il eut un dernier regard pour Sperling avant de s'avancer en direction de la porte.

Le shérif Riggs sortit, l'arme au poing, appuyant sur la détente avant même d'avoir franchi le seuil. Vernon Harvey – le natif de Snowflake, Arizona, le propriétaire de la montre de gousset qu'Evan avait emportée dans une autre guerre – aurait reconnu le fracas qui l'accueillit et ne l'aurait pas désavoué. Le tonnerre d'une canonnade, d'une charge sauvage. Carson Riggs tomba de la véranda pour ne plus jamais se relever.

Ross Hendricks se précipita dans la cuisine.

Roy Sperling remua faiblement.

Hendricks hésita une fraction de seconde, puis il cria qu'il y avait un blessé, qu'il lui fallait un médecin, une ambulance.

« Arr… a-arrêtez », bafouilla Sperling. Il essaya de lever la main pour faire signe à Hendricks d'approcher et de se pencher vers lui.

Celui-ci s'exécuta.

« Tr… trop t-tard, hoqueta Sperling. Lui… Henry Qu…

— Oui, Henry Quinn, dit Hendricks. Il est ici. Là-dehors. »

Sperling esquissa ce qui ressemblait à un sourire. « A… allez le chercher. Faut que… que je lui d-dise… où est la f-fille. »

Hendricks envoya chercher Henry Quinn, qui accourut, Evie sur ses talons. Tous deux s'agenouillèrent à côté de Roy Sperling pour entendre les dernières syllabes hésitantes qui sortirent des lèvres du moribond, avant que ses yeux se révulsent. Il mourut là, dans sa cuisine, et avec lui disparut pour toujours la vérité sur l'origine du pouvoir exercé par Carson Riggs sur lui et Warren Garfield pendant presque trente ans.

Les Lang ne seraient jamais venus à Calvary. Pour être franc, Carson Riggs l'avait su tout au long. Dans les derniers instants, le choix avait été simple : affronter son Créateur ou affronter son frère. Il n'avait pas hésité.

En un sens, c'était la solution la plus facile, semble-t-il, après tout le tort et le mal qu'il avait faits.

51

Elle ne ressemblait pas du tout à l'idée que s'en était faite Henry. Elle tenait si peu d'Evan. Peut-être davantage de cette mère qu'elle n'avait jamais connue.

Il était encore tôt, le matin du jeudi 20 juillet, quand, derrière une petite maison un peu à l'écart de la route de Sanderson menant à Langley, à un jet de pierre du Pecos, une jeune femme de vingt-deux ans du nom de Sarah Forrester étendait sa lessive dans son jardin. Non loin d'elle, un panier, et dans ce panier, un enfant. C'est pour lui qu'elle fredonnait, une chanson douce et simple, d'une voix si apaisante que le bébé babillait et gazouillait comme s'il s'efforçait de l'accompagner.

Henry se tenait au bord de la route, Evie à ses côtés, la lettre d'Evan dans la main. Il regarda sa compagne, avec dans les yeux une question, la même que celle qu'il se posait depuis que Roy Sperling lui avait révélé où habitait Sarah et le nom qu'elle portait désormais. Sarah Forrester. Vingt-deux ans, vivante, en bonne santé, et mère de fraîche date, habitant avec son mari une petite maison à l'écart de la route de Sanderson.

La tâche jusqu'ici si compliquée lui parut tout à coup fort simple.

Henry regarda la lettre qu'il avait dans la main, une lettre cachée dans la doublure de l'étui de sa guitare depuis le jour où il était arrivé à Calvary. Il se demanda soudain comment il en était arrivé là. On était le 20 juillet. Il avait débarqué à Calvary le 13. Sept jours. Tout juste une semaine. Et trois morts, dans un intervalle aussi court. Sans compter l'étrange sensation d'avoir toujours connu Evie, de n'avoir jamais vécu ailleurs, de n'avoir jamais rien fait d'autre que poursuivre le fantôme qu'était la fille d'Evan.

Et voilà qu'il l'avait trouvée. Qu'il l'apercevait à seulement quelques pas.

Et elle ne ressemblait pas du tout à l'idée qu'il s'en était faite.

« Vas-y », l'encouragea Evie, et il quitta le bord de la route pour traverser le chemin desséché et plein d'ornières qui menait à la barrière du jardin.

Evie demeura un peu en retrait.

C'était à Henry de jouer à présent, et il savait qu'il devait jouer seul, même s'il n'en avait pas envie.

« Mrs. Forrester », appela-t-il.

La jeune femme s'arrêta de chanter. Le bébé de gazouiller.

« Oui ?

— Je me présente, Henry Quinn. Vous ne me connaissez pas. Je vous cherche depuis quelque temps. J'ai une lettre à vous remettre.

— Une lettre ? demanda-t-elle. À quel sujet ?

— Je l'ignore, dit Henry en lui montrant une enveloppe sale et froissée. Je n'en connais pas le contenu. »

Sarah Forrester sourit et secoua la tête, ne sachant trop que penser.

« Et cette lettre, elle est de qui ?

— Je crois qu'il vaut mieux que vous la lisiez et que vous le découvriez par vous-même. »

La jeune femme s'avança et prit l'enveloppe des mains de Henry.

Elle examina pendant quelques secondes l'homme qu'elle avait devant elle, jeta un coup d'œil à Evie, un froncement fugace plissant son front, telle l'ombre d'un nuage qui court sur un champ.

Si Evan avait été présent, il n'aurait pas manqué de reconnaître cette expression. Sarah ressemblait tellement à sa mère. La chasse aux serpents. Le nid de rats. Le ballot de vêtements sur la véranda. L'air qu'elle avait quand ils s'étaient cachés dans la grange en attendant que Gabe Ellsworth se montre. Son visage quand il l'avait regardée le soir de la fête, la culpabilité de cet acte impardonnable en quelque sorte effacée par la passion qui l'avait motivé.

Sarah Forrester lut la lettre.

Elle examina les documents joints, regarda tour à tour Henry, Evie, puis à nouveau Henry.

Relut la lettre de son père, avant d'éclater en sanglots.

52

Roy Sperling fut enterré à Calvary le vendredi 28 juillet. Alvin Lang, lui, avait déjà trouvé place dans le caveau familial à Fredericksburg. Clarence Ames, George Eakins, les Honeycutt, et même Glenn Chandler s'étaient déplacés pour assister au service funèbre. Ils avaient connu Alvin, certains d'entre eux depuis qu'il était enfant, et souhaitaient lui rendre un dernier hommage.

« C'est fait, on en parle plus, fut le commentaire de son père quand Evie lui demanda pourquoi il avait tenu à être présent. Une fois morts, les hommes doivent rendre des comptes à une autorité autrement plus puissante, je suppose. C'est pas à nous de juger. »

La famille Lang ne réclama pas l'ouverture d'une enquête indépendante dans l'affaire du suicide du shérif adjoint, désireuse, semblait-il, de laisser les faits reposer en paix, tout comme Alvin. De même, c'était bien la volonté de tuer Roy Sperling qui paraissait avoir motivé l'acte de Carson Riggs. Mais pour quelle raison l'avait-il tué ? Qu'avait-il bien pu se passer entre les deux hommes dans cette cuisine pour pousser Carson à abattre le médecin de la ville avant de s'offrir à une pluie de balles, en sachant pertinemment qu'il n'en sortirait pas vivant ? Peut-être des gens comme Clarence Ames et George Eakins connaissaient-ils la réponse à cette question, mais ils préférèrent se taire et fuir le regard des autres. Il y eut des rumeurs, bien sûr, on émit des hypothèses, mais une hypothèse reste telle tant qu'une preuve ne vient pas la vérifier. Et les preuves, on ne se bousculait guère pour les dénicher. Personne, semblait-il, ne s'intéressait à la vérité dans cette affaire.

Pour les habitants de Calvary, l'enterrement de Roy Sperling fut un événement déterminant, s'apparentant peu ou prou à une catharsis. Tout ce qu'il restait désormais de la famille Riggs, c'était une vieille femme à moitié folle internée à Odessa et un meurtrier enfermé à Reeves. En dehors de la fille. La fille de Rebecca. Elle fit son apparition, accompagnée de Henry Quinn et d'Evie Chandler, la veille de l'enterrement. Ils lui racontèrent ce qu'ils savaient de ses parents, de ses grands-parents, des événements qui avaient déchiré sa famille avec une telle violence. Ils l'emmenèrent à l'ancienne ferme des Riggs, réduite à de simples vestiges, à une étendue bornée, enclose, parsemée d'entonnoirs où les lames des trépans avaient déchiré le sol à la recherche de poches de pétrole. L'argent provenant de la vente de ces terres avait été soit dilapidé, soit enfoui si profondément sous des piles de documents officiels qu'il avait peu de chance de jamais refaire surface. Carson Riggs avait dépensé cet argent pendant plus de vingt ans, et une fois terminée la ronde des avocats, des agents du fisc et des officiers de justice, il se révélerait sans doute qu'il avait encore des dettes envers l'État.

Quoi qu'il en soit, Sarah Forrester ne voulait pas de cet héritage.

« Ça n'a jamais été ma vie », dit-elle à Henry et Evie, avant de demander au premier de bien vouloir la ramener chez elle. C'était son mari qui s'occupait du bébé, et il fallait qu'il parte au travail.

« Et votre père ? » demanda Evie.

Sarah détourna les yeux et fixa l'horizon, au-delà de terres portant les empreintes presque effacées de prédécesseurs inconnus, de gens dont les noms ne signifiaient rien pour elle il y avait encore deux ou trois jours, et pour lesquels elle aurait peut-être dû éprouver quelque sentiment, sans que ce soit pourtant le cas. Ces gens, comme la terre que ses yeux parcouraient, lui étaient aussi peu familiers que l'autre bout du monde.

« Mon père ? » reprit Sarah, en se tournant vers Evie.

Henry faillit alors intervenir, dire quelque chose, quelques mots pour prendre la défense d'Evan, mais n'en trouva aucun. Un ivrogne, un traître, un irresponsable ; un père absent, un homme qui avait abandonné famille et amis à la poursuite de chimères ; et pour finir un meurtrier. Henry l'avait fréquenté trois années durant. Sans jamais le connaître vraiment. Fidèle à sa parole, il avait transmis le message. Tout bien considéré, la remise de cette lettre à Sarah relevait moins d'une promesse faite à Evan que du désir de se prouver à lui-même qu'il n'était peut-être finalement pas l'homme qu'il avait cru être. En dépit des apparences, Evan Riggs et lui étaient aux antipodes l'un de l'autre.

Et c'est pourquoi, la veille de l'enterrement de Roy Sperling, Henry Quinn et Evie Chandler reconduisirent Sarah Forrester jusqu'à sa petite maison du bord de la route, à un jet de pierre du Pecos. Et c'est là, sur le seuil, que l'attendait son mari, leur bébé dans les bras.

Sarah descendit de la voiture et se pencha vers Henry. « Je n'ai vraiment rien à lui donner, vous savez ? lui dit-elle. Même si je devais le rencontrer, je ne saurais pas quoi lui dire.

— Je comprends, répondit Henry, pensant alors à la façon dont lui-même aurait réagi s'il avait soudain rencontré Jack Alford, ce père qu'il n'avait jamais connu, et qui, selon toute vraisemblance, ignorait jusqu'à son existence.

« Vous voulez que j'aille le voir ? demanda encore Sarah. À Reeves ?

— Je crois que ça le tuerait, dit Henry en secouant la tête. Je crois qu'il comprendrait à côté de quoi il est passé pendant toutes ces années. Et ça lui briserait le cœur.

— Mais vous ? Vous avez fait tout ce chemin, sans compter les ennuis que vous avez eus…

— Les ennuis n'avaient rien à voir avec moi, Sarah, pas plus qu'avec vous. Ils venaient de bien plus loin. J'ai plongé dedans tête la première, tout comme vous. » Henry détourna les yeux un instant, l'air dubitatif. « Je me demande à présent si j'ai bien fait de promettre à votre père que je vous trouverais.

— Mais je suis heureuse que vous m'ayez trouvée. J'ai toujours su que j'étais une enfant adoptée, vous savez. Ça ne m'a jamais posé de problème. Mes parents adoptifs ne me l'ont jamais caché. Ils ignoraient l'identité de mes vrais parents, et au bout d'un certain temps, ça n'a plus eu d'importance, ajouta-t-elle avec un sourire pour elle-même, comme si elle accédait enfin à ce qui était resté jusqu'alors un mystère. Quand on ignore qui sont vos parents, il y a des choses vous concernant que vous êtes incapable d'expliquer… des choses dont vous ignorez l'origine, vous voyez ce que je veux dire ? Je connais son nom, à présent. Je sais quel homme il est et ce qu'il a fait. Et ça me suffit.

— Mais l'argent qui aurait dû vous revenir ? intervint Evie. Vous étiez censée hériter de cette ferme, et de toutes les terres qui allaient avec…

— Comment ressentir le manque de ce qu'on n'a jamais eu ? dit Sarah. Est-ce que j'ai envie de me battre avec les avocats, la justice, les tribunaux ? Non, absolument pas, Miss Chandler. Ce que je veux, c'est élever ma fille, être une aussi bonne mère et une aussi bonne épouse que possible, c'est tout ce qui m'importe.

— Chérie ? » lança le mari de Sarah depuis la porte d'entrée.

Sarah se retourna et agita la main, avant de revenir à Henry et Evie.

« Il faut que j'y aille, dit-elle. Je vous dirais bien merci, sauf que si vous avez fait ça c'est sans doute plus pour mon père que pour moi. »

Elle commença à se diriger vers la maison.

« Si je vois votre père, dit Henry, voulez-vous que je lui transmette un message de votre part ?

— Oui, dit Sarah, après avoir d'abord secoué la tête et hésité un instant. Dites-lui que je trouverai son disque quelque part un jour et que je l'écouterai.

— Je peux vous l'envoyer…, commença Henry.

— Non, c'est bon, Mr. Quinn », dit-elle avec un sourire si désarmant qu'il n'y avait plus rien à ajouter.

Henry la regarda disparaître dans la pénombre du hall d'entrée, certain que la voix de son père ne lui parviendrait jamais.

*

Le lendemain, après l'enterrement, quelques personnes se retrouvèrent réunies au saloon où Henry avait croisé pour la première fois Roy Sperling, George Eakins, Harold Mills et Clarence Ames. Le petit groupe comptait aussi Glenn Chandler, ainsi qu'Evie et Henry. Ils se regardaient tous comme si chacun attendait une explication dont il savait qu'elle ne viendrait jamais.

« Alors, tu pars ? demanda Clarence Ames à Evie.

— Ouais. Henry et moi, on va aller voir sa mère à San Angelo.

— Et après ? »

Evie jeta un coup d'œil à Henry et haussa les épaules en signe d'ignorance.

« On verra bien, c'est selon, dit Henry.

— Tu vas faire un disque ? demanda George Eakins.

— Peut-être. On verra comment ça se présente.

— J'ai vu la fille, dit Harold Mills. La fille d'Evan. Hier.

— On l'a emmenée voir l'ancienne ferme des Riggs, dit Evie.

— Le portrait craché de sa mère, dit Mills. Et elle a tout laissé partir… tout ce qui a rapport à sa famille.

— Quelle famille ? demanda Clarence. Tout ce qui lui reste en guise de famille, c'est une folle et un chanteur de country condamné pour meurtre. »

Pour quelque raison obscure, Henry s'esclaffa. Le rire fit le tour de la table mais s'éteignit presque aussitôt. Symbolique malgré tout du caractère quasi loufoque de leur discussion.

« Sacrée histoire », dit le père d'Evie. Commentaire succinct qui parut clore la discussion de manière adéquate et satisfaisante pour tous.

Dehors, Evie échangea quelques mots avec son père, refusant avec énergie l'argent que celui-ci lui proposait. Clarence Ames s'approcha de Henry, qui fit quelques pas avec lui après avoir quitté l'arrière du pick-up où il attendait Evie.

« Je savais qu'il y avait anguille sous roche, dit Clarence. Une sale histoire à cause des Lang. Je savais que Roy était mouillé jusqu'au cou. J'avais bien des soupçons, mais ça n'est jamais allé plus loin, et maintenant que Roy est mort, j'ai pas envie de connaître les dessous de toutes ces affaires. Je me suis même demandé un temps si Carson avait pas monté un coup contre Evan pour qu'il finisse en taule. Je crois qu'ils auraient reculé devant rien, ces types, pour arriver à leurs fins. Bof, les ponts sous lesquels ont passé toutes ces eaux troubles sont effondrés depuis longtemps.

— Comme vous dites, acquiesça Henry. Mieux vaut laisser les choses en l'état, et les morts reposer en paix.

— T'as l'intention d'aller voir Evan et de lui dire que t'as remis sa lettre en mains propres ?

— Oui. Dans une semaine ou deux. J'irai lui dire ce qu'il en est.

— Tu crois que ça va lui faire de la peine… que sa fille veuille pas le voir ?

— Je sais pas, Clarence, dit Henry, tournant le regard vers l'horizon. Peut-être que ça n'avait rien à voir avec lui finalement, pas plus qu'avec sa fille d'ailleurs…

— Juste une question de vengeance, c'est ce que tu dirais ? Coincer Carson, peu importe comment, pour ce qu'il avait fait à Rebecca.

— Peut-être. Y a qu'Evan pour le savoir.

— Complètement marteaux, ces deux frères.

— On est tous marteaux, Clarence. C'est juste qu'on croit toujours que sa propre folie est moins pire ou meilleure que celle des autres. »

Clarence agrippa l'épaule de Henry. « Tu fais pas de conneries, fiston, d'accord ? dit-il. Tu prends soin de la petite. C'est une chouette gamine.

— Comptez sur moi, Mr. Ames.

— Je peux pas dire que je suis content d'avoir fait ta connaissance, Henry Quinn. J'ai perdu un autre bon copain à cause de tous les ennuis que t'as causés, mais bon, on est débarrassés de Carson Riggs, et ça, je crois que c'est une bonne chose pour Calvary.

— Espérons-le.

— Bonne route, mon garçon, dit Clarence, qui commençait à s'éloigner quand il hésita un instant. Tu sais quoi… quand je t'ai vu pour la première fois, j'ai tout de suite trouvé que tu avais quelque chose d'Evan. Quoi, précisément, je serais bien incapable de te le dire. Pareil pour Evie, qui m'a toujours fait penser à la fille Wyatt. Plutôt ironique, tu trouves pas ? Ce disque qu'avait enregistré Evan, *The Whiskey Poet*. Y a une chanson dessus qui s'appelle « Mockingbird ». Tu la connais, non ?

— Oui, oui, je la connais.

— L'oiseau moqueur, c'est celui qui imite le chant de tous les autres oiseaux, tu le savais ? Un don extraordinaire, mais qu'il paie du sacrifice de sa propre voix.

— Vous pensez toujours que j'ai quelque chose d'Evan ? demanda Henry.

— Non, mon gars, pas du tout. T'as rien de lui. » Là-dessus, Clarence pivota sur les talons et retourna au saloon.

Ils montèrent dans le pick-up, et sous un ciel clair, un soleil haut et chaud, prirent la route devant eux droit en direction d'un horizon inconnu.

Evie ôta ses chaussures et ses chaussettes, et posa ses pieds nus sur le tableau de bord. Elle roula une cigarette, l'alluma, et la passa à Henry, avant de s'en rouler une pour elle-même.

« Au fait, je t'ai toujours pas entendu chanter, dit-elle. Ni jouer de la guitare, d'ailleurs.

— On a tout le temps.

— T'es vraiment mauvais ?

— T'as pas idée.

— Genre vacarme dans une animalerie en flammes ?

— Pire que ça.

— Et c'est avec ça qu'on va faire fortune ?

— Absolument.

— Eh ben, purée ! »

Evie éclata de rire.

Henry voulut en faire autant, mais son visage lui faisait encore trop mal.

Du même auteur
chez Sonatine Éditions :

Seul le silence, traduit de l'anglais par Fabrice Pointeau, 2008.
Vendetta, traduit de l'anglais par Fabrice Pointeau, 2009.
Les Anonymes, traduit de l'anglais par Clément Baude, 2010.
Les Anges de New York, traduit de l'anglais par Fabrice Pointeau, 2012.
Mauvaise étoile, traduit de l'anglais par Fabrice Pointeau, 2013.
Les Neuf Cercles, traduit de l'anglais par Fabrice Pointeau, 2014.
Papillon de nuit, traduit de l'anglais par Fabrice Pointeau, 2015.
Les Assassins, traduit de l'anglais par Fabrice Pointeau, 2015.
Un cœur sombre, traduit de l'anglais par Fabrice Pointeau, 2016.
Les Fantômes de Manhattan, traduit de l'anglais par Claude et Jean Demanuelli, 2018.
Le jour où Kennedy n'est pas mort, traduit de l'anglais par Fabrice Pointeau, 2020.

Le Livre de Poche s'engage pour
l'environnement en réduisant
l'empreinte carbone de ses livres.
Celle de cet exemplaire est de :
650 g éq. CO_2
Rendez-vous sur
www.livredepoche-durable.fr

PAPIER À BASE DE
FIBRES CERTIFIÉES

Composition réalisée par PCA

Achevé d'imprimer en mars 2020 en Espagne par
Liberdúplex 08791 St. Llorenç d'Hortons
N° d'impression : 82567
Dépôt légal 1re publication : avril 2020
LIBRAIRIE GÉNÉRALE FRANÇAISE
21, rue du Montparnasse – 75298 Paris Cedex 06

58/0698/1